Aus den nachgelassenen Schriften der Murasaki Shikibu hat Liza Dalby eine faszinierende Romanbiographie entwickelt. Mit großem Einfühlungsvermögen entführt sie den Leser in die Blütezeit einer uralten Kultur und erzählt zugleich von einem Frauenleben, das der heutigen Zeit sehr nahe ist.

Liza Dalby promovierte an der kalifornischen Stanford University in Ethnologie. Nach dem Studium beschloss sie, den traditionsreichen japanischen Frauenberuf Geisha nicht nur zu erforschen, sondern – als erste Ausländerin – selbst zu erlernen. In ihrem Erstling «Geisha» (rororo 22732) erzählt sie von ihrer Lehrzeit in Kyoto.

Ein atmosphärisch dicht gewebter historischer Roman aus dem alten Japan, der einen Einblick in das Leben und die Rolle der Geishas gewährt.

Liza Dalby
Pflaumenblüten im Schnee

Roman

Deutsch von Alexandra Bröhm

Rowohlt Taschenbuch Verlag

Die Originalausgabe erschien unter dem Titel
«The Tale of Murasaki» bei Doubleday / Nan A. Talese Books,
New York
Umschlaggestaltung any.way, Cathrin Günther
Abbildung: «Frau nach dem Bade» (1920) von Goyo Hashiguchi (1880–1921)
Redaktion Tamara Trautner

Veröffentlicht im Rowohlt Taschenbuch Verlag GmbH,
Reinbek bei Hamburg, Dezember 2001
Copyright © 2000 by Rowohlt Verlag GmbH,
Reinbek bei Hamburg
«The Tale of Murasaki» Copyright © 2000 by Liza Dalby
Alle deutschen Rechte vorbehalten
Gesamtherstellung Clausen & Bosse, Leck
Printed in Germany
ISBN 3 499 23123 9

Die Schreibweise entspricht den Regeln
der neuen Rechtschreibung.

Für Michael
und für Marie, Owen
und Chloe

Inhalt

11 Katakos Brief

19 Meine Nachsommer-Klause
Kagerō-an Kara

21 Das frühe Tagebuch
Nikki no Hajime

31 Chifuru
Chifuru

53 Die Nacht des verschleierten Mondes
Oborozukiyo

61 Die Winde
Asago

71 Die Weide
Yanagi

79 Ruri, blau wie Lapislazuli
Ruri

105 Der Kuckuck
Hototogisu

121 Würmer
Mimizu

129 Das neue Jahr
Shōgatsu

149 Ein Reisetagebuch
Tabi no Kiroku

161   Das Kopfkissenbuch
Makura no Sōshi

175   Helles Land
Ming-gwok

189   Der Schnee, der Mond
Setsu Getsu

199   Der Wind aus Osten
lässt das Eis schmelzen
Higashikaze

209   Geschichten aus China
Kara Monogatari

219   Exil
Nagashi

225   Ein klarer Tag
in einer verregneten Zeit
Satsukibare

245   Der Herbst bohrt sich ins Herz
Kokorozukushi no Aki

263   Der Exorzismus
Oni no Kage

271   Tauwetter
Tokemizu

279   Die nördliche Persönlichkeit
Kita no Kata

319   Ein tintenschwarzer Schleier
Sumizome ni Kasumu Sora

341   Die unvergängliche Kerriarose
Usuki to mo Mizu

357   Gesprenkelter Bambus
Karatake

367   Über den Wolken
Kumo no Ue

389 Ein Schritt aus der Dunkelheit
     Kuraki Yori

401 Aufgestaute Fluten
     Odae no Mizu

411 Die Verfasserin des Kopfkissenbuchs
     Sei Shōnagon

421 Der Goldbaldrian steht in Blüte
     Ominaeshi Sakari

431 Gras unter der Schneedecke
     Yuki no Shita Kusa

441 Kirschblüten sammeln
     Sakuragari

451 Das Moorhuhn
     Tataku Kuina

469 Die Geburt eines Prinzen
     Atsuhira

483 Gleißender Mondschein
     Hikari Sashisou

493 Wasservögel
     Mizutori

501 Zehntausend Jahre, tausend Herbste
     Mannen Senjū

511 Unsere kleine Murasaki
     Waga Murasaki

519 Traurig treibe ich
     Ukine Seshi

527 Die Gosechi-Tänze
     Gosechi no Mai

541 Das Jahresende
     Toshi Kurete

549 Die Spinne
     Sasagani

559 Die kleinen Kiefern auf dem Feld
Nobe ni Komatsu

565 Die jungfräuliche Priesterin
Sai-in

577 Uji
Uji

599 Katako
603 Epilog
627 Nachbemerkung
633 Danksagung
635 Personenverzeichnis

Katakos Brief

1

Ich trug dich gerade in mir, als meine Mutter starb, und es war keine leichte Schwangerschaft. Häufig überwältigten mich Wellen der Übelkeit. Nur mit einer frischen Zitrone konnte ich sie einigermaßen in Schach halten. Wenn ich die unebene, gelbe Schale der *yuzu* aufraute, verströmte ein zarter Zitronenduft. Ich atmete tief ein und konnte so den aufsteigenden Brechreiz besänftigen. Aber meistens gab ich mich einfach meiner Mattigkeit und Übelkeit hin. Ich musste mir für den Notfall *yuzu* und Mandarinenschalen in den Ärmel stecken, um die Beerdigung meiner Mutter zu überstehen. Sie hatte seit längerer Zeit sehr abgeschieden gelebt. Manch einer, der von ihrem Tod erfuhr, war überrascht zu hören, dass sie noch gelebt hatte.

Deine Großmutter war als jene Dame bekannt, die *Die Geschichte vom Prinzen Genji* geschrieben hatte, eine Liebesgeschichte, die so bewegend und scharf beobachtet war, dass sie leuchtete wie ein hell strahlender Vollmond am schwarzen Nachthimmel. Niemand hatte zuvor etwas Vergleichbares gelesen. Es brachte meiner Mutter noch zu Lebzeiten Ruhm und Ehre. Trotzdem überraschte es mich, wie viele Menschen sich versammelten, um ihr das letzte Geleit zu geben. Mindestens ein Dutzend Damen hatte die beschwerliche Tagesreise zum Ishiyama-Tempel auf sich genommen. Sie waren gewiss *Genji*-Leserinnen und zogen jene Welt, die sie in den Geschichten meiner Mutter fanden, ihrem eigenen Leben vor, das von langweiligen Ehemännern oder schwierigen Umständen bestimmt war.

Ich bin überzeugt, meine Mutter hat sich so zurückgezogen, um die Fäden ihres eigenen Lebens von jenen des Prinzen Genji zu entwirren. Das Werk prägte ihr ganzes Leben. Und gleichzeitig war Genji wie ein Kind für sie. Sie hatte ihn geschaffen und genährt, doch dann – wie es so geht mit Kindern – war er erwachsen geworden und hatte sich irgendwann von ihr losgesagt. Ich war ein viel einfacheres Kind als das Buch. Um mich musste sie sich niemals so sehr sorgen wie um Genji.

Vielleicht weil die Menschen in die Heldin des Romans vernarrt waren, verwechselten sie meine Mutter mit dieser Figur. Man gab ihr den Spitznamen Murasaki, als sie in den Dienst der Kaiserin trat. Ihre Leser glaubten sie zu kennen, nur weil sie Genjis Murasaki kannten. Ich glaube, meine Mutter war die vielen Briefe und Besuche von Menschen aller Ränge leid. Sogar Personen aus dem Umfeld des Kaisers machten ihr die Aufwartung, und die musste sie natürlich empfangen. Einige Leser gingen derart in den Geschichten auf, dass sie meine Mutter bedrängten, sie solle besondere Szenen entwerfen, um ihren Phantasien gerecht zu werden. Sie begannen ganz bestimmte Dinge von Genji zu erwarten, und meiner Mutter wurde es zweifelsohne zu viel, ihre Erwartungen zu befriedigen oder sich gegen sie zur Wehr setzen zu müssen.

Sie wurde sogar ins Gefolge der Kaiserin aufgenommen, und all das hatte sie Genji zu verdanken. Ihr, einer in die Schriften vergrabenen Witwe, musste es wie ein Wunder erscheinen, plötzlich in den prunkvollen Glanz der kaiserlichen Gemächer gehoben zu werden. Ihre Genji-Geschichten machten auch den Regenten Michinaga auf sie aufmerksam, jenen Mann, der den Kaiser beriet und sozusagen eigentlich das Land regierte. Wie auch immer sich die Beziehung meiner Mutter zu Michinaga gestaltete, sie hatte diese Verbindung größtenteils Genji zu verdanken.

Man setzt Kinder in die Welt, entlässt sie irgendwann in die Gesellschaft und betet, sie mögen einen guten Eindruck machen, es zu etwas bringen oder einem wenigstens keinen Anlass zur Schande bieten. Man hat sie gelehrt, wie sie die Kraft finden, das Karma zu erdulden, mit dem sie geboren wurden. Und doch gehen die Kinder irgendwann ihre eigenen Wege. Der Einfluss ihrer früheren Leben zeigt sich auf eine Art, die wir nicht voraussehen können. Als Mutter oder Vater findet man sich damit ab. Ein literarisches Werk indes ist ein seltsames Kind. Kaum erschaffen, macht es sich schon selbständig, duldet keine Einflussnahme und sucht sich seine Freunde und Feinde selbst aus.

Aber vielleicht unterscheidet es sich darin im Grunde gar nicht so sehr von einem Kind aus Fleisch und Blut.

Die Genji-Geschichte war für mich von Geburt an eine Art älterer Bruder. Sie beanspruchte ständig die Zeit meiner Mutter, forderte ihre Aufmerksamkeit, wie es selbstsüchtige kleine Jungen tun. Nur ging dieser Junge niemals fort oder minderte seine Forderungen. So eifersüchtig ich als Kind auch gewesen war, irgendwann ergriff Genjis Zauber auch von mir Besitz.

In jenen Jahren, als meine Mutter als Nonne lebte, sah ich sie nicht oft. Meine eigene Karriere am Hof entwickelte sich recht gut, ich stand damals unter dem Schutz des Beraters Kanetaka, eines Neffen des Regenten Michinaga. Es war sein Kind – du –, das ich in mir trug, als Murasaki starb.

Ich glaubte, dass ich wohl niemals heiraten würde. Wie konnte ich auch ahnen, welche Beziehungen und Berufungen das Schicksal für mich bereit hielt? Ich sorgte mich nicht um meine Zukunft, denn meine Mutter tat es auch nicht. Sie hätte mich nicht verlassen, als ich erst sechzehn Jahre alt war, hätte sie meine Aussichten nicht für günstig gehalten.

Der zarte Duft der Kirschblüten wird mich immer daran erinnern, wie meine Mutter diese Welt verlassen hat. Als wir im Morgengrauen die mit Sand bestreute Beerdigungsstätte hinter uns ließen, kamen wir an blühenden, von Morgennebel umhüllten Kirschbäumen vorbei. Als dann die Sonne die Erde erwärmte und der Nebel sich verflüchtigte, stieg ein zarter Duft auf. Die *sakura*-Kirsche ist nicht unbedingt für ihren Geruch bekannt – Honig oder Pflaumen riechen viel kräftiger – aber auf dem Land, wo die Kirschbäume so dicht stehen, verströmt die *sakura* einen äußerst feinen Duft.

Ich trug die Urne mit Murasakis Asche, um sie mit zurück in unseren Familienschrein zu nehmen. Eigentlich wäre dies Großvater Tametokis Aufgabe gewesen, aber er schämte sich, weil er seine Kinder mit vierundsiebzig Jahren überlebt hatte, und schrak davor zurück, eine offizielle Aufgabe in der Zeremonie zu übernehmen. Er schüttelte seinen ergrauten Kopf, wie die streitsüchtigen Makaken, die wir auf den Bergstraßen gesehen hatten. Mein Großvater beklagte sein Schicksal, eine so rüstige Konstitution zu haben, ebenso wie den Tod seiner Tochter.

Im folgenden Monat reiste ich zum letzten Mal in Mutters Klause nahe dem Kiyomizu-Tempel, um ihre Sachen zusammenzupacken. Ich wusste, es würde nicht viel sein, denn sie hatte ihre Musikinstrumente und Bücher bereits weggegeben und sich längst von den feinen Seidenkleidern getrennt, die sie am Hof getragen hatte. Ich fand noch einige dick gefütterte Winterroben, die ich dem Tempel schenkte, sowie die Sutras, die sie in ihren eleganten Schriftzeichen abgeschrieben hatte. Schließlich fand ich die paar wenigen Dinge, die ich behalten wollte – ihren dunkelvioletten Tintenstein, einen Satz Schreibpinsel und einen tönernen chinesischen Pinselhalter in der Form von fünf Bergen. Als ich an ihrem niederen Schreibtisch kniete, fiel mir noch ein eng zusammengerolltes Bündel Papiere auf, das in ein Tuch aus Chartreuse-Seide eingewickelt war. Ich glaubte, eine Rolle mit alten Briefen in den Händen zu halten, die sie nur wegen des Papiers behalten hatte, auf das sie noch mehr Sutras hätte abschreiben können. Also beschloss ich, die Rolle mitzunehmen, um sie für meine eigenen Schreibübungen zu nutzen. Papier ist eine Kostbarkeit, und ich hielt es für eine gute Idee, diese alten Blätter im Sinne meiner Mutter zu nutzen. Der Priester war enttäuscht. Diese Leute sind immer erpicht auf zusätzliches Papier.

Aber wie es so geht, immer wieder kam mir etwas dazwischen. Als ich an den Hof zurückkehrte, begann zudem noch die Sommerhitze, und die Tatsache, dass mir weiterhin ständig schlecht war, obwohl mir die älteren Frauen etwas anderes prophezeit hatten, führte dazu, dass ich die Papiere meiner Mutter erst durchsehen konnte, als du bereits ein Jahr alt warst.

Du darfst nicht vergessen, was für eine Aufregung die Schriften deiner Großmutter verursachten. Man redete auch nach Murasakis Tod noch genauso intensiv über sie wie zu jener Zeit, als sie noch am Hof gelebt hatte. Da die Menschen die Abenteuer des Prinzen Genji noch immer aufmerksam verfolgten, wurde ich oft gebeten, zwischen zwei Leserinnen zu vermitteln, die verschiedene Versionen der Geschichte besaßen, weil manche Abschriften fehlerhaft waren. Mir war nicht ganz klar, wie das passieren konnte, aber manchmal waren ganze Kapitel durcheinander gebracht oder fehlten gänzlich. Ich bemühte mich, mein vollständiges Exemplar in der richtigen Reihenfolge zu halten, sodass sich die Menschen mit Fragen immer an mich wenden konnten. Dann waren da noch die Gedichte meiner Mutter, die zum Teil in kaiserliche Sammelbände aufgenommen wurden. Es überraschte mich nicht, dass Murasaki weiterhin eine treue Leserschaft hatte, und doch verdankte sie ihren Ruf nicht alleine den Gedichten. Man achtete sie natürlich für ihre Dichtkunst, aber es war tatsächlich Genji, der sie von allen anderen abhob.

Nachdem ich entbunden hatte, spürte ich, wie meine Lebensgeister zurückkehrten. Du warst ein gesundes Kind, und ich bestand darauf, dich zusätzlich zu dem kaiserlichen Prinzen zu stillen, den als Amme zu nähren man mich ehrenvollerweise ausgewählt hatte. Nach deiner Geburt zerplatzte die Trägheit der Schwangerschaft wie eine schwere Wolke, die von einem sonnigen Herbsttag verscheucht wird. Ich verspürte Lust, meinen Pinsel in die Hand zu nehmen und mich wieder an die Arbeit an meinem Tagebuch zu machen. Die feinen, alten Pinsel meiner Mutter legte ich zu meiner Sammlung und arrangierte sie alle in einem großen, gesprenkelten Halter aus Bambus. Jenen Pinsel, mit dem ich gerade arbeitete, legte ich auf den Pinselhalter in der Form der fünf Berge, den Murasaki bis an ihr Lebensende benutzt hatte.

Meine Hand war steif und außer Übung, und als ich mich in meinem Zimmer nach etwas Papier umsah, auf das ich zur Übung einige Gedichte kopieren könnte, stieß ich auf das mit mattgrüner Seide umwickelte Bündel. In den Tagen der Übelkeit während meiner Schwangerschaft hatte ich es in eine Truhe gesteckt. Ich öffnete den Knoten und strich die eng zusammengerollten Blätter glatt. Einige waren alt und vergilbt, andere neueren Datums. Es handelte sich größtenteils um Kopien des Lotos-Sutra. Ich erkannte die Handschrift meiner Mutter und glaubte zuerst, es seien Briefe. Wie sich herausstellte, waren es tatsächlich einige Briefe, und andere Blätter stammten aus einem Tagebuch. Auf der Rückseite jedes Blattes stand etwas in Murasakis Handschrift geschrieben. Alles war durcheinander, und ich konnte zunächst weder einen Sinn noch eine Ordnung erkennen. Schließlich fand ich jene Notiz, die Licht ins Dunkle brachte. Es schien, als habe meine Mutter gegen Ende ihres Lebens ihr Tagebuch, ihre Gedichte, ihre Genji-Entwürfe und ihre Briefe durchstöbert und an ihren Erinnerungen gearbeitet. Doch um ihre Gedanken zu notieren, benützte sie keine leeren Blätter, sondern sie schrieb ihr letztes Werk auf die Rückseite genau jener Schriftstücke, auf die sie sich bezog. Nun, da ich des Rätsels Lösung gefunden hatte, begann ich zu lesen.

Während der folgenden Monate teilte ich meine Zeit zwischen Stillen und Lesen auf – dein gieriger kleiner Pflaumenknospenmund und meine gefräßigen Augen. Du saugtest Nahrung aus mir heraus, und ich holte sie mir aus jenen Texten. So bin ich recht erstaunt darüber, wie wenig du dich heute für Literatur interessierst, wo du doch schon mit der Muttermilch eine kräftige Portion davon aufgenommen hast.

Die Öffentlichkeit sah in mir die Bewahrerin der richtigen Version von der Geschichte des Prinzen Genji, meine Kopie wurde zur maßgeblichen Fassung. Ich betrachtete mich als Wächterin der Erinnerungen meiner Mutter. Ich habe dir bereits erzählt, dass Genji für mich wie ein Bruder war. Während meiner Kindheit wurde er bevorzugt behandelt, aber später stand er mir zur Seite, genau so, wie ein älterer Bruder auf seine kleine Schwester aufpasst. Als sie der Welt entsagte, ließ Murasaki Genji sowie ihren alten Vater zurück. Es war nun an mir, mich um beide zu kümmern. Falls sie nun in Amida Buddhas Paradies lebt, so denke ich, ist ihre Seele ohne Sorgen. Ich habe mein Bestes getan, auf jene, die sie zurückgelassen hat, Acht zu geben.

Die Menschen waren voller Anerkennung, weil ich mich um meinen Großvater kümmerte. Einige vermuteten, es sei eine Last, an einen älteren Verwandten gebunden zu sein, aber ich empfand das nie so. Tametoki war für mich immer eine Quelle der Weisheit, er fiel mir niemals zur Last. Er war immer höflich, niemals anmaßend, und seine tiefe Melancholie schien seinem Leben auf seltsame Weise Sinn zu geben. Tatsächlich nahm er immer an, er sei es, der sich um mich kümmerte.

Nun, da du erwachsen bist, solltest du die Memoiren deiner Großmutter lesen. Um zu verstehen, wer du bist, solltest du wissen, woher du kommst. Du solltest diese Seiten niemandem zeigen, bis du sie eines Tages deiner eigenen literarischen Nachfahrin weitergibst. In der fernen Zukunft, falls man *Die Geschichte vom Prinzen Genji* dann noch liest, mögen einfühlsame Menschen sich für Murasakis private Gedanken interessieren, doch dann werden die Klatschgeschichten zu alt sein, um noch irgendjemandem wehzutun.

Da fällt mir ein Gedicht ein, das sie einst für eine andere Dame geschrieben hatte:

Tare ka yo ni   nagaraete mimu   kakitomeshi   ato wa kiesenu katami naredomo
Still fließt das Leben, nimmt gemächlich seinen Lauf, wer wird es lesen, dieses Andenken an sie, die niemals vergessen sei.

Ich bin überzeugt, jemand wird es tun.

Meine Nachsommer-Klause

Kagerō-an Kara

Ich bin in meinem Leben an einem Punkt angelangt, an dem ich Rückschau halte, und bin entsetzt darüber, wie viel Papier ich verbraucht habe. Gewiss gibt es in der Hölle einen Ort für Menschen wie mich, die so viele Seiten voll gekritzelt haben. Neben mir steht eine Kiste mit alten Tagebüchern, hier liegt eine zusammengebundene Sammlung meiner Gedichte, gleich daneben eine *Genji*-Ausgabe aus der Zeit, da die Kaiserin einige Kopien anfertigen ließ, und dort ist eine Truhe mit Briefen. Wenn ich die unzähligen Entwürfe noch hinzurechne, die ich verbrannt oder aus denen ich Puppenhäuser für Katako gebastelt habe, würde der Papierberg noch bei weitem das übersteigen, was mich jetzt umgibt. Einen kleinen Teil habe ich wieder gutgemacht, indem ich das Lotos-Sutra auf die Rückseite gebrauchter Blätter kopiert habe, aber ich bin sicher, es verbleibt in meinem Leben nicht genug Zeit, um für alles Buße zu tun.

Tief im Innern meines Karmas gab es irgendeine Kraft, die mich zeit meines Lebens dazu getrieben hat, meine Sicht dessen, was um mich geschah, niederzuschreiben. Ich konnte mich niemals damit zufrieden geben, einfach nur zu leben. Das Leben nahm für mich erst dann wirklich Gestalt an, wenn ich die Wirklichkeit in Geschichten übersetzte. Aber obwohl ich so viel geschrieben und mich dabei bemüht habe, das Wesen der Dinge einzufangen, scheint das Entscheidende noch immer zwischen meinen Worten hindurchzurinnen. Es sammelt sich zwischen den Zeilen wie kleine Staubhäufchen. Der Geschichte gelingt es sogar noch weniger als der Literatur, das Wesen der Dinge einzufangen. Ich blättere meine Tagebücher durch, die ich in all den Jahren geführt habe, und mir wird klar, dass sie bei mir zwar viele Erinnerungen wachrufen, für andere aber vermutlich ziemlich langweilig sind.

Warum halte ich an dem Gedanken fest, es müsse einen anderen Weg geben, das flüchtige Wesen der Dinge einzufangen? Das bekannte *Tagebuch des Nachsommers (Kagerō-nikki)* meiner Tante kommt von allen Texten, die ich gelesen habe, meiner Idealvorstellung am nächsten, obwohl sie sich nur auf die bitteren Seiten des Lebens konzentriert. Ich habe mir überlegt, meine Tagebücher noch einmal zu durchstöbern und mein Leben aufzuschreiben, einschließlich meiner langen Beziehung zum Prinzen Genji. Vielleicht gelange ich endlich zu einer Art von Wahrheit, wenn ich den Gehalt an Wirklichkeit in meinen Schriften genauer in Augenschein nehme.

Aber kann das jemals den großen Papierberg rechtfertigen?

Das frühe Tagebuch

Nikki no Hajime

Meine Mutter starb, als ich fünfzehn Jahre alt war. Ich erinnere mich an eine schwarze Wolke aus laut betenden Mönchen, die in das Haus meiner Großmutter strömte, während meine Mutter stöhnend ihren letzten Fieberschub durchlitt. Ihr weiches, rundes Gesicht war eingefallen und bestand nun aus harten, fahlen Flächen. Die singenden Mönche versammelten sich in der Haupthalle, brüllten und rasselten mit ihren Sutra-Perlen, aber ihre Mantras waren so nutzlos wie das Branden der wütenden Meeresgischt. Es war offensichtlich, sie war tot, und mein Vater befahl ihnen, mit dem Lärm aufzuhören. Die Mönche zogen sich wieder in die Tempel zurück, von wo sie meine verzweifelte Großmutter hatte kommen lassen.

Meine Mutter war eine hübsche Frau gewesen, aber ihr Leichnam bot keinen schönen Anblick. Ich schloss die Augen und stellte mir vor, alles sei nur ein böser Traum. Gleich würde ich aufwachen und sie vor ihrem Spiegel erblicken, wie sie sich die Zähne schwärzte oder an einem Gefäß mit Räucherwerk roch, das sie zum Durchziehen im Garten neben dem Fluss vergraben hatte. Doch in den nächsten Tagen verfestigte sich der böse Traum immer mehr, und meine Kindertage schienen sich für immer zu verflüchtigen. An die Einäscherung erinnere ich mich noch, als sei es gestern gewesen, denn an jenem Tag erwachte ich und war mir plötzlich der Veränderung bewusst.

Ich beobachtete, wie die Rauchwolken vom Scheiterhaufen aufstiegen, während die Morgendämmerung langsam durch den bedeckten Himmel sickerte. Die Menschen begannen aufzubrechen, doch mein Vater, mein Bruder, meine Schwester und ich blieben in unserem Wagen sitzen. Unsere Träger hatten das Gestänge auf Steine in der feuchten, duftenden Erde gelegt und kümmerten sich um den Ochsen. Zuerst waren tief orangefarbene Flammen und Rauchwolken aus dem Scheiterhaufen geschlagen, aber in den letzten Stunden hatte man keine Flammen mehr sehen können, bloß Rauchfahnen und schließlich nur noch eine dünne Schwade. Ich konnte meinen Blick nicht von dem Räuchlein wenden und wagte dabei kaum zu atmen, denn ich fürchtete, die zarte Rauchwolke würde verschwinden, wenn ich zu kräftig ausatmete. Dieser Hauch eines Rauches war alles, was von meiner Mutter noch geblieben war. Wenn er erlosch, wäre sie endgültig fort. Ich hielt den Atem an, so wie ich das an ihrem Krankenbett getan hatte.

Da. Der sanfte Hauch grauer Luft versiegte. Mein Herz raste, und ich spürte, wie sich mir die Kehle zuschnürte. Ich konnte das Ende nicht ertragen. Dann erschien die Rauchwolke wieder, kräftiger als zuvor, als hätte ich sie mit meiner Willenskraft aus dem Scheiterhaufen gelockt. Ich blickte zu meinem jüngeren Bruder. Er war eingeschlafen, sein Mund stand offen, sein Kopf lehnte seltsam verdreht an der Verstrebung des Wagens. Mein Vater saß aufrecht, hatte den Blick vom Scheiterhaufen abgewendet und ließ einen Strang Gebetsperlen aus Sandelholz durch seine Finger gleiten. Nichts ließ darauf schließen, ob er bemerkt hatte, wie der Rauch verschwunden und wieder aufgetaucht war.

Während die Dämmerung dem Morgen wich, ließ ich die neue Rauchwolke nicht aus den Augen. Ich hörte, wie die Menschen in anderen voll besetzten Wagen ihre Glieder reckten und streckten, ließ mich davon ablenken, und die Rauchwolke verblasste. Voller Panik richtete ich meine ganze Aufmerksamkeit wieder auf die Schwade.

«Bleib», befahl ich ihr in Gedanken. So lange noch eine Spur des Rauches sichtbar war, hatte meine Mutter diese Welt noch nicht verlassen. Die Tore des westlichen Paradieses öffneten sich, und Amida Buddha persönlich hatte vielleicht seine Hand ausgestreckt, um ihre Seele zu seinem wunderbaren Lotosthron hinaufzuziehen – aber noch war sie nicht von uns gegangen. Die Anstrengung machte mich schläfrig, dann bekam ich Angst.

«Es wird mir zu viel», wollte ich laut schreien. «Ich kann ihn nicht länger halten.» Nun wünschte ich mir, der Rauch möge versiegen, aber es sollte von selbst geschehen, ohne dass ich mit meinem Willen darauf Einfluss nahm.

Und dann versiegte er. Und meine Mutter hörte auf, meine Mutter zu sein. Sie war nun etwas anderes. Ich atmete vorsichtig aus, und einige Minuten lang spürte ich, wie die Luft in meine Lungen hinein- und wieder hinausströmte.

Die sumpfige Ebene, wo die Leichen verbrannt wurden, war ein feuchter Ort, über dem beißender Geruch und ein ständiger Schleier der Melancholie lagen. Kreaturen in Fetzen und mit schmutzigem, mattem Haar hausten dort, sie kümmerten sich um die Feuer. Sie schienen kaum mehr menschlich zu sein. Ich erinnere mich an mein Erstaunen darüber, dass sie in Familien lebten. Kinder krochen wie scheue Füchse umher, und ich glaubte, eine Frau zu sehen, die hinter einer gedeckten Hütte stand. Die Männer verstanden zumindest unsere Sprache, denn ich beobachtete, wie einer unserer Beamten ihnen Anweisungen gab und einem von ihnen ein Paket überreichte. Aber wenn sie miteinander sprachen, verstand ich kein Wort. Auf unserem Weg in die Stadt zurück bestätigte mir mein Vater, dass diese Wesen tatsächlich Menschen waren, aber außerhalb der Gesellschaft lebten.

«Sie bestreiten ihren Lebensunterhalt, indem sie sich um die Toten kümmern», sagte er. «Jemand muss die großen Scheiterhaufen aufschichten, die die Seelen der Toten befreien.»

Es galt als Ehre, wenn die Seele eines Menschen durch den Rauch in die Luft entlassen wurde. Gewöhnliche Menschen wurden einfach in den Mooren versenkt, wo man sie der Verwesung überließ und sie sich strauchelnd auf die Reise ihres Karmas begeben mussten. Ich wunderte mich über diese Art zu existieren: Menschen, die fast schon Tiere sind. Es überraschte mich nicht, dass diese Kreaturen auch Tierhäute gerbten und Leder herstellten.

Vater bestand darauf, dass ich ein Gedicht zum Gedenken an meine Mutter verfasste, aber zu meiner Schande musste ich gestehen, dass ich dazu nicht in der Lage war. Ich fand keine Bilder, die meinen Gefühlen entsprachen. Mein Bruder war noch zu klein und dadurch von der Pflicht des Schreibens entbunden, meine Schwester hatte ein eher schlichtes Gemüt. Also wurde Vater von all seinen Kindern enttäuscht.

Ich beschloss allerdings, Tagebuch zu führen, denn nun wusste ich, dass ich die Kraft hatte, Dinge zu bewegen – und wenn es nur ein Wölkchen Rauch war. Aber ich musste das weiterverfolgen. Ich war aus einem unruhigen Traum aufgewacht, sah alles plötzlich ganz klar, und ich hatte die Fähigkeit, meinen Willen zu bündeln und etwas in dieser Welt zu bewegen. Dieses Bewusstsein aufrechtzuerhalten, wurde für mich unglaublich wichtig, und ich spürte, die Worte wären der Schlüssel dazu.

Im Frühling des nächsten Jahres zogen wir von dem Haus meiner Großmutter in die offizielle Residenz meines Vaters nahe am westlichen Ufer des Kamo-Flusses. Mein Vater begann, meinen Bruder Nobunori in der Literatur der chinesischen Klassiker zu unterweisen. Nobu war gerade zehn Jahre alt geworden, und mein Vater hatte seine Mannbarkeitsfeier im Kopf. Die Vorstellung, dass man meinem Bruder die Haare abschnitt und er die Hosen eines Mannes tragen würde, brachte mich zum Lachen. Doch mein Vater handelte in weiser Voraussicht, denn er glaubte, dass sein Sohn einige Jahre brauchen würde, bis er die Texte für das Ritual beherrschte. Mein Bruder war ein recht hübscher Junge, aber zum tiefen Kummer meines Vaters langsam.

Nobu musste sich jeden Morgen hinsetzen und Chinesisch lernen. Schon bald merkte ich, dass ich all seine Lektionen auswendig konnte, weil seine monotonen Wiederholungen aus seinem Zimmer an meine Ohren gedrungen waren. Wenn ich mir einen Text anschaute, so prägten sich mir die chinesischen Zeichen wie von selbst ein, und es fiel mir leicht, sie wiederzugeben, wenn ich an meinem Schreibtisch saß. Weil es für mich so einfach war, verlor ich die Geduld mit Nobunori. Er konnte sich nie merken, was man ihm beibrachte, und verstehen konnte er es schon gar nicht. Ich fand ihn im Garten, wie er unter den Irisblättern nach Hirschkäfern suchte und dabei seine Lektionen vor sich hin murmelte. Jedes Mal, wenn er über eine Zeile stolperte, biss ich mir auf die Lippen. Schließlich rezitierte ich jenen Teil, den er verpatzt hatte. Er blickte zu mir auf, und sein schmutziges Gesicht verzog sich zu einer hässlichen Grimasse.

«Du bist gemein», brach es aus ihm heraus. «Das werde ich Vater erzählen!»

«Da habe ich wieder einmal Pech gehabt», seufzte mein Vater. «Wie schade, dass dieses Mädchen nicht als Junge zur Welt gekommen ist. Sie scheint das Familientalent geerbt zu haben.»

Doch als er merkte, dass ich seine Bemerkung mitgehört hatte, fügte er schnell hinzu:

«So schlecht ist das gar nicht – ein Mädchen, das in eine gebildete Familie geboren wird – egal, was die Leute sagen ...»

Nobu und ich machten uns auf, um *ayame*-Pflanzen für das Fest des Kalmus zu kaufen, das zu Beginn des fünften Monats stattfand. Wir kamen mit einem Bündel Blätter für Duftkugeln und mit verschiedenen Wurzeln für Vater nach Hause, die er als Muster in einem Wettbewerb mit seinen intellektuellen Freunden benutzen konnte. Er untersuchte die langen, blassgelben Knollen mit den feinen rosafarbenen Verdickungen und den hängenden Wurzeln. Wir waren ganz aufgeregt, dass wir eine Wurzel gefunden hatten, die beinahe zwei Meter lang war. Vater war mit unserer Wahl zufrieden. Lange Wurzeln prophezeiten ein langes Leben. Schon in meiner Kindheit wurde Kalmus angebaut. Um den Ersten des fünften Monats brachten die Bauern die Pflanzen in die Stadt, um sie dort zu verkaufen.

«Es ist nicht mehr so spannend wie früher», beklagte sich Vater. «Es macht doch kaum Sinn, die Wurzeln zu vergleichen, wenn man sie gekauft hat. Trotzdem ist es euch gelungen, bei den Händlern längere Exemplare zu erstehen, als wir sie jemals in den Sümpfen gefunden haben. Wir werden sehen, wie sie im Vergleich mit den anderen abschneiden werden.»

Da mein Vater aus einer Familie von Gelehrten stammte, war seine Erziehung streng gewesen, er hatte den größten Teil seiner Zeit mit Studien verbracht. Einmal im Jahr, kurz bevor der Monsunregen über das Land fegte, machte seine Familie einen Ausflug aufs Land. Dort sammelten sie die Wurzeln des Kalmus, mit denen sie dann die Wettkämpfe in der Stadt bestritten. Unsere Familie besaß etwas Land, und die Bauern, die das Land bebauten, hatten am Ufer eines Stromes einen Flecken *ayame* angepflanzt. Die jüngeren Kinder durften mit den Bauern durch das rutschige Flussbett waten, um die Wurzelstöcke aus dem Schlamm zu graben. Aufgeregt wühlten sie in der trüben Masse und suchten nach Prachtexemplaren, denn wer die längste Wurzel fand, gewann zu Hause einen Preis. Sie nahmen ihren Schatz mit in das Haus des Bauern, das anlässlich des hohen Besuches vom Herrn aus der Hauptstadt mit Blumen geschmückt war. Dort wuschen die Bauern den Schlamm von den Wurzeln und breiteten sie auf Brettern aus.

Höflinge und Gelehrte maßen sich in Dichterwettstreiten, aber an den Wettspielen um das schönste Gemälde, den süßesten Singvogel, die beste Miniaturlandschaft oder die längste *ayame*-Wurzel konnten alle teilnehmen. Das war für ein Kind wie meinen Vater, der so in der Welt der Bücher lebte, gewiss ein besonderes Ereignis. Als er uns davon erzählte, funkelten seine Augen vor Freude über diese Erinnerung, die er über die Jahre liebevoll gehütet hatte.

Nun formten wir die duftenden Blätter zum ersten Mal ohne meine Mutter zu Duftkugeln. Wir hängten frischen Kalmus an die Dachvorsprünge, um uns vor üblen Sommergerüchen zu schützen.

In diesem Jahr fegten die Taifune in wildem Zorn übers Land. Im achten Monat mussten wir unser Haus räumen, da der Kamo-Fluss über die Ufer getreten war. Der gesamte östliche Teil des tief liegenden Beckens, in dem die Stadt Miyako* lag, wurde überflutet. Vater ließ uns erst zurückkehren, als die Diener den Schlamm und das Schwemmgut des Flusses weggeräumt hatten. Er selbst war allerdings bereits zurückgekehrt, als das Wasser noch hoch stand, um von seinen wertvollen chinesischen Büchern zu retten, was noch zu retten war. Als ich im hellen Sonnenlicht in unserem trostlosen, nur noch aus Schlamm bestehenden Garten stand, bemerkte ich am steinernen Fuß der Säule ein Knäuel. Ich hatte es nicht gewagt, die Diener danach zu fragen, ob sie seit der Überschwemmung eine der Katzen gesehen hatten.

Ich kniff die Augen zu und sagte mir, dieses Ding sei ein Klumpen aus Pflanzen und Erde, den der Fluss angeschwemmt hatte. Als ich sie wieder öffnete, hatte der Klumpen jedoch noch immer ein verfilztes Fell und zusammengebissene weiße Zähne. Während ich weiter dorthin starrte, kam der Gärtner mit der anderen Katze, die sich in seinen Armen wand, um die Ecke. Sie fauchte und kratzte wild, doch ihm schien das nichts auszumachen. Er ließ das Tier in einer Hand baumeln und hielt es sich mit steifem Arm vom Körper.

«Schauen sie nur, junge Herrin», rief er, die dicken Lippen zu einem breiten Grinsen verzogen. «Sehen sie nur, wen ich da im Granatapfelbaum gefunden habe!»

Die Katze befreite sich aus seiner schmutzigen braunen Hand, machte einen Satz auf den schlammigen Boden und

---

* Miyako bedeutet «Hauptstadt» und ist eine alte Bezeichnung für die Stadt Kyōto, die zu Murasakis Lebzeiten offiziell Heian-kyō hieß.

stürzte auf mich zu. Es war das Männchen. Beides waren weiße chinesische Katzen, man konnte sie aus der Ferne unmöglich auseinander halten. Ich hob ihn auf, wunderte mich, wie es dem Kater gelungen war, so weiß zu bleiben, und zeigte auf den erbärmlichen Haufen bei der Säule.

«Dort drüben», sagte ich zu dem Gärtner.

Ich erinnere mich daran, wie ich einfach so dastand und spürte, wie meine Freude und mein Kummer sich die Waage hielten.

Chifuru

Chifuru

Als sich der Todestag meiner Mutter zum ersten Mal jährte, hatte ich gelernt, den Haushalt zu leiten. Noch immer besuchten wir Großmutter fast jeden Tag, aber Vater verließ sich inzwischen darauf, dass ich den Bediensteten Anweisungen gab und mich um die praktischen Dinge kümmerte. Meine ältere Schwester Takako wäre dazu gewiss nicht in der Lage gewesen. Sie war im Geiste ein Kind geblieben. Mit viel Glück könnte Nobunori vielleicht eines Tages eine Karriere am Hof starten, aber noch musste man sich um ihn kümmern. Ich war siebzehn Jahre alt, und obwohl sich die Leute vermutlich langsam Gedanken machten, wann Tametokis Tochter wohl heiraten würde, schob ich den Gedanken weit von mir. Ich hatte nicht etwa beschlossen, dass mich Männer nicht interessierten, aber ich trug bereits die Verantwortung für einen Haushalt. Ich hatte kein Interesse an einer Liebesgeschichte.

Der Herbst begann mit der üblichen Hitzewelle. Ich legte meine weißen Untergewänder, die ich im Sommer getragen hatte, zur Seite und zog dafür ein blaugrünes Unterkleid an, aber dadurch war mir nicht weniger heiß. Jede Bewegung war unerträglich. Ich badete des Nachts im Garten im fahlen Licht des Mondes und schlief tagsüber in den dunklen inneren Räumen des Hauses. Vater warnte mich, mit dem Mondlicht nicht zu viel Yin in mich aufzunehmen – das kann zu

Melancholie führen –, aber mir war das egal. Meine Mutter hatte unter solchen Wellen der Niedergeschlagenheit gelitten, darauf wies er mich hin, verbot mir aber meine Mondbäder nicht, und so saß ich weiterhin nachts im Garten. Insgeheim hatte ich den Verdacht, dass er mein Gemüt für zu Yang-lastig hielt und vielleicht glaubte, eine Prise Mondessenz könnte mich weiblicher machen.

Da man den siebten Monat den Monat der Dichtkunst nennt, beschloss ich, mit meinem Chinesischstudium zu pausieren und das ganze *Kokin Wakashū* auswendig zu lernen, um meine Großmutter damit zu überraschen. Sie hatte mich gepiesackt, es gehöre sich für eine Dame nicht, Chinesisch zu lernen, und hatte sanft, aber beständig versucht, meine Aufmerksamkeit stattdessen auf die Waka* zu lenken. Und während ich mich so in unsere eigene klassische Gedichtsammlung vertiefte, entdeckte ich, dass es für mich mit jedem auswendig gelernten Waka einfacher wurde, selbst welche zu komponieren. Schon bald nahmen meine Gedanken scheinbar automatisch jene Form an, und ich musste mich kaum mehr anstrengen. Es war bald so, dass jede Gelegenheit, jedes Naturphänomen, jede Gefühlsregung in meinem Geiste ein Waka hervorrief. Manchmal schrieb ich sie sogar auf.

Während dieses heißen Frühherbstes kehrten Chifuru und ihre Familie in die Hauptstadt zurück und wohnten fünf Tage bei uns. Chifuru war ein Jahr älter als ich. Wir hatten als Kinder zusammen gespielt, bevor ihr Vater in die Provinz ver-

---

* Das Waka besteht aus fünf Zeilen, mit einer vorgeschriebenen Anzahl Silben im Schema 5,7,5,7,7. Das Haiku ist eine spätere Entwicklung, eigentlich ein gekürztes Waka, im Muster 5,7,5. Weder das englische Original noch die vorliegende Übersetzung folgt diesem strengen Schema, da für die Autorin Inhalt und Atmosphäre nicht einer starren Form untergeordnet werden sollen.

setzt wurde, und vielleicht war das der Grund, dass wir uns schnell sehr nahe kamen. Es war seltsam, sich nach so vielen Jahren wieder zu treffen. Ich hatte sie als pummeliges Mädchen in Erinnerung, so lebhaft und laut wie ich schüchtern war. Ihr Haar war kräftig wie eine Ponymähne, und wenn es draußen feucht war, umspielten kurze Locken ihr Gesicht. Nun war sie eine groß gewachsene, schöne Frau, aber auch im Alter von achtzehn Jahren konnte ich in ihr noch den Geist jenes kleinen, aktiven Mädchens sehen, das einst mit mir gespielt hatte. Ein einziges Jahr Altersunterschied hatte sie damals zur unbestrittenen Autorität in unseren Spielen gemacht.

In Chifurus Mund wuchs ein zusätzlicher Zahn. Er hatte sich über einen Schneidezahn geschoben und äugte unter ihrer Oberlippe hervor. Wenn sie lächelte, sagte ich:

«Der Mond blinzelt zwischen den Wolken hervor.»

Dies war unser Kinderwitz über ihren zusätzlichen Zahn. Plötzlich bekam ich Angst, sie könnte zornig werden, aber sie lachte und hielt sich ihren weiten Ärmel vors Gesicht.

«Mutter sagt, ich müsse meinen Mund immer bedecken. Wenigstens sind nun einige Wolken vor den Mond gezogen», sagte sie und spielte damit auf ihre wunderschön geschwärzten Zähne an. Mir wurde bewusst, wie wenig vornehm mein weißer Mund wirkte.

Sie senkte ihren Ärmel und betrachtete mich von Kopf bis Fuß. Es war, als suche sie nach einer Spur jener Siebenjährigen, die einst jedem der Befehle gefolgt war, die sie im Alter von acht Jahren gegeben hatte, sogar unter der Bettdecke, die wir nachts geteilt hatten. Wir hatten einander Spitznamen gegeben. Ich nannte sie Oborozuki, Verschleierter Mond, und sie nannte mich Kara-no-ko, weil alles Chinesische schon damals einen besonderen Zauber auf mich ausübte. Zehn Jahre waren vergangen seit unserem Spiel «An den Hof gehen», als wäre das für eine von uns beiden eine ernsthafte Möglichkeit.

Wenn man einen Menschen jeden Tag sieht, so bemerkt man nicht, welche Spuren die Zeit hinterlässt. Es kommt einem vor, als verändere sich diese Person nicht, oder aber man verändert sich gemeinsam, und so fällt es weniger auf. Vielleicht ist dies der Grund dafür, dass man sich selten in einen Menschen verliebt, der Tür an Tür mit einem aufwächst. Wenn man andererseits auf jemanden trifft, der einem völlig fremd ist, wirkt zwar alles neu an ihnen, aber es gibt auch keine verbindenden Erfahrungen. Man verbringt viel Zeit damit, im Geiste ein Netz auszuwerfen, und hofft, irgendeine gemeinsame Empfindung oder Erfahrung einzufangen, aber es kostet große Anstrengung. Ich fand es viel aufregender, in dieser exotischen jungen Schönheit, die zu uns auf Besuch gekommen war, nach einem Schimmer jenes Kindes zu suchen, das ich einst gekannt hatte.

Chifuru schlief bei mir im Zimmer. Als wir uns die Gesichter mit weißer chinesischer Erde puderten, bürstete ich die Locken, die ihr Gesicht umrahmten, zur Seite. Ich erinnere mich, wie dabei plötzlich eine lebhafte Erinnerung an die Chifuru aus meiner Kindheit in mir aufstieg. Es war ein ruhiger Nachmittag gewesen, während der langen Regenzeit im Frühjahr, und wir saßen auf den duftenden, neuen Matten im Zimmer meiner Mutter und bürsteten einander Reiswasser in die Haare. Plötzlich überwältigte mich mit einem Stich die Erkenntnis, welch wunderbare Dinge sich in diesem unsichtbaren Netz verfangen hatten, das uns beide über eine solche Zeitspanne hinweg miteinander verband.

Noch Jahre später spürte ich jedes Mal, wenn ich mein Gesicht mit chinesischer Erde puderte, wie dieser Moment kurz in mir aufflackerte. Es ist schon erstaunlich, wenn man bedenkt, dass jedes Wesen solche Verknüpfungen birgt. Jeder Moment entsteht zwangsläufig aus der Vergangenheit, entlang des Pfades, den uns das Karma vorgibt. Vielleicht gilt das sogar für Dinge, die nicht lebendig sind – selbst ein Stein hat eine Vergangenheit, denke ich. Aber bei lebenden Dingen sind jene Verbindungen viel deutlicher, weil die Zeit dort Spuren hinterlässt, obwohl man sie nicht sofort erkennt. Welche Kraft erweckte diesen besonders wehmütigen Sinn für Schönheit, den ich an jenem Tag so deutlich spürte? Ich kam zu dem Schluss, dass es die Erinnerung sein musste, die uns so tief berühren kann. Aus diesem Grund können wir auch etwas völlig Neues niemals als schön wahrnehmen.

Wie ich an diesem stillen, schönen Morgen so neben Chifuru lag, konnte ich ihr von Dingen erzählen, die mich beschämt hatten. Mein Vater hatte vor einigen seiner Freunde erwähnt, dass ich die chinesischen Klassiker auswendig lernte, die eigentlich mein Bruder lernen sollte. Er sagte es mit einem Anflug von Stolz, denn für ihn lag nichts Falsches darin, dass eine Frau gebildet war, und doch hätte er merken sollen, dass man damit nicht prahlte. Viele Leute fanden es seltsam oder sogar lächerlich, und ich war so naiv, dass ich mich davon beunruhigen ließ. Meine Freundin Sakiko, die am Hof Dienst getan hatte und immer über alles informiert war, erzählte mir, Yoshinaris auserwählte Söhne hätten sich über das «Mädchen, das Chinesisch kann» lustig gemacht.

«Also ist dein Ruf zerstört», antwortete Chifuru und streichelte mir mit den Flächen ihrer Fingernägel über den Ellbogen. «Nun wirst du niemals einen angemessenen Ehemann finden.»

Sie schüttelte ihr zerknittertes, leicht feuchtes Unterkleid und strich es über uns beiden glatt.

«Wenn dies eine Möglichkeit wäre, einer Hochzeit zu entgehen, würde ich auch Chinesisch studieren», sagte sie. «Nur würde das leider nichts nützen.» Sie lachte, doch mit einer Spur von Bitterkeit.

Ich glaubte, sie wollte mich necken, aber ich hätte es besser wissen sollen. Ihr Chinesisch war nicht besonders gut, aber sie machte sich trotzdem nie über das Lesen lustig. Chifurus Mutter hatte vor ihrer Heirat einige Jahre als Dame niederen Ranges bei einer kaiserlichen Prinzessin verbracht. Sie behielt ihre Zeit am Hof als den Höhepunkt ihres Lebens in Erinnerung, und als sie selbst eine Tochter bekam, hatte sie nur den einen Gedanken, nämlich Chifuru so zu erziehen, dass sie die gleiche Erfahrung machen könnte. Chifurus Vater war ein ehrgeiziger Schreiber gewesen, als ihre Eltern sich kennen lernten. Es stellte sich heraus, dass er ein außergewöhnlich begabter Beamter war, weshalb er in seiner Karriere von Miyako aus in eine schwierige Provinz nach der anderen geschickt wurde. Am Hof war man jedoch nicht sonderlich begeistert davon, Mädchen in den Dienst zu nehmen, die in der Provinz aufgewachsen waren.

Als die Tochter eines Gelehrten hatte auch ich nicht viele Chancen, das wurde mir langsam klar. Meine Mutter und meine Großmutter hatten mir während meiner Kindheit so viele Geschichten vom Hofleben erzählt, dass ich recht phantastische Vorstellungen vom Leben am Hof hatte. Zudem bezogen sich ihre Geschichten auf den Stand der Dinge vor mindestens einer Generation. All ihre Gespräche basierten sowieso größtenteils auf Phantasien, da keine von ihnen wirklich Dienst getan hatte. Ihre Anekdoten stützten sich vor allem auf Gerüchte.

Wie bemitleidenswert unschuldig Chifuru und ich doch waren in unserem geheimen Verlangen, am Hof Dienst zu tun, das in unserem Herzen brannte. Während der nächsten

Tage begannen Chifuru und ich ein Spiel, wir dachten uns Geschichten über das Leben am Hof aus, erweckten Phantasien zum Leben, die eigentlich nur Variationen jener Geschichten aus unserer Kindheit waren. Doch dieses Mal erfanden wir noch einen sensiblen Helden, der sich mit jeder Dame, die er traf, auf ein erotisches Abenteuer einließ. Wir wechselten uns ab, entweder den Prinzen oder die Dame zu spielen. Keine von uns beiden hatte schon Erfahrung mit Männern, aber wir griffen auf unsere Vorstellungskraft zurück und experimentierten mit Geschichten, die uns Freundinnen erzählt hatten.

Ich war am Boden zerstört, als Chifuru abreisen musste. Wir schenkten einander unsere Fächer. Ich gab ihr meinen wasserblauen mit den schwarz lackierten Rippen, der mit Zeilen chinesischer Gedichte geschmückt war, und sie schenkte mir ihren rosafarbenen, den mit der dreifachen Kirschblüte – antik und ziemlich wertvoll. Ihre Familie musste schließlich abreisen, und sie brachen so schnell auf, als müssten sie dem Mond hinterherjagen.

Alleine in meinem Zimmer schrieb ich dieses Gedicht. Ich fertigte eine Kopie an und ließ sie ihr am nächsten Tag mit einem Boten nachschicken:

Meguriaite   mishi ya sore tomo wakanu ma ni
kumogakurenishi   yowa no tsukikage
Ich hoffe auf ein Wiedersehen, hab ich dich nur geträumt, oder haben Wolkenschleier dich schneller als meine Worte wieder verhüllt – bleiches Antlitz des Mitternachtmondes.

In so kurzer Zeit hatte ich die Liebe entdeckt und war wie verwandelt. Doch im gleichen Moment, als ich sie gefunden hatte, wurde sie mir schon wieder genommen.

Gegen Ende des Herbstes kam Chifuru noch einmal mit ihrer Familie zu einem letzten Besuch. Im Laufe einer Jahreszeit hatte sich alles verändert. Die sonnendurchfluteten Nachmittage wurden immer kürzer, die Luft kühler. Ahorn und Sumachsträuche trugen ihr alljährliches, prachtvoll brokatenes Gewand, und die modebewussten Damen konkurrierten in den Farbkombinationen ihrer mehrschichtigen Gewänder mit den Bäumen. Im Gras sangen die Insekten. Chifurus Familie machte sich wieder auf die Reise, dieses Mal hatte ihr Vater eine Stellung in der weit entfernt gelegenen südlichen Provinz Tsukushi bekommen. Es ging alles sehr schnell, seine Berufung folgte nicht dem üblichen Dienstweg, aber er konnte das Angebot kaum abschlagen. Der Gouverneur war gestorben, das Büro der Provinz in chaotischem Zustand, und Chifurus Vater wurde dazu bestimmt, die Dinge so schnell als möglich wieder in Ordnung zu bringen. Tsukushi strahlte nicht gerade die Pracht eines Pflaumenbaumes aus, wie man sagte – es war ein Ort der Verbannung.

Bevor sie ankamen, hatte mein Vater mich zur Seite genommen und mir die Umstände erklärt, aber trotzdem war ich auf Chifurus erbärmlichen Zustand nicht vorbereitet. Der Hut ihres Reisekostüms hatte einen Schleier, der ihr Gesicht verhüllte. Sie nahm ihn erst ab, als wir alleine waren. Ihre Augen waren geschwollen, denn sie hatte geweint.

«Das muss die Strafe für eine Sünde sein, die ich in einem früheren Leben begangen habe», flüsterte sie, und ihre Hände spielten mit dem Schleier des Hutes. Als ich anbot, ihr die Haare zu bürsten, griff sie nach hinten, um das Band zu öffnen, das ihre Haare in einem langen Pferdeschwanz zusammenhielt, der unter ihrem Mantel ruhte. Das Band verfing sich und wollte nicht aufgehen, also riss sie gnadenlos daran, Tränen traten ihr in die Augen, und sie rief:

«Oh, du dummes Band! Warum muss immer alles schief gehen?»

Ich bekam ihre wütende Hand zu fassen und legte sie mir an die Wange. Chifuru lehnte sich an mich und begann zu weinen.

«Ich weiß», sagte ich. «Vater hat es mir erzählt. Aber es ist doch nur vorübergehend ...»

Ich versuchte, sie mit den vernünftigen Überlegungen meines Vaters zu trösten. Er wusste, wie traurig mich der Gedanke machte, dass meine Freundin in den rauen, unzivilisierten Westen verschwinden sollte. Chifuru hatte sich wieder beruhigt, als ich ihre langen, verwirrten Haare mit meinem Kamm glättete.

«Ich werde nicht nach Tsukushi gehen», flüsterte sie mit heiserer Stimme.

«Was willst du damit sagen?», fragte ich und bekam plötzlich Angst.

«Ich werde auf dem Weg dorthin verheiratet», sagte sie mit einem bitteren Unterton. «Mein Vater meinte, es würde meine Aussichten vollkommen zerstören, wenn ich mit ihnen käme und noch einige Jahre in Tsukushi schmorte. Es ist nicht anzunehmen, dass ich dort einen Ehemann finden werde, aus diesem Grund legen wir einen Zwischenhalt in Bizen ein.

«Bizen?», fragte ich dumm. Tatsächlich war ich erleichtert. Als sie sagte, sie gehe nicht nach Tsukushi, hatte ich eine viel verzweifeltere Tat gefürchtet.

«Der Gouverneur hat vor kurzem seine Frau verloren und möchte eine Frau aus der Hauptstadt heiraten. Mein Vater hielt das für die perfekte Lösung.»

Die Abendluft war frisch, und die Wolken zogen schnell vor den Mond. Im hellen Glanz des Mondes funkelten die

Sterne nur schwach, und im Garten summten die Insekten mit voller Kraft. Wir saßen eng aneinandergeschmiegt auf der Veranda und unterhielten uns leise. Als wir verstummten, erfüllte das Zirpen der Insekten die Stille. Wir lauschten und konnten vier verschiedene Stimmen ausmachen – Glockengrille, Waldgrille, Weberkäfer und *kirigirisu*. Mein Bruder hatte schon den ganzen Monat Insekten gesammelt. Er bastelte Käfige aus Bambus für sie und fütterte sie mit Gurkenstückchen und Melonenschale. Ich hatte gelernt, welches Insekt wie klang, indem ich seine Experimente beobachtet hatte. Einige sangen tagsüber, andere nur bei Nacht.

Als wir über ihre sich nähernde Hochzeit nachdachten, wurde mir bewusst, dass Chifuru der einzige Mensch war, dem ich mein Herz ausschütten konnte.

«Wenigstens wirst du nach Miyako zurückkommen und hier leben, wenn seine Pflichten erfüllt sind», warf ich ein.

Aber sie wäre dann eine verheiratete Frau, meinen Status konnte ich nicht einmal erahnen – Chifurus Schicksal hatte plötzlich eine dunkle Wolke auf meine eigene Situation geworfen. Es war nicht vernünftig anzunehmen, dass ich einfach so würde weitermachen können.

Wir trugen die gleichen rostroten Hosen aus Seidenköper, darüber gefütterte weiße Unterkleider. Chifurus geschichteter Umhang war kastanienbraun und in blassem Türkisgrün eingefasst, meiner war hellbraun mit einer altrosa Einfassung. Er war alt, und die strahlende pinkfarbene Färbung war schon lange verblasst und hatte sich in die Farbe eines fahlen Pilzes verwandelt. Wir versuchten uns vorzustellen, wie wir als verheiratete Damen aussähen. Wir wären gezwungen, uns die seitlichen Locken abzuschneiden, und unsere langen weiten Hosen wären scharlachrot anstatt rostrot. Wir hätten unsere eigenen Garderoben mit zueinander passenden Kimonos und würden nicht mehr die abgelegten Roben unserer Mütter zusammenstellen. Wir versprachen einander, immer auf modische Farbkombinationen Acht zu geben, auch wenn wir in der Provinz leben mussten.

Chifuru hatte bei ihrem letzten Besuch die übel riechende, eisenhaltige Lösung gemischt, mit der sie ihre Zähne färbte. Nun konnte ich es kaum erwarten, dass sie auch meine Zähne färbte. Als sie abgereist war, mischte ich nach ihrem Rezept die Eisenspäne mit Sake anstatt mit Essig, wie es eigentlich üblich ist, und nachdem ich die veredelnde Mischung alle drei Tage aufgetragen hatte, glich mein Mund dem ihren. Lachend dachten wir uns eine Geschichte über unseren Phantasiehelden aus, wie er das Haus eines Gouverneurs in der Provinz besucht und dessen hübsche junge Frau verführt.

Wir merkten gar nicht, wie die Zeit verging, und schon schwebte der Mond über die westlichen Hügel, und wir schlichen ins Haus und legten uns schlafen, während der Gesang der nächtlichen Insekten langsam verstummte. Schläfrig überlegte ich mir, ob sie sich wohl bewusst waren, wie kurz ihr Leben war? Mit klagenden, schrillen Schreien schienen sie sich wehmütig vom Herbst zu verabschieden. Gleichzeitig war es ein Abschied von dem wolkenverhüllten Mond, ein Abschied von Chifuru. Als sie fort war, schrieb ich dieses Gedicht:

Nakiyowaru   magaki no mushi mo   tomegataki   aki no wakare ya   kanashikaru kana
Wenn das Lied der Grillen in den Hecken verstummt, scheint das Scheiden des Herbstes gewiss, auch sie sind bestimmt sehr traurig.

Ungefähr einen Monat nachdem Chifuru und ihre Familie in die westlichen Provinzen abgereist waren, rief Vater seine drei Kinder ins Arbeitszimmer. Mein Bruder war ahnungslos, aber ich verstand sofort, was vor sich ging. Vaters Auserwählte war eine Frau in den Zwanzigern, deren Großvater und Vater wichtige Stellungen in den Provinzen innehatten. Da ihr Vater sich für chinesische Dichtkunst begeisterte, war er erfreut über die Verbindung zu unserer Familie. Es war ziemlich erheiternd für mich, zu beobachten, wie unser armer Vater damit kämpfte, uns die Neuigkeit zu überbringen. Ich hatte einige Tage zuvor bemerkt, dass er den alten lackierten Kasten, in dem er seine Kämme aufbewahrte, hervorgekramt hatte, und so hatte ich schon geahnt, was los war. Es war der Kamm, den er im Haus meiner Mutter benutzt hatte. Ihre Familie hatte ihn nach ihrem Tod zurückgegeben, und er hatte ihn eng umwickelt in einer besonderen Schublade in der Kommode in der Ecke seines Arbeitszimmers aufbewahrt. Ich fragte mich, ob er seine Erinnerungen an sie auch so sorgfältig eingewickelt hatte.

Mir war jede Ecke des Hauses vertraut, einschließlich seines Arbeitszimmers, denn er hatte mir immer freien Zugang zu seinen Büchern und Papieren gewährt, und ich hatte ihn beim Wort genommen. Heimlich sah ich auch seine Entwürfe für Liebesgedichte durch, und ich glaubte herauszuspüren, dass man ihn zumindest einmal zurückgewiesen hatte. Natürlich sprach er mit uns niemals über diese Dinge, aber als er schließlich eine Einigung erzielt hatte, überraschte mich das nicht.

Mutter war nun seit drei Jahren tot. Vater war dreiundvierzig Jahre alt, aber noch immer ein attraktiver Mann. Niemand störte sich daran, dass er plante, eine andere Frau zu nehmen. Es gab viele Männer, die mehrere Frauen gleichzeitig hatten und es sich unmöglich vorstellen konnten, ohne die Unterstützung ihrer Ehefrauen zu leben. Einige Männer brachten es nicht einmal zustande, sich ohne die Hilfe ihrer Ehefrauen anzukleiden. Die Gattinnen mussten ihnen dabei behilflich sein, die Farben zusammenzustellen und saubere Unterroben zu finden. Mein Vater war ungewöhnlich selbständig. Seine Freunde konnten es kaum fassen, dass er in all den Jahren keine Geliebte hatte. Und trotzdem war es weltfremd von mir anzunehmen, ich könnte weiterhin seinen Haushalt führen.

Es rührte mich, wie sehr ihn umtrieb, was wohl seine Kinder von der Entscheidung hielten. Ich verstand ihn zutiefst, und meinethalben wäre eine so förmliche Ankündigung nicht nötig gewesen. Gleichwohl stand eine Veränderung bevor, und ich hatte den Verdacht, dass mich diese Veränderung am meisten betraf. Nach der Hochzeit mit meiner Mutter war er in das Haus ihrer Eltern gezogen, wo wir Kinder geboren wurden und aufgewachsen sind. Aber dieses Mal würde seine Braut hierher kommen, um in seiner offiziellen Residenz mit ihm zu leben.

Heute ist es durchaus üblich, dass eine Ehefrau zu ihrem Ehemann zieht und bei ihm in einem neuen Haus lebt, anstatt bei ihren Eltern zu bleiben, aber damals fand ich diese Vorstellung schrecklich. Falls ich heiraten müsste, wäre es mir viel lieber, wenn ich in meinem eigenen Haus bleiben könnte und mein Ehemann mich besuchte. Der Gedanke, die Familie zu verlassen und mit einem Fremden in ein neues Haus zu ziehen, war furchtbar für mich. Obwohl ich mich fürchtete, tat mir Vaters neue Braut auch Leid.

Vater gab wirklich sein Bestes, um den häuslichen Frieden zu bewahren. Er ließ einen neuen Flügel an das Haus anbauen, damit sich für uns möglichst wenig ändere. Meine ältere Schwester Takako hatte das Glück, in Vaters altes Zimmer ziehen zu dürfen, wo man einen Blick über den Fluss hatte. Er schaffte seine Sachen in den neuen Flügel, und ich blieb in meinem gemütlichen, abgedunkelten Raum neben Vaters Arbeitszimmer mit Blick auf den vorderen Gartenteich. Ich bekam eine neue Ausstattung Vorhänge und Kissen. Nobunori schmollte, weil Takako bevorzugt behandelt wurde, und er weigerte sich stur anzuerkennen, dass Vater Takako mit besonderen Gaben erfreute, weil sie ein schlichtes Gemüt hatte.

Die Lieblingsbeschäftigung meiner älteren Schwester war das Essen, und sie bettelte bei den Bediensteten immer um kleine Happen. Bohnen in süßem Weinsirup mochte sie so gerne, dass dieses Gericht meistens sofort nach der Zubereitung verschwand, bevor andere Familienmitglieder überhaupt probieren konnten. Takako war richtig dick, aber sie hatte eine wilde, großmütige Art – außer mit Nobunori. Er genoss es, sie zu quälen, und sie war ihm gegenüber immer misstrauisch. Ihr Gesicht verfinsterte sich, und ihre Augen verschwanden in den Falten ihres Gesichts, sobald sie ihn sah, denn sie war nicht dazu in der Lage, ihre Gefühle zu verstecken. Natürlich würde sie niemals heiraten können.

Mein Bruder war eifersüchtig auf die Liebe, die mein Vater ihr gab. Mit Nobunori war er so streng. Ich musste immer zwischen meinem Bruder und meiner Schwester vermitteln und ihren Streit schlichten. Dies war einer der Gründe, warum Vater Takako das Zimmer mit Blick auf den Fluss gab, so konnte er etwas Abstand zwischen den beiden schaffen. Nobunori entfernte die Trennwand zu Takakos altem Zimmer, das auf einer Seite von Vaters Arbeitszimmer lag, und hatte so mehr Platz, um seine verschiedenen Sammlungen aufzubewahren. Ich hatte nur die eine Forderung, dass Vaters Braut nach der Hochzeit nicht in sein Arbeitszimmer dürfe.

Meine Stiefmutter war drei Jahre älter als ich, aber so duldsam wie eine stumme Gardenie. Obwohl sich ihr Vater für die chinesischen Klassiker interessierte, hatte sie kein besonderes literarisches Talent und lebte sehr zurückgezogen in dem neu errichteten Teil des Hauses. Ich hatte mir im Geheimen einen Spitznamen für sie ausgedacht und nannte sie *kuchinashi**. Ich verbrachte den größten Teil meiner Zeit im Arbeitszimmer. Von dort schweifte mein Blick in den Garten und blieb an den welkenden Chrysanthemen hängen.

Ich sann darüber nach, wie die Jahreszeiten einander ablösen und doch unverändert wiederkehren, während die menschliche Blütezeit, die Jugend, unwiderruflich verloren geht und niemand diese Erfahrung je wiederholen kann. Der Gedanke, dass auch ich bald mein Zuhause verlassen müsste, machte mir Angst. Chifuru war fort, wie ein loses Blatt im Herbst hatten die rauen Winde sie mit sich gerissen. Konnte ich ein ähnliches Schicksal abwenden? Auch wenn es mir vielleicht gelingen würde, eine mögliche Hochzeit hinauszuschieben, sehnte ich mich jeden Tag nach ihr. Ich hatte mich in mein Schicksal gefügt, dass mir die Möglichkeit, an den Hof zu gehen, für immer verwehrt bleiben sollte. Mein Vater hatte einst eine Stellung gehabt, die das vielleicht ermöglicht hätte, aber als Kaiser Kazan abdankte, musste er seinen Posten im Ministerium für Verwaltung aufgeben. Ihm war es gelungen, in den philosophischen Weiten der chinesischen Klassiker Trost zu finden, und auch ich wendete mich nun diesen Schriften zu, suchte dort nach geistigem Rat. Ich war überzeugt, dass die Antwort auf jene Rätsel, die das Leben uns stellte, in einer Verbindung zwischen unseren tiefsten Sehnsüchten und der Natur liegen musste.

---

* Kuchinashi, «ohne Mund», ist eine Gardenie. Man nennt die Pflanze so, da die schmale, gerippte Frucht sich nicht öffnet, bis sie vollkommen vertrocknet ist.

Ich stieß auf den uralten chinesischen Kalender der Monatlichen Fügungen* und vertiefte mich darin, um mehr über die Prophezeiungen der chinesischen Weisen zu erfahren. Sie setzten das Jahr mit einem Bambusrohr gleich, bei dem auf jeden glatten Stängelteil eine knotige Verdickung folgte: Jeder Monat bestand aus einem solchen Paar, deren Namen sich auf Veränderungen in der Natur bezogen. Während mein Blick auf den Chrysanthemen in unserem Garten ruhte, war die chinesische Zeitrechnung gerade in jenen zweiwöchigen Abschnitt geglitten, der «Kalter Tau» genannt wurde. Auch unser Kalender kennt diese Unterteilungen, aber die alten Chinesen bestachen mit einer noch genaueren Einteilung der Gezeiten. Die Stängel und knotigen Verdickungen setzten sich aus drei kleineren Einheiten mit je fünf Tagen zusammen. Dies waren die jahreszeitlichen Feinabstimmungen, so könnte man das wohl nennen. Alles zusammengerechnet gab es zweiundsiebzig solcher Einheiten in einem Jahr. Da die Chinesen in der Lage waren, die Jahreszeiten so präzise zu unterscheiden, hoffte ich, sie hätten vielleicht auch einen Weg gefunden, die Verbindungen zwischen der menschlichen Gefühlswelt und der Natur zu verstehen. Also nahm ich mir jeden Tag etwas Zeit, um zu überlegen, welche Jahreszeit wir genau hatten.

Ich fand heraus, dass die zwei Wochen des «Kalten Taus» mit einem fünftägigen Abschnitt begannen, der den Namen «Wildgänse kommen zu Besuch» trug. Darauf folgte «Sperlinge tauchen ins Wasser und verwandeln sich in Venusmuscheln» und dann «Chrysanthemen verfärben sich gelb» – genau das hatte ich zufällig gerade in unserem Garten beob-

---

* *Yue Ling*, ein chinesischer Text aus dem ersten Jahrhundert vor unserer Zeitrechnung.

achtet. Zwölf Monate aufgeteilt in vier Jahreszeiten und die Monate noch einmal wie Bambus gespalten und in noch feinere jahreszeitliche Späne zerhackt: Ich bewunderte die Gabe der Chinesen, so genau zu beobachten.

Nun ist es gerade in Mode, alles Chinesische als übersteigert und gekünstelt zu verunglimpfen, aber ich konnte diese Ansicht nie teilen. Im Gegenteil, je tiefer ich in die chinesischen Klassiker eintauchte, umso mehr wuchs meine Bewunderung. Schließlich wären wir gar nicht in der Lage, unsere japanischen Worte niederzuschreiben, gäbe es die chinesische Schreibtechnik nicht. Mir wurde jedoch gleichzeitig klar, dass sich die Chinesen in ihrem Denken grundlegend von uns unterschieden. Bei aller Gelehrsamkeit wirkte das Chinesische gleichermaßen geheimnisvoll wie präzise.

Die Anordnung des Kalenders war bestechend. Die Ereignisse der Natur wurden so exakt aufgezeichnet, als reihte man zweiundsiebzig Perlen, die in gleichmäßigem Muster von vierundzwanzig Bambusstücken durchbrochen wurden, an einem Bindfaden auf. Die Namen hatten einen faszinierenden und doch rätselhaften Klang. Wie konnten sich Sperlinge in Venusmuscheln verwandeln? Es waren poetische Bezeichnungen einer bäuerlich angehauchten Dichtkunst. Aber ich fand am Ende nicht, wonach ich suchte. Der chinesische Kalender gab dem Verstand ein vorzügliches Werkzeug, um der Natur zu folgen, aber die Gefühle kamen zu kurz.

Ich hatte die Erfahrung gemacht, dass in gewissen Momenten irgendein Aspekt der Natur unsere Gefühle besonders ansprechen konnte. Jene glutrote Verfärbung des Himmels, wenn die Sonne im Herbst hinter den kahlen Ästen eines Baumes untergeht, lässt in unseren Herzen das einsame Funkeln verwelkender Schönheit anklingen. Aus diesem Grund greifen die Dichter auf das Bild des Sonnenuntergangs zurück, um den Herbst in ihre Verse einzubrennen – ein Sonnenuntergang bringt das innerste Wesen des Herbstes zum Ausdruck. Beim Blick in den Spiegel der Poesie drückt jede Jahreszeit ihr innerstes Wesen in jeweils eigenen Bildern aus.

Ich begann eine Liste dieser Bilder und der Jahreszeiten, für die sie standen, zusammenzustellen.

Nach der Hochzeit meines Vaters zog ich mich anscheinend immer mehr in mich zurück, denn man warf mir vor, ich hätte ein melancholisches Gemüt. Das überraschte mich, und ich hielt den Vorwurf nicht für gerechtfertigt. Es stimmte, ich neigte nicht zur Albernheit. Und vielleicht hielten mich manche Leute deshalb für melancholisch. Doch wenn ich beispielsweise mit Chifuru zusammen war, erfüllte mich ein strahlender, lebhafter Geist, und ich konnte stundenlang reden. Daher wusste ich, dass ich nicht von Natur aus melancholisch war, sondern dass mich die Umstände dazu gemacht hatten. Meine Großmutter warnte mich, Nachdenklichkeit wirke nicht anziehend auf jene Männer, die für mich infrage kämen.

«Du solltest versuchen, ein bisschen lebhafter zu sein», ermahnte sie mich.

Aber wenn ein Mann mich aufgrund einer nur gespielten Umgänglichkeit heiratete, dann wäre er doch gewiss enttäuscht, würde er meinen Hang zur Traurigkeit dann doch entdecken? Es musste doch auch Männer geben, die nicht nur nach Äußerlichkeiten urteilten? Ich war achtzehn Jahre alt. Die meisten meiner Freundinnen waren schon verheiratet oder hatten ernsthafte Verehrer. Jene, deren Väter ehrenvolle Ämter innehatten, waren am Hof im Dienst. Aber dem «Mädchen, das Chinesisch kann» machten nicht viele Verehrer den Hof. Es gab da nur einen Studenten meines Vaters. Er war von niederem Rang, und ich vermutete, dass er sich nur für mich interessierte, weil er hoffte, ich würde ihm bei seinen Studien helfen. Ehrlich gesagt war ich froh, dass es keine Verehrer gab, die ich abweisen musste. Keiner hätte mit der Liebe mithalten können, die Chifuru und ich uns ausgedacht hatten.

Unsere Briefe gingen so schnell hin und her, wie die Boten sie überbringen konnten. Als Chifurus Familie in Bizen eintraf, war der Gouverneur recht zufrieden mit ihr, aber die Heirat wurde noch verschoben, bis die offizielle Trauerzeit um seine Frau zu Ende gegangen war. Chifuru musste mit ihrer Familie nach Tsukushi weiterreisen und sollte zu Ende der Trauerzeit nach Bizen zurückkehren. Ich bekam dieses Gedicht von ihr:

Nishi no umi wo omoiyaritsutsu tsuki mireba tada ni nakururu koro ni mo aru kana
Voll Kummer und Sehnsucht schweift mein Blick zum Mond, der im Westen über dem Meer hängt. Es ist eine Zeit voller Tränen.

Sie bat mich, sie mit Neuigkeiten aus der Hauptstadt zu versorgen, und so waren meine Briefe voller Klatschgeschichten über Freunde, die am Hof Dienst taten. Ich beantwortete ihr Gedicht:

Nishi e yuku tsuki no tayori ni tamazusa no kikitaeme ya wa kumo no kayoiji
Gen Westen ziehen die Briefe mit dem Mond, den ziehenden Wolken gebe ich Nachricht mit auf den Weg.

Ich dachte ständig an Chifuru, vor allem wenn ich die verschiedenen Phasen des Mondes beobachtete. Das lag nicht nur an ihrem Kosenamen Verschleierter Mond. Nun, da sie fort war, machte ich mir grundlegende Gedanken über das Wesen des Mondes.

Der Mond ist viel interessanter als die Sonne, die ihr Erscheinungsbild niemals verändert. Gewiss kommt er aus diesem Grund viel häufiger in Gedichten vor als die Sonne – abgesehen vom Morgengrauen oder der Abenddämmerung, von jenen kurzen Momenten also, in denen die Sonne über den Rändern des Tages flimmert. In meiner Erinnerung schien Chifuru so wunderschön wie der Mond in all seinen Facetten. Drei Tage nach Neumond erinnerte mich die Form der Mondsichel an ihre Augenbrauen. Dann verwandelte sich der Mond in den gekrümmten Bogen eines Schützen, bis er schließlich in seiner ganzen Fülle erstrahlte. Am dramatischsten ist dieser Anblick, wenn ihn ein zarter Wolkenschleier umhüllt. Kurz nach dem Vollmond wirkt der Mond gelöst und reif, träge treibt er am westlichen Himmel in den Morgen. Auch das erinnerte mich an Chifuru. In den darauf folgenden Nächten zögert der Mond sein Erscheinen am Himmel immer länger und länger hinaus, sodass die späte Nacht, vor allem im Herbst, heller erstrahlt, wenn er dann endlich aufgeht. Dies ist der Mond, der die Helligkeit in sich trägt und unter dem Chifuru und ich unsere letzte gemeinsame Zeit verbrachten. Ich wurde sehr traurig, wenn der Mond in diese Phase eintrat, denn nun musste ich ständig an sie denken und wusste, wie lange ich auch warten würde, der «verschwommene Mond» würde für mich niemals mehr am Himmel stehen.

Auch meiner Stiefmutter musste der Zyklus des Mondes aufgefallen sein, denn ihr Zyklus blieb aus: Sie war schwanger.

Zu Beginn des Winters schrieb ich Chifuru jedes Mal, wenn in meinem chinesischen Kalender ein neuer fünftägiger Abschnitt anfing. «Das Wasser beginnt zu erstarren», stand am Anfang eines Briefes, und fünf Tage später «Die Erde beginnt zu erstarren». Wir näherten uns jenen zwei Wochen, die den Namen «Weniger Schnee» trugen. Obwohl bis jetzt noch kein Schnee gefallen war, fror ich unglaublich. «Fasane schlüpfen ins Wasser und verwandeln sich in riesengroße Venusmuscheln», schrieb ich und begann so einen weiteren Brief. Aber was sollte das bedeuten? Diese unheimliche Verwandlung ließ mich nicht los. Schließlich wurde mir klar, dass mir der Gedanke zu schaffen machte, Chifuru könnte sich einem Mann hingeben.

Sie antwortete mir und bat mich darum, einige der Geschichten, die wir uns ausgedacht hatten, für sie aufzuschreiben. Es war eine interessante Herausforderung, und so begann ich, die Geschichten des Prinzen Genji niederzuschreiben. Bei der ersten Geschichte ließ ich mich von meinen Gedanken über den Mond inspirieren. Es war eine Geschichte für Chifuru, in der Genji im Palast eine Dame traf und so von der Leidenschaft übermannt wurde, dass er sie an einem sehr gefährlichen Ort liebte. Er kannte den Namen der Dame nicht, nannte sie aber Oborozukiyo, Nacht des verschwommenen Mondes.

Das Schreiben über Genji lenkte mich von meiner Einsamkeit ab. Während ich die Geschichten für Chifuru aufschrieb, schien Genji in meinem Inneren lebendig zu werden. Er entführte mich in eine Traumwelt voller Paläste und Gärten, wo er mir verborgene Türen öffnete und mich damit überraschte, was dahinter lag. Natürlich wollte ich alles immer sofort an Chifuru schicken, aber etwas Seltsames geschah, jedes Mal wenn ich glaubte, eine Geschichte beendet zu haben.

Bevor ich mit Genjis Abenteuern zufrieden war, musste ich die ganze Geschichte noch einmal rückwärts aufrollen. Ich begann damit, wie er ein geheimnisvolles Mädchen in der Kammer der Kaiserin traf, aber dann musste ich mir einen Grund ausdenken, warum er sich dort aufhielt. Also verfolgte ich die Geschichte zurück und beschrieb einen spätnächtlichen Mond, der ihn zu seinen verliebten Sehnsüchten inspiriert hatte. Dann hatte ich das Gefühl, dass die Geschichte im Frühling und nicht im Herbst spielen müsse, denn ein von Wolken verschleierter Mond ist nach den Regeln der Dichtkunst ein Motiv des Frühlings. Ich beschrieb, wie Genji das Mädchen verführte, aber als ich die Passage wieder las, schien er sehr schlecht wegzukommen – es klang, als hätte er sie einfach vergewaltigt und sie habe es geschehen lassen, nur weil er Genji war. Ich musste den Teil über den Mondschein noch einmal überarbeiten und dabei versuchen, überzeugend zu erzählen, warum Genji ein so außergewöhnlicher Mann war, dass er ein Mädchen bei einem zufälligen Treffen sofort verführen konnte.

Ich machte mir Sorgen, ob all das überhaupt realistisch klang. Die Geschichten, die wir uns ausgedacht hatten, waren zwar in unserer Phantasiewelt entstanden, aber sie sollten trotzdem glaubhaft sein. Auf jeden Fall war es etwas anderes, eine Geschichte alleine aufzuschreiben, als sie sich zusammen mit Chifuru auszudenken. Dies wurde meine erste Geschichte.

Die Nacht des verschleierten Mondes

Oborozukiyo

Ein Abenteuer des Leuchtenden Prinzen Genji

Es war ein wunderschöner Frühlingstag – der Himmel strahlte, und die Vögel zwitscherten. Dichter und Prinzen, Gelehrte und Höflinge versammelten sich in dem großen Saal des Palastes zum Kirschblütenfest. Der Kaiser liebte es, Gedichte im Stile der Chinesen zu verfassen, und er hatte einige Versthemen festgelegt, die per Los an die Gäste verteilt wurden. Auch Genji war anwesend, und seine schöne, wohl klingende Stimme stach aus dem Gemurmel der Menschen heraus, die ihre Themen zogen.

«Mein Thema ist der Frühling», rief Genji.

Nun musste entschieden werden, in welcher Reihenfolge die Verse vorgetragen wurden. Niemand wollte nach Genji antreten, alle fürchteten, er könnte ihre Leistung in den Schatten stellen oder ihre Verse könnten im Vergleich mit den seinen lächerlich wirken. Es war keine allzu schwierige Aufgabe, ein chinesisches Gedicht zu verfassen, und trotzdem schienen sogar die begabten Dichter bedrückt und befangen. Die großen Gelehrten indes warteten begierig darauf, ihr Talent zur Schau zu stellen. Sie waren jedoch wie üblich so dürftig gekleidet, dass statt ihrer Verse nur ihr schäbiges Aussehen in Erinnerung blieb. Der Kaiser konnte sich ein Lächeln nicht verkneifen, als sie sich ihm in ihrer steifen und unwürdigen Art näherten.

Sogar unter den eleganten Höflingen stach Genji hervor. Er war nun achtzehn Jahre alt, in seiner jungenhaften Schönheit äußerst charmant, und er trug makellose Kleidung, aber es war vor allem seine ruhige, sichere Art, mit der er die Menschen für sich einnahm. Er strahlte Gelassenheit, Können und Würde aus, ob er nun gelungene chinesische Verse verfasste (Genjis Bezüge auf chinesische Dichter waren niemals gekünstelt) oder einfach nur seinen Likör trank. Genji war keineswegs abstinent, aber er hörte auf zu trinken, sobald sich sein elegantes, blasses Gesicht rötete. Niemals ließ er es zu, den Abend wie viele Männer in einem Zustand der Rührseligkeit oder Stumpfheit zu beenden.

Doch die Dichtkunst war nur das Vorspiel zum Höhepunkt des Festes. Der Kaiser persönlich hatte weder Kosten noch Mühen gescheut, um das Musik- und Tanzprogramm zusammenzustellen. Mehrere spektakuläre Darbietungen fanden in der Abenddämmerung ihren Höhepunkt in einer Aufführung des Tanzes «Zwitschern der Frühlingsnachtigallen». Genji hatte im Herbst zuvor getanzt, und so stand er nicht auf dem offiziellen Programm, aber da sich alle an seine umwerfende Erscheinung zwischen den Ahornblättern erinnerten, schien es geradezu selbstverständlich, dass er wieder tanzen sollte. Genji wies die Aufforderungen bescheiden zurück, bis der Kronprinz persönlich mit einem Zweig Kirschblüten und der Bitte um einen Tanz an ihn herantrat. Genji erhob sich und führte mit schwingenden Ärmeln den Tanz der Wellen auf. Sofort senkte sich eine andächtige Stille über die Menge.

Sein Auftritt war kurz, aber exquisit. Die mühelose, unverkrampfte Virtuosität von Genjis spontaner Vorführung ließ die Perfektion der vorhergegangenen Choreographien beinahe gekünstelt wirken. Genjis Spontaneität trübte für so manchen die Freude an den Tänzen, die er zuvor als mitreißend empfunden hatte. Gerade um seine natürliche Bescheidenheit wurde Genji beneidet.

Es folgten noch weitere Tänze, doch inzwischen hatten sich die meisten Gäste dem Trinken zugewandt. Das Fest dauerte bis tief in die Nacht. Langsam schlichen die Gäste davon, bis sich auch die Kaiserin und der Kronprinz zurückzogen. Daraufhin brachen auch die noch verbliebenen Besucher auf. Doch der Mond war spät aufgegangen und strahlte nun in vollem Glanz am Nachthimmel. Genji blieb alleine zurück – der Mond ließ sein Herz nicht zur Ruhe kommen. Er wanderte durch den Palast und stellte sich eine Dame vor, der es ähnlich erginge – in seiner Vorstellung lag sie wach in ihrem Zimmer und seufzte, während sich das kühle Mondlicht durch die Klappfenster über ihre Roben ergoss.

Leise schlich er über die Galerie, die zu den Gemächern der Frauen führte. Die Kaiserin verbrachte die Nacht beim Kaiser, weshalb ihre Räume beinahe ganz verlassen waren. Im hellen Mondschein bemerkte Genji jedoch, dass die dritte Tür im Gang nicht verriegelt war. Dies verstand er als Einladung einer unsichtbaren Dame. Die Türe öffnete sich ohne Widerstand. Das ermutigte ihn in seinem Vorhaben, und er stieg über die Balustrade in die Haupthalle und schielte durch die Vorhänge des Gemeinschaftsraumes. Über den Raum verteilt konnte er viele ausgestreckte Gestalten erkennen, Inseln aus gefärbten Seidenroben. Alle schienen tief zu schlafen. Er überlegte gerade, was er nun tun sollte, als eine süße Stimme an sein Ohr drang. Es war eine solch zarte Stimme, dass Genji überzeugt war, es könne kein gewöhnliches Dienstmädchen sein. Er hörte, wie sie ein Gedicht zu rezitieren begann:

Oborozukiyo ni niru mono zo naki ...
Wenn der verschleierte Mond seinen blassen Glanz verströmt,
so gleicht ihm nichts in seiner Schönheit ...

In der Tür erschien die Gestalt einer Frau. Genji bemerkte
voller Freude, dass auch sie jenes Mondlicht umtrieb, das der
Quell seiner Ruhelosigkeit war. Er streckte die Hand aus und
berührte sie am Ärmel. Er spürte, wie sie überrascht schauderte, als sie hervorstieß:

«Wer seid ihr? Ihr macht mir Angst!»

«Habt keine Angst», flüsterte Genji zart. «Uns hat derselbe verschleierte Frühlingsmond hierher geführt.»

Sie entspannte sich etwas, als sie seine kultivierte Stimme
vernahm – zumindest war er kein Dämon der Nacht, wie sie
zuerst gefürchtet hatte. Trotzdem zog sie sich ängstlich in
Richtung der Haupthalle zurück, aber in diesem Moment
machte Genji einige Schritte nach vorne und hob sie in einer
eleganten Bewegung hoch. Er presste ihren Kopf in seine Gewänder, während er sie auf die Veranda hinaustrug. Protestie-
rend wand sie sich in seinen Armen, und das erregte Genji
noch mehr als die willenlose Hingabe, die er normalerweise
bei Damen erlebte.

«Schhh», beruhigte er sie. «Ich bin kein Fremder, und ich
bin es gewöhnt, dass meine Wünsche erfüllt werden.»

Er fand es hinreißend, wie unschuldig und überrascht sie
wirkte.

«Aber wir sind hier nicht alleine», flüsterte sie zitternd.

Genji strich ihr übers Haar, streichelte zärtlich ihr Gesicht,
während er mit sanfter Stimme weitersprach. Inzwischen
hatte das Mädchen ihn erkannt. Es war undenkbar, zu
schreien oder um Hilfe zu rufen. Zwar war sie noch immer
verwirrt und fühlte sich überrumpelt, aber sie wollte auch

nicht, dass Genji sie für naiv hielt. Seine Hände glitten nun unter ihre Roben, und noch immer sprach er mit so sanfter Stimme, so besänftigend auf sie ein, dass ihr alles beinahe wie ein Traum erschien. Oder geschah es wirklich? Wäre sie in diesen Dingen erfahrener gewesen, hätte sie sich vielleicht nicht so leicht hingegeben. So oft hatte sie sich ausgemalt, mit einem gut aussehenden Fremden alleine zu sein (sogar von Genji hatte sie geträumt), trotzdem erschrak sie zutiefst, als ihre Füße plötzlich keinen festen Boden mehr spürten und ihre Träume sich zu verwirklichen schienen.

Der wunderbare Duft von Genjis kostbarem Parfüm minderte ihre Angst. Und was seine Hände taten, gefiel ihr – es weckte stärkere Gefühle, als sie selbst schon bei sich hatte wecken können. Die ganze Situation – der Nachklang des Festes, der Mondschein und die Tatsache, dass die Dinge zwischen ihnen schon so weit fortgeschritten waren, erschienen unwiderstehlich. Das Mädchen leistete keinen Widerstand.

«Du musst mir deinen Namen nennen», stieß Genji hervor, als die Morgendämmerung sich bereits durch die Gänge schlich. Schon bald müsste er verschwinden, sonst liefe er Gefahr, in einer kompromittierenden Situation erwischt zu werden.

«Bitte – wie kann ich dir schreiben, wenn ich deinen Namen nicht kenne?»

Das Mädchen war nervös und aufgeregt und fürchtete, entdeckt zu werden, aber es nahm sich zusammen und zitierte mit leiser Stimme:

Uki mi yo ni   yagate kienaba   tazunetemo   kusa no hara o ba towaji to ya omou
Wenn sich meine Spuren dereinst verlieren, würdest du meinen Namen bis ins Grab suchen?

Trotz ihrer Jugend und ihrer Aufregung ist sie ein tiefsinniger Mensch, dachte Genji. Es gefiel ihm, wenn Frauen sich nicht scheuten, ihre Bildung zu zeigen.

«Gewiss bereust du unser Treffen nicht», sagte er und blickte sie an. «Bitte verrate mir deinen Namen!»

Ein Klappfenster wurde mit einem lauten Knarren geöffnet, und die Damen begannen, sich im Zimmer zu bewegen. Es blieb kaum Zeit, die Fächer auszutauschen, schon musste Genji aus der Galerie fliehen.

In sein Zimmer zurückgekehrt, untersuchte Genji den Fächer. Es war ein dreischichtiger Kirschblütenfächer mit einem Bild des Mondes, der sich im Nebel auf dem Wasser spiegelt. Er hatte sich in die Dame der Nacht des verschleierten Mondes verliebt. Wie sollte er sie sonst nennen?

Ich schickte Chifuru Genjis Abenteuer nach Tsukushi, aber es dauerte beinahe einen Monat, bis ich Antwort bekam. Zitternd vernahm ich ein Gerücht, sie habe geheiratet. Natürlich hatte ich gewusst, dass dies geschehen würde. Ich hatte auch damit gerechnet, dass sie sich veränderte, aber ihr plötzliches Schweigen gab mir ein ungutes Gefühl. Ich wusste nicht, was ich davon halten sollte. Endlich erhielt ich einen Brief aus der Provinz Bizen. Beigelegt war ein Ahornzweig, der trotz der zweitägigen Reise noch frisch war. Sie hatte tatsächlich geheiratet und machte sich nun Sorgen, ob sie mit ihrem neuen Ehemann nach Miyako kommen sollte oder nicht.

«Ich durchstreife die Hügel des Ortes, wohin wir uns zurückgezogen haben, und meine Ärmel sind von schwerem Tau durchtränkt», schrieb sie. Und dieses Gedicht:

Tsuyu fukaku okuyamazato no momijiba ni kayoeru sode no iro o misebaya

Reich getränkt mit dem Tau dieser fernen Hügel, verfärben sich die Ahornblätter scharlachrot. Könntest du die Farbe meiner Ärmel nur sehen.

In scharlachrote Bluttränen getauchte Ärmel, darauf spielte sie an. Ich war enttäuscht. Dieses Bild hat mir nie gefallen, obwohl es original chinesisch ist – rote Tränen als Zeichen für tiefste Ehrlichkeit. Es ist so überzeichnet, dass es in mir genau das umgekehrte Gefühl auslöst. Wenn man tagelang geweint hat und die Ärmel tatsächlich mit Tränen vollgesogen sind, scheint es lächerlich von Blut zu sprechen.

Durch dieses Gedicht stieg ein Bild in mir auf. Ich sah ihren Ehemann, der unsere Liebe hinwegfegte wie ein Sturm, der die Ahornblätter von den Ästen reißt. Aber wie konnte ich Chifuru dafür verantwortlich machen? Für all das konnte sie nichts. Auch sie trieb wie ein hilfloses Blatt im Herbststurm, der sie aus Miyako hinweggefegt hatte. In meiner Wut schrieb ich die folgenden Worte und schickte sie schnell ab. Ich umhüllte das Gedicht mit dunkelblauem Papier und wand eine geknotete *kuzu*-Rebe darum:

Arashi fuku   touyamazato no   momijiba wa   tsuyu mo tomaran   koto no katasa yo
Er wütet in fernen Hügeln, dieser Sturm, fegt die
scharlachroten Blätter wie den Tau hinweg, und nichts
bleibt zurück.

Doch sobald ich das Paket aus den Händen gegeben hatte, tat es mir Leid, eine so scharfe Antwort verfasst zu haben, obwohl ich nicht daran zweifelte, dass alle Spuren unserer Liebe vernichtet waren. Was spielte es für eine Rolle, wenn Chifuru jetzt wieder in die Hauptstadt käme? Ich hatte sie verloren.

Ihre Verwandlung war so vollständig und rätselhaft wie jene der Spatzen, die sich in Venusmuscheln verwandelten. Sie war verheiratet.

Einige Tage später antwortete sie zerknirscht auf meinen Ausbruch, aber zu diesem Zeitpunkt hatte ich mich bereits in mein Schicksal gefügt. Was können die zarten Ahornblätter schon ausrichten? Dies war ihr Gedicht:

Momijiba wo sasou arashi wa hayakeredo ko no shita narade yuku kokoro ka wa
Scharlachrote Blätter, vom Sturm beharrlich verführt, wünschten nichts sehnlicher, als sicher unter den Baum zu fallen.

Hätte sie frei entscheiden können, so wäre sie in Miyako geblieben und hätte versucht, an den Hof zu gehen.

Nachdem meine Eifersucht verebbt war, merkte ich jedoch, dass ich nicht mehr ganz alleine war. Ich hatte nun Genji.

Die Winde

Asago

Nachdem Chifuru geheiratet hatte, schrieb ich ihr keine Genji-Geschichten mehr, aber ich verfasste sie weiterhin für mich selbst. Als der Sommer kam, beschloss ich, meiner Großmutter, die langsam ihr Augenlicht verlor, einige Geschichten vorzulesen. Es machte ihr zu schaffen, dass sie ihre geliebten Bildrollen nicht mehr ansehen konnte. Also kam ich auf die Idee, es würde ihr vielleicht gefallen, etwas Neues zu hören. Ich sammelte jene fünf oder sechs Geschichten, die ich bis zu diesem Zeitpunkt geschrieben hatte, ohne mir die Mühe zu machen, alles noch einmal abzuschreiben, da Großmutter mein Gekritzel ohnehin nicht sehen konnte. Ich weiß noch, ich hatte die Papiere bereits zusammengerollt und mit einem Korb Pfirsiche aus unserem Garten und einem Teller mit frittierten chinesischen Klößen bereitgelegt. Gerade als ich aufbrechen wollte, fiel mir ein, dass mein Horoskop davon abriet, in südöstliche Richtung zu reisen. Ich hatte nur an Genji gedacht und dummerweise bis zu jenem Morgen vergessen, die «geomantischen Verbote bestimmter Richtungen»* zu

---

* Murasakis Welt war von Geistern und Seelen aus der Unterwelt durchdrungen und ebenso von heiligen Wesen, den so genannten *kami*, die die Welt mit den Menschen teilten. Man glaubte, dass diese *kami* regelmäßig ihren Wohnsitz änderten, und so mussten die Menschen aufpassen, wohin sie sich bewegten. Es gab

konsultieren. Die Klöße würden nicht so lange halten, also gab ich sie Takako. Pfirsiche konnte ich immer wieder pflücken gehen.

Großmutter liebte die alten Geschichten. Während meiner Kindheit in ihrem Haus erzählte sie mir die bekanntesten und unheimlichsten in unzähligen Variationen. Da meine Mutter meistens mit meinem kleinen Bruder beschäftigt war, schlich ich mich zu Großmutter. Sie wickelte mich in eine ihrer alten Seidenroben, setzte mich neben sich und ließ einen niemals versiegenden Strom klassischer Fabeln in meine aufmerksamen Ohren strömen. Im Alter von fünf Jahren konnte ich die kaltherzige Prinzessin aus der «Geschichte vom Bambussammler» oder der «Geschichte von der Höhle» spielen und mir für meine phantasierten Verehrer unglaubliche Forderungen ausdenken. Großmutter erzählte mir auch vom Leben am prachtvollen Hofe des Kaisers Murakami – später wurde mir klar, dass sie dieses Wissen nur aus zweiter Hand haben konnte, denn sie war niemals am Hof gewesen.

Von jenem Sommer an, in dem ich neunzehn Jahre alt wurde, verkehrten sich unsere Rollen. Ich wurde zur Geschichtenerzählerin, las Großmutter meine Genji-Geschichten vor. Nach der ersten Geschichte sagte sie, Genji erinnere sie an Narihira, den Helden aus den *Liebesgeschichten des japanischen Kavaliers Narihira* (*Ise monogatari*). Sie fand zudem, in meinen Geschichten gäbe es zu wenig Dichtkunst.

«Es ist seltsam», bemerkte sie, «dass dein Text über Genji nicht lyrischer ist. Trotzdem nehmen mich deine Beschreibungen gefangen, und ich bin neugierig, was dein junger Mann als nächstes tut. Es kommt mir beinahe so vor, meine

ein System geomantischer Verbote, die den Menschen nicht erlaubten, in eine Richtung zu reisen, die ein wichtiger *kami* eingeschlagen hatte.

liebe Fuji, als maltest du eine Geschichte mit Worten anstatt mit Bildern. Vielleicht tust du das, um meine alten Augen zu schonen. Ich habe das Gefühl, als zögen in diesen Tagen dunkle Nebelschwaden vor ihnen vorbei.»

Ich hatte die Bilder nicht bewusst durch Worte ersetzt, aber sie hatte meine Art zu schreiben treffend beschrieben. Tatsächlich war ich eine sehr schlechte Malerin. Anstatt Papier mit Porträts von Prinz Genji zu verschwenden, war es mir lieber, wenn Chifuru oder Großmutter ihn sich vorstellten. Sehr schnell begriff ich, dass Großmutter und ich nicht den gleichen Mann vor unserem geistigen Auge sahen. Auch die Art, wie sich Chifuru den idealen Geliebten vorstellte, entsprach nicht meinem Bild. Großmutter sah in Genji immer eine Variation von Narihira.

«Mehr Verse, meine Liebe», pflegte sie zu sagen. «Dein Buch braucht mehr Verse.»

Ich versuchte, den Text mit Versen anzureichern, aber es schien nicht zu passen. Mit Waka überladen, wurde die Geschichte zu spröde. Meiner Meinung nach handelt es sich bei Großmutters geliebten *Liebesgeschichten des japanischen Kavaliers Narihira* im Grunde einfach um einen Haufen Gedichte, die von einem sehr dünnen Handlungsfaden zusammengehalten wurden. Das fiel mir auf, als ich versuchte, mir eine Szene vorzustellen, anstatt nur die poetischen Reflexionen der Figuren zu wiederholen.

Ursprünglich wollte ich mit den Lesestunden Großmutter einen Gefallen tun, aber dann bemerkte ich, dass es mir beim Schreiben half, wenn ich die Geschichten vor Publikum laut vorlas. In Vaters Haus widerhallten die Schreie eines Neugeborenen, also verbrachte ich einen Großteil meiner Zeit bei Großmutter. Wenn ich wieder eine neue Geschichte beendet hatte, kam auch meine Cousine, die bei Großmutter lebte, mit ihrer Näharbeit ins Zimmer, um zuzuhören. Sogar die Dienstmädchen fanden einen Vorwand, brachten Reisküchlein oder Süßigkeiten oder sonst irgendetwas und blieben dann sitzen. Zuerst war mir das unangenehm. Ich hatte das Gefühl, mich selbst zur Schau zu stellen, doch schon bald war ich in der Lage, innerlich mehr Abstand von Genji zu nehmen. Ich schuf ihn zwar mit meinen Empfindungen, aber trotzdem war er nicht ich. Mit der Zeit entwickelte sich Genji zu einer eigenständigen Person, und ich spürte, dass sein eigenes Karma seine Handlungen lenkte und nicht das meine. Das machte es noch leichter.

In jenem Sommer war ich so damit beschäftigt, mir über Genji Gedanken zu machen, dass ich mein eigenes Schicksal vergaß. Doch Vater war sehr wohl bewusst, dass in seinem Garten eine Frucht gewachsen war, die schon bald überreif sein würde. Gerade als das Wetter heiß wurde und wir alle matt durch das Haus schlichen, tauchte scheinbar zufällig ein Leutnant der kaiserlichen Bogenschützen an unserer Tür auf. Er sei auf der Durchreise, sagte er, müsse diese Nacht aber in unserem Teil der Stadt verbringen, wegen eines «geomantischen Verbots einer bestimmten Richtung». Er hätte auch bei einem der Häuser in unserer Nachbarschaft anklopfen können, aber er kam zu uns. Ich machte mir keine großen Gedanken darüber und nahm an, er habe vom Ruf meines Vaters als chinesischer Dichter gehört. Vermutlich wollte er einfach mit einer verwandten Seele trinken und ein paar chinesische Verse verfassen.

Es war so schwül, dass die Türen, die vom Arbeitszimmer in den Garten führten, weit offen standen, um die kühle Abendbrise vom Fluss hineinzulocken. In meinem Zimmer, das neben dem Arbeitszimmer lag, konnte ich Vater und den

Leutnant hören, wie sie Verse rezitierten. Bevor der Mond aufging, zog sich mein Vater in den neuen Flügel zurück, aber der junge Mann ging noch immer in dem Zimmer auf und ab, wo ein Bett für ihn vorbereitet worden war. Er summte, und ich hörte, wie er einige Verse aufsagte, die mir wie Zeilen aus den chinesischen Gedichten von Bai Juyi vorkamen.

Schon bald vernahm ich, wie jemand an die Wand klopfte, die mein kleines Zimmer von dem Arbeitszimmer trennte. Er war vermutlich etwas betrunken und wusste genau, dass mein Vater eine Tochter hatte, die nebenan wohnte. Mein Herz fing an zu pochen, jedoch wegen eines lächerlichen Gedankens – es kam mir vor wie eine der Geschichten von Genji! Wenn der junge Mann Zeit am Hof verbracht hatte, würde er das Naheliegende tun und die junge Frau zu treffen versuchen. Obwohl ich mir diese Szene schon dutzendfach in allen möglichen Variationen ausgedacht hatte, war mir das in Wirklichkeit noch nie passiert.

Doch gerade wegen Genji kam mir das Ganze seltsam vertraut vor. Ich näherte mich der Veranda und konnte sehen, dass der Leutnant am Rand saß, ein Bein baumelte locker über den Farnen. Ich hoffte, meine Stimme würde nicht in einem nervösen Krächzen enden, und zitierte einige Zeilen aus jenem Gedicht, das ich glaubte, gehört zu haben. Ich hatte keinen klaren Kopf und wusste nicht, was ich als nächstes tun sollte. Ich vermutete wohl, er würde wiederum mit einem Gedicht antworten und wir könnten uns anschließend unterhalten. Ich war gewiss nicht darauf vorbereitet, was stattdessen geschah.

Als ich gerade anhob zu sprechen, sprang er in den Garten hinunter und lief um das verzierte Tor herum, das die Veranda meines Zimmers von jener des Arbeitszimmers trennte. Er tauchte direkt vor meinem Zimmer auf. Ich konnte sein Gesicht im Schatten nicht richtig erkennen, aber er war athletisch gebaut, wie man es von einem Bogenschützen erwartete, und bewegte sich sicher. Ich zog mich schnell in die hintere Ecke zurück, saß also in der Falle, während er auf mich zukam. Ich zuckte zurück, als er nach dem Saum meiner Kleider griff.

Ich war so schockiert, dass ich mich nicht bewegen konnte. Ich brachte kein Wort hervor. Obwohl alles so schnell ging, schien die Zeit stehen zu bleiben, als würde ich beobachten, wie all dies jemand anderem zustieß. Er sagte Dinge wie «welch ein Schatz liegt da im Garten eines Gelehrten begraben» und «die schönsten langen schwarzen Locken, die ich je gesehen habe», als habe er das auswendig gelernt. Eine groteske Szene, aber so ist es tatsächlich gewesen. Die ganze Zeit waren seine Hände beschäftigt, schoben meine dünne seidene Robe hinauf, öffneten die Bänder meiner langen Hosen – kein Zweifel, er hatte Erfahrung.

Er war sehr stark. Ich war noch niemals zuvor so herumgezerrt und an die Wand gedrückt worden. «Warte! Halt!», wollte ich rufen, aber der Atem wurde mir aus dem Körper gepresst. Er war über mir, zwang mit einer Hand meine Beine auseinander und hielt mit der anderen meine Haare fest. Er hörte nicht auf zu sprechen, atmete schwer in mein Ohr, als wollte er mich von der Gewalt ablenken, die er mir mit seinen Hüften antat, während sein Mund mir Verszeilen ins Ohr stöhnte. Ich bemerkte, dass es weniger schmerzte, wenn ich mich nicht wehrte. Bald gab er ein Stöhnen von sich und lockerte seinen Griff. Ich spürte, wie sich die Nässe auf meinen Hüften ausbreitete, und hatte das Gefühl zu bluten.

Ich lag ganz still. Der Leutnant richtete sich auf und zog seine Hosen hoch. Es war unglaublich, aber er hörte nicht auf zu sprechen, schwor ewige Liebe und zitierte fünf oder sechs

Gedichte von Liebenden, denen es schwer fällt, voneinander zu gehen. Er schien gar nicht zu bemerken, dass ich keine Antwort gab. Nachdem er seine Sachen eingesammelt hatte, verstummte er. Dann hustete er verlegen und verließ mein Zimmer auf demselben Weg, den er gekommen war. Ich hörte, wie er auf die Veranda des Arbeitszimmers sprang und schwer auf sein Bett fiel. Er murmelte noch etwas vor sich hin, klatschte nach ein paar Mücken, dann drang tiefes Schnarchen aus dem Zimmer.

Meine Sinne taumelten. Hatte ich diesen Angriff herausgefordert, indem ich auf das chinesische Gedicht geantwortet hatte? Eine Weile lag ich einfach so da, die Beine angezogen, und zitterte in der klebrigen Hitze. Meine Kleider waren nass und rochen seltsam nach Erde und Kastanienblüten. Ich war mir sicher, dass ich voller Blut war. Meine Hüftknochen waren aufgeschürft, und zwischen meinen Beinen brannte ein dumpfer Schmerz. Ich schälte mich aus meinen feuchten, übel riechenden Roben und rollte sie zu einem Bündel zusammen, das ich in die Ecke legte. Ich zündete die Öllampe an und begann mich zu untersuchen. Es war ein bisschen Blut zu sehen, aber nun ließ das Gefühl, ich müsse sterben, etwas nach. Ich zündete eine Duftmischung an, und der dünne Rauchfaden in der unbeweglichen Luft beruhigte meinen Geist. Ich zog ein frisches, weißes Unterkleid aus meiner Kleidertruhe und breitete eine saubere Robe auf der Matte aus.

Inzwischen hellte sich der Himmel bereits auf, und als ich in den Garten blickte, erkannte ich im Morgennebel langsam die grauen Konturen der Bäume und Büsche. In einem hölzernen Trog an der Seite des Hauses kletterten wasserblaue Winden an einem Spalier hinauf. Die Knospen, die an jenem Tag blühen würden, begannen sich bereits zu entfalten. Bevor ich mich hinlegte, schloss ich vorsichtig die schweren hölzernen Regentüren. Dann legte ich mich hin und schlief.

Viel später am Morgen weckte mich Umé, das Dienstmädchen, indem es die hölzernen Läden geräuschvoll öffnete. Der Leutnant war fortgegangen, und das Leben im Haus schien seinen gewohnten Gang zu gehen. Umé fragte, ob ich Frühstück wünschte. Wie seltsam das normale Leben sich anfühlte! Ich sagte, ich wünsche allein gelassen zu werden. Irgendwann stand ich auf und zog mich an. Die Ereignisse der letzten Nacht trieben verschwommen in meiner Erinnerung, wie eine Traumwelt, in die nur noch die Überreste einer baufälligen Brücke führen. Es war eine schreckliche Erfahrung gewesen, aber ich hatte es überstanden und fühlte mich nun seltsam beflügelt. Etwas wusste ich genau – ich würde mich niemals mehr so überrumpeln lassen. Ich war dumm und unschuldig gewesen, aber nun wäre ich auf der Hut.

Was war mit dem dichtenden Leutnant? Gewiss würde er nach den Versen, die er rezitiert hatte, zumindest einen morgendlichen Brief schicken. Ich wartete den ganzen Tag, aber wiederum liefen die Dinge nicht so, wie ich es erwartet hatte. Es kam keine Nachricht. Ich ärgerte mich über die vielen Liebesgeschichten, die ich in den letzten Jahren gelesen hatte. In diesen Büchern sandten die Helden morgens immer ein Gedicht. Ich war wütend darüber, wie schlecht einen das Lesen auf die Wirklichkeit vorbereitete. Man hat eine gewisse Vorstellung, wie die Dinge ablaufen sollten, aber dann kommt es ganz anders. Ich kochte noch immer vor Wut, als es Abend wurde, und verbrachte eine ruhelose Nacht.

Am nächsten Morgen war ich dann entschlossen. Ich musste ein Gedicht schicken, ansonsten wäre meine Erfahrung aus der vorletzten Nacht bedeutungslos. Ich hatte mir die ganze Nacht den Kopf über dieses Gedicht für den Morgen danach zerbrochen. Das Wichtigste war, so fand ich, dass überhaupt ein Gedicht geschrieben und abgeschickt wurde, egal wer den ersten Schritt tat. Wenn er keines schickte, würde ich es eben tun. Im Morgengrauen kletterte ich in den Garten hinunter und knipste eine Winde ab. Ich legte sie zu dem folgenden Gedicht und übergab sie einem Boten, mit dem Auftrag, beides dem Leutnant zu überbringen.

Obotsukana sore ka aranu ka akegure no sora obore suru asagao no hana
Ich weiß nicht, ist es geschehen, im grauen Morgenlicht, verschwommen wahrgenommene Windenblüten.

Nun ging es mir besser, ob er nun reagierte oder nicht. Ich rechnete nicht damit, eine Antwort zu erhalten. An jenem Nachmittag überraschte mich jedoch ein Bote, der mir an unserem Tor einen Brief übergab. Nobunori tat, als wollte er mir den Brief aus der Hand reißen, dabei rief er hämisch: «Meine Schwester hat einen Liebesbrief bekommen.» Mein Vater blickte mich an – ich war sicher, dass er einen Verdacht hatte. Ich nahm das Paket an, sagte, ich hoffte, es sei ein Brief von Chifuru, und zog mich sofort in mein Zimmer zurück. Ich war fast enttäuscht, dass er mir geantwortet hatte.

Wiederum wurden meine Erwartungen über den Haufen geworfen. Ich hatte einen höchst banalen Vers erwartet und erhielt stattdessen diese Antwort:

Izure zo to irowaku hodo ni asagao no aru ka naki ka naru zo wabishiki
Woher ist sie gekommen? Während ich nachsann, verblasste die Windenblüte zu einem traurigen Nichts.

Wollte er ausdrücken, dass er meine Handschrift nicht erkannt hatte? Das bezweifelte ich. Er war wohl wütend, weil ich sein Recht infrage gestellt hatte, den Austausch zu beginnen. Ich spürte, wie mir das Blut in den Kopf schoss, während ich las. Und dann war ich seltsam glücklich, weil es mir gelungen war, sein Missfallen zu erregen. In jener Nacht war es ihm gelungen, mich körperlich zu überwältigen, und er schien anzunehmen, es läge auch in seiner Macht, meine Reaktion darauf zu formen. Was für ein Schock es für ihn gewesen sein musste, mein Gedicht zuerst zu erhalten. Anstatt agieren zu können, musste er nun reagieren. Es war seltsam, er hatte mich zwar zurückgewiesen, aber ich verspürte in erster Linie Triumphgefühle.

Ich beschloss, dass Genji niemals eine Frau, die er liebte, zurückweisen würde. Niemals.

Die Weide

Yanagi

1

In jenem Sommer erhielt ich keine weiteren Besuche, weder von dem Bogenschützenleutnant noch von einem anderen unverheirateten jungen Mann. Mein Vater war vielleicht enttäuscht, aber er sprach nicht darüber. Ich war meinem Vater sehr ähnlich, und außer über das Thema Ehe konnten wir über die meisten Dinge miteinander reden. Dieses Thema war jedoch so unangenehm, dass lange Zeit keiner von uns das Gespräch darauf lenkte. Es belastete mich, die Ursache für jenen Schatten der Sorge zu sein, der seine Seele in einer Zeit verdunkelte, da sich die Dinge für ihn eigentlich sehr gut entwickelten.

Im folgenden Frühjahr ging meine Stiefmutter in das Haus ihrer Familie zurück, um noch einmal zu gebären. Das ältere Kind war inzwischen zwei Jahre alt. So lange sie fort waren, legte sich eine wunderbare Stille über unser Haus. Langsam zeigten sich die Blätter der Weiden. Die Weide blüht nicht eigentlich, sondern streckt erste grüne Fühler in die trübe Winterlandschaft aus. Mir gefiel dieses frische Grün noch besser als das Rosa, Weiß und Rot der Blüten anderer Pflanzen, die sich bald darauf öffneten.

Mein Vater erzählte, dass die Damen am Hof im Frühling weiße Roben tragen, an deren Ärmeln grüne Unterkleider hervorschauen. Diese Farbkombination nennt man die Weide. Er sagte, er habe einmal zugeschaut, wie eine solche Robe hergestellt wurde, jede Schicht werde dabei ein bisschen dunkler gefärbt als die darunter liegende. Die Kante des Stoffes der untersten Schicht war so ausgebleicht, dass man die Farbe nur noch als Grün erkennen konnte, weil das Weiß daneben strahlte. Jede weitere Schicht hatte ein immer intensiveres Grün, wie ein junger Trieb, der sich aus dem Schatten in die Frühlingssonne hinausstreckt. Ich war hingerissen und fragte mich, ob ich jemals die Gelegenheit bekäme, etwas Vergleichbares zu sehen.

Da meine Stiefmutter fort war, übernahm ich wieder die Verantwortung für das Haus und aalte mich in dem ruhigen Rhythmus der Tage. Der Gedanke daran, wie diese Ruhe wieder gestört würde, wenn sie mit dem kleinen Jungen und dem Baby zurückkehrte, war mir höchst unangenehm. Glücklicherweise hatten ihre Eltern schon ungeduldig darauf gewartet, ihre Tochter wieder einmal zu Besuch zu haben. So konnte ich sicher sein, dass der Besuch anlässlich der Geburt so lange wie möglich ausgedehnt würde. Ich vermutete, dass der zweijährige Junge ziemlich verwöhnt zurückkehren würde.

Zu jener Zeit hatte ich eine sehr schlechte Meinung von Kindern. Es überstieg einfach mein Verständnis, wie Mütter von ihren Kindern so hingerissen sein konnten und dabei munter ignorierten, welche Verwüstungen die kleinen klebrigen Finger auf allem hinterließen, was man auf niederen Tischen oder Regalen liegen ließ. Sollte man es etwa amüsant finden, wenn der beste Schreibpinsel dazu benutzt wurde, die Katze anzumalen? Ich begann mir langsam Sorgen zu machen, ob vielleicht etwas mit mir nicht stimmte, weil ich mich nicht zu Kindern hingezogen fühlte. Es war mir unmöglich, länger mit meiner Stiefmutter zu reden, obwohl sie nur drei

Jahre älter war als ich, weil das Gespräch regelmäßig früher oder später bei Verdauungsproblemen oder durchbrechenden Zähnen endete. Dann spürte ich, wie ich innerlich abschaltete. Ich hatte zu diesen Themen nichts beizutragen, konnte meinen Abscheu natürlich aber auch nicht zeigen.

Manchmal fragte ich mich, ob meine Freundinnen, die schon Mütter waren, ihre Begeisterung nur spielten. Vielleicht würden sie, wenn ich ihnen mein geheimes Mitleid offenbarte, ihre Maske der Zufriedenheit herunterreißen und ihre wahren Gefühle der Furcht und der Langeweile offenbaren. Meine Stiefmutter brachte ihr erstes Kind einige Male in mein Zimmer und versuchte, sich so bei mir einzuschmeicheln. Vermutlich meinte sie es ernst mit ihrem Angebot, mich in häusliches Glück einbeziehen zu wollen, aber es war eine seltsame Situation. Sie war mir nicht unsympathisch – ich hätte nichts dagegen gehabt, mit ihr alleine zu essen oder durch den Garten zu spazieren, denn sie war nicht dumm – aber mit dem Kind war alles so angestrengt.

Wir unterhielten uns über ein heikles Thema – Vaters frühen Rückzug vom Dienst am Hof, im Jahr bevor meine Mutter gestorben war –, als das Baby plötzlich zu schreien begann. Ihre Aufmerksamkeit richtete sich sofort auf das Kind, und die Stimmung zarter Vertrautheit wurde zerrissen. Vielleicht hielt sie mich für kalt, aber nach einer solchen Unterbrechung war ich nicht mehr in der Lage, wieder auf das Thema zurückzukommen. So lief es immer. Es ist wohl einfach so, dass Mütter nicht in der Lage sind, ein Gespräch über irgendein Thema aufrecht zu halten. Ihre Gedanken zerstreuen sich wie die Kirschblüten im Wind.

Natürlich fand auch ich schlafende Kinder niedlich, und diese Tatsache half mir dabei, mich nicht als herzloses Monster zu fühlen. Und natürlich hatten meine Freundinnen

Recht: Alles wurde anders, als ich später selbst ein Kind bekam.

In jenem Frühling war mein Vater glücklich. Er hatte eine Einladung bekommen, bei Hof an einem Dichterwettstreit teilzunehmen, und man hatte ihm gesagt, er könne bei der Gelegenheit seine offiziellen grünen Roben tragen. Er hatte seine Hofuniform nicht mehr getragen, seit er vor neun Jahren von seinem Posten als kaiserlicher Sekretär zurückgetreten war.

Ich holte die Roben aus der Mottentruhe und lüftete sie. Inzwischen konnte ich besser verstehen, wie das vergangene Jahrzehnt für ihn gewesen sein musste. Kurz nachdem er seinen Dienst bei Hof aufgegeben hatte, war meine Mutter krank geworden und innerhalb weniger Monate gestorben. So musste mein Vater in der Mitte seines Lebens, als er eigentlich auf dem Höhepunkt seiner Ambitionen stehen sollte, in ein dunkles Tal eintreten. Er verbrachte einen Großteil seiner Zeit damit, Nobunori für eine Karriere bei Hof vorzubereiten – aber aufgrund der Begriffsstutzigkeit meines Bruders war auch dieses Unternehmen von tiefer Enttäuschung geprägt gewesen. Doch nun hatte er eine neue Frau, neue Söhne und eine Einladung an den Hof. Es gab noch immer Menschen, die seine Fähigkeiten schätzten, gab es also noch Anlass zu Hoffnung? Vielleicht war seine Karriere doch noch nicht vorüber. Ich teilte seine Aufregung, als seine Hoffnungen stiegen.

Vater besuchte Adlige in ihren Privatpalästen, um sie in chinesischer Dichtkunst zu unterrichten, und jedes Mal wenn er nach Hause zurückkehrte, war sein Kopf voller Sorgen über die politische Situation. Sein alter Beschützer, der zurückgetretene Kaiser Kazan, wollte nach den buddhistischen Regeln leben, aber er wohnte lieber im luxuriösen Haus seiner Tante als in einer kargen Klause. Kazan verbrachte seine Zeit auch viel zu gerne mit Frauen, als dass er als Mönch hätte glücklich sein können. Er war ein begeisterter Anhänger der Dichtkunst und lud meinen Vater oft zu Festen ein. Der Ruf meines Vaters als chinesischer Gelehrter hatte nicht gelitten in jenen Jahren, in denen er nicht mehr am Hof Dienst getan hatte.

Wenn er spät abends von einem Bankett zurückkehrte, war ich es, die auf ihn wartete, und nicht meine Stiefmutter. Ich half ihm dabei, die formelle Kopfbedeckung abzunehmen, und brachte ihm seine bequemen Hauskleider. Er lud mich ein, mit ihm einen Schlummertrunk zu nehmen. Während wir Sake tranken, erzählte er mir, wer alles dort gewesen war, was es zu Essen gegeben hatte, was für Gedichte komponiert worden waren.

«Das würde dir gefallen, Fuji», sagte er und erzählte, wie ein hoher Hofbeamter eine Zeile Chinesisch falsch zitiert hatte und dass er, Tametoki, sich hatte zusammenreißen müssen, um keine Miene zu verziehen, obwohl es sonst niemand bemerkt hatte. «Wenn du ein Nachtfalter an der Wand hättest sein können, Fuji, es hätte dir großen Spaß gemacht zuzuhören.»

Er erzählte mir Klatschgeschichten aus dem Palast über jene Menschen, die «über den Wolken zu Hause sind», zumindest aus der Sicht einfacherer Wesen, wie wir es sind. Auf diese Weise hörte ich auch von den kleinen Sünden des zurückgetretenen Kaisers Kazan.

«Es klingt vielleicht schrecklich», sagte er einmal, «aber jene, die innerhalb des Kaiserpalastes wohnen, sind nicht unbedingt so viel besser als wir, sondern bei ihnen ist einfach alles größer – das Maß ihrer Verrücktheiten wie das ihrer Tugenden.»

Vater war ziemlich schockiert über Kazans Verhalten. Er vertraute mir alles an, was ihm so zu Ohren kam. Er konnte nicht ahnen, dass ich seine Geschichten über das Leben am Hofe für meine Genji-Geschichten benutzte. Tatsächlich war er sich gar nicht bewusst, wie sehr mein Schreiben mich inzwischen erfüllte, bis er eines Tages hörte, wie Großmutter und meine Cousine sich darüber unterhielten. Noch am gleichen Abend kam er in mein Zimmer.

«Wer ist dieser Prinz Genji, und was soll das bedeuten, er verführt die Schwester der Kaiserin?», fragte er streng.

Vater hatte mich immer ermutigt, Waka zu dichten, aber er hielt nicht viel von den Liebesgeschichten, die unter den Damen am Hof kursierten und dann in den Häusern des niederen Adels. Sogar Dienstmädchen, die gar nicht lesen konnten, studierten diese Bildgeschichten, wann immer sie eine Gelegenheit hatten. Ich passte auf, dass er jene Bilder, die mir Freundinnen geliehen hatten, nicht zu Gesicht bekam. Nun hatte er mich erwischt. Vermutlich hätte es ihm nicht so viel ausgemacht, wenn er mich dabei erwischt hätte, wie ich sie heimlich las, aber sie selbst zu verfassen, das war doch etwas anderes. Was wäre, wenn er mir verbieten würde, weiterzuschreiben?

Vater hatte sich bis jetzt nachsichtig mit mir gezeigt und nicht auf einer Hochzeit bestanden. Würde er, was Genji anging, genauso viel Verständnis zeigen? Ich konnte lediglich darauf vertrauen, dass wir beide dieselbe Art von Literatur liebten. Er verlangte, einen meiner Texte lesen zu dürfen. Es war mir klar, dass jeder Protest die Situation nur verschlimmern würde, also zog ich widerspruchslos ein sauberes Exemplar einer Genji-Geschichte heraus. Ich hatte vorgehabt, diese Abschrift einer Freundin zu geben, die kurz davor stand, bei Hof ihren Dienst anzutreten. Er ließ die Blätter in seinen Ärmel gleiten und nahm sie mit, ich hingegen blieb unsicher zurück. Was würde ich tun, wenn mir Genji nun genommen würde?

Am nächsten Tag fand ich das Manuskript auf dem Gang vor meinem Zimmer, sorgfältig mit einem Stück brauner Seide umwickelt. Darin steckte eine Notiz.

«Ich bin froh, dass dein junger Herr Gefallen an den chinesischen Versen findet», hatte er geschrieben, «er beweist vorzüglichen Geschmack. Du solltest seinem Beispiel folgen und deine Dichtkunst verfeinern.»

In diesem Sommer überfiel eine Pockenepidemie die Stadt. Ich blieb auf meinem Zimmer, schrieb allerdings nicht viel. Zu viele Menschen litten unter der Krankheit, und es fiel mir schwer, in diesen Zeiten an Genji zu denken. Der Hof förderte im achten Monat eine Reinigungszeremonie für die ganze Stadt, aber die Dämonen der Krankheit wichen nicht. Auch die Kälte schien ihnen nichts anhaben zu können; als der Winter kam, wurden noch immer Menschen krank und starben.

Ich beschloss, den Kommentar meines Vaters zu Genji nicht als Verbot zu interpretieren, und nutzte die seltenen Gelegenheiten, in denen ich inspiriert war, um zu schreiben. Ein Jahr verging, in dem er manchmal Dinge sagte wie: «Was macht dein Prinz Genji so in letzter Zeit?», oder: «Ich habe am Hof eine Dame getroffen, die deinen Helden gewiss interessiert hätte.» Aber ich hielt es nicht für klug, ihm weitere Geschichten zu zeigen, und gab mir noch mehr Mühe, verschwiegen zu sein.

Ich wurde einundzwanzig und hatte Angst, das Thema Heirat käme wieder zur Sprache. Doch die Pockendämonen wüteteten wilder als je zuvor, sodass die Menschen nicht ans

Verkuppeln dachten. Die Situation verschlimmerte sich derart, dass Vater beschloss, mich mit einem Fahrer und zwei Begleitern in das abgelegene Haus unserer Tante in den Bergen zu schicken. Ich erinnerte mich an diese Tante noch aus meiner Kindheit in Großmutters Haus. Dort war sie oft zu Besuch gekommen.

Ruri, blau wie Lapislazuli

Ruri

1

Ich war aufgeregt, die Stadt verlassen zu können, aber nicht darauf vorbereitet, wie schrecklich die Reise sein würde. Wir fuhren vor Morgengrauen ab, um früh durch das allmorgendliche Chaos im Zentrum von Miyako zu kommen. Trotzdem war die Luft schwer und stickig, und als wir außer Sichtweite unseres Hauses waren, befahl ich dem Fahrer des Ochsenwagens, die Vorhänge etwas zu öffnen, trotz der üblen Gerüche. Als es heller wurde, stellte ich mit Entsetzen fest, dass die entlang der Straße aufgeschichteten Bündel keineswegs Feuerholz waren, sondern menschliche Körper. Unser Wagen rumpelte an ihnen vorüber und schreckte monströse Krähen auf, die wütend aufflatterten, weil sie bei einem Festmahl gestört wurden. Ich sah zwei große Straßenköter, die miteinander um einen Arm kämpften, den einer der beiden aus einem Leichenhaufen gezogen hatte. Zitternd senkte ich die Vorhänge wieder und ließ mich in meinen Sitz zurückfallen. Das Quietschen und Ächzen der hölzernen Räder bildete ein ununterbrochenes Mantra, das nur von den lauten Befehlen des Fahrers an die Ochsen unterbrochen wurde.

Früher in diesem Jahr waren den Pocken mehr als sechzig Personen von Rang zum Opfer gefallen. Als ich von ihrem Tod hörte, Name um Name, war ich wie benommen. Auch der Name des Bogenschützenleutnants war auf der Liste der

Toten, und sogar das stimmte mich traurig. Und doch war das Leid dieser namenlosen Menschenmengen, an denen wir vorbeifuhren, noch größer. Geräuschvoll drangen ihre Klagen aus den Häusern, aber ihr einsamer Tod wurde weder von einer Zeremonie noch von einem Sutra gewürdigt. Sie kamen mir vor wie Fische, die, in einer Fischreuse verfangen, ans Licht gezerrt werden und verenden.

Schockiert von den Dingen, die ich um mich sah, dachte ich, dass wir wenigstens die Dichtkunst haben, um unseren Geist zu trösten, und die heiligen Regeln, um unsere Seelen zu beruhigen. Die Gelehrten sagen, das Leid der Armen sei weniger schmerzvoll als das unsere, denn sie seien unkultiviert. Aus diesem Grund seien sie nicht in der Lage, Leiden in dem Maß zu begreifen, wie wir das tun. Ich versuchte, mich an diesen Gedanken zu klammern, denn sonst war es unmöglich, ihren bemitleidenswerten Zustand zu ertragen.

Ich rief mir eine Zeile aus dem Nirwana-Sutra in Erinnerung: «Mensch und Tier unterscheiden sich nur im Rang – beide lieben das Leben, und den Tod fürchten sie gleichermaßen.» Mit jeder Drehung der Radachse, die so unaufhaltsam wie ein Karma schienen, rief ich wie hypnotisiert den gnädigen Bodhisattva Kannon an.

Gegen Mittag hatten wir die Straßen der Stadt hinter uns gelassen und folgten einem Pfad in Richtung der östlichen Hügel. Meine Stiefmutter hatte ihre Kinder schon vor einem Monat aus der Hauptstadt weggebracht und bei ihren Eltern in den Hügeln nördlich der Stadt Zuflucht gesucht. Mein Vater, Takako und Nobunori blieben zurück. Takako konnte nicht gut mit Veränderungen umgehen, und Vater wollte seine Kontakte bei Hof nicht vernachlässigen. Nobunori musste die Verantwortung für das Haus übernehmen.

Das abgelegene Haus meiner Tante in den Bergen sah anders aus, als ich es mir vorgestellt hatte. Ich hatte ein Haus erwartet, wie es der große chinesische Dichter Bai Juyi während seines Exils im Süden beschrieben hat – irgendwo tief in den Bergen gelegen mit einem «Zaun aus geflochtenem Bambus, Pfeilern aus Tannenholz und Stufen aus Stein». Es gab einen groben Zaun, und die Tannen schossen in den Himmel, aber man konnte kaum von einem schlichten Landhaus sprechen. Der Garten war kunstvoller arrangiert als die raffinierteste Landschaft. Das Haus war zwar aus einfachen Materialien – Stroh und Flechtwerk – gebaut, aber eigentlich wirkte es mehr wie ein kleiner Palast. Das Hauptgebäude wurde von zwei Flügeln flankiert, rundherum waren Büsche und Bäume angepflanzt, die die Ausmaße des Hauses von außen nicht erahnen ließen. Es war ein herrschaftlicher Wohnsitz, der wie eine Hütte wirken sollte, und das erinnerte mich an die elegante Bescheidenheit eines kaiserlichen Tänzers, der sich für einen bäuerlichen Tanz kostümiert hat. Die Luft war frisch, es duftete nach Zedern – all dies ergab eine völlig andere Welt als die drückende, von Pocken geplagte Stadt.

Meine Tante hatte die Haupthalle in ein Heiligtum für ihre buddhistischen Zeremonien verwandelt. Sie verehrte Kannon und hatte das vergoldete, hölzerne Bild des eleganten Bodhisattva im Zentrum aufgestellt, flankiert von kleineren Statuen des Amida Buddha. Dieses Arrangement veranlasste zwar einige Mönche dazu, die Augenbrauen skeptisch nach oben zu ziehen, aber sie ließ sich von so etwas nicht beeindrucken. Ich spürte sofort die Ausstrahlung des heiteren Kannon, der sein Eintreten ins Nirwana hinauszögerte, um im Diesseits die leidenden Seelen zu lenken und Trost zu spenden. Erst wenn nach einer Ewigkeit die unzähligen empfindungsfähigen Wesen die Erleuchtung erreicht hätten, würde

Kannon ins Nirwana eingehen – als Frau, wie meine Tante glaubte. Zu jener Zeit nahm ich ihre Worte recht ernst, obwohl ich später erfuhr, dass ihre Religion doch recht eigen war.

Um sich und ihr Karma zu verbessern, verbrachte Tante viele Stunden damit, zu meditieren und das Lotos-Sutra abzuschreiben. Natürlich hatte ich schon mein ganzes Leben gehört, wie dieses Werk gesungen wurde, doch nun las ich es zum ersten Mal. Das Bild, das Tante von Kannon hatte, stammte aus China. Er sah darauf sehr weiblich aus, ohne die Spur eines Schnurrbarts, und seine eleganten Glieder waren sinnlich gerundet. Während die berühmte Kannon-Statue im Ishiyama-Tempel über elf Gesichter und eine Krone aus Köpfen, die in alle Richtungen zeigten, verfügte, hatte Tantes Statue nur einen Kopf und hielt einen Weidenzweig und eine Schale mit Wasser.

Außer meiner Tante und ihren Bediensteten hatte noch eine entfernte Cousine – eine junge Frau namens Ruri – hier Zuflucht gefunden. Ihre Mutter hatte sie nach dem exotischen blauen Ruri-Glas benannt. Es stammt aus fernen Landen, und sie hatte es im Palast gesehen. Mit Ausnahme der Wachen, die draußen standen, wurde das Haus im Sommer nur von Frauen bewohnt.

Dieser Ort war so wunderbar. Ruri und ich konnten gehen, wohin wir wollten. Da keine Männer im Haus waren, verzichteten wir auf Vorhänge, Fensterläden und Wandschirme und öffneten alle Zimmer, damit die Bergluft hereinströmen konnte. Wir waren so unbekümmert, was unsere Erscheinung anging, dass ich mir nicht einmal mehr die Zähne schwärzte, die langsam zu einem matten Grau verblassten. Schon bald wären sie wieder weiß, und ich sähe wieder aus wie ein Kind. Außer einigen Sommerkleidern, Schreibpinseln und Papier hatte ich nur mein dreizehnsaitiges Koto mitgebracht. Ich hatte vorgehabt, diese Zeit zu nützen, um meine Genji-Geschichten zu überarbeiten. Außerdem wollte ich meine Tante bitten, mich in der Koto-Fingertechnik zu schulen. Sie war eine außergewöhnliche Musikerin gewesen, bevor sie sich ganz der Religion zugewandt hatte.

Zu Hause in Miyako in der drückenden Hitze die seidenen Saiten des Instrumentes zupfend, hatte ich mir vorzustellen versucht, wie es klingen würde, wenn die Melodien über die wilden, mit Pinien bewachsenen Hügel getragen wurden. Ich malte mir aus, wie Genji diese Klänge aus der Ferne hört, als er gerade von einer Reise zurückkehrt. Er lenkt sein Pferd in die Richtung der Melodie, um herauszufinden, wo die Quelle der Musik entspringt. Wie die Biene zum Nektar würde Genji zu meinem Haus gelockt. Er holt seine Flöte hervor und stimmt eine Melodie in der gleichen Tonart an. Die Koto-Spielerin zögert einen Moment, als sie den Klang der Flöte vernimmt, schlägt sich die Hand vor die Brust und blickt ängstlich nach draußen, um nachzusehen, wer da ist. Bisher hat sie verträumt und zaghaft gezupft, nun greift sie energischer in die Saiten. Wird die Flöte mithalten? Ihre Finger tanzen über die Saiten, ihr langes schwarzes Haar ergießt sich über ihre Schultern, als sie zu dem dramatischen Vibrato eines tiefen Tons ansetzt. Sie kann Genji nicht sehen, er jedoch kann von dem niederen Hügel aus, wo er sein Pferd festgebunden hat, einen Blick auf sie werfen. Sicher stimmt die Flöte in ihr Spiel mit ein.

Tante war selbst eine bekannte Schriftstellerin. Einst war sie mit Fujiwara Kaneie verheiratet gewesen, jenem Staatsmann, der unter Kaiser En'yu zum Regenten ernannt wurde. Ihre Ehe war von bösen Worten geprägt gewesen, und als ich zur Welt kam, hatten sie sich bereits völlig voneinander entfremdet. Tante verfasste ein Tagebuch über ihr Leiden als zweitrangige Frau eines Mannes, der ständig Liebschaften hatte. Das Tagebuch wurde verbreitet, und ihre Klagen lösten einen kleinen Skandal aus. Doch ihre vorwurfsvollen Anspielungen schadeten Kaneie in keiner Weise. Das *Tagebuch des Nachsommers* steigerte nur noch seinen Ruhm als Verführer der Frauen. Tante stürzte immer wieder in schwarze Löcher des Trübsinns und rappelte sich anschließend wieder auf. Sie brach zu mehreren Pilgerreisen auf, war fünf Jahre unterwegs, ließ dann ihr abgelegenes Haus bauen und hörte auf zu schreiben. Ihre Meinung bedeutet mir sehr viel – so viel, dass ich mich nicht traute, ihr meine Geschichten zu zeigen.

Zuerst fand ich, dass Ruri ziemlich grimmig aussah. Sie schwärzte weder ihre Zähne – auch nicht, als ihre Freundinnen das bereits taten –, noch zupfte sie sich die Augenbrauen. Ich bot ihr an, die Härchen für sie zu zupfen, aber nachdem ich die ersten paar Haare mit der Pinzette herausgezogen hatte, wandte Ruri ihr Gesicht ab, und Tränen stiegen ihr in die Augen.

«Das ziept so!», beklagte sie sich. «Das kann ich nicht ertragen!»

Ich hatte wohl Glück, dass meine Augenbrauen nicht ganz so dicht wuchsen wie die ihren. Ich spürte den Schmerz kaum mehr. Obwohl sie sich der schmerzhaften Prozedur verweigerte, half mir Ruri gerne dabei, meine Brauen zu zupfen. Wir setzten uns in eine sonnendurchflutete Ecke des Zimmers, das auf den Garten hinausging, und ich legte meinen Kopf in ihren Schoß. Dann spannte sie vorsichtig meine Haut zwischen zwei Fingern.

«Es schmerzt weniger, wenn die Haut ganz straff ist», murmelte sie, konzentrierte sich auf die silberne Pinzette und zupfte Haar für Haar.

So verging ein ganzer Morgen wie im Fluge. Ich wusste, dass Ruri ihre Roben nicht parfümierte, aber sie schien von Natur aus einen süßen Duft auszuströmen. Wie ich so dalag in der einlullenden Wärme, blickte ich zu Ruris kräftigem Busen auf, der mir fast übers Gesicht streifte. Sie trug ein durchsichtiges weißes Unterkleid, durch das ihre Brustwarzen dunkel wie das Innere von Mohnblumen schimmerten. Ihr Haar hatte sie meistens auf dem Rücken zusammengebunden. Wenn ich sie überzeugen konnte, es ausbürsten zu dürfen, war ich überwältigt von dem reichen schwarzen Strom, der sich über ihre Schultern ergoss, über ihren Rücken plätscherte und sich in einem kleinen Becken an ihren Füßen sammelte. Ihr Haar war ungefähr fünfzehn Zentimeter länger, als sie groß war. Wenn ein junger Mann Ruri kurz von hinten sah, würde er sich danach sehnen, diesen schimmernden Strom zu berühren. Doch er würde zusammenzucken, wenn sie sich umdrehte und er ihre strahlend weißen Zähne und buschigen Augenbrauen zu Gesicht bekäme! Ruri benahm sich ganz und gar nicht so kokett, wie man es von einer Frau erwartete, deren Mutter so viel Zeit im Palast verbracht hatte.

Ruri hatte von ihr viele Geschichten über das Leben am Hof gehört. Ihre Geschichten unterschieden sich deutlich von jenen, die mein Vater über die Jahre erzählt hatte. Es war faszinierend: Für meinen Vater stand immer die Analyse der politischen Zusammenhänge im Zentrum oder, wenn es um das Chinesische ging, die Reinheit der Lehre. Wenn ich Ruri zuhörte, war ich in erster Linie verblüfft von ihren verwickelten Geschichten über rivalisierende Gruppen nobler Damen, die allesamt zu viel Stolz und zu viel Zeit hatten. Die Gespräche mit ihr waren sehr fruchtbar, während ich mir über Genjis Hintergrund Gedanken machte.

Schon seit einiger Zeit hatte ich das Gefühl, meine Geschichten trieben etwas ziellos vor sich hin. Zwar erschienen sie mir zuerst durchaus gehaltvoll, aber wenn ich mehrere gelesen hatte, schoben sie sich wie Wolken ineinander. Genji brauchte eine Vergangenheit, in der ich seine Abenteuer verankern konnte. Ich wollte mir alle Geschichten noch einmal vornehmen und sie mit einem neuen Anfang überarbeiten: Der Geschichte von Genjis Herkunft.

Es war klar, dass in Genjis Adern kaiserliches Blut fließen musste, aber er sollte kein kaiserlicher Prinz sein, denn dann wäre er in seinen Handlungen von seinem hohen Rang eingeschränkt. Außerdem kämen die Menschen vielleicht auf die Idee, ich schriebe über einen ganz bestimmten kaiserlichen Prinzen. Das könnte Unannehmlichkeiten mit sich bringen. Ich beschloss, er sollte einfach der Sohn irgendeines Kaisers sein, der vor längerer Zeit regiert hatte. So konnte ich auf Großmutters Geschichten über die Tage des Kaisers Murakami zurückgreifen, um ein Bild vom Leben am Hofe zu zeichnen.

Ein Mädchen, das nur die üblichen Liebesgeschichten kennt, hält die Vorstellung, vom Kaiser geliebt zu werden, vielleicht für wunderbar. In keiner der Geschichten, die ich jemals gelesen oder gehört hatte, macht sich jemand darüber Gedanken, welch schreckliche Folgen eine solche Verbindung auch haben könnte. Ich dachte mir für Genji eine Mutter aus, die beinahe vollkommen war. Sie war schön, zurückhaltend, elegant und empfindsam und hatte nur einen Makel: Sie war nicht von hochrangiger Geburt. Trotzdem zog der Kaiser sie allen anderen Frauen vor. Die Menschen verglichen das kaiserliche Paar sogar mit dem chinesischen Kaiser Xuanjung, der in die schöne Yang Kuei-fei vernarrt war.

In dieser chinesischen Geschichte vernachlässigt der Kaiser seine Pflichten, so berauscht ist er, und schließlich droht die

Armee mit Rebellion, sollte er nicht Yang Kuei-feis Tod befehlen. Voller Kummer gibt er den Befehl, und sie wird mit einem seidenen Seil erwürgt. Ruri war außer sich, als ich ihr die Ballade vorlas.

«Die Chinesen sind so barbarisch!», rief sie laut. «So etwas würde in unserem zivilisierten Land niemals geschehen!»

Ich beriet mich mit ihr, versuchte mir vorzustellen, wie eine Frau, die vom Kaiser geliebt wird, wohl an unserem Hof behandelt würde. Ruri versicherte mir, auch bei uns könnte das durchaus schwierig sein. Ihre Mutter hatte ihr eine Geschichte über eine Palastdame niederen Ranges erzählt, der man befohlen hatte, bei Nacht das Schlafgemach des Kaisers zu besuchen. Die bemitleidenswerte Frau erweckte die Eifersucht der kaiserlichen Damen höheren Ranges, die sich gegen sie verschworen und ihr das Leben schwer machten. Eines Nachts befahlen sie ihren Dienstmädchen, die Türen des Verbindungsganges zwischen dem Zimmer der Dame und dem Schlafgemach des Kaisers abzuschließen, um die Dame mitten auf ihrem Weg in die Falle laufen zu lassen. Als der Morgen dämmerte, fand man sie schluchzend und gedemütigt auf dem Gang. Ein anderes Mal verstreuten sie entlang des Weges, auf den Verbindungsbrücken und in den Gängen Hundekot und anderen Abfall, um die Kleider ihrer Begleiterinnen zu beschmutzen, wenn sie vorübergingen.

«Stell dir vor, du wirst von einem ekelhaften Geruch belästigt, der dir scheinbar folgt, wohin du auch gehst, und dann entdeckst du, es ist Hundekot, der an deinem Saum klebt! Gibt es einen ekelerregenderen Geruch?»

Wir rümpften die Nasen, und ich verarbeitete diese Episode in meiner Geschichte. In meiner Version wird die empfindsame Dame durch die üble Behandlung geradezu vernichtet. Nicht einmal der Kaiser kann den Geschehnissen

Einhalt gebieten, da alles heimlich geschieht. Die Dame zerbricht langsam daran.

Ruri schlug vor, ich solle jene Dame im Kiritsubo-Pavillon zu Genjis Mutter machen. Jede kaiserliche Konkubine hatte ihre eigenen Gemächer, und die Kiritsubo-Suite liegt am weitesten von der Halle der kühlen Brisen entfernt, wo der Kaiser residiert. Das gibt den anderen Damen genügend Möglichkeiten, sie zu quälen, wenn sie nachts dem kaiserlichen Ruf folgt und durch die Gänge huscht. Sogar als der Kaiser sie in den Pavillon direkt gegenüber seinen Gemächern umziehen lässt, verbessert sich die Situation nicht – denn dann richtet sich der Zorn jener Damen, die der Kiritsubo-Dame weichen müssen, gegen sie. Auch wenn der Kaiser seine Hauptgespielin am meisten liebt, er müsste den anderen Damen ebenfalls die ihnen zustehende Anerkennung erweisen – nicht mehr und nicht weniger –, dann würden solche Probleme nicht entstehen. Aber Ruri wies mich darauf hin, dass das Hofleben von der ständigen Spannung zwischen Erwartungen und der Wirklichkeit geprägt war. Zudem wurde die Kiritsubo-Dame von keinen politischen Kräften im Hintergrund gedeckt, was die Leidenschaft des Kaisers noch empörender machte.

Genji, so stellte ich mir vor, musste ein Kind dieser Leidenschaft sein, von der Kiritsubo-Dame geboren und von seinem Vater, dem Kaiser, angebetet. Aber das Kind Genji erbt den Makel seiner Mutter. Wäre die Welt gerecht, so säße sie neben dem Kaiser auf dem Thron. Aber die Welt ist nicht gerecht, und so kann sie nicht herrschen. Und genauso wenig wird Genji zum Kronprinzen. In einer gewöhnlichen Geschichte würde diese Situation am Ende behoben. Aber das interessierte mich nicht. Etwas an Genji durfte nicht im Lot sein, etwas in seinem Leben sollte nicht im Gleichgewicht sein, so konnte man sich darüber Gedanken machen. Perfekte

Menschen sind recht langweilig. Als ich Ruri von meinen Plänen bezüglich Genjis frühen Jahren erzählte, hörte sie mir lange Zeit höflich zu, dann machte sie eine seltsame Bemerkung.

«Diese Figur Genji hat große Ähnlichkeit mit dir selbst, scheint es mir. Du überlegst dir für dieses und jenes Gründe, aber ich glaube, er soll keine Mutter haben, weil du dir diese Entbehrung als ein dunkles Rad vorstellst, das sich in Genjis Leben unablässig dreht. Oder vielleicht gleitet er wie ein Wasservogel ohne Anstrengung auf der Oberfläche, während seine Füße unter der Oberfläche wie wild strampeln.»

Ruris Kommentar ließ mich innehalten. Ich nahm an, sie wollte mir sagen, ich sei wie dieser Wasservogel. Die Menschen hielten mich wohl für ausgeglichen, schüchtern und vielleicht ein bisschen langweilig, sie vermuteten keine brillante Gesprächspartnerin in mir, sondern fanden eher, ich sei verschlossen. Doch Ruri erkannte etwas, das andere nicht sahen. Ich stellte mir oft die Frage, was mich dazu trieb, über Genji zu schreiben. Gewiss hätte ich ein einfacheres Leben, wäre ich nicht von seinen Geschichten besessen. Ruri hatte etwas ausgesprochen, das mir selbst noch nicht so recht klar war – nämlich ein dunkles Rad, das meine ruhelosen Beschäftigungen vorantrieb. Es gab Zeiten, in denen ich mir einfach nur wünschte, im Garten spazieren zu gehen, ohne ständig daran denken zu müssen, wie Genji die Pflanzen kommentieren würde.

Es half mir sehr, dass ich mich Ruri anvertrauen konnte. Sie sagte nicht viel, aber sie war sehr feinfühlig. Meine Gedanken, die ansonsten wild durcheinander wirbelten, flossen dadurch, dass ich sie ihr erzählen konnte, in einem klareren Strom. Welch perfekte Ehefrau sie abgegeben hätte, dachte ich mir. Aber sie interessierte sich ebenso wenig für die Ehe wie ich, und aufgrund ihrer undamenhaften Art und ihrer Angewohnheiten war es noch unwahrscheinlicher, dass ein Mann ihr den Hof machte.

Ruri hatte eine unglaubliche feine Beobachtungsgabe für die Natur. Sie mochte Schmetterlinge besonders gerne und teilte einen Abschnitt des Gartens ab, wo sie die Raupen, die sie gesammelt hatte, hegte und pflegte. Das Küchenmädchen konnte nicht verstehen, warum der Kohl und die Radieschen, die in Ruris Garten wuchsen, einfach so den kleinen blassen grünen Würmern überlassen wurden, die in den meisten Gärten abgestreift und zerquetscht wurden. Ruri erklärte ihr, dass die wunderbaren weißen Schmetterlinge mit den schwarzen Spitzen und den schwefelgelben Unterseiten aus diesen kleinen grünen Würmern wuchsen. Das wusste ich, neu war mir hingegen, dass die Männchen einen leuchtenden gelben Punkt auf dem Körper hatten und Zitronenduft verströmten.

«Immer fein duftend, so wie dein bestechender Prinz», bemerkte Ruri.

In einer meiner Geschichten hatte ich Genji als einen Meister im Mischen von Düften beschrieben. Selbst in der Dunkelheit verriet der betörende Duft seiner Gewänder den Damen seine Anwesenheit.

Als für die Raupen der Zeitpunkt gekommen war, ihre kleinen Kokons der Verwandlung zu bauen, versammelte Ruri sie in einem Käfig neben der offenen Veranda, um beobachten zu können, wenn sie schlüpften. Es regnete lang, hellte dann kurz auf, und mehrere Schmetterlinge schlüpften zur gleichen Zeit. Spürten sie, wie das Wetter war? Bei Regenwetter zu schlüpfen wäre schwierig für sie gewesen. Selbst unter optimalen Bedingungen war es für sie sehr anstrengend, sich von der engen Hülle zu befreien. Ihr Schlüpfen kündigte sich an, wenn die goldgefleckte, braune Hülle zu verblassen schien und der Kopf und die Flügel sich abzeichneten. Aber noch immer mussten sie sich einen Weg aus ihrem durchsichtigen Gehäuse bahnen und sich dabei mit voller Kraft hin und her werfen, um sich so zu befreien. Ihre Augen glitzerten wunderschön wie Juwelen.

«Siehst du, was wir verpassen, wenn wir nur zusehen, wie sie durch den Garten tanzen, und dabei ihre Flügel beachten», sagte Ruri.

Wir unterhielten uns stundenlang über die Jahreszeiten. Ich fertigte für sie eine Kopie des chinesischen Kalenders mit den zweiundsiebzig Abschnitten an, und da sie ein so feines Gespür für die Veränderungen in der Natur hatte, fand sie ihn ganz wunderbar.

Gerade begann der zweiwöchige Abschnitt, der Große Hitze genannt wurde und dessen erste fünf Tage «Verrottete Gräser verwandeln sich in Leuchtkäfer» hieß. Es überraschte mich nicht, zu hören, dass es eine von Ruris Lieblingsbeschäftigungen war, Leuchtkäfer zu fangen, und dass der Sommer ihre bevorzugte Jahreszeit war.

«Wie schade, dass es hier oben in den Bergen keine Leuchtkäfer gibt», bemerkte Ruri.

Leuchtkäfer schienen sich gerne in offenem Gelände, das an Wälder angrenzte, oder auch in sumpfigen Gegenden nahe am Wasser aufzuhalten. Hier in den Bergen waren wir der Natur viel näher als in Miyako, aber die zarten Leuchtkäfer schienen die mildere Umgebung zu Hause den Bergen vorzuziehen.

Ruri hatte einst ihrer älteren Schwester einen Streich gespielt, als diese einen Verehrer empfing. Die Dinge waren schon recht weit fortgeschritten, aber der junge Mann hatte natürlich noch keinen Blick auf das Gesicht von Ruris

Schwester werfen dürfen. Er besuchte sie in einer mondlosen Sommernacht. Plötzlich ließ Ruri einen Schwarm Leuchtkäfer im Zimmer ihrer Schwester frei, wodurch ihr überraschtes Antlitz aufleuchtete.

«Nachdem sie schon eine Weile verheiratet waren, haben sie über diesen Scherz gelacht», erzählte Ruri grinsend. «Aber damals war meine Schwester ganz schön wütend.»

Ich erzählte Ruri von meiner Theorie, wonach gewisse Dinge eine Jahreszeit verkörpern, und sie bot mir ihre Hilfe an. Wir stellten eine Liste mit Naturphänomenen zusammen, die zu jeder Jahreszeit passten, und verglichen sie dann mit den klassischen Bildern aus den alten Erzählungen und den kaiserlichen Gedichtanthologien. Ruri ärgerte sich, dass die Klassiker den Sommer vernachlässigten und sich auf den Frühling und mehr noch auf den Herbst konzentrierten. Es ist zwar modern, den Herbst zu bevorzugen, aber als sie mich dazu drängte, meine Lieblingsjahreszeit zu nennen, entschied ich mich für das Frühjahr.

Trotzdem begannen wir, von der wohligen Wärme des Sommers eingehüllt, unsere Liste mit dieser Jahreszeit. Wir waren uns einig, dass die Leuchtkäfer das Wesen des Sommers zum Ausdruck brachten. Aus dem gleichen Grund votierte Ruri dann für die Schmetterlinge: Zwar erscheinen einige schon im Frühjahr, aber sie prägen das Bild des Sommers und sterben, wenn der Herbst naht. Ich neigte dazu, ihr Recht zu geben, obwohl mir die Schmetterlinge zu auffällig bunt erschienen. Bevor ich Ruri traf, hatte ich Schmetterlinge vor allem von chinesischen Gemälden auf Wandschirmen gekannt, wo sie zwischen Pfingstrosen herumtanzten.

«Allgemein fallen einem bei Insekten zuerst die Geräusche ein, die sie von sich geben», sagte ich zu Ruri, «aus diesem Grund schreibt man sie eher dem Herbst zu.»

«Aber was ist mit den Zikaden?», erinnerte mich Ruri.

Wie hätte ich das vergessen können? Wenn ich an den ohrenbetäubenden Lärm der tratschenden Zikaden nur dachte, spürte ich, wie mir die Trägheit des heißen Sommers in Miyako um die Beine strich. Von Bergen umgeben, sammelt sich die dampfende Schwüle in dieser Stadt wie das Wasser in einer Schale. Nobunori fing besonders gerne Zikaden, um ihnen dann eine Schnur um den Körper zu binden. So konnte er sie fliegen und um seinen Kopf summen lassen und sie dann plötzlich an den Zügeln zurückreißen. Es war ziemlich grausam.

Wir machten uns Gedanken über den Regen. Man musste den Regen berücksichtigen, dieser Sommer war so nass gewesen – was einer der Gründe war, warum wir herumsaßen und Listen zusammenstellten. Ein plötzlicher Schauer, ein Wolkenbruch, der sich grollend ankündigt, sich mit Blitz und Donner entlädt und im Zorn über das Land streicht – so sah ein typischer Sommerregen aus, beschlossen wir. Genauso waren die Monsunregen im fünften Monat, wenn die Pflaumen zu reifen begannen, sich von Grün zu Rot verfärbten und eine warme Feuchtigkeit alles überzog und die Wände ruinierte.

Aber es regnete nicht nur im Sommer. Im Herbst, wenn die Temperatur plötzlich sinkt und der Wind den Regen mit großer Kraft vorwärts peitscht, fegen die heftigen Taifunregenstürme übers Land. Gegen Ende des Herbstes werden die ruhigen, dunklen Regengüsse langsam kalt. Das eigentliche Wesen des Regens verkörperten für mich jedoch die langen Regenfälle des Frühlings. Schon der Begriff «lange Regenfälle» ließ mich an den rauchigen, geräuschlosen Regen denken, der in feinen Tropfen ohne Unterlass fällt, wenn sich die Erde im Frühjahr langsam aufwärmt. Man öffnet das

Fenster, blickt auf den verschwommenen Garten, und träge, melancholische Sehnsüchte werden geweckt. All diese Gefühle barg für mich der Begriff «lange Regenfälle».

Ruri meinte, der Tau erwecke Erinnerungen an den Sommer, aber da stimmte ich eher mit der landläufigen Meinung überein, wonach diese feinen Tropfen die Welt bevorzugt im Herbst überzogen. Ähnlich war es mit den Blitzen. Obwohl es im Sommer manchmal blitzt, ließ die Wildheit jener Entladungen an den Herbst denken. Als typische Sommerpflanzen benannten wir einhellig Baumpfingstrosen, Paulownien, Bambus, Prachtnelken, Iris, den Pfeifenstrauch und den Kalebassenbaum. Ich gab nach und setzte auch die Reispflanzen auf diese Liste, da Ruri so leidenschaftlich darauf bestand, obwohl diese Pflanze in mir keine poetischen Gefühle weckte. An Vögeln fielen uns nur das Moorhuhn und der Kuckuck ein. Wir einigten uns darauf, dass einige Dinge zu keiner bestimmten Jahreszeit gehörten – zum Beispiel der Mond, der Wind, der Abend. Diese Dinge treten das ganze Jahr über in unterschiedlicher Gestalt auf. Der typische Frühlingsmond ist ein verschwommener Halbmond, der Sommermond ist voll, bleich wie eine Kumquat hängt er im Morgengrauen über dem westlichen Himmel. Der Herbstmond ist der klare helle Erntemond, und jener des Winters strahlt kalt, drei Viertel voll und glänzend.

Wir stritten eine ganze Weile über den Begriff «Sommerpelz», so bezeichnete man das Fell eines Rehkitzes im Spätsommer, wenn es sich golden verfärbt und die Tupfen deutlich hervortreten. Dies ist der Zeitpunkt, wenn sich aus dem Fell die besten Schreibpinsel herstellen lassen. Für Ruri gehörte der Sommerpelz eindeutig zum Sommer – wie der Name bereits sagt. Ich hingegen erwiderte, diese Tatsache alleine verleihe ihm noch keine poetischen Qualitäten. Ein Pelz eigne sich überhaupt nicht, um über die Natur oder menschliche Gefühle etwas auszusagen – höchstens stehe es für Mitleid mit dem Reh, das vom Bogen des Jägers niedergestreckt wurde, weil sein Fell in dieser Zeit so schön ist.

Irgendwie war Sommer die einfachste Jahreszeit, um unsere Liste zu beginnen. Unsere Liste für das Frühjahr wurde nicht nur sehr lang und wir waren uns auch in vielerlei Dingen nicht einig. Glücklicherweise hörte es auf zu regnen, sodass wir unsere Listen für eine Weile zur Seite legen konnten. Beim Herbst wären wir uns vermutlich noch heftiger in die Haare geraten.

Ich las Ruri mein Lieblingsgedicht, Bai Juyis «Gedicht vom Ewigen Kummer», vollständig vor und übersetzte den Text, während ich las. Natürlich kannte jeder die Tragödie der Yang Kuei-fei, aber nur wenige lasen sie tatsächlich auf Chinesisch. Hätten wir noch länger Zeit gehabt, so hätte ich Ruri das Chinesischlesen beibringen können, aber der Sommer neigte sich dem Ende zu, und wir müssten schon bald nach Miyako zurückkehren.

Bai Juyi erfüllte meine Gedanken. Während ich an meiner Genji-Geschichte arbeitete, stellte ich mir vor, wie der Kaiser den Tod der Kiritsubo-Dame betrauerte, eine Bildrolle betrachtend, auf der «Gedicht vom Ewigen Kummer» illustriert war. Der chinesische Kaiser sandte Zauberer aus, um den Geist von Yan Kuei-fei auf einer verzauberten Insel zu besuchen, und sie gab ihnen eine goldene Haarnadel als Erinnerungsstück für den Kaiser. Wie sehr sich der Kaiser in meiner Geschichte gewünscht hätte, dasselbe für seine verschwundene Liebe zu tun! Ruri schlug mir vor, ich solle doch eine ähnliche Szene schreiben. Ich könne darin die tote Kiritsubo-Dame beschreiben, wie sie im Paradies umherwandert und

Erinnerungsstücke und Bestätigungen an die Lebenden schickt. Ich muss zugeben, der Gedanke schockierte mich.

Ich war erstaunt über meine Reaktion. Warum stieß mich die Vorstellung, diese Szene zu übernehmen, so ab? Immerhin bewunderte ich Bai Juyi sehr. Mir wurde klar, dass Ruri und ich das Gedicht sehr unterschiedlich interpretierten. Vielleicht gab es in China Zauberer mit besonderen Kräften, dank derer sie die Toten besuchen konnten – obwohl sogar Konfuzius sagt, es sei nichts gewonnen, wenn man über die Toten und die Geister spekuliere. Aber auf jeden Fall lagen diese Dinge weit jenseits meiner Erfahrungswelt, und ich war sicher, dass in unserem Land diese Geister nur in den Märchen lebten. Meine Genji-Geschichten gehörten für mich niemals ins Reich der Märchen, also wäre ich auch nie auf die Idee gekommen, Zaubertricks einzuflechten. Schon der Gedanke daran missfiel mir zutiefst. Ich war überrascht, dass Ruri sich eine solche Szene vorstellen konnte, und befürchtete, mich in ihr getäuscht zu haben!

Wir standen kurz vor der Abreise und stritten uns. Das war sehr traurig. Ich war mir sicher, Ruri würde mich verstehen, wenn ich erst einmal erklärt hatte, warum meine Geschichte nicht ins Phantastische abgleiten sollte. Aber sie verstand es nicht. Sie beharrte auf ihrer Meinung, man könne doch in eine Geschichte alles aufnehmen, was die Vorstellungskraft erfand.

«Es ist deine Geschichte», wiederholte sie immer wieder. «Du kannst schreiben, was du willst. Warum willst du dir selbst Grenzen setzen?»

Ich war so enttäuscht und enttäuscht über die Tatsache, dass ich enttäuscht war, dass ich mich wohl nicht so richtig ausdrücken konnte. Auf jeden Fall gelang es mir bis zum Schluss nicht, Ruri zu überzeugen.

Das Schreiben fiel mir leichter, wenn ich nicht darüber nachdachte, sondern einfach schrieb. Ich konnte mich mit meinem Pinsel hinsetzen, an Genji denken und dann beschreiben, wie sich die jeweilige Situation in meiner Phantasie entfaltete. Aber nun war mir das alles auf unangenehme Weise bewusst geworden. Ich hatte den Boden unter den Füßen verloren. Ich würde eine Zeile schreiben und sie dann sofort wieder durchstreichen. Ich konnte meinem Urteil nicht mehr länger vertrauen. Sollte ich alles streichen, das irgendwie auf Bai Juyi verwies?

Wegen Ruri hatte ich begonnen, meine ganze Art zu schreiben infrage zu stellen. Was einst selbstverständlich gewesen war, kam mir nun seltsam vor. Die Geschichte über die Herkunft Genjis war viel schwieriger, als ich angenommen hatte.

Das *Tagebuch des Nachsommers* meiner Tante hatte mich stark beeinflusst. Was ich mir, als ich es zum ersten Mal las, am meisten einprägte, war eine Feststellung ganz am Anfang des Werkes. Sie war in Trübsal versunken gewesen und wollte sich mit den alten Liebesgeschichten ablenken, aber sie fand keine, die ihrer Situation angemessen schien:

«Es waren», so schrieb sie, «Massenprodukte der übelsten Machart.» Also beschloss sie, kein Märchen, sondern ein wahres Leben aufzuzeichnen.

Natürlich taten einige Menschen ihr Buch als die Phantastereien einer verrückten Hexe ab. Andere hielten das *Tagebuch des Nachsommers* für peinlich, weil es so hemmungslos von Eifersucht, Verzweiflung, Trauer und anderen ähnlichen Gefühlen erzählte, über die man nicht gerne in der Öffentlichkeit spricht. Aber ich fand es stets sehr mutig, dass sie es wagte, der Welt ihre Seele zu entblößen, egal was sonst noch dahinter steckte. Es ist und bleibt der bewegendste Text, den ich je zu lesen bekommen habe.

Als Teil ihres religiösen Eids verzichtete Tante auf das Schreiben. Was sie zu sagen gehabt hätte, sei gesagt, und dem habe sie nun nichts weiter hinzuzufügen. Ich denke, beim Schreiben konnte sie ein Teil des Giftes, das sie krank gemacht hatte, bündeln und ausscheiden. Nun strahlte sie eine beneidenswerte Ruhe aus. Ich sehnte mich danach, ihr meine Genji-Geschichten zu zeigen, zögerte aber trotzdem, hatte Angst vor ihrem Urteil. Zu forsche Kritik hätte ich vielleicht nicht ertragen. Ich überlegte, ob ich vielleicht etwas zurücklassen würde, das sie lesen könnte, nachdem ich in die Stadt zurückgekehrt wäre. Aber sogar dazu war ich zu feige, was ich später bitter bereute.

Nach meiner Rückkehr in die Hauptstadt sah ich Ruri noch ab und zu, aber wir waren nicht länger «zwei Vögel, die einen Flügel teilten», wie ich es im Sommer einmal gedacht hatte. Ich war ruhelos und launisch. Ruri gab sich alle Mühe, verständnisvoll zu sein. Sie fragte mich, ob sie sich mein Koto für eine Weile ausleihen dürfte, vielleicht um die sorglose Stimmung jenes Sommers wieder aufleben zu lassen. Dann bat sie mich darum, ihr das Spielen beizubringen. Ich hatte das dumpfe Gefühl, herzlos zu sein, und schrieb ihr dieses Gedicht:

Tsuyu shigeki yomogi ga naku no mushi no ne wo oboroke nite ya hito no tazunemu
Du bittest darum, jenem Insekt zu lauschen, dessen Schrei nur noch matt aus dem Wermutgras dringt, gebeugt von der schweren Last des Taues.

Aber ich gab ihrer Bitte nach. Zu diesem Zeitpunkt hatte ich mich bereits so in meinem Schreiben verstrickt, dass ich meinen Pinsel voller Abscheu zur Seite gelegt hatte. Ruri versuchte mich zu ermutigen, indem sie sich nach meinem Schreiben erkundigte, aber ich wollte nicht einmal darüber nachdenken. Mit dem Kotospiel konnten wir uns zumindest ablenken.

Wenn ich mich richtig konzentrierte, flossen die Worte nur so aus mir heraus. Manchmal fühlte ich mich wie von einem schnell fließenden Bach mitgetragen. Mein Denken tummelte sich nur einige Momente in einem ruhigen Becken, wo es auf der Suche nach dem richtigen Wort eintauchte. Dann überließ ich mich wieder der Strömung und segelte wie ein Blatt auf den Wellen, wurde scheinbar ohne eigene Anstrengung davongetragen. Wann immer ich an einem Morgen so arbeiten konnte, hatte ich für den Rest des Tages gute Laune. Ich konnte dann sogar mit meinen kleinen Stiefbrüdern draußen im Garten spielen. Leider waren solche Tage selten. Viel häufiger geschah es, dass ich in klebrigem Schlamm stecken blieb und bereits dankbar war, wenn mein Gedankenstrom zaghaft tröpfelte. Es gab sogar Tage, an denen gar nichts entstand, obwohl ich den ganzen Morgen an meinem Schreibtisch saß.

Meine Familie hatte gelernt, mich in Ruhe zu lassen, wenn ich angespannt war, aber mit Ruri war es nicht so leicht. Wenn einem ein Mensch nahe gekommen ist und man dann feststellt, in wichtigen Fragen völlig unterschiedlicher Meinung zu sein, so irritieren einen plötzlich Dinge, die man vorher kaum wahrgenommen hat. Gewohnheiten, die einem lieb waren, werden plötzlich ermüdend.

Ruri spürte, dass sich meine Gefühle verändert hatten. Es war nicht ihre Schuld. Sie reagierte auf mein Schweigen, strengte sich noch mehr an, es zu brechen, woraufhin ich

mich nur noch mehr zurückzog. Irgendwann wurde es so unerträglich, dass ich ihr schrieb, ich sei krank und könne keine
Besucher empfangen.

Im elften Monat schrieb sie mir voller Kummer, und ich
gab ihr diese Antwort:

> *Shimo kōri tojitaru koro no mizukuki wa e mo kakiyaranu*
> *kokochi nomi shite*
> Zu hartem Eis erstarrt, vermag mein Pinsel keine Worte zu
> malen, meine Gefühle bleiben verborgen.

Ruri antwortete:

> *Yukazu tomo nao kakitsume yo shimo kōri mizu no ue nite*
> *omoinagasamu*
> Hör nicht auf zu schreiben, auch wenn der Fluss gefroren ist,
> wenn das Eis dereinst schmilzt, wird dein Schmerz
> davongetragen.

Ich schäme mich nun, denn sie hat damals weiter an mich
geglaubt, obwohl ich selbst nicht mehr an mich glaubte.

In jenem Winter spielte ich alleine Koto. Die Musik war ein
wunderbarer Zeitvertreib, wobei ich mich darüber ärgerte,
dass sich meine Technik nicht verbesserte. Ich erzählte Vater
von meinem Kummer, und er antwortete, es würde mir gut
tun, mit jemandem zu spielen, der besser sei als ich. Vielleicht
sei es eine gute Idee, ein oder zwei Stunden zu nehmen.

«Ich weiß jemanden für dich», sagte er. «Sie ist sogar eine
Prinzessin. Seit ihr Vater gestorben ist, lebt sie unter etwas
schwierigen Umständen, aber sie soll eine begabte Musikerin
sein. Vielleicht kann ich etwas für dich arrangieren.»

Vater schickte der Dame eine Nachricht und ein Geschenk aus getrocknetem Seeohr und Seetang, und kurz darauf traf ihre Antwort auf tief zerfurchtem Papier aus Maulbeerbaumrinde ein. Ihre direkte, eher unweibliche Handschrift überraschte mich, aber die Botschaft war in freundlichem Tonfall abgefasst. Mit höflicher Zurückhaltung schmälerte die Prinzessin ihre eigenen musikalischen Fähigkeiten und erklärte sich bereit, mit mir Koto zu spielen. Sie schlug ein Treffen in fünf Tagen vor.

In der Nacht vor unserem Treffen schneite es heftig, aber ich war so aufgeregt, weil ich einen neuen Menschen kennen lernen würde, dass ich mein Instrument trotz des schlechten Wetters einpackte. Mein Wagen pflügte durch die verschneiten Straßen bis zu ihrem Haus in den westlichen Außenbezirken der Stadt. Vater hatte mich darauf vorbereitet, aber ich war trotzdem entsetzt angesichts des heruntergekommenen Hauses, vor dem wir schließlich anhielten. So hatte ich mir die Wohnstatt einer Prinzessin ganz und gar nicht vorgestellt. Ein schäbig gekleideter alter Mann zog langsam und mit großer Anstrengung das Tor auf, und unser Fahrer zwang den Ochsen hinein. Er lud mein Koto aus, das ich dick eingewickelt hatte, um es vor der Kälte zu schützen. Ich trug den Kasten, in dem die Stege und die Fingeraufsätze aus Bambus lagen.

Ein bibbernder Diener ließ uns hinein und führte uns in den zugigen Hauptsaal, wo die Prinzessin wartete. Im Haus war es eiskalt. Ich fragte mich, warum sie für unsere Stunden nicht einen kleinen, gemütlicheren Raum ausgesucht hatte. Ich war mir sicher, dass meine Finger so zu steif waren, um auch nur einen Ton zu spielen. Aber wenn die Prinzessin in dieser Kälte spielen könnte, so würde auch ich mich dazu zwingen. Vater hatte mir vorgeschlagen, mein formelles Gewand aus mehreren Schichten von Roben anzuziehen. Jetzt war ich froh, seinem Rat gefolgt zu sein. Die Prinzessin saß hinter einer verblassten purpurnen Stellwand, die Ecke einer alten Zobeljacke schaute auf einer Seite ein Stück hervor. Sie hieß mich mit einer dünnen, nasalen Stimme willkommen.

Sie fragte mich, was ich spielen wolle, ich aber fügte mich ihrem höheren Rang und bat sie auszuwählen. Sie schlug ein Stück vor, von dem ich noch niemals gehört hatte, und ich musste sie verlegen darum bitten, es mir vorzuspielen. Sie begann die Saiten zu zupfen. Immer wieder wurde die Musik durch lautes Schniefen unterbrochen, da ihr offenbar die Nase lief, sie sich aber nicht schnäuzen konnte. Obwohl ich mich bemühte, achtete ich vor allem auf den Rhythmus ihres Schniefens und Schluckens, anstatt auf das uninspirierte Stück. Sie beendete ihren Vortrag mit einem tiefen vibrierenden Ton, der in Konkurrenz mit dem Wind durch das Haus hallte.

«Sollen wir ein Duett spielen?», schlug die Prinzessin vor, nachdem ich ihr Spiel in den blumigsten Tönen gelobt hatte, die mir nur eingefallen waren.

Ich schlug ein bekannteres Stück vor. Sie kannte es nicht. Ich versuchte es mit einem anderen. Das kannte sie auch nicht.

«Wie wäre es mit ‹Etenraku›?», fragte ich, ein solcher Klassiker war ihr gewiss bekannt.

Aber sie hatte Bedenken, behauptete, die Griffe für den mittleren Teil vergessen zu haben.

«Ich weiß», sagte die nasale Stimme hell. «Lasst uns eine Pause machen.»

Die Prinzessin nahm ihre Fingeraufsätze ab, klatschte in die Hände, um eine Dienerin zu rufen, und flüsterte ihr etwas zu. Eine andere Dienerin bewegte die schmuddelige Stellwand, und ich konnte einen Blick auf ein langes blasses Gesicht mit vorstehender Stirn werfen. Über die Spitze eines alten Fächers ragte dramatisch die erstaunlichste Nase, die ich je zu Gesicht bekommen hatte. Die Nasenspitze war hellrosa, wie mit Saflor gefärbt.

Schon bald kam die erste Dienerin zurück und balancierte importierte Steingutteller auf lackierten, eingefassten Tabletts. Ein Tablett stellte sie vor mich, eines vor die Prinzessin. Ich vermutete, dass die Stunde beendet war. In den bedeckten Schalen schwammen einige Scheiben gedämpfte Rübe. In der Küche, wo man sie zubereitet hatte, waren sie wohl heiß gewesen, aber jetzt waren sie so lauwarm und schal wie das Kotospiel der Prinzessin.

Ich fragte mich, was sich Vater wohl dabei gedacht hatte? Er hatte bei Hof tatsächlich einige seltsame Bekanntschaften gemacht.

Der Kuckuck

Hototogisu

Vater wurde aus Anlass der Blütenschau zu einem Bankett im Landsitz Nakagawa eingeladen. Michikane, der Minister zur Rechten, hatte erst vor kurzem auf Anraten seines Arztes seinen ganzen Haushalt dorthin verlegt, weil es ihm nicht besonders gut ging. Michikane litt unter Schwindelanfällen und Alpträumen. Durch den Ortswechsel sollten wandernde Geister abgeschüttelt werden, die dieses Leiden vielleicht verursachten. Einige Leute hegten allerdings den Verdacht, seine Krankheit sei das Resultat schwarzer Magie, die sein Neffe Korechika heimlich praktizierte.

Die Regentschaft stand auf dem Spiel. Es war nicht klar, wer beim Kaiser die Position des Hauptratgebers übernehmen würde, und bis der Große Rat seine Wahl bestätigt hatte, grassierten wilde Anklagen und Gegenanklagen, wer wen mit bösen Geistern verfolgte. Mein Vater, zum Beispiel, vertraute Korechika nicht. Er ließ sich sofort hinreißen, den Gerüchten Glauben zu schenken, und befürwortete Michikanes Schritte, die Pläne seines Neffen zu durchkreuzen. Vater begann wieder davon zu träumen, an den Hof zurückzukehren, falls Michikanes Chancen stiegen. Er gründete seine Hoffnungen auf das Interesse des Ministers an chinesischer Dichtkunst.

Falls Vater einen Posten bekäme, dann gäbe es sogar den Schimmer einer Hoffnung, dass ich selbst an den Hof gehen könnte. Mit zweiundzwanzig Jahren war das noch nicht undenkbar – schließlich gab es alle möglichen Positionen. Vater konnte seinen Ambitionen nicht mit meinem Dummkopf von Bruder besprechen und schon gar nicht mit seiner Frau, die ständig abgelenkt war. Stattdessen beriet er sich mit mir darüber. Ich durfte ihn sogar zu Dichtertreffen begleiten, damit ich mit eigenen Augen sehen konnte, wie sich die Höflinge bei Banketten benahmen.

Ich war wie verzaubert von der Schönheit der Gebäude und mehr noch von dem Garten in Michikanes vorübergehender Residenz. Die Fluten des Nakagawa-Stroms waren auf das Grundstück umgeleitet worden, wo ein See entstanden war und ein kleiner Fluss unter und entlang der Veranden der miteinander verbundenen Gebäude floss. Das Herzstück dieser Kunstlandschaft war ein Hügel, der wie ein Berg aus einer chinesischen Legende gestaltet war. Man erzählte mir, dies alles sei von Menschenhand geschaffen worden. Wenn man um sich blickte, konnte man sich kaum vorstellen, dass es nicht schon immer so ausgesehen hatte – alles war einfach perfekt. Doch hätten die Arbeiter nicht Tausende von Schubkarren Erde dorthin geschafft, wäre noch nicht einmal ein Ameisenhaufen zu sehen gewesen.

Die Iris blühten, und ich hätte stundenlang den sich dahinschlängelnden Fluss entlang wandern können, um mir die Blütenpracht anzuschauen, die hinter jeder Biegung leuchtete. Gegen Abend tummelten sich zahlreiche Höflinge im Garten, wie die Schmetterlinge schwirrten sie zwischen den Pfingstrosen umher. Unter den spät blühenden Kirschbäumen waren Schilfmatten ausgelegt worden. Stellwände, die mit beigefarbener Chartreuseseide überzogen waren, schirmten den Bereich der Frauen ab. An jeder Wand hing ein Paar rosafarbener Bänder. Die Bänder waren farblich abgestuft, vom kräftigsten Pink verblassten sie langsam zu mattem Hellrosa. Ich hatte wohl noch niemals etwas so Elegantes gesehen.

Würde Michikane zum Regenten ernannt, so hätte Vater wohl tatsächlich Aussichten, einen vorteilhaften Posten zu erhalten. Alle Menschen, die an diesem Ereignis teilnahmen, hatten ähnliche Ambitionen. Wie mein Vater hatten die meisten seit einiger Zeit ein Dasein am Rande der höfischen Welt gefristet. Seit mittlerweile fünf Jahren hatte Michikanes älterer Bruder Michitaka regiert. Seit seinem Tod im Frühjahr hatte die Frage seiner Nachfolge all diese Hoffnungen geweckt. Würde die Herrschaft auf seinen Sohn Korechika oder auf seinen Bruder Michikane übergehen? Beide standen als Nachkommen von Kaneie, dem mächtigen früheren Herrscher, zur Wahl. Im Moment war Michikane als Minister zur Rechten einigermaßen zuversichtlich. Die Stimmung bei diesem Treffen seiner Anhänger war angespannt und doch voller Hoffnung, und der strahlend blaue Himmel und die prachtvollen Wolken aus Kirschblüten schienen ein gutes Omen zu sein.

Mein Vater verfasste ein chinesisches Gedicht, in dem er Michikane mit einer spät blühenden Blume verglich, die endlich zeigen konnte, was in ihr steckte. Die anderen Dichter legten ebenfalls jedes Wort auf die Goldwaage, überließen keinen Vers dem Zufall. Ich beobachtete Vater, wie er sein Gedicht mit weicher, leichter Hand schrieb, als es an ihm war, Papier und Pinsel zu übernehmen. Ich wusste, er hatte seit Tagen um die Bilder gerungen, die er nun präsentieren würde, als seien sie ihm ganz spontan aus dem Pinsel geflossen. Sake wurde in flache Schalen gegossen und auf vögelförmigen Flößchen balancierend auf die schaukelnde Reise den Bach hinuntergeschickt. Jeder Gast bemühte sich, sein Gedicht fertig zu stellen, bevor die Tasse am Ende des Baches angelangt war. Wer zuerst fertig war, gewann den Sake und das Recht, dass sein Gedicht laut vorgetragen wurde. Vater wusste, wie wichtig es war, bei diesen Anlässen dabei zu sein. Er plante sogar genau, wie viel er trinken wollte, um weder zu abstinent noch als Trunkenbold zu erscheinen.

«Wenn man getrunken hat, können wichtige Dinge ausgesprochen werden, die normalerweise unbequem sind», erklärte er mir.

Je mehr Bankette ich miterleben konnte, umso klarer wurde mir allerdings, dass nicht alle die Ansichten meines Vaters bezüglich des Trinkens teilten. Er empfahl mir sogar, mich bei diesen Festen an einem gewissen Punkt ins Gebäude zurückzuziehen, da einige Männer unweigerlich jegliches Schamgefühl verlieren würden.

«Einen Betrunkenen abzuweisen, ist nicht so schwer, wenn er richtig betrunken ist und du noch einen klaren Kopf hast», ermahnte mich mein Vater. «Aber es sind jene gerissenen Männer, die ihre Betrunkenheit nur spielen, die mir Sorgen machen – sie verstecken ihre Lüsternheit hinter einer Tasse Wein. Ich möchte keinesfalls erleben, wie du bedrängt wirst.»

Ich ging nicht darauf ein. Ich hatte ihm niemals ein Wort von dem Bogenschützenleutnant erzählt.

Mein Vater war der Meinung, dass draußen unter den Kirschblüten, bei Gelegenheiten wie diesen, die wichtigen Beschlüsse gefasst wurden. Tatsächlich kam es sehr häufig vor, dass die Zeremonien bei Hof nur noch jene Entscheidungen bestätigten, die zwischen lackierten Tabletts und Bechern mit Wein unter Blütenwolken gefällt worden waren.

Die politische Situation zog bei uns zu Hause alle in Mitleidenschaft. Vater war sehr wortkarg und verlor leicht die Geduld mit den kleinen Kindern. Nobunori fiel allen auf die Nerven, indem er uns unablässig in den Ohren lag, welchen Posten er wohl bekäme, sollte dies oder jenes geschehen. Ich befahl ihm, still zu sein und mit seinen Käfern zu spielen, und er schaute mich böse an.

Um dieser angespannten Stimmung zu entfliehen, fuhr ich im Morgengrauen mit unserem Wagen zum Kamo-Schrein, um dort zu beten. Der frühmorgendliche Himmel war klar und schön, und die friedvolle Umgebung beruhigte langsam meine aufgewühlte Seele. Ganz in der Nähe, in Kataoka, fiel mein Blick auf einen interessanten Hain mit Bäumen, an genau solch einem Ort würde man erwarten, den verzauberten Ruf des kleinen graublauen Kuckucks, Hototogisu, zu hören. Ich musste an Ruri denken.

In der chinesischen Dichtkunst kennt man diesen Vogel als jenen, «der nicht zurückkehren kann» – *fujo kigyo* nennt man ihn, er ist wie ein Dichter im Exil. In unserer Sprache geben wir diesem kleinen *cuculus* viele Namen: der Vogel, «der im Hain lebt», «der sich unter den Vordächern der Bäume herumtreibt», «der Stiefel an den Füßen trägt», «der im Mai erscheint». Er ist auch der «Vogel mit dem dunklen Gefieder» wie in dem Gedicht: *«haru no yo no yami wa ayanashi»*, «das dunkle Muster der Finsternis in den Frühlingsnächten». Die Chinesen geben ihm auch noch einen anderen Namen (ich weiß nicht genau, wie man ihn ausspricht), es bedeutet so viel wie «das Geräusch der Flügel im Regen».

Als ich so über den Kuckuck und seinen Namen und die Bilder in der Dichtkunst sinnierte, musste ich daran denken, dass Ruri die Dichtkunst immer vernachlässigt hatte, weil sie sich mehr für ihre Beobachtungen in der Natur interessierte. Ein weiteres bekanntes Gedicht über den Kuckuck erzählt von den Hüten der Bauern, die im Frühling ihre Felder bestellen, während die Stimmen der Vögel *asana, asana* rufen. Ruri würde zweifellos sagen:

«Unsinn. Der Kuckuck ruft *teppen kaketaka, hotchon kaketaka*, so klingt das.»

Mir fiel auch ein, dass der Kuckuck jener Vogel ist, dem die toten Seelen auf ihrem mühevollen Weg in die Unterwelt begegnen. Es ist der Vogel «mit dem Gesicht des Abends», der Vogel, «der wieder Nacht bringt». Gleichwohl kommt in einem unserer ältesten japanischen Gedichte ein Kuckuck vor, der im Morgengrauen ruft. Wieder konnte ich Ruri sagen hören:

«Nun, das ist kein Widerspruch, denn der Kuckuck ruft sowohl am Morgen wie am Abend.»

Ruri mochte den *hototogisu* gerne. Ich erinnere mich daran, wie sie ihn in unsere Liste mit den Sommervögeln aufnehmen wollte. Sie erwähnte, dass er auch den Namen *shokkon*, «Seele der grünen Raupe», trage.

«Vermutlich weil er so viele von diesen armen Würmern frisst», sagte sie. «Sein Bauch ist voll von ihren kleinen grünen Seelen.»

Dies war genau das Problem mit Ruri. Sie konnte sehr genau beobachten, nahm aber alles zu wörtlich.

«Soll ich dir etwas wirklich Interessantes über diesen Vogel erzählen?», hatte sie mich gefragt, als wir über unsere Listen debattierten.

Ich wusste nie, was sie im Schilde führte.

«Er baut kein Nest.»

Sie erwartete, dass ich fragte: «Aber wie brütet er dann?», damit sie mir lächelnd erzählen konnte, dass die Kuckucks ihre Eier in die Nester anderer Vögel legen, damit diese ihre Brut aufziehen.

«Erinnert dich das an jemand?», fragte sie herausfordernd. Ich verneinte wohl, aber als ich später über ihre Worte nachdachte, kam mir ein Einfall für Genji.

Ich war in Gedanken versunken und wollte den Schrein noch lange nicht verlassen, um nach Hause zu gehen. Ich bemerkte kaum, wie der Himmel sich langsam zuzog. Ich schrieb ein Gedicht:

Hototogisu   koe matsu hodo wa   Kataoka no   mori no shizuka ni   tachi ya nuremashi
Auf den Ruf des Hototogisu wart ich in dem stillen Wäldchen von Kataoka, über mir ballen sich schwarze Regenwolken.

Während jener Zeit, die der Große Rat benötigte, um den neuen Regenten zu ernennen, besuchte Vater jeden Tag Michikane auf dem Landsitz Nakagawa. Am dritten Tag des fünften Monats war er auch gerade dort, als ein kaiserlicher Bote das Edikt überbrachte, in dem Michikane zum neuen Regenten ernannt wurde. Die Adligen schwärmten zur Residenz, um zu gratulieren – der gesamte Ochsen- und Wagenbestand der Stadt schien das Gelände zu verstopfen. Als Vater spätabends nach Hause kam, war er seltsam still. Ich half ihm aus seinem steifen Hofhut.

«Dies ist der Anfang eines neuen Lebens oder nicht?», erkundigte ich mich. Er lächelte müde. «Ich hoffe es, Fuji. Ich habe die Dinge nun so lange aus dem Abseits beobachtet, dass mir die Vorstellung tatsächlich schwer fällt, wieder einen verantwortungsvollen Posten innezuhaben.»

«Aber ich dachte, davon hättest du in all den Jahren seit Mutters Tod geträumt», protestierte ich.

Es war seltsam, dass er nicht fröhlich war. Er streckte die Beine auf der Matte aus und schaute mich nachdenklich an. Mir war klar, er überlegte, wie viel er mir erzählen sollte. Es war ihm nicht bewusst, wie durchschaubar er für mich geworden war.

«Ich mache mir Sorgen um Michikane. Er tut, als sei er voller Kraft, aber ich fürchte, es geht ihm nicht gut. Ich habe mitgehört, wie seine Ärzte über die Wirkung des Magnolienrindentees diskutiert haben. Ich vermute fast, dass ihn ein Nervenleiden quält.» Vater gähnte. «Vielleicht ist es auch nur die Anstrengung der letzten Wochen. Wir müssen sehen, wie sich die Dinge in den nächsten Tagen entwickeln. Ich bin müde. Wenigstens ist die Sache mit der Regentschaft entschieden, und wir können aufhören, uns wegen Korechika Sorgen zu machen.»

Ich hätte es Vater niemals erzählt, aber ich war ziemlich fasziniert von Korechika. Er war erst einundzwanzig Jahre alt, und wie ich von meinen Freundinnen bei Hof gehört hatte, sah er außergewöhnlich gut aus. Einige der Abenteuer Genjis waren sogar davon inspiriert, was ich über seine Eroberungen vernommen hatte. Trotzdem war nicht zu bestreiten, er hatte viele Leute gegen sich aufgebracht. Er war gescheit, achtete aber nicht besonders darauf, wie er auf andere wirkte. Vor einigen Jahren hatte ihn sein Vater über die Köpfe einiger Verwandten hinweg befördert – vor allem seine beiden Onkel waren übergangen worden –, und sie hatten die Beleidigung nicht vergessen. Dann war er nach dem Tod seines Vaters vorübergehend zum Regenten ernannt worden. Wäre er nur etwas diplomatischer gewesen, hätte er den Posten vielleicht behalten können.

Bereits nach einem Monat Regentschaft trat Korechikas gebieterischer Führungsstil deutlich zutage, zur großen Besorgnis von Leuten wie meinem Vater. Sogar während der Trauerzeit, nach dem Tod seines Vaters, konnte es Korechika nicht lassen, Befehle zu erteilen, meist betrafen sie irgendwelche Details des Hoflebens, die er glaubte verbessern zu müssen. Er monierte Nebensächlichkeiten, wie die Hosenlänge der Beamten. Die Leute widersetzten sich ihm. Es war kaum überraschend, dass es ihnen nicht gefiel, von einem so unerfahrenen Regenten die Details ihrer Ämter erklärt zu bekommen. Korechika hatte wohl bemerkt, dass seine Macht auf sehr wackligen Füßen stand, und versuchte alles, um seine Konkurrenten in Schach zu halten – vor allem seinen Onkel. Trotzdem konnte ich es noch immer nicht so recht glauben, dass er tatsächlich Mönche angeheuert hatte, um Michikane zu verhexen. Ich denke, Michikane war vermutlich eifersüchtig.

Wie Vater machte ich mir Sorgen um Michikane – allerdings sorgte ich mich nicht um seine Gesundheit. Meine Gefühle gingen vielmehr darauf zurück, was ich über die Jahre gehört und selbst an Banketten beobachtet hatte. Michikane war außergewöhnlich hässlich, klein und breit, mit einem pockennarbigen Gesicht. Seine Augenbrauen waren auf der Nasenwurzel zusammengewachsen, es sah aus, als kröche ihm eine lange Raupe übers Gesicht, und es wuchsen ihm sogar an den Armen Haare. Es ist zwar nicht unmöglich, dass ein hässlicher Mensch eine schöne Seele hat, aber das ist eher eine Seltenheit.

Michikanes Physiognomie war ein Spiegel seiner Persönlichkeit. Er war herrschsüchtig und gerissen, und die Menschen fürchteten sich vor ihm. Vater versuchte ihn zu verteidigen, immerhin sei Michikane seiner Frau treu. Gewiss hätte niemand Michikane der Ausschweifung bezichtigt, doch irgendwie schien es mir, als ob er seine eigene Zurückhaltung dazu benutzte, um gnadenlos über die Affären anderer zu richten. Ich hatte nicht das Gefühl, dass er tugendhaft war, sondern ganz einfach prüde. Vater wünschte sich so sehr, von Michikane eine gute Meinung zu haben, dass sein Bild von ihm, fürchte ich, von Michikanes Schwäche für chinesische Dichtkunst beschönigt wurde.

Wie der Vater, so der Sohn, heißt es. Aber das gilt auch umgekehrt. Michikanes ältester Sohn galt als wahrer Teufel. Als sein Großvater Kaneie beispielsweise sein langes Leben feierte und er zusammen mit seinem Bruder einen Tanz aufführen sollte, bekam der Junge einen solchen Wutanfall, dass sich die Gäste bis zum heutigen Tag in erster Linie daran erinnern. Anscheinend bereitete es ihm auch ein besonderes Vergnügen, kleine Tiere zu quälen. Man erzählt sich, er sei durch den Fluch einer Schlange, die er bei lebendigem Leibe gehäutet habe, schon als Elfjähriger gestorben.

Ich konnte mir vorstellen, was für schreckliche Zeiten die Mutter des Jungen durchlitt. Michikane mochte treu sein, aber er gab offensichtlich ihr die Schuld, dass sie keine Tochter bekam, die er mit dem Kaiser hätte verheiraten können. Die arme Frau brachte weiterhin Söhne zur Welt, und alle waren sie Ungeheuer. Umso unerträglicher war das, als seine Brüder viele Töchter hatten. Michikanes Frau war gerade wieder schwanger und betete ohne Zweifel inständig für ein Mädchen. Jedenfalls beunruhigte es mich, dass dies der Mann war, von dem das Schicksal meines Vaters abhing.

Vaters Sorgen um Michikanes Gesundheit waren berechtigt. Die Blüte, die sich spät geöffnet hatte, war dazu verdammt, nach nur sieben Tagen wieder abzufallen. Drei Tage nach Michikanes plötzlichem Tod wurde ein neuer Regent eingesetzt. Die Macht ging nicht auf den jungen Korechika über, wie dieser es erwartet hatte, sondern auf seinen anderen Onkel Michinaga.

Mit einigen anderen blieb mein Vater in Michikanes Haus, um bei den Vorbereitungen für die Beerdigung zu helfen, doch die großen Massen, die sich dort noch vor wenigen Tagen versammelt hatten, waren bereits zum neuen Zentrum der Macht weitergezogen. Meinem Vater lag es fern, sich bei Michinaga einzuschmeicheln. Er nahm seine letzten Pflichten gegenüber Michikane wahr und kam dann still nach Hause. Die neue Regierung würde keinesfalls vor dem neuen Jahr zusammengestellt. Er versuchte sich damit zu trösten, dass der neue Regent Michinaga sich gut mit seinem hässlichen Bruder verstanden und einige seiner gelehrten Interessen geteilt hatte.

Bis die Ämter besetzt waren, gab es nun nichts mehr, was Vaters Geist beschäftigen konnte. Ich wusste, dass er nun wieder darüber nachdachte, wie er mich verheiraten könnte. Meine Stiefmutter hatte gerade wieder ein Kind bekommen, dieses Mal ein Mädchen. Sie schien so glücklich. Vater nahm vermutlich an, häusliches Glück würde auch meine Probleme lösen.

Es stimmte, ich war nicht glücklich. Ich steckte in meinem Schreiben fest, und ohne Ruri hatte ich keine Gesprächspartnerin mehr. Eine Koto-Stunde mit der rotnasigen Prinzessin hatte gereicht. Ich wünschte mir, Chifuru wäre nicht so weit fort. Aber auch sie hatte schließlich ein Kind bekommen und musste sich um ihre häuslichen Pflichten kümmern. Trotzdem hatte ich Zweifel, ob eine Heirat für mich die richtige Lösung wäre. Irgendwie mochte ich keine Männer – schon gar nicht jene, die sich für mich interessierten.

Schließlich hielt ich die Zeit für gekommen, meinen Vater

darüber in Kenntnis zu setzen, dass ich nicht heiraten würde. Ich hoffte, er wäre erleichtert, wenn ich ihn von der Pflicht befreite, mir einen Mann zu suchen. Doch tatsächlich war in erster Linie ich es, die erleichtert war. Jedenfalls bat ich ihn um ein Gespräch, in einer wichtigen Angelegenheit. Er reagierte erstaunlich heiter.

«Warum? Ja, natürlich», sagte er. «Ich habe auch eine ziemlich wichtige Angelegenheit mit dir zu besprechen.»

Also saßen wir da, beide seltsam fröhlich und bereit, miteinander zu sprechen. Das hätte mich misstrauisch machen sollen. Er sprach zuerst.

«Du weißt ja, dass ich mir Sorgen um deine Zukunft mache», begann er. «Bloß weil uns die aktuelle politische Situation so sehr beunruhigt hat und aus diesem Grund viel los war, bedeutet das nicht, dass ich keine Pläne für dich gemacht habe.»

Vielleicht glänzten meine Augen zu sehr. Er blickte zur Seite.

«Eine Weile hielt ich es für möglich, dich an den Hof schicken zu können, aber ich denke, wir sollten jetzt nicht mehr damit rechnen.»

Ich konnte mich kaum zurückhalten, wollte herausplatzen: Ich weiß, dass du dir Sorgen gemacht hast, Vater, aber dazu besteht kein Anlass mehr.

Aber natürlich hütete ich meine Zunge und wartete darauf, dass er zu Ende sprach.

Er begann über seinen entfernten Verwandten und Freund Nobutaka zu erzählen. Er war es gewesen, der ihm zu Beginn seiner Karriere an Kaiser Kazans Hof eine Stellung verschafft hatte. Nobutaka war, so schätzte ich, ungefähr fünf Jahre jünger als mein Vater. Ich hatte schon mein ganzes Leben immer wieder gehört, wie Vater voller Dankbarkeit wiederholte, was für ein wunderbarer Mensch er sei, also war ich nicht besonders aufmerksam, während Vater über Nobutaka sprach, bis ich jene Worte hörte: «... und er hat zugestimmt, dich zu heiraten ...»

Ich spitzte fassungslos die Ohren, während Vater weiter schwärmte: Von Nobutakas angesehener Position als Gouverneur von Chikuzen, vom großen Vermögen, das er dort und bei seinen früheren Posten angehäuft hatte. Mir fiel ein, dass Nobutaka einen Sohn hatte, der genau in meinem Alter war. Vielleicht hatte ich etwas falsch verstanden – vielleicht meinte Vater, Nobutakas Sohn habe zugestimmt, unsere beiden Familien durch eine Heirat zu verbinden.

Aber nein. Er sprach von Nobutaka – Nobutaka, der von seiner ersten Frau geschieden war, aber zwei weitere Frauen hatte, von den vielen Konkubinen ganz zu schweigen, und von den vielen Kindern, die er von all diesen Frauen hatte, erst recht.

«Also», schloss mein Vater, «sind wir übereingekommen, dass es keinen Grund zur Eile gibt. Er wird zu Anfang des Winters in die Hauptstadt zurückkehren und dann kannst du ihn treffen.»

Er blickte mich nachdenklich an. Ich brachte kein Wort heraus.

«Ich halte das wirklich für eine hervorragende Lösung», sagte er nach einem Moment. «Ich möchte nur, dass du glücklich bist, Fuji.» Dann fügte er an: «Nun, worüber wolltest du mit mir sprechen?»

«Oh», brachte ich mühsam hervor. «Es war nicht so wichtig.»

Ich entschuldigte mich und floh auf mein Zimmer. Als ich mich etwas beruhigt hatte, musste ich natürlich an Tantes unglückliche Heirat mit einem Mann denken, der noch andere

Frauen hatte. All ihre scharfen Bemerkungen, die ich als Kind mitgehört hatte, kamen mir wieder in den Sinn. Einmal hatte sie verkündet, anstatt Nebenfrau des mächtigsten Mannes im ganzen Land zu sein, würde sie lieber einen ganz normalen Ehemann haben, der dreißig Nächte im Monat ihr allein gehörte.

Tante war als junge Frau außergewöhnlich schön gewesen, zudem gescheit und sogar in der Dichtkunst gebildet, und nicht einmal sie fand das Glück in der Ehe. Im Vergleich mit ihr schienen mir meine Aussichten viel düsterer. Ich war nicht schön, war für meine Bildung, nicht jedoch für meine weiblichen Reize bekannt. Also, dachte ich bitter, nun bekomme ich, was ich verdiene – einen Gatten, der so alt ist, dass er mein Vater sein könnte, und den ich mit anderen Frauen und ihren Kindern teilen muss. Ich fragte mich, warum Nobutaka dem Plan meines Vaters zugestimmt hatte – wahrscheinlich war es wieder einer jener Gefallen, von denen ich mein ganzes Leben lang gehört hatte: Jetzt ging es darum, eine altjüngferliche Tochter zu retten. Warum konnten sie mich nicht einfach in Ruhe lassen? Ich fühlte mich verraten.

Wir haben alle von tränendurchtränkten Ärmeln geschrieben, aber nun erlebte ich dieses Gefühl zum ersten Mal in meinem Leben. Tränen tropften auf meinen Tintenstein und verwandelten meine Aufzeichnungen in graue Flecken.

Für den Rest des Sommers zog ich mich zurück, schmollte und war verzweifelt, doch irgendwann war ich es leid, immer nur traurig zu sein. Ich beschloss, nicht so einfach aufzugeben. Ich war seltsam still, was meinen Vater nervös machte. Natürlich sagte ich ihm nicht direkt, dass ich seinen Plan ablehnte, aber natürlich merkte er, dass ich nicht erfreut war. Es verging kein Tag, an dem ich mir nicht den Kopf zerbrach, wie ich es ihm am besten erklären könnte. Ich verstand noch immer nicht, warum er mich unbedingt verheiraten wollte.

Immerhin halfen mir diese Vorkommnisse, meine früheren Probleme in anderes Licht zu rücken. Ich hatte geglaubt, unglücklich zu sein, als ich mit meinen Genji-Geschichten nicht weiterkam, doch verglichen mit dem Unglück, das mir jetzt bevorstand, erschienen mir diese Gefühle nichtig. Warum hatte ich das Leben hier im Haus meines Vaters nicht geschätzt, als es noch nicht zeitlich begrenzt schien? Nun, da das alles ein Ende haben sollte, schien mir jede Minute zu Hause, in meinem Zimmer, in unserem Garten beinahe unerträglich wertvoll.

Damit hatte ich meine Frage eigentlich beantwortet. Wir schätzen die Dinge erst dann, wenn sie sich zu verändern beginnen und sterben. Ein Spinnfaden, der im sommerlichen Himmel schwebt, erweckt unsere Aufmerksamkeit, weil er uns die Vergänglichkeit mit einem kleinen Stich ins Bewusstsein ruft. Dass die Ahornblätter ihr strahlendes Herbstgewand für so kurze Zeit überstreifen, veranlasst uns, sie zu feiern, und die bemitleidenswerte Kürze eines Menschenlebens bewegt uns. Warum sollte mein Leben anders sein? Ich hatte mich einlullen lassen, mir eingebildet, ich könnte der Veränderung entgehen und wie der Gartenteich existieren, in den immer gerade so viel Wasser geleert wurde, dass er seine Tiefe und Form beibehielt. Vielleicht hatte ich auch aus diesem Grund auf der Stelle getreten.

Würmer

Mimizu

Die Wintersonnenwende verstrich ohne große Zeremonie. Es war frisch, aber morgens konnte man noch aus dem warmen Bett kriechen, ohne vor Kälte zusammenzuzucken. In meinem chinesischen Kalender wurden diese Tage «Regenwürmer verknoten sich» genannt. Ich verstand nicht ganz, was damit gemeint war, und fragte den Gärtner, ob er jemals Derartiges beobachtet hätte. Er kniff nachdenklich ein Auge zu und antwortete:

«Regenwürmer, junge Dame? Zu dieser Jahreszeit gibt es keine Regenwürmer! Die schlafen alle, ja, sie schlafen. Ihre Körper bestehen größtenteils aus Wasser, sie würden erfrieren, hätten sie sich nicht tief in der Erde verkrochen. Sie kehren im Frühjahr zurück.»

Ich schaute noch einmal in meiner Aufstellung nach, und tatsächlich lautete der Eintrag für die Mitte des vierten Monats «Regenwürmer strecken ihren Kopf aus der Erde». Vielleicht müsste man nur tief genug graben, um jenen Ort zu finden, an dem die Regenwürmer Winterschlaf halten. Vielleicht würde man sie finden und sie hätten sich tatsächlich ineinander verschlungen! Ich bat den Gärtner, im Garten einige tiefe Löcher zu graben, aber wie ich vermutet hatte, weigerte er sich, da das Erdreich viel zu hart war. Ich versuchte, Nobunori für mein Vorhaben zu gewinnen, aber der hielt sich in letzter Zeit für etwas Besseres und wollte sich die Hände nicht schmutzig machen. Er interessierte sich mehr für Gedankenketten als für Regenwürmer.

Wir hatten uns auf das kalte Wetter gefreut, da wir uns Erleichterung von den Dämonen der Seuche versprochen hatten, doch ironischerweise schlugen sie gerade jetzt am härtesten zu. Meine ältere Schwester Takako starb nach nicht einmal einer Woche. Zuerst kränkelte sie nur ein bisschen, aber dann musste sie sich ins Bett legen. Die krankmachenden Geister hatten mit Takako immer ein wenig ihr Spiel getrieben. Aus diesem Grund sorgten wir uns nicht, bis sie ein heftiges Fieber überfiel und klar war, dass die Krankheit sich festgesetzt hatte. Vater ließ einen Geisteraustreiber kommen, doch seine Anstrengungen waren umsonst. Das ganze Haus roch nach Mohnsamen, die man verbrannt hatte, um die bösen Geister zu vertreiben, aber Takako stöhnte und hustete trotzdem in fiebrigem Schlaf.

Als sich dann ihr Ende nahte, strahlte sie Ruhe und Klarheit aus. Während ich an ihrem Bett kniete, vergaß ich, dass Takako ein einfaches Gemüt hatte. Das Fieber hatte scheinbar all ihren weltlichen Kummer verbrannt. Ihr rundes Gesicht schien eine Maske zu sein, ihre Augen blickten in eine andere Welt. Es war mir nie aufgefallen, dass Takako besonderes Interesse für Religion gezeigt hätte, nun aber begann sie von Amida Buddha zu sprechen. Sie hatte eine Vision purpurner Wolken und goldener Himmel, die mit himmlischen *apsaras* bevölkert waren, die seidene Tücher schwenkten. Während ich ihren unzusammenhängenden Worten lauschte, wurde mir klar, dass sie die Szene auf einem bestickten Banner in unserem Familientempel beschrieb. Ihre Dienstmädchen behandelten sie mit einer Ehrfurcht, die normalerweise heiligen Wesen zuteil wurde. Natürlich glaubten sie, Takako blicke direkt ins Paradies, und ihre unschuldige Seele bereite sich für ihre letzte Reise vor. Ich behielt meine Beobachtungen für mich. Es machte für mich keinen großen Unterschied, ob sie sich in ihrem Fiebertraum an ein Tempelbanner erinnerte oder tatsächlich ins Paradies blickte. Schließlich wissen wir nur, wie es im Paradies aussieht, weil heilige Gegenstände wie das Banner diesen Ort für uns beschreiben.

Mir traten die Tränen in die Augen, als Takako unsere Mutter beschrieb, wie sie auf einer geöffneten Lotosblüte saß, lächelte und winkte. Natürlich hatte Vater noch mehr Priester aufgeboten, die im Haus für Takakos Genesung sangen, aber es war offensichtlich, dass sie schon bald die Liturgie für die Verstorbenen würden anstimmen müssen. Den Tod eines jungen Menschen empfinden wir meist als tragisch, doch Takakos Tod schien es nicht zu sein. Sie war ganz erfüllt von ihrer Vision und schien in ihrer letzten Stunde glücklicher, als ich sie je zuvor gesehen hatte.

Und dann neigte sich das Jahr dem Ende zu. Ich trug wegen Takakos Tod Trauergewänder. Der bloße Anblick meiner dunklen Kleider erinnerte mich daran, was für ein schmerzvolles Jahr hinter uns lag – da waren die öffentlichen Trauerfälle, Michitaka und Michikane, und der Verlust von Takako. Der Schatten des Todes hatte sich in jenem Jahr über unser Leben gelegt.

Ein Kōshin-Tag* war gekommen, und wie üblich blieben

---

* Kōshin, ursprünglich ein daoistisches Konzept, basierte auf der Vorstellung, dass der Körper eines Menschen drei Würmer beherbergt, die die Sünden überwachen und sie alle sechzig Tage dem Himmel berichten. Die Würmer konnten den Körper erst verlassen, wenn man schlief, weshalb sich die Menschen anstrengten, wach zu bleiben.

wir die ganze Nacht auf. Wegen der Beerdigungsriten für Ta-kako wohnten viele Verwandte bei uns im Haus, unter ande-rem auch meine Großmutter. Sie verließ das Haus nur noch selten, vor allem nicht bei Winterwetter. Manchmal ging es während der Kōshin-Nächte recht fröhlich zu, da sich die Leute immer die bizarrsten Dinge ausdachten, um nicht ein-zuschlafen. Trotz unserer Trauer war diese Nacht keine Aus-nahme. Großmutter überraschte mich mit ihrer Aussage, die Kōshin-Zeremonie würde nur aufrechterhalten, weil sie so vergnüglich sei. Niemand, der einigermaßen bei Sinnen war, konnte glauben, dass in unserem Körper tatsächlich drei böse Würmer lebten.

Nur mein Bruder Nobunori glaubte an die Würmer, und er ließ den Kommentar meiner Großmutter nicht unbeant-wortet. Er begann sogar mit ihr zu streiten – ein deutliches Zeichen dafür, dass er etwas einfältig war. Nobunori hatte immer alles sehr ernst genommen, was die Menschen über die Kōshin-Würmer sagten. Schon als kleines Kind hatte er heroische Anstrengungen unternommen, um nicht einzu-schlafen. Glücklicherweise gab es nur alle sechzig Tage ein Kōshin, sonst wäre der arme Junge in nervöser Überanstren-gung zusammengebrochen. Vielleicht lag es an seiner Be-geisterung für Käfer, dass er sich so stark mit diesen über-natürlichen Würmern identifizierte. Er behauptete sogar zu spüren, wie sie in seinem Körper herumkrabbelten, wenn sich Kōshin näherte.

Mir ist aufgefallen, dass die Menschen alle möglichen Dinge unternehmen, um ihrem Karma zu entrinnen. Es ist zum Beispiel verbreitet, eine Zaubermischung aus Kräutern herzustellen und sie dem Essen beizumischen, um die Mat-tigkeit abzuwenden. Einige Menschen schwören darauf, dass es die Konstitution stärkt und das Leben verlängert, zweimal in der Woche Wildschweinfleisch zu essen. Wieder andere nehmen Ginkgoblätter zu sich, um ihr Erinnerungsvermögen zu stärken. Das alles würde ich ja noch glauben, aber die Kōshin-Würmer konnte man kaum ernst nehmen.

Man sagt auch, dass in einer Kōshin-Nacht gezeugte Kinder zu Dieben werden, und das soll wirklich vorgekommen sein. Vielleicht ist das der wahre Grund, warum wir in den Kōshin-Nächten nicht zu Bett gehen sollten. Die Geschichte von den tratschenden Würmern ist nur ein zurechtgestrickter Vorwand, damit nichts geschieht, wovon man schwanger werden könnte.

Während wir alle lebhaft über diese Dinge diskutierten, erzählte meine Großmutter von einem makabren Ereignis, das sich dreizehn Jahre zuvor während einer Kōshin-Wache abgespielt hatte. Sie hatte es von Tante gehört, der es Kaneie selbst erzählt hatte.

Es geschah in der ersten Kōshin-Nacht nach Neujahr. Kaneies Töchter, die Kaiserin Senshi und ihre Schwester Chōshi, ihres Zeichens die Hauptfrau des Kronprinzen, wollten im Palast ein großes Fest veranstalten. Ihre drei Brüder Michitaka, Michikane und Michinaga versprachen vorbeizuschauen und für gute Stimmung zu sorgen. Die kaiserlichen Damen schrieben Gedichte und machten elegante Witze, und ihre Diener maßen sich in Runden von *Go* und *Sugoroku*. Kostbare Preise erwarteten den Gewinner der Wettbewerbe, und die Nacht verstrich in fröhlicher Stimmung.

Endlich war kurz vor Morgengrauen der erste Hahnenschrei zu hören. Prinzessin Chōshi war eingenickt und auf ihre Armlehne gesunken. Eine ihrer Damen rief: «Ihr dürft jetzt nicht einschlafen, Prinzessin!»

Und eine andere Dame fügte an: «Shhh. Der Hahn hat bereits gekräht. Lass die Prinzessin in Ruhe.»

Aber Michitaka wollte seiner Schwester ein spontan verfasstes Gedicht vorlesen und bestand darauf, sie zu wecken. Chōshi schien tief zu schlafen und gab keine Antwort. Er rief ihren Namen, näherte sich ihr und versuchte, sie auf die Beine zu stellen. Man stelle sich vor, wie schockiert er war, als er merkte, dass Chōshis Fleisch kalt war. Er packte eine Lampe und hielt sie ihr ans Gesicht – sie war tot!

Welch eine Tragödie! Und die drei kleinen Söhne von Chōshi, sieben, sechs und zwei Jahre alt, blieben als Waisen zurück. Kaneie versank in tiefe Trauer. Obwohl sie zu dieser Zeit schon lange getrennt waren, tat es sogar Tante für ihn Leid.

Ein Schauer lief uns allen über den Rücken, während wir Großmutters Geschichte lauschten.

«Wer hat sie getötet?», fragte jemand und brach das Schweigen.

«Oh, es war eindeutig ein Geist», antwortete Großmutter. «Aber es gab niemals einen Hinweis darauf, wessen Geist es gewesen war. Kaneie hatte immer den Verdacht, es sei einer seiner politischen Feinde gewesen, aber das ist in solchen Fällen immer schwer zu sagen.»

Hier meldete sich mein Bruder zu Wort. «Ist es nicht offensichtlich?», bemerkte er spöttisch und herablassend. «Das ist ein klarer Beweis für die Macht der Kōshin-Würmer, die ihr alle nicht ernst nehmt. Wenn ihr mich fragt, bestätigt das nur, was ich schon immer gesagt habe.»

Nach diesen Worten schwiegen alle. Nobunori nutzte seinen Vorteil dazu, nach einer würdigen Verbeugung aus dem Zimmer zu fegen. Sobald er den Gang hinunter war, sahen wir anderen uns an und brachen in Gelächter aus.

So verbrachten wir die letzte Kōshin-Nacht des Jahres und den Anfang der Trauerzeit um Takako. Vielleicht wurzelte unsere scheinbar unangebrachte Fröhlichkeit in dem Gefühl, dass das Jahr zu Ende war, wir den Tod und die Ungewissheit überstanden hatten und nicht mehr viel geschehen konnte. Das traurige Jahr war vorbei und vergessen. Das neue Jahr würde anders werden, und wir hätten die Kraft, es mit neuer Energie anzugehen.

Am Tag vor Jahresende kam früh ein Bote in unser Haus und brachte die Nachricht, dass Tante vor zwei Tagen in ihrem Haus in den Bergen den Pocken zum Opfer gefallen war. Wir hatten alle an sie gedacht in jener Kōshin-Nacht, als Großmutter ihre Geschichte von dem mysteriösen Tod der Prinzessin Chōshi nacherzählt hatte. Natürlich konnten wir das nicht ahnen – der Gedanke, dass sie genau in dem Moment gestorben war, als wir von ihr gesprochen hatten! Ich habe mich immer gefragt, ob es vielleicht ihr Geist gewesen ist, der über uns schwebte und Großmutter dazu veranlasste, diese Geschichte zu erzählen.

Ich bereute, dass ich nicht den Mut gefunden hatte, ihr meine Genji-Geschichten zu zeigen. Aus Angst vor möglicher Kritik hatte ich eine wertvolle Chance verpasst, von ihr zu lernen. Was für ein Feigling ich doch war. Ich erblasste, als ich an unsere Dummheit dachte, leichtsinnig hatten wir angenommen, das Unglück des Jahres sei nun vorüber. Für den Tod ist ein einziger Tag genug, mehr braucht er nicht, um ein zerbrechliches Leben hinwegzuraffen und es der Vergessenheit anheim zu geben.

Das neue Jahr

Shōgatsu

Der glückliche Verlauf eines neuen Jahres wird durch die Handlungen der ersten paar Tage bestimmt. Auch wenn man zerstreut und unkonzentriert ist und sich nicht wohl fühlt, muss man sich dazu zwingen, die Neujahrszeremonien einzuhalten. Es ist erstaunlich, wie man den Geist mit diesen rituellen Beschäftigungen überlistet und ihn wieder in die richtige Bahn lenkt. Zu Beginn jenes Jahres, das nach dem Tod meiner Schwester dämmerte, musste ich mich sehr zusammenreißen, um dieser Überzeugung zu folgen. Schließlich gelang es mir, und plötzlich summte ich glücklich vor mich hin, obwohl mir eigentlich gar nicht danach zumute war.

Ich liebte das Gefühl des Neubeginns, das sogar die einfachsten Handlungen begleitete. Wir nahmen die Papieramulette herunter, die im Laufe des Jahrs zerknittert und staubig geworden waren, und ersetzten sie durch neue – schon der Anblick der frischen Falze weckte meine Lebensgeister. Um unsere Gesundheit zu stärken, aßen wir – mit neuen Stäbchen aus Weidenholz – Radieschen, gesalzene Forellen und andere Speisen, die die Zähne härteten. Und wie üblich brachen wir zu einem Picknick in den Hügeln auf, wo wir frische Kräuter sammelten. Wir zupften Kiefersämlinge aus, Glücksbringer, mit denen wir das Haus schmückten.

Natürlich wurden im Palast weitaus aufwändigere Zeremonien abgehalten, vor allem in diesem besonderen Jahr. Da noch immer die Seuche wütete, verdoppelte man die Anstrengungen für die Gesundheit und Langlebigkeit des Kaisers. Aufgüsse aus Ginkgoblättern wurden den Mahlzeiten Ihrer Majestät beigemischt, und die Mitglieder der kaiserlichen Familie waren eindringlich dazu angehalten, täglich drei Tassen Kuhmilch zu trinken. Vater musste an vielen der kaiserlichen Zeremonien zum Neujahr teilnehmen.

«Man muss sich bei diesen Anlässen zeigen. Es ist einfach so, dass die Leute einen sonst vergessen», sagte er.

Beim großen Bankett des ersten Abends wurde dem jungen Kaiser von Beamten des Amtes für Mantik der neue Kalender präsentiert. Sie berichteten auch über den Zustand des gelagerten Eises. Glücklicherweise verkündeten sie, das Eis sei in diesem Jahr dick, ein gutes Omen. Am zweiten Tag nahm Vater am offiziellen Bankett Senshis, der Witwe des letzten Kaisers, teil. Zwischendurch ging er kurz zum Bankett des Kronprinzen und schließlich auch zum Bankett Michinagas, des neuen Regenten. Am dritten Tag musste er den ganzen Nachmittag bei der Feier in der Halle der Höflinge mit seinen Kollegen trinken. Endlich konnte er sich davonschleichen und nach Hause gehen. Die Zeremonien im Palast setzten sich noch bis Mitte des Monats fort. Er würde sich noch ab und zu sehen lassen müssen.

Wir warteten gespannt auf den fünfundzwanzigsten Tag, an dem die Neubesetzung der Ämter verkündet werden sollte. Vater gab sich bescheiden, aber ich wusste, dass er eine Berufung erwartete. Michinaga war ein kultivierter Mann, der wie sein Bruder die chinesischen Klassiker zu schätzen schien. Dies gab Vater Anlass zur Hoffnung auf einen guten

Posten. Seit zehn Jahren hatte er kein offizielles Amt mehr innegehabt.*

Am Fünfzehnten schien der erste Vollmond des Jahres, die Nacht war kalt und klar. Ich half unserem Koch dabei, den Sieben-Kräuter-Brei zuzubereiten. Einmal im Jahr genoss ich es, mein Haar zusammenzubinden, die Hosen umzuschlagen und mich in die Küche zu wagen. Während die Zutaten auf kleiner Flamme köchelten, fiel mir mit einem Schlag Takako ein, die angesichts dieses Breis immer die Nase gerümpft hatte. Wir vermengten zwei Sorten Reis, drei Sorten Hirse, rote Bohnen, Sesam und Kräuter. Vor einigen Jahren hatte ich sie in Versuchung führen wollen und noch Kastanien und getrocknete Persimonen beigefügt, aber sie pickte sich diese Zutaten einfach heraus und ließ den Rest stehen. Trotzdem schmeckten diese Beigaben allen in unserer Familie so gut, dass wir sie in unser Familienrezept aufnahmen.

Die nächsten zehn Tage, in denen wir auf die Ankündigung des kaiserlichen Hofs warteten, wollten kaum vergehen. Als der Tag endlich gekommen war, schloss sich mein Vater der Traube der Hoffnungsvollen an, die im Hof des Palastes auf die Ankündigungen wartete, während wir anderen vor Spannung zu Hause zappelten. Gegen Mittag versammelten

* Tametoki hat seine kleine, aber gesicherte Nische in der Geschichtsschreibung vor allem der Tatsache zu verdanken, dass er der Vater von Murasaki Shikibu war. Seine Zeitgenossen hätte das zweifellos erstaunt – für sie war Tametoki ein berühmter Gelehrter, den man für seine Chinesischkenntnisse und seine chinesischen Gedichte verehrte. Alle gebildeten Männer der Heian-Periode mussten gewisse Kenntnisse in der Kunst der chinesischen Komposition haben, aber zurzeit Murasakis war das Chinesischstudium bereits sehr akademisiert. Tametokis ernsthaftes Interesse für das Chinesische schien eher eine Seltenheit zu sein.

wir uns in der Haupthalle, um auf seine Rückkehr zu warten. Wir hofften, er käme mit Neuigkeiten zurück, die diese lange Periode der Unsicherheit zu einem glücklichen Ende brächten. Zu unserer Bestürzung stürmte Vater an uns vorbei, direkt in sein Arbeitszimmer. Ich befürchtete das Schlimmste. Glücklicherweise war einer meiner Cousins Vater gefolgt, weil er sich Sorgen machte, wie Vater reagieren würde. Er erzählte uns, was geschehen war.

Es war nicht zu fassen. Vater war zum Gouverneur der Awaji-Insel ernannt worden – der niedrigste, schäbigste, unbedeutendste, jämmerlichste Posten, den man sich vorstellen konnte. Mein Bruder fluchte und tobte, stampfte entrüstet auf und ab. Ich versuchte, ihn zu beruhigen, aber auch mir schwirrte der Kopf vor Kummer. Was konnte ich Vater sagen? Seine Enttäuschung musste grenzenlos sein.

Am späten Nachmittag stürmte Vater mit einem Bündel Papieren unter dem Arm aus seinem Arbeitszimmer. Er trug noch immer seine Hofgewänder, aber sein Haar war wirr und zerwühlt. Meine Stiefmutter stieß einen kleinen Schrei aus und beeilte sich, seine Erscheinung in Ordnung zu bringen. Er nahm sie kaum wahr, blieb aber ruhig stehen und gestattete ihr, seine Schärpe glatt zu streichen und die Roben und das Haar wieder in Ordnung zu bringen. Stumm stand ich in der Tür und schaute ihn an. Endlich ruhte sein leerer Blick auf mir, und er sagte:

«Das letzte Wort ist noch nicht gesprochen. Ich werde dem Kaiser etwas geben.»

Dann eilte Vater durch das Tor hinaus, sein Diener stolperte hinterher. Meine Stiefmutter brach in Tränen aus. Die Kinder und die Bediensteten schlossen sich ihren Klagen an. Ich floh vor der Aufregung und zog mich ins Arbeitszimmer zurück.

Der Zustand des Zimmers schockierte mich. Normalerweise war mein Vater sehr pingelig. Auch ich bin sehr ordentlich, nur ab und zu ermahnte er mich wegen eines verlegten Pinsels oder eines ungleichmäßig abgenutzten Tintensteins. Nie zuvor hatte ich seinen Tisch in solcher Unordnung gesehen. Chinesische Bände waren aufgeschlagen und wie verlassene Kinder über den Boden verstreut. Papierfetzen, auf denen Gedichte notiert waren, lagen überall herum. Der Pinsel lag ungereinigt auf dem drachenförmigen Porzellan-Pinselhalter. Mir war, als blickte ich direkt ins Herz meines Vaters. Wie betäubt begann ich, Ordnung zu machen.

Mein Blick fiel auf einen chinesischen Vers: *Leidvolle, eiskalte Nächte der Studien.* Und dann dies: *Rote Tränen durchnässen meine Ärmel.* Mein Vater hatte offenbar darum gerungen, die tiefe Enttäuschung des Tages in einem chinesischen Gedicht auszudrücken. Ich suchte nach der Fortsetzung, vielleicht würde ich sogar auf einen vollständigen Entwurf des Gedichts stoßen. Ich fand eine zusätzliche Zeile: *Ein Morgen im Frühjahr, die Ämter werden vergeben.* Es musste noch eine Zeile geben, die die Strophe vervollständigte. Vielleicht war das Bild mit den Bluttränen die letzte Zeile? Nein, das Versmaß ging nicht auf. Er musste noch eine weitere Zeile geschrieben haben.

Klar, blau, leer das Firmament. Konnte es das sein? Ja, das war es: *Klar, blau, leer das Firmament, in das ich starre.*

Ein Schauder durchfuhr mich. Wollte Vater dieses Gedicht dem Kaiser geben? Er hatte zweifellos das Gefühl, es könne nicht mehr schlimmer kommen.

Diese Klagen ließen ihn im besten Fall undankbar erscheinen. Ich konnte nur hoffen, dass Kaiser Ichijō Verständnis zeigte. Er war erst sechzehn Jahre alt. Ob er sich wohl in die Gefühle meines Vaters hineinversetzen konnte, die Gefühle eines alten Mannes, der vor der letzten Möglichkeit des beruflichen Aufstiegs stand?

Ich saß vor der kleinen Votivstatue von Kannon, die mir meine Tante bei unserem letzten Treffen vor ihrem Tod zum Abschied überreicht hatte. Ich legte ein wenig Aloeholz in ein kleines Räuchergefäß und betete, dass göttliches Mitgefühl in das Herz des Kaisers strömen möge.

Vater kehrte aus dem Palast zurück. Er hatte sein Gedicht einer Dame übergeben, mit der er seit seinem Dienst am Hofe in Verbindung gewesen war. Er vertraute darauf, dass sie dem Kaiser seine Zeilen in einem günstigen Moment vorlegen würde. Ich glaube, die Tragweite seines Tuns wurde ihm erst am nächsten Tag so richtig bewusst. Er stand spät auf und schlief einen Kater aus, denn er hatte den schrecklichen Tag mit einem für ihn untypischen Trinkgelage beendet.

Der Schleier der Trauer hatte sich bereits nach Takakos Tod über unser Haus gelegt. Aber nun hatten wir noch viele weitere Gründe zu trauern, und die Luft war so voller Schwermut, dass sie einen beinahe erstickte. Sogar die fröhlichen kleinen Kiefernsprösslinge, die die Zimmer schmückten, waren mir zuwider. Ihre Botschaft des Glücks und des Wachstums erschien mir nun grausam.

Drei Tage nachdem der Hof die Ämterverteilung für die Provinzen verkündet hatte, erschien ein kaiserlicher Bote an unserem Tor. Vater erwartete eine Reaktion auf sein ungestümes, undankbares Klagelied, und war bereit, den Tadel mit Würde hinzunehmen. Der Bote wurde in die Haupthalle geleitet, wo man mehrere Kohlebecken aufgestellt hatte, um den Raum zu heizen. Vater war schon bereit, ehe der Mann überhaupt seine Hände hatte wärmen können, und sie brachen zum Palast auf.

Als Vater am frühen Abend zurückkehrte, fiel weicher, klumpiger Schnee. Er blieb auf den Bambusblättern im Garten liegen und bot einen Anblick wie die Bilder der chinesischen Meister – sie malten nicht den Schnee, sondern alles, was nicht Schnee war. Wir hatten uns zitternd auf der Veranda aneinander gekuschelt und lauschten, ob wir das Geräusch eines Wagens hörten. Vater stieg mit forschen Schritten aus, schüttelte den Schnee von seinen Schultern und wies uns alle an, in der Haupthalle auf ihn zu warten. Der Raum war noch immer warm, und Umé zündete in der Dämmerung Öllampen an. Da saßen wir, als Vater eintrat. Schatten fielen auf sein Gesicht, in dem nur schwer zu lesen war.

Sein Wangenmuskel zuckte, wie immer, wenn heftige Gefühle ihn bewegten. Eine Ewigkeit, so schien es mir, sprach niemand ein Wort, dann hustete Vater, und der Husten wurde zu einem Keuchen, und das Keuchen klang wie Gelächter. Meine Stiefmutter fürchtete, er hätte einen Schlaganfall erlitten, und eilte an seine Seite. Er schob sie von sich. Er lachte wirklich, aber wir waren uns zunächst nicht sicher, ob er krank oder verrückt geworden war. Tatsächlich, er war glücklich – überglücklich sogar –, und diesen Zustand hatte niemand im Zimmer je zuvor an Vater gesehen. Wir brauchten einen Moment, um den Gefühlsausbruch richtig zu deuten.

Schließlich verebbte sein krampfhaftes Gelächter. Im Nachhinein kann ich Vaters Erleichterung gut verstehen: Ein Jahrzehnt der seelischen Anspannung lag hinter ihm, die sich durch die Ereignisse der letzten Tage in einem fast unerträglichen Maß gesteigert hatte. Vater wischte sich die Augen, räusperte sich und verkündete heiter:

«Der Kaiser hat beschlossen, mich zum Gouverneur der Provinz Echizen zu ernennen.»

Nobunori brüllte wie ein nördlicher Barbar, und auch meiner Stiefmutter entfuhr ein kleiner Schrei der Überraschung und Freude.

«Echizen ist eine der größten Provinzen, also wird diese Ernennung mit einem großzügigen Gehalt verbunden sein», fuhr mein Vater fort. «Wenigstens ist der finanzielle Unterhalt der Familie jetzt gesichert, und ihr könnt alle beruhigt sein. Zudem ist es eine große Ehre, mit der Aufsicht über eine solch wichtige Provinz betraut zu sein. Unsere Familie muss sich nie mehr schämen, keine wichtigen offiziellen Posten zu bekleiden.»

Nobunori sprang auf, um eine Flasche Sake von Umé zu holen, die gerade mit dem Essen hereingekommen war.

«Auf dich!», bellte er und bot meinem Vater einen Becher an. «Und das hast du alles deinem grandiosen chinesischen Gedicht zu verdanken!»

Vater blickte mich scharf an, und ich spürte, dass ich rot wie eine Kamelie wurde.

«Fuji hat es mir erklärt», fuhr mein Bruder fort, was meine Schuldgefühle noch vertiefte.

«Ich war nie besonders eifrig in meinen Studien, das weiß ich, aber jetzt sehe ich ein, wie wichtig es ist. Es ist unglaublich, was der Kaiser getan hat!»

Nobunori konnte sich gar nicht beruhigen.

Meine Stiefmutter sah meinen Vater ängstlich an. «Mein Liebster», begann sie. «Als du sagtest, dass du die Verantwortung für diese wichtige Provinz übernehmen sollst, da meintest du doch wohl, dass du aus der Ferne die Person überwachen wirst, die in Echizen residiert?»

«Nein, Frau, ich habe es so gemeint, wie ich es gesagt habe: Wir werden in Echizen leben, und ich werde dort die Pflichten eines Gesandten des Kaisers übernehmen.»

Mein Vater sprach mit sanfter Stimme, aber seine Worte

trafen meine Stiefmutter wie Faustschläge. Sie schlug ihren weiten Ärmel vors Gesicht.

«Du meinst, wir müssen nach Echizen ziehen?», klagte sie. «Die Hauptstadt verlassen und an der Grenze leben?»

Vater nahm ihre Hand. «Man hat mir erzählt, es sei sehr schön dort oben», sagte er beschwichtigend. «Und es wird interessant und neu für uns sein.»

«Und was ist mit der Erziehung der Kinder? Und meinen Eltern?»

Die Vorstellung, dass es sie aus dem Zentrum der zivilisierten Welt in die Wildnis verschlagen sollte, erfüllte meine Stiefmutter mit Panik, und sie begann zu schluchzen. Nobunori dagegen war so aufgeregt beim Gedanken, im wilden Norden zu leben, dass er noch lauter herumbrüllte. Das löste die Spannung. Meine kleinen Halbgeschwister begannen aufgeregt im Raum herumzuhüpfen, angesteckt von Nobunoris Freudenschreien. Und in meinem Kopf reifte in all dieser Aufregung ein wunderbarer Plan.

Sosehr sich meine Stiefmutter auch dagegen sträubte, nach Echizen zu ziehen, ich wusste, mein Vater würde sich schließlich durchsetzen und mit ihr und den Kindern fortgehen. Und sosehr mein Vater darauf bestand, meine Heirat mit Nobutaka solle vor der Abreise vollzogen werden und sich festigen, so sicher war ich mir, dass ich ihn überzeugen könnte, mich stattdessen nach Echizen mitzunehmen.

Am dritten Tag des dritten Monats ging ich alleine zum Ufer des Kamo, gerade unterhalb des heiligen Schreins. Ich hatte einen Strauß Wiesenorchideen dabei, die ich im verwilderten hinteren Teil unseres Gartens gepflückt hatte. Als mein Bruder mich aufspürte und fragte, was ich da tue, gab ich vor, die Pflanzen für meine Pinselübungen abzeichnen zu wollen. Ich hatte einige chinesische Zeichnungen von Orchideen, Bambus und Pflaumen, die mir als Beispiele für verschiedene Pinseltechniken dienten. Die Wiesenorchideen waren am einfachsten zu zeichnen. Nobunori gab seine üblichen beleidigenden Kommentare über meine Malkünste ab.

Aber ich hatte gar nicht vor, diese Pflanzen zu zeichnen. Am Tag zuvor hatte ich gefastet und für den Erfolg meines Planes gebetet, mit nach Echizen gehen zu können und so der Heirat zu entfliehen. Ich strich mit dem Strauß über meinen Körper und konzentrierte mich darauf, meine Zerstreuungen, meine selbstsüchtigen Gedanken und Ungezogenheiten hinausfließen zu lassen und sie den Blättern zu übergeben. Am nächsten Tag ging ich zum Kamo-Fluss, betete noch inständiger und warf das Bündel mit meinen Sünden in das schnell fließende Wasser.

Natürlich war ich nicht die Einzige, die an jenem Tag dieses Reinigungsritual am Fluss durchführte. Ich fühlte, wie sich meine Stimmung aufhellte, während ich zusah, wie die Orchideen durcheinander wirbelten, auseinander brachen, sich mit anderen vermischten und von dem reißenden Strom, den der Regen noch hatte anschwellen lassen, fortgetragen wurden. Leider saß im Wagen neben mir eine Gruppe buddhistischer Priester, deren Ohren von dummen kleinen Papierhüten an den Kopf gedrückt wurden. Die Hüte trugen sie, weil sie sich für die Meister der Weissagung hielten. Sie sahen so unwürdig aus, dass es die mystische Atmosphäre des Ortes beinahe zerstörte. Ich versuchte, mich nicht ablenken zu lassen, aber da fiel mir ein Gedicht ein:

Haraedo no kami no kazari no mitegura ni utate mo magau mimi hasami kana
Papierstreifen am Stab, reine heilige Gaben für die Götter – wie

unwürdig wirken daneben jene Priester mit ihren Papierhütchen.

Vater verbrachte viel Zeit im Palast, um seine Versetzung nach Echizen vorzubereiten. Meine Stiefmutter hatte sich, wie erwartet, dem Umzug gefügt, aber sie schien nicht besonders glücklich zu sein. Ihre Eltern waren ständig bei uns, angeblich um bei den Vorbereitungen für den Umzug zu helfen. Aber das schoben sie nur vor, um sich an ihre Tochter und ihre Enkel zu hängen. Auch sie waren nicht glücklich. Niemals hätten sie etwas gegen die Berufung ihres Schwiegersohnes gesagt, aber man konnte den stillen Vorwurf in ihren Augen lesen. Kein Wunder, dass mein Vater es vorzog, seine Tage im Palast zu verbringen.

Ich arbeitete darauf hin, meine Familie nach Echizen begleiten zu können. Vater sagte, es sei noch nie vorgekommen, dass eine Frau in meinem Alter die Hauptstadt unverheiratet verließe. Arme Chifuru. All das hatte sie also durchmachen müssen – schnell war sie verheiratet worden, als ihr Vater nach Tsukushi versetzt wurde. Nobutaka würde einige Monate in Miyako verbringen, und Vater drängte auf ein Treffen, um die Hochzeit zu planen. Ich betete, dass Vater es nicht über sich bringen würde, mich zurückzulassen. Mit wem sollte er im ländlichen Echizen ernsthafte Gespräche führen? Mit seiner stoisch leidenden Frau? Mit meinem Bruder, diesem Gänserich? Es würde dort kein Gesellschaftsleben geben, betonte ich. Er blieb unbeeindruckt.

Schließlich griff ich zu härteren Mitteln, drohte damit, mir die Haare abzuschneiden und Nonne zu werden, sollten sie mich zurücklassen. Sodann zeigte ich meine Bereitschaft, auf einen Kompromiss einzugehen. Falls ich nach Echizen mitkommen dürfte, würde ich versprechen, mit Nobutaka in

Korrespondenz zu bleiben und ihn zu heiraten, wenn wir eines Tages in die Hauptstadt zurückkehrten. Bis dahin würden noch Jahre vergehen, und ich stellte mir vor, dass Nobutaka dann vielleicht gar kein Interesse mehr an mir hätte. Über etwas, das in so ferner Zukunft lag, musste ich mir jetzt keine Sorgen machen.

Sosehr war ich damit beschäftigt, meinen Plan durchzusetzen, dass ich dem Skandal, den alle anderen seit Beginn des Jahres gebannt verfolgten, wenig Beachtung schenkte. Vaters Berufung nach Echizen mochte für uns eine große Rolle spielen, aber für die anderen war es ein Klatschthema, das nur gerade einen Nachmittag lang Stoff bot. Dass die Klagen meines Vaters den Kaiser so berührt hatten, dass er sich tatsächlich für ihn einsetzte, war bemerkenswert. Noch erstaunlicher war, dass Michinaga einem seiner Gefolgsleute das bereits verkündete Amt wieder entzogen und es meinem Vater zugesprochen hatte. Das sorgte für einigen Gesprächsstoff in offiziellen Kreisen. Wir hatten wohl Glück, dass zur gleichen Zeit der Skandal um Korechika aufkam. Sonst hätten sich vielleicht die Nebelschwaden der Missgunst, die regelmäßig über dem Hof aufstiegen, zu Neid verdichtet und sich auf Vaters günstigem Schicksal festgesetzt.

Folgendes war geschehen: Senshi, die Witwe des Kaisers und Schwester von Michinaga, fühlte sich seit einiger Zeit nicht wohl, weshalb ihr die Ying-Yang-Meister einen Ortswechsel verschrieben hatten. Sie übernahm mit ihrem Gefolge den Ichijō-Palast, dessen Bewohner in ihre Häuser am Stadtrand umziehen mussten. In der Familie, die zum Umzug gezwungen wurde, gab es zwei Töchter – eine hübsche und eine weniger hübsche. Korechika hatte die hübsche Tochter seit einiger Zeit besucht. Vermutlich kam ihm die Veränderung gelegen, denn es war viel einfacher, seine Geliebte in einem privaten Haus zu besuchen als im Ichijō-Palast.

Doch dann begann Kazan, der frühere Kaiser, der zweiten Tochter eindringliche Liebesbotschaften zu senden. Als diese sich weigerte, seine Briefe zu beantworten, fing Kazan an, ihr persönlich Besuche abzustatten. Korechika konnte nicht glauben, dass Kazan sich tatsächlich für die weniger hübsche Schwester interessierte und kam zu dem Schluss, der ehemalige Kaiser habe vermutlich doch ein Auge auf seine Liebste geworfen. Meinem Vater war diese Art des Verhaltens ziemlich zuwider, aber er bemühte sich, sein Missfallen nicht zu zeigen.

Korechika hätte sich tatsächlich diskreter verhalten sollen. Er hatte eine große Niederlage erlitten, als die Regentschaft auf seine Onkel Michikane und dann Michinaga überging und nicht auf ihn. Er sollte nun alles tun, um keine Aufmerksamkeit auf sich zu lenken. Aber was tat er? Eines Nachts – ein heller Mond stand am Himmel – griff er Kazan an, als der ehemalige Kaiser gerade das Haus der beiden Schwestern verließ.

«Ich wollte ihm nur ein bisschen Angst einjagen», lautete seine fadenscheinige Erklärung, als alles ans Licht kam. Er hatte Kazan allerdings Angst eingejagt – ein Pfeil hatte nämlich dessen Ärmel durchbohrt. Obwohl die ganze Angelegenheit für Korechika alles andere als ehrenhaft war und sogar Kazan selbst sich bemühte, die Sache zu verheimlichen, kam die Geschichte Michinaga und dem Kaiser zu Ohren. Korechika wurde der Majestätsbeleidigung beschuldigt. Bei keinem Höfling wäre sein Verhalten angebracht gewesen, und Kazan hatte immerhin den Rang eines zurückgetretenen Kaisers. Jeder fragte sich, wie Michinaga Korechika bestrafen würde.

Viele Gedenkzeremonien fanden zu Beginn dieses Sommers statt, für all jene, die im Jahr zuvor gestorben waren. Zehn Tage lang nahm ich jeden Tag an einer anderen Zeremonie teil und an einem Tag sogar an zwei. Einige der Hinterbliebenen waren nun wieder bunter gekleidet, aber die meisten trugen weiterhin Grautöne. Ein Mädchen, das ich schon in hellen Rosttönen und Kiefergrün hübsch gefunden hatte, wirkte in Aschgrau sogar noch schöner. Eine Farbe, die gar keine ist, konnte offenbar tiefer berühren.

Sie fragte mich, um wen ich trauere. Als ich erzählte, dass meine ältere Schwester gestorben sei, rief sie aus, sie sei in Trauer um ihre jüngere Schwester, die ungefähr zur gleichen Zeit gestorben war. Sie schlug mir vor, wir könnten einander das verlorene Familienmitglied ersetzen. Wir begannen, als Schwestern, miteinander zu korrespondieren, obwohl ich kurz vor meiner Abreise in ein fernes Land stand.

Sogar bei diesen Gedenkzeremonien brodelte die Gerüchteküche um Korechika.

«Er ist schließlich Minister im Palast, und seine Schwester ist Kaiserin. Sie können ihn kaum wie einen gewöhnlichen Dieb davonjagen», argumentierten einige.

Andere waren sich nicht so sicher, ob er nicht genau aus diesen Gründen verbannt würde. Ich war neugierig, was Michinaga tun würde. Unsere Familie stand tief in der Schuld des neuen Regenten, aber ich wusste nicht sehr viel über ihn. Noch vor kurzer Zeit hatte unser Schicksal, zerbrechlich wie ein Wachtelei, auf seiner Handfläche gelegen. Er hatte sich dafür entschieden, es zu umhegen, ihm ein Nest in Echizen zu bauen – aber er hätte es genauso gut zerquetschen können. In seinem Verhalten Korechika gegenüber suchte ich nach Hinweisen auf seine Persönlichkeit. Ich wollte wissen, was für ein Mensch er war.

Schon bald kam Vater mit Neuigkeiten aus dem Palast. Korechika und sein Bruder Takaie waren in weit entfernt liegende Grenzregionen des Reiches verbannt worden, je in entgegengesetzte Richtung. Wie erwartet, befand man sie für schuldig, ein Mitglied des kaiserlichen Hofs angegriffen zu haben. Aber sie wurden auch dafür verurteilt, mit schwarzer Magie auf die Kaiserwitwe Senshi eingewirkt zu haben und – am verwerflichsten – Rituale vollzogen zu haben, die allein der kaiserlichen Familie vorbehalten waren.

Entsprachen diese Anklagen der Wahrheit, so handelte der Hof gewiss rechtmäßig, wenn er die Brüder fortschickte. Ich fragte mich jedoch, ob diese Anschuldigungen tatsächlich gerechtfertigt waren. Korechika war ehrgeizig, und wenn er verliebt war, handelte er hitzköpfig, aber ich konnte nicht glauben, dass er dumm war. Seit ich zum ersten Mal in der Öffentlichkeit einen kurzen Blick auf ihn hatte werfen können, verfolgte ich seine Karriere und bemühte mich, aus Vater Klatschgeschichten über ihn herauszukitzeln. Ich muss gestehen, dass er mir sehr gut gefiel. Ich kam zu dem Schluss, dass man ihn nicht seiner Vergehen wegen verbannt hatte, sondern einfach weil er Korechika war. Nachdem der junge Kaiser Ichijō uns gegenüber Milde bewiesen hatte, konnte ich mir nicht vorstellen, dass er diese harte Strafe verhängt haben sollte. Da steckte wohl Michinaga dahinter.

Nach dem Tod seines Vaters hatte Korechika vorübergehend das Amt des Regenten übernommen. Dass er dieses Amt nicht hatte behalten können, lag in erster Linie an seiner Unreife. Und da die Zeit diese Unreife beheben würde, war es nicht erstaunlich, dass Michinaga ihn noch immer als Konkurrenten betrachtete. Korechikas Schwester, die Kaiserin, war schwanger. Sollte sie einen Sohn gebären, so würde dieser zum Kronprinzen ernannt, was Korechikas Ansprüchen auf die Regentschaft neuen Boden gäbe. Michinaga hatte zwar Töchter, aber sie waren zu jung, um zu den unzähligen Geliebten von Ichijō gehören zu können. Es war nachvollziehbar, dass er Korechika möglichst weit von der Hauptstadt entfernt wissen wollte. Und dennoch – wie kalt und berechnend, den eigenen Neffen ins Exil zu schicken!

Vater schätzte Michinaga als Staatsmann. Ich achtete meinen Vater in vielen Belangen als scharfsinnigen Menschen, aber seltsamerweise war er zu keinem klaren Urteil über einen Menschen fähig, der seine Liebe für die chinesische Dichtkunst bekannt hatte. Mir hingegen schien es durchaus möglich, dass auch ein Mensch mit einem Sinn für die Klassiker einen bösartigen Charakter haben konnte. Aus Rücksicht auf meinen Vater versuchte ich, mich eines Urteils über Michinaga zu enthalten.

Ich war auch neugierig, den wahren Grund dafür zu erfahren, warum meinem Vater nach dem niederen Awaji nun das prestigeträchtige Echizen angeboten wurde. Man erzählte sich, der Kaiser sei vom Gedicht meines Vaters so bewegt gewesen, dass er Michinaga befohlen habe, die entsprechenden Schritte in die Wege zu leiten. Mein Bruder prahlte überall mit dieser Geschichte. Doch ich wusste tief in meinem Innern, dass Vaters Gedicht am chinesischen Standard gemessen nicht herausragend war. Allmählich erkannte ich auch, dass zwar der Regent offiziell die Wünsche des Kaisers ausführte, es in Wirklichkeit aber eher umgekehrt war. Ichijō war ohne Michinagas Rat nicht in der Lage, Entscheidungen zu treffen. Vielleicht wollte Michinaga dem jungen Kaiser seinen Willen lassen – falls es tatsächlich Ichijōs Wunsch gewesen war, seiner Achtung für die klassische Bildung Ausdruck zu verleihen, indem er einen ernsthaften Gelehrten wie meinen Vater förderte. Es war aber auch durchaus denkbar, dass die ganze

Angelegenheit umgekehrt verlaufen war. Vielleicht hatte Ichijō die ursprüngliche Entscheidung auf Wunsch Michinagas zugunsten meines Vaters umgestoßen. Aber warum sollte Michinaga das tun? Es musste einen politischen Grund dafür geben, dachte ich, wobei mein Vater so unpolitisch war, dass er für ein solches Amt beinahe unnütz schien.

Die Vorbereitungen für unsere Reise nach Echizen waren beinahe abgeschlossen. Ich konnte mich nur zu kurzen Treffen mit meiner neuen älteren Schwester davonstehlen, aber wir schrieben einander mehrmals am Tag. Beinahe bedauerte ich nun mein Vorhaben, Miyako zu verlassen. Aber dann dachte ich wieder daran, dass ich anderenfalls heiraten müsste und sie dann sowieso nicht mehr treffen könnte. Das Wissen, dass uns nicht mehr viel Zeit blieb, schien unsere Freundschaft noch viel inniger zu machen.

Wir beschlossen, wie zufällig gleichzeitig den neu errichteten Tempel Jitokuji zu besuchen. So konnten wir in einem kleinen Zimmer, mit Blick auf die zerklüftete Hügellandschaft, einige wertvolle Stunden zusammen verbringen, ohne dass uns jemand störte. Sträuße goldgelber Kerriarosen schienen wie Springbrunnen aus den Felsen zu bersten und spiegelten sich in den ruhigen Gewässern des darunter liegenden Gartenteichs.

Ich empfand zum ersten Mal wahre Liebe. Natürlich hatte ich Chifuru geliebt, aber unsere Intimität war aus der Vertrautheit erwachsen. Ruri war der Schwarm eines Sommers gewesen und war abgekühlt, nachdem wir die idyllische Berglandschaft verlassen und unser Leben in der Hauptstadt wieder aufgenommen hatten. Nun entdeckte ich die Leidenschaft, und ich nahm noch die feinste Kontur des weichen, blassen Gesichts meiner älteren Schwester in mir auf, ihre trällernde Stimme und ihren wollüstigen Körper. Ich genoss ihre Liebe, und der Gedanke, dass wir uns bald trennen mussten, versetzte mich in Panik. Sie war so kühn und so schön wie die Kerriarose, und so gab ich ihr diesen Kosenamen. Ich sagte zu ihr, eines Tages würde ich sie gerne in diesen Farben sehen: rostrote Roben, mit Gelb eingefasst, mit rotem Kleid – eine Kombination, die tatsächlich «Kerriarose» genannt wurde. Die Schattierungen waren exotisch, umwerfend modern in chinesischem Stil, und ich fand, sie gaben ihre Persönlichkeit genau wieder.

Sanft, wie es sich für eine jüngere Schwester gehörte, erlaubte ich ihr, mich die Liebe zu lehren.

Wir wären besser abgereist, bevor sich die Hitze über das Land legte, aber da war noch so vieles, das noch erledigt werden musste. Nicht, dass meine Stiefmutter die Vorbereitungen behinderte, aber sie ließ die Dinge durchaus schleifen. Sie schien beinahe glücklich, als das Baby krank wurde und wir die Abfahrt noch einmal um fünf Tage verschieben mussten. Ich bemühte mich, für meinen Vater unersetzlich zu sein. Meine Stiefmutter zog es vor, nicht über den Umzug nachzudenken, und es war ihr nur recht, dass ich die praktischen Vorbereitungen übernahm.

Endlich war es so weit: Wir konnten abreisen. Alles war in Bündel verschnürt und in die Wagen verladen. Mein Vater nahm seine gesamte chinesische Bibliothek mit, also bestand meine Stiefmutter darauf, dass sie ihre Hochzeitsseide komplett benötige. Vater wies sie darauf hin, dass sie sich in Echizen nicht nach der in Miyako herrschenden Mode kleiden müsse, aber als er sah, wie ihre Lippen zitterten, machte er schnell einen Rückzieher. Sie durfte alles mitnehmen, von dem sie und die Kinder glaubten, es würde ihnen das Leben erleichtern. Die kleinen Jungen schluchzten, weil sie ihre Kätzchen nicht mitnehmen durften, aber Vater tröstete sie mit dem Versprechen, dass sie in Echizen einen kleinen Hund bekämen. Nobunori hatte schon früh gepackt und wartete seit Beginn des Monats auf die Abreise. Durch die Verzögerungen war er höchst ungehalten. Ich konnte es kaum glauben, aber er nahm seine ganze Sammlung Insektenkäfige mit. Er hoffte, in Echizen viele neue Arten zu finden.

Im allerletzten Moment packte ich meinen Tintenstein und den Pinsel ein. Meine letzte Tat vor unserer Abreise war ein Gedicht an meine Kerriarose:

Kita e yuku   kari no tsubasa ni   kotozute yo   kumo no uwagaki   kakitaezu shite
Schreib mir so oft, wie die Flügel der Wildgänse, im Zug gen Norden, über die Wolken streichen, hör nie auf, mir zu schreiben.

Ein Reisetagebuch

Tabi no Kiroku

Tag eins

Am Abend vor unserer Abreise hielt uns Vater einen strengen Vortrag, wie wichtig es sei, dass wir unsere Fassung bewahrten. Ein Abgesandter des Kaisers würde kommen, um uns zu verabschieden, und Vater gefiel die Vorstellung nicht, dass seine Frau schluchzte und seine Schwiegereltern trauerten, als wären sie auf einer Beerdigung. Unser Gefolge brach sehr früh auf. Im letzten Moment kam ein Bote an unser Tor geeilt und brachte mir ein Paket. Ich wollte es nicht unter solchen gehetzten Umständen öffnen und steckte es unter die Robe an meine Brust. Die Luft duftete süß, und es wehte kein Wind, während der graue, kühle Sommermorgen dämmerte. Wie wunderschön Miyako zu dieser Tageszeit war! Ob ich vielleicht doch einen schwer wiegenden Fehler machte?

Ich teilte mit meiner Stiefmutter und dem Baby einen Wagen, Nobunori fuhr mit den beiden kleinen Jungen in dem anderen Wagen. Sie waren nun fünf und drei Jahre alt und liebten es, mit ihrem älteren Bruder zusammen zu sein, weil er wild mit ihnen spielte. Wenn Nobunori das Kommando übernahm, folgten sie ihm wie Schoßhündchen. Ich war erleichtert, den engen Raum nicht mit kleinen Jungen teilen zu müssen, obwohl die stillen Schluchzer und der Schmerz meiner Stiefmutter langsam meinen Geist umwölkten. Eigentlich hatte ich mir vorgestellt, an diesem Tag glücklich zu sein. Vater saß hoch zu Ross, genauso wie die beiden Führer, und er würde irgendwann mit Nobunori den Platz tauschen. Die Reise sollte eigentlich fünf Tage dauern, tatsächlich wurden aber acht Tage daraus.

Die erste Nacht verbrachten wir in Ōtsu, am südlichen Ufer des Ōmi-Sees *. Der erste Reisetag war zwar schmerzlich, aber körperlich nicht wirklich anstrengend. Den Weg nach Ōtsu kannte ich bereits. Auf der Awada-Straße herrschte reger Verkehr: Wagen, mit Gemüse, Baumstämmen und Heu beladen, strömten in Richtung der Stadt. Es waren auch viele Bauern unterwegs, deren Rücken sich unter dem Gewicht der Bambuskörbe krümmten, in denen sie Auberginen und Gurken trugen. Nicht viele Gruppen reisten in unsere Richtung, jedenfalls nicht zu so früher Stunde. Ich vermutete, dass der Verkehr abends in die umgekehrte Richtung floss, wenn alles aufs Land zurückfuhr.

Als wir kurz nach Mittag den Ausaka-Pass überquerten, weinte meine Stiefmutter bitterlich. Auch mir schnürte sich die Kehle zu. Hier spürte man, die Hauptstadt endgültig hinter sich zu lassen. Es war eine Sache, für einige Tage nach Ōtsu oder zum Ishiyama-Tempel zu reisen, aber eine andere, der Zivilisation endgültig den Rücken zu kehren. Meine Finger schlossen sich enger um das Paket, das ich bei einem Zwischenhalt, als wir unsere steifen Glieder streckten, etwas abseits der anderen untersucht hatte.

«Ein kleines Geschenk von Nobutaka?», hatte Vater mich geneckt.

Ich lächelte nur. Er schien zu glauben, damit sei seine Frage bejaht, und er ging mit zufriedenem Gesicht zu seiner Frau

* Heute der Biwa-See.

hinüber, um sie zu trösten. Das Geschenk war ein Reiseetui aus Hirschleder, in dem ein kleiner Tintenstein, ein Pinsel und ein kleiner Tuschestab lagen. Das Ganze war mit mehreren Schichten von dünnem Schreibpapier umhüllt. Es war ein wunderschönes Geschenk, und wäre es tatsächlich von Nobutaka gewesen, hätte er mich zutiefst beeindruckt. Aber es war natürlich von meiner Kerriarose, zusammen mit diesem Gedicht:

Yukimeguri tare mo Miyako ni Kaeruyama Itsuhata to kiki hodo no harukesa
Jene, die fort sind, finden einst wieder zurück, doch wann, frage ich, so fern klingt Itsuhata, so fremd Kaeruyama.

Wie geschickt sie die Ortsnamen aus Echizen in ihr Gedicht eingefügt hatte. Ich vermisste sie bereits sehr.

In unserer Unterkunft in Ōtsu schrieb ich an jenem Abend den ersten Eintrag in mein Reisetagebuch, in kleinen Buchstaben, mit dem zarten Pinsel, den Kerriarose mir geschenkt hatte.

Tag zwei
Wir brachen früh auf, denn es würde ein langer Tag werden, heute reisten wir übers Wasser. In Ōtsu luden wir unser Gepäck auf ein Boot und fuhren mit frischem Wind und guter Geschwindigkeit nordwärts, entlang der Uferlinie. Es war seltsam, dass der Berg Hiei plötzlich im Westen lag, von Miyako aus hatten wir ihn im Nordosten über der Stadt thronen sehen. Wolken ballten sich über unseren Köpfen zusammen, warfen Schatten, die über die grünen Berge tanzten. Die Berge wirkten wie auf Wandschirme gemalt, und mir war, als gleite draußen das zauberhafteste Gemälde vorüber,

das je im Paradies erschaffen worden war. Wenn man in östlicher Richtung über den See blickte, stiegen die grünen Konturen der Berge verschwommen aus dem Dunst auf – einer hatte eine beinahe perfekte Kegelform, er erschien wie eine Miniaturnachbildung des weit entfernt liegenden Fudschijama.

Fünf Reiher schwebten elegant vorüber, und die Habichte jagten einander nahe einer Landzunge, an der wir entlangfuhren. Eine ziemlich mächtige Wolke schob sich vor die Sonne, verfärbte das Wasser von Grün zu tiefem Indigoblau, dann brach das Licht wieder durch die Wolken, und der glänzende Strahlenfächer erinnerte an die gleißende Helligkeit, die der Heiligenschein des Amida-Buddhas verströmte. In meinem ganzen Leben hatte ich keine solch weite, offene Fläche wie den Ōmi-See erlebt. Ich zitterte vor Aufregung und Erstaunen. Einige Fischerboote trieben neben unserem Boot her, und die Fischer boten uns typische Speisen der Gegend an. Vater war guter Laune und gab ihnen im Tausch dazu etwas Reis. Sie versorgten uns natürlich vor allem mit Fisch und gaben uns die winzigsten Venusmuscheln, die ich je gesehen hatte. Man hatte die Schalen bereits entfernt und sie in kleine Stücke zerteilt. Zu gerne hätte ich die Schalen gesehen –, sie hätten das Muschelspiel in Puppengröße abgegeben.

Vielleicht hätte ich nicht so viele davon essen sollen. Durch das ständige Schlingern des Bootes und den Wellengang war mir übel. Am späten Nachmittag kam ein Sturm auf, und ich wünschte mir immer sehnlicher, zu Hause geblieben zu sein, auch wenn das bedeutet hätte, Nobutaka zu heiraten. Eine schwarze Wand schob sich über den Himmel, hin und wieder von grellen Blitzen durchzuckt. Endlich erreichte unser Boot die Insel Chikubushima, wo wir uns für die Nacht einrichteten. Um mich nicht übergeben zu müssen, versuchte ich, mich während des Sturmes darauf zu konzentrieren, dieses Gedicht zu schreiben:

Kakikumori   yūdatsu nami no   arakereba   ukitaru fune zo shizugokoro naki
Schwarz die Wolkenwand, hoch türmen sich die Wellen,
plötzlich dieser Sturm, schlingernd hilflos wie das Boot,
bedrängt mich die Übelkeit.

Es war keine Glanzleistung, aber immerhin hatte ich nun jenen Teil der Reise, den wir zu Wasser bewältigen mussten, beinahe überstanden.

Wie seltsam es sich anfühlte, von dem Boot hinuntergetragen zu werden. Sobald meine Füße wieder festen Boden berührten, verebbte die Übelkeit langsam – obwohl meine Beine noch immer etwas zittrig waren, als könnten sie es kaum fassen, nicht länger auf dieser unruhigen Oberfläche stehen zu müssen. Am Tag zuvor hatte mich nur ein Gedanke beherrscht: Was hatte ich alles in der Hauptstadt zurückgelassen, und nur wegen meiner starrköpfigen Weigerung zu heiraten! Meine Stiefmutter musste ihre Tränen nicht verstecken, denn es war kein Geheimnis, wie sie über unseren Umzug nach Echizen dachte. Ich konnte mir diesen Luxus nicht leisten und war dankbar für die Tarnung der Krankheit, die meine Tränen entschuldigte.

Kurz bevor sich die dunklen Wolken zusammengeballt hatten, waren wir an einem Ort namens Miogasaki vorbeigekommen, wo Fischer ihre Netze einholten. Männer und Frauen zogen gemeinsam, Hand für Hand arbeiteten sie sich vorwärts, um die schweren Netze an Land zu bringen. Ihre groben Kleider hatten sie bis zur Hüfte hochgezogen, ihre Arme und Beine waren sonnengebräunt und muskulös. Das

Bild blieb mir im Gedächtnis haften, und ich verfasste ein Gedicht, um es Kerriarose zu schicken:

> *Mio no umi ni   ami hiku tami ni   tema mo naku   tachii ni*
> *tsukete   Miyako koishi mo*
> Am See in Mio holen sie unaufhörlich ihre Netze ein, auch
> meine Gedanken sind immer bei dir.

Tag drei

Ich stand vor dem Rest der Familie auf, um mir den Sonnenaufgang anzusehen. Die Luft war frisch und der Himmel nach dem Sturm wie leer gefegt. Die Oberfläche des Ōmi-Sees schien glatt poliert – man konnte sich kaum mehr vorstellen, wie uns die Wellen so gnadenlos hin- und hergeworfen hatten. Schwarze Kiefern bogen sich dramatisch über den winzig kleinen Hafen. Ich beschloss, eines Tages zu versuchen, diese Szene für Vater in einer Miniaturlandschaft nachzustellen, und sammelte zu diesem Zweck am Strand etwas goldenen Sand und einige Kieselsteine.

Am Tag zuvor hatte ich es von ganzem Herzen bereut, meinen Plan, Miyako zu verlassen, durchgesetzt zu haben. Derartige Anstrengungen, dem eigenen Karma zu entfliehen, mussten unweigerlich Schwierigkeiten mit sich bringen, und ich war mir sicher, dass ich aus diesem Grund litt. Aber an diesem klaren, hellen Morgen, auf dieser kleinen Insel, begann sich mein Bedauern in Luft aufzulösen. Ein weißer Schmetterling tanzte aufgeregt vorüber, obwohl am Ufer keine Blumen wuchsen, und zu meinem Erstaunen machte er sich auf eine einsame Reise über die Wellen und verschwand in der Ferne.

Meine Gefühle schwollen an und verebbten wie die Wellen im Sturm. Welcher Empfindung sollte ich noch trauen? Ich dachte an Miyako, und sofort fiel mir Kerriarose ein. Ich fragte mich, was sie wohl gerade tat. Plante sie schon wieder, bunte Gewänder zu tragen, oder war sie noch immer in das Grau der Trauer gehüllt? Wir kannten einander so kurze Zeit, dass die blühenden Kerriarosen, die wir bei unserem ersten Stelldichein hatten blühen sehen, jetzt erst zu welken begannen. Ich war mir sicher, dass wir uns in einem früheren Leben nahe gestanden hatten. Nur so konnte ich mir unsere plötzlich aufflammende, intensive Leidenschaft erklären.

Ich hörte, wie die Kinder sich regten, und ging wieder zurück, um bei den Reisevorbereitungen zu helfen. Wir stiegen wieder in das Boot und gelangten ohne Schwierigkeiten zur nördlichen Spitze des Sees. Dort erwarteten uns Träger, die unser Gepäck auf die Rücken ihrer Tiere luden. Mit Unbehagen untersuchte ich die primitiven Sänften, in denen wir weiterreisen sollten. Für meinen Vater und Nobunori standen Pferde zur Verfügung, aber wir Frauen und die Kinder mussten uns in Kisten aus Bambus zwängen, die an zwei Stangen hingen und von unglaublich wild aussehenden Bauern geschultert wurden.

Tage vier, fünf und sechs
Wir erreichten Itsuhata* und verbrachten dort einige Tage in einem Gasthaus, um uns von der Reise über die Shiozu-Berge zu erholen. Wie ich mich gefreut hatte, als unsere Reise auf dem Wasser zu Ende war! Hätte ich gewusst, was uns noch bevorstand, wäre ich nur zu gerne wieder in das erbärmliche Boot gestiegen und nach Ōtsu zurückgekehrt. Wie viel lieber werde ich doch von sanften Ochsen befördert, als auf Wellen oder Männerschultern zu schaukeln – wobei Ochsen niemals

---

* Heute heißt diese Stadt Tsuruga.

in der Lage gewesen wären, die steilen Bergpfade und engen Vorsprünge der Felswände zu bezwingen. Ich wagte es, durch den Vorhang zu schielen, der bei jedem Schlingern heftig hin und her schaukelte, und der Anblick des Abgrundes jagte mir einen solchen Schrecken ein, dass ich die Augen fest zusammenkniff.

Einmal hörten wir zu unserer Überraschung Stimmen, die uns entgegen kamen. Der Pfad war so schmal, dass wir wohl kaum an einer anderen Gruppe vorbeikommen würden. Plötzlich erschienen drei kräftige Männer vor unserer Gefolgschaft. Sie waren bis auf ihre Lendenschürze nackt und trugen große, nasse Körbe auf den Schultern. Es stand ihnen ins Gesicht geschrieben, wie wenig erfreut sie über diese Begegnung waren. Sie schrien unsere Träger an, sie sollten aus dem Weg gehen. Dann fiel ihr Blick auf Vater und unseren offiziellen Begleiter, und sie gaben mürrisch nach. Für unsere Gruppe war es so gut wie unmöglich zurückzugehen, also kehrten die drei Läufer missmutig um und gingen bis zu einer Stelle, wo sich der Pfad genügend weitete, dass wir uns knapp vorbeidrücken konnten. Es waren Läufer, die Fisch transportierten, erklärte uns Vater. Sie trugen die Makrelen, in nasse Blätter eingewickelt, von der Küste den ganzen Weg bis zur Hauptstadt.

Wir schafften es nicht bis zu dem Dorf, das wir eigentlich vor Einbruch der Dämmerung hätten erreichen sollen, und mussten daher unser Nachtlager auf einer Lichtung aufschlagen, die Holzfäller geschlagen hatten. Die Träger beschwerten sich, dass sie wegen des vielen Gepäcks nur langsam vorwärts kämen. Als die Dunkelheit uns langsam umschloss, verlor meine Stiefmutter bei dem Gedanken, im Freien übernachten zu müssen, die Nerven, also bastelte uns Vater ein Zelt aus einigen der Kleider, die sorgfältig in Kisten verpackt worden waren. Die feinen seidenen Roben aus Miyako, zwischen Zedern aufgespannt, wollten so gar nicht in diese bergige Landschaft passen.

Meine Stiefmutter phantasierte vor Erschöpfung und Angst. Endlich verstand ich, was sie so beunruhigte – es war die Tatsache, dass die Träger sie ständig anstarrten. Sie war sehr behütet aufgewachsen und achtete immer darauf, sich vor den Blicken der Männer abzuschirmen. Mein Vater sah diese Dinge aufgrund seiner Erfahrungen am Hof weniger streng. Er hatte mir erzählt, dass die Frauen des Adels viel freizügiger waren als die vornehmen Familien niederen Ranges, die sich so sehr bemühten, ihnen nachzueifern. Endlich gelang es meinem Vater, sie zu beruhigen, indem er sie davon überzeugte, die Bauern unterschieden sich im Grunde nicht von den Ochsen, die in der Stadt vor unsere Wagen gespannt wurden.

«Es würde dir doch auch nichts ausmachen, wenn dich ein Ochse beäugen würde, oder?», versuchte er sie zu trösten.

Ich fand es nur natürlich, dass diese Bauern uns mit großer Neugier begegneten. Die Reisenden, die sie normalerweise über die Salzberge trugen, waren einfache Beamte. Sie hatten vermutlich noch nicht so viele Damen aus der Stadt zu Gesicht bekommen. Ich hörte, wie einer von ihnen sagte, die Straße sei überwuchert und schwierig. In meinen Augen waren sie eher Männer als Ochsen – ob das nun gut oder schlecht war.

Shirinuramu yukiki ni narasu Shiozuyama yo ni furu michi wa karaki mono to zo
Jene, die in den Salzbergen die Lasten tragen, wissen genau, wie bitter und beschwerlich der Pfad des Lebens ist.

Am zweiten Tag unserer Reise in diesen furchterregenden Kisten musste ich mit dem älteren der beiden Jungen zusammensitzen. Sie hatten sich so unmöglich benommen und so laut geweint, dass Vater die beiden trennte. Er setzte Jōsen zu meiner Stiefmutter und dem Baby und übergab den anderen Jungen mir. Obwohl mir das nicht sehr gefiel, machte es die Reise erstaunlicherweise etwas leichter. Während sich der kleine Nobumichi an mich klammerte, fühlte ich mich viel mutiger und ruhiger als am ersten Tag. Wir rollten den Vorhang aus Schilfrohr zusammen, sodass wir hinaussehen konnten, und ich bemühte mich, ihn abzulenken, indem ich ihm außergewöhnliche Bambusgewächse oder ab und zu einen wilden Eber zeigte, den unsere Karawane aus dem Gebüsch aufgeschreckt hatte. Er drückte meine Hand ganz fest in seiner kleinen Faust, während wir über den Bergpfad ruckelten und zuckelten. Wir spielten ein Spiel, bei dem wir uns Namen für den kleinen Hund ausdachten, den Vater den Jungen für Echizen versprochen hatte. Ich entdeckte, dass sich fünfjährige Jungen unglaublich über Namen, die Körperteile entlehnt sind, amüsieren.

«Lass uns den Hund ‹Bellendes Hinterteil› nennen», schlug er vor und schüttelte sich vor Lachen.

Schließlich schlief er ein, und da ihm die plötzliche Stille auffiel, fragte einer unserer Träger:

«Er macht wohl ein Schläfchen?»

Der Dialekt des Mannes war sehr schleppend, und es war gar nicht so einfach, ihn zu verstehen. Als ich ihm antwortete, er sei tatsächlich eingeschlafen, bellte der Mann irgendetwas zu seinem Partner, und danach spürte ich, wie ihr Gang einen etwas sanfteren Rhythmus einnahm. Vielleicht bildete ich mir das auch nur ein. Es war nicht leicht, sich mit ihnen zu unterhalten.

Zu diesem Zeitpunkt hatten wir die steilsten Abhänge bereits überwunden und befanden uns in den sanften Hügeln der Hokuriku-Straße. Bald würden wir in der Stadt Itsuhata eintreffen, wo man uns erwartete und in ein offizielles Gasthaus geleiten würde.

Tag sieben

Die letzte Etappe unserer Reise führte über die Tsuruga-Straße, die von der Stadt an die Küste und dann in Richtung Norden verläuft, wo dann eine Abzweigung bis in die Stadt Echizen* führt. Ich war überwältigt, als wir den ersten Blick auf das Meer werfen konnten. Schon bevor es sichtbar wurde, stiegen einem der salzige Geruch, den die Brise mit sich trug, in die Nase. Unsere salzverkrusteten Träger kehrten nach Shiozu zurück, und wir luden unser Gepäck einer neuen Gruppe Träger auf, die aus Echizen gekommen waren, um Vater zu seinem neuen Posten zu geleiten. Da sie aus der Hauptstadt der Provinz kamen, waren sie etwas zivilisierter. Die Straße war eben, das Wetter schön und die Landschaft atemberaubend. Ich hatte schon den Ōmi-See für ein eindrucksvolles Gewässer gehalten, aber beim Anblick dieses wilden nördlichen Meeres hatte ich beinahe das Gefühl, in einer anderen Welt wieder geboren zu sein. Nicht einmal meine Stiefmutter fand etwas, worüber sie sich beschweren konnte. Nun hatte ich wieder eine Kiste für mich allein. Die Meeresbrise blies mir durchs Haar, und der blaue Ozean glitzerte im Licht der Sonne. Ich hatte nun ein viel besseres Ge-

---

* Heute heißt diese Stadt Takefu. Dort kann man einen Murasaki-Shikibu-Park besichtigen, mit einem im Stil der Heian-Periode angelegten Garten und einer monumentalen Bronzestatue unserer Heldin. Sie blickt zu den Bergen von Echizen, die sie so verabscheute.

fühl, was die Reise anging. Die vorüberziehenden Wolken über unseren Köpfen waren gekräuselt wie die Rücken von Makrelen, und ich wünschte nur, Kerriarose wäre hier bei mir, um diesen wunderbaren Ausblick mit mir zu teilen.

Das Kopfkissenbuch

Makura no Sōshi

Unsere offizielle Residenz in Echizen war ein großes hölzernes Gebäude, entworfen nach dem Vorbild eines Hauses in Miyako, das dem vorherigen Gouverneur besonders gefallen hatte. Es verfügte über einen beeindruckenden Audienzsaal, wo sich Vater mit den lokalen Delegationen treffen würde, in den Wohngemächern hingegen zog es, und sie waren nicht sehr sorgfältig gebaut. Der Garten war in chaotischem Zustand. Die Bauern und Fischer der Gegend, die den Hof voller Staunen betraten, sahen in diesem Durcheinander den Inbegriff kaiserlichen Glanzes. Erst beim Anblick der armseligen Hütten, in denen sie lebten, konnte man ihre Ehrfurcht verstehen.

Von unserer offiziellen Residenz aus gesehen, lag das Matsubara-Gasthaus auf der gegenüberliegenden Seite der Stadt. Beinahe seit dem Tag unserer Ankunft in Echizen besuchte Vater dort eine Gruppe chinesischer Händler und Matrosen, die vor der Küste Schiffbruch erlitten hatten. Bei dem Unglück waren drei oder vier Männer ums Leben gekommen, siebzig Männer waren allerdings wie durch ein Wunder gerettet worden. Ich freute mich darauf, ihn einmal begleiten zu können, denn ich hatte noch niemals einen echten Chinesen zu Gesicht bekommen.

Die Berge in Echizen unterschieden sich sehr von den elegant geformten Hügeln von Miyako. Einem Drachen gleich, der aus dem Meer steigt, erhoben sie ihre niederen, zerklüfteten Rücken aus der Ebene. Tatsächlich war in Echizen alles wilder und rauer, als ich es gewohnt war, und das schüchterte mich zu Beginn ziemlich ein. Beim Blick die schroffen Felsklippen hinunter, gegen die in der Tiefe die Wellen brandeten, wurde mir schwindelig. Doch mit der Zeit begann ich es zu schätzen, dass in Echizen immer eine kühle Meeresbrise wehte und wir nicht von der stickigen Hitze geplagt wurden, die Miyako im Sommer umhüllte. Der vom Meer kommende Wind war auch dafür verantwortlich, dass sich der strahlendste Sonnenschein von einem Moment zum anderen in dichte Wolken, Regenschauer und dann wieder Sonnenschein verwandelte, und das alles innerhalb eines Morgens.

Ich zog die schweren Lagen meines Reisekostüms über und begleitete meinen Vater auf seiner Erkundungstour zum neunköpfigen Drachenfluss, wie die Einheimischen ihn nannten. Ich hatte mich inzwischen daran gewöhnt, dass alles in Echizen wild war, aber auf die majestätische Kraft dieses vielköpfigen Drachenflusses war ich nicht vorbereitet. Sogar bei Hochwasser war der Kamo-Fluss bei uns zu Hause im Vergleich mit diesen reißenden Fluten zahm. Die Bauern respektierten den Drachen, und sie zeigten meinem Vater ihre Felder und die reichhaltige Ernte, die sie produzierten. Karotten und Rettiche wuchsen unglaublich gerade und hoch in dieser fruchtbaren, sandigen Erde.

In unserem Garten besuchte ein kleiner Vogel, ein schillerndes Juwel, den Bach, den Vater freigelegt hatte. Ich fand es seltsam, dass die Menschen vom Lande ein so strahlendes, winziges Ding «Flussheuschrecke» nannten. Vater hatte diese Vögel schon zu Hause in Miyako in den Untiefen des Kamo-Flusses gesehen. Eisvögel nannte er sie.

«Sie kommen im Herbst auf ihrer Reise in den Süden hier vorbei. Normalerweise sind sie in Paaren unterwegs. Es überrascht mich, dass sie dir noch nie aufgefallen sind. Die Chinesen betrachten sie als Liebespaare, und die königlichen Damen stellen aus ihren blauen Federn Schmuck her.»

Bis der Herbst Einzug hielt, hatten wir uns mehr oder weniger eingerichtet, aber Vater schien immer bedrückter. Eines Tages erlaubte er mir, ihn in das Matsubara-Gasthaus zu begleiten. Wir fuhren in dem offiziellen Ochsenwagen des Gouverneurs und hielten am äußeren Tor an, wo ein Soldat als Wache postiert war. Alle verbeugten sich vor Vater, aber mir kam alles sehr unwirklich vor. Als wir in den weiträumigen Hof traten, drang ein seltsames musikalisches Gemurmel an meine Ohren. Ich war wie verzaubert! Natürlich waren es die Flüchtlinge, die ihre eigene Sprache sprachen. Bei dem Gedanken, dass Vater verstehen konnte, was sie sagten, wurde ich ganz aufgeregt. Sie legten die Handflächen gegeneinander und hoben die Arme, um uns zu begrüßen, als wir an ihnen vorbeikamen. Diese Geste erinnerte mich an diese ehrwürdigen Insekten, die Gottesanbeterinnen, die mein Bruder in seiner Sammlung hatte.

Man führte uns in den Empfangssaal und bediente uns mit süßen Kuchen und einem blassen und bitteren, grünbraunen Getränk, das aus einer Art Kamelien gekocht war. Das Gebräu verströmte einen Duft, der jenem der wilden stumpfblättrigen Kamelie nicht unähnlich war. Vater hatte dieses Getränk am Hof bereits probiert und mir erzählt, man nenne das «Tee», ein gesundes Getränk der Chinesen. Dann schlossen sich uns drei chinesische Herren an. Sie unterhielten sich mit meinem Vater über das Wetter, die Landschaft und das Essen in China und Japan. Vater stellte mich ihnen vor, woraufhin die drei Herren viele höfliche und anerkennende

Kommentare machten. Nach ungefähr zwei Stunden brachen wir wieder auf.

Ich war überrascht gewesen, dass die ganze Unterhaltung in unserer eigenen Sprache stattgefunden hatte – obwohl die Chinesen sehr gebrochen Japanisch sprachen. Mein Vater hatte kein Wort Chinesisch gesprochen, und endlich wurde mir klar, was ihn so bedrückte. Als er zum ersten Mal versucht hatte, in jener poetischen Version des Chinesischen, die er sein ganzes Leben lang studiert hatte, zu sprechen, hatten sie zu seinem großen Kummer nicht ein einziges Wort verstanden. Und umgekehrt war ihr melodischer Singsang für ihn völlig unverständlich. Glücklicherweise hatten sie als Händler Grundkenntnisse der Sprache ihrer Kunden und konnten sich über einfache Dinge unterhalten, aber sie waren keine gebildeten Männer. Sie konnten einen Sinn in den Zeichen erkennen, die mein Vater notierte, solange sie von prosaischem Charakter waren. Besonders seine Kalligraphie lobten sie, beteuerten, er könne das viel besser als sie selbst. Aber sie hatten sich nervös am Kopf gekratzt und verlegen gelächelt, als er ihnen eines seiner Gedichte gezeigt hatte.

Aus ihren mühseligen Erklärungen lernte mein Vater, dass es unterschiedliche Varianten des Chinesischen gab. Tatsächlich schien es, als könnten sich nicht einmal alle Chinesen untereinander verständigen. Wie jemand sprach, hing davon ab, aus welcher Gegend er stammte. Trotzdem versicherten sie Vater auch, dass ein Chinese mit höherer Bildung seine Gedichte und sein schriftliches Chinesisch einfach verstehen würde.

«Ich werde eine Gelegenheit bekommen, um festzustellen, ob das tatsächlich stimmt», bemerkte mein Vater grimmig. «Bald wird eine offizielle Delegation der chinesischen Regierung aus Miyako eintreffen, um zu besprechen, was mit diesen Flüchtlingen geschehen soll. Falls ich mich mit ihnen nicht unterhalten kann, kann ich mich genauso gut voller Scham in die Hauptstadt zurückschleppen.»

Nun dämmerte mir, warum man meinen Vater nach Echizen berufen hatte. An jenem verschneiten Frühlingstag, als man ihn in den Palast gerufen hatte, war er mit Michinaga persönlich zusammengetroffen. Der Regent hatte ihm die Situation geschildert: Eine Gruppe schiffbrüchiger Chinesen wurde in Echizen festgehalten, da man die offizielle Gesandtschaft aus ihrem Land erwartete. Aber am Hof in Miyako wurde man langsam misstrauisch, weil so viele chinesische und koreanische Händler scheinbar zufällig an unsere Küsten gespült wurden. Also brauchte man eine Person, der man vertrauen konnte und die mit diesen Fremden Zeit verbringen würde, um herauszufinden, was sie tatsächlich vorhatten. Der Hof suchte jemanden mit tadellosem Leumund, jemanden, der sich auf Chinesisch unterhalten konnte. Wer eignete sich da besser als Tametoki? So bekam mein Vater seine letzte Chance in einem offiziellen Amt.

Wie geschickt Michinaga war! Er wusste, dass mein Vater sich keinesfalls weigern konnte, für ihn den Spion zu spielen – nicht nachdem er dem Kaiser dieses Gedicht geschrieben hatte. Mein armer Vater, der sich eigentlich viel mehr für die Dichtkunst als für Politik interessierte, war nun von einem Tag zum anderen mit einer delikaten diplomatischen Mission betraut worden. Es war beinahe zum Lachen, wäre es für ihn nicht so schmerzlich gewesen. Und nun wurde jene Qualifikation, aus der er seinen ganzen Stolz zog – nämlich seine Chinesischkenntnisse –, infrage gestellt. Ich betete darum, dass die offiziellen Beamten, die mit der Delegation kämen, ihn verstehen würden und er sie.

Die Herbststürme fegten über Echizen hinweg. Kurz zuvor hatten im Garten noch die wenigen verbliebenen Sommerblumen neben einigen herbstlichen Chrysanthemen geblüht, und der Gewürznelkenbaum begann gerade erst seine Knospen zu öffnen. Dann fegte ein wilder Sturm vom Meer über das Land, zertrümmerte alles und wirbelte Blütenblätter und Zweige in kunterbuntem Wirrwarr durch die Luft. Nur die Federn des weißen Pampasgrases standen noch aufrecht, vom Wind hin und her gepeitscht. Natürlich gab es auch in Miyako Taifune, aber sie schienen nicht so gewalttätig wie dieser. Eine seltsame Unruhe stieg in mir auf.

Regelmäßig kamen Boten aus der Hauptstadt zu uns, sie brachten Neuigkeiten und Klatschgeschichten und nahmen Vaters sorgfältige, wenn auch nicht sehr aussagekräftige Berichte mit zurück. Sie hielten sich in den Gastgemächern auf und stärkten sich mit den landestypischen Köstlichkeiten, die mein Vater für sie zubereiten ließ. Ich saß hinter einem Wandschirm und lauschte dort ihrem entspannten Geplauder über Politik und Liebesaffären. In dieser Position hatte ich es mir wieder einmal bequem gemacht – ich konnte zuhören, wurde aber nicht gesehen –, als ich plötzlich wahrnahm, wie einer der Boten die Stimme senkte und Vater etwas zuflüsterte, das ernst klang. Auch Vaters Reaktionen waren knapp und gedämpft. Ich spitzte die Ohren, um zu verstehen, worüber sie sprachen.

«Im Fluss gefunden», glaubte ich zu hören.

Daraufhin besorgtes Nachfragen meines Vaters und dann:

«Ungefähr im gleichen Alter wie die Tochter Eurer Ehren, glaube ich.»

Wer? Wer konnte das nur sein?, fragte ich mich ruhelos. Ich beugte mich vor und versuchte jenen Fetzen, die ich aufschnappte, Sinn zu verleihen. Am liebsten hätte ich den

Wandschirm umgestoßen. Ungeduldig ließ ich meinen Fächer auf- und zuschnappen, in der Hoffnung, mein Vater würde es bemerken. Er räusperte sich und musste wohl zu dem Boten gesagt haben, dass ich sie hören könne, denn die Stimme des Mannes nahm plötzlich wieder einen heiteren Tonfall an, und er bat um mehr Sake.

Später, nachdem sich der Bote zurückgezogen hatte, kam Vater in mein Zimmer. Er wusste, dass ich schon ungeduldig auf ihn wartete. Ich hatte mir nicht erlaubt, die verschiedenen Möglichkeiten, die in meinem Kopf herumschwirrten, zu Ende zu denken.

«Wer ist es?», platzte es aus mir heraus, sobald mein Vater eintrat. «Was ist geschehen?»

Vater sprach mit ruhiger Stimme. «Deine Cousine Ruri...»

«Was ist mit ihr?»

«Sie scheint sich in den Uji-Fluss gestürzt zu haben.»

«Und?» Aber ich wusste bereits, was er antworten würde.

«Am nächsten Tag spät wurde sie von einigen Fischern gefunden.»

«Aber warum hat sie das getan?», rief ich aus. Ich konnte keinen klaren Gedanken fassen.

«Ich dachte, du könntest dir das vielleicht eher erklären als ich», sagte mein Vater sanft.

Ruri. Ich hatte gehört, dass ihre Eltern endlich einen Bräutigam gefunden hatten, der einwilligte, eine so ungewöhnliche Braut zur Frau zu nehmen. Ruri schien sich dem Willen ihrer Eltern gebeugt zu haben, diesen Eindruck bekam ich zumindest anhand der spärlichen Informationen, die bis zu mir drangen. Ich hätte wissen müssen, dass sie insgeheim einen Entschluss gefasst hatte.

«Sie sagte ihren Eltern, sie wolle vor ihrer Heirat den Uji-Schrein besuchen», erzählte mir Vater. «Das erlaubten sie ihr gerne, denn sie waren erleichtert. Sie hatten erwartet, dass sie sich einer Heirat widersetzen würde. Du kanntest sie besser als wir alle, Fuji. War ihr die Vorstellung, heiraten zu müssen, so zuwider?»

Ich konnte nur verwirrt den Kopf schütteln. Einst hatte ich geglaubt, Ruri zu kennen, aber nun war mir klar, dass ich nicht wirklich hatte in ihr Herz blicken können. Ich wusste, dass eine Heirat sie nicht glücklich gemacht hätte. Aber niemals hätte ich gedacht, dass sie einen so verzweifelten Ausweg wählen würde. Ich stellte mir vor, wie Ruri mit zwei Dienstmädchen und einer Eskorte nach Uji gereist war. Sie hatte wohl gewartet, bis alle eingeschlafen waren, dann leise die seitliche Tür ihrer Unterkunft geöffnet und sich hinausgeschlichen. Machten ihr das Heulen des Windes und die fauchenden Fluten des Uji-Flusses Angst, oder bestärkte sie das noch in ihrem Entschluss?

Das Einzige, was sie zu tun hatte, war ein Schritt nach vorne. In der Dunkelheit schlangen sich ihr vermutlich die Gewänder um die Beine und blähten sich auf, wie eine Kamelienblüte, die von einem Ast geweht wird. Aber eine Blüte würde an der Oberfläche treiben. Ruris Gewänder und ihr Haar aber rissen sie in die Tiefe. Und die Fischer fanden eine zerstörte Blüte, bleich, grün, verfallen und von Flussalgen umschlungen. Der Bilderschwall, der meinen Geist überflutete, quälte mich furchtbar, während ich sprachlos dasaß. Ruri, die sich draußen in den Elementen immer wohler gefühlt hatte als eingezwängt hinter Wandschirmen. Vielleicht konnte nur jemand wie Ruri diese wilden, fauchenden Wasser wählen, um sich von seinem Unglück zu erlösen.

Ich dachte über mein Leben nach und wusste, dass ich die Kraft nicht hätte, zu tun, was sie getan hatte. Ich war ein Feigling und lief lieber nach Echizen davon, anstatt mich meinem Schicksal zu stellen.

Obwohl Ruri und ich uns nicht mehr nahe gestanden hatten, war ich von ihrem Tod tief erschüttert. Während mein Blick über die wilden Wälder an den steilen Berghängen oberhalb Echizens schweifte, musste ich unablässig an sie denken. Der Anblick des Drachenflusses, den der Sturm hatte anschwellen lassen, war unerträglich. Die Wildheit hatte den Glanz des Neuen verloren, und nun vermisste ich Miyako schmerzlich.

Ich begann mir eine Geschichte über Genji auszudenken, in der er aus der Hauptstadt verbannt wurde. Ich musste entscheiden, wohin er gehen würde, und erwog Suma oder Akashi. Dies waren die Orte, an die man Korechika und seinen Bruder ins Exil geschickt hatte. Wie Korechika war einer der Helden meiner Großmutter, Yukihira, an die einsamen Küsten von Suma verbannt worden, und ich entschied mich schließlich dafür. Ich verstand nun, dass man seine Heimat erst richtig schätzte, wenn man sie verlassen musste. Obwohl ich mich auch nach kurzen Reisen immer gefreut hatte, wieder nach Hause zurückzukehren, war dies nichts im Vergleich mit jener Freude, die ich spürte, wenn ich an meine Rückkehr aus Echizen dachte.

Ich erhielt ein Geschenk von Nobutaka. Er wusste, wie sehr ich das Lesen liebte, und hatte mir die Kopie eines Kopfkissenbuches * geschickt, das unter den Lesern in der Hauptstadt offenbar für einige Aufregung gesorgt hatte. Zudem schrieb er in seinem Brief, er könne sich vorstellen, dass ich

---

* Das berühmteste Kopfkissenbuch der japanischen Literatur ist das der Sei Shōnagon. Kopfkissenbücher waren Notizbücher, die man immer greifbar hatte (neben dem Kopfkissen), um zufällige Gedanken festzuhalten.

mich gerne über die literarischen Strömungen in der zivilisierten Welt auf dem Laufenden halten würde. Ich hatte viel gelesen in Echizen, allerdings ausschließlich Werke aus der chinesischen Bibliothek meines Vaters. Als ich das elegant gebundene Kopfkissenbuch sah, war ich plötzlich begierig darauf, etwas Neues auf Japanisch zu lesen.

Ich wurde milder gegenüber Nobutaka. Ich hatte ein schlechtes Gewissen, weil ich ihm nicht, wie vereinbart, geschrieben hatte. Und ich wusste, einer der Gründe für meine Schreibfaulheit war mein Bedauern, mich überhaupt auf diesen Handel eingelassen zu haben. Mit Wutanfällen hatte ich meinen Willen durchgesetzt, und nun kochte ich in der Suppe, die ich mir eingebrockt hatte. Jeden Abend kehrte ich meine Gewänder nach außen, in der Hoffnung, Kerriarose würde durch diese Beschwörung vor meinem geistigen Auge aufsteigen, aber unweigerlich drang Ruris bleiches, nasses Gesicht in meine Träume, und ich schreckte auf.

Einige Tage lang war ich ganz in die Lektüre des Kopfkissenbuches der Hofdame Kiyowara Nagiko vertieft, die im Dienste der Kaiserin Teishi stand. Um ehrlich zu sein, war es nicht viel mehr als ein Wirrwarr flüchtig notierter Beobachtungen, und doch war es genau, wonach ich mich gesehnt hatte. Ihr Stil war offenherzig und intim zugleich, sie kam mir vor wie eine gesprächige Vertraute, die mir den neuesten Klatsch vom Hof ins Ohr flüsterte. Ich fragte mich, was für ein Mensch die Autorin war – anscheinend war ihr Spitzname bei Hof Shōnagon. Ich hoffte inständig, in ihrem Werk etwas über Korechika, den Bruder der Kaiserin, zu finden. Von einem der Boten hatte ich vernommen, dass er dabei ertappt worden war, wie er sich heimlich in die Hauptstadt zurückschlich, um seine sterbende Mutter zu besuchen. Man hatte ihn gleich wieder an den Ort seiner Verbannung zurückgeschickt. Ich fand in dem Kopfkissenbuch nicht den kleinsten Hinweis auf diesen Skandal, aber meine Erwartungen wurden nicht enttäuscht, was andere Klatschgeschichten über Korechika betraf.

Ich las eine Szene, die sich vor ungefähr vier Jahren abgespielt haben musste. Korechika besuchte die Kaiserin und den Kaiser und unterhielt sich mit ihnen über Literatur, bis es so spät wurde, dass die Dienerinnen auf ihren Plätzen einnickten. Sogar der Kaiser schlummerte schließlich ein. Inzwischen dämmerte bereits der Morgen, und Nagiko schrieb, dass sie ihn darauf hingewiesen habe.

«Nun, wenn der Morgen bereits angebrochen ist, dann hatte es wohl keinen Sinn mehr, ins Bett zu gehen?», sagte Korechika und lachte mit seiner Schwester.

Der Kaiser hörte ihr Geplänkel zu diesem Zeitpunkt nicht mehr. Genau in diesem Moment entwischte irgendwo ein Hahn und rannte laut krähend durch die Gänge. Ichijō schreckte auf, woraufhin Korechika die Zeilen eines chinesischen Gedichts aufsagte: *Lo, der umsichtige Monarch, erhebt sich aus seinem Schlafe.* Alle waren von seinem schlagfertigen Geist beeindruckt, berichtete die Autorin des Kopfkissenbuches.

Es war ein trivialer Vorfall, aber für mich klang diese Geschichte wundervoll. Ich war während meines Lebens in der Hauptstadt niemals direkt mit der glänzenden Welt am Hof in Berührung gekommen, aber alleine die Tatsache, dem allem so nahe zu sein und immer wieder dies und das über das Leben dieser eleganten Menschen aufzuschnappen, gab mir ein Gefühl der Erhabenheit. Nun, da ich in Echizen feststeckte, war mir eher, als würde ich mich langsam in einen Erdklumpen verwandeln. Diese Shōnagon-Dame berichtete weiter, Korechika habe ihr in der darauf folgenden Nacht, nachdem sich alle zurückgezogen hatten, angeboten, sie durch die Gänge bis zu ihrem Zimmer zu geleiten. Sie beschrieb, wie sein weißer Hofmantel im Mondlicht glitzerte und er sie am Ärmel berührt habe, damit sie nicht stolperte. Dann zitierte er eine Zeile des Tang-Dichters Jia Dao, was sie hinreißend fand: *Wenn der Wanderer im blassen Licht des matten Mondes reist.* Aber wer wäre nicht hingerissen davon, sich mit jemandem wie Korechika in einer solchen Situation wiederzufinden? Zu gerne hätte ich erfahren, ob er die Nacht mit ihr verbrachte. Darüber schrieb sie nichts.

Auch die Kategorien, in die sie die Dinge einordnete, faszinierten mich. Ihre Listen der Vögel, Insekten und blühenden Bäume erinnerten mich an Ruri und die Jahreszeitenliste, die wir vor zwei Sommern gemeinsam erstellt hatten. Viele der Listen in dem Kopfkissenbuch steckten voller persönlicher Wertung. Shōnagons Listen «Elegante Dinge» oder sogar «Unangenehme Dinge» erweckten in mir die Sehnsucht nach Miyako, gleichzeitig bekam ich beim Lesen den Eindruck, dass sie wohl keine einfache Person war. Warum in aller Welt zählte sie Eier von Wildgänsen zu den «Eleganten Dingen»? Das war doch recht seltsam.

Und tatsächlich, je länger ich las, umso mehr bekam ich den Eindruck, dass dieses Kopfkissenbuch voll modischer Schnörkeleien war, mit denen die Autorin beweisen wollte, wie geistreich sie sich geben konnte. Zu Beginn war ich recht beeindruckt gewesen von ihrem intimen Erzählstil und den ungewöhnlichen Themen, die sie aufgriff, aber schon bald kam ich zu dem Schluss, dass sie recht eingebildet war. Ihre Erklärungen waren reich an Bezügen zur chinesischen Kultur, die sie, wie ich bei genauerer Lektüre bemerkte, nur eingeflochten hatte, um Eindruck zu schinden, ihre Aussagen wurden damit in keiner Weise bereichert. All das war umso erstaunlicher, als ihr Vater ein angesehenes Mitglied des Dichterkreises «Die Fünf des Birnengartens» gewesen war.

Und dann fand ich zu meinem großen Erstaunen einen Abschnitt über Nobutaka. Sie erzählte, er habe auf einer Pilgerreise darauf bestanden, seine ausladenden seidenen Hofgewänder zu tragen, weshalb ihn alle Menschen, die an ihm vorbeikamen, erstaunt angestarrt hätten. Das war kurz bevor man ihn zum Gouverneur von Chikuzen ernannte. Wollte sie damit andeuten, er habe diesen Posten nur wegen seiner modischen Kleidung bekommen?

Dies wenig schmeichelhafte Porträt ließ mich daran zweifeln, ob Nobutaka sich überhaupt die Mühe gemacht hatte, das Kopfkissenbuch zu lesen, bevor er es mir geschickt hatte. Ich begann mir Sorgen zu machen – vielleicht war er wirklich ein Dummkopf. Und doch, es konnte auch sein, dass er es tatsächlich gelesen, die Beleidigung großmütig übersehen und sie keines Kommentares würdig gefunden hatte. Oder vielleicht war er auch so darauf bedacht, mir zu gefallen, dass er mir seine Kopie geschickt hatte, bevor er überhaupt die Möglichkeit gehabt hatte, das Buch selbst zu lesen? Entweder wusste er gar nichts davon, dass man ihn beleidigt hatte, oder er wusste es und machte sich nichts daraus. Es ließ mir trotzdem keine Ruhe – vielleicht hatte er erst davon erfahren, als er mir das Manuskript schon geschickt hatte, und war nun äußerst beschämt. Es war sehr schwierig, mir in dieser Sache eine Meinung zu bilden, und ich bekam jedes Mal Kopfschmerzen, wenn ich versuchte, zu einem Urteil über ihn zu gelangen.

Ich bin auf den Entwurf eines Briefes gestoßen, den ich in jener Zeit an Kerriarose geschrieben hatte. Ich beklagte mich in erster Linie bei ihr über Nobutaka, aber ich schickte ihr auch die folgenden Zeilen:

Meine liebste ältere Schwester,
nun, wie findest du das Kopfkissenbuch, das alle lesen? Es scheint mir, dass diese Sei Shōnagon sehr von sich eingenommen ist. Sie hält sich wohl für besonders raffiniert, wenn sie überall in ihren Text chinesische Figuren einfließen lässt. Doch wenn man ihre Sätze genauer liest, zerfallen sie in Banalitäten. Menschen wie sie, die sich alle Mühe geben, in jeder Situation feinfühlig zu wirken, und sich so sehr anstrengen, jeden interessanten Moment einzufangen, wie flüchtig er auch sei, sind dazu verdammt, lächerlich und oberflächlich zu wirken. Es scheint mir, wenn man sich selbst für so etwas Besonderes hält, wird es eines Tages ein schlechtes Ende mit einem nehmen. Wie kann die Zukunft für einen solchen Menschen eine Wendung zum Guten bringen?

Selbstgefällig saß ich auf meinem ländlichen Hochsitz in Echizen und sagte ihren gesellschaftlichen Abstieg voraus. Nicht einmal in meinen kühnsten Träumen hätte ich mir vorstellen können, dass ich Shōnagon eines Tages treffen würde, nachdem sich meine Prophezeiung bewahrheitet hatte.

Helles Land

Ming-gwok

Zu Anfang des Winters trafen aus der Hauptstadt beunruhigende Nachrichten ein. Eine Gesandtschaft kam über die benachbarte Provinz Wakasa, um Vater mitzuteilen, dass der bekannte chinesische Händler Shu Ninso offiziell angeklagt war, den Gouverneur belästigt zu haben. Shu war bekannt als jener Chinese, der schon am längsten in unserem Land Geschäfte trieb.* Seit beinahe zehn Jahren war er nun hier und

---

* Im zehnten Jahrhundert spielte sich der Handel mit China nie direkt ab. Aus der Perspektive der Chinesen, die sich selbst als das Zentrum der zivilisierten Welt sahen, wurden alle Waren, die aus fremden Ländern kamen, als Tributzahlungen eingestuft. Sämtliche chinesische Waren, die ausgeführt wurden, waren ein «Geschenk» von der höheren Macht an das tributzollende Land. Mit dieser Beziehung waren die Japaner nicht einverstanden, weshalb sie ab dem Jahr 873 keine Gesandtschaften mehr nach China schickten. Trotzdem wollten sie weiterhin Porzellan, Damast, Gemälde, Bücher und Schriften aus China. Einige mutige chinesische Händler waren bereit, den japanischen Markt zu bedienen, nahmen dabei zwar ein großes persönliches Risiko auf sich, konnten gleichzeitig aber beachtliche Profite erwirtschaften. Solche Händler kamen «rein zufällig» vom Kurs ab und wurden an die Küsten von Japan, dem Insel-Königreich, gespült. Bevor die Beamten der Regierung überhaupt zu ihrem Schiff kommen und die Fracht begutachten konnten, war ein Großteil der Ware bereits von lokalen Händlern übernommen worden. Dieser inoffizielle Handel war jahrzehntelang toleriert worden, aber zu jener Zeit wurde die Regierung langsam misstrauisch, da immer mehr chinesische und koreanische Schiffe an der Küste landeten. Nicht ohne Grund fürchteten sie eine Invasion ihrer mächtigen Nachbarn.

sprach unsere Sprache fließend. Vater informierte die Flüchtlinge im Matsubara-Haus über diese Entwicklung, sie waren
natürlich beunruhigt. Damals fragte ich mich, ob es klug war,
ihnen davon zu erzählen. Eigentlich sollte er ihnen Informationen entlocken, anstatt sie ihnen weiterzugeben. Vater erzählte, sie hätten kräftig protestiert, dass man Shu ungerecht
behandle.

Über die Jahre war Shu zum wichtigsten Lieferanten von
chinesischen Luxusgütern geworden. Neben anderen hohen
Persönlichkeiten belieferte er auch die Kaiserin Teishi. Er
gewährte ihr sogar weiterhin Kredit, obwohl ihr Zweig der
Familie in politischen Schwierigkeiten steckte. Ihr Bruder
Korechika war gewiss nicht in der Lage, ihre Schulden abzu-
zahlen. Nun hatte Shu seine Ansprüche offenbar beim Gouverneur von Wakasa geltend gemacht. Es war unwahrscheinlich, dass der kaiserliche Hof den Interessen eines Händlers
den Vorrang geben würde, wenn die Empfindlichkeiten
einer Kaiserin auf dem Spiel standen. Also wurde Shu der
Belästigung angeklagt, sodass man ihn ohne Bezahlung des
Landes verweisen konnte. Ich fand, Michinaga hätte die
ganze Angelegenheit lösen können, indem er Teishis Rech-
nung bezahlte, aber er rührte keinen Finger. Dann begriff
ich, dass er es vermutlich im Stillen genoss, in welch pein-
licher Situation die Kaiserin steckte. Schließlich war sie nicht
seine Tochter.

Während es in diesem ersten Winter in Echizen immer kälter
wurde, verdunkelte sich auch meine Seele mit jedem Tag
mehr. Ich saß alleine auf meinem Zimmer und träumte von zu
Hause, ging im Geiste meinen Almanach der Zeremonien in
der Hauptstadt durch, als mir auffiel, dass nun jene zwei Wochen begannen, die «Erster Schneefall» genannt wurden. Von

meinem Zimmer aus konnte ich den Hinodake sehen, auf dem sich der Schnee schon bedrückend hoch auftürmte.

In Echizen zeigten sich die Jahreszeiten von ihren extremsten Seiten. Im Sommer türmten sich ganz plötzlich Wolkenberge auf, und ein Platzregen brach los, wobei so große Wassermengen zur Erde stürzten, dass man nur einmal zu blinzeln brauchte, und schon hatte man das Gefühl, das Land verwandle sich in einen Ozean. Die Herbsttaifune zogen mit ungewöhnlicher Heftigkeit übers Land, und nun stand ein klirrend kalter und schneereicher Winter vor der Tür.

Koko ni kaku   Hino no sugimura   uzumu yuki   Oshio no matsu ni   kyō ya magaeru
Während ich hier sitze und schreibe, beugt die Last des Schnees die Zedern an den Hängen des Hino, heute erweckt dieses Bild in mir Erinnerungen an die Kiefern des Oshio.

Die Fischer brachten blassgrünen, halb getrockneten Tintenfisch und langbeinige rote Krabben. Niemals zuvor hatte ich so etwas wie dieses zarte weiße Krabbenfleisch gegessen. Ich wünschte mir so sehr, dieses Erlebnis mit Kerriarose teilen zu können. Ich konnte nicht anders, ich musste an die Bankette, die Tänze und Feste denken, die gegen Ende des Jahres in der Hauptstadt Saison hatten. Wenn zu Hause der erste Schnee fiel, genossen es alle, dem Treiben der Schneeflocken zuzuschauen und die dünne Frostschicht auf den roten Beeren der Nandinasträucher zu bewundern. Wir türmten Kohle in den Kohlebecken auf und rösteten Reiskuchen. Ich zitterte bei dem Gedanken, wie gemütlich das immer gewesen war. In Echizen fuhr die Kälte so schnell ihre eisigen Klauen aus, dass es mir schien, als steckten wir bereits mitten im tiefsten Winter, obwohl er eigentlich gerade erst begonnen hatte. Die Kinder waren die meiste Zeit im Haus gefangen, und ihr Lärm zehrte an meinen Nerven. Es spielte keine Rolle, ob sie ausgelassen spielten oder unglücklich plärrten, ihr Lärm störte mich, vor allem wenn ich versuchte, an meinen Genji-Geschichten zu arbeiten. Ich verbrachte meine Tage lieber damit, von Miyako und dem leuchtenden Prinzen zu träumen, als meine Aufmerksamkeit auf meine bedrückende Umgebung zu richten.

Tag für Tag rieselte der Schnee vom Himmel herab, türmte sich lautlos auf, bis alles, was von Menschenhand geschaffen war, unter riesigen weißen Haufen begraben lag. Es war nicht schön, es war schrecklich unpraktisch. Ein paar Männer schaufelten den Weg frei, damit wir das Haus verlassen konnten. Die Kinder rannten nach draußen und bauten einen kleinen Berg aus Schnee, auf dem sie herumkletterten.

«Komm», riefen sie. «Komm hinaus und schau dir das an!»

Nobunori ging zu ihnen, aber mich reizte es überhaupt nicht. Ich schrieb:

Furusato ni kaeru yamaji no sore naraba kokoro ya yuku to yuki mo mitemashi
Reisten wir über die Kaeruyama-Bergstraße und befänden uns auf dem Weg nach Hause, nur dann erfüllte der Anblick dieses Schnees mein Herz mit Freude.

Aber so war es nicht. Ich hatte den Schnee und Echizen gehörig satt. Ich wünschte mir sehnlichst, nach Miyako zurückkehren zu können, aber natürlich konnte ich nirgendwohin gehen, bevor der Schnee nicht geschmolzen war. In meinem chinesischen Kalender hieß diese Periode «Wir verbarrikadieren uns, es wird Winter». Das beschrieb meinen Gefühlszustand sehr treffend – eingemauert fühlte ich mich. Vermutlich glich das Wetter in China mehr dem in Echizen als jenem in Miyako. Ich hatte immer den Eindruck gehabt, die chinesischen Beschreibungen des Winters seien übertrieben, aber nun verstand ich.

An einem klaren, verschneiten Tag erhielten wir endlich die Ankündigung, dass die chinesische Gesandtschaft eingetroffen sei. Sie waren unter Schwierigkeiten an den Küsten von Wakasa gelandet und dann über den Landweg nach Echizen weiter gereist. Sie bezogen in einer Villa Quartier, die nahe des Matsubara-Gasthauses lag, wo ihre Landsleute untergebracht waren. Der Anführer der Delegation richtete ein elegantes chinesisches Grußgedicht an den ehrenvollen Gouverneur von Echizen. Der Mann hieß Shū Seishō, so las ich zumindest seinen Namen, während ich über Vaters Schulter blickte. Vater korrigierte mich, die richtige chinesische Aussprache laute Jyo Shichang. Mein Vater war so beklommen zumute, dass er ganz ruhig wirkte. Er zog seine offiziellen Gewänder an, um sie willkommen zu heißen. Nun würde er einem gebildeten chinesischen Beamten gegenüberstehen, der nach den Worten der Händler dazu in der Lage war, seine Gedichte zu schätzen. Ich hoffte inständig, dass dem so sein würde. Meister Jyo war tatsächlich ein gelehrter Mann, und er schien erfreut über das Willkommensgedicht meines Vaters. Als dieser gebildete Mann dann auch noch ein spontanes Antwortgedicht verfasste, rief mein Vater voller Freude, das komme ihm vor wie eine Szene aus den Klassikern. Ich bemerkte, wie unglaublich erleichtert er war. Er erzählte mir, er habe Meister Jyo und vier seiner Begleiter als Geste der Gastfreundschaft in unser Haus eingeladen.

Außer den drei Beamten, deren Namen ich nicht genau verstand, war auch Meister Jyos Sohn mitgereist, ein schlanker junger Mann, der ungefähr in meinem Alter war. Gemäß der Regeln musste ich hinter der Stellwand sitzen, solange sich die Männer mit meinem Vater unterhielten. Ich erfuhr, dass sie in den letzten fünf Jahren in Japan gelebt hatten, die meiste Zeit davon in Miyako, in den praktisch verlassenen großen Botschaftshallen an der Suzaku-Straße. Der Sohn, dessen Name Meikoku war (oder Ming-gwok, wie ich es später chinesisch auszusprechen lernte), sprach ausgezeichnet Japanisch und schien sehr gebildet zu sein. Während sich unsere Väter mit Sake zuprosteten und sich über korrespondierende Bilderwelten in der poetischen Form namens *Fu* unterhielten, gestattete ich mir, mit dem jungen Mann Ming-gwok zu sprechen, und so unterhielten wir uns – zuerst noch zögerlich – über verschiedene Orte in der Hauptstadt.

Nach einer Weile fragte er mich, warum ich hinter der Stellwand sitzen müsse, er könne mein Gesicht gar nicht sehen, und ich wusste kaum, was ich ihm antworten sollte. Niemand hatte mir jemals zuvor eine solche Frage gestellt.

«Benutzen chinesische Frauen denn keine Stellwände?», fragte ich.

«Nein», antwortete Ming-gwok. «Es kommt mir ziemlich seltsam vor.»

Wiederum verschlug es mir den Atem, und ich spürte, wie ich errötete. Was sollte ich tun? Es wäre mir sehr unangenehm gewesen, Vater vor seinen Gästen in Verlegenheit zu bringen, und gleichzeitig war da dieser höfliche chinesische Mann, der meinte, ich benähme mich seltsam. Ich versuchte herauszufinden, ob Vater unseren kleinen Wortwechsel verfolgt hatte, aber er schien vollkommen vertieft in sein Gespräch mit Meister Jyo. Zögernd schob ich die Stellwand etwas zur Seite, und dann blickte ich in ein Paar klarer, neugieriger Augen, über denen schöne, dichte Augenbrauen wuchsen, um die ihn jede Frau beneidet hätte.

Über den Rand meines Fächers hinweg sah ich, dass er eine gerade, eher schmale Nase und einen schönen Mund hatte. Er lächelte fast schon verschwörerisch. Vielleicht war sein Gesicht etwas zu schmal, aber es war faszinierend. Er trug eine dunkelblaue Seidenrobe, die mit grauem Eichhörnchenfell eingefasst und enger geschnitten war als japanische Gewänder, genauso wie seine weißen seidenen Hosen. Auch die Ärmel waren nicht so weit wie bei uns. Wie sein Vater trug er eine eng anliegende, schöne schwarze Gelehrtenmütze, die auf den Seiten wie Schwalbenschwänze geformt war.

Unsere Väter beachteten uns nicht. Da saß ich nun, mein Gesicht entblößt, und Ming-gwok nahm das für selbstverständlich hin. Ich hielt mir den Fächer weiterhin vor die Nase, aber während wir uns so unterhielten, vergaß ich langsam, dass er ein Mann und ein Fremder war, und senkte meinen Fächer sogar mehrere Male, weil ich mich über Dinge wunderte, die er sagte. Ming-gwok wusste erstaunlich viel über unser Land und über Miyako. Und er verhielt sich ganz anders, als sich ein japanischer Mann bei einer solchen Gelegenheit verhalten hätte. Als er die Kiefern von Oshio südwestlich von Miyako nahe des Ohara-Schreins erwähnte, konnte ich mein Erstaunen kaum mehr zügeln. Ich hatte erst kürzlich in Erinnerung an genau diese Szenerie ein Gedicht geschrieben und zeigte ihm mein Werk. Ming-gwok war nicht nur beim Ohara-Schrein gewesen, er wusste sogar, dass dies der Familienschrein des Fujiwara-Clans war. Dann warf er zu meiner Überraschung die folgende Antwort auf mein Gedicht hin:

Oshioyama   matsuba no uwaba ni   kyō ya sa wa   mine no
usuyuki   hana to miyuramu
Bedeckte ein Schneehauch die Tannennadeln auf dem Oshio,
die Wipfel glichen wundersam eisigen Blüten.

Ich war überwältigt – nicht nur von der Geschwindigkeit,
mit der er seine Zeilen komponiert hatte, sondern vor allem
von der Empfindsamkeit, mit der er meine Bilder aufnahm.
Und das, obwohl er kein Japaner war. Wir Japaner haben großes Interesse an chinesischer Literatur, aber ich hätte nie gedacht, dass sich ein Chinese die Mühe machen könnte, unsere
Ausdrucksformen zu erlernen. Meinen Ausruf des Erstau-
nens wischte er mit einem charmanten Achselzucken weg
und bemerkte, mein Gedicht habe ihn an eine Zeile aus Fan
Yuns «Abschied» erinnert:

Als ich ging, tanzten die Flocken wie Blüten.
Nun ich komm, wirbeln Blüten wie Schnee.

Erst später fiel mir auf, dass er ein perfektes Beispiel für die
korrespondierende poetische Struktur geliefert hatte, über
die unsere Väter diskutiert hatten! Vielleicht würde der Winter in Echizen doch nicht so trostlos werden.

Jeden zweiten Tag machte sich mein Vater zu der chinesischen
Villa auf, oder die Chinesen kamen uns besuchen. Ich ließ
erst gar keine Diskussionen aufkommen, ob ich ihn begleiten
konnte – ich machte mich einfach bereit und wartete im
Wagen, als sei es selbstverständlich, dass ich ihn begleitete.
Vater hatte in Meister Jyo eine verwandte Seele gefunden.
Sie verbrachten viele glückliche Stunden zusammen, tranken
und komponierten dabei Verspaare auf Chinesisch. Vater

schwärmte von seinem exquisiten Benehmen und verglich ihn mit Yang Xiong, jenem berühmten Philosophen aus der Han-Dynastie. Ähnliches schrieb er sogar in die Berichte, die er in die Hauptstadt schickte. Ich bezweifelte, dass er viel erfuhr, was Michinaga von Nutzen gewesen wäre, aber er konnte gewiss seinen Traum von einem Leben als Gelehrter und Dichter ausleben. Ich begleitete ihn, um Zeit mit Ming-gwok verbringen zu können.

Inzwischen war es bitterkalt geworden in Echizen. In meinem chinesischen Kalender waren wir nun in jene Phase eingetreten, die «Die Tiger beginnen umherzustreifen» hieß. Ming-gwok hatte tatsächlich schon einmal einen echten Tiger gesehen! Ich hatte mir vorgestellt, diese Bestie habe Ähnlichkeit mit einem großen wilden Hund, aber er erzählte mir, Tiger seien viel anmutiger.

«Stell dir eine Katze vor, so groß wie ein Drache, dann kannst du dir ungefähr ausmalen, wie ein Tiger aussieht», erklärte er mir. «Wenn es sehr kalt wird, finden die Tiger nur noch wenig Beute und müssen immer weiter und weiter umherstreifen, um noch Nahrung zu finden.»

Er wusste so viel. In Japan gab es natürlich keine Tiger.

Eines Tages holte ich mein dreizehnsaitiges Koto hervor und stimmte es in der Art der Chinesen. Ich hatte eigentlich vor, länger zu üben, aber meine Finger wurden so steif, dass ich das Instrument beiseite legte und mir die Hände am Kohlenbecken wärmte. Genau in diesem Moment erschien Ming-gwok mit seinem Vater und seinen Begleitern. Er entdeckte das Koto und bat mich, etwas vorzuspielen. Es war mir unglaublich peinlich. Ich war nicht nur außer Übung, auch die Vorstellung, für ein Publikum chinesischer Kenner zu spielen, war äußerst einschüchternd. Ich lehnte ab, zog mich mit der Entschuldigung, meine Finger seien steif gefroren, aus der Affäre. Es entstand ein seltsamer Moment der Stille, und dann fragte Ming-gwok, ob er das Instrument ausprobieren dürfe. Ich überließ ihm meinen Platz nur zu gerne und gab ihm einen Satz Fingeraufsätze aus Bambus.

Ming-gwok ließ seine Finger über die Saiten gleiten.

«Eine vertraute Tonart», bemerkte er. «Mal sehen, ob du dieses Stück kennst.»

Er spielte ein Stück in jener Tonart, in der ich das Koto gestimmt hatte. Die Melodie klang vertraut und doch irgendwie anders.

«Das war *Harusugi*», sagte mein Vater, als Ming-gwok seinen Vortrag beendet hatte. «‹Der Frühling ist vorbei›, aber Sie haben noch Ausschmückungen hinzugefügt, die ich niemals zuvor gehört habe. Sehr gut, junger Mann!»

Er strahlte. Meister Jyo hingegen lächelte nicht.

«Das reicht jetzt», sagte er grimmig zu seinem Sohn.

Ming-gwok antwortete ihm nicht und streifte sich widerspruchslos die Aufsätze von den Fingern. Vater schien etwas verwirrt über diese strenge Haltung.

«Mein Sohn hat zu viel Zeit damit verbracht, leichtfertige Lieder zu spielen», erklärte Meister Jyo. «Er hätte besser auf der *gu ghim* geübt und sich mit den Feinheiten dieses Instruments beschäftigt.»

Mein Vater war fasziniert, denn die siebensaitige *gu ghim* oder Kin-Zither, wie wir sie nannten, war auch sein Lieblingsinstrument.

«Meister Jyo», fragte er ihn. «Spielen Sie die ehrwürdige *gu ghim*?»

Meister Jyo gab zu, er habe diesem Instrument tatsächlich einige Zeit gewidmet, doch er betonte, er sei kein Könner. Vater befahl daraufhin seinem Diener, er solle das siebensaitige

Koto aus seinem Zimmer holen. Er schälte es sorgfältig aus seiner seidenen Hülle und stellte es vor Meister Jyo.

«Bitte beehren Sie uns mit einem Stück», bat er ihn.

Und so spielte Meister Jyo. Im Zimmer herrschte vollkommene Stille, nur der Gesang, das Flüstern, die schwermütigen Noten, die Meister Jyos geschickte Finger dem Instrument entlockten, waren zu hören. Als der letzte Ton verklungen war, seufzte mein Vater auf.

«Darf ich Sie um einige Ratschläge zum Vibrato bitten», fragte er. «Ich habe noch niemals solch volle Töne und ein so breites Spektrum gehört, wie Sie es gerade demonstriert haben.»

Meister Jyo willigte freudig ein. Später notierte ich mir alles, woran ich mich noch erinnerte, denn der Vortrag, den er uns gehalten hatte, war sehr ausführlich gewesen. «Ich werde über jenes Vibrato reden, das man *ngim* nennt», begann er. «Es gibt mehr als zehn Varianten des *ngim*, aber diese hier sind die gebräuchlichsten. Zuerst bewegt sich der Finger der linken Hand schnell über dem Ton auf und ab.»

Er demonstrierte uns die Technik.

«Diese Art zu spielen nennt man *Eine frierende Zikade beklagt das Kommen des Herbstes*. Man sollte das traurige, bebende Summen der Zikade imitieren. Dann gibt es das lange *ngim*, ein lang gezogenes Vibrato, das an den Schrei einer Taube, die den Regen ankündigt, erinnert. Das ‹Faden-*ngim*› ist ein dünnes Vibrato. Der Zuhörer sollte dabei an vertrauliches Flüstern denken müssen. Das ‹spielerische *ngim*› ist ein schwingendes Vibrato. Es erweckt das Bild fallender Blüten, die den Bach hinabtreiben.»

Meister Jyo spielte eine kurze Passage, um jede dieser Klangarten vorzuzeigen. Mein Vater war eifrig bemüht, jedes Wort des Vortrags in sich aufzunehmen.

«Dann gibt es natürlich noch das ‹ruhige *ngim*›, es ist die zarteste Form, bei der man die Finger kaum bewegt. In einigen Handbüchern kann man sogar nachlesen, dass die Finger unbeweglich bleiben und die Klangfarbe alleine durch das Pulsieren des Blutes in der Fingerspitze beeinflusst werden sollte, während man die Saite auf dem Bund etwas kräftiger hinunterdrückt als üblich.»

Er spielte einen Ton und lauschte auch dann noch, als jegliches Echo verklungen war – für meine Ohren zumindest. Vater zog seine Brauen ernsthaft zusammen, atmete tief ein.

Endlich hob Meister Jyo seinen Finger vom Bund des Instruments.

«Wie die Daoisten sagen», bemerkte er, «die großartigste Musik hat die zartesten Noten.»

Die Tage vergingen und ich fühlte mich immer wohler in der Gesellschaft von Ming-gwok. Er war größer als die meisten japanischen Männer und von schlanker Gestalt. Weil seine Kleider nicht so auftrugen, wie die meisten unserer Gewänder, schien er geschmeidiger und eleganter in seinen Bewegungen. Sein Vater, Meister Jyo, war ernst und sehr korrekt, außer wenn er trank, aber sogar dann trug er immer seinen Gelehrtenhut. Ming-gwok hatte seinen nur auf, wenn er dazu gezwungen war. Wenn die Chinesen in unser Haus kamen, schlich sich Ming-gwok davon, sobald er meinen Vater formell begrüßt hatte. Das Erste, was er dann tat, war, seinen Hut abzunehmen. Er erzählte mir, dass die frühesten Entdecker, die aus China das Land des Wa besucht hatten, darüber berichtet hätten, auf welch primitiver Stufe sich die Japaner noch befänden. Sie hätten darauf hingewiesen, dass die Männer in unserem Land so barbarisch seien, dass sie nicht einmal Hüte trugen.

«Diese barbarische Angewohnheit gefällt mir», sagte er, während er seine Haare glatt strich.

Seltsamerweise lernte ich von Ming-gwok viele Dinge über Japan. Ich hatte nicht einmal gewusst, dass unser Land vor langer Zeit von einer Königin regiert worden war.

Ming-gwoks Familie kam aus Jianzhou im nördlichen Teil Chinas. Er erzählte mir, wie verzweifelt seine Familie gewesen war, als sein Vater auf eine Mission in das Land des Wa geschickt wurde. Die Vorstellung, so lange Zeit in einem solchen barbarischen Land verbringen zu müssen, schien ihnen unerträglich. Ich erschrak über die Einsicht, dass in ihnen eine Reise nach Miyako die gleichen Gefühle auslöste, die meine Stiefmutter hatte, als sie nach Echizen reisen musste! Als Ming-gwok mein überraschtes Gesicht sah, fügte er schnell hinzu, wie sehr sich unser Land seit den ersten chinesischen Entdeckern verändert habe. Japan sei nun ein sehr zivilisiertes Land, in dem es viele Dinge gab, die sogar einen Chinesen interessieren konnten. Davon sei er seit seiner Ankunft in Japan überzeugt, obwohl ihm die meisten Chinesen vermutlich nicht glauben würden.

Das eigene Weltbild gerät schon etwas durcheinander, wenn man hört, dass jener Ort, den man immer als das Zentrum der Zivilisation betrachtet hatte, für jemand anderen bloß Hinterland war. Wenn die Chinesen Miyako als Provinz betrachteten, nicht auszudenken, was sie wohl von Echizen hielten! Plötzlich war mir das alles unglaublich peinlich. Aber Ming-gwok schien meine Anwesenheit nicht unangenehm zu sein. Im Gegenteil, obwohl es eine außergewöhnliche Situation war, schien er genauso gerne mit mir zusammen zu sein wie ich mit ihm.

Der Schnee, der Mond

Setsu Getsu

Ming-gwok und ich gewöhnten uns schnell an unsere gegenseitigen Besuche, und nun war ich glücklich, in Echizen zu sein. Es wäre mir zu Hause in Miyako niemals möglich gewesen, mich so frei mit einem Mann zu unterhalten. Um den Schein zu wahren, hätte ich mich hinter Vorhängen und Stellwänden verbergen müssen. Nicht einmal der Schnee störte mich mehr. Eines Tages tobte draußen ein solch heftiger Schneesturm, dass ich annahm, die Chinesen würden nicht kommen, obwohl Vater ein Treffen geplant hatte. Ich schlurfte niedergeschlagen durch das Haus, aber da hörte ich die Kinder rufen, es seien Besucher angekommen.

Ich stürzte auf die Veranda und sah draußen fünf Chinesen und zwei Diener. Mit hohen Hirschlederstiefeln stapften sie durch den tiefen Schnee. Ming-gwoks Wangen waren von der Kälte gerötet, und sein Atem kam in kleinen Eiswolken aus seinem Mund. Die Kinder purzelten, in mehrere Schichten gefütterter Kleider eingepackt, zum Tor hinaus, um unsere Gäste im Hof zu begrüßen. Und dann fasste Ming-gwok, anstatt direkt hereinzukommen, mit beiden Händen in den Schnee und formte einen kleinen Schneeball. Er vergrößerte den Schneeklumpen noch etwas und warf ihn dann ohne Vorwarnung nach Nobumichi. Das Kind war so überrascht, dass es einfach nur mit offenem Mund dastand. Ming-gwok formte einen zweiten Schneeball und gab ihn dem Jungen, dann machte er schnell noch einen und zielte nach dem Hund, der umherrannte und aufgeregt bellte. Nobumichi zielte auf seinen kleinen Bruder und formte dann selber einen Schneeball. Obwohl ihn die Chinesen normalerweise einschüchterten, ging sogar Nobunori hinaus und schloss sich der Schneeballschlacht an.

Während ich sie so beobachtete, bedauerte ich, dass ich nicht auch mitmachen konnte. Einmal fiel der kleine Jōsen hin und stürzte in eine Schneeverwehung. Ming-gwok war gleich bei ihm, setzte ihn wie eine ausgestopfte Puppe aufrecht hin und beruhigte den schluchzenden Jungen. Schließlich nahm er ihn auf den Arm – der Rotz lief dem Kleinen aus beiden Nasenlöchern – und trug ihn zur Veranda, in die Arme des wartenden Dienstmädchens. Ich stand hinter einer hölzernen Sturmtür, die ich einen Spalt geöffnet hatte, um hinausschauen zu können. Ming-gwok entdeckte mich und lächelte.

«Warum kommst du nicht hinaus?», fragte er lautlos, bewegte nur seine Lippen.

Ich schlug meinen Ärmel vor den Mund und lachte. Ob er das ernst gemeint hatte? Durften chinesische Frauen draußen im Schnee spielen? Das konnte ich mir kaum vorstellen.

Lachend und rufend kamen sie schließlich in die Eingangshalle und schüttelten ihre verschneiten Übermäntel und Stiefel aus. Jōsen nannte den Hund immer wieder «Schneeball», und diesen Namen sollte er behalten, obwohl er eigentlich braun war. Sogar Vater wurde von der ausgelassenen Stimmung angesteckt, er stand mit Meister Jyo abseits. Natürlich hatten die beiden keine Schneebälle geworfen.

Die Chinesen hatten uns etwas zum Probieren mitgebracht. Meister Jyo ließ nach heißem Wasser schicken und schlug meinem Vater vor, ihm zu zeigen, welche neue Art des Teetrinkens in China langsam in Mode kam. Wir tranken in Echizen häufig Tee, eine Gewohnheit, die wir von unseren chinesischen Freunden übernommen hatten. Ming-gwok hatte mir gezeigt, dass man dieses Gebräu am besten aus einer Porzellantasse trank, deren Glasur die Farbe eines Drossel-eies hatte.

«Das Blau der Tasse lässt das Grün des Tees schmackhafter wirken», erklärte er. «Eine weiße Tasse lässt den Tee rötlich und schlammig aussehen.»

An jenem Tag hatten sie jedoch einen ganz anderen Tee mitgebracht. Anstelle des getrockneten Klumpens gerösteten Tees, den wir mit Salzwasser aufgebrüht tranken, gab es ein leuchtend grünes Pulver, das mit dem Löffel in dunkelbraune Keramikschalen verteilt wurde. Heißes Wasser ohne Salz wurde beigefügt, und dann rührte man das Gebräu mit einem Stab aus gespaltenem Bambus um. So entstand eine kräftige Mischung. Sogar die Farbe war berauschend, vor allem im Winter, wo es sonst nichts Frisches oder Grünes draußen gab. Angesichts dieser mit grüner Flüssigkeit gefüllten Schalen fiel einem wieder ein, dass der Frühling bald zurückkehren würde. Da die Jahreszeiten sich in Echizen viel intensiver zeigten, freute ich mich schon darauf, dass der Frühling sich in all seiner Pracht entfaltete!

Am Nachmittag schneite es wieder, also luden wir die Chinesen ein, die Nacht bei uns zu verbringen, anstatt sich einen Weg durch die immer tieferen Schneeverwehungen bahnen zu müssen. Meine Stiefmutter holte alle Kleider hervor, die wir von zu Hause mitgebracht hatten, und breitete sie im Empfangszimmer aus. Sie freute sich darüber, dass die Chinesen ihre Hochzeitsseide, jene Stoffe, die zu ihrer Aussteuer gehört hatten, bewunderten.

«Siehst du», sagte sie zu meinem Vater, «es war doch eine gute Idee, dass wir all das mitgenommen haben. Wie hätte das ausgesehen, wenn wir diesen Herren nicht einmal anständige Betten hätten anbieten können?»

Gut gelaunt lobte mein Vater sie für ihre Umsicht und schickte sie dann zufrieden davon, um die Kinder ins Bett zu bringen.

Nun, da wir schon eine Weile in Echizen waren, hatte meine Stiefmutter den Haushalt fest im Griff. Da sich ihre Mutter nicht mehr einmischte, lernte sie, selbst Entscheidungen zu treffen, und es dauerte nicht lange, bis sie herausfand, wie zufrieden stellend es war, seinen eigenen Willen durchzusetzen. Die bisher stumme Gardenie verwandelte sich in eine Nörglerin.

Vielleicht war es die Wirkung des luxuriösen grünen Tees, dass ich an jenem Abend nicht einschlafen konnte, obwohl wir uns erst spät zurückgezogen hatten. Auch der Mond war erst spät aufgegangen, seit Vollmond waren schon einige Tage verstrichen, und es hatte aufgehört zu schneien. Es war eine helle, windstille Nacht. Mir war bewusst, dass in dem großen Raum unsere Gäste schliefen – nein, ich muss zugeben, ich konnte an nichts anderes denken als daran, dass Ming-gwok in unserem Haus übernachtete, mir so nahe war. Ich stand auf und öffnete die Sturmtür, um den Mond anzuschauen. Zu meiner Überraschung saß Ming-gwok auf der Veranda.

«Warum kommst du nicht heraus?», wiederholte er seine Einladung, die er früher am Tag schon einmal ausgesprochen hatte.

«Würde ein chinesisches Mädchen das tun?», fragte ich.

«Wenn ich sie darum bitten würde», log er.

«Nun dann», sagte ich, obwohl ich genau wusste, dass er scherzte. «Dann komme ich hinaus.»

«Warte», sagte er. «Nimm diese Kleider und zieh sie an. Du wirst sehen, dann geht es viel besser.»

Er schob ein Bündel durch die Tür, die ich leicht geöffnet hatte. Mich beschlich der leise Verdacht, dass er auf mich gewartet hatte. Ich schlüpfte wieder in mein Zimmer, wickelte die Kleider aus und fand gefütterte chinesische Hosen, eine mit Pelz gefütterte Jacke und lederne Stiefel. Mein langes Haar band ich zusammen und steckte es in die Hosen, die mir im Stile der Chinesen nur bis zu den Knöcheln reichten, anstatt wie unsere Hosen bis auf den Boden. Es fühlte sich seltsam an, dass meine Füße nicht bedeckt waren. Ich probierte die Stiefel an. Sie waren sehr groß, also zog ich sie wieder aus und schlüpfte in ein Paar Stoffstiefel meines Bruders, die chinesischen Stiefel zog ich dann drüber. Das fühlte sich besser an – nun würde ich sie nicht verlieren. Schließlich zog ich die Jacke über meine weiße Unterrobe. Die Ärmel meiner Robe bauschten sich unter den eng anliegenden Ärmeln der Jacke, und die Bündchen schauten unten heraus.

«Komm!» Ming-gwok war bis zu meiner Tür gekommen.

«Sei leise!», flüsterte ich.

Ich öffnete die Jacke, zog mein Gewand aus und zog seine Jacke auf meine nackte Haut wieder an. Der Pelz war weich, aber es war ein sehr seltsames Gefühl, so anliegende Kleider zu tragen. Ich war es nicht gewöhnt, dass meine Arme so eng eingepackt waren.

«Ich komme», flüsterte ich zurück und stieß die Tür so weit auf, dass ich auf die Veranda schlüpfen konnte.

«Hier hab ich noch etwas.» Ming-gwok trug eine mit Fell gefütterte Mütze. Er zog noch eine Mütze aus seiner Jacke und setzte sie mir auf den Kopf. «Es ist kalt hier in diesem barbarischen Land», sagte er.

Er nahm meine Hand, und wir gingen leise bis zum Ende der Brüstung. Ming-gwok sprang in den Schnee hinunter, und da ich seine Hand hielt, sprang auch ich. Ich musste als Kind irgendwann einmal in den Schnee gesprungen sein, denn das Gefühl kam mir bekannt vor, aber ich konnte mich nicht so elegant bewegen wie Ming-gwok und landete in einem Schneehaufen. Er kicherte charmant, zog mich auf meine Füße und bürstete mir den Schnee von den Kleidern. Ich rang nach Luft und lachte wegen des neuen Gefühls – nun, wegen der ganzen Situation.

Wir gingen in Richtung eines Bambushains auf einem Hügel hinter dem Haus. Die Stadt lag auf der anderen Seite des Hauses. Die hohen Bambuspflanzen trugen ein dickes Schneegewand und warfen im fahlen Licht des Mondes lange Schatten. Immer wieder ließ einer der Stängel seine Schneelast mit einem Plumps auf den Boden fallen, jedes Mal fuhren wir kurz zusammen in der weichen, weißen Stille. Ich hielt Ming-gwoks Hand noch ein wenig fester, und wir gingen eine Weile so weiter, ohne ein Wort zu sagen.

Ich erinnerte mich an eine Nacht im Herbst vor langer, langer Zeit, als Chifuru und ich unter einem hellscheinenden, spät aufgegangenen Mond wach geblieben waren. Niemals hätte ich gedacht, für einen Mann die gleichen Gefühle empfinden zu können, wie ich sie für Chifuru (oder Ruri oder auch Kerriarose) verspürt hatte. Korechika hatte mich zwar sehr fasziniert, aber er war so weit entfernt von meinem wirklichen Leben, dass er mir vorkam wie ein Geist. Sogar Genji war für mich realer als Korechika, aber natürlich war er eine Phantasiefigur. Ming-gwok war ein Mensch aus Fleisch und Blut – und doch war auch er irgendwie unwirklich. Er kam aus einer so fremden Welt, dass ich kaum wusste, was ich von meinen Gefühlen für ihn halten sollte. Seltsamerweise fühlte ich mich jedoch in seiner Gegenwart sehr wohl. Der letzte Beweis für die Verbindung zweier Karma ist wohl, wenn man miteinander schweigen kann.

«Weißt du», sagte Ming-gwok, und seine Stimme zerriss die Stille, «ich finde schwarze Zähne inzwischen schön, obwohl mir das zuerst unheimlich vorkam.»

«Färben chinesische Frauen sich nicht die Zähne?», fragte ich.

«Niemals», antwortete er. «Wie Japanerinnen zupfen sie sich die Augenbrauen und zeichnen sich dann künstliche Brauen, aber die Zähne schwärzen – niemals.»

«Dann findest du es also nicht barbarisch?», fragte ich ihn.

«Nicht mehr», antwortete er und berührte mich zart auf der Wange.

Wir gingen weiter in einer Welt der Schatten. Jedes bisschen Farbe wurde von dem intensiven Weiß verschluckt, und wo sich das glänzende Mondlicht sammelte, strahlte die Landschaft in unzähligen Grautönen. Ming-gwok meinte, der helle Mondschein erinnere ihn an eine chinesische Geschichte. Während wir weiterwanderten, erzählte er mir die Geschichte, und soweit ich mich erinnere, ging sie folgendermaßen:

«Einst lebte ein Mann, der hieß Wang Tziyu. Dieser Wang Tziyu war ein Einsiedler, er hatte sich von den weltlichen Sorgen der Gesellschaft losgesagt. Es erfüllte ihn mit tiefster Zufriedenheit zu sehen, wie sich im Frühling die Blüten entfalteten und wie im Herbst der Mond am Himmel glitzerte. Da er so empfänglich war für die Schönheit der Dinge, überwältigte ihn eines Winterabends der reine Glanz des Mondlichts, der nach einem heftigen Schneesturm den Himmel erleuchtete. Dieser Anblick wühlte ihn so sehr auf, dass er sich wünschte, diese Erfahrungen mit einem Freund teilen zu können. Also nahm er sein Boot und begann den Fluss hinabzupaddeln, um Dai Andov zu besuchen.

Nun, es war ein langer Weg, und als Wang schließlich bei der Hütte seines Freundes ankam, brach bereits der Morgen an. Seit jenem Moment, als er beschlossen hatte, sich auf den Weg zu machen, hatte sich die Stimmung vollkommen verändert. Gerade als er am Tor seines Freundes ankam, kehrte Wang wieder um und machte sich auf den Nachhauseweg, ohne Dai überhaupt zu begrüßen.»

«Das ist sehr seltsam», sagte ich. «Warum hat er das getan?»

«Genau das haben alle Menschen Wang gefragt», sagte Ming-gwok, und der Schnee knirschte unter seinen Stiefeln. «Wang sagte ihnen ein Gedicht auf, ich erinnere mich nicht an den genauen Wortlaut, aber dem Sinn nach ging es so: *Ich hatte beschlossen, den Mond mit meinem Freund zu betrachten, und war losgeeilt. Wir trafen uns nicht, aber ist der Genuss deshalb schwächer?*

Dies, liebe Fuji, zeigt, wie unglaublich kultiviert und empfindsam Wang war. Ich persönlich ziehe es allerdings vor, tatsächlich mit dir zusammen zu sein, um den Mond mit dir anzuschauen. Aber schließlich bin ich auch nicht ein solch empfindsamer Mensch.»

Ming-gwok nahm meine kalten Hände und presste sie sich unter der pelzgefütterten Jacke an die Brust. Er vergrub seine Nase in meinem Haar, das unter der Mütze hervorgeweht war. Ich neckte ihn, dass er tatsächlich nicht sehr empfindsam sein konnte, wenn er meine eiskalten Hände an seiner warmen Haut ertrug, aber er schüttelte nur den Kopf, und ich konnte seinen warmen Atem an meinem Hals spüren.

Wir kamen zu einer Schneeverwehung, die sich zu einem weichen Hügel verformt hatte.

«Schau», sagte Ming-gwok.

Er stand vor mir und breitete seine Arme aus. Dann ließ er sich rückwärts in den Schnee fallen.

«Was tust du?», fragte ich.

«Versuch es», antwortete er mir aus dem Schnee. «Die Stille ist unglaublich laut.»

Vielleicht ist das irgendeine Art chinesischer Winterbrauch, dachte ich mir und folgte seinem Beispiel. Ich streckte meine Arme aus – es war so seltsam, keine weiten Ärmel zu tragen – und ließ mich nach hinten fallen. Die Spitzen unserer ausgestreckten Finger berührten sich gerade. Der Schnee hielt mich wie eine Spielzeugpuppe in dieser Position. Es war sehr still, und tatsächlich konnte man die Stille beinahe körperlich spüren. Eine Eule schrie. Wieder ließ ein Bambus seine Schneelast fallen. Die gedämpften Geräusche verstärkten die tiefe Stille noch. Wir brauchten keine Worte.

Schließlich wurde uns kalt, und Ming-gwok half mir auf. Wir gingen zum Haus zurück und gaben uns Mühe, uns möglichst nur im Schatten zu bewegen. Der Morgen war noch nicht angebrochen, und der bleiche, gelbe Mond hing nun tief am westlichen Himmel. Als wir bei der Veranda ankamen, hob Ming-gwok mich hinauf und kletterte dann selbst nach oben. Wir krochen bis zu dem Platz beim Empfangszimmer, wo die Gäste schliefen, und er schlüpfte leise wieder hinein. Ich schlich mich weiter zu meiner Sturmtür und wollte gerade hineinschlüpfen, als ich meinen Vater husten hörte. Hatte sich nicht seine Sturmtür ganz leicht bewegt? Ich huschte in mein Zimmer, mein Herz raste.

Schnell zog ich die nassen chinesischen Kleider aus und versteckte sie. Meine Haut war heiß, aber mein Haar hatte die

Kälte gespeichert. Einmal war mir die Mütze vom Kopf gerutscht, und Ming-gwok hatte mein loses Haar in seine schlanken weißen Finger genommen und sein Gesicht darin vergraben. Er sagte, eines Tages würde er mir etwas von dem parfümierten, chinesischen Öl schicken, das seine Mutter benutzte. Ich legte mich unter den Stapel gefütterter Roben, schob mein Haar aber nicht unter die Decke, es lag da, verwirrt und zerzaust. Meine Träume waren ähnlich verwirrt.

Kurokami no chisuji no kami no midaregami katsu omoimidare omoimidaruru
Schwarzes Haar, Labyrinth der tausend Strähnen, so
verworren wie mein Denken, verwickelt und verfangen.

Ich hatte noch niemals einen Menschen wie Ming-gwok getroffen. Gemeinsam waren wir im Mondlicht, im Schnee, in Echizen spaziert. Würde ich für Genji eine solche Szene erdichten, die Menschen hielten sie für unglaubwürdig. Ich erinnere mich daran, wie ich einst in einen heftigen Streit mit Ruri geraten war, weil ich in meine Genji-Geschichte keine irrealen Elemente einflechten wollte. Nun hatte ich gelernt, dass die Realität manchmal unwirklicher scheint als jede Fiktion.

Der Wind aus Osten
lässt das Eis schmelzen

Higashikaze

Der Frühling kam. Der erste Abschnitt des Jahres hieß «Der Wind aus Osten lässt das Eis schmelzen», gefolgt von «Die Larven zucken in ihren Kokons». Es war noch immer kalt in Echizen, aber man konnte bereits riechen, dass der Frühling sich ankündigte. Wir hatten außergewöhnlich viel Arbeit mit den Neujahrsritualen, da Vater als Repräsentant des Kaisers dafür verantwortlich war, dass in der Provinz die Regeln der Zivilisation aufrecht erhalten wurden. In einem seltenen Moment der Ruhe sagte er zu mir, er habe Nobutaka geschrieben, und ich erbleichte. Ich wagte ihn nicht zu fragen, warum er ihm geschrieben habe, denn ich war mir beinahe sicher, dass er mich in jener verschneiten Nacht nach Hause hatte schleichen sehen, obwohl er kein Wort darüber verlor. Er fragte mich lediglich, ob ich selbst mit Nobutaka korrespondierte.

Ich hatte ein schlechtes Gewissen, weil ich versprochen hatte zu schreiben, doch ich verspürte kein Verlangen, ein Liebesgedicht zu verfassen, also kopierte ich einige Genji-Geschichten und schickte sie an Nobutaka, zusammen mit einem Dankesbrief für das Kiyowara-Kopfkissenbuch. Ich vermied es noch immer, ihm irgendetwas Persönliches zu schreiben, und bat ihn darum, meine Geschichten niemandem zu zeigen.

Schon bald darauf erhielt ich eine Antwort von Nobutaka.

Er schrieb, er wolle im neuen Jahr nach Echizen kommen, um die Chinesen zu treffen. «Ich möchte ihnen sagen», hielt er unverblümt fest, «dass im Frühjahr alles schmilzt.» Angesichts dieser Worte war ich mir ziemlich sicher, dass Vater in seinem Brief etwas von meinem nächtlichen Ausflug erwähnt hatte. Drohte Nobutaka ernsthaft, nach Echizen zu kommen? Nachdem ich mir lange den Kopf zerbrochen hatte, komponierte ich dieses Gedicht und schickte es ihm:

Haru naredo Shirane no mi yuki iya tsumori tokubeki hodo no itsu to naki kana
Vielleicht ist schon Frühling, doch an den Hängen des Shirane liegt noch immer tiefer Schnee – so bald wird er nicht schmelzen.

Normalerweise zeigte ich Vater meine Gedichte, aber da diese Zeilen ziemlich unwirsch waren, schickte ich das Gedicht ab, ohne dass er es gesehen hatte, da ich wusste, dass Vater mich ohnehin nicht zu irgendetwas zwingen würde. Schließlich konnte Nobutaka der ganzen Sache – falls ihm mein Gedicht nicht gefiel – noch immer ein Ende setzen. Ich redete mir ein, dass ich meinen Teil des Handels erfüllte, indem ich ihm überhaupt schrieb.

Die frühjährliche Tagundnachtgleiche im zweiten Monat kam. Ich war überwältigt von der Schönheit dieser wunderbaren Jahreszeit. Sogar die bekannten *sakura*-Kirschen zu Hause in Yoshino konnten es nicht mit den Hügeln voll blühender wilder Kirschbäume aufnehmen oder mit dem süßen Duft, den sie verströmten. Die Menschen in Echizen nannten sie Birkenkirsche. Wenn ich über die verschiedenen Frauen schrieb, mit denen Genji sich einließ, verglich ich sie oft mit blühenden Pflanzen, denn mir war es immer so vorgekommen, als hätten auch Pflanzen eine Persönlichkeit. Ich behielt die Birkenkirsche in meinen Gedanken. Als ich mir dann später die Figur Murasakis ausdachte, jenes Kindes, das Genji entdeckte und im Verborgenen als perfekte Frau aufzog, ließ ich in ihrem Garten eine Birkenkirsche wachsen.

Aber insgesamt kam Genji in diesem Frühling ein bisschen zu kurz. Ich konnte mich kaum darauf konzentrieren, mir für ihn romantische Abenteuer auszudenken, während mir mein eigenes Leben wie eine Episode aus einer phantasierten Liebesgeschichte erschien. Vater drückte beide Augen zu, wenn Ming-gwok und ich stundenlang alleine in die duftenden Hügel verschwanden. Wir waren hier nicht in Miyako, also mussten wir uns nicht sorgen, dass die Leute reden könnten. Wir trafen sehr selten Menschen, nur ein- oder zweimal einen Holzfäller, der sofort davonrannte, vermutlich glaubte er, zwei Geister gesehen zu haben. Wir hatten einen Lieblingsplatz, bei einer kleinen Gruppe wilder Kirschbäume nahe einem Fluss. Die Blüten wuchsen so dicht, dass man uns nicht mehr sehen konnte, sobald wir auf der weichen Erde lagen.

Wir sammelten Bilder, die wir in Gedichte einflechten konnten. Ming-gwok erzählte mir die Geschichte des chinesischen Dichters Li He, der auf seinem Esel auszureiten pflegte und immer eine zerschlissene Brokattasche auf dem Rücken trug. Sobald ihn irgendetwas inspirierte, schrieb er es sofort auf und warf es in seine Tasche. Wenn er dann nach Hause kam, leerte Li He seine Tasche mit den Schätzen aus:

«Wie eine Tasche mit duftenden Pilzen», sagte Ming-gwok, «und dann verarbeitete er sie zu Gedichten.»

Das Leben schien mir wie ein Traum. Nur wenn ich nachts alleine war, meldete sich mein schlechtes Gewissen. Ich war eine äußerst ungezogene Tochter. Mein Vater hatte eine sehr vorteilhafte Partie für mich arrangiert, und ich hatte nichts besseres zu tun, als mich herauszuwinden. Ich hatte zugestimmt, mit Nobutaka eine Beziehung einzugehen und mit ihm zu korrespondieren, aber sogar das vermied ich, schrieb nur gerade so häufig, wie es unbedingt nötig war, um mein Versprechen einzuhalten. Die Vorstellung, die Tochter eines Mannes in der Position meines Vaters könnte mit einem Fremden liiert sein, war so unglaublich, dass wohl niemand auch nur auf die Idee kam. Wie auch immer, ich konnte nicht anders, als mich der Kraft hinzugeben, die unsere beiden Karma verband und die mich zu Ming-gwok hinzog – wie kurz diese Zeit auch sein mochte. Wenn wir zu den Kirschblüten aufblickten, die schon eine nach der anderen verblühten, wurde uns schmerzlich bewusst, dass unser Traum nur von kurzer Dauer sein konnte.

Die wilde Schönheit der Landschaft inspirierte mich dazu, mein Skizzenbuch auszugraben, das ich kaum berührt hatte, seit wir in Echizen angekommen waren. Am liebsten zeichnete ich Blumen und Pflanzen, aber auch einige der alten bäuerlichen Siedlungen, die wir auf unserer Reise nach Echizen gesehen hatten, versuchte ich wiederzugeben. Ich zeichnete nur, wenn ich alleine war, da mir der Stand meines Könnens peinlich war.

Eines Tages überraschte mich Ming-gwok an meinem Schreibtisch. Ich war vertieft darin, eine Kirschblüte zu zeichnen, und hörte nicht, dass die Chinesen angekommen waren. Ich hatte keine Ahnung, wie lange er mich schon beobachtet hatte, und war äußerst beschämt. Schnell versuchte ich, meine Zeichnungen zu verstecken, aber er setzte sich neben mich und schob meinen Ärmel ruhig zur Seite.

«Bitte, lass es mich sehen», bat er mich. «Du hast mir nie erzählt, dass du zeichnest.»

«Mein Hühnergescharre verdient kaum diese Bezeichnung», sagte ich unbeschwert, denn er schien so ernst. «Ich kritzle ein bisschen, das ist alles. Die Leute haben meine Zeichnungen immer kritisiert, also zeige ich sie niemandem mehr.»

«Aber du kannst so gut schreiben, sie können doch gar nicht schlecht sein», beharrte Ming-gwok. Ich hatte ihm meine Genji-Geschichten gezeigt, und er schien sie interessant zu finden.

«Ich hatte als Kind in China Zeichenstunden», fuhr er fort. «Und mein Vater ist übrigens so etwas wie ein Künstler. Ich werde dir seine Skizzen einmal zeigen. Er hat auf seiner Reise ein Bildertagebuch geführt, das ihm dabei helfen wird, dem Kaiser Bericht zu erstatten, wenn wir nach Hause zurückkehren.»

Bis jetzt hatten wir beide noch nie davon gesprochen, dass wir Echizen verlassen mussten. Vermutlich sprachen wir nicht darüber, weil der Tag sowieso unweigerlich kommen würde und es zu nichts führte, darüber zu sprechen. Und doch lief es mir kalt den Rücken herunter, wenn ich mir vorstellte, dass ich mich bald für immer von Ming-gwok trennen musste. Und vermutlich war es schon bald so weit.

«Woran denkst du, Fuji? Gibst du mir nun deinen Pinsel?»

Ich hatte sein Angebot, mir zu zeigen, wie man eine Kirschblüte zeichnete, wohl überhört. Ich schüttelte die plötzliche lähmende Kälte ab und gab Ming-gwok den Pinsel und ein sauberes Blatt Papier. Er untersuchte den Pinsel.

«Der taugt nur zum Schreiben», stellte er fest. «Hast du keinen breiteren Pinsel?»

Ich holte meinen Kasten mit den Pinseln hervor und zeigte ihm meine Auswahl. Er suchte sich zwei andere heraus, meinte, damit würde es gehen. Aber nächstes Mal würde er mir richtige Pinsel mitbringen, und wenn er nach China zurückkehre, würde er mir einige wirklich gute Stücke schicken. Dann nahm er die wilde Birkenkirsche, die ich mitgebracht hatte, und stellte sie in eine Vase auf meinen Schreibtisch.

«Die unterscheiden sich ziemlich von den Kirschen in Miyako», bemerkte er.

«Ja, sie duften», antwortete ich.

«Und sie haben mehr Blütenblätter an jeder Blüte, und die Knospen haben eine andere Form.»

Er konzentrierte sich noch einen Moment, dann begann er zu zeichnen. Erstaunt beobachtete ich, was er hervorbrachte.

«Das sind tatsächlich wilde Kirschblüten», sagte ich bewundernd.

Ming-gwok legte den Pinsel hin. «Es kommt darauf an, dass du zeichnest, was du siehst, und nicht, was du denkst zu sehen», sagte er.

Ich lachte. «Heißt das, du könntest nichts zeichnen, was du dir nur vorstellst?», fragte ich ihn.

«Doch natürlich», antwortete er. «Ich kann auch mit geschlossenen Augen sehen.»

Um mir das zu demonstrieren, skizzierte er ein Bild aus der Geschichte, die er mir in jener verschneiten Nacht im Winter erzählt hatte, jene Geschichte über den Einsiedler Wang, der sein Boot den Fluss hinablenkt zum Haus seines Freundes Dai. Ich war sprachlos. Mit einigen wenigen gekonnten Strichen fing er die Haltung, das Wesen des Mannes, des Bootes und des Flusses ein – und den Fluss hatte er nicht einmal skizziert!

«Du bist ein Meister im Zeichnen», sagte ich zu ihm und meinte es ernst.

Er schnaubte. «Es gibt einige Tricks», antwortete er. «Natürlich wird es einfacher, wenn du übst. Du kannst diese

Dinge auch zeichnen. Ich kann dir zeigen, was mir mein Lehrer beigebracht hat.»

Ich erinnerte ihn daran, dass ich als das Familienmitglied galt, das gut mit Worten, aber schlecht mit Bildern umgehen konnte. Er wischte das als Unsinn beiseite.

«Wenn du mit Worten umgehen kannst, kannst du gut mit einem Pinsel umgehen, und das ist das Wichtigste. Wenn ich ganz offen sein darf, Fuji – und bitte nimm das nicht persönlich –, was deine Landsleute als gelungene Malerei loben, scheint für chinesische Augen eher schwerfällig.» Er meinte damit vor allem die Zeichnungen in den Bilderrollen. «Die Farben mögen ja ganz schön sein, wenn man diese Art der Kolorierung mag, und die Bildanordnung hat einen gewissen Charme, aber der japanische Zeichenstil … Wenn die Leute dich kritisieren, weil du nicht so zeichnest, umso besser! Du solltest etwas anderes anstreben.»

Ich lernte, dass die Landschaftsmalerei in China das angesehenste Genre war. Die Maler übten sich darin, Bäume, Felsen, Wolken, Blumen und Gebäude zu zeichnen, doch all das war nichts wert, wenn man es nicht zu einer Szene zusammenfügte. Das Geschick in der Komposition macht den großen Maler aus.

Ming-gwoks Vater widmete sich mit Begeisterung der Landschaftsmalerei. Neben dem Steinesammeln war das Malen seine große Leidenschaft. Ming-gwok teilte sein Interesse für die Steine nicht, aber er hatte seine Liebe für die Malerei übernommen. Seit seiner Kindheit hatte er gezeichnet. Eines Tages, so sagte er mir, würde er sich an Landschaften wagen, aber noch sei er nicht dazu bereit. Er müsse die einzelnen Elemente noch länger üben.

Zögernd fragte ich ihn, ob er mich unterrichten würde, und er stimmte zu.

Ich schlug Wiesenorchideen vor, da hatte ich schon etwas Übung, aber Ming-gwok winkte ab.

«Das ist doch langweilig. Fünfjährige zeichnen Wiesenorchideen.»

Er beschloss, die Lektion sollte damit beginnen, dass ich den Hund zeichnete. Also ging ich auf den Hof hinaus und rief nach Schneeball.

«Schau dir an, wie er auf uns zuläuft, seinen Kopf hebt, weil er etwas von uns erwartet», sagte Ming-gwok. «Behalte das im Kopf.»

Dann hob er einen Stock auf. «Schau, wie er sich duckt und wartet.»

Ming-gwok warf den Stock, und Schneeball rannte freudig hinterher. Er brachte den Stock zurück und bellte Ming-gwok an, er solle ihn noch einmal werfen.

«Siehst du, wie er mit dem Schwanz wedelt, wenn er aufgeregt ist.»

Ich war überrascht, Dinge zu sehen, die mir an den Bewegungen eines Hundes noch niemals aufgefallen waren. Schließlich wurde Schneeball müde, er legte sich auf den Boden, wo die Sonne hinschien. Ich beobachtete, wie sein Kopf auf den Pfoten ruhte und wie sich sein Schwanz um die Hinterläufe legte. Wie ausdrucksvoll er war, der Schwanz eines Hundes. Das war mir noch niemals zuvor aufgefallen.

Wir gingen wieder in mein Zimmer zu Pinsel und Papier. Ming-gwok zeichnete Schneeball in den verschiedenen Posen, die wir beobachtet hatten. Ich kopierte seine Zeichnungen. Während wir arbeiteten, fragte mich Ming-gwok, ob ich jemals die chinesische Geschichte von den beiden Mädchen und dem getupften Hund gehört hätte.

«Erinnere mich daran, sie dir zu erzählen, wenn wir fertig sind», sagte er.

Gerade in diesem Moment kam Nobunori laut den Gang hinuntergepoltert.

«Sie haben gebrütet!», rief er laut. «Meine Gottesanbeterinnen haben gebrütet!»

Er trug einen seiner kleinen Insektenkäfige in der Hand. Er war voller winziger, frisch geschlüpfter grüner Gottesanbeterinnen. Meine Stiefmutter hatte ihm befohlen, den Käfig nach draußen zu bringen, bevor sie alle im Haus entwischten. Zu Hause in Miyako war sie zu schüchtern gewesen, ihren Stiefsohn auch nur anzublicken. Ming-gwok fragte Nobunori, ob er einige seiner Insekten sehen dürfe, und geschmeichelt führte ihn mein Bruder in sein Zimmer.

Ich zeichnete weiter, bis Ming-gwok nach einiger Zeit mit verschiedenen Käfigen zurückkam: eine Heuschrecke, ein Käfer und eine ausgewachsene Gottesanbeterin. Er nahm ein Blatt Papier und begann zu zeichnen. Nachdem er mich seine Skizzen hatte kopieren lassen, brachte er die Originalzeichnungen und die Insektenkäfige meinem Bruder. Nobunori war hell begeistert. Nach diesem Tag hörte er auf mit seinen boshaften Kommentaren über die Chinesen und über Ming-gwok, mit denen er mich immer ärgerte.

Wir wuschen unsere Pinsel aus und legten die Zeichnungen zur Seite. Die warme Frühlingsluft machte uns schläfrig. Ich legte meinen Kopf in Ming-gwoks Schoß und erinnerte ihn daran, dass er mir eine chinesische Geschichte über einen gepunkteten Hund hatte erzählen wollen. Ich wusste kaum, was ich von dieser seltsamen Geschichte halten sollte, die er mir dann erzählte.

Geschichten aus China

Kara Monogatari

1

«In der Hauptstadt», begann er, «lebte ein Paar, das nur eine Tochter hatte. Sie zogen in eine kleine Stadt, um sie fern von korrupten Einflüssen aufwachsen zu lassen. Als das Mädchen alt genug war, arrangierten die Eltern für sie eine Heirat. Aber sie hatten sie so behütet aufgezogen, dass sie niemals der steifen Brise des Lebens ausgesetzt gewesen war, weshalb das Mädchen der bloße Gedanke an eine Heirat abstieß.»

«Drohte sie damit, sich die Haare abzuschneiden und Nonnenkleider anzuziehen?», fragte ich.

«Oh, du kennst die Geschichte?», fragte Ming-gwok.

«Nein, ich rate nur», antwortete ich.

Einen Moment lang glaubte ich, diese Geschichte könnte einer von Ming-gwoks Witzen sein. Ich hatte ihm erzählt, dass ich meinem Vater damit gedroht hatte, die Gelübde abzulegen, falls ich nicht nach Echizen mitkommen durfte.

«Ja, sie verkündete, sie würde der Welt entsagen, und dann rannte sie davon. Sie nahm eine Begleiterin mit – ihre beste Freundin, die Tochter ihrer Amme, die wie ihre Herrin ein hübsches Mädchen war. Die beiden zogen sich tief in die Berge zurück, wo sich jede eine Hütte aus Schilf baute, und dort lebten sie glücklich, hatten nur einander als Gesellschaft.»

Wiederum fragte ich mich, ob Ming-gwok das alles erfand, um mich zu necken. Ich hatte ihm viele Dinge erzählt, über die ich noch nie mit jemandem gesprochen hatte – so zum Beispiel meine tiefen Gefühle für Chifuru und für andere Frauen und mein schreckliches Erlebnis mit dem Bogenschützenleutnant. Aber eigentlich war es nicht seine Art, grausam zu sein, also schwieg ich und ließ ihn fortfahren.

«Hör auf, hin und her zu rutschen», sagte Ming-gwok. «Mach es dir bequem, und dann erzähle ich weiter.»

«Tut mir Leid.»

«Eines Tages bahnten sich ihre Eltern einen Weg durch den Wald und fanden die Hütten. Das Mädchen vergoss bittere Tränen der Schuld, als sie ihre Eltern sah, aber sie ließ sich noch immer nicht dazu überreden, zurückzukehren, sosehr sie auch auf sie einredeten. Schließlich gaben sie auf und überließen die Mädchen sich selbst.»

«Manchmal können Eltern ihre eigenen Kinder nicht verstehen», unterbrach Ming-gwok seine Geschichte. «Sie sind hilflos und wissen nicht, wie sie mit ihnen umgehen sollen.»

Ich hatte Glück, einen verständnisvollen Vater zu haben, und ich wusste, das war eher ungewöhnlich. Ich spürte, dass Ming-gwok in vielen Dingen mit seinem Vater nicht einer Meinung war und dass die Spannung zwischen den beiden stieg.

«Mein Urgroßvater hat ein bekanntes Gedicht zu dieser Frage geschrieben», sagte ich und zitierte:

Hito no oya no   kokoro no yami ni   aranedomo   ko wo omou michi ni   madoinuru kana
Das Herz der Eltern sucht die Dunkelheit nicht, und doch verirrt es sich auf dem Weg in die Gedanken an sein Kind.

«Das Gedicht ist von Kanesuke», bemerkte Ming-gwok überrascht. «Es ist aus der zweiten kaiserlichen Gedichtsammlung. Er ist dein Urgroßvater?»

Wir waren beide überrascht: Ich, weil er das Gedicht kannte, und er, weil Kanesuke mein Urgroßvater war. Aber zu diesem Zeitpunkt wunderte ich mich bereits nicht mehr über Ming-gwoks umfassende Kenntnisse unserer Literatur.

«Weißt du», fuhr er fort, «dieses Gefühl könnte man auf Chinesisch kaum ausdrücken.»

«Wie meinst du das?»

«Oh, schon die Vorstellung, Eltern könnten nicht dazu in der Lage sein, ein Kind zu verstehen – oder besser gesagt, Chinesen können sich nicht vorstellen, dass ein Kind eigene Beweggründe für sein Handeln hat. In unserem Land haben Eltern immer Recht und Kinder keine Möglichkeit, ihren Wünschen zu trotzen. Natürlich passiert es trotzdem ab und zu, aber die Geschichten haben immer ein schlimmes Ende. Es bringt die vorgegebene Ordnung durcheinander.»

«Aber auch in Japan muss ein Kind den Wünschen seiner Eltern gehorchen», protestierte ich.

«So, und warum bist du dann nicht in Miyako und mit Nobutaka verheiratet?», fragte Ming-gwok.

Ich setzte mich abrupt auf. «Warum fragst du mich das?», antwortete ich vorwurfsvoll. «Das wird früh genug der Fall sein.»

Ming-gwok streckte seine Hand aus. «Tut mir Leid, das hätte ich nicht sagen sollen. Ich hatte gestern Abend einen Streit mit meinem Vater, und das geht mir wohl immer noch nach.»

«Ihr habt gestritten?»

«Ja, wir müssen nächsten Monat nach China zurück.»

«Oh.»

Ming-gwok schwieg einen Moment lang. Ich fühlte, wie er mit sich kämpfte, ob er noch etwas hinzufügen sollte, aber schließlich entschloss er sich dagegen.

«Komm wieder her», sagte er stattdessen und bemühte sich, seiner Stimme einen strengen Unterton zu geben.

Er bekam mein Haar zu fassen und zog sanft daran.

«Ich erzähle dir den Rest der Geschichte. Ich bin noch nicht einmal bei dem Hund angelangt. Also, eines Tages kam ein Hund dort vorbei, wo die Mädchen lebten ...»

«Was für ein Hund?»

«Ein schöner Hund. Er legte sich vor die Schilfhütte, in der die Tochter der Amme wohnte, und da ihr ziemlich langweilig war, fütterte und streichelte sie ihn. Als der Hund eines Tages auf ihrem Schoß saß, erlaubte sie ihm, ihre Brüste zu lecken, und da wurde ihr bewusst, dass ihre Gefühle für das Tier immer stärker wurden und sie sie kaum noch kontrollieren konnte.»

«Ming-gwok, das erfindest du doch alles?»

«Nein, ich gebe dir mein Ehrenwort», protestierte er.

«Schon bald gab es zwischen dem Hund und dem Mädchen keine Grenzen mehr, wenn du verstehst, was ich meine. Das Mädchen war sich zwar bewusst, dass ihre Gefühle für den Hund viel zu stark und ungehörig waren, aber sie konnte nicht anders. Sie versuchte sich damit zu beruhigen, dass der Grund wohl in der Verbindung ihrer Karma liege.»

«Ming-gwok!»

«He, ich unterrichte dich in den chinesischen Klassikern.* Unterbrich deinen Lehrer nicht.»

Ming-gwok hatte mir schon oft seinen seltsamen Sinn für Humor bewiesen, aber trotzdem wunderte ich mich immer

---

* Die Geschichte, die Ming-gwok Murasaki erzählte, ist tatsächlich seltsam, aber er hat sie nicht erfunden. Sie ist in der Sammlung «Erzählungen aus China» (Kara Monogatari) enthalten und tauchte im 12. Jahrhundert in Japan auf.

wieder darüber. Mit vollkommen ernster Miene erzählte er weiter.

«Das Mädchen kam oft in die Hütte ihrer Freundin, und sie wurde neugierig, was die Kratzspuren auf den Schultern ihrer Gefährtin bedeuteten. Man konnte sie unter den dünnen Sommergewändern klar erkennen. Sie drängte ihre Freundin zu erzählen, woher diese Kratzer stammten, aber es war dem Mädchen zu peinlich, ihre Beziehung mit dem Hund offen zu legen.

Schließlich konnte sie den ständigen Fragen nicht mehr ausweichen, und die Tochter der Amme sagte zu ihrer Herrin, sie solle sie in ihrer Hütte besuchen, wenn sie die Ursache für die Kratzer wissen wolle. Und dann ging sie, obwohl ihr klar war, dass sie beobachtet wurde, mit dem Hund ins Bett. Als das Mädchen die beiden so zusammen sah, war sie nicht etwa abgestoßen, sie spürte vielmehr einen Stich der Einsamkeit, und so bat sie den Hund, auch in ihre Hütte zu kommen. So entdeckte sie, dass er tatsächlich viel Liebe zu geben hatte.»

«Das ist ekelerregend. Ist das das Ende?»

«Nein, die Moral kommt noch.»

«Das passiert, wenn man den Wünschen seiner Eltern nicht folgt, ist es das?», fragte ich. «Man endet in der bloßen Verderbtheit?»

«Das wäre die chinesische Moral, ja.»

«Ich würde sagen, der Fehler lag ursprünglich bei den Eltern, weil sie das Mädchen so vollständig abschirmten, dass es nicht auf das normale Leben vorbereitet war», sagte ich.

Ming-gwok rezitierte die folgenden Zeilen:

Asamashi ya   nado kedamono ni   uchitokuru   sa koso
mukashi no   chigiri nari tomo

Ist es so schrecklich, ein Tier zu lieben? Wenn sich dabei die Karma früherer Leben verbinden?

«Die Menschen bemühen sich zwar, unpassende Beziehungen zu verhindern, aber wenn sie aus solch starken Verbindungen des Karmas resultieren, wie kann man ihnen dann ausweichen?», sagte Ming-gwok im Tonfall eines Priesters, der eine moralische Geschichte erzählt, und fragte dann mit normaler Stimme: «Möchtest du nicht wissen, wie der Hund hieß?»

«Ich habe Angst zu fragen», antwortete ich.

«Nun, er hieß Schneeball!», antwortete Ming-gwok schadenfroh.

«Oh, du bist ein Lügner!», rief ich aus.

«Nein, das stimmt wirklich», versicherte er. «Aus diesem Grund ist mir diese Geschichte eingefallen.»

«Du bist wirklich seltsam», bemerkte ich.

Es gab keinen Grund anzunehmen, dass Ming-gwok mich belog. Er war viel erfahrener als ich, also blieb mir nichts anderes übrig, als seine Worte zu akzeptieren. Er verkohlte mich zwar manchmal, erzählte mir mit völlig ernster Miene eine unglaubliche Geschichte, aber über mein erstauntes Gesicht brach er dann jedes Mal in Gelächter aus und gab zu, dass er scherzte.

Ich lernte, dass Dinge, die ich immer für selbstverständlich gehalten hatte, so selbstverständlich gar nicht waren. Ming-gwok erzählte mir von seiner Mutter und seinen Schwestern, sie waren in China geblieben, während sein Vater eine Mission in fernen Ländern erfüllte. Seine Mutter war eine schöne Frau, bemerkte er, aber mehr noch als ihre Schönheit schätzte sein Vater ihre Fähigkeit, den Haushalt zu leiten: Das Kochen zu überwachen, das Weben und vor allem, sich um ihre Schwiegereltern zu kümmern.

«Alleine die Vorstellung, dass ein Mann in das Haus der Familie seiner Frau zieht, wie ihr das in Japan tut, ist für einen echten Chinesen furchtbar», erklärte mir Ming-gwok.

Frauen kümmern sich um den Haushalt, damit die Ehemänner Zeit fürs Studium haben, fand sein Vater. Und sosehr Meister Jyo auch die praktische Begabung seiner Frau schätzte, hatte er, wie so mancher Chinese, eine Schwäche für junge Mädchen. Ming-gwok selbst war, als sie China verlassen hatten, noch zu jung gewesen, um auf die Ausflüge in die Blumenhäuser mitzugehen, wo Frauen tanzten, deren Füße in winzigkleinen Schuhen zu Halbmonden zusammengepresst waren. Als er jedoch in ein gewisses Alter kam, verwöhnte ihn sein Vater mit Geschichten von den Vergnügungen, die man an solchen Orten finden konnte.

«Eines Tages, als ich fünfzehn geworden war, gab mir mein Vater ein Buch, in dem verschiedene Dinge über Männer und Frauen erklärt wurden», sagte er. «Der Mann ist vor allem Yang, die Frau Yin, aber sie brauchen einander, damit ein Gleichgewicht entsteht. Das Ganze ist ein Kampf, beide versuchen, von dem anderen zu nehmen, ohne das eigene Wesen aufzugeben. Aus diesem Grund ziehen Männer junge Mädchen vor. Sie sind nicht so stark – die Yin-Kraft einer Frau ist erst im Alter von zwanzig Jahren voll entwickelt.» Er schaute mich an. «Das ist nicht gerecht oder? Es ist doch viel besser, es mit einer Partnerin aufzunehmen, die über ihre vollentwickelten Yin-Kräfte verfügt.»

«Hmmm», murmelte ich und errötete, weil er so freizügig über ein Thema sprach, über das japanische Frauen nur in blumigen Umschreibungen nachdachten und das sie gewiss niemals direkt mit einem Mann beredeten.

«Ja, idealerweise sollte ein Mann so viele Geliebte wie möglich haben», fuhr Ming-gwok fort. «Es ist bekannt, dass dies ein langes Leben fördert. Der Mann sollte dazu in der Lage sein, die Frau bis zu einem Punkt zu bringen, an dem ihr Yin vor Aufregung überläuft, er selbst jedoch hält seine Essenz zurück, sodass sie wieder aufgenommen wird und sein Gehirn nährt.»

«Sehr interessant», sagte ich.

«Oh, ich denke schon», antwortete Ming-gwok sehr sachlich, «aber das ist nicht das Interessanteste an Männern und Frauen. Wenn ich ehrlich bin, fangen deine Genji-Geschichten viel eher jene geheimnisvollen Bande ein, die die Geschlechter miteinander verbinden, als meine daoistischen technischen Anweisungen.»

Ich blickte ihn an, und Tränen stiegen mir in die Augen.

Kurz nachdem Ming-gwok mir die seltsame Geschichte über Schneeball erzählt hatte, informierte mich Vater, dass die Chinesen Echizen sofort verlassen müssten. Er schien wütend zu sein. Ich selbst hatte das Gefühl, als reiße man mir mein Innerstes heraus. Zurück blieb nur eine leere Hülle, wie jene geisterhaften gelben Kokons, die die Zikaden an den Baumstämmen hinterlassen.

«Ich fürchte, der Staatsrat bereitet sich darauf vor, China den Krieg zu erklären», sagte Vater ruhig. «Falls Meister Jyo noch hier ist, wenn das geschieht, wäre ich gezwungen, ihn zu verhaften.»

Seinen Freund in Gewahrsam nehmen zu müssen, wäre eine Schmach, die alles verriete, woran Vater glaubte. Würde er die Chinesen vor den Plänen des Hofes warnen, so wäre er ein Verräter. Mir fehlten die Worte angesichts der Situation, in der er sich plötzlich befand.

«Ich habe Meister Jyo in einem Gedicht geschrieben, wie ruhmvoll es ist, nach den Härten eines militärischen Feldzugs nach Hause zurückzukehren», fuhr Vater fort. «Ich vertraue darauf, dass er das versteht.»

Tatsächlich kam ein Gedicht zurück, außerdem ein Brief, in dem stand, die Delegation würde sofort mit den Vorbereitungen für die Abreise beginnen.

Vater gab zum Abschied der Chinesen ein Picknick.* Alle Mitglieder von Meister Jyos Delegation, einige der schiffbrüchigen Händler, unsere Familie und zwei weitere Beamte aus Echizen und ihre Familien waren eingeladen. Meine Stiefmutter überwachte die Vorbereitungen, drei Dutzend Lackkistchen mit Essen sollten bereitstehen.

Wir nahmen unsere Schreibutensilien mit. Vater und Meister Jyo planten, lange Abschiedselegien zu verfassen, die nach einem festen Schema verliefen. Ming-gwok und ich zogen uns zurück, um zu zeichnen. Zum Abschied schenkte mir Ming-gwok einen Steingutpinselhalter, der die Form von fünf Bergen hatte, und eine dunkelviolette steinerne Tintenpalette, die ihm sein Lehrer geschenkt hatte, als er China verließ. Er sagte, er hoffe, ich würde an ihn denken, wenn ich über Genji schrieb.

«Und ich liebe diese Farbe, dunkles Murasaki», sagte er.

---

* Es hätte Tametoki das Herz gebrochen, hätte er den Bericht, den Jyo Shichang bei seiner Rückkehr dem chinesischen Hof übergab, jemals zu Gesicht bekommen. Ein Abschnitt, der für immer im Band 491 der offiziellen Geschichte der Song verewigt ist, erwähnt, wie Jyo mit einem ungenannten japanischen Beamten Gedichte ausgetauscht habe (es ist sehr wahrscheinlich, dass Tametoki gemeint war), dessen Anstrengungen Jyo als «oberflächlich, überladen und langweilig» bezeichnete.

Exil

Nagashi

Nun war ich wieder alleine und hatte nur Genji, mit dem ich meinen Kummer teilen konnte. Schon bevor ich nach Echizen gekommen war, hatte ich mit dem Gedanken gespielt, eine Geschichte über Genji im Exil zu schreiben. Damals war mir das Schicksal des armen Korechika durch den Kopf gegangen – ich war bestürzt über die Tatsache, dass Michinaga ihn an die Küste von Suma verbannt hatte. Ich hatte bereits vage Vorstellungen davon, wie ich Genjis Affäre mit der Dame des verschleierten Mondes dazu benutzen könnte, diese beiden Geschichten miteinander zu verbinden. Nun, da Ming-gwok fort war, vergrub ich mich in Genjis Schwierigkeiten.

Ich las meine früheren Entwürfe noch einmal durch. Die Vorgänge im Palast, die zu Genjis Verbannung führten, waren in meiner Beschreibung durchaus schlüssig. Während der Niederschrift hatten uns die Ereignisse im Palast sehr beschäftigt. Ich hatte Vaters Berichte über die Todesfälle, Skandale, Anschuldigungen und Flüche gehört und traute mir zu, Intrigen im Palast wiederzugeben. Es war auch nicht schwer, sich vorzustellen, wie Genji von den Damen, die er in der Hauptstadt geliebt hatte, traurig Abschied nahm. Aber als Genji erst einmal in Suma angekommen war, begann ich abzuschweifen. Ab diesem Punkt gefiel mir meine Erzählung nicht mehr. Vor meiner Reise nach Echizen hatte ich keine Ahnung gehabt, was es bedeutete, die Heimat hinter sich zu lassen. Meine Geschichte von Genji im Exil war nichts als ein schwacher Abklatsch dessen, was ich bei Bai Juyi gelesen hatte – viel eher schien ich die chinesische Beschreibung vom Rückzug eines Schriftstellers wiederzugeben als die Härten der Verbannung. Ich wusste damals noch nicht, was das Exil wirklich bedeutete. Es ist nie gut, über Dinge zu schreiben, die man selbst nicht kennt.

Das Schlimmste am Leben im Exil ist, dass man an einem Ort festsitzt, wo man seine Ansichten mit niemandem teilen kann. Nun, da die Chinesen fort waren, gab es nichts, was die öden Tage hätte aufheitern können. Die ländliche Umgebung hatte ihren Reiz verloren, sie war nur noch erbärmlich. Wenn Boten aus Miyako ankamen, um sich mit Vater zu beraten, so horchte ich sie schamlos aus. Ich quetschte jede noch so banale Neuigkeit der Stadt aus ihnen heraus. Kannten sie den großen, hängenden Kirschbaum, der am Flussufer an der Nijō-Straße wuchs? Wie sahen seine Blüten in diesem Frühjahr aus? Ich hing an den Lippen von Dummköpfen, von denen ich mich zu Hause so schnell als möglich befreit hätte, wenn ich ihnen hätte zuhören müssen. Da wurde mir plötzlich klar – genau so musste Genji sich fühlen.

Nun, da ich von seiner Verzweiflung in Suma erzählte, wusste ich, wovon ich schrieb.

Nach der Ankunft in Echizen hatte Vater befohlen, die Residenz müsse vollständig renoviert werden. Pflanzen wurden gesetzt, und im Garten wurde ein tiefer Bach ausgehoben. Er war begeistert von den malerischen strohbedeckten Gebäuden und bestand darauf, dass alles im Originalstil erhalten blieb. Das ungewohnte Haus strahlte zuerst tatsächlich einen gewissen Charme aus. Ich dachte oft, das Haus würde einen angenehmen Rückzugsort bieten, wenn es nur eine halbe Tagesreise von der Hauptstadt entfernt stünde. Im zweiten Jahr nahm der Garten nun langsam Gestalt an, aber je mehr sich die Pflanzen verwurzelten, umso bedrückter fühlte ich mich. Ich wollte in Echizen nicht Wurzeln schlagen.

Jeden Tag strömten Einheimische zu unserem Haus, um an Vaters Projekten mitzuarbeiten, Vorräte zu bringen oder manchmal einfach nur, um uns anzustarren. Sie hatten seltsame Angewohnheiten. Eines Tages stellte unser Koch gerade das Essen für die Gärtner heraus, als ich zufällig die blühenden Bäume betrachtete. Ich hätte meine Augen vielleicht besser abwenden sollen, aber ich war von dem Spektakel fasziniert, wie sie ihr Essen verschlangen. Zuerst hoben sie die Reisschalen an den Mund. Als sie sie einen Moment später wieder absetzten, waren die Schalen leer, dasselbe machten sie mit den Schalen voller Gemüse und Beilagen. Es war sehr seltsam. Ich war mir nicht einmal sicher, ob man ein solches Verhalten essen nennen konnte.

Kinder sollten so etwas besser nicht beobachten.

Eines Nachts kam plötzlich Wind auf, der sich zu einem dämonischen Sturm steigerte. Die ganze Nacht lang krachte ein Donner nach dem anderen, und die Regentropfen hämmerten gegen die Türen, es klang, als hätte der Drachenkönig des Meeres persönlich seine Armee vorbeigeschickt. Alpträume plagten mich, ich sah Schiffe, die sich durch meterhohe Wellen kämpften, ich konnte kaum mehr schlafen. Ich hatte nun immer eine Öllampe neben dem Bett stehen, seit Ming-gwok mir vom entsprechenden Rat des Dichters Wang Li erzählt hatte.

«Steh sofort auf, wenn du wach wirst», riet der Dichter.

«Man muss die Inspiration dann suchen, wenn der Geist klar und voller Kraft ist.»

Ich zündete die Lampe an, aber mein Geist war ohne Kraft. Und der Wind, der durch die Wand pfiff, löschte die Flamme aus, bevor ich irgendetwas zu Papier bringen konnte.

Im vierten Monat erschien ein Bote, den ich noch niemals zuvor gesehen hatte. Er brachte ein Paket, das an mich alleine adressiert war. Vater war misstrauisch. Bisher hatte er sich zurückgehalten und meine spärliche Korrespondenz mit Nobutaka nicht kommentiert. Über Ming-gwok hatte er nie ein Wort verloren. Wir mussten nicht darüber sprechen, uns war beiden klar, dass ich Nobutaka eines Tages heiraten würde. Alles, was in Echizen geschehen war, war wie ein Traum – wirklich zum Zeitpunkt des Geschehens, aber nicht von Dauer. Auch Vater war seit der Abreise der Chinesen in schlechter Stimmung.

Anders als die offiziellen Boten aus der Hauptstadt wollte der private Bote nicht lange bleiben. Unser Angebot, zu übernachten, schlug er aus. Er nahm etwas Essen und Wasser an und machte sich wieder auf den Weg, weil er anderswo noch etwas abzuliefern hatte. Am späten Nachmittag rief mich Vater in sein Arbeitszimmer. Das schlanke Paket lag ungeöffnet auf dem niederen Tisch, der ihm als Schreibtisch diente.

«Das verstehst du doch, Fuji», sagte er sanft. «Sie waren Fremde in einem fremden Land.»

Ich nickte und hatte plötzlich ein schlechtes Gewissen. Ich ließ den Kopf hängen, das Haar fiel mir ins Gesicht, so verbarg ich meine Tränen. Vater war der einzige Mensch, der mich vielleicht ein wenig verstehen konnte, aber gerade weil er mein Vater war, durfte ich mich ihm nicht anvertrauen.

Heftiges Bedauern erfüllte mich, ich war so selbstsüchtig und ungezogen gewesen. Nüchtern betrachtet, verschlug es mir den Atem, so ungeheuerlich waren meine Sünden. Aber sogar als mich die Schuldgefühle überwältigten, schien es mir, als würde Vater mich verstehen. Niemals hätte er dies ausgesprochen, aber irgendwie sprach sein Schweigen für sich. Er machte mir keine Vorwürfe, obwohl er mir so viel hätte vorhalten können.

Langsam senkte sich die Abenddämmerung, und wir hörten aus dem Wald den scharfen Ruf eines frühsommerlichen Kuckucks. Der Klang brachte schmerzliche Erinnerungen zurück.

«Das Kamo-Festival findet in einigen Tagen statt», sagte Vater. «Vielleicht war es doch ein Fehler, dich an diesen unzivilisierten Ort zu schleppen. Ich konnte mir nicht vorstellen, von dir getrennt zu sein, Fuji, aber nun fürchte ich, selbstsüchtig gehandelt zu haben.»

Ich schluchzte noch lauter.

Vater räusperte sich.

«Vielleicht sollten wir darüber nachdenken, ob wir in diesem Jahr deine Rückkehr nach Hause vorbereiten?», schlug er vor. «Du musst dich nicht sofort entscheiden», fügte er an, als ich einen Schluchzer zu unterdrücken versuchte.

Ich hatte so viele Gründe zu weinen. Mein Kopf war ganz benommen. Schuld, Sorge, Einsamkeit und Furcht bei dem Gedanken, heiraten zu müssen, vermischt mit der Freude, die Hauptstadt wiederzusehen. Ich bedeckte mein Gesicht mit der dünnen Seide meines weißen Ärmels und schluchzte. Mein Vater saß die ganze Zeit wortlos da, und ich hatte das Gefühl, er benutzte meine Tränen, um seinen eigenen Verlust über die großartige Freundschaft mit Meister Jyo zu beklagen.

Während wir so dasaßen, wurden die Schatten länger, und schließlich senkte sich die Dunkelheit über das Zimmer. Der Diener hatte nicht gewagt hereinzukommen, um die Öllampen anzuzünden. Ich konnte Vaters Gesicht nicht sehen, und er meines auch nicht. Der Schatten half mir wenigstens, meine angegriffene Würde zu bewahren. Als eine schmale Mondsichel elegant am Himmel aufstieg, stand ich taumelnd auf. Vater sagte zu mir:

«Vergiss deinen Brief nicht.»

Wieder in meinem Zimmer, zündete ich die Lampe an und untersuchte das Paket. Es war mit gefärbtem Rindenpapier umwickelt, und der Absender auf dem Brief lautete Tsunokami. Ich öffnete den rauen Umschlag, darin fand ich ein Stück weiches, kräftiges Maulbeerrindenpapier, auf das Minggwok in seiner gepflegten Schrift ein Gedicht geschrieben hatte:

Naniwagata muretaru tori no morotomo ni tachiiru mono to omowamashikaba
Könnt ich doch nur hoffen, noch einmal bei dir zu sein, voller Neid fällt mein Blick auf die Vögel, die sich am Strand von Naniwa versammeln.

Er hatte es unterwegs geschrieben. Wie lange das wohl schon her war, fragte ich mich. War er noch in Japan oder ging er nun gerade an Bord für die gefährliche Reise zurück in sein Land? Ich weinte, als mir das Gewitter einfiel, das mir eine schlaflose Nacht beschert hatte. Es war sowieso unmöglich, dass ich ihm antwortete. Was hätte ich auch schreiben sollen?

Ein klarer Tag
in einer verregneten Zeit

Satsukibare

Auf den Hügeln von Echizen begann der Pfeifenstrauch zu blühen, so war es um diese Zeit auch immer in der Hauptstadt gewesen. Ich dachte an einen Abschnitt des Weges zum Kamo-Schrein, der von Pfeifensträuchern gesäumt war. Die Blüten sind zwar nicht besonders anmutig geformt, aber es ist wunderschön, wie sich die weißen Blütenknäuel gegen das Dunkelgrün der Blätter abheben. Und die Kombination dieser beiden Farben, Dunkelgrün und Weiß, strahlt zu Beginn der heißen Periode eine so erfrischende Kühle aus. Vielleicht waren meine Augen von dem üppigen Frühling in Echizen übersättigt. Aus irgendeinem Grund schien mir die Pflanze hier auf dem Land lange nicht so reizvoll. Ich war mir nicht einmal ganz sicher, dass es die gleiche Pflanze war, bis ich einen Zweig abbrach, um daran zu riechen und zu überprüfen, ob sie den hohlen Stängel der *u no hana* besaß.

Wenn der Pfeifenstrauch blühte, würden die langen Regenfälle schon bald auf uns niederprasseln. Während dieser Jahreszeit war meine Mutter immer in Schwermut versunken, und nun fürchtete ich, es könnte mir ähnlich gehen. Sogar in Miyako war der unablässige Regen, der Tag für Tag fiel, *shi-to shi-to shi-to*, mit der Zeit eintönig geworden. Mir fiel ein, ich könnte in meinem chinesischen Kalender nachsehen, ob dort lange Regenperioden erwähnt waren. Ich fand für den letzten zweiwöchigen Abschnitt im Frühjahr den Namen *Kornregen* – das hieß vermutlich, dass man in China wie in Japan zu dieser Jahreszeit den Reis anpflanzte. Aber ich war vorsichtig geworden mit allgemeinen Urteilen über die chinesische Kultur. Ming-gwok hatte mir erzählt, dass in seiner Heimat überhaupt kein Reis wuchs, sondern Weizen, Hirse und Gerste. Reis mochte er gerne, aber ansonsten war er sehr wählerisch, was das Essen in unserem Land anging. Als ihm einmal eine Schale mit köstlich gekochtem Gemüse vorgesetzt wurde, scherzte er:

«Das wäre ein wunderbares Essen … für mein Pferd.»

Der Kornregen umfasste drei kurze Abschnitte: Eine fünftägige Periode mit dem Namen «Unkraut sprießt», gefolgt von «Tauben breiten ihre Flügel aus» und dann «Der Wiedehopf landet auf dem Maulbeerbaum». Sobald ich mich in den chinesischen Kalender vertiefte, musste ich an Ming-gwok denken. Ich erinnerte mich, wie sehr ihm das Bild des Wiedehopfes und der Wolken gefallen hatte. Er hat mir einst ein Stück Brokat mit diesem Motiv geschenkt, und seither musste ich in diesem Zusammenhang immer an ihn denken.

Ich suchte nach weiteren Beispielen für chinesischen Regen. Der Sommer, der im vierten Monat begann, war reich an Bezügen zum Wasser. Zuerst kam ein fünftägiger Abschnitt mit dem Namen «Laubfrösche singen», dann fünf Tage namens «Regenwürmer strecken den Kopf aus der Erde», dann «Die Gurken gedeihen prächtig». Frösche, Regenwürmer und Gurken hatten allesamt mit Feuchtigkeit zu tun, aber lange, bedrückende Regenfälle kamen in China offenbar nicht vor. Erst gegen Ende des Sommers zog dort der große Regen über das Land. Wäre doch nur Ming-gwok hier, seufzte ich. Ihn hätte ich fragen können, ob die Chinesen dann auch wie die Japaner unter Langeweile litten.

Es war bereits Frühsommer, trotzdem war es in Echizen

noch immer sonnig. Konnte ich zu hoffen wagen, dass der Regen in Echizen nicht ganz so langweilig war wie in Miyako? Draußen roch es schwach nach Rauch. Ich vermutete, dieser Geruch stamme von den Feuern der Fischer, die Algen verbrannten, um Salz zu gewinnen, aber Vater erklärte mir, es sei schwelendes Unterholz von den Hütten in den Hügeln hinter dem Haus. Es war ein leicht stechender, jedoch nicht unangenehmer Geruch. Ich wollte mir das merken und einmal versuchen, den süßen Düften meiner Räuchermischung eine Spur Bitterkeit zuzufügen. Das würde sie vielleicht interessanter machen.

Natürlich kamen die Regenfälle trotzdem, sie hämmerten die herabgestürzten Pfeifenstrauchblüten in den schlammigen Grund, genau so wie in Miyako. Es war sogar noch viel schlimmer in Echizen. Wie hatte ich das nur bezweifeln können? Zu Hause hätte ich mit meinen Freundinnen musizieren, einen Nachmittag mit Kerriarose im Tempel verbringen oder einfach jemandem ein Gedicht schreiben können. Und ich hätte am nächsten Tag mit einer Antwort rechnen können, und nicht erst nach Wochen.

Als ich noch klein war, beobachtete ich, wie meine Mutter ihre leichten Seidenkleider für den Sommer herauslegte und die Töpfe mit der Stärke bereitstellte, um die Säume zu stärken. Das machten wir immer, wenn die Regenfälle begannen. Mutters Familie achtete sehr darauf, welche Farben gerade modern waren, und stattete sie für jede Jahreszeit mit einer umfangreichen Garderobe aus. Ihre Winterroben waren Schicht für Schicht aus weicher geschlagener Seide, mit Schappeseide eingefasst und gefüttert. Es bereitete ihr großes Vergnügen, sich ihre eigenen Räuchermischungen zusammenzustellen, um sie zu parfümieren.

Und wenn der Sommer kam, legte Mutter die gefütterten Kleider weg und nähte ihre ungefütterten Sommerkleider. Anders als die weichen, warmen Winterschichten, wurden diese leichten Kleider kräftig gestärkt, damit sie vom Körper abstanden. Mutters Sommerroben waren aus zartem, kühlem Material, und sie hatte gerne jedes Jahr neue Roben. Im Herbst schenkte sie ihre gebrauchten Sommerkleider immer den Dienerinnen. Natürlich war es zu kostspielig, jedes Jahr für den Winter neue gefütterte Roben zu bekommen.

«Gefütterte Roben sind etwas anderes», sagte Mutter immer zu mir. «Sie sollen weich sein, und sie werden immer weicher, je länger man sie trägt. Da man sie außerdem nicht stärkt, wird der Stoff nicht so schnell brüchig. Die Winterroben schließt man ins Herz. Es ist, als begrüße man einen alten Freund, wenn eines der Lieblingsstücke im Herbst wieder hervorgeholt wird.»

Mutter brachte mir außerdem bei, dass die gefütterten Gewänder in klassischeren Farben gehalten werden sollten, damit man sich an ihnen nicht so schnell satt sah. Und deswegen waren die ungefütterten Sommerroben umso aufregender. Als ich ungefähr sieben Jahre alt war, hatte Mutter fünf Roben in einer Kombination, die sie Blühende Iris nannte. Die oberste Schicht war in einem tiefen Blaugrün gehalten. Sie trug sie über einer Schicht aus blassem Grün, einer weißen, einer dunkelrosaroten und schließlich einer hellrosaroten. Das Unterkleid für diese Kombination war weiß. Ich durfte dabei helfen, die Säume zu stärken und sie zurückzustecken. Es war die schönste Farbkombination, die ich je gesehen hatte, und ich bettelte, meine Mutter solle mir die Roben am Ende des Sommers überlassen. Ich glaube allerdings, ich habe sie nie mehr getragen, als ich schließlich alt genug war, denn von den Jahren des Verkleidenspielens waren sie abgenutzt.

Warum erweckten diese endlosen Regenfälle solch melancholische Gefühle, wenn doch die Erinnerungen, die sie heraufbeschwörten, schön waren? Es war wohl das Erinnern selbst, das traurig stimmte. Der Mensch, die Situationen gehörten der Vergangenheit an. Ich konnte mir nicht vorstellen, hier in Echizen die aufwendige Prozedur, meine Kleider zu stärken, auf mich zu nehmen. Die Regenfälle verursachten eine solche Trägheit, dass ich mir manchmal nicht die Mühe machen wollte, mich überhaupt anzuziehen. Es gab Tage, an denen ich, in eine alte chinesische Jacke gewickelt, die Minggwok zurückgelassen hatte, mein Zimmer nicht verließ.

Im fünften Monat unterbrach gelegentlich ein klarer, sonniger Tag unser triefnasses Dasein. An einem solchen Tag ging die Familie in die Stadt Echizen, um an einem Dichterwettbewerb teilzunehmen. Vorher gab es einen Wettstreit um die längsten *ayame*-Wurzeln. Als offizieller Repräsentant des Kaisers war Vater zum Juror ernannt worden. Mich bedrückte diese provinzielle Nachahmung der Kultur von Miyako. Ich zuckte schon zusammen, wenn ich diese selbstgefällig grinsenden Bauern nur anschauen musste, die so sehr davon überzeugt waren, auf der Höhe der Mode zu sein. Bei so etwas sollte ich wohl besser zu Hause bleiben. Meiner Stiefmutter hingegen gefielen diese Anlässe, bei denen sie als die große Dame aus Miyako glänzen konnte. Tatsächlich konnte sie die Menschen gar nicht sehen, da sie von Stellwänden vollständig abgeschirmt war, trotzdem nahm sie große Mühen auf sich – ließ sich sogar von zu Hause Stoff schicken –, um prachtvoll zu wirken. Sie schleifte ihre Säume hinter sich her, um der Bevölkerung wenigstens einen kurzen Anblick ihrer eleganten Erscheinung zu gewähren.

Einige Tage später kamen wir noch einmal in den Genuss

eines klaren Tages. Aus der Ferne drang leises Singen, Flöten Trommeln und ein seltsames, leises rhythmisches Klatschen an meine Ohren. Die Kinder forderten lautstark, sie wollten nachschauen, woher diese Klänge kamen, und da ich mich langweilte, beschloss ich, sie zu begleiten. Einige einheimische Diener boten an, uns zu den Reisfeldern zu bringen, wo die Bauern mit dem zeremoniellen Pflanzen der Reisssprösslinge begonnen hatten. Ungefähr zwei Dutzend junge Mädchen in weißen Kleidern und mit großen Strohhüten standen knietief in den überschwemmten Feldern. Es sah beinahe aus, als tanzten sie mit außergewöhnlich langsamen Bewegungen, während sie die hellen grünen Reispflanzen in den Schlamm setzten. Sie bewegten sich im Takt einer monotonen Melodie, die eine Gruppe junger Männer mit schrillen Flöten, Handtrommeln, großen Trommeln, Glocken und Holzklappern spielte.

Unser Diener wies uns auf Kazu hin, eines der Reis pflanzenden Mädchen. Sie stammte aus der Gegend, arbeitete als Dienerin in unserem Haus und war die Tochter des Dorfvorstehers. Vielleicht war sie das Mädchen, mit dem sich Nobunori herumgetrieben hatte. Ich hatte sie allerdings nur wenige Male gesehen und konnte sie nicht wirklich von den anderen Mädchen aus dem Dorf unterscheiden. Die jungen Frauen schienen seltsam anmutig, während sie in ihrem Tanz durch den Schlamm glitten. Es erinnerte mich an die Schneereiher, die bei uns zu Hause in den Untiefen des Kamo-Flusses wateten.

Bei meinen Streifzügen durch die Landschaft fühlte ich mich nun weniger befangen, obwohl ich weiterhin froh war, dass mein Reisekostüm eine Kopfbedeckung mit Schleier hatte. Mir war wohler dabei, die verschiedenen Zeremonien beobachten zu können, ohne dass mich jemand dabei anschauen konnte. Doch dieses Mal musste ich mir kaum Sorgen machen. Selbst als wir uns den Feldern näherten, beachtete mich niemand. Die Bauern waren ganz vertieft in ihre Arbeit, sie schenkten uns nicht mehr Aufmerksamkeit als den schillernden Libellen mit den schwarzen Flügeln, die über den Reisfeldern schwärmten.

Die Erklärungen sprudelten nur so aus unserem schwatzhaften Führer. Eine Zeit lang fiel er in den Gesang der Gruppe auf dem Feld mit ein. Er erzählte uns, er habe in den vergangenen Jahren oft beim Reispflanzen getrommelt, und nun stehe sein Sohn dort draußen – der feingliedrige Kerl, dem der Schweiß in Strömen fließt und der die *taiko*-Trommel spielt. Er habe es ihm selbst beigebracht und ihm nun endlich dieses Jahr seinen Platz überlassen. Schließlich sei er stark, und es fordere einem Mann doch einiges ab, da draußen in dieser Hitze und Feuchtigkeit zu stehen und dabei die Trommel zu schlagen. Ja, ja, ziemlich anstrengend ist das. So schwatzte er weiter wie eine Zikade.

Obwohl mir seine Art zu sprechen in den Ohren schmerzte, erfuhr ich doch von ihm, dass die Bauern glaubten, die Musik könne die Götter anziehen. Sie kämen dann von nah und fern angereist, um während des fünften Monats, wenn der Reis gesetzt wird, in den Feldern zu residieren.

Ich weiß noch, wie ungewöhnlich mir das vorkam. Bei den religiösen Zeremonien in Miyako versammelten sich die Götter immer in den dunklen Stunden des Morgens und nicht am helllichten Tag. Aber kurz darauf sprach unser Diener genau das an: Das Reispflanzen sei die einzige Gelegenheit, bei der die Götter bei hellem Tageslicht angerufen werden.

«Da läuft es einem doch kalt über den Rücken?» Er schauderte, um seinen Worten Nachdruck zu verleihen. «Man kann sie auf den Reisfeldern spüren. So viele Götter sind da, man kann keinen Schritt machen, ohne ein Gebet zu sprechen. Alle sind eingeschüchtert, und niemand geht in diesem Monat häufig nach draußen – außer natürlich, um nach den Feldern zu sehen.»

Plötzlich kam mir ein Gedanke. Auch in Miyako gab es das Tabu des fünften Monats. Männern und Frauen ist es verboten, sich in dieser Zeit zu treffen, und sogar der Kaiser und die Kaiserin wohnen während dieser Zeit in verschiedenen Gemächern. Alle sind sich einig, dass diese Trennung der Geschlechter die Mühsal der Regenzeit noch verstärkt. Ich überlegte, wie ich meine Frage möglichst vorsichtig formulieren konnte, dann wandte ich mich an den alten Bauern und fragte:

«Während des Reispflanzens … gehen die Jungen und Mädchen, nun, gehen sie einander aus dem Weg?»

«Natürlich!», brach es aus ihm heraus. «Sie glauben doch nicht, dass wir hier wie die Tiere leben? Dies ist eine heilige Zeit. Die Götter mögen es nicht, wenn solche Dinge vonstatten gehen, während sie zu Besuch sind. Was für eine Vorstellung!»

Er sah mich befremdet an und entfernte sich, um mit den Kindern herumzualbern. Ich fürchtete, ihn beleidigt zu haben. Es war jedoch angenehm, die Zeremonien eine Zeit lang ohne seine Kommentare beobachten zu können. Auch in Miyako gab es Reisfelder, aber ich hatte niemals zugeschaut, wie dort gearbeitet wurde. Ich wusste so wenig über Reis, jenes Korn, das wir täglich aßen, ohne uns große Gedanken über seine Herkunft zu machen. Von nun an war ich mir immer bewusst, dass Reis in einem Schlamm wuchs, den die Götter durchdrungen hatten.

Noch ein Gedanke kam mir. Es schien unwahrscheinlich, dass die Bauern hier unseren Brauch, in dieser Zeit Angehörige des anderen Geschlechts zu meiden, übernommen hätten. Konnte es Zufall sein, dass auch sie die Tabus des fünften Monats befolgten? Es hatte mich schon irritiert, dass sie den Wurzelwettbewerb übernommen hatten. Aber nun begann ich mich zu fragen, wer eigentlich wen nachahmte. In Miyako befolgten wir die Tabus nicht immer besonders konsequent. Die Menschen in der Stadt waren zwar immer auf der Hut, keine Klatschgeschichten auszulösen, darum zögerten sie, sich den Traditionen entgegenzusetzen, aber in Miyako hatte ich gewiss nie das Gefühl gehabt, auf Zehenspitzen durch ein Feld voller Götter schleichen zu müssen.

Aber die Bauern in Echizen hatten dieses Gefühl. In der *Chronik der alten Begebenheiten* wird unser Land *Mizuho no Kuni*, das Land der frischen Reisähren, genannt. War es möglich, dass sogar der Hof nach Bräuchen lebte, die ihren Ursprung im heiligen Schlamm der Reisfelder hatten?

Wir waren nun genau ein Jahr von zu Hause fort.

Kerriarose hatte mir in jedem Monat dieses Jahres geschrieben. Sie war meine treue Verbindung zu den Ereignissen in der Hauptstadt. Ich hatte ein schlechtes Gewissen, weil ich ihr nie etwas von Ming-gwok geschrieben hatte. Aber bei ihr konnte ich meinen Ärger über Nobutaka loswerden, und sie schrieb mir in so ehrlichem Mitgefühl zurück, dass ich mich sogar noch schuldiger fühlte. Ich war nur nach Echizen gekommen, um vor Nobutaka zu flüchten, aber hätte ich das nicht getan, hätte ich Ming-gwok niemals getroffen. Und dann gab es Zeiten, in denen ich glaubte, es wäre vielleicht besser gewesen, Ming-gwok niemals begegnet zu sein. Aber das schien mir, als sage man, es ist besser, die Kirschblüten nicht zu bewundern, weil man sonst traurig ist, wenn sie schließlich verwelkt zu Boden fallen.

Kerriarose hatte immer ein waches Ohr für Klatschgeschichten, und sie schrieb mir von Gerüchten, wonach Nobutaka hinter der Tochter des Gouverneurs von Ōmi her gewesen sei. Kurz darauf erhielt ich einen Brief von Nobutaka, in dem er verkündete: «Meine Liebe für dich ist ungeteilt!»
Was sollte ich davon halten?

Er musste geahnt haben, dass die Gerüchte irgendwann bis zu mir vordringen würden, also beharrte er auf eher ermüdende Art weiterhin, mit treu ergeben zu sein. Schließlich wurde es mir zu viel. Ich schickte ihm dieses Gedicht:

Mizuumi no   tomo yobu chidori   koto naraba   yaso no minato ni   koe taenaseso
Der Ruf des Kiebitz hallt über den Ōmisee, er sucht eine neue Gefährtin. Nichts soll dich aufhalten, an vielen Häfen anzulegen.

Ich fragte mich, ob sich ein Mann mit mehreren Frauen gleichzeitig einlassen konnte, ohne dass sie gegeneinander aufgehetzt wurden. Ich hatte die Tochter des Gouverneurs von Omi noch niemals getroffen, doch als ich Kerriaroses Brief las, hasste ich diese Frau. Das war umso seltsamer, da ich Nobutaka nicht einmal liebte. Was müsste ein Mann tun, um mehrere Beziehungen mit Geschick zu handhaben? Darüber wollte ich nachdenken. Nobutaka schien nicht damit umgehen zu können, aber ich war mir sicher, dass Genji dazu in der Lage war.

Für Männer ist die Eifersucht der ungeheuerlichste Fehler der Frauen. Aus der Sicht der Frauen ist ein herumvagabundierender Mann das Schlimmste. Im Grunde ist es erstaunlich, dass Männer und Frauen überhaupt miteinander auskommen.

Ich brachte die Regenzeit hinter mich, indem ich fleißig an Genji weiterarbeitete. Mir fiel eine Episode mit Ming-gwok wieder ein, und es kam mir eine Idee für die Szene, in der sich Genji von Murasaki verabschiedet. Ming-gwok und ich hatten uns damals über chinesische Kunst und Malerei unterhalten, aber zwischen den Zeilen ging es um Dinge, über die wir nicht reden konnten. Da unsere Verbindung nicht offiziell war, war es schwierig, über das Abschiednehmen zu sprechen.

Ich hatte ihm den Rücken zugewandt, aber ich konnte Ming-gwok in dem mit Holz umrahmten Spiegel aus polierter Bronze sehen, der in der Ecke des Zimmers stand.

«Könnte ich dein Spiegelbild nur hier in diesem Spiegel festhalten, wenn du fort bist», sagte ich leichthin.

Ming-gwok machte einen Schritt auf den Spiegel zu und strich das Haar glatt.

«Ich habe abgenommen», sagte er. «Schau, wie schmal mein Gesicht geworden ist. Vielleicht bin ich bald tatsächlich nur noch ein Schatten meiner Selbst.» Er blickte mich an. «Warum eigentlich nicht? Ich bleibe da hinten in deinem Spiegel, und wenn du hineinschaust, kannst du mich sehen.»

Seit diesem Gespräch musste ich natürlich bei jedem Blick in den Spiegel an Ming-gwok denken und wurde jedes Mal, wenn ich mir das Gesicht puderte, von einer Welle der Traurigkeit ergriffen.

Obwohl ich Genji hatte, kostete es mich große Anstrengung, nicht von der Verzweiflung überwältigt zu werden. Als sich der Monsun dem Ende zuneigte, konnte ich dem schlechten Wetter nicht mehr die Schuld für meine Schwermut geben, trotzdem ging ich selten hinaus. Die heiße Sonne brannte auf die Felder der Bauern, und das grelle Grün schmerzte fast in den Augen. Ich zog es vor, drinnen herumzuschleichen, tief im schattigen Innern des Hauses. Der Bach, den Vater im Garten hatte anlegen lassen, war in jenem Sommer mein einziger Gefährte, wenn ich über Genji nachdachte, meine einzige Fluchtmöglichkeit. Es kam so weit, dass ich in meinen Stimmungen vollkommen von ihm abhängig wurde.

Ich beschloss, Genji sollte Bilder von der Landschaft malen, die ihn in Suma umgab. Er schuf ein Bildertagebuch seines Exils. Da Ming-gwok nicht mehr hier war, um mich zu unterrichten, hatte ich keine große Lust zu zeichnen, aber wenn Genji malte, hatte auch ich einen Grund, meine Pinsel wieder hervorzuholen. Während Genji die Berge und die Küstenlinie zeichnete, begann er die Landschaft in ganz neuem Licht wahrzunehmen. Er löste sich von der traditionellen Art, Berge und Meer zu zeichnen, kam immer wieder zurück, um verschiedene Aspekte der Landschaft wiederzugeben. Seine Kunst war unvergleichlich. Bei seiner Rückkehr nach Miyako würden die Menschen angesichts der kraftvollen Gefühle, die seine Bilder auslösten, Tränen vergießen.

Der Geruch verbrannter Algen hing in der Luft. Bei unserer Ankunft hatte ich diesen scharfen Geruch seltsam gefunden, aber mit der Zeit gewöhnte man sich daran. Damit Genji eine Fischerin, die Salz einsammelt, skizzieren konnte, begleitete ich freiwillig die Kinder auf einen Ausflug an die Küste. Während ich die Frauen mit ihrer ledernen Haut beobachtete, wie sie die Feuer schürten, musste ich an die Redewendung «Den Kummer wie das Feuerholz auftürmen» denken. Diese Wendung inspirierte mich zu einem Gedicht, das Genji in die Hauptstadt zurückschicken konnte.

In der Zwischenzeit schickte ich einen meiner Entwürfe zur Fischerin mit dem Bündel Feuerholz zu ihren Füßen an Nobutaka:

Yomo no umi ni (shio yaku ama) no   kokoro kara yaku to wa
kakaru   (nageki o ya tsumu)
Am Ufer des großen Meeres, in den Dämpfen des gerösteten
Salzes, schmerzt das Herz der Fischersfrau, ihren Kummer
häuft sie wie das Feuerholz zu großen, schweren Bündeln.

Das Bild der Salz röstenden Fischerin sollte auf die Redewendung verweisen, und die Skizze von dem Stapel Feuerholz sollte sich ebenfalls auf den Ausdruck vom Anhäufen
des Feuerholzes / Kummers beziehen.
Ich fragte mich, ob er diese Bezüge wohl verstände.

Schließlich kam ich mit meiner Geschichte von Genji in Suma
nicht mehr weiter. Ich hatte genug von seiner Verzweiflung
und Einsamkeit. Ich musste mir etwas einfallen lassen, um
ihn aus diesem Zustand zu befreien. Inzwischen bedrückte es
mich wieder sehr, wenn ich von Genji las, und ich war sicher,
dass jeder andere den Text an diesem Punkt ebenfalls gelangweilt zur Seite legen würde. Ich brauchte eine Person, die
seine Aufmerksamkeit erregte. Vielleicht wäre es eine gute
Idee, sich Genji aus der Perspektive einer anderen Figur zu
nähern, dachte ich.
Ich hatte wieder Koto gespielt und so versucht, meine
Stimmung zu heben, und Vater hatte sogar einige Male mit
mir zusammen musiziert. Auch er hatte früher recht gut gespielt, allerdings hörte er auf, als ich das Instrument besser
beherrschte als er. Was für ein schmerzlicher und seltsamer
Moment das gewesen war. Eine Weile gab er mir weiterhin
Ratschläge, und ich hörte ihm weiterhin zu, bis uns beiden
klar wurde, dass sich unsere Rollen vertauscht hatten. Er war
nun der Schüler und ich die Lehrerin. Er hatte das dreizehnsaitige Instrument erst spät in seinem Leben zu spielen be-

gonnen, und obwohl er schnell vorankam, vergaß er das Gelernte auch schnell wieder. Das zeigt, wie wichtig es ist, Dinge wie Musik zu lernen, wenn man jung ist. Erreicht man als Kind gewisse technische Fertigkeiten, so kann man später im Leben immer wieder darauf zurückkommen, auch wenn man jahrelang nicht gespielt hat. Wäre Vater bei der siebensaitigen *kinnokoto* geblieben, auf der er früher immer gespielt hatte, so hätte es niemand mit ihm aufnehmen können – nun erst recht nicht, nachdem er in den Genuss von einigen Stunden bei Meister Jyo gekommen war.

Wir genossen es auf jeden Fall, einfache Stücke miteinander zu spielen, und es inspirierte mich zu neuen Ideen für meine Figuren.

Ich rief mir jene Menschen, die mir über die Jahre nahe gestanden hatten, in Erinnerung und kam zu dem Schluss, dass in Beziehungen meist einer fest verankert ist, während sich der andere eher treiben lässt. Obwohl Frauen in der Regel der beständige Teil sind, habe ich mit beiden Seiten Erfahrungen gemacht. Während einiger Zeit hatte ich aus Genjis unsteter Perspektive geschrieben, und nun wollte ich das ändern.

Die Akashi-Küste liegt in der Nähe von Suma. Dort siedelte ich einen exzentrischen buddhistischen Priester mit seiner Frau und Tochter an. Vielleicht schien es auf den ersten Blick etwas seltsam, dass so jemand freiwillig an einem Ort der Verbannung lebte. Aber es gibt viele Gründe, sich aus der Hauptstadt zurückzuziehen. Ich stellte mir den Priester als kultivierten und gebildeten Mann vor, er hatte Land geerbt und war frei von materiellen Sorgen, aber enttäuscht von der höfischen Politik. In Akashi konnte er sich aus der Gesellschaft und ihren Verstrickungen zurückziehen, doch gleichzeitig wünschte er sich für seine Tochter Erfolg. Er erzog sie sorgfältig in der Art der Damen in Miyako.

Ruri hätte das für widersprüchlich gehalten, aber ich wusste inzwischen, dass die Menschen so waren.

Eines Abends, als ich gerade auf meinem Koto spielte, ging über den Bergen hinter unserem Haus der Mond auf. Ich stellte mir vor, diese junge Frau in Akashi zu sein, eine auserlesene Melodie spielend, die nur von den rauen Ohren der Bauern und Fischer vernommen wird. Sie träumt von einem Märchenprinzen, der eines Tages wie ein wunderschöner Stern vom Himmel fiele und ihre Fähigkeiten wirklich zu schätzen wüsste. Das wäre ein Wunder, ja, aber nicht unmöglich. Ich musste mir einen Weg ausdenken, wie Genji diese Dame entdecken und die Antwort auf ihre Gebete sein könnte.

Genji war ein Mann der Tat, der niemals grübelte oder zweifelte. Eine Zeit lang hatte ich das als Tugend angesehen. Genji war im Grunde seines Herzens rein, denn er begegnete den Frauen, mit denen er seine zahllosen Affären unterhielt, mit derselben Ehrlichkeit. Mir war nie klar, ob Genji sich veränderte oder ob ich mich veränderte, doch genau dieser Charakterzug wurde zu seiner größten Schwäche.

Da er in Suma nicht glücklich war, vollzog Genji eine Reinigungszeremonie – eine ähnliche Zeremonie wie jene, die ich unternommen hatte, als ich meinen Plan schmiedete, nach Echizen zu entkommen. Doch versteckte Schuldgefühle kommen früher oder später an die Oberfläche. Genji hatte nur im Kopf, wie ungerecht ihn die eifersüchtelnden politischen Rivalen in der Hauptstadt behandelt hatten, so versuchte er sich von den Göttern Mitleid zu erschwatzen. Er glaubte sich reinigen zu können, indem er in einem Ritual seine niedersten irdischen Sünden auf eine Papierfigur schrieb, die er aufs offene Meer hinaustreiben ließ. Wie befriedigend es war, zuzuschauen, wie die eigenen Fehler davongetragen und weggespült wurden! Ich erinnerte mich, wie ich selbst am Ufer des Kamo-Flusses gestanden hatte und mich von meinen kleinen Sünden gereinigt fühlte. Wie leicht wir uns selbst betrügen! Genji versuchte jeden Gedanken an die tiefe Sünde zu begraben, die er beging, indem er der neuen Frau seines Vaters nachstellte.

Die Natur lehnte sich auf. Plötzlich frischte der Wind auf, der Himmel verdunkelte sich, und die glatte Meeresoberfläche bäumte sich in furchterregenden Wellen auf.

Genjis Gefolgschaft zog sich voller Angst vor dem plötzlichen rätselhaften Sturm zurück. Eigentlich greife ich nicht gerne auf übernatürliche Kräfte zurück, um meine Geschichte voranzutreiben, aber manchmal scheinen die Dinge so am schlüssigsten. Das Unwetter hielt an, und Genji erschien im Traum der Geist seines Vaters, des verstorbenen Kaisers. Er befahl Genji, Suma in einem Boot zu verlassen. Und als der Morgen anbrach, lag ein kleines Boot vor der Küste von Suma. Der Geist war auch dem Akashi-Priester in einem Traum erschienen und hatte ihn angewiesen, das Boot bereitzumachen und es nach Suma zu schicken, sobald die Wellen sich glätteten. Da er das Omen aus seinem eigenen Traum erkannte, willigte Genji ein. So wurde er nach Akashi gebracht.

Während ich dann über die Dame von Akashi schrieb, die auf ihr Wunder wartete, machte ich eine seltsame Erfahrung: Sie schien mir ihre Gedanken einzuflüstern. Sie wurde zu einer anderen Person, als ich sie mir ursprünglich vorgestellt hatte. Am Ende war sie alles andere als erfreut, Genji vor ihrer Türschwelle zu erblicken. Es war ihr äußerst unangenehm, wie ihr Vater sich bemühte, Genji als Verehrer zu gewinnen. Sie war überzeugt, leiden zu müssen, weil sie dem Vergleich mit den Damen, die Genji in der Hauptstadt geliebt hatte, nicht würde standhalten können. Sie war überzeugt, für ihn niemals etwas anderes sein zu können als ein Abenteuer auf dem Land, und ihr Stolz lehnte sich auf. Sie würde sich eher ins Meer stürzen, als sich von einem Mann wie Genji benutzen und wieder wegwerfen zu lassen.

Der unerwartete Starrsinn dieser Figur überraschte mich. Es kam mir vor, als ahnte sie, was ich für sie vorgesehen hatte, und widersetzte sich diesem Schicksal. Ich beschloss, dass Genji sie nicht in Akashi zurücklassen würde. Diese Dame würde nach Miyako gelangen und zu ihrem Recht kommen.

Wieder war ich vollkommen vertieft in mein Schreiben. Die Jahreszeit der Größeren Hitze begann im achten Monat. Bei Gelegenheit blickte ich in meinen chinesischen Kalender und fand «Verrottetes Unkraut verwandelt sich in Leuchtkäfer» als den ersten fünftägigen Abschnitt. Voller Schreck wurde ich an Ruri erinnert. Was hätte sie davon gehalten, wie sich Genjis Abenteuer entwickeln? Ich schickte alles, was ich schrieb, an Kerriarose, die meine Geschichten vorbehaltlos liebte. Aber am teuersten wäre mir die Meinung von Minggwok gewesen. Das chinesische Bild von der Entstehung der Leuchtkäfer erinnerte mich daran, dass jede Jahreszeit eine dieser wirklich seltsamen Verwandlungen kannte. Im Frühjahr verwandelten sich Maulwürfe in Wachteln, im Sommer das verrottete Unkraut in Leuchtkäfer, der Herbst hielt Sperlinge bereit, die ins Wasser tauchten und zu Venusmuscheln wurden, und im Winter taten es ihnen die Fasane gleich, die sich in riesige Mollusken verwandelten.

Ming-gwok hatte mir diese Verwandlungen nicht erklären können. Er meinte, dieser Kalender sei sehr alt, und nicht einmal die chinesischen Gelehrten wüssten, was manche der Namen zu bedeuten hätten. Er hatte sich darüber keine Gedanken gemacht, bis ich ihn fragte.

«Ist das nicht seltsam», hatte er bemerkt. «Manchmal muss ein Außenstehender einen auf Dinge hinweisen, die einem ganz selbstverständlich sind.»

Das Thema faszinierte ihn, und wir zeichneten ein Mandala des Jahres, in das wir alle die jahreszeitlichen Unterteilungen eintrugen, um festzustellen, ob so irgendeine Ordnung oder Zusammenhänge klar wurden. Es brachte nicht viel, wir sahen nur bestätigt, was wir schon wussten. Die meisten Namen bezogen sich auf Insekten, Frösche, Fische, Vögel und Pflanzen. Die Bewegungen des Wassers, Naturereignisse und metaphysische Zustände machten den Rest aus. Menschliche Handlungen kamen überhaupt nicht vor.

Es war sehr feucht gewesen. Nach einem kurzen Sommerregen am frühen Abend glitzerten an den äußeren Rändern unseres Gartens die Lichter der Leuchtkäfer. Wiederum beeindruckte es mich, wie unterschiedlich Chinesen und Japaner die Dinge sahen. Die Chinesen stellten sich vor, dass die Leuchtkäfer aus Pflanzen entstanden, die in der feuchten Hitze verrotteten, doch in dieser Beobachtung steckte kein Gefühl.

Hier auf dem Land in Echizen stellten sich die Menschen vor, dass Leuchtkäfer die Seelen von toten Babys und kleinen Kindern in sich tragen. Sie sind nicht dazu bestimmt, sich schon so früh in der Unterwelt niederzulassen, also versammeln sich die winzigkleinen phosphoreszierenden Geister an den Rändern der schlammigen Felder und der menschlichen Gemeinschaft. Die Kinder des Dorfes jagten und fingen sie, aber da die Erwachsenen fanden, sie müssten Mitleid haben mit diesen unheimlichen Insekten, durften die Kinder sie nicht mit in die Häuser nehmen.

Ich erhielt einen weiteren Brief von Nobutaka. Er hatte zinnoberrote Tropfen auf den Brief geträufelt und geschrieben: «Sieh hier, die Farbe meiner Tränen.»

Vielleicht hatte er doch einen gewissen Sinn für Humor. Ich beschloss, ihn mit diesem Gedicht ein wenig herauszufordern.

Kurenai no namida zo itodo utomaruru utsuru kokoro no iro ni miyureba

Heftiger erregen sie meine Abscheu, jene Tränen, die so blutrot tropfen – wie schnell verblasst das Purpurrot, verflüchtigt sich wie unbeständige Liebe.

Immerhin war er verheiratet.

Ich musste zugeben, dass Vaters Garten, den ich früher im Jahr missachtet hatte, zu Beginn des Herbstes wunderbar war. An einem kühlen Abend erklomm ich den Hügel hinter unserem Haus, von wo ich Aussicht auf das Meer hatte. Ich meinte, die Stimmen der Fischer hören zu können, während sie die Netze auf ihren Booten einzogen. Als das Geräusch lauter wurde, merkte ich, dass es ein Schwarm Wildgänse auf dem Weg in Richtung der Hauptstadt war. Ich sehnte mich plötzlich danach, ihnen zu folgen.

Hatsukari wa koishiki hito no tsura nare ya tabi no sora tobu koe no kanashiki

Auf deinen Schwingen möcht ich reisen, erste Wildgans, ziehst mit ihm, der mir so lieb ist, traurig durchfährt dein Schrei den Himmel.

Ich würde nach Miyako zurückkehren. Ich teilte Vater meine Entscheidung mit, und er sagte, er würde dem nächsten offiziellen Boten auftragen, eine angemessene Gefolgschaft mitzubringen, um mich nach Hause zu geleiten.

Der Herbst bohrt sich ins Herz

Kokorozukushi no Aki

Herbstwinde fegten übers Land, die restlichen Blätter wurden von den Bäumen gerissen und verstreut, die traurigste der Jahreszeiten war angebrochen. Teilnahmslos ließ ich die Tage verstreichen und fiel nachts in einen unruhigen Schlaf, so näherte sich das Ende meines Aufenthalts in Echizen. Ich lag nachts wach, lauschte den Schreien der kleinen Nachteule, während sich die kahlen Äste schemenhaft im fahlen Mondlicht abzeichneten – ein uraltes Bild herbstlicher Traurigkeit.

Wir nahmen den Weg, der über die Kaeruyama* führte. Unzählige Male hatte ich diese Reise in meiner Phantasie unternommen. Als wir dann unterwegs waren, sprudelten die Gedichte aus mir heraus, doch ich traf eine Auswahl und notierte jeden Abend nur einen Vers. Riesengroße Spinnennetze säumten unseren Weg. An einer Stelle hatten zehn oder zwanzig dieser kleinen Tiere ihre Netze zu einem Spinnenpalast verbunden. An diesem Palast aus Luftgarn hatten die Spinnen kleine Pavillons angebaut, und jeder war mit einem Bündel Proviant gefüllt, den sein kleiner Bewohner angehäuft hatte. Damals schienen mir Spinnen kein passendes Thema für ein Gedicht zu sein, aber dieses Bild lebte jahrelang still in meiner Phantasie.

* Wörtlich übersetzt «Die Heimkehr-Berge».

Bei einem Ort namens Yobisaka, wo unsere Stimmen weit über den Pass hallten, wurde die steinige Straße steil, und die Träger hatten Schwierigkeiten, die Sänfte zu tragen, in der ich reiste. Ich spürte, wie sich ihnen die Stangen in die Schultern bohrten, und bei jedem Fehltritt fürchtete ich, wir könnten alle in eine tiefe Schlucht stürzen. Plötzlich tauchte eine Horde schwatzender Affen aus den Bäumen auf.

Sie schienen uns zuzurufen: «He! Ihr Reisende!»

Und ich wollte ihnen antworten: «He, ihr Affen!»

Während ich ihrem drolligen Spiel und ihrer schwindelerregenden Sicherheit zuschaute, vergaß ich sogar meine Angst:

Mashi mo nao   ochikatabito no   koe kawase   ware
koshiwaburu   Tago no Yobisaka
Affen und Reisende, tauscht eure Grüße aus, hier, wo der Weg steil wird, auf dem Yobisaka-Pass bei Tago.

Wir stiegen in ein Boot, um über den Ōmi-See nach Ōtsu zurückzusegeln. Dieses Mal fuhren wir dicht an der östlichen Küste entlang, und die Reise war weniger schlimm als befürchtet. Vom See aus konnte ich die weiße Schneehaube des Ibuki sehen, doch nach den Schneemengen von Echizen konnte mich das nicht mehr beeindrucken.

Na ni takaki   koshi no shirayama   yukinarete   Ibuki no take
wo   nani to koso mine
Seit mein Blick über die Schneehänge des Nordens schweifte, scheint der Gipfel des Ibuki recht klein.

Während ich Echizen jeden Tag ein Stück weiter hinter mir ließ, musste ich ständig an Ming-gwok denken. Was hatte er wohl gefühlt, als er die gleiche Reise machte? Am frühen

Abend segelten wir an Iso vorbei, und ich hörte die seltsamen Schreie der Kraniche am Strand. Natürlich gab es keine Möglichkeit, ihn irgendwie zu erreichen, sonst hätte ich ihm dieses Gedicht geschickt.

Isogakure onaji kokoro ni tazu zo naku na ga omoiizuru hito ya tare zo mo
In der Bucht nahe Iso schreit der Kranich, untermalt meine Tränen mit seinem klagenden Ruf. Wem mag seine Sehnsucht gelten?

In Miyako würde ein neues Leben beginnen, und ich müsste aufhören, ständig an Ming-gwok zu denken. Diese Reise war die letzte Gelegenheit, um in meinen zärtlichen Erinnerungen an ihn schwelgen zu können. Ich stellte mir eine kleine, lackierte Truhe vor, mit Silber- und Goldintarsien in einem Muster aus kräuselnden Wellen und silbernen Kranichfiguren. In diese imaginäre Truhe legte ich all meine Erinnerungen an Ming-gwok und versteckte sie an einem geheimen Ort in meinem Herzen.

Ich bat darum, eine Nacht in Ishiyama zu verbringen, da es bereits dunkel war, als wir in Ōtsu an Land gingen. Es schien mir nicht richtig, weiterzuhasten und mitten in der Nacht in der Hauptstadt anzukommen. Außerdem wollte ich hier im Tempel für Tante beten. Sie hatte sich in schwierigen Zeiten oft hierher zurückgezogen. Ich blieb die ganze Nacht auf, spielte mit meinen Sutra-Perlen und lauschte dem Gesang der Priester.

Im Morgengrauen zogen sich die gähnenden Priester in ihre Unterkünfte zurück, und ich spazierte zu der verlassenen Gegend um das Sutra-Lagergebäude. Die Pilger waren bereits unterwegs. Ein alter Stupa war zur Seite gekippt, und die Menschen liefen einfach darüber, als wäre es ein gewöhnlicher Stein.

Kokoro ate ni   ana katajikena   koke museru   hotoke no mikao   sotoba mienedo
Ist dieser Stein nicht das verehrte Gesicht Buddhas? So jämmerlich mit Moos bedeckt, erscheint er kaum ein heiliger Stupa.

Später am Tag kamen wir bei Großmutter an. Ich war wieder zu Hause in Miyako.

An den Rhythmus des Lebens in der Stadt musste ich mich erst wieder gewöhnen. In Echizen war ich zu Anfang ungeduldig gewesen, weil die Menschen alles so gelassen nahmen. Der Gang der Dinge war auf dem Land unerträglich langsam. Aber ohne es zu merken, hatte ich mich scheinbar diesem langsamen Rhythmus angepasst, denn nun ermüdete mich plötzlich das schnelle Tempo des Lebens in der Stadt.

Vaters Haus stand leer, nur ein Hausmeister war noch dort. Ich wollte auf keinen Fall allein dort wohnen. Ich empfand Großmutters Haus, in dem ich einen Großteil meiner Kindheit verbracht hatte, viel eher als meine Heimat. Das alte Haus würde mir irgendwann gehören, aber ich hatte noch nicht entschieden, ob ich tatsächlich dort einziehen würde.* Das hing davon ab, wie sich die Dinge mit Nobutaka entwickelten. Meine Cousine hatte einige Jahre für Großmutter den Haus-

* Während der Heian-Periode wurden die Häuser der Adeligen normalerweise an die Töchter vererbt. Von den Söhnen wurde erwartet, dass sie sich mit ihren Posten bei Hofe selbst durchbrachten.

halt geführt und sich um alles gekümmert. Ich nahm an, dass sie hinsichtlich meiner Heimkehr gemischte Gefühle hatte, also versicherte ich ihr, dass ich, falls ich bliebe, gerne mit ihrer Familie dort leben würde. Ich wusste inzwischen, dass es für mich nicht gut war, allzu lange alleine zu sein. Meine einsiedlerischen Neigungen könnten auf ungesunde Art Überhand nehmen. Die Kinder meiner Cousine waren sehr wohlerzogen, und es war schön, sie um sich zu haben, doch seltsamerweise vermisste ich meine lauten Stiefbrüder.

Nach meiner Rückkehr schrieb ich als erstes eine Flut von Briefen, um verschiedene Bekanntschaften wieder aufzunehmen. Natürlich war ich überrascht, als verschiedene Freundinnen mir antworteten, sie hätten bereits einige meiner Genji-Geschichten gelesen. Ich konnte es fast nicht glauben. Meine Geschichten schienen wie ein Schwarm widerspenstiger Spatzen davongeflattert zu sein. Kerriarose schwor mir, ihre Abschrift niemandem gezeigt zu haben, und ich hatte keinen Anlass, an ihren Worten zu zweifeln. Also blieb nur noch Nobutaka, er musste sie herumgezeigt haben – obwohl ich ihn ausdrücklich gebeten hatte, es nicht zu tun. Ich war außer mir vor Wut. Was war ich doch für eine Närrin gewesen, anzunehmen, ich könnte diesem Mann trauen!

Ich ließ ihm eine mündliche Nachricht zukommen, wonach ich nichts mehr mit ihm zu tun haben wollte, bis er mir all meine Manuskripte zurückgegeben hätte. Als mein Bote zurückkehrte, erzählte er, Nobutaka sei von der kurzangebundenen Bitte überrascht gewesen, aber er lasse ausrichten, alles zurückzuschicken, wenn ich das wünschte.

Ich konnte seine Überraschung nicht verstehen und war verbittert. Ich verspürte eigentlich keine Lust, ihm zu schreiben, aber ich dichtete das Folgende und schickte es ihm:

Tojitarishi   ue no usurahi   tokenagara   sa wa taene to ya
yama no shitamizu
Lange Zeit zu Eis erstarrt, begann die harte Kruste gerade zu
schmelzen, doch sagtest du zum Bergbach, bemüh dich nicht?

Was dachte er wohl, warum ich nach Miyako zurückgekehrt war? Ich hatte wohl keine andere Wahl, als diese Ehe zu
schließen. Ich war fünfundzwanzig Jahre alt, und niemand anderes würde mich mehr nehmen. Vater war weit fort, und ich
hatte mein Versprechen sowieso vor langer Zeit an Nobutaka
gegeben. Ich bereute es bitterlich, dass ich nicht doch Nonne
geworden war. Aber dann rief ich mich zur Vernunft. Es hatte
keinen Sinn, sich Gedanken zu machen, wie Entscheidungen
verlaufen wären, die man nicht getroffen hat. Enttäuscht
schickte ich Nobutaka das Gedicht. Ich konnte mir den Luxus
nicht leisten, die Korrespondenz zu unterbrechen.

Offensichtlich war Nobutaka betrunken, als er mein Gedicht erhielt, und er beklagte sich bei seinen Freunden über
seine kratzbürstige Verlobte und ihre eisigen Metaphern. Von
seinen Gefährten angestachelt, schickte er mir die folgenden
Worte:

Kochikaze ni   tokuru bakari wo   soko miyuru   ishima no
mizu wa   taeba taenamu
Wie seicht muss dieses Wasser sein, wenn schon der Wind aus
Osten das Eis zu schmelzen vermag – versickert der Bach
zwischen den Felsen, dann soll es wohl sein!

«Mehr habe ich nicht zu sagen», fügte er noch hinzu.
Es war mir schrecklich peinlich, als ich später herausfand,
dass Nobutakas Freunde unseren Gedichteaustausch an jenem Abend beobachtet hatten, sogar Kintō und andere be-

rühmte Dichter waren dabei gewesen. Hätte ich das im Moment gewusst, wäre ich nicht so forsch gewesen.

Gewagt hatte ich geantwortet:

Iitaeba sa koso wa taeme nani ka sono Mihara no ike wo tsutsumi shi mo semu
Du hast nichts mehr zu sagen, so sei es. Keinen Schritt weich ich zurück vor den zornigen Wellen des Miharasees.

Ich konnte nicht ahnen, dass Nobutakas Freunde, die Zeugen seiner betrunkenen Antwort geworden waren, neugierig auf meine Reaktion warteten. Meine Worte lösten wohl recht große Heiterkeit auf seine Kosten aus, als sie eintrafen. Trotz allem hielten sie mich wohl für eine gute Partie und ermutigten Nobutaka, sich versöhnlich zu zeigen. Mitten in der Nacht kam dieses Gedicht an:

Takekaranu hitokazu nami wa wakikaeri Mihara no ike ni tatedo kai nashi
Auch ich bin nicht unerschütterlich, und sei versichert, die zornigen Wogen auf dem Miharasee haben sich längst geglättet.

Dies führte zu einer Art Waffenstillstand zwischen uns. Unser misstrauisches Werben setzte sich in kleinen Schritten über das Frühjahr, den Sommer und den Herbst jenes Jahres fort.

Ich ärgerte mich über Nobutaka, aber im Innern meines Herzens machte ich mir größere Sorgen wegen Kerriarose. Natürlich war ich schon kurz nach meiner Rückkehr zu ihr geeilt, aber dann spürte ich, wie sie ein zweites Treffen hinausschob. Sie war zuerst sehr zärtlich, aber nach unseren Umarmungen behauptete sie, es habe sich wohl etwas verändert, und sie beschuldigte mich, in Echizen eine andere Frau geliebt zu haben. Dieser Verdacht sei ihr gekommen, weil sie in meinen Briefen große Lücken gespürt habe, als hätte ich es vermieden, etwas Wichtiges zu erwähnen.

Sie hatte wirklich ein feines Gespür – wobei ich natürlich nicht eine Frau, sondern Ming-gwok verschwiegen hatte. Ich widersprach, versicherte ihr, in Echizen keine Beziehungen mit Frauen gepflegt zu haben, was ja auch stimmte. Einen Moment lang schien sie besänftigt. Ich wusste, die Wahrheit hätte ihr viel größere Schmerzen bereitet als das, was sie sich vorstellte.

Wir trafen uns noch mehrere Male, aber auch ich begann zu spüren, dass wir uns nicht mehr so nahe waren wie früher. Ich hatte mir zwar geschworen, die imaginäre Truhe mit meinen Erinnerungen an Ming-gwok nicht zu öffnen, aber die intimen Momente zwischen uns setzten einen Strom an Erinnerungen frei, die mich überwältigten. Natürlich hatte sie Recht. Ich hatte mich verändert. Meine Erinnerungen an Ming-gwok beeinflussten nicht nur mein Denken, sie waren überall.

Für Kerriarose waren alle Männer Bestien, und sie war meine engste Verbündete in meinem Kampf gegen Nobutaka gewesen. Sie konnte sich nicht vorstellen, dass die Leidenschaft, die zwei Frauen miteinander erlebten, auch mit einem Mann zu teilen war, und bevor ich nach Echizen ging, hätte ich ihr vorbehaltlos zugestimmt. Nach meiner Rückkehr wusste ich, dass sie Unrecht hatte, konnte es ihr aber niemals sagen. Sie hätte sich doppelt verraten gefühlt.

Und trotzdem hatten sich meine Gefühle für sie nicht verändert. Es war betrüblich, dass plötzlich etwas zwischen uns stand, nun, da bis zu meiner Hochzeit nur noch so wenig Zeit blieb. Ich schickte ihr dieses Gedicht:

Wasururu wa ukiyo no tsune to omou ni mo mi wo yaru kata
no naki zo wabinuru
In diesen Zeiten des Kummers wird man leicht vergessen –
schmerzlich ist nur, dass uns niemand tröstet.

Ich lebte weiterhin im Haus meiner Großmutter, aber alles
kam mir unwirklich vor. Seit meiner frühen Kindheit hatte
sich hier nichts verändert. Das unheimliche Gefühl beschlich
mich, ich könnte in ein Zimmer treten, und meine Mutter
würde vor dem Spiegel sitzen. Dann würde ich zu ihr eilen
und ihr von meinen seltsamen Träumen erzählen: Ich war ins
ferne Echizen gereist, hatte einen Chinesen getroffen und
mich verliebt.

«Du musst von ganzem Herzen lieben», hatte meine Mutter einst gesagt, «und überlasse den Rest deinem Karma.»

«Vergiss das nicht», hatte sie immer gesagt, wenn sie ihren
Worten Nachdruck verleihen wollte. Dabei zeigte sie vielleicht auf ein dunkelgrünes, gelbgepunktetes *tsuwabuki*-
Blatt, das irgendein Insekt kunstvoll angeknabbert hatte,
oder auf einen erbsenfarbigen Grünfink, der sich einen Moment auf dem Pflaumenbaum im Garten niedergelassen
hatte, seinen Kopf hin und her bewegte und *hō-ho-ke-kyō*
pfiff, bevor er wieder davonflog. Sie war sehr empfänglich für
die vergänglichen Schönheiten dieser Welt, es schien beinahe
so, als wollte sie diese Dinge in ihrer Erinnerung sammeln,
bevor sie sich verflüchtigten. Natürlich verflüchtigten sich
diese Dinge nicht – sie war es, die verschwand. Rückblickend
glaube ich, von ihr gelernt zu haben, Verluste zu ertragen.

Mein Gefühl, in die Kindheit zurückversetzt zu sein, löste
sich jedenfalls bald auf. Es war unvermeidbar. Nobutaka war
mit den Proben für seinen Auftritt beim Kamo-Festival beschäftigt gewesen, aber sobald die Feierlichkeiten vorüber

waren, kündigte er an, uns persönlich einen Besuch abzustatten.

Meiner Cousine und mir fiel plötzlich auf, wie schäbig das alte Haus unserer Großmutter wirkte, und wir stürzten uns in die Arbeit, um es wieder präsentabel zu machen. Wir benutzten Nobutakas bevorstehenden Besuch als Vorwand, um die Jalousien und Vorhänge in der großen Eingangshalle zu erneuern und frische grüne Matten für den Sitzbereich zu bekommen. Das war schon lange fällig. Großmutter hasste es, Geld auszugeben, und da ihr Augenlicht nachließ, hatte sie die abgestoßenen Kanten und verblassten Farben gar nicht mehr wahrgenommen. Sie sah vermutlich alles genau so, wie sie es immer gesehen hatte. In ihrer Erinnerung strahlten die Dinge in den leuchtenden Farben knisternder Seide.

Großmutter war während unseres Aufenthaltes in Echizen gestürzt, und meine Cousine erzählte, sie habe eine Seite ihres Körpers wochenlang nicht bewegen können. Mit der Zeit gewann sie wieder etwas Beweglichkeit zurück, aber sie erholte sich nie mehr ganz. Sie verwechselte uns mit Bekannten aus ihrer Jugend – Menschen, die schon lange gestorben waren. Sie hielt mich für meine Mutter. Aber trotzdem hatte meine Cousine, solange Großmutter noch offiziell für das Haus verantwortlich war, gezögert, Investitionen zu machen. Selbstverständlich gab ich für all die nötigen Reparaturen und Neuanschaffungen meine Zustimmung.

Meine Cousine war sehr glücklich. Sie wollte Zimmerleute bestellen und Muster für die neuen Matten aussuchen. Die Stoffbahnen für die Vorhangstangen wollte sie selbst färben, und wir berieten uns, welche Farbkombinationen am schönsten wären. Mir gefiel Violett und Grün sehr gut zusammen – entweder ein dunkles Violett mit einem blassen Grün oder

Dunkelgrün mit Lavendel. Meine Cousine entschied sich für die zweite Kombination. Ihre gute Laune war ansteckend, und ich merkte, wie ich all die häuslichen Vorbereitungen schätzte – bis mir wieder einfiel, was der Grund für all dies war, und meine Nervosität zurückkehrte.

Dann kam der Tag, an dem wir Nobutaka erwarteten. Das Haus sah gut aus. Ich hatte meine Widerstände nun aufgegeben und war sogar ein wenig ungeduldig, das Treffen hinter mich zu bringen. Wir warteten und warteten. Als die Dunkelheit anbrach, zündete meine Cousine die Lampen an.

«Was kann passiert sein?», murmelte sie ärgerlich.

Schließlich schickte sie eine unserer diskretesten Dienerinnen zur Küche von Nobutakas Haus, vielleicht konnte sie etwas herausfinden. Die Dienerin kam zurück und berichtete, Meister Nobutaka sei von einem unerwarteten Besuch aufgehalten worden und habe nun schon zu viel getrunken, um selbst noch auszugehen. Tatsächlich kam, kurz nach der Rückkehr unserer Dienerin, ein Bote Nobutakas und teilte uns mit, sein Herr käme nun erst am nächsten Tag zu Besuch. Es war einer dieser übereifrigen Diener, die sich selbst sehr wichtig nehmen, was ich hasste. Er schien zu erwarten, dass wir ihm einen Brief für Nobutaka mitgaben.

Ich hatte Gerüchte gehört, wonach Nobutakas Frau mit der Situation nicht glücklich sei, und so nahm ich natürlich an, der Grund für seinen verpassten Besuch sei ihre Eifersucht. Wie gut ich sie verstand!

Ich hatte während des Wartens ein Gedicht verfasst und gab es dem Diener mit:

Taga sato mo toi mo ya kuru to hototogisu kokoro no kagiri machi zo wabinishi

Er flattert von Dorf zu Dorf, der Hototogisu, so werde auch ich geduldig warten.

In erster Linie dachte ich an das flatterhafte Wesen des *hototogisu*-Vogels, und das Gedicht schien bei Nobutaka Schuldgefühle auszulösen. Seine Antwort, die am nächsten Tag eintraf, war ungewohnt leidenschaftlich:

Kejikakute   tare mo kokoro wa   mienikemu   kotoba hedatenu   chigiri to mogana
Um einander nahe zu kommen, muss man in das Herz des anderen blicken. Ach, könnte ich meine Liebe mit Taten anstatt nur Worten zeigen.

Ich deutete diese Worte als Absichtserklärung, dass Nobutaka unsere Verbindung vollziehen wollte.

Meine Cousine empfahl mir, zur Beruhigung etwas Sake zu trinken, bevor Nobutaka kam. Obwohl ich normalerweise nicht trank (das Trinken war in Vaters Haus verpönt, und ich erinnere mich gut an seine strikten Warnungen vor dem Alkohol), nahm ich also einige Tassen zu mir. Nobutaka tauchte erst auf, als es schon lange dunkel war. Nach seinem eindeutigen Gedicht, wonach er seine Liebe mit Handlungen bestätigen wolle, nahm ich an, dass er in dieser Nacht meine ehelichen Pflichten einfordern würde. Vielleicht nahm mir der Sake meine Scheu, jedenfalls beschloss ich, in meinem Alter gäbe es keinen Anlass zu Schüchternheit.

Sein Gesicht war gerötet, also vermutete ich, dass auch Nobutaka vor seinem Besuch getrunken hatte. Als er nahe vor meinem Vorhang saß, konnte ich den Alkohol tatsächlich riechen. Umso besser, dachte ich. Also würde er kaum merken, dass auch mein Atem vom Sake getrübt war. Frech lud ich ihn ein, die Jalousie beiseite zu schieben und zu mir hinter den Vorhang zu kommen. Wir unterhielten uns über verschiedene Dinge. Er fragte mich, ob ich in letzter Zeit von meinem Vater gehört habe, und nach verschiedenen seltsamen Pausen warf ich mich schließlich in seine Arme. Er schien überrascht.

Nachdem er etwas herumgestottert hatte, entschuldigte er sich mit der Ausrede, müde zu sein. Dann wünschte er mir gute Nacht und kündigte an, mich bald wieder zu besuchen.

Ich konnte die ganze Nacht nicht schlafen. Sobald der Morgen dämmerte, schrieb ich dieses Gedicht. Doch als ich mir alles noch einmal durch den Kopf gehen ließ, beschloss ich, meine Worte nicht abzuschicken:

Hedateji to   naraishi hodo ni   natsugoromo   usuki kokoro wo mazu shirarenuru
Du sprichst von Nähe, doch als ich dich berührte, schien deine Liebe dünn wie ein leichtes Sommergewand.

Niemand konnte Nobutaka etwas vorwerfen. Noch vor dem Frühstück erhielt ich sein Morgen-danach-Gedicht:

Uchishinobi   nagekiakaseba   shinonome no   hogaraka ni dani   yume wo minu kana
Die Nacht verstrich in qualvollem Seufzen, und als der Morgen seinen roten Schimmer über den östlichen Himmel ergoss, warst du nicht einmal in meinem Traum erschienen.

Es war nicht schlecht und auch nicht besonders gut. Ich wusste nicht so recht, was ich davon halten sollte. Mein Gedicht über die Liebe, die so dünn ist wie ein Sommerkleid, schickte ich nicht ab, sondern stattdessen diese eher herkömmliche Antwort auf die Bilder, die er gebraucht hatte:

Shinonome no sora kiriwatari itsu shika to aki no keshiki ni yo wa narikeri
Dunst überzieht die rosigen Morgenwolken, nur noch ein Augenblick, und es wird Herbst.

Vielleicht war es nicht gerecht, anzudeuten, er sei meiner bereits müde geworden, aber ich hatte das Gefühl, ein Spiel zu spielen, dessen Ausgang ich bereits kannte. Auf jeden Fall war der siebte Monat beinahe angebrochen, und so stand der Herbst vor der Tür.*

Als sich das Tanabata-Fest näherte, glitzerten die Sterne wie Leuchtkäfer am Firmament. Ich fragte mich, warum Sterne in Gedichten nicht häufiger vorkommen. Von den Gestirnen am Himmel ist die Sonne in der Gestalt der Göttin Amaterasu unsere Ahnin, während der Mond all unsere poetischen Gefühle auf sich vereint. Um die Sterne kümmert sich niemand. Vor langer Zeit hatte ich eine Geschichte gehört, wonach die Sonnengöttin einen Stamm böser Gottheiten verbannte, und was von ihnen übrig blieb, funkelt heute Nacht für Nacht als Sterne an unserem Himmel.

Ming-gwok hatte sich vor Lachen geschüttelt, als ich ihm das erzählte. Er sagte, der chinesische Kaiser beschäftige ein ganzes Büro voller Gelehrter, die die Sterne studierten. Sie hatten den Himmel vermessen und herausgefunden, auf welchen Sternen sich verschiedene himmlische Wesen aufhielten. Das erfüllte mich mit Demut und machte mich verlegen. Wir

* Das Wort *aki* bedeutet sowohl «Herbst» wie «einer Sache müde werden».

Japaner hatten keine Ahnung von diesen Dingen. Die einzigen Sterne, denen wir etwas Aufmerksamkeit schenkten, waren der Hirtenjunge (Stern Altair) und das Webermädchen (Stern Wega im Sternbild der Leier), die in dieser Nacht des Tanabata, am siebten Tag im siebten Monat, aufeinander trafen. Sogar dieses Fest hatten wir vor langer Zeit von den Chinesen übernommen, als die Hauptstadt unseres Landes noch in den Asuka-Ebenen lag.

Ich sah eine Elster, die auf der Gartenmauer saß, und erinnerte mich daran, dass sie alle an jenem Tag in den Himmel fliegen sollten, um eine Brücke zu bauen, damit die Liebenden den silbernen Strom der Sterne überqueren konnten, der sie voneinander trennte. Wenn kleine Jungen einen dieser Vögel in den Feldern oder an den Ufern herumhüpfen sahen, so ermutigt man sie, Steine nach den Vögeln zu werfen, um sie an ihre Aufgabe im Himmel zu erinnern. Ich stellte mir vor, dass mein Bruder die Kinder in Echizen mit auf die Felder genommen hatte, um wieder Steine nach den Elstern zu werfen. Vielleicht aber auch nicht – denn im Jahr zuvor hatte er einem wütenden Bauern, der sie am Rand seines Reisfeldes erwischte, sein Tun erklären müssen. Die Menschen auf dem Land hatten noch niemals von dem Tanabata-Fest gehört. Mein Vater sah sich veranlasst, eine Delegation der Bauern in den Hof unseres Hauses einzuladen und ihnen die Geschichte zu erklären.

Kleine Mädchen ziehen es vor, Papierfiguren zu falten und farbige Bänder an Bambuszweige zu binden. Ich verbrachte den Tag mit den kleinen Töchtern meiner Cousine, half ihnen dabei, ihre Wünsche und Hoffnungen auf die Figuren zu schreiben. Später ließen wir die papierenen Wesen den Fluss hinabtreiben, damit sie die Gebete den Göttern überbrachten. Alle Kinder stürzten am Morgen nach draußen und beteten um gutes Wetter. Falls es an jenem Tag regnete, wären die Elstern zu nass und erschöpft, um eine gute Brücke zu formen, und der Hirtenjunge und das Webermädchen würden ihr jährliches Stelldichein verpassen.

Die Erwachsenen fanden all das bezaubernd, aber die Jugendlichen warteten vor allem auf den Abend. Seit langem war es Brauch, dass sich unverheiratete Männer und Frauen an jenem Abend unbegleitet an den weitläufigen, steinigen Ufern des Kamo trafen. Ich war wohl ungefähr achtzehn Jahre alt, als ich einmal mit meinen Freundinnen dort hinausging. Wir hatten vor, meinem Bruder Nobunori heimlich zu folgen, um zu beobachten, wie er sich verhielt, wenn er ein Mädchen traf – aber leider entwischte er uns schon ganz zu Anfang. Wir liefen noch eine Weile hin und her, und wann immer sich uns ein junger Mann näherte, kicherten wir und weigerten uns, wegzugehen. Dann erkannte ein Mädchen, ich weiß ihren Namen nicht mehr, einen jungen Mann zu Pferd, den sie schon einmal bei einer Zeremonie gesehen hatte, und verschwand mit ihm. Dass wir ein Mitglied unserer Gruppe verloren hatten, dämpfte unsere Stimmung, und soweit ich mich erinnere, gingen wir anderen schon bald darauf nach Hause.

Meine Cousine fragte mich, ob ich vorhatte, an jenem Abend am Flussufer spazieren zu gehen. Ich nahm an, dass sie scherzte. Das Wetter war schön, und am frühen Nachmittag traf dieses Gedicht von Nobutaka ein:

Ōkata ni omoeba yuyushi ama no kawa kyō no ōse wa urayamarekeri
Den Himmelsstrom zu überschreiten ist nicht leicht, und doch nagt heute der Neid an mir auf dieses Stelldichein.

Er deutete an, dass es den Sternen leichter fiel, sich zu treffen, als uns. Also schickte ich diese Antwort.

Ama no kawa   ōse wa yoso no   kumoi nite   taenu chigirishi
yoyo ni asezu wa
Um das Treffen der Sterne kümmert sich der Himmel, über den Wolken überdauert ihr Versprechen die Zeiten.

Anders als unsere menschlichen Verstrickungen auf der Erde, dachte ich mir dabei, obwohl ich das Ganze so formuliert hatte, dass er das Bild als Vergleich und nicht als Gegensatz verstehen konnte.

Wie vorauszusehen war, verstand er das Gedicht als Ermutigung, und als er auf seinem Weg zum Palast an meinem Haus vorbeikam, schickte er mir eine Nachricht: «Ich würde dich gerne sofort sehen, so wie du bist.»

Darauf antwortete ich:

Naozari no   tayori ni towamu   hitogoto ni   uchitokete shi mo
mieji to zo omou
Für jede zufällige Bitte, die an mein Haus getragen wird, trete ich kaum vor die Tür.

Er war gewiss ein Mensch, der sich Freiheiten herausnahm.

Der Exorzismus

Oni no Kage

Einen Tag vor Beginn der offiziellen Ringkämpfe erhielt ich von Nobutaka eine Einladung zu einer Sumai-Vorstellung in einem Privathaus.* Er hatte mich noch einmal besucht, dieses Mal bei Tag, um einige finanzielle Angelegenheiten zu besprechen. Unser Treffen verlief sehr höflich, aber ziemlich förmlich. Normalerweise hätte er diese Gespräche mit meinem Vater geführt. Ich vermutete, dass er einige Vorbereitungen getroffen hatte, damit ich nicht zu nahe bei seiner bereits bestehenden Familie leben müsste. Ich schlug vor, weiterhin im Haus meiner Großmutter zu leben, und er antwortete nur vage, was ich als Zustimmung verstand. Er schien ein bisschen blass, und ich fragte mich, ob er sich wohl fühlte.

Ich nahm große Rücksicht auf die Gefühle seiner anderen Frauen – vielleicht zu viel Rücksicht. Ich wusste, dass Nobutakas erste Frau schon bei vielen Gelegenheiten ihre Eifersucht und ihren Kummer wegen der anderen Ehefrauen, der Konkubinen und Affären zum Ausdruck gebracht hatte. Es ging sogar das Gerücht, sie habe Nobutaka einmal in einem Anfall von Wut einen Behälter mit Asche über den Kopf gestülpt, als er einer seiner zukünftigen Frauen den Hof machte. Aber ich hatte vergessen, dass Nobutakas erste Frau

---

* Sumai entspricht im Prinzip dem heutigen Sumo-Ringen.

inzwischen eine Großmutter um die fünfzig war und kaum mehr wegen einer anderen Frau großes Aufsehen machen würde. Erst viel später erfuhr ich, dass alle Frauen längst miteinander Frieden geschlossen und sich mit Nobutakas Eskapaden abgefunden hatten.

Da jede Frau ein eigenes stilvolles Haus und eine ausreichende Gefolgschaft bekam, machte niemand großes Aufsehen. Im Gegenteil, die etablierten Ehefrauen schienen ganz selbstverständlich zu finden, dass eine neue Heirat einem Herrn im mittleren Alter gut täte. Das Einzige, was sie irritierte, war mein bereits fortgeschrittenes Alter. Sie hätten eine gefällige junge Schönheit, die noch keine zwanzig war, als Braut erwartet – und keine fünfundzwanzigjährige Jungfer mit dem Ruf eines Bücherwurms.

Es war mir bewusst, wie die Zeit verstrich, und ich schaute mir noch einmal meinen Kalender der Jahreszeiten an. Das Jahr beginnt mit den aufsteigenden Nebelschwaden im Frühjahr, gefolgt von all jenen Dingen, die die Dichtkunst am Frühjahr so feierte. Der Sommer scheint einem beinahe wie ein Nachtrag zu dieser Pracht. Dann teilt sich das Jahr. Der Herbst soll mit dem Heulen des Windes, einer frischen Brise beginnen. Dann setzt die Dichtkunst zu einem weiteren Höhenflug an und greift die vielen herbstlichen Themen auf. Der Winter scheint dann nur noch ein Nachtrag zum Herbst zu sein.

Mein chinesischer Kalender bestätigte meine Sicht der Dinge. Die erste Phase des Herbstes heißt «kühle Winde frischen auf». In diesem Jahr schien der Sommer jedoch nicht enden zu wollen. Es war schrecklich heiß, sodass viele Menschen krank wurden und man befürchtete, die Seuche könnte wieder ausbrechen. Die Verunreinigung verschonte nicht einmal den Kaiser und seine verehrte Mutter, die Kaiserswitwe, die beide krank wurden. Alle fürchteten, die nächsten zu sein, und der Sumai-Kampf war nicht gut besucht.

Ich ging hin, da man mich eingeladen hatte, und fragte mich, in wessen Haus ich gebracht wurde. Wir fuhren in den südlichen Teil der Stadt, über die Rokujō-Straße, in eine Gegend, die ich nicht besonders gut kannte. Das Haus war erst kürzlich errichtet worden, aber es war ein so geschickt konstruierter Bau mit einem so perfekt angelegten Garten, dass es ganz natürlich in diese Umgebung zu passen schien. Ich traf den Dichter Kintō, einen alten Freund meines Vaters, und fragte ihn, wem dieses Haus gehöre.

Er zögerte mit seiner Antwort, und was er dann mit leiser Stimme sagte, schockierte mich.

«Dies ist das Haus, das Nobutaka heimlich für seine neue Braut hat errichten lassen», flüsterte Kintō.

«Ich betone ‹heimlich›, obwohl ich glaube, dass es an der Zeit ist, dass sie erfährt, wie viel sie ihm bedeutet.»

Nach diesen Worten konnte ich mich kaum auf die bandagierten Kämpfer konzentrieren. Ich war beschämt, dass dieser große Dichter und Gelehrte etwas von den Dingen wusste, die zwischen Nobutaka und mir vorgefallen waren. Aber dann begann mein selbstsüchtiger Blick in diesem wunderbaren Garten zu versinken. Ich konnte kaum glauben, dass er all dies für mich gebaut hatte. Das schimmernde Zelkovenholz des Balkons, gegen den ich lehnte – dies war mein Haus!

Ich erlaubte mir, einen Blick auf die Möbel im Innern zu werfen – die lackierten Regale, die fein gewobenen und eingefassten Matten, die hölzernen Truhen aus Paulownienholz! Alles war in der aktuellsten und elegantesten Mode gehalten. Die Veranden, mit Pfirsichstein poliert, glänzten wie

Spiegel. Ich war überwältigt. Das hatte Nobutaka für mich getan.

Nobutaka. Welch Schande, es fiel mir erst jetzt auf, dass er nicht im Publikum war.

Ich erhielt eine Nachricht, Nobutaka sei schwer krank. Niemand schien zu wissen, ob seine Symptome erste Anzeichen der Pocken waren oder ob sie darauf hindeuteten, dass er von einem bösen Geist besessen war. Ich konnte nur in Erfahrung bringen, dass er einen großen Druck auf der Brust verspürte und Schwierigkeiten hatte zu atmen.

Ich beschloss, ihm einen Besuch abzustatten, obwohl er in seinem Haupthaus krank darnieder lag. Es war ein seltsamer Moment, als ich ankam, aber eine Frau ungefähr in meinem Alter, die ich als seine Tochter erkannte, war sehr freundlich zu mir. Sie führte mich in das große Empfangszimmer, wo einige Priester für Nobutakas Genesung gebetet hatten. Nun warteten sie auf einen berühmten Exorzisten, den man vor einigen Tagen gerufen hatte. Aufgrund seines gedrängten Zeitplanes konnte er aber erst heute kommen.

Ich war zu einer unpassenden Zeit gekommen, aber die Tochter bat mich eindringlich, zu bleiben und mich zu den anderen Freunden und Familienmitgliedern zu setzen, die sich für den Exorzismus versammelt hatten.* Sie nahm

* Krankheiten wurden oft dahingehend interpretiert, dass ein wütender Geist den Körper in Besitz genommen hatte. Um eine befallene Person zu heilen, benötigte man die Dienste eines buddhistischen Spezialisten, der *genza* genannt wurde und kraftvolle Zaubersprüche sang, um den Geist zu verjagen. Dazu transferierte der Genza den Geist in den Körper eines Mediums, dann versuchte er ihn dazu zu bringen, sich zu erkennen zu geben, und überzeugte ihn davon, den Körper zu verlassen. Ein Geist konnte von einer verstorbenen Person stammen, die mit Kummer gestorben war, und es war sogar möglich, dass sich ein

fälschlicherweise an, ich sei auch eingeladen worden und da es noch unhöflicher gewesen wäre, ihre Bitte abzuschlagen, blieb ich. Nobutaka lag auf einem durch Vorhänge verborgenen Podium hinter einer ein Meter zwanzig hohen Stellwand. Wir konnten ihn nicht sehen.

Die südlichen und östlichen Klappfenster des Zimmers waren weit geöffnet, damit vom Hof, wo große Kiefern Schatten spendeten, eine leichte Brise ins Zimmer wehte. Ich kam gar nicht dazu, mir Nobutakas prachtvolles Haupthaus genauer anzuschauen, denn ein unruhiges Gemurmel unter den Gästen verriet, dass der Exorzist eingetroffen war. Ich blickte mich um und sah, wie ein ernsthafter junger Mann ins Zimmer geführt wurde. Eigentlich hatte ich einen ergrauten Geistlichen erwartet, aber es kam ein gut aussehender, etwa fünfunddreißigjähriger Priester. Er wurde zu einem Kniekissen geführt, das vor dem verhüllten Podium lag. Dort kniete er nieder und verbeugte sich, während sein Assistent sofort damit begann, seine religiösen Utensilien auszulegen. Der Priester nahm einen mit Nelkenöl parfümierten Fächer zur Hand und begann die «Magische Beschwörung der Tausend Arme» zu rezitieren.

Irgendwann schlich ein ungefähr zwölfjähriges Mädchen ins Zimmer. Sie krabbelte zum Podium und setzte sich neben den Priester vor eine kleinere Stellwand, bereit, den bösen Geist, der von Nobutaka Besitz ergriffen hatte, aufzunehmen. Ich hatte solche Szenen häufig erlebt, als meine ältere Schwester noch am Leben war. Takako war besonders anfällig

lebender Geist *(ikisudama)* vom Körper eines lebenden Menschen aufmachte, um andere zu quälen. In Murasakis *Genji* kommt beides vor. Murasakis Geister sind wie überwältigende Gefühle. Sie sind zu mächtig, um es in den Körpern und Seelen, in denen sie entstehen, auszuhalten.

für Krankheiten gewesen, die von umherziehenden Geistern verursacht wurden. Bei ihr waren die Priester immer alte Männer, die Medien Kinder mit schmutzigen Gesichtern gewesen. Ich hatte noch niemals einen so eleganten Exorzismus wie diesen beobachtet.

Außerdem hatte ich noch niemals erlebt, wie diese Zeremonie für einen Mann durchgeführt wurde. Es ist wohl relativ selten, dass Geister Männer in Besitz nehmen, es sei denn, sie stehen unter außergewöhnlichem politischem Druck oder sind ansonsten anfällig. Aus irgendeinem Grund scheinen Frauen empfänglicher für diese unwillkommenen Eindringlinge zu sein. Natürlich fragte ich mich sofort, ob mein unfreundliches Verhalten Nobutaka gegenüber seinen Zustand begünstigt hatte, und ich wünschte, ich hätte einen anderen Zeitpunkt für meinen Besuch gewählt.

Das Medium war ein hübsches Mädchen, kräftig und mit klarem Gesicht. Sie trug ein blassoranges, gestärktes, ungefüttertes Kleid und lange eierschalenfarbene Hosen, die eigentlich besser zu einer älteren Frau gepasst hätten – obwohl sie ihr erstaunlich gut standen. Der Assistent händigte ihr einen polierten hölzernen Zauberstab aus, während der Priester begann, heilige mystische Silben zu intonieren. Das Mädchen schloss die Augen und begann zu zittern und sich zu wiegen. Ihr Körper reagierte auf die scharfen abgehackten Ausbrüche des Mantras, das der Priester sang. Schon bald fiel sie in Trance und warf sich zu Boden, während das schrecklichste Stöhnen und Klagen aus ihrem Mund drang. Wir Zuschauer zuckten zusammen, obwohl wir wussten, dass das Stöhnen von dem Geist stammte, der von Nobutaka Besitz genommen hatte, und nicht von dem Mädchen selbst.

Trotzdem glaubte ich, dass es ihr gewiss unangenehm wäre, hätte sie sehen können, wie sie sich vor so vielen Leuten derart preisgab. Auch anderen musste das aufgefallen sein, denn jemand griff zu dem Vorhang herüber und versuchte, die durcheinander geratenen Kleider des Mädchens zu ordnen.

Inzwischen war es bereits Nachmittag. Der Priester hatte den Geist ausgetrieben, als seine Schreie um Gnade auf einem Höhepunkt angekommen waren. Wir hatten erwartet, dass er das Wesen mit dem Befehl, sich von Nobutaka fern zu halten, frei ließe, aber stattdessen verlängerte der Priester seinen Leidensweg, indem er darauf bestand, dass sich der Geist zu erkennen gebe. Doch der Geist weigerte sich oder war vielleicht nicht dazu in der Lage, also ließ der Priester schließlich von ihm ab. Wir alle standen im Bann seiner Autorität. Und das Beste war, dass der Patient scheinbar sofort Erleichterung verspürte. Einer von Nobutakas Dienern, der bei ihm auf dem verhüllten Podium gesessen war, trat hervor und verkündete, dass sein Herr nun leichter atme und das Fieber gesunken sei.

Nobutakas Angehörige dankten dem Exorzisten, der bereits seine Sachen zusammenpackte. Sie drängten ihn, noch zu bleiben, während sie Opfergaben brachten, aber der junge Priester hatte noch andere Patienten, die ihn erwarteten, und wies die Einladung höflich zurück. Ich fand seine Würde äußerst beeindruckend.

Als nach der angespannten Stimmung der Zeremonie Ruhe einkehrte, spürte ich wieder stärker, dass ich hier inmitten von Nobutakas Familie eine Fremde war. Mir war aufgefallen, wie mich die Dame, die mich gebeten hatte zu bleiben, während der Zeremonie angeschaut hatte. Ich konnte unter diesen Umständen kaum verlangen, mit Nobutaka zu sprechen, und beschloss, nach Hause zurückzukehren und ihm stattdessen zu schreiben. Die Leute überbrachten ihre guten Wünsche, also schloss ich mich einer größeren Gruppe an, die gerade das Haus verließ, und als ich murmelte, Nobutaka möge sich weiterhin erholen, fragte mich seine Tochter direkt:

«Sind Sie die Autorin der Genji-Geschichten?»

Man kann sich vorstellen, wie überrascht ich war. Sah sie in mir nicht den Menschen, der die Ordnung des Hauses durcheinander brachte? Eine Person, die ihr die Zuneigung ihres Vaters streitig machte? Eine Rivalin für die Position ihrer Mutter? Diese Gedanken schossen mir durch den Kopf, und ich spürte, wie ich stark errötete.

«Ihre Geschichten gefallen mir sehr», sagte sie schlicht, bevor ich eine Antwort hervorbringen konnte.

Dann drehte sie sich um und rannte ins Haus zurück.

Tauwetter

Tokemizu

Der Wind drehte, und dadurch löste sich nicht nur die drückende Hitze plötzlich auf. Ich spürte eine tiefer greifende Veränderung. Die Luft war schwer, und am Himmel türmten sich die Wolken. Das Pfeifen des Windes drang schon an unsere Ohren, bevor wir seine plötzliche Kälte zu spüren bekamen. Dicke Regentropfen prasselten nieder, die der Wind schon bald heftig seitwärts peitschte. Alle beeilten sich, die Klappfenster zu schließen, die nun wochenlang offen gestanden hatten, um den kleinsten Lufthauch einfangen zu können. Ich musste meinen Schrank durchwühlen, um eine gefütterte Robe zu finden – während es heute Morgen noch so drückend gewesen war, dass ich das Gewicht meines ungefütterten Seidenkleides kaum auf meiner Haut hatte ertragen können.

Der Herbst zeigte sich in diesem Jahr von seiner anmaßenden Seite. Ich hatte das Wesen des Herbstes immer für zutiefst Yin gehalten, verglichen mit dem männlichen Wesen des Frühlings, aber in diesem Herbst überwog eine helle Yang-Wildheit.

Nobutaka zog in das Haus an der Rokujō-Straße um, so versuchte er dem Geist aus dem Weg zu gehen, der ihn sogar nach dem Exorzismus noch weiter gequält hatte. Die Priester waren ratlos, und schließlich empfahl der Yin-Yang-Meister, er solle die Residenz wechseln. Nobutaka schickte mir eine Nachricht, ich solle ihn dort besuchen.

Ich fragte mich, ob sein Problem damit zu tun hatte, dass sich die Geister zu dieser Zeit des Jahres sowieso auf Wanderschaft begeben. Während des siebten Monats ziehen die Seelen umher, vor allem wenn der Vollmond am Himmel steht. War es möglich, dass sie bereits das sich nahende buddhistische Totenfest spürten, wenn man sie in die Häuser der Lebenden einlud? Da man sie in dieser Zeit feiert, sich an sie erinnert und sie beschwichtigt, sind sie vielleicht besonders begierig nach Trost und Aufmerksamkeit. Aber vielleicht ist es auch umgekehrt. Vielleicht findet die Zeremonie zu Ehren der Vorfahren gerade dann statt, weil dies sowieso die Zeit ist, in der die Geister auf Wanderschaft sind. Also feiern wir sie, um sie zu besänftigen. Schließlich kann auch der Geist eines geliebten Menschen furchteinflößend sein, wenn er zwischen Tod und Leben schwebt.

Auf jeden Fall – Geister hin oder her – war die Zeit gekommen, um die Sache mit Nobutaka wieder gutzumachen, und ich bereitete mich darauf vor, das Haus an der Rokujō-Straße ein zweites Mal zu besuchen. Nachdem mir Kintō das Geheimnis des Hauses verraten hatte, achtete ich bei meiner Ankunft viel aufmerksamer auf das Gebäude. Mir fiel auf, wie ungewöhnlich die Mauer war, die das Haus umgab – elegant und gleichzeitig verspielt. Entlang der oberen Mauerkante waren runde Keramikfliesen eingelegt. Darunter verlief ein Muster aus miteinander verbundenen Halbmonden. Von der Straße konnte man die Kronen der Ahornbäume im Garten sehen, die Spitzen der Blätter begannen sich gerade zu verfärben. Als wir das Haupttor passiert hatten, stieg ich aus meinem einfachen Wagen, der dann neben Nobutakas großen

Wagen ins Wagenhaus gezogen wurde. Durch das innere Tor geleitete man mich in den Garten.

Ich war sicher, mich zumindest an den Garten erinnern zu können, aber alles war verändert. Jetzt stand ich in einem Meer aus Chrysanthemen in allen Formen und Farben. Ich war sicher, dass sie einen Monat zuvor noch nicht da gewesen waren. Große, spinnenförmige gelbe Blüten rankten sich um die zarten Blütenstände der Pflanzen am Teich, kleine, wilde Chrysanthemen mit gelben Augen schlangen sich büschelweise um die jungen Maulbeerbäume. Ich wusste, dass man diese Blüte trocknen und daraus einen Tee gegen Kopfschmerzen brauen konnte. Blumenkübel in Kastanienbraun, Bronze, Gold und Gelb drängten sich in Trögen entlang der Veranda und der Wege. Es war überwältigend. Ich musste einfach einige der Winkel in diesem Garten erforschen, bevor ich ins Haus ging.

Trotzdem vergaß ich nicht, dass ich höflich sein wollte, und schwor mir, meine Erkundungsreise nicht allzu sehr auszudehnen. Ich hob meinen Kopf zum Hauptgebäude und sah, dass die Jalousien aufgerollt waren. Als ich genauer hinsah, erschrak ich, Nobutaka zu sehen, der am Rand der Veranda saß und mich beobachtete. Er schien überhaupt nicht krank zu sein.

«Lass dir nur Zeit», rief er. «Die Chrysanthemen strahlen um diese Jahreszeit besonders schön, findest du nicht?»

Schnell senkte ich den Kopf, wobei mir ein verzierter Haarkamm zu Boden fiel. Es lief nicht, wie erwartet.

«Hier, ich möchte dir etwas zeigen.»

Nobutaka stand auf und trat zum Rand des Geländers. Er sprang zu mir herab, für einen Menschen in seinem Alter bewegte er sich erstaunlich gelenkig. Sofort eilte ein Diener mit einem Paar Holzschuhen herbei. Nobutaka schlüpfte hinein, ohne überhaupt auf den Boden zu blicken.

Ich griff nach meinem Fächer, um mein Gesicht zu bedecken. Es war seltsam. In Echizen hatte ich mich daran gewöhnt, mich ohne die Verschleierung der Stellwände, Vorhänge und Fächer zu bewegen, aber in Miyako schien mir die Vorstellung, dass mich ein Mann bei hellem Tageslicht anblickte, unanständig. Nobutaka hatte mich überrascht. Sogar in meiner Verwirrung konnte ich sehen, dass ihn das belustigte. Ich war gekommen und bereit gewesen, ihn zu bedauern, aber nun machte mein Mitgefühl vorsichtigem Respekt Platz.

Nobutaka wartete einen Moment, während ich mit meinem Fächer hantierte, dann ging er mit großen Schritten zur Brücke, die den vorderen Garten mit der kleinen Insel inmitten des Teichs verband. Ich folgte ihm, hielt mich am Geländer fest, um nicht auf der steil gebogenen Brücke auszurutschen.

Die Insel war mit den sieben Herbststräuchern bepflanzt worden, sie waren so sorgfältig angeordnet, dass mich das Ganze an eine große Miniaturlandschaft erinnerte. Ein Büschel Pampasgras wiegte seine silbernen Federn über einem tief rosaroten Lespedeza-Busch mit erbsengroßen Blüten, einige verstreute kurzstielige Nelken enthüllten ihre fedrig weißen Blüten (ich erkannte sie als wilde Sorte aus den Bergen und nicht als jene, die normalerweise in den Gärten kultiviert wurden). Eine Gruppe violettblauer Glockenblumen, die prallen Knospen noch hübsch verschlossen, wuchsen neben einem Bambusrahmen, an dem die Kuzu-Rebe und einige lavendelfarbene Wasserdosten hinaufklettern konnten, während die zart gelb-grünen Dolden des Goldbaldrians in der leichten Brise zitterten. Es kam mir vor wie eine Szene auf einem Wandbild.

Plötzlich hatte ich das Gefühl, irgendwo in dieser Landschaft müsste eine poetische Inschrift zu finden sein. Ein Paar Mandarinenten kam unvermittelt hinter dem Angel-Pavillon am Rand des Teiches hervorgeschwommen.

«Nun, das ist aber ein gutes Omen», sagte Nobutaka.

Ich errötete hinter meinem Fächer. Es kam mir vor, als hätte er diese Szene mit den Vögeln einstudiert. Er zeigte auf den Maulbeerhain.

«In einigen Jahren, wenn sie größer sind, werden wir dort Seidenraupen züchten», sagte er. «Unsere eigene kleine Seidenzucht! Die Menschen im Haupthaus beneiden uns darum. Als sie von den Maulbeerbäumen hörten, forderten sie einen Anteil Seidenraupen.»

Ich wünschte, er hätte das Haupthaus nicht erwähnt. Aber da ich die Gefühle seiner anderen Frauen ohnehin nicht beeinflussen konnte, hatte ich beschlossen, ruhig zu bleiben. Ich würde sie einladen, ihre Seidenraupen auf diesen Bäumen fressen zu lassen.

Ich spürte, dass Nobutaka beinahe platzte vor Stolz über seinen Garten. Er hatte auch allen Grund dazu, denn er war wunderschön. Ich fragte mich, ob er inzwischen erfahren hatte, dass ich von seinem großzügigen Geschenk bereits wusste.

«Sollen wir zum Pavillon hinübergehen?», fragte er und bot mir seine Hand an, um mir einen sicheren Halt auf der Brücke zu geben.

«Der Garten ist außergewöhnlich schön», sagte ich.

«Warte nur, bis du ihn im Frühjahr siehst», rief er aus und fuhr fort, mir seine Pläne zu erläutern, wie er die Insel in ein Frühlingstableau verwandeln würde.

Ich nahm an, damit wollte er andeuten, dass ich bis dahin hier leben sollte.

«Ich freue mich darauf», gab ich zur Antwort und nahm somit sein Angebot an.

Wir spazierten zum Rand des Gartens, am Tor vorbei, durch das ich eingetreten war, und nahmen einige Stufen hinauf zu dem Gang, der zum Angel-Pavillon führte. Der Diener, der uns gefolgt war, reihte unsere Gartenholzschuhe sorgfältig auf einem flachen Stein auf, der dort zu diesem Zweck lag. Auf dem polierten Holzboden des Gangs ließ ich meine langen Hosenbeine wieder herunter, die ich draußen umgeschlagen hatte, und versuchte, meinen Kamm wieder zu befestigen, der erneut herausgerutscht war.

Der Pavillon stand auf Säulen direkt über dem Wasser des Teichs, er war zu allen Seiten hin offen und mit tragbaren Matten eingerichtet, die von einer niederen Stellwand unterteilt wurden. Nobutaka hatte einige Bilder und Schriftrollen mitgebracht, die er während der Rekonvaleszenz von Besuchern erhalten hatte.

«Dies ist ein interessantes Exemplar», sagte er und öffnete die verblassten Schnüre eines alten aschgrauen Holzkistchens.

Er zog eine Bilderrolle hervor und rollte sie vor mir auf. Jemand hatte die groteske Gestalt einer besessenen Frau gezeichnet. Direkt hinter ihr stand ein junger Priester, der versuchte, den bösen Geist einzufangen – es war anscheinend der frühere Mann der Frau, den die Eifersucht in einen Dämonen verwandelt hatte. Der Ehemann saß da und sang ein Sutra, so versuchte er den Geist auszutreiben.

Nobutaka fragte mich, was ich davon hielte.

Beinahe ohne nachzudenken, fiel mir ein Gedicht ein, also bat ich um etwas Papier und einen Pinsel. Ich schrieb:

Naki hito ni   kagoto wa kakete   wazurau mo   ono ga kokoro
no   oni ni ya wa aranu

Er scheint zu glauben, die Tote verursache den Kummer, doch wird er nicht viel eher von inneren Teufeln gequält?

Die Ahornblätter raschelten in der Brise, und die Mandarinenten tauchten ins Wasser ein und wieder auf und schüttelten die Tropfen von ihren Flügeln. Nobutaka las mein Gedicht und schaute sich die Szene an:
«Du bestehst darauf, mich auszutesten», bemerkte er.
Dann nahm er den Pinsel und schrieb:

Kotowari ya   kimi ga kokoro no   yami nareba   oni no kage to
wa   shiruku miyuramu
Ich bin nicht mit dir einig. Es ist dein Herz, versunken im Dunkeln, das die Gestalt der Teufel kennt.

Ich las seine Worte, und mit Schrecken wurde mir klar, wie Recht er hatte. Dass ich mich so gegen Nobutaka wehrte, lag weniger an ihm als an meiner eigenen Sturheit. Zutiefst betroffen bemerkte ich nicht, dass er scheinbar auf Antwort wartete. Er brach das seltsame Schweigen.
«Es stimmt», lächelte er. «Ich bin sicher, dass jene Teufel in unserem Innern, denen wir uns nicht stellen, die meisten Schwierigkeiten verursachen.» Dann sagte er vorsichtig: «Meinst du, dein Leuchtender Genji würde diesen Garten mögen?»
Da wurde mir klar, dass meine Meinung Nobutaka etwas bedeutete, und ich fragte mich, warum ich so lange gebraucht hatte, um das zu schätzen. Seine Empfindsamkeit unterschied sich gewiss deutlich von meiner. Er hatte einen viel unbeschwerteren Geist, war nicht wie ich von den Schatten der Melancholie umwölkt. Aber vielleicht war das gar nicht schlecht.

Würde Genji dieser Garten gefallen? Nobutaka hatte also an Genji gedacht, als er ihn entwerfen ließ. Das war interessant.

Ich drehte mich zu ihm um und sagte: «Eines Tages wird Genji sein eigenes Haus bauen, und es wird diesem hier an der Rokujō-Straße ganz ähnlich sein. Und er wird für jede Jahreszeit einen Garten planen», fügte ich noch an. «Vielleicht könntest du mir dabei helfen, sie zu entwerfen?»

Nobutaka strahlte. Offenbar freute es ihn, dass ich ihn darum gebeten hatte.

Später am Abend, als ich in Großmutters Haus zurückgekehrt war, erreichte mich dieses Gedicht. Nobutaka benutzte die Bilder, die ich früher in meinen Gedichten gebraucht hatte, und erzeugte damit eine schöne Wirkung:

Mine samumi iwama kōreru tanimizu no yukusue shimo zo fukaku naruramu
Leise gurgelnd fließt der Bach ins Tal, einst gefroren zwischen Bergspitzen, sprudelt er nun tief und stark.

Kurz nach dem Chrysanthemenfest am neunten Tag des neunten Monats zog ich in das Haus an der Rokujō-Straße. Unsere Hochzeitszeremonie war sehr schlicht: drei lackierte Tassen Sake, von jeder nahmen wir drei Schlucke. Angesichts unseres Alters als Braut und Bräutigam wäre ein aufwändiges Bankett für die Familien kaum angebracht gewesen. Nobutaka schickte die obligatorischen Reiskuchen zur Heirat ins Haus meiner Großmutter und arrangierte einige Tage später ein Dichterfest für seine Freunde. Zahlreiche Gedichte wurden verfasst (die nun alle verloren sind), viel Sake wurde getrunken.

Die nördliche Persönlichkeit

Kita no Kata

Man wies mich oft darauf hin, wie außergewöhnlich das Haus an der Rokujō-Straße sei – eher ein Park als ein Gebäude. Die Haupthalle war, wie man es erwarten würde, ein großer zentraler Raum, umgeben von den Außenräumen, die auf die Veranda hinausgingen. Im Inneren gab es nicht viele Stellwände oder Vorhänge, denn mir gefiel das Gefühl der Weite mehr als ein aufgeteilter Raum. Zwei überdeckte Gänge führten vom Hauptgebäude nach Osten und Westen, auch das war üblich, aber die Pavillons, zu denen sie führten, waren winzig klein. Im Ostflügel befand sich mein Arbeits- und Schreibzimmer, der Westflügel war Nobutakas privates Gemach, aber da er kein Mann war, der die Einsamkeit suchte, benutzte er es selten.

Ich zog es vor, das Hauptgebäude offen und frei von unnötigen Dingen zu halten, während mein Arbeitszimmer angefüllt war mit allem möglichen Nippes, der sich über die Jahre angesammelt hatte.

«Sie inspirieren mich auf verschiedene Arten», erklärte ich einst einer Freundin den Sinn der kleinen Kistchen, lackierten Objekte, getrockneten Blumen und Zweige in den unterschiedlichsten Formen. An einem Regal hing die zerbrechliche goldene Hülle einer Zikade, die ich zu Beginn des Herbstes unter einem Dachvorsprung eingesammelt hatte.

Die Zerbrechlichkeit dieses zinnenförmigen Körpers und des hinteren gespaltenen Teils, aus dem das Insekt wie aus einer chinesischen Jacke geschlüpft war, ließ mich über die Fragilität des lebenden Tieres nachdenken. Keiner durfte dieses Zimmer ohne klare Einladung betreten. Nicht einmal Nobutaka.

Der ganze Besitz wurde von einer einfachen Umfriedung aus festgestampfter Erde begrenzt: Es war eine bescheidene Mauer, allerdings in eher ungewöhnlicher Form. Am Ende würden nur Teile dieses Zaunes das Feuer überstehen. Das Haupteingangstor im Westen aus unbemaltem Zypressenholz war mit dunklen Bronzefiguren verziert. Trat man dort ein, kam man auf einen mit Kieselsteinen bedeckten Hof. Die Wagen wurden in einem Unterstand auf der rechten Seite abgestellt. Zu Fuß ging man über die Kieselsteine und durch das innere Tor, wo zwei überdeckte Gänge zusammenliefen. Der rechte Gang führte zum Angel-Pavillon am westlichen Zipfel des Gartenteichs, der linke zum Westflügel des Hauses.

Eigentlich sollten Gäste einen sich windenden Pfad durch den Garten nehmen, um die Haupttreppe zu erreichen, aber die meisten Besucher traten über den Westflügel ein. Da Nobutaka seine privaten Räume nicht sonderlich viel bedeuteten, diente sein Anbau als Empfangstrakt.

Der Garten machte drei Viertel des gesamten Anwesens aus. Hinten bei der südlichen Mauer befand sich ein mit Maulbeerbäumen bewachsener Hügel. Maulbeerbäume wuchsen schnell, man hatte sie als Setzlinge gepflanzt. Einige der größeren Kiefern hingegen waren vorsichtig in den Bergen ausgegraben und in voller Größe hierher verpflanzt worden. Ungefähr die Hälfte der Bäume überstand es, entwurzelt und wiederangepflanzt zu werden (kein schlechter Schnitt, wie man mir sagte). Diese Kiefern verursachten von allen Gartenpflanzen die meisten Kosten.

Vor dem Hügel, auf dem die Maulbeerbäume wuchsen, lag ein Teich mit einer kleinen Insel in der Mitte. Zur Insel gelangte man über eine gebogene Brücke auf der Seite des Hauses oder über einen steinigen Pfad, der entlang der Maulbeerbäume verlief. Über diese Steine zu laufen war ein Abenteuer für ein kleines Kind, denn man konnte leicht in das niedrige Wasser fallen. Kinder durften die schmale Wegbrücke deshalb nur an der Hand des Kindermädchens überqueren. Falls sie sich dagegen wehrten, erzählten ihnen die Diener, es sei eine schwebende Traumbrücke, und wenn sie nicht artig wären, würde sie schmelzen und sie würden ertrinken. Solchen Unsinn setzte man den Kindern in den Kopf, aber es zeigte doch Wirkung. Im Sommer pflückte ich Sträuße mit wilden Nelken, und im Herbst gefielen mir die prallen blauen Knospen der Glockenblumen besonders.

Am liebsten hielt ich mich im Angel-Pavillon auf, einem offenen Gebäude, das sich über das westliche Ende des Teichs erstreckte. Vielleicht nutzten die Chinesen, die diese Pavillons erfunden hatten, sie tatsächlich zum Fischfang. Wir fischten nur mit unseren Blicken. Im Sommer war es hier kühler als im Haus, obwohl sich das Wasser, wenn es sehr heiß war, grün verfärbte und nach Algen roch. Die Schildkröten sonnten sich auf den Steinen, und die Karpfen schwammen einem träge an der Hand vorbei. Man konnte zu jeder Jahreszeit dort draußen sitzen – wenn man einen Kohleofen mitnahm, sogar im Winter.

Wenn ich auf den Stufen im Süden des Hauptgebäudes saß, sah ich rechts von mir die Kirschbäume und links die Kamelien, dann schweifte mein Blick über eine Ansammlung von Pflaumenbäumen und eine große Weide, die am Ufer des Sees stand, bis er sich im Maulbeerhain verlor, der von hier aus weit entfernt schien. Da die Bäume die Sicht auf den hinteren Zaun abschirmten, schien sich der Blick in der Unendlichkeit verlieren zu können. Nobutaka hatte den Bach so angelegt, dass er an die Spuren eines kriechenden Drachen erinnerte. Wo sich das Bachbett verengte, lagen Steine entlang des Ufers, damit der stärkere Wasserdruck das Ufer nicht überspülte. Wo sich das Bett wieder verbreiterte und der Bach ruhig dahinplätscherte, säumte weißer Sand das weiche Ufer.

Nobutaka scheute keine Kosten, den östlichen Flügel nach meinen Vorstellungen einzurichten. Zu seinem Glück hatte ich keinen ausgefallenen Geschmack. Ich hatte einen Satz weicher, mit gestreifter Seide eingefasster Schilfmatten, auf denen ich vier Lagen dick schlief. Meine Kissen waren dunkelgelb gefärbt, auch die Vorhänge waren gelb mit einem blau gesprenkelten Muster. Beim Schreiben hatte ich das Gefühl, das Blau helfe mir, meine Gedanken zu sammeln, während mir das Gelb Inspirationen gab. Ich hatte drei Stellwände, die aus unlackiertem Zelkovenholz gefertigt waren, die Stoffe konnte ich der Jahreszeit anpassen. Zu Beginn des Winters hängte ich die blassen, austerschalenfarbenen Vorhänge auf, deren Farbton sich gegen unten zu Rostrot verdunkelte, dazu dunkle, purpurne Bänder.

Ich hatte meinen Schreibtisch aus unserem alten Haus mitgebracht. Er war etwas abgenutzt, aber ein schönes altes Stück aus dem Besitz meines Vorfahren Kanesuke. Ich mochte Räume nicht, in denen alles ganz neu und unbenutzt war. Es gefiel mir viel besser, wenn ich die eleganten neuen Möbel mit vertrauten Stücken kombinierte. Der Drachenspur-Bach floss vom Gartenteich direkt neben meinem Zimmer vorbei. Als es kalt wurde, hielt ich die Klappfenster geschlossen und freute mich schon auf den Frühling, wenn ich sie ganz abnehmen und den Raum vollständig zum Garten hin öffnen würde.

Ich verbrachte den größten Teil meiner Zeit in dem gemütlichen Ostflügel, las oder ließ meinen Blick über den Teich und die Steine im Garten schweifen. Wenn Nobutaka zu Besuch kam, zog ich mich in den nördlichen Raum zurück. Dort stand ein großes, leicht erhöhtes Schlaflager aus lackiertem Holz, das von Vorhängen umhüllt war. Um sich vor Krankheit zu schützen, hatte Nobutaka an einem Ende ein Rhinozeroshorn aufgehängt und auf der anderen Seite Spiegel, um böse Geister zu verjagen. Diese Vorkehrungen zum Schutze seiner Gesundheit waren ihm sehr wichtig. Angesichts seiner Krankheitsgeschichte verstand ich seine Vorsicht.

Manchmal dachte ich über diese Veränderung in meinem Leben nach. Nun, da die Heirat, vor der ich mich so lange gefürchtet hatte, vollzogen war, fühlte ich mich auf seltsame Art glücklich. In dieser schönen und angenehmen Umgebung hatte ich meinen Frieden gefunden. Ich hatte alle Voraussetzungen, um weiter zu schreiben, und einen verständnisvollen Ehemann, der nicht viel von mir forderte. Er war gerade zum Gouverneur von Yamashiro ernannt worden, also konnte er es sich problemlos leisten, den außergewöhnlichen Garten pflegen zu lassen.

Wir waren tatsächlich ein ungewöhnliches Paar. Nobutaka war ein geselliger Mensch, ich war eine Einzelgängerin. Er liebte Menschenmengen und Fröhlichkeit, ich suchte die Stille. Er geriet immer wieder in seltsame Situationen, weil er gerne in Saus und Braus lebte, aber, um ehrlich zu sein, nicht außergewöhnlich intelligent war. Trotzdem war er ein fröhlicher und großzügiger Mensch, und die Leute mochten ihn. Mit der Zeit verliefen sich die zahlreichen Missverständnisse, die aufgrund unserer Verschiedenheit zwischen uns entstanden waren, und es stellte sich eine gewisse Harmonie ein. Obwohl er mich ab und zu mit einem recht ansehnlichen Gedicht überraschte, war Nobutakas literarisches Können insgesamt doch eher bescheiden. Dessen war er sich durchaus bewusst. Trotzdem schätzte er Genji. Mir wurde klar, dass er meine Geschichten herumzeigte, weil er stolz darauf war. Es wäre ihm nie eingefallen, dass ich meine Bitte, er solle die Manuskripte niemandem zeigen, ernst gemeint haben könnte.

Rückblickend waren vielleicht auch meine Motive nicht so eindeutig gewesen. Nachdem er mir jenes Kopfkissenbuch nach Echizen geschickt hatte, wollte ich ihm beweisen, dass ich in der Provinz dazu in der Lage war, genauso interessante Geschichten wie Kiyowara Nagiko zu schreiben.

Wenn Nobutaka, wie meistens, fort war, schlief ich oft auf den Matten im östlichen Flügel, wo ich auch meine Tage verbrachte. Normalerweise wachte ich kurz vor der Morgendämmerung auf, blieb still liegen und lauschte den leisen, krachenden und knackenden Geräuschen, die das Haus von sich gab, während die Sonne es erwärmte. Ich zog es vor, früh morgens zu schreiben, wenn mein Denken nicht von Haushaltsdingen und sozialen Verpflichtungen umnebelt war, um die ich mich später am Tag kümmern musste. Die Dienerinnen wussten, dass sie mich bis nach dem Frühstück nicht stören durften. Erst dann verließ ich Genjis Welt, nahm etwas Reisschleim und Früchte zu mir und widmete mich den Botschaften, Briefen und Anweisungen an die Diener, je nachdem, wie Nobutakas Pläne für den Tag aussahen.

Nobutaka machte sich weiterhin Sorgen um seine Gesundheit. Eines Tages zeigte er mir sein Exemplar von Doktor Tambas *Abhandlungen über die chinesische Heilkunde.* Gemäß diesem Buch ist eines der wichtigsten Geheimnisse für ein langes Leben häufiger Geschlechtsverkehr, vorzugsweise mit so vielen verschiedenen Partnerinnen wie möglich – allerdings muss ein Mann darauf achten, dass kein Tropfen seiner wertvollen Flüssigkeit seinen Körper verlässt, sonst geht jeglicher Nutzen verloren. Ming-gwok hatte mir Ähnliches erzählt, aber natürlich tat ich so, als wüsste ich nichts von diesen chinesischen Theorien. Nobutaka bat mich, ihm dabei zu helfen, sich an diese Ratschläge zu halten, also tat ich mein Bestes, um meine Pflichten zu erfüllen.

Wann immer Nobutaka nicht an den Neujahrszeremonien bei Hof teilnehmen musste, kam er ins Haus an der Rokujō-Straße, um im Sinne der Chinesen etwas für ein langes Leben zu tun. Es belustigte mich, dass meine Dienerinnen ungefähr eine halbe Stunde brauchten, um mich richtig anzukleiden, er dies aber mit einem Handgriff rückgängig machen konnte. Eine Weile schmerzte mein Körper von dieser ungewohnten Aufmerksamkeit, aber mit der Zeit merkte ich, wie ich mich auf seine Besuche freute. Ich errötete, wenn ich daran dachte, was sie wohl im Haupthaus davon hielten!

Ich kam mit meiner Arbeit an *Genji* gut voran. Nun verstand ich sein Wesen besser, vor allem in seinen Beziehungen zu Frauen. An einem gewissen Punkt hatte ich mit der Frage zu kämpfen, wie es Genji gelang, seine zahlreichen Beziehungen nicht von Eifersucht vergiften zu lassen. Ich hatte mir nie vorstellen können, dass seine zahlreichen Frauen einander nicht hassten, aber nun lernte ich langsam, wie sich die Gefühle von Frauen gewissen Situationen anpassten. Natürlich spielte es eine große Rolle, wenn die Frauen nicht unter einem Dach leben mussten. Was für ein Glück ich doch hatte.

Um meine Neujahrswünsche zu überbringen, machte ich meinen ersten Besuch im Haupthaus seit dem Exorzismus im letzten Sommer. Nobutaka bat mich, etwas von dem Siebenkräuterbrei ins Haupthaus zu schicken, den ich mit getrockneter Persimone und Kastanien nach dem speziellen Rezept unserer Familie für ihn zubereitet hatte. Ich war so mit meinem neuen Leben als verheiratete Frau in Miyako beschäftigt gewesen, dass ich nicht viel über meine Familie in Echizen nachgedacht hatte, aber während ich die Zubereitung des Breis überwachte, überkam mich sehnsüchtige Erinnerung. In seiner ungewohnten Rolle als Schwiegervater hatte Vater Nobutaka viele Briefe geschrieben. Er fand die Beziehung erfreulich und etwas seltsam, da beide Männer beinahe im selben Alter waren.

Ich füllte den Brei in einige schöne antike Lackgefäße. Mir war eingefallen, dass sie noch in Vaters Haus lagerten. Einer unserer alten Familiendiener hatte sich um das Haus gekümmert, und er war so freundlich und holte sie mir aus dem Lager. Verschlossen und mit makellosen Papierbändern umhüllt, gaben die Gefäße ein elegantes Geschenk ab. Ich ließ sie einige Tage vor meinem Besuch zum Haupthaus schicken.

Die Erinnerung an meine Anspannung, als ich mich im letzten Sommer dem Haupthaus genähert hatte, entlockte mir ein Lächeln. Nun war ich ein anderer Mensch. Die Damen des Hauses dankten mir für die Gefäße und das Essen, und Nobutakas zweitälteste Tochter, die bereits im letzten Sommer mit mir über Genji gesprochen hatte, schien erfreut, als ich ihr beim Abschied einige Abschriften neuerer Geschichten zusteckte.

Eigentlich waren auch all die anderen Frauen von Nobutaka im Sommer sehr höflich und freundlich gewesen. Dass ich ihnen so voller Furcht und Verlegenheit begegnet war, lag nur an mir. Es hatte sich nichts verändert, nur ich war anders geworden.

Nobutaka wurde oft in verschiedenen Angelegenheiten in den Palast gerufen. Eines Tages kam er direkt von seinen Geschäften dort zu mir, voll des Lobes für die wunderbaren Pflaumenbäume, die im vorderen Hof des Palastes blühten: ein tiefroter auf der linken Seite, weiße auf der rechten. Der Wind begann die Blüten zu verstreuen, erzählte er, und im hellen Licht der Frühlingssonne boten die wirbelnden Blüten einen wunderbaren Anblick. Er konnte es kaum erwarten, in unserem Garten an der Rokujō-Straße ebenfalls eine solche Kombination von Pflaumenbäumen zu pflanzen. Auch Vater hatte eine Schwäche für Pflaumenbäume, aber ihm gefielen vor allem die wirklich alten Bäume, die schon beinahe tot schienen und auf deren Stamm da und dort bläuliche Moospolster wuchsen. Einzig an einem jungen Zweig an einem ergrauten Ast sollten einige pralle Knospen hängen. Dies ist die Art Pflaumenbaum, die einem Gelehrten das Herz höher schlagen lässt.

Nobutaka war in hervorragender Stimmung und voller Energie. Wir versuchten verschiedene Stellungen aus Doktor Tambas Handbuch, aber schließlich verlor Nobutaka die Kontrolle, und all unsere Anstrengungen waren umsonst. Ihm schien das nicht allzu viel auszumachen, denn er sagte, er könne es ja immer wieder versuchen. Sein Ziel war, im Sinne der Chinesen, «den gelben Strom rückwärts fließen zu lassen». Das bedeutete, die männliche Flüssigkeit sollte im Körper aufwärts strömen, um so das Gehirn zu nähren. Wiederum nach der Lehre des Buches konnte man die Kraft des Yang am ehesten verbessern, indem man die Aufregung des Yin aufrecht erhielt – worin Nobutaka schon ziemlich geschickt war.

Wir erhielten einen äußerst interessanten Brief von Vater. Er hatte gerade einen der Abgesandten getroffen, der von seiner Rundreise durch die östlichen Provinzen in die Hauptstadt unterwegs war. Während seiner Reise durch die wilde Ebene von Suruga hatte er beobachtet, wie der heilige Berg mit dem Namen Fudschi Rauchwolken in den Himmel schickte. Die Menschen hatten ihm erzählt, der Berg gebe unheimliche Geräusche von sich, und sie fürchteten sich. Er übernachtete in einiger Entfernung von dem Berg und wurde mitten in der Nacht von einer schrecklichen Explosion aus dem Schlaf gerissen. Ohne nachzudenken, rannte er nach draußen und sah gerade noch, wie das Feuer aus dem Berggipfel schoss und die Flanken entlang herablief. Um ihn herum schrien und weinten die Dorfbewohner, obwohl sie auf der anderen Seite der Ebene nicht direkt in Gefahr schwebten. Die Luft roch unangenehm nach Schwefel, als der Abgesandte sein Gepäck zusammensammelte und abreiste. Selbst als der Morgen anbrach, wollte es nicht hell werden, und der ganze Reisetag war vom Rauch des Berges verdunkelt.

«Eine Seele, die durch die Hölle reist, muss sich so fühlen», sagte er zu Vater. Tatsächlich hätten seine Beschreibungen der Flammen, des Rauches und der eingeschüchterten Menschen, die mit vor Schreck aufgerissenen Augen aus den Häusern stürzten, direkt von einem der Höllengemälde Genshins stammen können.

Ungefähr zu Beginn des Sommers begann ich mich unwohl zu fühlen. Anstatt früh aufzustehen, blieb ich zusammengerollt hinter meinen Vorhängen liegen, bis die Sonne schon hoch am Himmel stand. Ich kleidete mich langsam an, fühlte mich unsicher und schwankte hinaus, um auf der Veranda zu sitzen und die frische Morgenluft des Gartens einzuatmen.

Nobutaka bemerkte meine Mattigkeit, und er ließ nach seinem Arzt schicken, der mir eine Behandlung verschreiben sollte. In der Zwischenzeit fiel mir auf, dass unter den Kirschbäumen, die nun in voller Blüte standen, ein oder zwei waren, die mich stark an die Birkenkirschen in Echizen erinnerten. Ich machte mir eine Notiz, um Nobutaka danach zu fragen. Ich versuchte einen besonders anmutigen Kirschenzweig in eine Vase zu stellen, aber die Blütenblätter fielen beinahe umgehend ab, so ersetzte ich ihn mit einem einfachen, knorrigen Pfirsichzweig voller Knospen, die kurz davor standen, sich zu öffnen.

Orite miba   chika masari seyo   momo no hana   omoiguma naki   sakura oshimaji
Nun da du gepflückt bist, Pfirsichblüte, erstrahle in voller Schönheit. Es muss dich die Eifersucht auf die herzlose Kirsche gewiss nicht plagen.

Nobutaka kam von der Besprechung mit seinem Arzt zurück und bemerkte die Vase mit den Blumen, die ich arrangiert hatte. Ich erzählte von den Kirschblüten und zeigte ihm mein Gedicht. Er antwortete:

Momo to iu   na mo aru mono wo   toki no ma ni   chiru sakura ni mo   omoiotosaji
Glänzend nennt der Pfirsich sich Momo, neben der Kirsche muss er sich nicht schämen, allzu kurzlebig ist ihre Pracht.

Wir einigten uns darauf, dass die Kirschblüten überbewertet wurden. Es gibt so viele wunderbar blühende Bäume, von denen die Dichter selten schreiben. Die Chinesen schätzten die zarten, weißen Birnenblüten genauso wie die robusten

Pfirsiche. Warum müssen wir immer nur für die Pflaumen und Kirschen Loblieder singen? Wenn sich die Blütenblätter zerstreuen und die Birnen- wie die Kirschenblüten von der abendlichen Brise umhergewirbelt werden, so kann man sie kaum auseinander halten.

Hana to iwaba   izure ka nioi   nashi to mimu   chirikau iro no koto naranaku ni
Weder die lieblich schöne Kirsche noch die bescheiden schlichte Birne verströmen besonderen Duft, und eine wie die andere reißt der Wind mit sich fort.

Nachdem Nobutaka den Arzt konsultiert hatte, kam dieser, um nach mir zu sehen. Ich war noch erschöpfter als sonst, lag auf meinen Matten im östlichen Flügel und unterhielt mich durch die Vorhänge mit ihm. Er bat mich darum, den Arm auszustrecken, sodass er meinen Puls fühlen könne. Dann fragte er, ob ich zufällig in letzter Zeit von Katzen geträumt hätte, und legte meinen Arm sanft durch die Vorhänge zurück. Er räusperte sich und sagte:

«Nach den Erzählungen ihres Ehemanns und meiner Untersuchung möchte ich in aller Bescheidenheit die folgende Diagnose vorschlagen: Sie sind schwanger.»

Ich fühlte mich so schwach seit meiner Schwangerschaft, dass ich kaum dazu in der Lage war, meinen Schreibpinsel in der Hand zu halten. Nobutaka machte sich Sorgen und drängte den Arzt, verschiedene Arzneien zusammenzustellen, doch ich konnte nichts bei mir behalten.

«Es ist wirklich seltsam», bemerkte er. «Keine meiner anderen Frauen hat etwas Ähnliches erlebt.»

Seine Sorge berührte mich sehr.

Etwas Übelkeit war zu erwarten gewesen, hatte man mir erzählt, aber meine Reaktion schien übermäßig. Ich konnte gewisse Gerüche nicht ertragen – sobald etwas nur im entferntesten ölig war, musste ich mich übergeben. Manchmal half es etwas, wenn ich an einer sauren, getrockneten Aprikose lutschte.

Zudem wurde ich von schrecklichen Kopfschmerzen geplagt, die schlimmer waren als alles, was ich je erlebt hatte. Ich wusste nicht, wie ich die Schwangerschaft überstehen sollte, wenn dieser Schmerz anhielt. Der Arzt meinte, das Problem könnte ein böser Geist sein, also holte Nobutaka Priester, die für mich sangen. Ihre Anstrengungen halfen mir ein wenig, und ich verdoppelte meine eigenen Gebete zu Kannon, dem gnädigen Bodhisattva.

Ungefähr zu dieser Zeit brannte der kaiserliche Palast nieder, und mein Ehemann hatte viel damit zu tun, beim Umzug in die vorübergehende Residenz zu helfen. Keine wichtigen Personen wurden verletzt, aber viele schöne Dinge zerstört. Nobutaka ließ jeden Tag nach meinem Befinden fragen.

Trotz der üblichen drückenden Sommerhitze fühlte ich mich langsam besser. Ich plante sogar meine Haare am siebten zu waschen, da dies ein günstiger Tag war und ich nicht wusste, wann ich wieder dazu in der Lage wäre. Nachdem ich das erledigt hatte, brachte mir Nobutaka die Mutterschaftsschärpe.

Während der Tage meiner Schwangerschaft erschien mir alles oft sehr unwirklich. Es war schwer genug, von mir selbst als verheirateter Frau zu denken, geschweige denn mich als Mutter zu verstehen. Mein eigener Körper wurde mir in meinem unruhigen, traumgleichen Zustand fremd. War es tatsächlich möglich, dass zu Ende des Jahres, wenn alles gut ginge, ein Baby in unserem Haus wäre? Ich konnte es mir vorstellen, aber es war auch möglich, dass die Dinge eine schreckliche Wendung nahmen. Von jenem Moment, wenn die Schwangerschaftsschärpe geschnürt wurde, wäre ich in einem verunreinigten Zustand, und sollte ich sterben, bevor das Kind geboren wurde, so wäre meine Seele verloren. Ich hörte auf, Genji-Geschichten zu schreiben, und setzte stattdessen die wenige Kraft, die mir verblieben war, dazu ein, das Lotos-Sutra abzuschreiben.

Vom Haupthaus sprach man mir Mitgefühl aus. Nobutakas zweitälteste Tochter schrieb mir häufig und schickte Proben von Räuchermischungen, die sie zusammengestellt hatte. Mein Geruchssinn spielte verrückt. Obwohl mir gewisse Essensdüfte noch immer zuwider waren, konnte ich die einzelnen Zutaten der Mischung mit gesteigerter Aufmerksamkeit wahrnehmen.

Für die letzten Monate meiner Schwangerschaft zog ich wieder in Großmutters Haus. Eigentlich wollte ich meinen Garten nicht verlassen, aber es war eine Erleichterung, sich nicht mehr um den Haushalt kümmern zu müssen. Man erzählte mir, die Chrysanthemenpracht an der Rokujō-Straße sei dieses Jahr sogar noch überwältigender, und ich verpasste diesen Anblick. Eines Abends befahl mein Ehemann den Dienern, sie sollten die halb geöffneten Blüten mit Seide umwickeln, und obwohl er den ganzen Tag am Hof bei den Vorbereitungen für die Festivitäten des Neunten helfen musste, veranlasste er, dass die Blüten in einer bedeckten Keramikschale gesammelt und mir im Laufe des Morgens gebracht wurden. So viele Blüten! Ich rieb nicht nur mein Gesicht, sondern meinen ganzen Körper mit dem wunderbaren Duft ein. Als ich mit einer Hand über meinen geschwollenen Bauch strich, bewegte sich das Kind in meinem Innern energisch. Ich war mir sicher, es war ein Junge.

Die Kalmus- und Beifuß-Duftsäckchen wurden überall im Haus meiner Großmutter heruntergenommen und mit frischen Duftkugeln aus Chrysanthemen und Rauten ersetzt. Ich atmete den anregenden, leicht bitteren Duft der Chrysanthemen ein. Man sagt, Chrysanthemen fördern die Langlebigkeit, ob das nun stimmte oder nicht, ihre Düfte waren gewiss anregend.

Neben den üblichen Zeremonien und Tänzen war in dem vorübergehenden Palast im elften Monat so viel los, dass mein Ehemann mich nur selten besuchen konnte. Michinagas zwölfjährige Tochter Shōshi wurde Kaiser Ichijō am Ersten des Monats als Gemahlin präsentiert. Während des letzten Jahres hatte ich Nobutaka so viele Fragen über das Leben bei Hof gestellt, dass er inzwischen ein aufmerksamer Beobachter war. Als er nach Shōshis Präsentation vorbeikam, sprudelten die Details über die Zeremonie nur so aus ihm heraus, denn er wusste, dass ich ungeduldig auf seine Erzählung wartete.

Die junge Shōshi war sehr hübsch, sagte er. Sie war erst zwölf, legte jedoch eine ungewöhnliche Reife an den Tag. Ihr glänzendes Haar war ungefähr fünfzehn Zentimeter länger als sie selbst, was zahlreich kommentiert wurde. Jene Damen, die Shōshi dienten, trugen wunderbare Brokatjacken in den verbotenen Farben *, dazu steife seidene Schleppen, auf die ein Wellen- und Muschelmuster in Silber gestanzt war. Damit

---

* Die verbotenen Farben *(kinjiki)* umfassten verschiedene Rot- und Violetttöne, aber auch verschiedene Seidenwebmuster, die nur von Damen des dritten Rangs aufwärts getragen werden durften.

ein Mädchen ins Gefolge aufgenommen wurde, musste ihr Vater von hohem Rang sein und es selbst ausgezeichnete Manieren haben. Nur die Elegantesten und Anmutigsten wurden ausgewählt. Oh, wie sehr sie zu beneiden waren, für die Gefolgschaft dieser jungen Dame auserkoren zu werden.

Er beschrieb eine Serie faltbarer Stellwände, die mit Gemälden und Gedichten ausgewählter Künstler geschmückt waren. Vor allem das Bild einer blühenden Glyzinie mit einem Gedicht von Kintō hatte es ihm angetan. Er hatte von seinem Standort nicht alle Worte lesen können, aber es handelte von einer violetten Wolke. Bei Shōshis Präsentation war nichts ungeplant oder dem Zufall überlassen worden. Michinaga selbst schien jedes Detail überwacht zu haben. Ich lauschte den Erzählungen meines Ehemannes, welch prunkvolle Roben in zahlreichen Schichten alle bei Hof getragen hatten, und ich war von der Pracht überwältigt, vor allem, wenn ich dies alles mit Großmutters Erzählungen aus früheren Zeiten verglich. Man konnte sich kaum vorstellen, dass die Damen in früheren Zeiten nur so wenige Schichten getragen hatten, die auch noch spärlich gefüttert waren. Heutzutage sind Frauen anfälliger für Gebrechen, die vom kalten Wetter verursacht werden. Um sich vor der Kälte zu schützen, hüllen sie sich in solch große Berge von Kleidern, dass sie fast wie Kokons aussehen. Aber das war wohl in Mode. Vermutlich hatte eine Kaiserin in alten Zeiten nur einen Bruchteil dessen getragen, was heutzutage als angemessen galt.

Kaiser Ichijō war ungefähr zwanzig Jahre alt. Seine anderen Frauen waren alle älter als er. Nach den Erzählungen meines Ehemanns benahm er sich bei dieser Zeremonie viel anständiger als damals, als Kaiserin Teishi zum ersten Mal präsentiert wurde. Damals war der Kaiser allerdings auch erst zehn Jahre alt gewesen und Teishi vierzehn. Da Mädchen früher reif sind als Jungen, musste der Altersunterschied sogar noch größer erscheinen, als er tatsächlich war. Und doch schienen sie gut miteinander auszukommen, und trotz all der Probleme mit ihrer Familie war sich Teishi der Zuneigung Ichijōs noch immer gewiss. Sie war die Einzige seiner Frauen, die ein Kind bekommen hatte, und war wieder schwanger.

Ich denke, aus diesem Grund konnte es Michinaga nicht erwarten, dass seine Tochter schon bald ihre Aufwartung bei Hof machte. Seine Position als Regent war nicht gesichert, bis er nicht einen kaiserlichen Enkel vorzuweisen hatte. Wie mein Ehemann mir erzählte, waren Shōshis Einrichtungen ungemein prunkvoll. Alle hölzernen Gegenstände waren mit goldenem Lack und Perlmutt überzogen. Schon die Roben von Shōshis Dienerinnen waren Prachtstücke, und alles, was Shōshi trug, wenn auch für kurze Zeit, war so exquisit gefärbt und parfümiert, dass man ihre Roben am liebsten als Meisterwerke aufbewahrt hätte. Michinaga übergab Ichijō seine Tochter als strahlendes Juwel. Ich dachte daran, wie unglücklich Kaiserin Teishi sein musste. Ich fragte mich, ob diese Sei Shōnagon noch immer bei ihr war und Einträge in ihr Kopfkissenbuch machte.

Als sich das Jahr dem Ende zuneigte, war ich rastlos und hatte seltsam viel Energie – ich war mit Nähen und Ordnungmachen beschäftigt. Ich dachte, der Grund für meine Unruhe könnte das sich nähernde Jahresende sein, das einen immer dazu veranlasst, unerledigte Dinge abschließen zu wollen. Aber meine Cousine lachte und meinte, dies sei ein untrügliches Zeichen dafür, dass der Zeitpunkt der Geburt näher rücke. Ich hatte mich daran gewöhnt, mit meinem unförmigen Körper zu leben, wusste schon fast nicht mehr, wie es war, eine Nacht durchzuschlafen, ohne im Innern getreten zu werden. Es schien mir manchmal, als würde die Schwanger-schaft ewig dauern, obwohl ich natürlich wusste, dass das nicht möglich war. Ich würde entweder sterben, oder ein Kind käme zur Welt. Ich war meiner Cousine sehr dankbar, dass sie mich ständig ermutigte, aber ich hatte auch Angst.

Früh am Morgen des Siebten jenes Monats setzten meine Wehen ein, und um die Mittagszeit kam ein gesundes Mäd-chen auf die Welt. Im Gegensatz zu den langen Unannehm-lichkeiten der Schwangerschaft war die Geburt selbst schmerzhaft, aber kurz. Kaiserin Teishi gebar am selben Tag einen Prinzen.

Nobutaka überwachte die Dankeszeremonien, aber er konnte mich und seine neue Tochter nur einmal kurz besu-chen, bevor er als kaiserlicher Bote zum Usa-Schrein auf-brach. Es war ein würdevoller Auftrag, aber er wäre zwei Mo-nate fort.

Nach der Geburt fühlte ich mich überhaupt nicht schwach und wollte das Kind selbst stillen. Der Arzt zuckte bei dieser Idee jedoch die Achseln. Er meinte, die Kraft einer Frau sei von Schwangerschaft und Geburt geschwächt, und das Stillen würde das noch verstärken. Er verschrieb eine Amme für das Baby und Käse für mich. Ich fragte Nobutaka in einem Brief, wie wir das Kind nennen sollten, und er stimmte dem Namen «Katako» zu, den mein Vater vorgeschlagen hatte. Die chine-sische Silbe *kata* – aufrecht, stark und kräftig – wird öfter für Jungennamen verwendet, aber das war mir egal, und Nobutaka hatte nichts dagegen. Wir planten, die offizielle Namenszeremonie nach seiner Rückkehr vom Usa-Schrein abzuhalten.

Da ich im Haus meiner Großmutter wohnte, wurde ich selbst wie ein Kind umsorgt. Meiner Cousine gefiel es, sich wie eine Mutter um mich und das Baby zu kümmern. In dieser besonderen Situation gab ich die Verantwortung gerne ab, so konnte ich den ganzen Tag mit der kleinen Koko unter der Decke liegen. Irgendwie konnte ich das winzig kleine Wesen, das sich an mich klammerte, noch nicht «Katako» nennen, aber ich wusste, sie würde in den Namen hineinwachsen.

Das Haus war für das neue Jahr geschmückt. Nobutaka ließ eine große Lieferung glatter Reiskuchen, die so rund wie Spiegel waren, herüberschicken. Dann schickte das Haupthaus einen Bund Zauberstäbe aus Kamelienholz, um sie an die Säulen zu hängen*. Sie waren mit Papierstreifen in modernen Farbkombinationen geschmückt, nicht in den klassischen Rot-, Gelb-, Grün-, Weiß- und Schwarztönen. Ich vermisste meinen Garten, tröstete mich aber damit, dass diese Jahreszeit ohnehin nicht die schönste war. Wir würden auf jeden Fall zurück sein, bis die Kirschen blühten.

Am Fünfzehnten meldete ich mich freiwillig, um den Siebenkräuterbrei wieder zuzubereiten. Unser Rezept hatte inzwischen einen sehr guten Ruf. Meine Cousine, ihr Mann und die Kinder und alle Diener halfen mit. Wir kochten große Mengen, die wir an alle Verwandten und die Bewohner von Nobutakas Haupthaus verteilen konnten. Sie hatten sich sehr um mich und das Baby gekümmert, seit Nobutaka fort war, und ich wollte ihnen meine Dankbarkeit zeigen.

Meine Cousine hatte fünf Kinder, also war immer viel Le-

---

* Diese Zauberstäbe waren Teile von Bäumen oder Büschen, von denen man glaubte, dass sie böse Geister vertrieben. Sie besaßen Yang-Qualitäten und wurden, mit Papierstreifen dekoriert, am ersten Tag des Feldhasen verschickt – der Feldhase wurde als Tier mit Yang-Qualitäten angesehen.

In der Heian-Zeit, wie auch heute, wurden Reiskuchen so rund wie Spiegel zu Beginn des neuen Jahres aufgestellt.

ben in Großmutters Haus. Mir gefiel das. Masako, mit vier Jahren die Jüngste und ein bezauberndes Mädchen, war fasziniert von ihrer neuen kleinen Cousine. Sie schlüpfte oft in mein Zimmer, um sich zu unterhalten und mit dem Baby zu spielen. Ich versuchte mir Katako in ihrem Alter vorzustellen. Es waren noch einige geschälte Holunder-Rührstäbe vom Kochen der Suppe übrig. Also rannten die Kinder durchs Haus, lauerten einander und auch den Erwachsenen auf, um ihnen mit einem Stecken eins überzuziehen. Weil sie die Jüngste war, wurde Masako von allen anderen erwischt, aber sie selbst konnte niemanden fangen. In Tränen aufgelöst kam sie am späten Nachmittag in mein Zimmer.

«Tante Fuji, ich erwische gar niemand», schluchzte sie.

Ich streichelte ihr übers Haar und tröstete sie damit, dass diejenigen Glück hätten, die erwischt würden, und nicht jene, die den Stock in der Hand hielten.

«Das bedeutet, dass du viele Söhne bekommen wirst», sagte ich, und sie strahlte.

Dann tat sie so, als wollte sie zum Kampf zurückkehren, drehte sich plötzlich um und tippte mir mit ihrem Stock aufs Bein.

«Das ist für dein nächstes Kind», sang sie und verschwand.

Ich lächelte. Der Gedanke, viele Kinder zu haben, fing an, mir zu gefallen.

Im zweiten Monat kehrte Nobutaka in die Hauptstadt zurück, aber ich konnte ihn erst nach einigen Tagen sehen, da er so mit offiziellen Pflichten in der vorübergehenden Residenz und mit verschiedenen Dingen im Haupthaus beschäftigt war. Im selben Monat plante ich, mit dem Baby in die Rokujō-Straße zurückzukehren. Ich zog es vor, ihn dort in Ruhe zu treffen und nicht im lärmenden Haus meiner Cousine.

Ich hatte gehört, dass sich Michinagas Tochter Shōshi darauf vorbereitete, den Palast zu verlassen, um ihn in einer Zeremonie als Kaiserin neu zu betreten. Das war seltsam, und ich war neugierig, von meinem Mann zu hören, was da vor sich ging. Schließlich war Teishi Kaiserin und hatte außerdem gerade einen Prinzen zur Welt gebracht. Nicht einmal der Regent konnte die Kaiserin einfach absetzen – vor allem nicht, wenn allgemein bekannt war, wie sehr der Kaiser sie mochte.

Noch etwas irritierte mich. Während es schien, als wolle Michinaga die Position der Kaiserin Teishi untergraben, vergab er zur gleichen Zeit ihrem Bruder Korechika und erlaubte ihm, in die Hauptstadt zurückzukehren. Immer wieder musste ich mir über diesen Michinaga Gedanken machen. Mein Vater hatte zwar für ihn den Spion spielen müssen, trotzdem stand unsere Familie für den Posten in Echizen tief in seiner Schuld. Vielleicht war es seine Art, seinen Willen niemals durchzusetzen, ohne gleichzeitig einen Gefallen zu tun.

Nobutakas offizieller Wagen brachte uns zum Haus in der Rokujō-Straße zurück. Der Morgen war mild, und die blühenden Pflaumen verstreuten ihre Blütenblätter bei jedem Windstoß der Frühjahrsbrise. Ich konnte es kaum erwarten, meinen Garten wieder zu sehen.

Es gefiel mir, mit dem eingewickelten Baby neben mir dazusitzen, draußen in dem Pavillon im westlichen Flügel des Hauses. Die Glyzinienknospen, die prall geworden waren, würden schon bald in wunderbaren violetten Wellen hervorbrechen. Ich arbeitete an einer Geschichte über Genji, der nach Miyako zurückgekehrt war. Er bekam eine Gelegenheit, die Skizzen, die er im Exil gezeichnet hatte, hervorzuholen, und in der Rückschau, von seiner bequemen Position zurück am Hof, würde Suma schmerzlich erscheinen.

Ich hatte noch mehr Gerüchte über die Vorkommnisse über den Wolken gehört* und konnte es kaum erwarten, Einzelheiten zu hören. Nobutaka konnte endlich etwas Zeit mit mir verbringen, nachdem er fast den ganzen zweiten Monat beschäftigt gewesen war. Er erzählte mir, dass Kaiserin Teishi seit Shōshis Rückkehr ins Haus ihrer Mutter in den kaiserlichen Gemächern geblieben sei. Der Kaiser verbrachte seine ganze Zeit mit Teishi und den Kindern, der fünfjährigen Prinzessin und dem kleinen Prinzen, der am selben Tag wie Katako zur Welt gekommen war. Ich konnte die Gefühle des Kaisers verstehen. Sogar jene, die über den Wolken wohnen, können sich den Gefühlen, die Eltern und Kind verbinden, nicht verschließen.

«Wenn du nur den wunderbaren Brokat hättest sehen können, den Shōshi trug, bevor sie den Palast verließ», bemerkte Nobutaka, während wir uns draußen im Pavillon einige Bildrollen anschauten.

Da er wusste, wie sehr ich Textilien liebte, bemühte er sich noch mehr, die verschiedenen Stoffe ganz genau zu beobachten, während er am Hof Dienst tat. Nobutakas Rang gab ihm das Privileg, die privaten Gemächer des Kaisers innerhalb des Palastes zu betreten. Er verschaffte mir einen viel besseren Einblick in das Palastleben, als es mein Vater je vermocht hätte. Vater hatte sich an den Rändern der Palastgesellschaft herumgedrückt, aber er war dort niemals so etwas wie ein Vertrauter gewesen.

* «Über den Wolken» *(kumo no ue)* war eine weitere Metapher für den kaiserlichen Palast.

«Du hättest deinen Blick nicht von ihr nehmen können», fuhr mein Ehemann fort. «Ihr Mantel war aus chinesischem Damast – und er war echt, gewiss importiert, da bin ich sicher. Unsere Weber können sich einfach nicht mit der Kunst der Chinesen messen. Er war pflaumenrot gefärbt und mit gefülltblütigen Pflaumenblüten verziert. Ich war nicht nahe genug, um genau erkennen zu können, wie er verarbeitet war, aber es sah aus, als bewegten sich die Muster in der Kette und dem Schussfaden in verschiedene Richtungen. Man konnte den Blick nicht abwenden, das kann ich dir versichern. Michinaga hat sich in unglaubliche Unkosten gestürzt, um seine Tochter ständig so prunkvoll zur Schau stellen zu können!»

«Und was hält der Kaiser von der ganzen Sache?», fragte ich.

«Es ist sehr interessant», verkündete mein Mann. «Ichijō ist wie jedermann von allem Neuen fasziniert, aber er ist ein sanftmütiger Mann, der schöne Dinge aller Art liebt. Natürlich fühlt er sich zu Shōshi hingezogen, weil sie schön und jung ist. Zudem hat ihr Vater ihre Gemächer mit außergewöhnlichen Schätzen ausgestattet. Er kann sich immer sicher sein, etwas interessantes Neues zu finden, wenn er zu Besuch kommt. Es gäbe eigentlich keinen Grund für ihn, weshalb er Shōshi nicht vorziehen sollte – und doch war er lange Zeit mit Teishi zusammen. Sie ist die Mutter seiner beiden Kinder. Auf gewisse Weise, glaube ich, fühlt er sich mit ihr wohler.»

«Und stimmt das Gerücht, dass Shōshi zur Kaiserin ernannt wird?», fragte ich ihn.

Nobutaka lächelte geheimnisvoll und rieb sich das Kinn. Dann sagte er, er würde mir die Entscheidung verraten, obwohl alles noch nicht offiziell wäre, wenn ich verspräche, niemandem ein Wort davon zu erzählen.

«Wem sollte ich es schon erzählen?», fragte ich und nahm das Baby auf den Arm, das zu weinen begonnen hatte.

Ich konnte mich nun besser in Frauen wie meine Stiefmutter hineinversetzen, die ich immer dafür verachtet hatte, dass sie sich so leicht ablenken ließ. Die Ohren einer Mutter sind unnatürlich scharf, und ein Wimmern ihres Kindes kann die interessanteste Unterhaltung unterbrechen.

«Ja, Shōshi wird gegen Ende des Monats den kaiserlichen Titel erhalten», vertraute mir mein Mann an.

«Und was ist mit Kaiserin Teishi?»

«Teishi wird auch befördert werden.»

«Wie kann eine Kaiserin befördert werden?», fragte ich.

«Shōshi wird Teishis früheren Titel bekommen, und Teishi erhält einen neuen», sagte Nobutaka mit einem schwachen Lächeln.

«Aber das hat es doch noch niemals gegeben», protestierte ich. «Es ergibt keinen Sinn.»

«Im Gegenteil», korrigierte mich mein Mann. «Es mag noch niemals vorgekommen sein, aber es ergibt durchaus Sinn.»

Ich dachte nach, und natürlich hatte er Recht. Von Michinagas Standpunkt aus ergab es wirklich Sinn. Wir würden zwei Kaiserinnen haben – eine mit Kindern, aber einem schlechten Karma, die andere mit Reichtümern, hervorragenden Verbindungen und Jugend.

Mein Mann hatte seine anderen Kinder niemals im Arm gehalten, als sie noch klein waren. Nun, da sie alle erwachsen waren und ihm vielleicht klar wurde, dass er in seinem Alter nicht mehr viele Kinder bekommen würde, versuchte er ungeschickt, das Baby aufzunehmen und es zu trösten, als es weinte. Ich ahnte, er würde für Katako eher ein nachsichtiger Großvater als ein strenger Vater sein.

Ich erhielt von einem alten Freund meines Vaters eine wunderschöne Bilderrolle. Eines Abends, als Nobutaka länger bei mir bleiben konnte, zeigte ich sie ihm. Ein Bild bewegte mich besonders. Darauf waren einige Frauen zu sehen, die am Rand ihres Zimmers saßen und durch eine geöffnete Tür auf einen blühenden Pfirsichbaum hinausblickten. Die meisten waren eingenickt, aber eine alte Frau, die ihr Kinn in der Hand abstützte, beobachtete die Landschaft versunken. Ich konnte mich gut in sie einfühlen, während ich zu unserem eigenen blühenden Pfirsichbaum blickte, und so dichtete ich die folgenden Zeilen, aus der Sicht der alten Frau:

Haru no yo no yami no madoi ni iro naranu kokoro ni hana no ka wo zo shimetsuru
So dunkel ist die Frühjahrsnacht, Farben und Leidenschaft sind verklungen, und doch labt sich das Herz an den duftenden Blüten.

Wir hatten uns seit der Geburt nicht mehr geliebt, aber ich machte mir deshalb keine Sorgen. Ich drängte Nobutaka dazu, sich ein Bild auszusuchen, das ihm gefiel, und einen Vers darüber zu dichten. Er wählte ein Bild aus, bestand dann aber darauf, dass ich das Gedicht für ihn verfasste, da er müde war und ich in diesen Dingen viel geschickter sei als er. Er schmeichelte mir so lange, bis ich schließlich nachgab.

In einem anderen Teil der Rolle war eine Szene mit einem Ochsenkarren zu sehen. Die Figuren beobachteten das prachtvolle Herbstgewand der Blätter in Sagano. Eine der älteren Dienerinnen griff nach einem Zweig des Hagi-Strauches mit violetten, erbsengroßen Blüten. Da Nobutaka Wortspiele gefielen, komponierte ich das folgende:

Saoshika no shika narawaseru hagi nare ya tachiyoru kara ni onore orefusa

Der Hagi liebt den Hirsch, und so, mein Lieber, behagt es ihm, sich zu verbeugen, wenn du näher trittst.

Es war ein bisschen albern, aber Nobutaka gefiel es.

Der Sommer kam. Wie angenehm die Sonnenstrahlen früh am Morgen auf der Haut prickelten. Wenn ich auf die Veranda trat, war die Katze immer schon da und hatte den besten Platz gefunden, um sich in den warmen Strahlen zu strecken und zu aalen. Nobutaka neckte mich, weil ich Katzen so mochte, aber nachdem er mir erzählt hatte, wie die Katzen im Palast behandelt werden, musste sogar er zugeben, dass ich bei weitem nicht so verrückt nach Katzen war wie der Kaiser und die Kaiserin. Spät im letzten Sommer, als eine der Palastkatzen einen großen Wurf hatte, rief der Kaiser den Minister zur Rechten und zur Linken zusammen, um der Geburtszeremonie beizuwohnen. Dann wurde den Kätzchen eine Palastdame als persönliche Amme zugeteilt. Kaiserin Teishi nahm eine der hübsch gepunkteten Kleinen in ihre eigene Gefolgschaft auf und nannte sie Lady Miyaubu. Sie schenkte dem Tier sogar eine lackierte Kappe, die seinen hohen Rang anzeigte.

Miyaubu musste im letzten Monat ein Abenteuer durchstehen, wie Nobutaka mir erzählte. Er hatte die Geschichte von Tadakata, dem kaiserlichen Kammerherrn, gehört. Anscheinend hatte sich die persönliche Pflegerin der Katze geärgert, weil die Katze nicht von der Veranda hereinkam, als sie nach ihr rief (wo doch jeder weiß, dass Katzen nicht gerne herumkommandiert werden). Anstatt sie also anzulocken, rief diese lächerliche Dame einen der Hunde, um der Katze einen Schrecken einzujagen. Der Hund Okinamaro stürzte bellend herein, und die schockierte Miyaubu raste hinter eine Stellwand im kaiserlichen Speisesaal. Zufällig saß der Kaiser selbst dort, hob die ängstliche Katze auf und wiegte sie in seinen Armen.

Der Kaiser war ziemlich wütend auf den Hund. Er rief seinen Kammerherrn, um Okinamaro zu bestrafen und ihn aus dem Palast zu verbannen, und dann entließ er die Dame, die für die Katze verantwortlich gewesen war. Es geschah der Dame ganz recht, wage ich zu behaupten, denn sie verhielt sich sehr unvernünftig. Tadakata gefiel die ganze Sache nicht, schließlich habe der Hund nur nach seiner Natur gehandelt, aber er war gezwungen, den Befehlen des Kaisers zu folgen. Er und Sanefusa nahmen den armen Hund mit vor das Tor und schlugen ihn beinahe zu Tode.

«Der Kaiser ist in diesen Tagen recht unzufrieden», bemerkte mein Mann, nachdem er mir diese Geschichte anvertraut hatte. «Er kann bei Angelegenheiten, die nichts mit den kaiserlichen Zeremonien zu tun haben, keinen großen Einfluss geltend machen. Michinaga gibt ihm jede seiner Handlungen vor. Vielleicht ist es keine Überraschung, dass er seine Gefühle an den Tieren auslässt. Und, oh ja, das hätte ich dir beinahe vergessen zu erzählen. Es gibt ein Gerücht, wonach Kaiserin Teishi wieder schwanger ist. Sie verließ den Palast gleich nach dem Vorfall mit der Katze.»

Die junge Shōshi sollte im vierten Monat zur Kaiserin gekrönt werden. Nobutaka, der dabei half, die kaiserlichen Wohngemächer neu zu gestalten, hatte uns von den Vorbereitungen erzählt. Da ich die kaiserlichen Gemächer noch niemals gesehen hatte, löcherte ich ihn unablässig nach Einzelheiten. Alles sei strahlend und neu, berichtete er.

Shōshis verhüllte Plattform war schwarz lackiert und hatte auf den Seiten Perlmuttintarsien. Die seitlichen Säulen, auf denen die Decke ruhte, hatten das gleiche Muster, ebenfalls mit Intarsien. Die Tatamimatten auf der Plattform waren mit Damast eingefasst, und die Vorhänge zwischen den Säulen waren aus der feinsten, gefärbten Seide, mit langen Streifen aus Brokat.

Daneben stand die kaiserliche Speisebank aus Rosenholz mit Perlmutteinlagen. Sie bestand aus zwei zusammengesetzten Teilen und war mit in schwarz-weißem Damast gesäumten Matten bedeckt. Die Armlehnen waren aus Rosenholz, und es gab auch ein rundes Seidenkissen als Lehne. Die Tabletts, auf denen das Essen serviert wurde, waren ebenfalls lackiert und mit Einlagen, wie mein Mann vermutete, aber er hatte sie noch niemals zu Gesicht bekommen. Ich erwiderte, dass es wohl ein ziemlich seltsames Gefühl sein musste, auf ein so exquisites Möbelstück zu klettern, um sein Mahl in völliger Abgeschiedenheit zu sich zu nehmen, wie es die kaiserliche Familie tat. Nobutaka erzählte mir, die junge Kaiserin schien wie geboren für diese Rolle. Selbst im zarten Alter von dreizehn Jahren hielt sie sich beeindruckend.

In den kaiserlichen Gemächern standen zudem rechts und links des Eingangs zur verhüllten Plattform ein großer weißer koreanischer Keramikhund und ein gelber Löwe. Das Maul des Hundes war geschlossen, das des Löwen offen.

«Sie verhindern, dass die Vorhänge im Wind flattern», erklärte mir Nobutaka. «Und außerdem halten sie die bösen Geister fern.»

Was auch immer ihr Zweck war, jedenfalls hatte nur die kaiserliche Familie solch sagenhafte Kreaturen neben dem Bett stehen. Mein Mann erzählte mir, dass Shōshis jüngere Begleitdamen fasziniert und erstaunt waren über all diese

Einrichtungsgegenstände, die für ihre Herrin aufgestellt wurden.

Manchmal beneidete ich meinen Mann darum, welch wunderbare Szenen er beobachten konnte, wenn er im Palast Dienst tat. Ich hätte meinen besten Tuschestab gegeben, um sie zu beobachten, und für ihn war das alles ganz selbstverständlich. Die Chance, dass ich das Innere der kaiserlichen Gemächer jemals zu Gesicht bekäme, war äußerst gering, also musste ich mich mit Beschreibungen aus zweiter Hand zufrieden geben. Nobutaka lachte und sagte, ich würde das Leben im Palast sowieso hassen, angesichts all der eitlen Zankereien und Intrigen, die sich in den Gemächern der Damen abspielten.

«Nun, da Shōshi Kaiserin geworden ist», sagte er, «müssen alle Damen aus ihrer Gefolgschaft sich strikt nach den Regeln verhalten, was ihre Kleidung angeht. Vorher konnten sie verbotene Farben und Stoffe tragen, um einen prächtigen Anblick zu bieten, aber nun dürfen das nur noch die Damen mit dem entsprechenden Rang tun. Die anderen müssen sich mit ungemusterter Seide zufrieden geben, und sie sind etwas beleidigt. Sie beklagen sich, dass die Palastdiener sie verachten, weil sie nicht so modisch herausgemacht sind wie die Bessergestellten. «Der Kaiser beklagt sich, er habe Shōshi als Gespielin gewählt, mit der er sich entspannen wollte, aber wenn er sie nun in ihren neuen Gemächern besuche, benehme sie sich so formell und korrekt, dass er fürchtete, sie könne ihn als frivol beschimpfen. Vielleicht meinte der Kaiser das aber auch als Witz», bemerkte mein Mann, «denn die Damen kicherten hinter ihren Fächern über seine Vorwürfe. Aber ich denke, dass ein Kern Wahrheit in seinem Unbehagen steckt.»

Die Regenfälle des fünften Monats kamen, aber sie konnten mir nichts anhaben. Meine Aufmerksamkeit war durch das Baby beansprucht, ich musste es tagsüber immer wieder windeln, damit es nicht wund wurde. Ich war glücklich, einfach auf den schönen Teich in meinem Garten hinausblicken zu können. Zwischen dichten Ansammlungen von Iris und Wasserhafer konnte ich große Flächen grünen Wassers erkennen, und der ganze Garten schien in verschiedenen Grüntönen zu leuchten. Es gefiel mir, dass unser Teich nicht zu gepflegt war. Sich selbst überlassen, waren einige Abschnitte verwildert und überwuchert. In der Nacht glänzten die grünen Wasserflecken im blassen Mondlicht.

Der Sommer ging schnell vorüber. Im siebten Monat wurden die Ringkämpfe mit besonderer Sorgfalt vorbereitet, denn der Kronprinz hatte seine Anwesenheit angekündigt. Nobutaka fragte mich, ob ich hingehen wollte, aber ich lehnte ab. Es war fürchterlich heiß.

Ich hörte, dass Chifurus Familie in die Hauptstadt zurückgekehrt war. Wir hatten längere Zeit nichts voneinander gehört, und ich schrieb sofort. Ich war schockiert, als sie mir antworteten, Chifuru sei zu Beginn des Sommers gestorben. Warum hatte mir das niemand mitgeteilt? Ich dachte darüber nach, wie wir einander geschrieben hatten, als sie weit fort in Tsukushi gewesen war und ich am anderen Ende des Reiches in Echizen. Unsere Briefe waren oft wochenlang unterwegs, und doch blieb das Band, das uns verband, stark. Dann bekam sie ein Kind und noch eines. Ich ärgerte mich darüber, dass sie mir nicht so häufig schrieb, wie ich mir das wünschte, verstand nicht, wie sehr einen die Mutterschaft beansprucht.

Als Chifuru damals in die wilde Abgeschiedenheit des Westens aufgebrochen war, vermisste ich sie so sehr, als wäre sie gestorben. Trotzdem konnten meine Briefe ihr folgen wie Wolken, die dem Mond hinterherjagen. Nun würde sie noch weiter gen Westen reisen, durch die Wolken, in Amidas Paradies, wohin ihr meine Briefe nicht mehr folgen konnten, außer in Rauch aufgelöst. Als Erinnerung an sie verbrannte ich unsere alte Korrespondenz zusammen mit einer Räuchermischung. Ihrer Familie schickte ich das folgende Gedicht:

Izukata no kumoji to kikaba tazunemashi tsura hanarekemu kari ga yukue wo
Ich möchte fragen, welchen Weg durch die Wolken sie wählte, die entschwundene Wildgans, die ihre Jungen zurückließ.

Das Schilf am Rand des Teiches bog sich im Wind, und der Tau sammelte sich auf den Blättern der gebogenen Zweige des purpurnen Buschklees. Mit dem Herbst legte sich auch in diesem Jahr die Melancholie über das Land. Wollte ich mich mit einer Frucht vergleichen, so würde ich die Persimone wählen, die dann weich zu werden begann und ihre Säure verlor. Ich hatte über Genjis Plan nachgedacht, jene Frauen zusammenzubringen, die er über die Jahre geliebt hatte. Die Hauptschwierigkeit war, das Bedürfnis der Frauen nach Beständigkeit und die Sehnsucht der Männer nach Neuem miteinander zu vereinbaren. Ich zerbrach mir immer wieder den Kopf darüber, wie sehr den Männern vor der Eifersucht der Frauen graut, während Frauen wankelmütige Männer fürchten, aber gerade weil sich das eine Geschlecht so verhält, reagiert das andere Geschlecht auf diese Weise.

Genji musste das böse Blut besänftigen, das normalerweise die Beziehungen zwischen Männern und Frauen vergiftete. Nach Miyako zurückgekehrt, würde sich Genji ein palastartiges Anwesen bauen, wo seine Frauen einander wie die

Jahreszeiten harmonisch ablösen würden. Es war eine interessante Herausforderung, die verschiedenen Pavillons und Gärten so zu arrangieren, dass sie den Persönlichkeiten der Bewohnerinnen entsprachen. Ursprünglich hatte ich gedacht, dass Genji das Zentrum dieses Universums von Frauen sein sollte. Später, als das weitläufige Haus in meiner Vorstellung Gestalt annahm, wurde mir klar, dass ich mich viel mehr für die Damen interessierte. Die Nachricht von Chifurus Tod ließ mich innehalten. War sie je glücklich gewesen? Es bekümmerte mich, dass ich das nicht wusste und es mir nur vorstellen konnte. Vermutlich schon. Wäre sie nicht glücklich gewesen, so hätte sie es mir geschrieben. Die Zufriedenheit braucht keine Worte, die Unzufriedenheit drängt einen zu schreiben. Ich gab Murasaki den südöstlichen Pavillon, jenen mit dem Frühlingsgarten, in dem die Birkenkirschen und Glyzinien blühten.

Obwohl ich tief in meiner Arbeit an *Genji* steckte, verfolgte ich die Neuigkeiten aus dem Palast mit Spannung. Kaiserin Teishi litt unter einer schwierigen Schwangerschaft. Nobutaka erzählte, ihre Familie habe versucht, angesehene Priester in den Palast kommen zu lassen, um Sutras zu singen, aber alle Mönche schoben andere Verpflichtungen vor, da sie es sich nicht mit Michinaga verderben wollten. Sie schickten unzuverlässige Ersatzmänner, die während der zeremoniellen Lesungen einschliefen. Teishis Bruder Korechika lebte nun praktisch selbst wie ein Mönch, er kümmerte sich fast ausschließlich um ihr Wohlergehen. Wie sehr er sich verändert hatte! Der attraktive Lebemann, der er vor dem Exil gewesen war, hatte sich in einen religiösen Menschen verwandelt, der abstinent lebte und in mönchischer Ernsthaftigkeit handelte. Er hatte nur noch eine Hoffnung für die Zukunft: dass seine

Schwester überlebte und der Kronprinz eines Tages den Thron besteigen würde. Doch diese Möglichkeit schien vor seinen Augen zu verblassen.

Mein Mann war erfreut, dass er eingeladen wurde, im zehnten Monat bei einem Musikspiel einen Tanz vorzuführen. Er probte lieber im Haus an der Rokujō-Straße als im Haupthaus, und ich konnte beobachten, dass er tatsächlich ein außergewöhnlich begabter Tänzer war. Der Palast war endlich wieder aufgebaut, und der Kaiser sollte rechtzeitig zu den Gosechi-Tänzen* im elften Monat wieder einziehen. Wieder wäre Nobutaka mit dem Umzug beschäftigt. In diesen Aufführungen hatte mein Mann keine offizielle Rolle, aber er liebte es, bei den Proben herumzulungern – vor allem, da war ich mir sicher, um die hübschen Tänzerinnen zu beobachten.

Das Moos in unserem Garten wirkte im Winter besonders hübsch. Man konnte den Blick in dem intensiv leuchtenden Grün versenken, ohne von anderen blühenden Pflanzen abgelenkt zu werden. Obwohl man Moos als typische Sommerpflanze einstuft, machte ich mir eine Notiz, Moos in Genjis Wintergarten aufzunehmen.

Mein Mann erzählte mir, dass Kaiserin Teishi selbst eine Gruppe Tänzerinnen für das Gosechi-Fest unterstützte. Ein Gruppe ihrer Damen, einschließlich Kiyowara Nagiko, besuchte den Palast. Ich erfuhr, dass jene Dame, die das *Kopfkissenbuch* verfasst hatte, für ihre Schlagfertigkeit bekannt

---

* Die Tänze waren Teil des Unterhaltungsprogramms im Palast anlässlich des Großen Erntedankfestes im elften Monat. Jede Gruppe von Tänzerinnen wurde von einem Mitglied der kaiserlichen Familie unterstützt, die weder Kosten noch Mühen scheuten, um ihre Schützlinge in eleganter Mode zu präsentieren.

war. Nobutaka schloss sich einer kleinen Gruppe Adliger an, die mit Shōnagon zusammen standen, um über die alten Zeiten zu plaudern, als Michitaka noch Regent war. Mein Mann sagte, sie sei überhaupt nicht sein Typ, aber ihre Klugheit und Selbstsicherheit stelle die jungen Frauen in den Schatten.

Der Kaiser rief Teishis Damen zahllose Male zu sich, um sich nach dem Befinden und dem Tagesablauf ihrer Herrin zu erkundigen. Es war offensichtlich, dass er sich um Teishi sorgte, aber er konnte kaum etwas tun. Er versuchte seine Mutter, die Kaiserswitwe Senshi, zum Eingreifen zu bewegen. Senshi war die Einzige, die ihren Bruder Michinaga im Zaum halten konnte.

Teishis Kind würde in einem Monat zur Welt kommen, und ich konnte eine böse Vorahnung nicht abschütteln. Ich fragte mich, warum mich ihr Leiden so sehr berührte. Es konnte doch auch alles gut ausgehen. Vielleicht war mein Mitgefühl für sie auch so groß, weil sie wie ich in Michinagas mächtigem Schatten lebte und auf Gedeih und Verderb von ihm abhängig war. Im Vergleich mit der Kaiserin war ich natürlich ein unbedeutender Grashalm, aber sogar das Gras würde zertrampelt, wenn es unter seine Füße geriet.

Unsere kleine Katako feierte ihren ersten Geburtstag. Sie war ein kräftiges und rosiges Kind und hatte schon vier Zähne. Im nächsten Frühjahr musste ich besonders auf Lebensmittel und Kräuter achten, die die Zähne härteten. Wie sehr sich die Sicht auf die Welt verändert, wenn man ein Kind hat, um das man sich kümmern muss. Das kleinste Schniefen versetzt eine Mutter in Aufregung. Man fürchtet sofort, ein Husten könnte sich in der Brust festsetzen. Ich hätte es kaum ertragen, wenn meinem Kind etwas zugestoßen wäre.

Wir standen kurz vor Ende des Jahres, die Kalenderrollen wurden bereits sichtbar. Immer wenn sich ein Jahr dem Ende zuneigte, beschlichen mich Vorahnungen. Niemals mehr würde ich mich zu der irrigen Meinung hinreißen lassen, das Unglück eines Jahres könnte vorüber sein, bevor das Jahr nicht vollständig vergangen war. Wie seltsam, dass mich dieses Gefühl selbst nach einem so ruhigen und zufriedenen Jahr nicht losließ.

Um keine unnötigen Risiken einzugehen, befestigte ich Tabuzeichen aus Weidenholz an meinem Kleid und blieb im Haus, obwohl dies keine Tage der Enthaltsamkeit für mich waren. Trotzdem besuchte mich Nobutaka kurz vor Jahresende und bestand darauf einzutreten. Er kam gerade aus dem Palast, und ich konnte an seinem düsteren Gesichtsausdruck ablesen, dass etwas Schreckliches geschehen war.

Zwei Nächte zuvor hatten bei Kaiserin Teishi die Wehen eingesetzt, und nach einer recht leichten Geburt hatte sie ein Mädchen geboren. Obwohl ihre Gefolgschaft enttäuscht war, dass es kein Prinz war, hatte die Kaiserin die Qualen wenigstens überlebt, und die einzige verbliebene Sorge galt der Nachgeburt. Die Priester begannen wild zu singen, und Korechika beeilte sich, an alle großen Tempel Zahlungen loszuschicken, damit für seine Schwester gebetet wurde. Trotzdem kam die Nachgeburt nicht. Im Morgengrauen regte sich die Kaiserin nicht mehr. Ein kaiserlicher Bote wurde losgeschickt, um den Kaiser von ihrem Tod in Kenntnis zu setzen.

Der Hof versank in tiefe Trauer, und alle offiziellen Neujahrsfeste wurden abgesagt. Mein Mann machte seine Pflichtbesuche, aber der vom Palast ausgehende Kummer dämpfte überall die Stimmung. Der arme Kaiser hatte sich in seine Gemächer zurückgezogen und weigerte sich seit dem verschneiten Tag von Teishis Beerdigung, diese zu verlassen. Man hatte Gedichte gefunden, die Teishi auf Papierfetzen gekritzelt und während ihrer letzten Tage an die Vorhänge gehängt hatte. In düsterer Stimmung war sie sich bewusst gewesen, dass sie sterben musste. Sie schrieb, *auch wenn ihr Körper nicht in Wolken oder Rauch verwandelt werde*, hoffe sie doch, dass der Kaiser sich an sie erinnerte, wenn er sah, wie der Tau das Gras überzog. Ichijō interpretierte diese Worte als Wunsch, dass sie nicht eingeäschert werden wollte. Wie furchtbar sie sich gefühlt haben musste. Man kann sich angesichts der unheilverheißenden Gedichte, die sie für sich selbst entwarf, kaum vorstellen, wie sie dem Tod noch hätte entrinnen können. Sie verweigerte ihrer Familie sogar den kleinen Trost, die zarten Rauchfahnen zu beobachten, die über ihrer Beerdigungsstätte aufsteigen würden.

Nobutaka ging jeden Tag in den Palast. Die Atmosphäre dort war sehr angespannt, erzählte er mir. Schließlich lud der Kaiser Shōshi in seine kaiserlichen Gemächer ein, sie sollte ihn aufheitern, aber sie antwortete seinen Rufen nicht und zog es vor, in ihren eigenen Gemächern zu bleiben. Dort durfte der Kaiser sie nicht besuchen. Ich fand das schockierend, konnte mir aber gleichzeitig vorstellen, dass die Situation für sie recht unangenehm war.

Die Kaiserswitwe Senshi nahm sich der neugeborenen Waisenprinzessin an.

Der Frühling verstrich unter einer grauen Wolke der Trauer. Im dritten Monat standen die Pfirsichblüten in so strahlender Pracht, dass ich einige Zweige ins Haus brachte und beschloss, alle Puppen von Katako im Haus aufzustellen. Auch meine eigenen Puppen holte ich aus dem Lager, und Nobutaka brachte mir noch einige neue Exemplare, darunter waren sogar Prinzen- und Prinzessinnenpuppen. Er hatte sie bei dem berühmten Puppenmacher anfertigen lassen, der auch die Puppen herstellte, mit denen die kaiserlichen Nachkommen im Palast spielten. Katako war noch zu klein, um mit ihnen zu spielen, aber sie freute sich über die farbenfrohen Stoffe und schönen Formen. Wir stellten sie in der Haupthalle auf Ständer.

Am späten Nachmittag wurde ich durch das Weinen des Babys und laute Schreie der Amme aus dem Arbeitszimmer gerissen. Die Katze war hereingekommen und hatte die Gaben, die vor den Puppen lagen, untersucht. Sie war auf einen der Ständer gesprungen, die Puppen waren heruntergefallen, und Katako weinte. Ich eilte ins Zimmer, hob die Puppen wieder auf und brachte die kleinen Schalen und Teller wieder in Ordnung. Das Kind sah vom Schoß ihrer Amme zu, beruhigte sich, während ich alles aufräumte. Was für ein sensibles Kind sie doch war. Andere Kinder hätten vermutlich über die Aufregung gelacht und in die Hände geklatscht.

Es war ungewöhnlich warm für die Jahreszeit. Ich hatte alle Klappfenster zum Garten hin öffnen lassen. Kräftige Zweige mit Pfirsichblüten standen in großen chinesischen Vasen in der Haupthalle bei den Puppen, und kleinere Vasen mit Kirschblüten hatte ich nahe des Eingangs verteilt. Ich wartete auf meinen Mann. Er hatte versprochen vorbeizukommen, um sich die Puppen anzuschauen. Es wurde dunkel, und die Dienerinnen zündeten in der Haupthalle die Öllampen an. Das flackernde Licht ließ auf dem Brokat der Puppenkleider hübsche Effekte entstehen, alles sah sogar noch schöner aus als bei Tageslicht, und ich war neugierig auf Nobutakas Freude, wenn er die elegante Anordnung sah. Er hatte so viel Mühe in den Bau dieses Hauses und des Gartens gesteckt und kam so oft er konnte zu Besuch.

Es wurde sehr spät, und die Kerzen in den Laternen brannten herunter. Ich war eingeschlafen und schreckte plötzlich im dunklen Zimmer auf. Nobutaka war nicht gekommen. Ich rief einen schläfrigen Diener, um die Klappfenster zu schließen, und ging zurück in den nördlichen Raum, wo das Baby und die Amme schliefen. Als es hell wurde, schickte ich einen Boten ins Haupthaus, um herauszufinden, was ihn aufgehalten hatte. Die Blütenblätter der Kirschblüten, die ich am Eingang arrangiert hatte, begannen bereits herunterzufallen, also wischte ich sie weg.

Um die Mittagszeit kam der Bote in Begleitung von Nobutakas persönlichem Hauptdiener zurück.

«Es tut mir Leid, sie davon in Kenntnis setzen zu müssen, meine Dame», verkündete er mit belegter Stimme. «Meister Nobutaka wurde gestern Abend krank, und seine Seele entschwand in der Morgendämmerung. Sie können mitkommen und sich den anderen Ehefrauen im Versuch sie zurückzurufen anschließen.»

Ich war so schockiert, dass ich ihm nicht antworten konnte. Der Diener verbeugte sich und sagte sanft: «Es besteht kein Grund zur Eile.»

Ich nickte und wollte nach meinen Reisegewändern schicken, aber er hob die Hand und sagte, ein Wagen stehe schon bereit, ich solle einfach so kommen, wie ich sei.

Wir kamen gerade beim Haupthaus an, als ein Yin-Yang-Meister auf das Dach kletterte. Er hatte eine von Nobutakas Roben bei sich. Er stand an der Kante mit Blick nach Norden und rief in Richtung der Dunkelheit und der Geister:

«Fujiwara Nobutaka! Komm zurück!» Und noch einmal, der gleiche lang gezogene Ruf. Und sogar noch ein drittes Mal.

Jedes Mal winkte er mit der Robe und versuchte so, den

Geist dazu zu bringen, auf seiner Reise in den Norden, in die Dunkelheit, umzukehren. Nach dem dritten Ruf faltete der Mann den Stoff und warf ihn vor das Haus hinunter. Einer von Nobutakas Söhnen hob ihn sorgfältig auf, legte ihn in einen metallenen Behälter und trug ihn ins Haus, wo der Körper ruhte. Wir folgten ihm.

Wäre der Seelenbeschwörer erfolgreich gewesen, so hätte sich die Seele in der Robe versteckt, und wenn die Robe über Nobutaka ausgebreitet würde, würde sie in den Körper zurückkehren. Ich schloss mich den Frauen und Kindern an, und wir warteten. Gegen Abend war es klar, dass die Seele meines Mannes nicht zurückkehrte. Vor uns lag seine leere Hülle.

Meinem Vater wurde erlaubt, seinen Aufenthalt in Echizen abzukürzen, und er und die Familie kamen zu Beginn des Sommers nach Miyako zurück.

Ein tintenschwarzer Schleier

Sumizome ni Kasumu Sora

In dem Jahr, das auf den Tod meines Mannes folgte, trug ich schwarze Trauerkleidung. Ich schrieb kein einziges Wort mehr. Genji war aus meinen Gedanken verbannt, und ich machte nicht einmal mehr Einträge in mein Tagebuch. Ich glaube, ich habe in der ganzen Zeit nicht ein einziges Gedicht verfasst. In tiefe Trauer versunken, nahm ich meinen Pinsel nur zur Hand, um aus dem Lotos-Sutra abzuschreiben. Als ich eines Tages nach mehr Papier suchte, stieß ich auf mein Tagebuch und benutzte die Rückseiten der Blätter, um meine Huldigungen fortzusetzen.* Dies schien mir der einzige Ausweg, um für die Jahre der Aufsässigkeit und Selbstsüchtigkeit Buße zu tun.

Mein Vater und die Familie kamen nach Miyako zurück und wohnten bis Ende des Sommers in dem Haus an der Rokujō-Straße. Da mein Vater, meine Stiefmutter und die Kinder im nördlichen Flügel wohnten und Nobunori im west-

---

* Jahrhunderte später entstand eine Legende, wonach Murasaki zu ihrer *Geschichte vom Prinzen Genji* vom Vollmond über dem Ishiyama-Tempel inspiriert worden sei. Man sagte, in der Hast ihrer Inspiration habe sie auf die Rückseiten von Schreibrollen des Sutras zu kritzeln begonnen. Dies wäre ein Sakrileg, und die Legende nährte die mittelalterliche Vorstellung, wonach Murasaki für die Sünde, Geschichten erfunden zu haben, in der Hölle schmorte.

Es war allerdings üblicher, religiöse Texte auf die Rückseiten von Briefen oder säkularen Texten zu schreiben, als umgekehrt.

lichen Anbau, trafen wir ständig aufeinander – ihr Lärm und ihre Energie machten das Leben für mich erträglich, und ihre Anwesenheit verhinderte, dass ich alle Verbindungen zur Gesellschaft abbrach. Ohne sie und meine kleine Tochter hätte ich mich vermutlich vollständig von der Welt abgewandt. Im Herbst zog Vater mit seiner Familie in die offizielle Residenz zurück, aber er besuchte mich und Katako weiterhin beinahe jeden Tag. Ich selbst ging nicht aus.

Es fiel ihm schwer, sich wieder an das Leben in der Stadt anzupassen. Ich neckte ihn, er sei wie Bai Juyi, der nach drei Jahren Dienst in der Provinz nach Luoyang zurückgekehrt war. Der Dichter hatte sich nur noch für seine exotischen Steine im Garten und für den kleinen Kranich, den er mit zurückgebracht hatte, interessiert. Aber Vater übertraf mich noch, indem er ein anderes Werk dieses Dichters mit dem Titel «Frisch gepflanzter Bambus» zitierte:

Eine Stadt zu regieren, dazu bin ich nicht geschaffen.
Ich schloss meine Tore, als die herbstlichen Gräser sprießten.
Wie kann ich meiner Liebe zur Natur nachgehen?
Ich pflanzte über hundert Stängel Bambus.

Vielleicht brachte das meinen Vater auf die Idee. Wenn er nicht gerade chinesische Gedichte verfasste, begann er mit Plänen für einen neuen Garten.

«Nun, warum nicht hundert Stängel Bambus?», beschloss er.

Er nutzte seine Kenntnisse der chinesischen Dichtkunst, um sein jüngst erwachtes Interesse an der Gartenarbeit zu nähren. Also sagte ich zu ihm:

«Warum nicht auch einige exotische Steine und einen kleinen Kranich?»

Zum vierzigsten Geburtstag der Kaiserswitwe Senshi wurde im Herbst ein großes Fest gefeiert. Mein Vater nahm daran teil und präsentierte ein Gedicht. Er erzählte mir alles über die Festlichkeiten, aber von den intimen Klatschgeschichten über den Kaiser und die Kaiserin, die mir mein Mann immer anvertraut hatte, war ich ausgeschlossen. Ich erfuhr nur noch, was ohnehin bekannt war. Der neu errichtete kaiserliche Palast brannte schon wieder nieder, ich dachte an Nobutaka, daran, dass er beim Wiederaufbau geholfen hätte. Als kurz darauf auch noch Senshi krank wurde, vermisste ich die täglichen Berichte über ihr Befinden. Sie starb gegen Ende des Jahres. Nun gab es niemanden mehr, der wie sie Einfluss auf Michinaga ausüben konnte. Man munkelte, die verheerenden Feuer und die Todesfälle in der kaiserlichen Familie seien ein Zeichen für den Verfall des Zeitalters von Buddhas Gesetz, und in den folgenden Jahren müssten wir uns auf noch schlimmere Dinge gefasst machen.

Eine meiner Freundinnen, die Saishō genannt wurde, seit sie in die Dienste von Shōshi eingetreten war, schickte mir an einem verschleierten Abend im Frühjahr ein Gedicht. Die Kaiserswitwe war noch nicht lange tot, und ich trug noch immer Trauer. Saishō hatte geschrieben:

Kumo no ue mo   mono omou haru wa   sumizome ni   kasumu sora sae   aware naru kana
Selbst über den Wolken verheißt das Frühjahr nur Kummer, tintenschwarze Schleier der Trauer überziehen den Himmel.

Ihr Gedicht weckte mich aus meinem Selbstmitleid. Ich war schließlich nicht die Einzige, die trauerte. Ich begann, mich aus meinem Kokon der Trauer zu befreien, indem ich nach Worten suchte, um auf Saishōs Gedicht zu antworten:

Nani ka kono hodo naki sode wo nurasuramu kasumi no koromo nabete kiru yo ni

Wie kann es sein, dass meine unbedeutenden Tränen noch immer meinen Ärmel nässen, während sich die ganze Welt in tiefe Trauer hüllt?

Zu jener Zeit verließ ich das Haus nur, um an den Erinnerungsriten für meinen Mann im Haupthaus teilzunehmen. Gegen Ende des Jahres versammelte sich die ganze Familie und eine große Gruppe von Nobutakas Freunden, um den Jahrestag seines Todes zu begehen. Seine zweitälteste Tochter fiel mir bei der Gedenkveranstaltung auf, in ihren schweren Trauerkleidern wirkte sie so zerbrechlich. Sie trug ein Kleid in tiefstem Schwarz. Nobutakas erwachsene Kinder waren ebenfalls schwarz gekleidet. In der Menge der grauen Roben stachen ihre Gestalten hervor wie die Schatten der Kiebitze am Flussufer bei bedecktem Himmel. Sie erzählte mir, sie habe einige Blätter mit Notizen gefunden, die Handschrift sehe aus wie die ihres Vaters, und ob ich sie vielleicht sehen wolle. Ohne Zweifel seien darunter auch Gedichte, die von den verschiedenen Affären zeugten, die mich vor unserer Heirat so gestört hätten. Aber ich wollte trotzdem einen Blick darauf werfen. Es berührte mich, dass sie mir die Notizen geben wollte und niemand anderem. Ich konnte mir vorstellen, dass es für sie genauso schmerzlich war, sie zu lesen. Ich sandte ihr dieses Gedicht:

Yūgiri ni mishimagakureshi oshi no ko no ato wo miru miru madowaruru kana

Hinter dem Schleier des abendlichen Nebels ist die Mandarinente verschwunden, und ihr Junges bleibt zurück, sucht einsam nach ihren Spuren.

Es fiel mir auf, dass Nobutakas Familie in dem Jahr, seit mein Mann gestorben war, den Garten vernachlässigt hatte und sogar die tägliche Pflege des Hauses schleifen ließ. Die Kirschbäume blühten in gewohnter Pracht, aber die Gebäude sahen recht heruntergekommen aus. Kurz nachdem ich zu Hause angekommen war, erreichte mich ein wunderschöner Kirschzweig zusammen mit diesem Gedicht von Nobutakas Tochter:

Chiru hana wo nagekishi hito wa ko no moto no sabishiki koto ya kanete shirikemu
Als er klagte über die verstreuten Blüten, ahnte er bereits jenen Kummer, der seine Kinder dereinst unter dem Baum befiele.

Obwohl mein Mann nicht besonders launisch gewesen war, hatte ihn hin und wieder eine plötzliche Melancholie ergriffen, und er hatte von der grenzenlosen Traurigkeit des Lebens gesprochen. Sogar seine Trinkgefährten hatten diese Seite von Nobutaka selten erlebt.

Als die Trauerzeit offiziell zu Ende ging, drängte mich Vater dazu, meine eisengrauen Roben auszuziehen und wieder hellere Farben zu tragen. Ich sei starrsinnig, sagte er, meine Gefühle seien so träge wie ein zeremonieller Ochsenwagen. Er erinnerte mich daran, wie ich mich Nobutaka vor unserer Hochzeit jahrelang widersetzt hatte.

«Und nun scheinst du genauso lange um ihn trauern zu wollen», schimpfte er. «Die anderen Frauen tragen inzwischen alle wieder bunte Kleider, und es macht einen komischen Eindruck, dass du dich weiterhin in Grau hüllst. Du darfst nicht so selbstbezogen sein. Du musst auch darauf achten, was andere denken.»

Natürlich hatte er Recht. In meiner eigenen Traurigkeit versunken, hatte ich keinen Gedanken daran verschwendet, wie es auf die Menschen im Haupthaus wirkte, wenn ich weiterhin Grau trug, während sie wieder buntere Farben wählten – es wurde vielleicht als Vorwurf der Oberflächlichkeit interpretiert. Also wechselte ich meine Gewänder, wie man es von mir erwartete, obwohl in meinem Herzen weiterhin tiefe Dunkelheit herrschte. Wie bei so vielen Dingen wurde mir klar, dass man seine innersten Gefühle in sich verschließen musste.

Ich stellte Roben in Gelb, Weiß und Grün zusammen – eine Kombination, die meine Mutter oft im Frühsommer getragen hatte und die *Mitis*-Gewand genannt wird, da an diesem Zitrusbaum goldene Früchte neben weißen Blüten zu sehen sind. Als die kleine Katako mich an jenem Morgen sah, klatschte sie in die Hände und sagte:

«Was für ein schönes Kleid, Mama!»

Natürlich musste sie es leid gewesen sein, mich ständig nur in Grau zu sehen.

Die Tage schlichen ohne besondere Ereignisse dahin. Obwohl ich nicht mehr in Trauer war, ging ich selten aus. Die Seuche wütete weiterhin, und es wäre leichtsinnig gewesen, die Dämonen herauszufordern. Eines Tages erhielt ich Besuch von meiner Freundin Saishō, die eine Zeit vom Hof beurlaubt war. Sie schien ein glanzvolles Leben zu führen, und ich beneidete sie. Sie widersprach mir allerdings.

«Es ist ermüdend», sagte sie.

Sie hatte es kaum erwarten können, den Hof für einige Zeit zu verlassen. Ich konnte nicht anders, ich musste sie nach Geschichten über das Leben am Hof ausquetschen. Seit mein Mann gestorben war, tappte ich völlig im Dunkeln.

Sie erzählte mir von dem letzten Skandal um den Tod des Prinzen Tametaka. Er hatte eine Affäre mit Izumi Shikibu gehabt – auch sie war als Schriftstellerin recht bekannt. Der Prinz war berüchtigt dafür, seinen Liebesabenteuern nachzugehen, ohne sich darum zu kümmern, was andere dachten. Die Straßen mochten in der Nacht von Dämonen wimmeln und von den Leichen der Seuchenopfer verpestet sein, die sich an den Rändern stapelten, aber nichts konnte ihn davon abhalten, seine Geliebte zu besuchen. Bei solchem Wagemut sollte sein Tod eigentlich keine Überraschung sein, aber Saishō erzählte mir, sein Vater, der Exkaiser, weigerte sich, daran zu glauben.

«Sucht einfach weiter», erzählte man sich, habe er gefleht. «Ihr findet ihn bestimmt irgendwo.»

Ungefähr zur selben Zeit erholte sich Seishi, die Gefährtin des Kronprinzen, die das ganze Jahr ziemlich krank gewesen war, auf wundersame Weise.

«Endlich ein positives Ereignis», sagte Saishō. «Aber dann starb genauso plötzlich Genshi, die andere Gefährtin des Kronprinzen, auf schreckliche Weise. Das Blut strömte ihr aus Nase und Mund. Da fragt man sich», sagte sie mit finsterer Stimme, «ob es nicht irgendeinen Zusammenhang gibt.»

«Wie meinst du das?», fragte ich sie.

«Nun, es ist doch ein seltsamer Zufall, dass Seishi, die vor den Pforten des Todes stand, sich so plötzlich erholte, während Genshi, die überhaupt nicht krank war, dahingerafft wurde. Dies alles sieht nach einem Fluch aus.»

Ich nickte und erinnerte mich mit Schaudern an den Kommentar meines Mannes, wonach ich das Leben im Palast mit all den makabren Intrigen und tödlichen Rivalitäten gewiss hassen würde. Ich begann zu verstehen, warum Saishō erleichtert war, dieser Atmosphäre für einige Zeit entfliehen zu können.

«Es gehört sich nicht, schlecht über die Toten zu sprechen, aber ich habe seltsame Gerüchte über Genshi gehört», sagte ich. «Ich weiß, dass der Kronprinz sie kompliziert fand. Mein Mann erwähnte, dass Genshi einst, als er als Gast in ihrer Residenz weilte, die Jalousien hochgezogen habe, mit geöffneten Roben da gestanden sei und ihre Brüste gezeigt habe. Dem Kronprinzen war das peinlich, und die Gäste starrten alle zu Boden. Mein Mann erzählte, sie hätten nicht gewusst, ob sie bleiben oder gehen sollten.»

Saishō meinte, die Geschichte klinge ziemlich glaubhaft und passe zu Dingen, die sie selbst gehört habe. Einmal habe eine Gruppe Studenten von der Universität chinesische Gedichte im Haus des Kronprinzen komponiert, und Genshi habe angefangen, Säckchen mit Goldstaub hinter ihrer Stellwand hervorzuwerfen. Die Studenten hatten das Gefühl, sich begeistert zeigen, Enthusiasmus vorspielen und die Säckchen einsammeln zu müssen, aber tatsächlich fanden sie die Situation recht unwürdig. Genshi machte zudem laute Kommentare über ihre Gedichte.

Wir waren uns einig, dass sie vermutlich nicht ganz zurechnungsfähig war. Saishō nahm ihr kräftiges Haar im Nacken zusammen und drehte es sich über die Schulter. Es war heiß, auch wenn alle Türen zum Garten offen standen.

«Und trotzdem war Genshi Korechikas Schwester», sinnierte ich und dachte an die Abfolge unglücklicher Ereignisse, unter der dieser Mann zu leiden hatte.

«Armer Korechika!», antwortete Saishō. «Zuerst verliert er seine Schwester, die Kaiserin, und nun Genshi. Wie kann es für ihn noch eine Zukunft geben? Michitakas Karma scheint sich vollständig verflüchtigt zu haben. Seine Töchter sind tot, und seine Söhne treiben haltlos im Wind. Solange man in diesen Zeiten nicht von Michinaga gefördert wird, sind die Aussichten nicht besonders günstig.»

Ja, dachte ich im Stillen, glücklicherweise hat Michinaga von Vater eine gute Meinung. Der Regent hatte ihm zahlreiche Geschenke überbringen lassen, als er aus Echizen zurückgekehrt war, und seine Arbeit mit den Chinesen gelobt.

Ich fragte Saishō, wie es sei, die Kaiserin Shōshi als Herrin zu haben. Ich erwartete, dass sie sich beklagte, aber sie überraschte mich mit einer anderen Antwort.

«Ihre Majestät ist recht ernsthaft», sagte sie. «Vielleicht sogar zu ernsthaft. Und korrekt bis zum Übermaß. Es gab eine Dame, die in ihrem Dienst stand (ich werde keine Namen nennen, und du kennst sie sowieso nicht). Sie war etwas nachlässig und sprach oft, wenn sie nicht an der Reihe war. Im letzten Jahr tat sie das bei einem offiziellen Anlass und schockierte damit Ihre Majestät. Die Frau wurde entlassen, und alle anderen verstanden es als Warnung, nicht zu vorlaut zu sein. Ich muss sagen, die ganze Sache hatte eine dämpfende Wirkung auf das Leben bei Hof. Natürlich ist es besser, still zu sein, anstatt sich in Verlegenheit zu bringen, indem man bei einem öffentlichen Anlass etwas Unbesonnenes oder Dummes tut. Trotzdem leben wir nun in ständiger Angst, einen falschen Schritt zu tun.»

«Vielleicht wird die Kaiserin etwas von ihrer Strenge verlieren, wenn sie reifer geworden ist», sagte ich. «Wenn die Menschen älter werden, so sehen sie ein, dass jeder seine schlechten und seine guten Seiten hat, und dass wir alle Fehler machen. Vermutlich ist sie sich selbst gegenüber noch strenger als mit ihren Damen.»

«O ja, das ist wahr», antwortete Saishō.

Dann fragte ich meine Freundin nach einer Sache, über die

ich mir schon lange Gedanken gemacht hatte. «Was ist mit dem Vater der Kaiserin, Michinaga? Wie ist er als Mensch, meine ich. Verbringt er viel Zeit in Shōshis Gemächern?»

Saishō schlug die Augen nieder. «Er ist ständig dort anzutreffen», murmelte sie. «Man muss immer auf der Hut sein. Glücklicherweise lässt er sich leicht ablenken.»

«Oh», antwortete ich, und aus ihrem Erröten schloss ich, dass Michinaga sich nicht damit begnügte, die Frauen nur anzuschauen.

«Erinnerst du dich an Sei Shōnagon, jene Dame, die das *Kopfkissenbuch* geschrieben hat, das alle gelesen haben?», fragte Saishō und wechselte das Thema.

«Ja, ich habe Teile davon gelesen», sagte ich. «Was ist mit ihr?»

«Sie ist nach Tcishis Tod in Genshis Gefolgschaft getreten. Ich frage mich, was sie jetzt tun wird. Wie ärgerlich, wenn einem immer wieder die Herrin wegstirbt.»

Ich saß draußen in dem Angel-Pavillon und hoffte, eine kühle Brise zu erwischen. Auf dem Tisch lag eine Bilderrolle, man sah die Zeichnung des berühmten Ortes Shiogama in Mutsu. Die «Salzebenen» im Namen des Ortes erinnerten mich an die Feuer, mit denen die Fischer Salz aus der Sole gewannen. Ich war in Melancholie versunken, und die Vorstellung der salzhaltigen Rauchschwaden erinnerte mich an die rauchende Beerdigungsstätte meines Mannes. Ich verfasste dieses Gedicht:

Mishi hito no   keburi to narishi   yūbe yori   na zo
mutsumashiki   Shiogama no ura
Seit jenem Abend, als von meinem Geliebten nur ein dünner Rauchfaden blieb, ruft die Shiogama-Bucht wehmütige Erinnerungen in mir wach.

Ich fühlte mich sehr alt, als neigte sich mein Leben dem Ende zu. Nach Saishōs Besuch wurde mir klar, dass ich das Leben am Hof nie mehr verfolgen könnte, nicht einmal aus der Ferne. Und ich hätte kaum mehr die Möglichkeit, Neuigkeiten zu erfahren, die ich für *Genji* brauchen könnte. Meine Inspiration war an einem toten Punkt angelangt.

Im Herbst überraschte mich Chifurus Bruder mit einem Besuch. Er war gerade erst von einem Posten in der Ferne nach Miyako zurückgekehrt. Er hatte eine mir flüchtig bekannte Dame geheiratet, aber sie war gestorben und hatte ihn mit zwei Kindern zurückgelassen. Seine Geschichte war traurig, aber noch während ich ihm voller Mitgefühl lauschte, stieg in mir das Gefühl auf, dass er mir nicht nur einen Höflichkeitsbesuch in Erinnerung an seine tote Schwester abstattete. Schließlich gelangte ich zu der Überzeugung, dass er auf der Suche nach einer neuen Frau und Mutter für seine beiden Kinder war. Ich versuchte, ihn sanft abzuweisen, da ich ganz sicher war, nicht mehr heiraten zu wollen.

Ungefähr eine Woche nach seinem Besuch hörte ich, wie jemand spät abends an mein Tor klopfte. Ich machte keine Anstalten zu öffnen, und schließlich gab der Besucher, wer auch immer es war, auf. Am nächsten Morgen erhielt ich dieses Gedicht:

*Yo to tomo ni   araki kaze fuku   nishi no umi mo   isobe ni
nami wa   yosezu to ya mishi*
Seit Menschengedenken zerwühlten raue Winde das westliche Meer, und sicher ist, dass die Wellen dereinst am Ufer brechen.

Es irritierte mich, dass er sich so sicher war, und ich antwortete ihm:

Kaerite wa omoishirinu ya iwakado ni ukite yorikeru kishi no adanami

Auf ihrem Weg hinaus aufs Meer verstehen die launischen Wellen gewiss, wie sinnlos es ist, gegen die felsige Küste zu branden.

Ich war ziemlich sicher, nach diesen Worten nicht mehr von ihm zu hören.

Eine dünne Schneedecke hüllte den Garten in ein zartes, weißes Wintergewand. Als ich hinausblickte, fiel mir auf, dass man diese Wirkung im Sommer mit den Kleidern zu erzielen versucht – ein hauchdünnes, weißes Kleid über einfarbigen Hosen. Ich wies Katako darauf hin, aber natürlich war sie zu jung, um solche Dinge zu verstehen.

«Wie kann der Garten im Winter ein Sommerkleid tragen?», fragte sie verwirrt.

«Nein, wir sind es, die im Sommer Weiß tragen, um uns an die Kühle des Schnees zu erinnern», antwortete ich.

Aber sie schien noch immer verwirrt, und plötzlich sah ich die Welt mit den Augen eines Kindes, befreit vom Ballast der vielschichtigen Bedeutungen und Schattierungen, mit den wir Erwachsenen unsere Wahrnehmungen überfrachten.

Ich erinnerte mich an einen Abend, als wir Wildschweinfleisch aßen, das Vater hatte organisieren können. Er hatte seit unserem Aufenthalt in Echizen eine Schwäche für Hirsch, Wildschwein und anderes Wild entwickelt, und da dieses Fleisch in Miyako nicht einfach zu bekommen war, freute er sich über seine Beute. Natürlich nannten wir das Wildschweinfleisch und das Rehfleisch bei Tisch «Fasan» und «Ente», um zu verschleiern, dass wir vierbeinige Tiere aßen – aber Katako ließ sich nicht täuschen. Das Kind konnte schon den Gedanken, Fisch oder Geflügel zu essen, kaum ertragen, geschweige denn vierbeinige Wesen. Sie schob ihren Teller weg und weigerte sich starrsinnig, weiter zu essen. Damals war sie wohl etwa drei Jahre alt. Seltsamerweise mochte sie eine spezielle Sorte eines kleinen Flussfisches besonders gerne, offenbar war sie der Überzeugung, dabei handele es sich um eine Art schwimmendes Gemüse.

Schon wieder war Neujahr, und unter den üblichen Grüßen, die ins Haus flatterten, war ein Brief von Chifurus Bruder, der anscheinend noch immer ein einsamer Witwer war. Er erkundigte sich, ob der Wechsel der Jahreszeiten vielleicht bedeute, dass meine Türen nun offen ständen. Wie hartnäckig dieser Mann war! Ich antwortete:

> *Taga sato no haru no tayori ni uguisu no kasumi ni tozuru*
> *yado wo touramu*
> Aus welchem Dorf mag sie wohl kommen, jene Grasmücke,
> die vor den Toren eines Hauses im Nebel ihr einfaches Lied
> vom Frühling singt.

Ich grollte ihm nicht und hoffte gewiss, er möge eine Frau finden, aber das ging nun wirklich zu weit.

Vater war wieder ohne Amt am Hof, aber es schien ihm nichts auszumachen. Er war in offiziellen Kreisen immer willkommen, sonnte sich in Michinagas Gunst und wurde regelmäßig zu Dichtertreffen eingeladen. Im zweiten Monat wurde er zu der Mannbarkeitszeremonie des ältesten Sohnes von Michinaga ins Biwa-Haus eingeladen. Michinaga hatte dieses wunderbare alte Haus und den Besitz gerade von einer älteren Witwe gekauft. Im Sommer warf der Hain mit den uralten

Mispelbäumen eine erstaunliche Menge von Früchten ab. Das wusste ich, weil wir die Witwe während meiner Kindheit oft besucht hatten.

Vater kam nach Hause und war von dem Glanz der Feier und den prunkvollen Geschenken für die Teilnehmer überwältigt. Der Palastminister, der dem Jungen den Kammuri-Hut überreichte, als Zeichen dafür, dass er nunmehr ein Mann war, erhielt eine vollständige Kollektion seidener Roben, zwei Pferde und einen Falken. Sogar Zuschauer wie mein Vater bekamen einen wunderschönen Fächer als Andenken.

An jenem Frühjahrstag fiel dichter Schnee, und als Vater von den Festlichkeiten zurückkehrte, erinnerte ich mich an jenen verschneiten Tag vor sieben Jahren, als er nach dem Treffen mit Michinaga nach Hause gekommen war – mit den Neuigkeiten, die unser Leben veränderten. Damals reichte mein Blick nur bis zu meiner Nasenspitze. Ich hatte lediglich meinen ängstlichen Wunsch im Kopf, durch eine Reise nach Echizen der Heirat zu entfliehen. Ich ließ die letzten Jahre in Gedanken Revue passieren, und hier war ich nun, zurück in Miyako, eine Witwe, die sich nur um ihren Garten und ihr Kind kümmerte.

Ich gab mir große Mühe, darauf zu achten, dass der Garten in gutem Zustand war. Das Frühjahr war die Jahreszeit, in der meine Anstrengungen am meisten belohnt wurden. Als Erstes blühten die Pflaumen und kündigten so den Frühling an, dann ließen sie ihre Blüten zugunsten der Blätter fallen, während die Kirschen und die Iris in voller Blüte standen. Ich bat den Gärtner, die verbliebenen gefüllten Kamelienblüten abzuknipsen. Im Winter, wenn ihre harten Blüten sich sogar bei spätem Schneefall an den Zweigen hielten, waren sie wunderbar anzuschauen, aber nun waren sie erschöpft und sollten sich nicht länger an die Äste klammern müssen. Gefüllte Kamelien können vollständig braun sein und sich trotzdem noch immer am Zweig halten, als wären sie der Meinung, noch immer bewundert werden zu müssen. Ich wies Vater darauf hin, und er lachte und bemerkte, er habe einst im Palast eine ältere hochrangige Dame gekannt, die sich genau wie eine dieser Kamelienblüten benommen habe.

Vater war in guter Stimmung. Die kleineren Jungen zeigten sich in ihren Studien viel wissbegieriger, als Nobunori es je gewesen war, und Vater drillte sie jeden Tag in den Klassikern. Und er meinte, vielleicht gäbe es sogar für Nobunori noch eine Chance. Vater hatte seine Beziehungen im Palast spielen lassen, um herauszufinden, ob es vielleicht ein niederes Amt gäbe, das Nobunori mit seinen mageren Talenten ausführen könnte. Selbst eine Beschäftigung als Schreiber wäre eine offizielle Position. Er sah recht gut aus, und wenn er den Mund hielte, würde er keinen schlechten Eindruck machen. Es bereitete ihm keine Schwierigkeiten, Frauen zu finden, die seinem Charme erlagen, und er sah sich selbst sogar gerne als Dichter. Auf jeden Fall gelang es ihm recht oft, in die Gemächer der Damen zu gelangen.

Wieder einmal zogen die Regenfälle übers Land und warfen alle aus der Bahn. Es hatte den ganzen Nachmittag ohne Unterlass genieselt, als eine Gruppe von Nobunoris Freunden vorbeikam, während ich gerade Vater besuchte. Sie verlangten nach Sake und machten es sich bequem, um sich zu betrinken und ungehemmt zu unterhalten. Die jungen Männer gaben sich keine Mühe, ihre Stimmen zu senken, also konnte ich ihre Worte genau mithören, ohne dass ich gelauscht hätte. Sie neckten meinen Bruder wegen seiner dichterischen Fähigkeiten und forderten ihn auf, einige seiner poetischen Korrespondenzen mit verschiedenen Damen zu zeigen. Nobunori antwortete, er würde ihnen vielleicht gewisse Briefe zeigen, aber es gäbe andere, die sie nicht sehen könnten. Das steigerte ihre Neugier natürlich noch und jemand protestierte, dies seien genau die Briefe, die sie sehen wollten.

«Briefe von Frauen, die sich missbraucht fühlen und die ganze Nacht darauf warten, dass du erscheinst – solche Briefe möchten wir sehen», hörte ich einen anderen sagen.

Ich merkte, dass meinem Bruder so viel Aufmerksamkeit schmeichelte, und ich hörte das Rascheln von Papier, während er die Erinnerungen an seine Eroberungen hervorkramte und sie herumgab. Wie beschämend es für diese Damen gewesen wäre, hätten sie gesehen, wie die zarten Gefühle, die sie zu Papier gebracht hatten, nun als Gesprächsstoff für Nobunoris Trinkkumpanen dienten! Ich hörte, wie sich die jungen Männer bemühten, die Identität der Frauen herauszufinden, und wie sie lachten, wenn jemand richtig riet.

Zwei von Nobunoris Freunden hatten bereits eine Stellung am Hof inne, einer als Offizier der Leibwache, der andere als Schreiber im Zeremonienministerium. In ihren Stimmen schwang Sicherheit mit, man merkte, dass sie sich in Liebesdingen besser auskannten als die übrigen jungen Männer. Als der Abend langsam anbrach, beherrschten diese beiden allmählich das Gespräch. Ich saß still hinter einigen Stellwänden. Die ganze Sache war für mich sehr lehrreich, aber sie erregte auch meinen Zorn.

Der junge Mann, der als Schreiber tätig war, tat so, als sei er für sein Alter erfahren.

«Es ist traurig, aber wahr», hörte ich ihn sagen. «Die ideale Frau ist selten, falls sie überhaupt existiert. Du erhaschst einen kurzen Blick auf eine Frau, die dir interessant scheint, also fängst du an, ihr zu schreiben. Zuerst faszinieren dich ihre kleinen Notizen und Gedichte. Du stellst dir vor, wie empfindsam und kultiviert sie ist. Aber schon bald zeigt sich, dass ihre blasse, krakelige Handschrift, die du zuerst charmant fandest, eine gewisse Oberflächlichkeit verrät. Du merkst, dass deine Phantasie dir falsche Tatsachen vorgegaukelt hat. Sie haben alle ihren Stolz und gewiss auch besondere Fähigkeiten, aber unseren Erwartungen können sie niemals gerecht werden.»

Mein Bruder hatte die Frechheit, ihm zuzustimmen.

«Sie sind alle so verhätschelt worden», klagte ein anderer. «Ihre Eltern malen sich eine strahlende Zukunft für sie aus und verbreiten Gerüchte über die Fähigkeiten ihrer Töchter. Man hört die Klatschgeschichten, und es packt einen die Aufregung – ah, endlich eine außergewöhnliche Frau! Aber dann stellt man fest, dass die Talente des Mädchens bescheiden sind und sie ihnen viel zu viel Bedeutung zugemessen hat, während die harten Tatsachen niemals an das Gerücht heranreichen.»

Während ich den jungen Männern so zuhörte, wie sie seufzten und sich gegenseitig voll Bedauern zustimmten, wusste ich nicht so recht, ob mich diese selbstgefälligen Klagen belustigten oder ob mich das Ganze verletzte. Ich muss wohl kaum erwähnen, dass keiner von ihnen verheiratet war. Es ist schon seltsam, wie das Idealbild, das man einst im Kopf hatte, sich verflüchtigt, sobald man sich einmal festgelegt hat. Fände man tatsächlich jemanden, der in jeder Beziehung dem Ideal entspricht, so würde das nach kurzer Zeit langweilig, davon bin ich überzeugt. Das Spannende an einer Liebesbeziehung ist doch, an einer Person unbemerkte Qualitäten zu entdecken. Gerade wollte ich die Freunde meines Bruders als ebenso unreif wie meinen Bruder abschreiben, als sich eine nachdenklichere Stimme zu Wort meldete.

«Die angenehmsten Frauen kommen aus den mittleren Rängen», sagte er (ich fragte mich, wer da wohl sprach). «Hochgeborene Damen, die schön sind und auch noch zufällig einen einflussreichen Hintergrund besitzen, sind für uns auf jeden Fall außer Reichweite. Die können wir gleich vergessen.»

«Wie meinst du das, aus den mittleren Rängen?», fragte ihn jemand.

«Frauen, die aus einem wichtigen Geschlecht stammen, deren Familien aber das Ansehen verloren haben?»

«Oder», fragte ein anderer, «vielleicht jene, deren Hintergrund bescheiden ist, aber die durch eine Kombination aus Geld und Glück aufgestiegen sind?»

«Nein», sagte die erste Stimme. «Ich meine vor allem Mädchen, deren Familien zwar ehrbar sind, aber nicht von höchstem Rang, und die einige Zeit im Dienst in den Provinzen verbracht haben. Sie wissen, wie sie sich in einer bescheidenen Gesellschaft zu verhalten haben, und sie können mit Luxus umgehen, aber sie wissen doch mehr vom Leben und nehmen nicht alles als selbstverständlich hin. Mir fallen da verschiedene Frauen ein, auf die diese Beschreibung zutrifft.» Er nannte einige Namen, und ich konnte mir vorstellen, wie die Freunde meines Bruders sich im Geiste Notizen machten. «Ja, sie sind charmant und wissend», fuhr er fort. «Wenn solche Mädchen in den Dienst bei Hofe eintreten, so steht das Schicksal günstig für sie. Ich habe das immer wieder beobachtet.»

«Es kann ja wohl kaum schaden, wenn ein Mädchen reich ist», hörte ich Nobunori sagen.

«Nun ja», meldete sich der Offizier der Leibwache (ich glaubte, seine Stimme zu erkennen) zu Wort. «Es ist keine Überraschung, wenn ein wohlerzogenes Mädchen auch talentiert und hübsch ist. Aber viel faszinierender sind doch jene außergewöhnlich hübschen Mädchen, von denen noch niemals jemand gehört hat und deren Schönheit in überwucherten Hütten vergeudet wird.»

«Du meinst Frauen aus dem Volk?», fragte jemand mit einem Anflug von Spott in der Stimme.

«Natürlich nicht», antwortete der Offizier irritiert. «Eine kurze Episode mit einer Dienerin kann ganz vergnüglich sein, aber ich spreche von etwas Interessanterem – zum Beispiel einem Mädchen aus guter, aber nicht unbedingt einflussreicher Familie, dem es gelungen ist, ein vornehmes Verhalten und eine gewisse Fertigkeit in Musik und Kalligraphie zu erlangen. Sie hat irgendeine Enttäuschung erlitten – vielleicht ist ihre Mutter gestorben, oder die Position ihres Vaters ist in Gefahr, oder ihr Bruder ist unausstehlich –, aber sie selbst streckt ihren zarten Blütenkopf zwischen dem Unkraut hervor. Eine solche Frau ist viel interessanter, weil man von ihr überrascht wird.»

Die anderen jungen Männer seufzten anerkennend.

«Und es ist nicht so wahrscheinlich, dass eine solche Frau eifersüchtig ist oder Forderungen stellt», fügte der Sprecher noch an.

«Das ist das Schlimmste», stellte einer fest. «Ich hasse es, wenn sie immer wissen wollen, wo man gewesen ist, wen man getroffen hat, warum man nicht früher gekommen ist.»

Nobunori war nicht einverstanden. «Nein, das Schlimmste ist, wenn eine immer beweisen muss, wie intelligent sie ist, und ihre Gedichte mit chinesischen Figuren voll stopft. Da fühlt man sich ganz klein. Das erste Anzeichen für gelehrtes Getue nehme ich als Signal, um mich zurückzuziehen.»

Es sollte mich nicht überraschen, dass mein Bruder so etwas sagte, aber es war trotzdem geschmacklos. Ich würde von jeder Dame, die mit ihm eine Beziehung einginge, eine schlechte Meinung haben.

«Nein, das Schlimmste sind jene überempfindlichen Frauen», meldete sich ein anderer zu Wort. «Wenn zum Beispiel der Neunte des neunten Monats ist und du dir die Haare raufst, weil du bei dieser Gelegenheit ein Gedicht präsentieren musst. Und sie drückt ihre Gefühle über den Tau auf den Chrysanthemen aus und erwartet von dir, dass du ihr antwortest. Bei einer anderen Gelegenheit, wenn du weniger gehetzt wärst, fändest du das vielleicht süß, aber in dieser Situation wünschst du dir nur, sie möge ihre künstlerischen Ambitionen etwas zügeln. Es ist einfach ermüdend.»

Dann hörte ich, wie die Stimme eines Betrunkenen das Stimmengewirr der Klagen unterbrach. «Mir gefällt es, wenn eine Frau die Beine breit macht, sobald man an ihren Vorhängen raschelt.»

Dieser Ausbruch verursachte große Heiterkeit, ich hörte, wie sie grölten und auf den Tisch klopften. Danach war es beinahe unmöglich, dem Gespräch noch weiter zu folgen. Normalerweise stoßen mich solche Männerrunden ab, bei denen getrunken und vulgär geredet wird. Aber an diesem Tag stimmte die Ansammlung von Männern mich wehmütig, denn ich erkannte, dass Liebesgefühle für mich der Vergangenheit angehörten.

Nichts erweckt alte Erinnerungen so zum Leben wie der Mond. Am Vierzehnten des Monates schwebte er majestätisch aus dem Wolkenmeer hervor, die Regenfälle waren für kurze Zeit unterbrochen. Ich lag tief in meinem Zimmer wach und konnte den klaren Nachthimmel sehen, ohne auf die Veranda treten zu müssen. Als der Mond, der fast voll war, westwärts zog, folgten meine Gedanken ihm zu Ming-gwok. Auch er hatte zweifellos inzwischen geheiratet, dachte ich mir, aber wie seine Frau, sein Heim und seine Kinder wohl aussahen, so weit reichte meine Vorstellungskraft nicht. Ich hatte noch niemals eine chinesische Frau getroffen. Meine Gedanken machten sich auf die Reise zurück nach Echizen, und die Erinnerungsbilder, die aufstiegen, waren beinahe schmerzlich klar.

Als ich die Rufe der Kiebitze hörte, die einander begrüßten, während sie über dem Fluss herabstießen, wusste ich, dass der Morgen dämmerte. Nun könnte ich schlafen, doch bevor ich einschlief, krabbelte ich zu meinem Arbeitstisch und kritzelte die folgenden Worte nieder:

Tomo chidori morogoe ni naku akebono wa hitori nezame no toko mo tanomoshi
Der Morgen bricht an, Kiebitze rufen einander wie Liebende, und während ich alleine in meinem Bett liege, finde ich Trost in diesem Klang.

Vater hatte erwähnt, dass einer von Genshis Schülern, ein Priester namens Jakushō, schon bald nach China aufbrechen würde. Plötzlich ließ mich die Idee nicht mehr los, ich könnte über ihn versuchen, eine Nachricht an Ming-gwok zu senden. Alleine der Gedanke, einen Mönch auf heiliger Pilgerfahrt mit einer derartigen Sache zu belasten, schien lächerlich, aber ich konnte nicht anders und bereitete trotzdem alles vor. Falls es keine Möglichkeit gäbe, meine Nachricht über das Meer zu senden, so würde ich sie verbrennen, und vielleicht fände der Rauch seinen Weg in Ming-gwoks Träume.

Ich schrieb eine Zeile aus einem chinesischen Gedicht von Bai Juyi ab:

Ich denke an dich, teuerster Freund, auch wenn zweitausend Wegstunden zwischen uns liegen.

Über die vielen Nächte, die ich, ohne Schlaf zu finden, den Mond betrachtet hatte, schrieb ich auf Japanisch ein Gedicht:

Miru hodo zo   shibashi nagusamu   meguri awamu   tsuki no miyako wa   haruka naredomo
In jenen kurzen Momenten spendet sein fahler Schein mir Trost, doch jene Stadt, in die der Mond entschwindet, liegt weit, weit fort.

Ich nahm an, dass andere Augen meine Worte lesen würden, und unterschrieb deshalb nicht. Jeder andere würde annehmen, das Gedicht stamme von einem anmaßenden Höfling, den Ming-gwok bei seinem Aufenthalt in dem barbarischen Land getroffen hatte.

Ich musste meinen Vater um Rat bitten. Er zuckte zweifelnd die Schultern, aber schließlich bat er darum, den Inhalt sehen zu können. Er seufzte, denn es waren Worte, die er genauso gut an Meister Jyo hätte schreiben können.

«In Ordnung», sagte er schließlich. «Ich tue mein Bestes. Aber vergiss nicht, Jakushō ist ein Mönch, und er wird bereits mit Dingen beladen sein, die er auf seiner Pilgerreise in Klöster bringen muss. Er wird vermutlich Nein sagen.»

Ich war überrascht, dass Vater überhaupt zustimmte. Er beschloss, das Ganze an Meister Jyo zu adressieren.

«Aber falls es jemals dort ankommt – was ich bezweifle, wie du wissen musst –, wird dein Freund gewiss deine Schrift wiedererkennen.»

Ich nickte.

Vater lächelte und schüttelte den Kopf.

Sehr zu seiner Überraschung stimmte Jakushō zu, den Brief mitzunehmen.

Die unvergängliche Kerriarose

Usuki to mo Mizu

Ungefähr zu der Zeit, als die Wolkendecke aufriss, veranstaltete Michinaga ein großes Dichtertreffen. Vater bereitete drei chinesische Rhapsodien vor, die er zu Hause endlos übte und dabei zu entscheiden versuchte, welche er vortragen wollte. Das Fest war eine hochkarätige Angelegenheit. Die bekanntesten Dichter erschienen, sie verfassten sowohl Verse auf Chinesisch wie in ihrer Muttersprache. Vater kam müde, aber in Hochstimmung nach Hause. Nachdem er uns mit Einzelheiten des Banketts versorgt, von den anderen Dichtern erzählt und die eine oder andere Klatschgeschichte aus dem Palast zum Besten gegeben hatte, flüsterte er mir zu, er würde gerne mit mir alleine sprechen. Am späten Nachmittag gingen wir zusammen zum Angel-Pavillon hinaus, eine leichte Brise kräuselte das Wasser im Teich. Vaters heiterem Gesichtsausdruck nach zu schließen, hatte Michinaga ihm wohl wieder ein offizielles Amt angeboten. Tatsächlich hatte Michinaga ihn zur Seite genommen, jedoch aus völlig anderem Grund: Er wollte mit ihm über meine Genji-Geschichten sprechen!

«Du darfst dich geehrt fühlen», beharrte Vater. «Michinaga hat die Geschichten von Genji wahrgenommen, und er hat Interesse an dir gezeigt. Er scheint von deinem Leuchtenden Prinzen recht eingenommen zu sein. Dies könnte dir einige glanzvolle Perspektiven eröffnen.»

Ich spürte, wie mir die Hitze ins Gesicht stieg. Wie konnte Michinaga meine Geschichten gesehen haben? Vermutlich war mein Mann dafür verantwortlich, obwohl er nie etwas davon erwähnt hatte. Aber nach meinen scharfen Worten vor unserer Heirat, als er meine Manuskripte herumgezeigt hatte, fürchtete er sich vermutlich, mit mir darüber zu sprechen. Der Gedanke, dass Michinaga meine Werke las, war unheimlich.

«Was soll ich tun?», fragte ich.

«Oh, bis jetzt ist noch nichts entschieden», sagte Vater und verjagte eine Mücke, die sich auf seiner Schläfe niedergelassen hatte. «Bleib einfach ruhig und sieh zu, wie sich die Dinge entwickeln.»

Er nahm eine zarte, blassorange Mispelfrucht von einem Teller und schälte sorgfältig das Fleisch von den groben schwarzen Samen.

«Ich denke, du solltest auf jeden Fall an Genji weiterarbeiten», sagte er. «Du schreibst doch noch über ihn?»

Ich zuckte die Schultern. Tatsächlich hatte ich lange nichts mehr geschrieben, und erst seit kurzem fühlte ich mich wieder inspiriert, meinen Pinsel zur Hand zu nehmen – aber das konnte Vater nicht wissen. Nachdem er vor langer Zeit sein Missfallen über meine «frivolen Geschichten», wie er sie nannte, ausgedrückt hatte, zeigte ich ihm selten etwas, das ich über den Leuchtenden Prinzen geschrieben hatte. Wir hatten ein stillschweigendes Abkommen getroffen – er fragte niemals nach, ich redete niemals davon. Nun, da sich Michinaga interessiert zeigte, schien mein Vater jedoch zu denken, dass er Genji vielleicht doch nicht einfach ignorieren sollte. Ein Paar Brautenten paddelte still über das offene Wasser, gefolgt von fünf kürzlich geschlüpften Küken. Wir schauten zu, wie sie im Schilf verschwanden.

«Vielleicht zeigst du mir, in welche Schwierigkeiten du

deinen gut aussehenden Prinzen in letzter Zeit gebracht hast», sagte mein Vater mild. «Michinaga meinte, es sei doch ein ziemlicher Zufall, dass Genji ebenso wie Korechika nach Suma verbannt worden sei.»

Diese Bemerkung erschreckte mich.

«Viele Leute sind nach Suma verbannt worden», antwortete ich schnell. «Außerdem ist Genji freiwillig gegangen, er wurde nicht wirklich verbannt.»

Vater schaute mich nur an.

«Ja, natürlich. Ich wollte dir nichts unterstellen. Vergiss aber nie, dass deine Zukunft in großem Maße von Michinaga abhängt – genauso wie meine.»

«Ja, darüber mache ich mir oft Gedanken», sagte ich langsam.

Ich fragte mich allerdings, ob ich das wirklich getan hatte. Zwar hatte ich mir über Michinaga den Kopf zerbrochen und darüber gerätselt, aus welchem Motiv er so freundlich zu Vater war, aber es wäre mir nicht im Traum eingefallen, dass er sich für ein derart unbedeutendes Wesen wie mich interessieren könnte. Das beunruhigte mich, und ich fühlte mich ziemlich ausgesetzt. Ich nahm an, dass auch Vater nervöser war, als er zugab. Und was meinte er mit «Perspektive»? Er konnte doch nicht ernsthaft glauben, jemand in meinem Alter käme noch für den Dienst am Hofe infrage? Diesen Traum hatte ich vor langer Zeit aufgegeben. Meine Ziele für die Zukunft waren bescheiden. Durch das Haus meines Mannes und das Erbe meiner Mutter hatte ich, was ich brauchte, sodass ich mir keine Sorgen machen musste und meiner Tochter eine angemessene Ausbildung und eine gute Partie ermöglichen könnte, wenn die Zeit gekommen war.

Nach dem Tod meines Mannes verspürte ich kein Verlangen mehr zu schreiben, aber dann entdeckte ich, dass Genji mir eine Ruhepause von dem ängstlichen Grübeln verschaffte, das meine Seele ansonsten in düsteren Nebelschwaden überzog. Ich verschickte meine Entwürfe und genoss das Lob, das ich von Freunden und Bekannten erhielt. Der größte Teil meiner Leserschaft waren Frauen. Es war schwer, sich vorzustellen, dass meine Geschichten Michinaga unter die Augen gekommen waren. Ich brauchte Zeit, um mir darüber Gedanken zu machen, was das bedeutete. Und nun war ich gezwungen, meine Entwürfe auch Vater zu zeigen.

Er schien auf eine Antwort oder zumindest ein Zeichen zu warten, dass ich von nun an auf der Hut sein würde, welche Geschichten ich mir für Genji ausdachte.

«Nun», sagte ich und versuchte an eine harmlose Geschichte zu denken, die keine Meinungsverschiedenheit auslösen würde. «Ich habe an einem Abschnitt gearbeitet, in dem Genji und seine Freunde sich über die Frauen unterhalten. Du kannst es dir anschauen, wenn ich damit fertig bin.»

«Das wäre hervorragend», strahlte Vater. «Und Michinaga freut sich darauf, noch mehr von dir zu lesen.»

«Das ist wunderbar», sagte ich flach und dachte mit Unbehagen daran, wie es wohl wäre, mit dem Gefühl zu schreiben, dass Michinaga mir ständig über die Schulter blickte.

Ungeachtet der Bemerkungen meines Vaters fühlte ich mich weiterhin auf seltsame Weise zu Korechika und seinem verblassenden Glücksstern hingezogen. Meine Freundin Saishō erzählte mir, dass Kaiser Ichijō seine Kinder vergötterte. Seine größte Freude war es, Zeit mit ihnen zu verbringen, vertraute sie mir an. Um den mutterlosen kleinen Prinzen kümmerte sich seine Tante Mikushigedono. Sie hatte alles aufgegeben, um sich nach dem Tod ihrer Schwester Teishi um den Jungen zu kümmern. Logischerweise hatte der Kaiser nun oft mit dieser Frau zu tun, wenn er seine Kinder besuchte, und aus diesen Besuchen wurde eine Affäre, über die sich der ganze Hof die Mäuler zerriss.

Ich fragte Saishō, was die Kaiserin von der Sache hielte. Saishō antwortete, ihre Herrin sei kein eifersüchtiger Mensch, es sei ihr egal, mit wem der Kaiser fremdginge. Michinaga hingegen war sicher nicht sonderlich erfreut. Er hätte keine Ruhe, bis nicht ein kaiserlicher Enkel im Schoß seiner Tochter heranwuchs. Dass sich Ichijō mit einer Frau aus Korechikas Familie einließ, bedrohte diesen Plan. Saishō erzählte, Mikushigedono sei der verstorbenen Kaiserin wie aus dem Gesicht geschnitten, so sei es kein Wunder, dass Ichijō sich zu ihr hingezogen fühlte. Korechika war hell begeistert, dass seine letzte verbliebene Schwester eine solch fabelhafte Beziehung eingegangen war.

Die beiden Brüder hatten einen sehr unterschiedlichen Weg eingeschlagen, seit sie das erste Mal mit Michinaga aneinander geraten und bestraft worden waren. Takaie hatte es sich zur Gewohnheit gemacht, Michinaga häufig seine Aufwartung zu machen, und begleitete ihn sogar auf die Falkenjagd. Korechika hingegen blieb auf Distanz, widmete sich Dingen, die dem Regenten klar missfielen. Es schien mir, als fordere er sein Schicksal heraus.

In jenem Sommer vernahm ich, dass Kerriarose sich mit der Seuche angesteckt hatte und schwer krank darnieder lag. Niemand glaubte daran, dass sie überleben würde, und ihre Familie machte sich schon auf ihr Ende gefasst, als sie sich plötzlich zu jedermanns Erstaunen wundersam erholte. Wir hatten uns lange Zeit nicht geschrieben, aber ich fühlte ein starkes Verlangen, sie wiederzusehen. Ich besuchte sie und war zuerst etwas vor den Kopf gestoßen, da sie mich förmlich hinter Stellwänden empfing. Ich hatte das Gefühl, dass sie noch immer wütend war und unsere frühere Intimität vollständig verneinte. Es war ein seltsames Gespräch. Ich wollte schon gehen, da ich alles andere für sinnlos hielt, als ich hinter der Stellwand ersticktes Schluchzen hörte. Ich kroch hinüber und schob die Stellwand vorsichtig zur Seite, sodass ich sie sehen konnte. Sie saß vornüber gebeugt, hatte eine blassgrüne Robe über den Kopf gezogen. Ich streckte meine Hand aus, um ihre Schulter zu berühren, und sie hob plötzlich den Kopf.

Ihr Gesicht! Ich war wohl zusammengezuckt, denn sie senkte den Kopf sofort wieder und begann zu weinen. Die Pocken hatten ihre einst so wunderschöne, zarte Haut entstellt, ihr Gesicht glich gegerbtem Leder.

«Ich hätte sterben sollen», klagte sie.

Sie zog die Robe über den Kopf und wiegte sich auf ihren Kissen hin und her. Ich war schockiert. Ich hatte nie aufgehört, an sie zu denken. Das Haus war sehr still, und ihre leisen Klagen schienen endlos durch die Räume zu hallen. Ohne ein Wort umarmte ich sie und hielt sie fest, wiegte sie in ihrem Kummer, bis sie sich schließlich beruhigte. Ich streichelte ihr langsam mit meinen Fingerspitzen über ihr armes, teures Gesicht, und sie ließ mich gewähren.

Auf dem Heimweg machte ich noch einen kleinen Abstecher zu dem Tempel, wo Kerriarose und ich uns vor vielen Jahren das erste Mal nahe gekommen waren. An den wilden Hängen hinter dem Garten standen die Büsche mit den üppigen Kerriarosen in voller Pracht. Ich brach einen Zweig ab und ließ ihn einen meiner Eilboten zu ihrem Haus bringen. Am nächsten Tag erhielt ich als Antwort eine schlichte Blume, die sie noch irgendwo gefunden hatte, obwohl die Saison eigentlich zu Ende war. Ich war tief berührt und schickte ihr dieses Gedicht:

Orikara wo   hitoe ni mezuru   hana no iro wa   usuki wo
mitsutsu   usuki to mo mizu

Es gab eine Zeit, da freute man sich an der Farbe dieser
einfachen Blüte. Hat sie an Glanz verloren? Gewiss nicht für
mich.

Ich nahm mein Kind mit zu den Besuchen bei Kerriarose.
Zuerst war meine Freundin verlegen und blieb hinter ihren
Stellwänden, aber dann öffnete sie die Abschirmung immer
mehr und bedeckte ihr Gesicht nur noch mit dem Fächer.
Schließlich senkte sie auch den Fächer, aber da hatte sich Katako schon so an sie gewöhnt, dass der Anblick ihres vernarb-
ten Gesichts sie nur kurz verunsicherte.

Eines Tages erzählte mir Kerriarose mit sehr ruhiger
Stimme, sie habe beschlossen, Nonne zu werden. Ihre Familie
war nicht einverstanden, aber sie betonte, da sie niemals geheiratet habe, halte sie eigentlich nichts zurück. Sie hatte jene
Bindungen nicht, die es vielen Menschen schwer machten,
sich von der Welt zu lösen. Ich versuchte nicht, sie abzuhalten, obwohl ihr Vater später zu mir kam und sich von mir
erhoffte, sie umzustimmen. Sie erzählte mir, worauf ihre Entscheidung zurückginge: Vor ihrer Krankheit sei sie sehr stolz
auf ihr Aussehen gewesen. Das überraschte mich.

«Ich habe dich nie als eitel erlebt», protestierte ich.

«Nein», antwortete sie. «Ich habe es vor anderen nicht so
zu erkennen gegeben, aber für mich persönlich war es sehr
wichtig. Ich habe mir immer die Brauen gezupft, alle vier
Tage meine Zähne geschwärzt. Du hast einmal gesagt, meine
Haut ähnele einem zarten, weißen Pfirsich, und diese Bemerkung freute mich mehr als alle Gedichte, die du mir je geschickt hast.» Ihre Ehrlichkeit entlockte mir ein Lächeln.
«Und mein Hauptinteresse war es, schöne Umgebungen zu

schaffen. Ich habe meine Zeit damit verbracht, Farben auszusuchen, um meine Kleider zu färben, Duftmischungen zusammenzustellen und mich in Kalligraphie zu üben, sodass ich meine Schrift der Stimmung eines Gedichts anpassen konnte. Diese Dinge schienen das Leben schön und lebenswert zu machen.»

«Sie helfen», warf ich ein.

«Aber es ist nicht genug», antwortete sie. «Du hast ein Kind. Das gibt dem Leben Sinn. Obwohl ich mir niemals vorstellen konnte, zu heiraten, werde ich es immer bereuen, kein Kind zu haben. Die Leidenschaft habe ich oft genug erlebt. Die Aufregung, sich zu verlieben, gestohlene Momente der Nähe, die Stiche der Eifersucht und die Abschiedstränen – man braucht keinen Mann, um die Liebe zu erfahren.»

«Hat sich denn mit deiner Krankheit etwas verändert?»

Katako war draußen auf der Veranda und versuchte, die Spatzen mit Krumen anzulocken. Kerriarose blickte das Kind an und seufzte.

«Ja, ich hatte solche Schmerzen, dass ich glaubte, sterben zu müssen. Dann muss ich für einige Zeit das Bewusstsein verloren haben, denn ich erinnere mich nicht daran, wie die Tage verstrichen sind. Als mein Fieber endlich sank und ich doch noch lebte, hatte sich mein Körper verwandelt. Ich hatte nun grobe, pockige Haut, die an eine Art höllischen Dämon erinnert. Die Vorstellung, meine Tage damit zu verbringen, schöne Umgebungen zu schaffen, schien so sinnlos.»

Langsam öffnete sie den schweren Fächer, den sie in der Hand hielt, und schloss ihn wieder. Ihre schönen weißen Hände waren nicht von den Pocken angegriffen.

«Ich bin das einzige Kind, das meinen Eltern noch geblieben ist. Weißt du noch, wie wir uns im Tempel trafen, um unseren Schwestern zu gedenken, die ungefähr zur gleichen Zeit gestorben waren? Meine Mutter und mein Vater haben es vor langer Zeit aufgegeben, mich zu einer Heirat überreden zu wollen, und sie scheinen bedauernswert glücklich, überhaupt noch Nachkommen zu haben, auch wenn ich als Tochter versagt habe. Sie können meinen Kummer darüber, dass ich überlebt habe, nicht verstehen.»

«Natürlich nicht», antwortete ich. «Sie glaubten, ihre Gebete seien erhört worden, nachdem du dich erholt hattest. Dass du dich nun von der Welt abwenden möchtest, ist für sie schwer zu begreifen. Ich kann ihre Gefühle verstehen, genauso wie ich dich verstehe. Auch ich habe daran gedacht, Nonne zu werden, aber für mich ist das wohl nicht der richtige Weg, zumal meine Tochter noch so klein ist.»

Draußen auf der Veranda herrschte plötzlich emsiges Treiben. Der alte Gärtner hatte Katako dabei geholfen, die Vögel anzulocken, dann ließ er einen offenen Korb auf sie herunterfallen, und nun saßen einige Spatzen in der Falle. Das Kind war ganz aufgeregt, kam zu uns gerannt und bat darum, sie als Haustiere behalten zu dürfen.

Kerriaroses Zimmer und Garten waren ein Spiegel ihres vorzüglichen Geschmacks. Ihre weichen seidenen Vorhänge hatten ein Holzfaser-Muster, und die Bambusjalousien, die ganz aufgerollt waren, um den Blick auf den Garten freizugeben, waren mit genau abgestimmter chinesischer Webseide mit diamantenem Muster eingefasst. Draußen an den Ahornbäumen hingen Brokatstreifen in üppigem Rostrot, Gold, Gelb und Karminrot. Einige verstreute helle Blätter trieben auf dem dunklen Wasser des Teichs. Das Kohlebecken auf der Matte zwischen uns war aus einem einzelnen Stück Zelkovenholz geschnitzt, darauf war mit Perlmutt ein Muster aus Wachteln im Gras eingelegt. Wir brauchten es nicht, um uns zu wärmen, aber das Räucherkügelchen, das in den Kohlen schmorte, verbreitete im Raum einen raffinierten Duft aus Pflaumen, Salz und Moos. Kerriarose war eine Meisterin ungewöhnlicher Räuchermischungen.

Doch gleichzeitig schien die Schönheit der Umgebung ihre Worte nur zu bestätigen. Was war vergänglicher als Ahornblätter, die in einem purpurnen Farbenmeer starben? Seide wird staubig und nutzt sich ab, und eine Räuchermischung lebt nur in jenen kurzen Momenten, wenn sie sich im Rauch verflüchtigt. Es mag ab und zu vorkommen, dass ein Gedicht Unsterblichkeit erlangt, aber viel häufiger geschieht es, dass jene Gefühle, die wir so kunstvoll auszudrücken versuchen, in der Bedeutungslosigkeit verhallen, wenn der Mensch, dem sie gelten, nicht mehr da ist. Wahre Schönheit ist vergänglich. Man kann im Leben einen Punkt erreichen, an dem ihr flüchtiges Wesen nicht mehr genügt, um einen über die traurigen Seiten des Lebens hinwegzutrösten.

Und trotzdem fragte ich mich, ob es richtig war, andere leiden zu lassen, wenn die eigenen tiefsten Wünsche einen auf diesen Weg führten? Der Vater meiner Freundin kämpfte mit den Tränen, als er mich bat, sie davon abzuhalten, die Tonsur zu empfangen. Ihre Eltern waren schon recht alt, und ich nahm an, dass sie ohnehin nicht mehr lange darauf warten müsste, ihren religiösen Neigungen nachzugehen. Sollte sie ihre Entscheidung außerdem später bereuen, so wäre es dann umso schwieriger, den Frieden zu finden, nach dem sie sich so sehnte. Also riet ich ihr, noch zu warten, bevor sie diesen endgültigen Schritt tat. Ich schlug ihr vor, das religiöse Leben Schritt für Schritt zu beginnen und sich zunächst dem Abschreiben von Sutras zu verschreiben, um ihren Geist zu reinigen und zu beruhigen.

Wir hatten uns beide mit den Jahren verändert, hatten Erfahrungen gemacht, waren kompromissbereiter geworden.

So viele Menschen, die mir nahe gestanden hatten, waren gestorben, sodass ich Kerriarose umso mehr schätzte, nun, da unsere Freundschaft wieder belebt war. Die Entwürfe meiner Geschichten bekam sie immer als Erste zu sehen, und ihre Kommentare waren jedes Mal scharfsinnig und ermutigend.

In jenem Winter schloss ich zwei Geschichten ab, an denen ich mehr oder weniger gleichzeitig gearbeitet hatte. Eine handelte davon, wie sich Genji mit einer stolzen, schönen Dame hohen Ranges einließ, der Witwe eines Kronprinzen, und in der anderen ließ ich ihn eine schüchterne Blume entdecken, die zwischen Unkraut versteckt blühte. Nachdem ich eine Szene entworfen hatte, in der Genji mit seinen Freunden über verschiedene Frauen diskutierte, glaubte ich, Genji wäre neugierig, neue Erfahrungen zu machen. Die erste Frau war Rokujō, die Dame aus der Sechsten Straße. Sie war etwas älter als Genji und hatte einen makellosen Geschmack, vollkommenes Aussehen und beachtliche künstlerische Fähigkeiten. Genji machte ihr lange Zeit den Hof, denn sie war nicht eines dieser dummen Palastmädchen, die sich ihm überwältigt hingaben, wenn er nur in ihre Richtung schaute. Und trotzdem fiel es ihm schwer, nachdem er sie endlich erobert hatte, seine Leidenschaft aufrechtzuerhalten. Eifersüchtig und verbittert war die Dame Rokujō überzeugt, der Altersunterschied sei der Grund, warum er das Interesse an ihr verliere.

Ich gab diese Geschichten Kerriarose, um ihre Meinung zu hören. Die Tatsache, dass sie meine eifrigste Leserin war, bestärkte mich in meiner Einschätzung, dass sie nicht wirklich bereit war, der Welt zu entsagen. Seit dem letzten Sommer machte ich mir Sorgen darüber, wie meine Geschichten in der Öffentlichkeit ankamen, und sie half mir dabei, meine Unsicherheiten zu überwinden. Am meisten kritisierte sie, dass

Genji ein wenig zu vollkommen sei und ich seinen Schwächen etwas mehr Zeit widmen sollte. Ich hatte versucht, daran zu arbeiten.

«Du hast immer gesagt, du legst Wert darauf, dass deine Geschichten glaubhaft sind», sagte sie. «Also musst du dich der Tatsache stellen, dass Männer grundsätzlich Fehler haben. Sogar dein Genji.»

Da mein Bruder Nobunori ein wunderbares Beispiel für männliche Fehlerhaftigkeit war, beschloss ich, bei ihm einige Anleihen für meine Geschichte zu machen.

Ich hatte mich immer gefragt, warum sich Männer zu schwachen und bemitleidenswerten Frauen hingezogen fühlen. Die Haltung meines Bruders, die Bildung einer Dame bringe die Leidenschaft zum Erlöschen, war verbreiteter, als man glauben wollte. Ich schuf für Genji eine Frau, die genau den Phantasien entsprach, die sich mein Bruder und seine Freunde von der idealen Frau machten. Genji entdeckte sie zufällig, als er seine alte Amme besuchte, die in einem heruntergekommenen Teil der Stadt lebte.

Hinter den Hajitomi-Klappen im Haus nebenan sieht er eine geheimnisvolle Dame. Sie schickt ihm ein Gedicht zusammen mit einer wohlduftenden Kalebasse des *yūgao*-Busches, der zahlreich unter den Vordächern ihres heruntergekommenen Hauses wuchs.

Genji besucht sie – immer spätabends, immer unerkannt –, und sie tut, wonach er auch verlangt, gibt seinen lüsternsten Wünschen nach. Sie ist wie ein Kind und doch in erotischen Dingen erfahren. Diese Kombination findet Genji unwiderstehlich, und er vernachlässigt sowohl seine Frau als auch seine elegante Geliebte. Vielleicht hält er kurz inne und fragt sich, warum dieses ruhige, zerbrechliche Mädchen eine solche Faszination auf ihn ausübt, denn sie ist nicht außergewöhnlich hübsch oder besonders gescheit. Aber er wäre nicht Genji, zerbräche er sich darüber zu lange den Kopf. Er begnügt sich mit der nahe liegenden Erklärung, dass eine solch wilde Leidenschaft ihre Wurzeln in einem früheren Leben haben muss. Überstürzt beschließt er, das Mädchen in ein verlassenes Haus zu bringen, wo er seiner Leidenschaft nachgehen kann. Er beteuert, ihr so treu ergeben zu sein wie «der geduldige Strom der geduldigen Seetaucher»*.

Ich hatte keine Zweifel, dass Genji nach einigen einsamen Wochen mit dieser Dame, die er die Yūgao nannte – nach jener Pflanze, die ihr Gesicht erst abends zeigt –, sich schließlich langweilen würde. Ich kämpfte mit verschiedenen Ideen, wie sich die Geschichte entwickeln könnte, als Kerriarose mich mit ihrem Vorschlag überraschte, ich sollte Yūgao sterben lassen. Meine Freundin konnte diese Art Frauen, die all ihren Charme einsetzten, um einen Mann zu umgarnen, nicht ausstehen. Und noch weniger gefiel ihr die Vorstellung, eine Frau wäre hilflos den Wünschen eines selbstsüchtigen Schwerenöters ausgeliefert. Sie hielt Yūgao für einen Dummkopf.

«Genji geht mir langsam auf die Nerven», grummelte sie.

«Aber du hast dich beschwert, er sei zu perfekt», erinnerte ich sie. Ich protestierte, ihre Meinungen schwankten zwischen zwei Extremen.

Dann ließ ich mir ihren Kommentar noch einmal durch den Kopf gehen, und mir wurde klar, dass sie Recht hatte. Wenn sie starb, würde Yūgao als Idealbild in Genjis Kopf weiterleben. In all seinen zahlreichen Eroberungen würde er niemals mehr jener Frau begegnen, die sich ihm so bedingungslos hingab. Und sie wäre nicht lange genug am Leben,

---

* Das Bild einer Liebe, die länger anhält als ein Fluss, der nie austrocknet.

dass er sich mit ihr langweilen würde. Aber wie sollte sie sterben?

«Lass die Dame Rokujō sie umbringen», schlug Kerriarose kühl vor.

«Was? Hast du den Verstand verloren?», japste ich. «Die Dame Rokujō ist die Eleganz in Person und keine Mörderin! Es passt überhaupt nicht zu ihrem Charakter, an eine solche Tat auch nur zu denken.»

Nun begann ich Kerriaroses Urteilsfähigkeit doch in Zweifel zu ziehen.

«Sie muss ja gar nicht darüber nachdenken», sagte meine Freundin. «Wie wäre es, wenn ihr Geist ihren Körper verlässt, während sie schläft, und die Tat vollbringt, ohne dass sie es überhaupt bemerkt. Sie wäre schockiert, zu merken, dass in ihrem Haar und in ihren Kleidern der Rauch verbrannten Mohns hängt und ihr klar wird, dass sie exorziert wurde.»

Ich dachte lange Zeit über Kerriaroses unglaublichen Vorschlag nach, und schließlich wurde mir klar, dass er vollkommen war.

Ich beschloss, der armen Yūgao eine zusätzliche Identität zu geben, die sie an meine frühere Geschichte band. Ich machte aus ihr die verlorene frühere Geliebte des Chūjo, der der beste Freund Genjis war. Es war genau jene Frau, an die er sich seufzend erinnert hatte, in ihrem Gespräch über Frauen an jenem verregneten Frühlingstag.

«Füge noch ein Kind hinzu», sagte Kerriarose. «Das eröffnet dir weitere Möglichkeiten für eine andere, spätere Geschichte.»

Vater schüttelte nur den Kopf, als ich ihm die beiden Geschichten zu lesen gab.

«Ich nehme an, ich bin altmodisch», sagte er. «Ich verstehe all dieses theatralische Getue nicht.»

Aber er fand in den Geschichten auch nichts, das gewisse Kreise im politischen Sinn hätten anstößig finden können. Das Bild des Flusses mit den geduldigen Seetauchern gefiel ihm, es stammte aus unserer eigenen, ältesten Gedichtsammlung. Interessanterweise konnte er nicht verstehen, warum Genji sich überhaupt so für das Kalebassen-Mädchen interessierte.

«Diesen Abschnitt finde ich einfach nicht so überzeugend», beklagte er sich. «Warum würde ein Mann wie Genji eine schöne und elegante Dame wegen eines solchen Flittchens vernachlässigen?»

Ich lächelte. Vater war wirklich anders als die meisten Männer, und dafür liebte ich ihn.

Gesprenkelter Bambus

Karatake

1 Im ersten Monat wurden bei Hof die neuen Amtsbesetzungen und Beförderungen verkündet. Nobunori erhielt eine Stellung als Schreiber. Er war hocherfreut, Vater war erleichtert. Somit war der Grundstein für ein ehrenvolles Leben meines Bruders gelegt. Würde es ihm nun gelingen, keine Dummheiten zu machen, sollte er gut vorankommen. Wir sorgten uns allerdings, weil er übermäßig trank. Vater beschwor ihn, die Feierlichkeiten zum neuen Jahr möglichst ohne öffentliche Exzesse zu überstehen.

In jenem Frühjahr brachte mir die Tochter meines Mannes ein seltsames Paket. Sie erzählte, ein Bote, der für den Hof mit chinesischen Waren handelte, habe es am Haupthaus abgegeben. Der Mann beschwerte sich, dies sei seine letzte Lieferung und er habe unglaublich lange gebraucht, um die richtige Adresse zu finden. Das Paket sah aus, als hätte es eine lange Reise hinter sich. An der Verpackung war ein verblasster Zettel gründlich befestigt. Darauf stand: «Für die Frau von Fujiwara Nobutaka, Gouverneur der Yamashiro-Provinz». Dieses Amt hatte mein Mann vor unserer Heirat innegehabt. Vermutlich war es nach Yamashiro und dann wieder zurück in die Hauptstadt gebracht worden, wo der Bote endlich das Haupthaus von Nobutaka gefunden hatte.

Die Tochter meines Mannes schien ein wenig verlegen, als sie es mir brachte.

«Wir wussten nicht, was das sein konnte, waren aber neugierig, weil wir vermuteten, das Paket käme aus China. Wir konnten uns nicht vorstellen, wer uns aus so weiter Ferne etwas schicken würde», erklärte sie entschuldigend. Sie hatten es geöffnet.

Mir fehlten die Worte. Sie drückte mir das Paket in die Hand.

«Dann wurde uns klar, dass es wohl für dich ist», fuhr sie fort. «Bitte öffne es und löse das Rätsel.»

Ich löste die Knoten, die sie wieder verschlossen hatten, und glättete das dicke, zerknitterte braune Papier, mit dem ein schlankes, schlichtes Holzkästchen umwickelt war. Ich nahm den Dcckel ab. Darin lag ein Satz wertvoller chinesischer Malpinsel. Ich war überwältigt.

«War keine Nachricht dabei?», fragte ich.

Nobutakas Tochter zeigte auf die Unterseite des Deckels. Dort war in feiner männlicher Handschrift ein Gedicht notiert:

*Ōzora wo   kayou maboroshi   yume ni dani   miekonu tama
no   yukue tazuneyo*
Mit großen Schritten, Schamane, überquerst du das
Himmelszelt, machst jene ausfindig, die meine Augen nicht
sehen, nicht einmal in meinen Träumen.

«Sagt dir das irgendetwas?», fragte sie.

«Ja», antwortete ich. «Es bedeutet, denke ich, dass diese Pinsel für mich bestimmt sind.»

«Aber jener Teil über den Schamanen», beharrte sie. «Worauf bezieht sich das?»

«Ich denke, es zitiert das berühmte chinesische ‹Gedicht vom Ewigen Kummer›», antwortete ich. «Weißt du, jene Stelle, wo der Kaiser einen Schamanen aussendet, um nach seiner toten Dame Yang Kuei-fei zu suchen.»

«Wer auch immer diese Pinsel geschickt hat, hat es wohl kaum erwartet, dass sie dich jemals erreichen», antwortete Nobutakas Tochter strahlend.

Sie saß erwartungsvoll da, traute sich nicht, mich zu drängen, hoffte aber ganz offensichtlich auf weitere Erklärungen.

«Es hat mit unserer Zeit in Echizen zu tun», sagte ich schlicht. «Chinesen, die Vater kannte.»

«Oh, ich verstehe», antwortete sie enttäuscht. Sie hatte vermutlich auf eine romantischere Erklärung gehofft.

Ich suchte verzweifelt nach einer Möglichkeit, das Thema zu wechseln, und da fiel mir ihr Interesse an Genji ein. Ich hatte mich von der Faszination meines Bruders und seiner Freunde für geheimnisvolle Damen an unerwarteten Orten inspirieren lassen und vor kurzem eine weitere Variation zu diesem Thema fertig gestellt. Was, wenn Genji einer Versuchung folgen würde, nur um herauszufinden, dass die Dame eine Art übler Scherz war? Damit würde die viel gepriesene Sensibilität meines Helden auf die Probe gestellt! Ich hatte diese Geschichte schnell geschrieben, nur so zum Spaß, und noch nicht einmal eine richtige Abschrift angefertigt. Ich gab sie dem Mädchen und bestand darauf, dass ich sie bald zurückhaben müsse und sie den Entwurf niemandem zeigen dürfe. Sie war hell begeistert.

Nachdem sie gegangen war, saß ich eine Zeit lang in meinem Arbeitszimmer, nahm einen Pinsel nach dem anderen in die Hand, während Erinnerungen meinen Geist überfluteten.

Später im Frühjahr nahm meine Freundin Saishō wieder einen Urlaub von ihrem Hofdienst. Ich lud sie ein, um sich die Kirschbirken in meinem Garten anzuschauen. Sie interessierte sich für diese Bäume, weil sie in einem meiner Gedichte vorkamen. Ich hatte einige Zweige abgeknipst (sie mussten sowieso geschnitten werden) und trug sie in mein Zimmer. Als sie dann dort in der Vase standen, überwältigten mich die Erinnerungen, und ich holte die neuen Pinsel hervor, die mir Ming-gwok geschickt hatte, und versuchte die Blüten zu malen. Er hatte mir so vieles beigebracht, von ihm hatte ich gelernt, die Dinge genau zu beobachten! Aber ich musste auch an Nobutaka denken, er hatte die Mühe auf sich genommen, diese Bäume aus dem Norden hierher transportieren zu lassen, um sie als Überraschung für mich in diesem Garten zu pflanzen.

Höflich bewunderte Saishō meine Skizzen. «Sie wirken so natürlich», sagte sie und nahm eine Zeichnung in die Hand. «Wo hast du nur so malen gelernt?»

Es war ein strahlender, klarer Tag, und die Luft war mild und duftete. Wir saßen am Rand der Veranda und blickten auf ein Meer aus violetten und weißen Iris. Wie wunderschön sie war! Ihre Selbstsicherheit versetzte mich in Staunen. Saishō erkundigte sich nach meiner Arbeit an *Genji*. Sie hatte die neuesten Geschichten zwar noch nicht gesehen, kannte aber alles, was ich bisher über Genji geschrieben hatte. Dann erzählte sie mir, sie habe ihre Kopien drei oder vier anderen Damen in den Gemächern der Kaiserin gezeigt.

«Es sind alles Damen mit exzellentem Geschmack, und sie sind verschwiegen», versicherte sie mir, als ich mein Unbehagen zum Ausdruck brachte, dass so viele Augen mein Manuskript zu sehen bekamen.

«Mach dir keine Sorgen. Ich lasse niemanden die Geschichten abschreiben. Normalerweise versammeln sich einige von uns in den Gemächern, und ich lese die Geschichten laut vor.» Sie seufzte. «Du kannst dir nicht vorstellen, wie mühselig das Leben bei Hofe sein kann. Entweder müssen wir in großer Hast Dinge für einen besonderen Anlass vorbereiten, oder wir sitzen gelangweilt herum und warten. Der Lebensrhythmus in den Gemächern der Frauen ist sehr unstet. Wenn wir deine Geschichten über Genji lesen, verstreicht die Zeit.»

Ich dankte ihr für die freundlichen Worte. Wie seltsam es doch war, dass alle Eltern junger Damen, unabhängig von ihrer Stellung, ihre Töchter gerne an den Hof schicken wollten. Natürlich ist es mit hohem Ansehen verbunden, am Hof Dienst zu tun, aber für Mädchen, deren Persönlichkeit im Grunde nicht zu diesem Leben passte, war es sehr hart. Ich konnte den Reiz durchaus verstehen, aber ich war zu dem Schluss gekommen, lieber von den Skandalen zu hören, als selbst darin verwickelt zu sein. Ich hatte doch Glück gehabt, nicht in den Dienst am Hof eingetreten zu sein.

Der neueste Klatsch war, dass Michinaga sich mit einer der neuen Damen im Gefolge seiner Tochter eingelassen hatte. Saishō sagte, es sei eine unerträgliche Belastung, sich mit seinen ständigen Tändeleien abzufinden. Alle Frauen mussten auf die eine oder andere Art einen Umgang mit ihm finden. Aber nun, da Michinaga seine Aufmerksamkeit auf ein Mädchen zu konzentrieren begann, ihr Name war Dame Dainagon, konnten alle anderen etwas aufatmen. Die Situation war andererseits besonders angespannt, weil Michinagas Hauptfrau, Rinshi, sehr eifersüchtig war. Wenn ihr zu Ohren kam, dass ihr Mann eine bestimmte Frau vorzog, tat sie alles, um dieser das Leben schwer zu machen. Bei der Dame Dainagon handelte es sich um ihre eigene Nichte, weshalb ihre Reaktion schwer vorhersehbar schien.

Eine weitere Neuigkeit war, dass die arme Mikushigedono schwanger war und das Kind des Kaisers in sich trug. Da diese Affäre niemals offiziell werden konnte, gab es selbstverständlich keine offizielle Ankündigung. Sie zog sich aus dem Palast zurück, um dem Klatsch zu entfliehen, aber es ging ihr scheinbar nicht gut. Korechika betete währenddessen intensiv für ihre Schwangerschaft und eine sichere Geburt.

«Sie kann einem Leid tun», sagte Saishō. «Dieses Mädchen hat ständig Schmerzen. Für den Kaiser war es nicht schwer, sich in Mikushigedono zu verlieben, weil sie ihn so sehr an ihre Schwester, die tote Kaiserin, erinnerte. Aber sie selbst hat ihn nicht dazu ermutigt. Meiner Meinung nach steckte Korechika von Anfang an hinter dieser Affäre.»

Saishō ordnete die Schichten ihrer Ärmel. Sogar ihr alltägliches Besuchskleid war eleganter als alles, was ich in meinem ganzen Leben getragen hatte.

«Ihr einziger Wunsch war es, für ihre kleinen Neffen und Nichten da zu sein, und jetzt ist sie von ihnen getrennt», sagte sie und schüttelte den Kopf. «Wegen der Kinder wurde Ichijō ursprünglich auf sie aufmerksam, und die sind nun wieder sich selbst überlassen, die armen Kleinen.»

Eines Tages im Frühsommer vernahm ich, dass Kerriarose in einen Tempel in den östlichen Hügeln entschwunden war und die Tonsur erhalten hatte. Sie hatte zu niemandem ein Wort gesagt. Ihre Eltern waren schockiert. Ich kannte ihre Gefühle und sollte nicht überrascht sein, und doch traf es mich, dass sie nicht die kleinste Andeutung zu ihren Plänen gemacht hatte. Würde sie mir noch schreiben? Würde sie meine Geschichten auch noch lesen wollen, wenn sie der Welt entsagt hatte? Verzweifelt pflückte ich einen Windenzweig aus dem Garten und schickte ihn mit diesem Gedicht an sie:

Kienu ma no   mi wo mo shiru shiru   asagao no   tsuyu to
arasou   yo wo nageku kana
Ich weiß, ich weiß, kurz nur überzieht der Tau das Land,
flüchtig ist der Glanz der Windenblüte, doch das Wissen
lindert den Kummer nicht, zu vergänglich ist unsere Welt.

Ich glaubte, nicht nur meine engste Freundin, sondern
auch meine aufmerksamste Leserin und Kritikerin verloren
zu haben.

Während der Regenfälle in diesem Jahr war ich niederge-
schlagener als je zuvor, machte mir ständig darüber Gedanken, wie einem die wertvollsten Dinge einfach so entgleiten.
Dann wurde die kleine Katako krank, und meine Verzweiflung steigerte sich noch. Meine Stiefmutter, die drei Kinder
großgezogen und nie ein Kind verloren hatte, versuchte mich
zu überzeugen, dass es nur ein kindliches Fieber sei, aber ich
fürchtete das Schlimmste. Konnte diese bleiche Mattigkeit
das erste Anzeichen für die Seuche sein? Ich verbrachte
die feuchten, grauen Tage an der Seite meiner Tochter. Der
Priester schlug mir vor, etwas gesprenkelten Bambus in einer
Vase zu arrangieren, um den Gebeten für ihre Genesung
mehr Gewicht zu verleihen. Während ich Katakos alte Amme
beobachtete, wie sie eifrig vor dem Bambus betete, spürte
ich die traurigen Widersprüchlichkeiten im Herzen einer
Mutter:

Wakatake no   oiyuku sue wo   inoru kana   kono yo wo ushi to
itou mono kara
Kaum kann ich es ertragen, zu eng zieht die Traurigkeit ihre
dunklen Kreise, und doch sitze ich hier und bete, dieser kleine,
zarte Bambus möge ewig leben.

Was wird aus diesem Kind werden?, fragte ich mich. Wenn sie überlebte, hielte die Zukunft für sie etwas anderes als nur Unglück bereit? Doch trotz allem trieb mich die Vorstellung zur Verzweiflung, diese vollen, rosigen Wangen könnten einfallen, diese kleinen Hände, die nach den meinen griffen, schlaff werden.

Ungefähr nach vier Tagen fiel Katakos Fieber, und sie erholte sich. Ich aber brauchte viel länger, um die schrecklichen Sorgen abzuschütteln.

Der Herbst kam und mit ihm diese wunderbaren, klaren Tage, die einem die Einsicht vermittelten, dass die Schönheit der Welt vergänglich ist. Meine Stimmung war melancholisch und doch gleichzeitig ruhelos. Ohne mein Kind hätte ich mich vielleicht zu einer überstürzten Handlung hinreißen lassen. Könnten wir unsere Herzen nur davon abhalten, sich an Dinge zu klammern, so wäre der Verlust weniger grausam. Ich vermisste Kerriarose schmerzlich, gleichzeitig beneidete ich sie um ihren Entschluss, alle Verbindungen zur Welt zu durchtrennen. Ich fühlte mich schuldig, kam mir vor wie ein um Mitleid wimmerndes Kind, das an ihrem Rockzipfel hing, trotzdem versuchte ich, ihr von Zeit zu Zeit Botschaften oder ein Gedicht zu schicken. Sie antwortete nicht. Ich sandte ihr dieses Gedicht, doch es kam ungeöffnet zurück.

Kakitaete hito mo kozue mo nageki koso hate wa awade no mori to narikere
Versiegt ist der Strom deiner Worte, verzweifelt bleib ich zurück – stolpere durch einen Wald des Bedauerns.

Und dann starb Mikushigedono. Korechika hatte sie zu sich ins Haus genommen, nachdem sie den Palast verlassen hatte, aber sosehr er sich um sie kümmerte, er konnte sie nicht retten. Seine letzte kleine Hoffnung wurde von einem ungeborenen Kind zerstört – wie unglaublich bitter für ihn. Überall sprachen die Menschen von dem erbarmungslosen Strudel der Enttäuschungen, in den diese Familie geraten war. Der Kaiser schloss sich in seinen Gemächern ein. Es schien, als habe er Mikushigedono wirklich geliebt. Sie war gewiss nicht älter als siebzehn Jahre.

Über den Wolken

Kumo no Ue

1

Immer wenn Michinaga ein Dichterbankett veranstaltete, lud er meinen Vater ein. Sogar bei offiziellen Zeremonien, die nichts mit chinesischer Poesie zu tun hatten, erhielt Vater oft einen Ehrenplatz. Anlässlich des Kamo-Festes in jenem Jahr wurde er beispielsweise eingeladen, sich Michinagas Gefolgschaft anzuschließen, die von einer besonderen Aussichtsplattform aus den Festzug auf der Ichijō-Straße zur Reinigung der Kultprinzessin beobachtete. Der Regent ließ sich für diesen Umzug stets eine Haupttribüne errichten, aber in diesem Jahr war Michinagas kleiner Sohn zum Kamo-Boten ernannt worden, also wendete er besonders große Mühen für die Vorbereitungen auf. Es sollte spektakulär werden.

Vater versuchte mich zu überreden, ihn zu begleiten. Er erzählte mir sogar, Michinaga habe meinen Namen erwähnt, er hoffe, ich würde «die Gelegenheit wahrnehmen, um den Glanz einer solchen Zeremonie in mir aufzunehmen, die sogar den Prinzen Genji mit Stolz erfüllt hätte». Durfte ich mich geschmeichelt fühlen? Ich wusste nicht so recht, was ich von dieser Einladung halten sollte, aber es reizte mich. Ich hatte mich lange Zeit verkrochen, und dies war eine günstige Möglichkeit, etwas von der Welt zu sehen. Trotzdem schlug ich das Angebot aus, mit auf die Haupttribüne zu kommen, und nahm stattdessen unseren Wagen.

Zahlreiche Wagen, deren Insassen wie ich den Festumzug sehen wollten, drängelten sich entlang der Ichijō-Straße, sie alle waren für das Fest aufwändig geschmückt. Das Gedränge machte mir etwas Angst. Ich hatte mich bemüht, früh dort zu sein, um einen guten Blick auf den Umzug und die Haupttribüne gegenüber zu haben, wo Vater sein würde. Den ganzen Morgen über trafen noch mehr Wagen ein, bis ich vollkommen festsaß. Ich konnte über die breite Straße sehen und meinen Blick über die breite Tribüne schweifen lassen. Sie war mit Zypressenrinde überdacht und von einigen stattlichen beschlagenen Geländern eingefasst. Tatsächlich war sie so breit, dass ich Vater gar nicht entdeckte, er stand, wie ich später erfuhr, am entfernten westlichen Ende. Ich sah jedoch den Exkaiser Kazan, der vor der Tribüne in einem prächtigen gold lackierten Wagen aus Korbgeflecht auf und ab paradierte.

Kazans Gefolgschaft bot einen prachtvollen Anblick. An der Spitze tänzelten vierzig muskulöse ältere Pagen aus seinem Tempel, gefolgt von zwanzig jüngeren Dienern, deren Hüte mit Malvenblüten geschmückt waren. Hinter ihnen kam ein bunter Haufen kostümierter Höflinge, die mit roten Fächern wedelten, während sie vor der Tribüne hin- und hertrippelten. Kazan schien seinen Auftritt lange überlegt und geplant zu haben. Auch Prinz Atsumichi mit seiner Gefolgschaft war da. Gerüchte über die Frau, die hinten im Wagen des Prinzen mitfuhr, verbreiteten sich von Wagen zu Wagen. Mir kam zu Ohren, es sei niemand anderes als Izumi Shikibu, die ehemalige Geliebte seines verstorbenen Bruders. Dieses peinliche Schauspiel weckte meine Neugier, und ich nahm mir vor, einige ihrer Gedichte zu lesen – zu jener Zeit war sie eine recht bekannte Dichterin. Ich hatte den Verdacht, dass die Menschen sich von ihrer strahlenden Erscheinung blenden ließen.

Ungefähr fünfundvierzig Meter von meinem Standort entfernt beobachtete ich zwei Wagen, die in einen Streit gerieten. Der erste Wagen war ein recht altmodisches Gefährt aus Korbgeflecht mit eleganten Vorhängen in changierendem Gelb und Grün. Er stand bereits an seinem Platz, als der um einiges größere Wagen einer Persönlichkeit hohen Ranges sich herandrängte. Die Insassen des ersten Wagens waren nicht bereit, sich derart beiseite stoßen zu lassen, und die jüngeren Mitfahrer beschimpften die Stallburschen des zweiten Wagens. Ein wilder Streit brach aus, und schließlich wurde der alte Wagen beschädigt und weit in die hinteren Reihen abgedrängt. Die Damen im Inneren waren sicher zu Tode erschrocken und kochten vor Wut. Aus ihrer unvorteilhaften Position konnten sie nichts mehr sehen, aber aufgrund der dichten Menschenmenge konnten sie auch nicht abfahren. Sie mussten wohl oder übel dort bleiben, bis sich die Menge verlief.

Noch niemals hatte es so viele Zuschauer gegeben wie in diesem Jahr. Neben den Wagen, die in Richtung Ichijō-Straße drängten wie die Ameisen zum Sirup, gab es auch einige verstreute Tribünen. Das überwältigende Bild wurde von den prachtvollen Ärmeln der Damen, die hinter den Stellwänden oder aus den Wagenfenstern hervorblitzten, vervollständigt. Ich war ungemein fasziniert von den Menschen, die in der Menge standen. Unter ihnen gab es alte Weiber mit zahnlosem, eingefallenem Mund, das dünne Haar schlampig unter das Obergewand gesteckt, die so begierig waren, etwas zu sehen, dass sie ihre knochigen Körper gegen die wohlgeborenen Damen mit ihren verschleierten Riedgras-Hüten drückten. Sogar Nonnen und andere, die der Welt entsagt hatten, waren anwesend. Alle taumelten sie in dem Gedränge umher. Ich sah prächtig herausgeputzte Wagen, in denen ich die selbstgefälligen Töchter von Provinzstatthaltern erkannte. Zweifellos priesen andere auch meinen Wagen.

Ich erinnere mich, dass ich an diesem Tag auch das erste Mal einen kurzen Blick auf Michinaga werfen konnte. Er stand im Zentrum der Haupttribüne. Von meinem Standpunkt aus hatte ich freie Sicht auf ihn, ich konnte sogar das Mienenspiel in seinem Gesicht erkennen. Vater hatte Michinaga als gut aussehenden Mann beschrieben, aber ich traute diesem Urteil nicht so recht. Er hatte einige Damen als schön beschrieben, die ich recht gewöhnlich fand, als ich sie dann sah. Und seiner Meinung über Männer konnte ich sowieso niemals trauen. Trotzdem galt Michinaga allenthalben als der bei weitem Bestaussehende der drei Brüder. Er bewegte sich mit gebieterischen Gesten – und doch, als sein drolliger kleiner Sohn im Gewand des Kamo-Boten an der Tribüne vorüberkam, glaubte ich beinahe, Tränen des elterlichen Stolzes in den Augen des Regenten glänzen zu sehen.

Der Umzug dauerte mindestens noch zwei weitere Stunden. Junge Damen aus dem Gefolge verschiedener Prinzen, wichtige Herren und adlige Familien kamen in Gruppen von zehn, zwanzig oder dreißig Personen vorüber. Einige trugen einheitliche Kostüme, andere erzielten einen raffinierteren Effekt, indem sie die unterschiedlichen Farben ihrer Roben aufeinander abgestimmt hatten. Die ersten fünf Frauen trugen vielleicht blasses Lavendel, die nächste Gruppe Violett und die letzte Dunkelviolett. Auch in jenen Jahren war es Mode, sich mit einer phantastischen Anzahl Roben herauszuputzen. Vater pflegte den Frauen in seinem Haushalt zu sagen, fünf Roben genügten auch für den förmlichsten Anlass, aber hätte sich irgendeine der jungen Damen in diesem Umzug darauf beschränkt, so hätte sie geradezu nackt gewirkt. Soweit ich es erkennen konnte, waren zehn oder zwölf

Roben das Minimum, und ich sah sogar eine Frau, die, ich schwöre es, achtzehn Schichten trug. Wenn man jedoch so viele Schichten übereinander häuft, entsteht ein derartiger Kleiderberg, dass eine kleine Frau in ihren Gewändern praktisch verloren geht. Nur die größeren Mädchen konnten diesen Stil mit Würde tragen. Die Mode beherrscht einen doch auf seltsame Art.

Während die Mädchen scharenweise vorübergingen, rief Michinaga von Zeit zu Zeit herunter, erkundigte sich, woher sie kämen, und ließ sie näher treten, damit er sie besser sehen konnte. Mit hohen, förmlichen Stimmen antworteten sie ihm, sie gehörten zu dem Haushalt des Prinzen So-und-so oder zu diesem und jenem adligen Herrn. Und Michinaga bewunderte die hübschen Mädchen, und die anderen entließ er mit einem Lächeln. Es machte mir großen Spaß, all dies zu beobachten. Besonders gefiel mir die Tatsache, dass ich alles sehen konnte, aber nicht gesehen wurde. Das steigerte mein Vergnügen noch.

Eines frühen Sommermorgens nach dem Kamo-Fest fand ich auf dem Boden eine Grille. Ich zeigte sie Katako und erklärte ihr, dass nun der fünftägige Abschnitt «Grillen kriechen in die Wände» beginne. Und es war wirklich genau so, wie der chinesische Kalender verkündete. Das schien sie zu interessieren, also begann ich, sie spielerisch zu unterrichten. Sehr zu meiner Freude war sie begierig darauf, schreiben zu lernen. Ich suchte einige Pinsel aus und befeuchtete den Tintenstein, um ihre Lektionen zu beginnen. Es war recht passend, dass der nächste Abschnitt «Der Würgadler beobachtet und lernt» hieß. Mein Kind war zu dieser Zeit wohl etwa fünf Jahre alt. Es beruhigte mich, eine intelligente Tochter zu haben, muss ich gestehen. Was hätte ich getan, wenn sie nicht gescheit gewesen wäre? Ich hätte sie vermutlich in jedem Fall geliebt, aber es war gut, dass sie schnell begriff.

Vater erzählte mir, Michinaga habe Erbarmen mit Korechika gehabt, der ohne offiziellen Posten zum Nichtstun verdammt gewesen war, und ihm ein Amt verliehen.

«Ohne Schwestern oder Töchter kann Korechika nicht viel ausrichten, also kostet es Michinaga nicht viel, sich großzügig zu zeigen», betonte ich.

«Trotzdem hätte er das nicht tun müssen», erinnerte mich Vater, «er hätte sich genauso gut rachsüchtig zeigen können.»

Vater war und blieb ein glühender Anhänger des Regenten. Michinaga seinerseits war so geschickt, sich immer auf Vater zu beziehen, wenn es um Fragen zur chinesischen Dichtkunst ging.

Den Rest des Sommers und den ganzen Herbst verbrachte ich damit, Katako beizubringen, wie man einen Pinsel hält, und mit ihr die Zeichen zu üben. Außerdem schrieb ich weiter an *Genji*. Vater wurde im elften Monat zu Michinagas vierzigstem Geburtstag eingeladen. Das Fest fand im Tsuchimikado, dem berühmten, eleganten Wohnsitz seiner Frau, statt.

Vater war schon einmal dort gewesen, im Todesjahr meines Mannes. Damals hatte die Kaiserwitwe Senshi ihren vierzigsten Geburtstag gefeiert. Ein wichtiger Bestandteil dieser Zeremonie sind aufwändige Gebete für die Gesundheit, trotzdem war die ältere Schwester des Regenten nur wenige Monate nach den Feierlichkeiten für ein langes Leben gestorben. Daran wurden nun alle schmerzlich erinnert. Doch Michinaga war fest entschlossen, diesen Gedanken keinen Nährboden zu bieten. Das Haus war vollkommen neu gedeckt und tapeziert worden, und das Holz hatte man abgeschliffen, bis es in feinem, weichem Glanz erstrahlte. Sogar der

Kaiser und die Kaiserin kamen zu diesem Fest, sie nahmen mit ihrer Gefolgschaft die Haupthalle und den westlichen Flügel in Besitz.

Menschen vom Range meines Vaters wohnten in Zelten, die man auf dem Anwesen aufgestellt hatte – dies sei bei weitem der beste Platz, um die Landschaft zu genießen, meinte mein Vater. Auf den künstlichen Hügeln im Garten hatte das Laub bereits sein prachtvolles herbstliches Gewand abgelegt, wodurch der Efeu, der die Kiefern auf der Insel umrankte, noch stärker hervortrat. Die Blätter des Efeus strahlten in Purpur, Dunkelrot, Dunkelgrün und Gelb, sie spiegelten sich im See, der aussah wie chinesisches Brokat.

Dann glitten Boote mit Musikern hinter der Insel hervor, erzählte Vater, ihre Silhouetten hoben sich langsam von dem Brokatmuster ab, als entstiegen sie direkt der Farbenpracht. Die Musik versetzte die kühle Luft in Schwingung und es entstand ein unglaublich schöner, voller Klang. Er hoffte, ich hätte eines Tages die Gelegenheit, Tsuchimikado zu besuchen. Und er fuhr fort, eines Tages hätte ich diese Möglichkeit bestimmt, aber das könne er jetzt nicht näher ausführen.

Einige Tage später war mir klar, was er damit gemeint hatte – schrecklich klar. Ich war so wütend auf Vater, dass mir die Worte fehlten. Als er Michinaga seine Geburtstagswünsche überbracht hatte, schmeichelte ihm der Regent mit den Worten, es liege in Tametokis Macht, ihm das beste aller Geschenke zu machen. «Nun, alles, alles, was Ihr wünscht, mein Herr» – ich konnte den Ausruf meines Vaters genau hören. Und dann sagte Michinaga, es sei sein Wunsch, dass sich die Verfasserin der Genji-Geschichten der Gefolgschaft der Kaiserin anschließe und in den Palastdienst einträte.

«Ihre Tochter könnte meiner Tochter sehr viel beibringen», sagte Michinaga. «Und der Kaiser wird noch öfter dazu veranlasst, Shōshis Gemächer zu besuchen, wenn dort interessante Geschichten vorgelesen werden.»

Es war eine so große Ehre, dass Tametoki nichts anderes tun konnte, als eine Verbeugung zu machen und sich in freudiger Zustimmung zurückzuziehen.

«Bist du sicher, dass Michinaga nicht betrunken war, als er den Vorschlag machte?», fragte ich Vater, als er mir diese wunderbaren Nachrichten überbracht hatte. Ich wollte nicht spöttisch klingen, aber nur so konnte ich meine Panik verbergen.

«Oh, er war ohne Zweifel betrunken», antwortete mein Vater, «aber das hat keinen Einfluss auf die Gültigkeit der Einladung.»

«Ich brauche Zeit, um darüber nachzudenken», sagte ich.

«Man erwartet dich gegen Ende des Monats im Palast», murmelte mein Vater.

«Was!», kreischte ich. «Das ist grotesk – einfach unmöglich – ich könnte niemals – wie soll ich – also wirklich – wie soll das gehen?»

Mein ganzes Leben hatte ich es für meinen sehnlichsten Wunsch gehalten, an den Hof zu gehen. Irgendwann hatte ich dieses Anliegen aufgegeben und war sogar zu der Überzeugung gelangt, gar nicht dafür geeignet zu sein, und da fiel mir dieses Angebot plötzlich in den Schoß – und zwar nicht einfach als Möglichkeit, für die man hoffen und bangen musste, oder als Wahrscheinlichkeit, für die man beten musste, sondern als regelrechter Befehl, dem ich innerhalb eines Monats zu folgen hatte! Mir drehte sich der Kopf. Ich müsste mein Kind verlassen! Meinen Garten! Ich betete um Aufschub.

Und dann, fünf Tage später, brannte der kaiserliche Palast

bis auf die Grundmauern nieder. Mitten in der Nacht schreckte ich vom schwachen Lärm klagender Stimmen auf, die aus der Ferne an mein Ohr drangen. Die kalte Luft roch schwach nach Rauch. Vater und Nobunori rannten hinaus, einer Menschenmenge hinterher, die in Richtung des Palastes drängte, aber es war zu spät, sich dem Hauptgebäude auch nur zu nähern. Es brannte lichterloh. Drei Hofdamen kamen ums Leben, als eines der Dächer zusammenbrach. Zum Glück blieben der Kaiser und die Kaiserin unverletzt, sie zogen in Michinagas Haus im östlichen Teil der Sanjō-Straße. Doch ich hörte, der Kaiser sei so niedergeschlagen, dass er überlege, abzudanken. Er schien der Meinung, die wiederkehrenden Feuersbrünste wären als Zeichen gegen ihn gerichteten göttlichen Zorns zu deuten.

Auch ich hatte Schuldgefühle. Ich hatte gebetet, irgendein unvorhergesehenes Ereignis möge verhindern, dass ich mein Heim und mein Kind verlassen müsste. Aber was für Gedanken. Ich besaß gewiss nicht die Kraft, den Palast niederbrennen zu lassen? Vielleicht hoffte ich im Geheimen, Michinaga könnte plötzlich seine Meinung ändern und sagen: «Ich habe es mir noch einmal überlegt, diese Genji-Geschichten sind doch ziemlich lächerlich – ich möchte nicht, dass jene Person, die sie sich ausgedacht hat, irgendwelchen Einfluss auf die Kaiserin ausübt.»

Wäre ich dann glücklich gewesen?, fragte ich mich.

Ja, meldete sich eine Stimme in meinem Innern zu Wort. Du könntest bleiben, wer du bist, und wärst nicht von deinem Kind, deiner Familie und deinem geliebten Garten getrennt. Du könntest vor dich hin schreiben, dir für deinen gut aussehenden Helden Abenteuer ausdenken, in dein Arbeitszimmer hasten und wieder hinaushuschen und dabei langsam alt werden.

Wünschte ich mir das wirklich? Würde ich es vorziehen, wenn mein Werk Michinaga langweilte und er es nicht der Rede wert fände? Beinahe glaubte ich das. Aber dann ließ ich mir alles noch einmal durch den Kopf gehen, und natürlich war es ganz anders. Es hatte mich zuerst zwar beunruhigt, aber inzwischen hatte ich mich an den Gedanken gewöhnt, dass meine Geschichten im Palast zirkulierten und selbst Michinaga sie las. Zuerst fürchtete ich, diese Öffentlichkeit könnte mich in meinem Schreiben lähmen, aber dem war nicht so. Ich hatte Genji sogar noch deutlicher vor Augen. Trotzdem hatte ich Angst davor, selbst in den Palast zu gehen. Mein Mann hatte mich davon überzeugt, dass ich nicht geeignet wäre für die Intrigen des Palastlebens und den Mangel an Privatsphäre in den Frauengemächern. Es lief mir kalt den Rücken herunter, wenn meine Freundin Saishō klagte, wie Eifersucht und Boshaftigkeit in den Gemächern der Frauen wilde Blüten trieb. Auch ihre Anekdoten über Michinaga beunruhigten mich. Wenn ich mir allerdings überlegte, wie viele schöne Frauen ihm gefügig waren, konnte ich mir nicht vorstellen, dass sich Michinaga für eine alte Witwe wie mich interessieren würde. Galt sein Interesse der Verfasserin der Genji-Geschichten? Aber was wollte Michinaga von Genji? Ich wusste wirklich nicht, was ich von der ganzen Sache halten sollte. Ein weiterer Gedanke durchfuhr mich und nahm wie ein heftiger Sturm von meinem Herzen Besitz. Ich schaute mein Kind an und dachte, eher würde ich das Schreiben aufgeben, als sie zu verlassen.

Dann ließ ich mir Vaters Argumente noch einmal durch den Kopf gehen und kam zu dem Schluss, dass er Recht hatte. Es war eine unglaubliche Ehre! Ein unglaubliches Glück! Eine angestaubte Witwe von dreiunddreißig Jahren, der eine Position angeboten wurde, für die viele Frauen in diesem

Land ihr Leben gegeben hätten. Ich hätte die Möglichkeit, einen Einblick in das Leben der Adligen zu bekommen, von dem mir mein Mann immer erzählt hatte. Mit eigenen Augen könnte ich die prachtvollen Räume der kaiserlichen Gemächer bewundern, die Tänze und Zeremonien bestaunen. Bisher hatte ich mich immer auf die Beschreibungen anderer verlassen müssen. Ich sollte meinen Ruf an den Hof als einmalige Gelegenheit verstehen, jene Atmosphäre kennen zu lernen, in der Genji lebte. So gesehen, konnte ich das Angebot kaum abschlagen.

Nicht dass ich überhaupt die Wahl gehabt hätte.

Ich erinnerte mich daran, wie schwer ich mich einst mit der Vorstellung getan hatte, zu heiraten. Daran dachte ich, als ich die folgenden Zeilen schrieb:

Kazu naranu   kokoro ni mi wo ba   makasenedo   mi ni shitagau wa   kokoro narikeri
Unbeeindruckt zeigt sich das Schicksal vom kläglichen Hoffen der Menschen, was sich hingegen verändert, was sich dem Gang des Schicksals beugt, sind jene Dinge, auf die wir hoffen.

Es war wohl mein Schicksal, in den Dienst bei Hof einzutreten. Ich sollte vor Freude außer mir sein, doch was tat ich? Ich hatte mit meinen seltsamen Gefühlen zu kämpfen:

Kokoro dani   ikanaru mi ni ka   kanauramu   omoishiredomo omoishirarezu
Kann es ein Schicksal geben, das mein stetes Suchen beruhigt, wenn selbst mein Hoffen, noch ohne klares Ziel, im Dunkeln taumelt.

Wegen des Feuers wurden die Tänze und Zeremonien, die normalerweise zu Ende des Jahres stattfanden, abgesagt. Dem Kaiser in Michinagas Haus an der östlichen Sanjō-Straße eine Residenz einzurichten, hatte nun vor allem anderen Vorrang. Aufgrund des allgemeinen Durcheinanders gelang es mir, meinen Antritt bei Hof auf den letzten Tag des Jahres zu verschieben. Inmitten geschäftiger Vorbereitungen feierten wir Katakos sechsten Geburtstag.

Boten brachten uns viele Ballen Seide. Wir verbrachten Tage damit, aus dem Stoff wunderbare Roben zu nähen. Einige waren mehrschichtig und mit Schappseide gefüttert, andere waren nicht gefüttert. Umé, unsere alte Dienerin, saß bei uns und versuchte zu helfen, aber von Zeit zu Zeit vergaß sie, hinten den Faden zu knoten, und am Schluss ging der ganze Saum wieder auf. Oder sie nähte zwei Teile falsch zusammen, sodass man sie wieder auseinander trennen und neu zusammennähen musste. Die jüngeren Frauen verloren die Geduld mit ihr. Die Nerven lagen bei allen blank. In großer Eile mussten wir alles vorbereiten. Die fertigen Roben wurden sorgfältig in Truhen aus Paulownienholz verpackt, die wir in der Haupthalle stapelten.

Katako wurde von der Aufregung angesteckt. Als sie sah, wie die Truhen zum Abtransport vorbereitet wurden, nahm sie meine Hand.

«Für wen sind all diese wunderschönen Roben?», erkundigte sie sich, denn sie verstand noch nicht richtig, was vor sich ging.

«Die sind für deine Mutter», erklärte ich ihr. «Ich werde Ihre Hoheit, die Kaiserin, besuchen.»

Sie war hell begeistert. Sie bettelte, mitkommen zu dürfen, sie wollte die Kaiserin auch sehen.

Ich legte meine Nadel zur Seite und streichelte ihr übers

Haar. «Dieses Mal kann ich dich nicht mitnehmen. Aber du wirst deine Möglichkeit bekommen, an den Hof zu gehen, da bin ich sicher.»

Um sie zu trösten, ließ ich ihr aus den Seideresten der zahllosen Ballen, die im Zimmer verstreut lagen, von einer der Frauen eine Kollektion Roben anfertigen. Auch die Tochter meiner Stiefmutter bekam welche, und die beiden kleinen Mädchen spielten Hof. Das ältere Kind bestand darauf, die Kaiserin zu spielen, also übernahm Katako meine Rolle und tat so, als käme sie am Hof zu Besuch.

Ihr war natürlich nicht klar, wie lange ich fort sein würde.

Meine Abreise kam mir vor wie ein Traum. Ich hatte den Abschied so lang als möglich, bis zum letzten Tag des Jahres, hinausgeschoben. Das Herz wurde mir schwer, als ich meiner Stiefmutter, meinen Brüdern und vor allem meiner kleinen Tochter Lebewohl sagen musste. Vater begleitete mich zu dem Haus in der östlichen Sanjō-Straße, wo die kaiserliche Familie lebte, bis Kaiser Ichijōs privater Palast fertig gestellt war. Bereits Michinagas Vater Kaneie hatte es vergrößern lassen. Der Westflügel war eine exakte Kopie der Halle der Kühlen Brise im Palast. Damals hatten die Menschen ihn als anmaßend verspottet, ich erinnere mich daran, dass Tante mir davon erzählte. Aber vielleicht hatte er auch geahnt, dass sein Enkel Ichijō, der hier geboren wurde, eines Tages als Kaiser zurückkehren würde.

Ich muss gestehen, dass ich zuerst etwas enttäuscht war, nicht in den eigentlichen Palast gehen zu können. So oft war ich in meiner Phantasie dort gewesen, wenn mein Vater und mein Mann mir vom prachtvollen Leben hinter den Palastmauern erzählt hatten. Wir hätten uns dem Palast von der östlichen Seite her genähert, hätten den Wassergraben überquert und wären durch eines der Tore in den östlichen Umfriedungen gefahren. Dort wären wir aus dem Wagen gestiegen und hätten den Rest des Weges, vorbei an großen Gebäuden und versteckten Gärten, zum Palast zu Fuß zurückgelegt. Durch die Tore, entlang der Gänge und über Veranden hätten wir uns den Weg bis zur kaiserlichen Residenz in der Halle der Kühlen Brise gebahnt.

Doch stattdessen kamen Vater und ich kurz vor Mittag an dem Haus an – das für ein privates Anwesen gewiss beeindruckend war, aber es gab weder einen Wassergraben noch eine Umfriedung, die man überwinden musste. Wir ließen unseren Wagen an dem üblichen Platz stehen und machten uns zu der Haupthalle des Gebäudes auf. Ein Kammerherr der Kaiserin empfing uns und gab Vater Anweisungen, wohin er meine Sachen liefern sollte. Dann verkündete er, ich solle ihm folgen. Ohne Zeremonie. Für unsere Familie war dies ein solch bewegender Moment, und für den kaiserlichen Haushalt bedeutete es nicht viel mehr, als eine weitere Bedienstete aufzunehmen. Ich senkte meinen neuen Fächer und blickte Vater an. Wir hatten uns bereits voneinander verabschiedet. Ich verbeugte mich vor ihm, und er verbeugte sich vor dem Beamten.

«Ich bin sicher, sie wird keinen Anlass zu Klagen bieten», sagte mein Vater, höflich wie immer, auf eher altmodische Art.

Der Kammerherr wollte diesen unbedeutenden Auftrag schnell hinter sich bringen und brachte als Antwort kaum ein Grunzen über die Lippen. Vater tat, als bemerke er sein unhöfliches Verhalten nicht.

Welch ein Glück, dass ich schon bald meine Freundin Saishō sehen würde, dachte ich mir. Es wäre furchtbar, an den Hof zu gehen, ohne jemanden zu kennen.

Ich hielt meinen Fächer vors Gesicht und wurde durch Gänge geleitet, die vom Hauptgebäude zum westlichen Flügel führten. Der Kammerherr grüßte einige Leute, an denen wir vorüberkamen, stellte mich aber niemandem vor. Er sprach tatsächlich während des ganzen Weges kein Wort mit mir. Ich kam mir beinahe vor wie ein unartiges Kind, das man zur Strafe irgendwohin bringt. Wir verließen das Hauptgebäude über einen Gang, eine Verbindung zum westlichen Anbau. Trotz der Kälte gurgelte darunter ein kleiner Bach leise vor sich hin, das Riedgras an den Ufern war in kristallenen Eisflächen erstarrt. Im Inneren des Hauptgebäudes war es recht warm gewesen, da so viele Menschen dort geschäftig ihren Pflichten nachgingen, aber in diesem Gang, der nach draußen führte, war es klirrend kalt, und unser Atem bildete frostige Wölkchen. Dann betraten wir die kaiserlichen Gemächer. Als ich das Innere dieses Gebäudes zum ersten Mal sah, verlor ich meine Befangenheit und war zutiefst bewegt. Die sakrale Atmosphäre, die vom Kaiser und der Kaiserin ausging, war überwältigend.

Ich hatte meinen Mann so oft darum gebeten, mir den entsprechenden Teil des richtigen Palastes zu beschreiben, dass ich gewisse Räume und Gemälde wieder erkannte, als wir vorüberkamen. Ich musste mir in Erinnerung rufen, dass dieser Ort nur ein Abbild war. Doch soweit ich es beurteilen konnte, war alles genau kopiert worden, sogar die Bilder auf den Schiebetüren. (Die Damen, die ich später traf, erzählten mir, es sei ein seltsames Gefühl, an einem scheinbar so vertrauten Ort zu sein, der aber wegen des kleineren Maßstabes doch irgendwie anders ist.)

Die Veranda, die wir überquerten, war mit von Schindeln bedeckten Vordächern überragt. Mein Mann hatte mir erzählt, der Kaiser liebe das Geräusch, wenn der Regen auf die

Schindeln prasselte. Das musste in der Tat schön klingen, aber weil die Vordächer so tief waren, tauchten sie die Veranda an diesem Winternachmittag in ein düsteres Licht. Ich konnte das Gemälde auf der Trennwand am Ende des Ganges kaum erkennen, nur weil ich wusste, welches Bild dort hing, konnte ich es schemenhaft ausmachen. Mein Mann hatte dieses groteske Bild, das auf eine chinesische Legende verwies, oft erwähnt. Zu sehen waren Fischer mit spindeldürren, verlängerten Armen und Beinen, die in felsigen Spalten an einer wilden Küste fischten. Nobutaka hatte es seltsam gefunden, dass ein solch merkwürdiges Bild an einem so zentralen Ort im Palast hing.

«Es ist ein Bild, wie es deinem Vater gefallen würde», hatte er bemerkt.

Der Kammerherr schob die Trennwand beiseite, und wir traten in die nördlichen Gemächer ein, wo Frauen wie ich untergebracht wurden. Das Gemälde auf der Seite der Frauen war herkömmlicher, es zeigte japanische Fischer in ihren Booten im Uji-Fluss. Ich konnte das leise Murmeln weiblicher Stimmen hören, immer wieder von Gelächter durchbrochen. Eine zierliche Dame, die viel jünger war als ich, begrüßte uns. Sie war elegant gekleidet, blass, hübsch und etwas rundlich. Ich wurde ihr als «die Neue» vorgestellt. Sie stellte sich als Dainagon, Hofdame im Amt für kaiserliche Bekleidung, vor. Ich horchte auf, als sie ihren Namen nannte. Ich fragte mich, ob sie Rinshis Nichte, also Michinagas momentane Lieblingsdame sei, von der meine Freundin erzählt hatte. Im Gegensatz zu dem gleichgültigen Kammerherrn hieß sie mich herzlich willkommen.

«Ihr Ruf eilt Ihnen voraus», sagte sie, nachdem der Kammerherr gegangen war. «Wir sind glücklich, dass Sie entschieden haben, sich uns anzuschließen. Wie ich höre, kennen Sie bereits die Dame Saishō, also habe ich veranlasst, dass Sie ein Zimmer mit ihr teilen. Ihre Truhen werden dorthin gebracht, sobald sie eintreffen.»

Während wir den äußeren Gang entlanggingen, wurden leise Türen aufgeschoben, und wenn die Damen den Kopf herausstreckten, um einen Blick zu erhaschen, drang aus den kleinen Zimmern warme, parfümierte Luft. Die Dame Dainagon flüsterte mir im Vorbeilaufen ihre Namen und Familienverbindungen zu, aber wir blieben nicht stehen, um uns zu unterhalten. Man würde mich später offiziell vorstellen.

«Heute Abend müssen alle Damen Ihrer Majestät an der *tsuina*-Zeremonie teilnehmen, um die Dämonen der Seuche auszutreiben», sagte die Dame Dainagon. «Es wird etwas seltsam sein, da wir nicht im richtigen Palast sind, aber das Ganze findet im Haupthof statt, sodass Seine Majestät zuschauen kann, und dann werden die Dämonenjäger zum Palast weiterziehen, um die Rituale dort zu wiederholen. Im letzten Feuer wurden nur die Wohngemächer des Kaisers zerstört. Der Rest des Palastanwesens blieb vom Feuer unversehrt. Falls Sie diese Zeremonie noch niemals gesehen haben (natürlich hatte ich das nicht!), wird es für Sie sehr interessant sein. Der Anführer der Exorzisten ist dieses Jahr eine eindrucksvolle Erscheinung. Der junge Mann hat im vergangenen Jahr verschiedene Ringkämpfe gewonnen. Er hat einen Ehrfurcht gebietenden Körper, der heute Abend natürlich mit Kleidern verhüllt sein wird – er trägt schwarze Roben über roten Hosen und eine bedrohliche vieräugige Goldmaske. Man bekommt Herzklopfen, wenn er seinen Speer umherwirbelt und sein großes Schild kreisen lässt.»

Die Begeisterung der Dame Dainagon war ansteckend, und für einen Moment verließ mich meine übliche Zurückhaltung.

«Ihre Beschreibung erinnert mich an ein altes chinesisches Ritual, das im *Buch der Riten* erwähnt wird», sagte ich und gab mir Mühe, ebenso mitreißend zu klingen.

Dainagon blickte mich an.

«Davon weiß ich nichts», sagte sie. «Unser Hof praktiziert die Zeremonie seit dreihundert Jahren in dieser Form. Aber Sie können durchaus Recht haben. Ich habe gehört, dass Sie sich in chinesischen Dingen sehr gut auskennen.»

Ich hatte gesprochen, obwohl ich nicht an der Reihe gewesen war, das wurde mir nun klar, und ich errötete. Was waren bloß die Regeln der Konversation? Wollte ich nicht als Gelehrte gelten? Ich schalt mich innerlich, nahm mir vor, vorsichtiger zu sein. Es verwirrte mich, dass alle bereits eine Meinung von mir hatten, weil sie die Geschichten von Genji kannten. Ich fragte mich, was sie wohl dachten. Dann kamen wir in dem Zimmer an, das ich mit Saishō teilen sollte, und die Dame Dainagon entschuldigte sich.

Als ich mit meiner Freundin alleine war, wurde ich ziemlich weinerlich. Die vergangenen Wochen waren sehr anstrengend gewesen.

In den ersten Tagen nach meiner Ankunft fühlte ich mich wie eine Hochstaplerin. Die Rituale des kaiserlichen Lebens bestimmten das Leben aller Damen, und der Rhythmus unserer Pflichten schien unnatürlich. Ich brauchte eine Weile, um mich an die Tatsache zu gewöhnen, dass es in den kaiserlichen Gemächern keine Toiletten gab. Da die rituelle Reinheit eine zentrale Rolle spielte, wurden unsaubere Dinge wie Toiletten in den kaiserlichen Gemächern nicht angebaut. Wenn die Natur ihr Recht verlangte, brachten die Diener Nachttöpfe, die sie dann gleich wieder mitnahmen. Das verlangte einiges an Planung, und man musste darauf achten, wie viel man trank.

Während dieser Zeit wurde ich den Damen und Kaiserin Shōshi offiziell vorgestellt. Die Kaiserin war achtzehn Jahre alt. Ich erinnerte mich an die Erzählungen meines Mannes, wie würdevoll sie bereits mit dreizehn Jahren gewesen war, als man sie zur Kaiserin gekrönt hatte. Ich fand sein Urteil bestätigt – sie strahlte eine Würde aus, die ihrem jugendlichen Alter nicht entsprach. Sie schien eine sehr angenehme Herrin zu sein. Sie war so großzügig, mir sogar für mein Schreiben Komplimente zu erteilen, und meinte, sie freue sich darauf, mehr von Genjis Abenteuern zu hören. Sie deutete sogar an, vor allem von den chinesischen Elementen fasziniert zu sein, und bat mich, einmal mit ihr einige chinesische Gedichte durchzunehmen. Was für eine Überraschung! Ich hatte kaum erwartet, dass sich die junge Kaiserin für chinesische Dichtkunst interessierte.

Ich weiß nicht, was ich ohne Saishō getan hätte. Sie erzählte mir, welchen Damen ich vertrauen konnte und hinter welchem Lächeln sich eine Schlange verbarg. Die meisten waren ganz nett. Ich freundete mich mit verschiedenen Damen an: Kodayū, Genshikibu, Miyagi no Jijū, Gosechi no Ben, Ukon, Kohyōe, Koemon, Muma und Yasurai, benannt nach einer Figur aus der «Erzählung aus Ise». Alle trugen einen Spitznamen, und mich nannte man Murasaki, nachdem einige der Damen sich darauf geeinigt hatten, dies sei ihre Lieblingsfigur in meinen Geschichten.

Die Neujahrszeremonien waren verschoben worden, da wir in den provisorischen Gemächern lebten, und so hatten wir mehr Freizeit als üblich. Einige Damen durften nach Hause gehen, damit die anderen nicht so gedrängt wohnen mussten. Es gab Zeiten, in denen wir unter Druck standen, uns schnell ankleiden und Ihrer Majestät zu Dienst sein mussten, und dann gab es wieder lange Pausen, in denen wir nichts zu tun hatten, außer uns zu unterhalten. Während dieser langen freien Stunden hatte ich die Gelegenheit, einige der Damen näher kennen zu lernen. Insgesamt war alles angenehmer als erwartet. Da so viel Neues meine Aufmerksamkeit forderte, hatte ich weder die Zeit noch das Verlangen, über Genji zu schreiben.

An jenem Abend, als alle Damen der Kaiserin folgten, um die Zeremonie zur Dämonenaustreibung zu verfolgen, konnte ich erstmals einen kurzen Blick auf Kaiser Ichijō werfen. Der Hof im Garten erstrahlte im hellen Licht der Fackeln, und dort saß der Kaiser persönlich und hielt einen Satz Gebetstrommeln in der Hand, die er enthusiastisch schwang. Er lächelte und schien guter Stimmung zu sein. Seine Majestät war sechsundzwanzig Jahre alt. Nach diesem ersten Abend hatte ich die Ehre, ihn aus der Nähe zu sehen, als er die Gemächer Ihrer Majestät der Kaiserin besuchte, und ich war beeindruckt, was für ein schönes Paar die beiden abgaben.

Meine ungewohnte Lebenssituation und die Aufregung, Ihrer kaiserlichen Hoheit nahe zu sein, erfüllte mich so sehr, dass ich meine Sorgen beinahe vergaß. Ich hatte nicht erwartet, von der Anwesenheit des Kaisers und der Kaiserin so tief bewegt zu sein. Aber der Morgen, an dem mich all meine Befürchtungen auf einen Schlag wieder einholten, ließ nicht lange auf sich warten. Als Michinaga die Gemächer seiner Tochter verließ, wanderte sein Blick über die Gruppe der sich verbeugenden Damen und blieb auf mir haften.

«Ah, Tametokis Tochter!», rief er aus.

Ich zuckte zusammen.

«Ich möchte gerne mit Ihnen sprechen.»

Er bestellte mich für den nächsten Tag zur gleichen Zeit in das so genannte Dämonenzimmer gleich neben der Halle der Höflinge. Der Raum hieß so, weil eine Wand mit dem Gemälde eines chinesischen Dämons geschmückt war, aber trotzdem fiel es mir schwer, diesen Namen nicht als böses Omen zu deuten. Ich spürte, dass alle anderen Damen Michinagas Wunsch wahrgenommen hatten, und fühlte mich für den Rest des Tages befangen. Als wir an jenem Abend unsere Pflichten erfüllt hatten, lag ich hellwach neben Saishō und spielte nervös mit meinem Ärmel. Was sie mir über Michinaga erzählt hatte, war nicht sehr beruhigend.

Sie war überrascht, dass Michinaga mich so schnell gebeten hatte, ihn alleine zu treffen. Normalerweise wartete er mehrere Monate, bevor er sich eine Dame, die sich der Gefolgschaft seiner Tochter angeschlossen hatte, genauer ansah. Saishō meinte auch, das hätten die meisten Damen im Dienste der Kaiserin durchmachen müssen, und ich solle mich nicht schämen. Sich mit Michinaga arrangieren zu müssen, sei einfach eine der unangenehmen Seiten des Palastlebens, die man hinnehmen müsse. Es sei früher sogar noch schlimmer gewesen, beteuerte sie. Und falls mich das tröste, wenn Michinaga seine anfängliche Neugier erst einmal gestillt habe, lasse er die Frauen meistens in Ruhe. Die Damen bezeichneten diese Begegnung als Initiation. Nun schien ich sie in Rekordzeit zu erhalten, was eigentlich Anlass wäre, mir zu gratulieren.

Ungläubig lauschte ich dem sachlichen Tonfall meiner Freundin. Frauen, die ihr Leben am Hof verbrachten, wurden tatsächlich zynisch. Ich konnte unmöglich schlafen, also stand ich auf und suchte nach meinem Tintenstein:

Mi no usa wa   kokoro no uchi ni   shitaikite   ima kokonoe zo omoimidaruru
Betört war ich vom Hofleben, doch nun ist mein trauriges Schicksal von Sorgen umhüllt.

Ein Schritt aus der Dunkelheit

Kuraki Yori

Von den anderen Damen hatte ich kein Mitgefühl zu erwarten. Nach Saishōs Erklärungen wurde mir vielmehr klar, dass ihre Augen vor allem Neugier und einen Hauch Neid ausstrahlten. War ich wirklich mit solch unpassender Hast auserkoren worden? In meinem Alter? Ich war vielleicht nicht hässlich, aber eine klassische Schönheit war ich auch nicht, das hätte ich wohl schon früher bemerkt.

Wir standen früh auf, da wir morgens bei der Kaiserin Dienst hatten. Während das Frühstücksgeschirr weggeräumt wurde, versuchte Saishō mir Mut zu machen. Es war so weit, ich musste mich auf den Weg ins Zimmer des Dämons machen. Sie begleitete mich bis zur Halle der Höflinge, dann schnippte sie mit Finger und Daumen, um mir Glück zu wünschen. Ich öffnete die Tür zu dem kleinen Raum und trat ein.

Es war niemand da, also setzte ich mich hin und ordnete den Saum meiner Röcke. Ich fingerte an meinem Fächer herum. Dann starrte ich das Bild des chinesischen Helden an, der seinen Stiefel in den Nacken eines widerlichen Dämons drückte. Es gab nicht einmal eine Trennwand, hinter der man sich hätte verstecken können. Nach ungefähr einer halben Stunde hörte ich laute Stimmen, die sich auf dem Gang näherten, und Michinaga persönlich trat ein.

«Tametokis Tochter!», lächelte er. «Wie gut, dass Sie sich uns angeschlossen haben! Und wie nennt man Sie nun? Wie eine von Prinz Genjis Damen, habe ich gehört?»

«Man nennt mich Murasaki», sagte ich und räusperte mich.

«Ah ja. Die Kaiserin hat mir davon erzählt. Murasaki. Sehr gut», sagte er. «Ihre Geschichten haben großen Eindruck gemacht.»

Ich dankte ihm.

«Nein, ernsthaft!», sagte er und blickte mich so intensiv an, dass ich hinter meinem Fächer errötete. «Ihr Genji ist ein ganzer Kerl. Wirklich ein ganzer Kerl.»

Das Kompliment des Regenten schmeichelte mir, aber ehrlich gesagt war ich gleichzeitig auch etwas verblüfft. Ich weiß nicht, was ich von Michinaga erwartet hatte, aber gewiss keine Lobeshymnen auf Genji. Er fragte mich, ob ich die kaiserliche Gedichtsammlung kenne. Sie war vom Exkaiser Kazan unterstützt worden und im letzten Frühjahr erschienen.

«Das *Shūishū*?», fragte ich etwas verwirrt. Vater hatte eine der ersten Abschriften mit nach Hause gebracht, und ich hatte sie tatsächlich schnell durchgelesen, obwohl mir nur ein oder zwei Gedichte besonders aufgefallen waren. Ich versuchte nun, mich daran zu erinnern.

«Ja», antwortete er. «Die erste kaiserliche Anthologie, die man nach über fünfzig Jahren zusammengestellt hat. Sie wurde von Kintō zusammengestellt und soll den literarischen Stil unserer Epoche wiedergeben, die gelungensten Äußerungen der begabtesten Dichter sollte dieser Band vereinen. Kintō und Kazan hoffen, durch diese Sammlung unsterblich zu werden.»

«Wussten Sie übrigens», fügte er an, «dass Kintō und ich genau gleich alt sind?»

«Ach wirklich?», fragte ich und war nun vollkommen durcheinander.

«Ja, wir wurden sogar am selben Tag geboren. Es scheint, als wären wir unser Leben lang Rivalen gewesen. Aber das Schicksal zeigte sich gnädig: Ich machte Karriere bei Hof, und Kintō ist als Dichter erfolgreich. Normalerweise kommen wir uns nicht in die Quere.»

«Normalerweise, Eure Exzellenz?», fragte ich.

«Kintōs Ruf ist unübertroffen», stellte Michinaga fest. «Das ziehe ich nicht in Zweifel. Das Problem ist …»

Er zögerte. Ich hatte den Fächer gesenkt.

«Das Problem ist, dass ich nicht immer seiner Meinung bin, was den literarischen Wert eines Gedichts angeht.»

Mein Vater brachte Kintō großen Respekt entgegen, und die Vorstellung, jemand könnte es wagen, sein poetisches Urteil infrage zu stellen, grenzte an Ketzerei. Aber ich hatte es mit Michinaga zu tun.

«Ich möchte offen mit Ihnen sein, Tochter Tametokis», sagte er und blickte mich direkt an, sodass ich meinen Fächer schnell wieder hob. «Meine große Zeit bricht an. Das kann ich spüren. Falls meine Träume mir keine Trugbilder vorgespielt haben, werden meine Töchter kaiserliche Söhne gebären.»

Ich war vollkommen verwirrt. Ging es ihm nun um die Dichtkunst oder um die Herrschaft seiner Familie? Und was veranlasste den Regenten dazu, überhaupt mit mir über diese Themen zu reden? Die ganze Sache war höchst befremdlich. Nach einer Pause fragte mich Michinaga, was ich von dem *Shūishū* halte. Mit gepresster Stimme trug ich das einzige Gedicht vor, an das ich mich erinnerte. In der Sammlung waren vor allem Gedichte im traditionellen Stil aufgenommen worden. Kintō hatte ein starkes Traditionsbewusstsein, aber darüber hatte ich mir keine Gedanken gemacht, als Vater mir die

Sammlung zeigte. Die wenigen modernen Gedichte stachen heraus, vor allem ein Gedicht von Izumi Shikibu. Ich wunderte mich etwas, ihre Verse in der Sammlung zu finden, da sie einen skandalösen Ruf hatte.

Als ich meine Meinung äußerte, reagierte Michinaga recht aufgeregt.

«Ja, ja!», rief er aus. «Genau das ist es! Ich habe gewusst, dass Sie es verstehen würden!»

Seine Heftigkeit erschreckte mich. Einen Moment lang fürchtete ich sogar, er würde mich packen. Doch er fuhr unbeirrt fort: Der Kern seines Problems mit Kintō sei ihr schon lange schwelender Streit über jene literarischen Werke, die die Zeit repräsentieren sollten – die Ära Michinagas. Kintō meinte, diese Dinge aufgrund seiner Position als Hofdichter alleine entscheiden zu können.

«Aber damit bin ich nicht einverstanden», rief Michinaga und erschreckte mich erneut. «Nur weil ihm so viele nacheifern, meint er, am meisten von der Dichtkunst zu verstehen. Wir hatten wie üblich getrunken und uns lange unterhalten, als sich Kintō endlich herabließ, mich zu fragen, welche Gedichte meiner Meinung nach in die neue Anthologie aufgenommen werden sollten. Er hielt es nicht einmal für nötig, mich gleich zu Anfang nach meiner Meinung zu fragen. Also sagte ich, ich würde eines aussuchen, aber nur unter der Bedingung, dass er es auch in die Sammlung aufnehme.»

Und da verstand ich. Dies war das Gedicht, das hervorstach. Izumi Shikibus Gedicht.

«Aufgrund der Verse wird man sich an uns erinnern», fuhr Michinaga fort. «Da bin ich so sicher, wie ich überzeugt bin, auf welche Art ich dieses Land regieren muss. So werden wir die Zukunft bestimmen – mit unserer Literatur. Wir müssen der Nachwelt die richtigen Gedichte überliefern, nicht nur die hochgestochenen Verse, die Kintō vorzieht, oder die raffinierten Zeilen, die sich rhetorischer Tricks bedienen. Kintō hat vergessen, dass die Dichtkunst im Herzen entsteht.»

Michinaga wurde immer aufgeregter, während er von seinem Rivalen sprach. Dann sprach er plötzlich wieder leiser und wirkte beinahe schwermütig.

«Wäre ich nur selbst dazu in der Lage, Wakas zu komponieren», sagte er. «Ich kann es nicht, müssen Sie wissen – ich habe absolut kein Talent dazu.»

Ich hatte das Gefühl, ihm vielleicht widersprechen und etwas Schmeichelndes erwidern zu müssen, aber er unterbrach mich sofort.

«Nein, nein. Es ist wahr. Ich habe es hingenommen, und es bereitet mir keinen Kummer mehr.»

«Ich mag nicht dazu in der Lage sein, selbst zu dichten», fuhr er fort, «aber ich kann beurteilen, ob ein Vers gut ist. Auf diese Fähigkeit vertraue ich, obwohl niemand mein Urteil ernst zu nehmen scheint. Der Exkaiser ist gegen mich, weil mein Bruder ihn durch eine List dazu gezwungen hat, den Thron aufzugeben. Es ist klar, dass er Kintō nur mit der Gedichtsammlung beauftragt hat, um mich zu ärgern. Er ist enttäuscht und meint, eigentlich sollte der Kaiser das Sagen haben. Rache will er üben, so ist das. Ich habe es aufgegeben, Wakas zu verfassen, außer wenn ich sehr betrunken bin, aus diesem Grund nehmen diese Leute an, ich hätte auch mein Recht verwirkt, sie zu kommentieren. Sie meinen, die Dichtkunst gehöre ihnen – als die einzige Nische, die Michinaga nicht kontrollieren kann.»

Michinaga fixierte mich, er blickte beinahe durch mich hindurch, als versuche er, einen verschwommenen Punkt in der Ferne klarer zu sehen.

«Damit mögen sie Recht haben», fuhr er fort. «Wenn sie wüssten, wie sehr mir das zu schaffen macht, würden sie vermutlich noch eifriger versuchen, meine Pläne zu durchkreuzen. Kintō und ich streiten uns, wenn wir zusammen trinken, aber er glaubt immer, ich scherze nur oder will ihm einfach aus Prinzip widersprechen. Ich muss meine wahren Gefühle verbergen, um überhaupt irgendeinen Einfluss auf die Sammlung zu haben.»

«Aus dem Dunkeln», flüsterte ich.

«Ja, wie Izumis Gedicht. Es sind die einzigen Verse in der ganzen Sammlung, die eine Seele haben. Sie haben das erkannt, und da wusste ich, dass Sie verstehen würden. Als ich Ihre Geschichten das erste Mal las, wusste ich, dass Kintō gescheitert ist. Die Dichtkunst hat an Bedeutung verloren.»

Ich konnte mir weder vorstellen, worauf der Regent hinauswollte, noch wusste ich, was ich ihm antworten sollte. Ich war beeindruckt, wie Michinagas Gesicht seinen Ausdruck verändern konnte. Dieser Mann war zu allem fähig, dachte ich. Dann fiel mir wieder ein, dass ich meinen Fächer vors Gesicht halten sollte.

«An Genji wird man sich erinnern», sagte er.

Und noch einmal senkte ich den Fächer vor Überraschung.

Ich war wie benommen von diesem Treffen und konnte mich nur noch verneigen, als Michinaga aufstand und das steife Band seiner Kappe glättete. Er rauschte aus dem Raum der Dämonen. Als er fort war, schlich ich über den nördlichen Gang in mein Zimmer zurück.

Ich saß da und blickte auf den kahlen Garten und die Bäume hinaus, die zum Schutz vor der Kälte mit Stroh umwickelt waren. Am Boden lagen noch immer einzelne kleine Schneefelder. Der Frühling ließ in diesem Jahr auf sich warten, und die Pflaumen streckten ihre grünen Fühler erst zaghaft in die kühle Luft. Saishō schreckte mich aus diesen einsamen Träumereien auf, als sie am frühen Nachmittag von ihrem Dienst zurückkehrte.

Sie entschuldigte sich. Natürlich deutete sie den Grund für mein Schweigen falsch, wagte nicht, mich zu fragen, ob es so schrecklich gewesen sei. Wie sollte ich ihr erklären, wie seltsam mein Treffen mit Michinaga gewesen war? Ich spielte mit einem Stück Kohle, das ich in das Kohlebecken legte.

«Es war alles ganz anders», begann ich schließlich. «Michinaga hat mich nicht angerührt. Natürlich habe ich so etwas erwartet, aber er hat sich sehr höflich benommen.»

«So», sagte sie verblüfft. «Was war denn?»

«Michinaga möchte in Genjis Rolle schlüpfen», sagte ich und versuchte zu lächeln. «Er möchte, dass alle zukünftigen Leser der *Geschichten vom Prinzen Genji* erfahren, dass sie von der ruhmvollen Herrschaft des Michinaga inspiriert wurden.»

«Michinaga als Genji?», fragte sie ungläubig. «Der sanfteste Liebhaber der Welt?» Sie verzog das Gesicht.

«Hast du je eines von Michinagas Gedichten gesehen? Er schreibt doch nur, wenn er sehr betrunken ist. Aber sogar dann scheint es, als hätte er seine Gedichte vorbereitet.»

«Ja», antwortete ich ruhig. «Er ist sich sehr wohl bewusst, dass er als Dichter nichts taugt. Er vergleicht sich immer mit Kintō und schneidet dabei natürlich schlecht ab. Weißt du, was seltsam war?», fiel mir plötzlich ein. «Während der Unterhaltung konnte ich mich nicht hinter einem Wandschirm verbergen. Aus irgendeinem seltsamen Grund vernachlässigte ich es sogar, mein Gesicht mit dem Fächer zu bedecken. Ich kam mir vor wie in einer anderen Welt, wie in Echizen, wo die normalen Regeln nicht galten.»

Saishō gab sich Mühe, ihre Reaktion zu verbergen, aber ich wusste, dass sie diese Intimität erschreckender fand als jede Umarmung.

«Als ich Michinaga alleine getroffen habe», sagte sie züchtig, «war es dunkel. Zumindest mein Gesicht hat er nie gesehen.»

Ihrer Meinung nach war Michinaga weit tiefer in meine Intimsphäre eingedrungen, als es die übrigen Damen hatten erdulden müssen.

Dies blieb nicht die einzige Gelegenheit, bei der Michinaga mich rufen ließ. Ungefähr zehn Tage später rief er mich spätabends in seine Gemächer, als er bereits ziemlich betrunken war. Dieses Mal benahm er sich so, wie er sich für gewöhnlich mit den Damen aus der Gefolgschaft benahm. Ich war erbost und kam beleidigt in mein Zimmer zurück.

Saishō hatte die Frechheit zu sagen, sie sei erleichtert. «Es hatte etwas Unnatürliches, wie du dich benommen hast», stellte sie fest. «Sich so von Angesicht zu Angesicht mit ihm zu unterhalten.»

Schließlich stritten wir uns, und ich war so enttäuscht, dass ich am nächsten Tag nach Hause ging.

Es entging mir nicht, wie die Leute tuschelten, es sei unanständig von mir, so schnell nach Hause zurückzukehren, aber mir schien es, als wäre ich eine Ewigkeit fort gewesen. Ich weinte Freudentränen, als ich mein kleines Mädchen wieder sah, und konnte nicht genug von ihr bekommen. Sie genoss meine volle Aufmerksamkeit. Ich gab ihr jeden Tag Schreib- und Lesestunden und erfüllte ihren Wunsch, stundenlang mit ihr das Muschelspiel zu spielen.

Jemand hatte uns ein sehr schönes Spiel mit dreihundertsechzig polierten Venusmuschelschalen geschenkt, auf deren

Innenseiten je zwei zueinander gehörende Bilder gezeichnet waren. Katako hatte einen unglaublich scharfen Blick für die Feinheiten der natürlichen Muster auf den Außenseiten der Schalenhälften entwickelt – sie sahen auf den ersten Blick identisch aus, und doch passten nur jeweils zwei richtig zusammen. Voller Eifer suchte sie die passende Hälfte heraus und verband sie mit jener Muschel, die sie bereits in ihrem Ärmel hielt. Sie konnte sich ein zufriedenes Grinsen nicht verkneifen, wenn sie mir die beiden Hälften entgegenstreckte und zum Beweis die Bilder auf der Innenseite vorzeigte. Sie konnte sich nur mit Mühe zurückhalten, mir nicht zu zeigen, welches Paar ich wählen sollte, wenn ich zögerte, aber sie wusste, dass ihr Stapel, jedes Mal, wenn ich daneben lag, größer wurde. Es war lustig zu beobachten, wie sie sich auf die Zunge biss, um ihr Wissen für sich zu behalten.

Obwohl ich stundenlang mit ihr spielte, wurde ich nicht ruhiger, und mir fiel auf, dass Katako langsam verstand, dass ich nicht endgültig nach Hause gekommen war. Bald müsste ich in den Palast zurückkehren.

*Kuraki yori kuraki michi ni zo irinubeki haruka ni terase
yama no ha no tsuki*
Aus dem Dunkeln kommend, den noch dunkleren Weg muss ich beschreiten, leuchte hell, du Mond am Horizont der Berge.

Izumis Gedicht ging mir nicht aus dem Kopf. Auch ich hatte das Gefühl, einen Pfad noch größerer Dunkelheit betreten zu haben, und dabei konnte ich nicht einmal einen Schimmer Mondlicht sehen. Was sollte ich nur tun? Es war mir klar, dass ich nicht lange zu Hause bleiben konnte, und Vater war sowieso ärgerlich, dass ich so schnell zurückgekehrt war. Hätte ich ihm von meinem Gespräch mit Michinaga erzählt, wäre er schockiert gewesen. Ich wusste nicht, was ihm mehr Sorgen bereitet hätte – die Vorstellung, dass mich der Regent wie irgendeine dienende Dame behandelte, die ihm immer zur Verfügung zu stehen hatte, oder die Tatsache, dass er Kintōs Vorstellungen von Poesie im Geheimen verachtete. Beides hätte meinen Vater zutiefst enttäuscht.

Ich war ziemlich durcheinander. Zudem fürchtete ich, mich von genau jenen Menschen im Palast entfremdet zu haben, die mir am nächsten gestanden hatten. In was für einer unglücklichen Situation ich mich befand! Meine einzigen glücklichen Momente waren die, die ich mit meinem Kind verbrachte, wenn ich sie unterrichtete oder ihrem Geplapper lauschte.

Nachts lag ich wach und zerbrach mir den Kopf über Michinagas Worte. Er würde alles durchsetzen, was er wollte. Ich hatte ihn zwar jahrelang aus der Ferne beobachtet, aber als er mir nun tatsächlich gegenüberstand, schien er mir eher eine Naturgewalt als ein Mann zu sein. In Michinagas Gesellschaft war einem, als würde man von einem Erdbeben durchgeschüttelt, oder als beobachte man die Fluten des Kamo, die in der Regenzeit anschwollen. Man war schlicht überwältigt.

Michinaga war ein außergewöhnlicher Mensch, das hätte ich mir nicht träumen lassen. Ich wunderte mich über seinen Einfluss, dass es ihm gelungen war, Izumis bemerkenswertes Gedicht in die Sammlung von Kazan und Kintō aufnehmen zu lassen. Wenn man sich überlegte, dass Kintō und er so unterschiedliche Vorstellungen von der Dichtkunst hatten! Kintō kannte ich schon mein ganzes Leben, denn er war ein enger Freund und treuer Förderer meines Vaters. Ich wäre nie auf die Idee gekommen, sein Urteil über die Dichtkunst infrage zu stellen. Und trotzdem musste ich zugeben, dass Michinaga Recht hatte. Wenn man sein Werk kritisch betrachtete, so schien es geeignet, Bilderszenen auf bemalten Trennwänden mit Worten zu versehen, aber seine Verse vermochten nicht wirklich zu bewegen.

Nach dem Gespräch mit Michinaga war ich neugierig auf das *Shūishū*. Ich borgte mir Vaters Abschrift, um sie noch einmal zu lesen. Die meisten Autoren waren Hofdichter, die sich bemühten, besonders schlau zu wirken. Kintō hatte hart gearbeitet, damit seine Auswahl es mit der klassischen Sammlung, dem *Kokinshū*, aufnehmen konnte. Im *Kokinshū* waren die besten Gedichte aus der Zeit Kaiser Daigos versammelt, um den Glanz seiner Herrschaft zu spiegeln. Diesem Vorbild waren Kazan und Kintō gefolgt, sie hegten für ihre «Restauslese japanischer Gedichte» ähnliche Hoffnungen. Wenn man die beiden Werke jedoch miteinander verglich, konnte man sich des Eindrucks nicht erwehren, dass ein großer Teil von Kintōs Nachlese nur ein matter Abglanz der Vergangenheit war.

Natürlich gab es Ausnahmen. Vater gefielen vor allem die Einträge von Yoshitada, der mit poetischen Wortbildern wie Spinnennetzen oder Wermutstropfen arbeitete. Vater glaubte sogar, es sei teilweise seinem Einfluss zu verdanken, dass Kintō diese Verse in die Sammlung aufgenommen hatte. Einige Menschen beschuldigten Yoshitada, verrückt zu sein, und man hatte den Dichter von den Versammlungen des Hofes ausgeschlossen. Aber war es wirklich besonders gewagt von Kintō, seine Verse trotzdem aufzunehmen? Mit anderen Augen betrachtet, waren diese Gedichte vor allem aufgrund ihrer Exzentrizität interessant und nicht weil sie bleibende Schönheit oder Tiefgang vermittelten.

Ich zog meine abgenutzte Abschrift des *Kokinshū*, der *Sammlung von Gedichten aus alter und neuer Zeit*, aus dem Regal und las Ki no Tsurayukis Einführung zu der alten

Sammlung noch einmal. Unsere Familie war sehr stolz darauf, dass mein Großvater Kanesuke ein enger Freund von Tsurayuki gewesen war und seine Auswahl beeinflusst hatte. Als ich den ersten Satz dieses alten Werkes las, fiel mir der Unterschied zwischen den beiden Sammlungen stärker ins Auge. Tsurayuki hatte geschrieben:

«Das Gedicht von Yamato (Japan) hat das Menschenherz zur Wurzel und Tausende von Worten als Blätter. In dieser Welt, wo die Menschen den mannigfaltigsten Beschäftigungen nachgehen, besteht die Poesie darin, das, was das Herz empfindet, durch Dinge auszudrücken, die man sieht und hört.»

Ich erinnerte mich auch an Vaters älteste chinesische Texte über die Dichtkunst, die darauf beharrten, dass der Ursprung des Gedichtes in der Natur und nicht in zweckgerichteter Kunst liegen muss. «Insekten zerteilen» nannte ein Gelehrter die überfrachtete Arbeit seiner Zeitgenossen.

Ich dachte über Michinagas Worte nach:

«So werden wir die Zukunft bestimmen – mit unserer Literatur. Kintō hat vergessen, dass die Dichtkunst im Herzen entsteht.»

Damals hatte ich mir noch nicht einmal darüber Gedanken gemacht, was der Regent anschließend gesagt hatte, dass die Dichtkunst nun, da es Genji gäbe, nicht mehr so große Bedeutung habe.

Aufgestaute Fluten

Odae no Mizu

Der Gedanke an meine Rückkehr in den Palast erfüllte mich mit Furcht, obwohl ich jeden Tag Nachrichten von Menschen am Hof bekam: «Wie geht es Ihnen?», erkundigten sie sich. Oder: «Kommen Sie rechtzeitig zur Kirschblüte zurück?» Kurze Zeit nach meiner Flucht veranstaltete Michinaga auf dem Anwesen seiner Frau ein Pferderennen. Jemand schrieb mir, er habe den Exkaiser Kazan als Ehrengast eingeladen. Kazan liebte derartige Veranstaltungen, und wiederum staunte ich über Michinagas Geschick. Mit Schmeicheleien gewinnt man leicht einen Menschen, der einem grollt.

Für einen Mann, der die buddhistischen Gelübde abgelegt hatte, fand Kazan erstaunlich viel Freude an Pferderennen. Michinaga war sich gewiss bewusst, welch ein absurdes Schauspiel die Mönche bieten würden, wenn sie ihre Mannschaft zum Sieg anfeuerten. Auch Kazan würde keine günstige Figur machen. Michinaga überhäufte den Exkaiser mit Geschenken, unter anderem mit einem seltenen, eierschalenfarbenen Pferd, bevor er ihn persönlich nach Hause geleitete. So konnte sich Michinaga damit brüsten, dass bei seinem privaten Fest eine kaiserliche Gefolgschaft auftauchte, während Kazan über seine Geschenke so glücklich war, dass sich sein Groll verflüchtigte. Es war Michinaga gelungen, den alten

Mann für sich einzunehmen, während er ihn gleichzeitig ziemlich lächerlich aussehen ließ.

Ich hörte auch, dass Kazan in seiner Residenz einen Hahnenkampf plante, zu dem alle jungen Männer der Kaisersfamilie und die Söhne bedeutender Persönlichkeiten eingeladen wurden. Zu meiner Überraschung bekam auch mein Bruder Nobunori eine Einladung. Die Mannschaften wurden zusammengerufen. Alle schwärmten sie aufs Land aus, um nach wilden Vögeln zu jagen, sie stritten um die besten Kampfvögel. Kazan war sehr angetan von einem seiner Söhne, dem Fünften Prinzen, machte sich aber wenig aus dem Sechsten. Die beiden Prinzen traten in gegnerischen Mannschaften an. Kazan versuchte, die Mannschaft des Fünften Prinzen mit den besten Hähnen zu versorgen. Am Tag des Wettbewerbs gewannen jedoch die Vögel der anderen Mannschaft einen Kampf nach dem anderen. Mein Bruder erzählte mir, Kazan habe einen Wutanfall bekommen, was viele amüsierte. Damit zerstörte er die sorglose Stimmung des Anlasses, auf dessen Vorbereitungen er so viel Mühe verwendet hatte.

Angestachelt von der Wut der Vögel, der stilvollen Gesellschaft und einer ziemlichen Menge Sake, berichtete mir Nobunori von den Einzelheiten des Hahnenkampfes, als er von Kazan zurückkehrte. Als Geschwister hatten wir uns nie sehr nahe gestanden, aber bei dieser Gelegenheit blieb Nobu vor meinen Vorhängen stehen, als suchte er nach einem Weg, mir mitzuteilen, was er auf dem Herzen hatte.

«Vermisst du den Hof nicht?», fragte er mich schließlich. «Langweilt es dich nicht, hier im Haus herumzusitzen, wenn du eigentlich dort sein könntest?»

Ich hatte eigentlich nicht vor, ihm zu verraten, warum ich die kaiserlichen Gemächer verlassen hatte, aber meinem Bruder war meine Stimmung aufgefallen. Ja, es war enttäuschend, nicht an dem Leben im Palast teilnehmen zu können, trotz der damit verbundenen Unannehmlichkeiten. Beinahe gegen meinen Willen musste ich immer wieder an das Hofleben denken. Nobunori war langsam aufgefallen, dass es für ihn viel günstiger war, wenn seine Schwester am Hof Dienst tat. Ich war seine Eintrittskarte zu Rennen, Hahnenkämpfen und Trinkgelagen, zu denen er sonst niemals eingeladen worden wäre.

Bald darauf erhielt ich eine Nachricht von der Dame Miya no Ben. Sie erkundigte sich, wann ich vorhätte, zurückzukehren. Sie schrieb:

Uki koto wo omoimidarete aoyagi no ito hisashiku mo narinikeru kana
Unglücklich war das Ereignis, das dich bekümmert, schon so lange scheinst du aus dem Palast fort wie die verschlungenen Zweige der Trauerweide.

Es dauerte lange, bis ich meine Antwort verfasst hatte, schließlich übernahm ich ihr Bild der Weide:

Tsurezure to nagame furu hi wa aoyagi no itodo uki yo ni midarete zo furu
Zäh schleppen sich die Tage durch pausenlosen Regen, meine Gedanken von Melancholie umschlungen wie die Trauerweide.

Es war vielleicht etwas übertrieben, aber nur ein wenig. Ich vermisste das Leben im Palast tatsächlich.

Als die Kirschblüten in voller Pracht standen, wurde Vater aus Anlass der Blütenschau zu einem Bankett in Michinagas Haus, den vorübergehenden Palast, eingeladen. Er berichtete, dass die Vorbereitungen für den Umzug des Kaisers und der Kaiserin in den Ichijō-Palast weit fortgeschritten seien und der Umzug vermutlich in einem Monat stattfinden werde.

«Die Gemächer werden viel geräumiger sein», mahnte er. «Du wirst dich nicht länger damit entschuldigen können, dass du deinen Pflichten fernbleibst, weil alles so eng ist. Viele haben sich schon bei mir erkundigt, wann du zurückkehrst. Eine Dame hofft, dass du nicht mehr zornig auf sie bist. Sie redete und redete, und ich verstand oft nicht, wovon sie sprach, aber das Wichtigste habe ich mitbekommen: Du hast offenbar eine unangenehme Erfahrung im Palast gemacht. Nein, ich habe nicht vor, dir Fragen zu stellen.» Vater winkte ab, um meine Entschuldigungen vorwegzunehmen. «Es spielt keine Rolle. Aber was auch geschehen ist, hat deinem Ansehen nicht geschadet, und man vermisst dich.» Er senkte seine Stimme zu einem verschwörerischen Flüstern. «Sogar Michinaga hat mich zur Seite genommen. Er hofft, dass du in den Dienst seiner Tochter zurückkehrst, nun da das kaiserliche Paar umzieht. Selbst Michinaga ist aufgefallen, dass du fort bist, Fuji!»

Vaters Ernsthaftigkeit entlockte mir ein Lächeln. Hätte er geahnt, was Michinaga über Genji gesagt hatte, er wäre erstaunt gewesen.

Ich sah ein, dass es Zeit war, zurückzukehren. Ich musste mich wieder mit Saishō versöhnen. Mit diesem Gedicht versuchte ich zu prüfen, ob sie unseren Streit vergessen konnte:

Tojitarishi iwama no kōri uchitokeba odae no mizu mo kage mieji ya wa
Hinter schroffen Felsen erstarrt, wünsche ich, das Eis würde schmelzen, dann könnte sich mein Gesicht vielleicht noch einmal in den aufgewühlten Fluten spiegeln.

Diese Metapher hatte ich auch verwendet, als Nobutaka mir den Hof machte. Aber das spielte keine Rolle. Wenn zwei Menschen sich nicht gut vertragen, fällt mir kein treffenderes Bild ein als Eis, das zumindest schmelzen kann. Wenn Saishō mir antwortete, so würde ich unauffällig zurückkehren, zusammen mit anderen Hofdamen, die ihren Dienst nach dem Umzug in den Ichijō-Palast wieder aufnehmen würden.

Ich musste nicht lange warten. Am nächsten Tag kam ein reizender Junge ins Haus. Er brachte einen Zweig Bergkirschen, der so prächtig blühte, dass er eine Spur Blütenblätter hinterließ. An den Zweig geheftet, fand ich dieses Gedicht von Saishō:

Miyamabe no   hana fukimagau   tanikaze ni   musubishi mizu mo   tokezarame ya wa
Wenn der Wind aus dem Tal emporweht und Blüten über die Berghänge streut, sei dir versichert, das Eis wird schmelzen.

Ganz schön frech. Ihr gerissener Bezug entlockte mir ein Lächeln.* Die Blüten fielen in der Tat ab.

Im ersten Monat des Sommers nahm ich zusammen mit einigen anderen Damen, die länger Urlaub gemacht hatten, in den neuen Gemächern des wieder aufgebauten Ichijō-Palastes meine Stellung wieder ein. Der Sommer ist eine gefährliche Zeit. Ich erlaubte meiner Tochter im Sommer niemals,

---

* Die Verben *musubu* und *takaru*, die «gefrorenes» im Gegensatz zu «geschmolzenem» Wasser benennen, haben auch die Bedeutung von «gebunden» im Gegensatz zu «ungebunden». Da die Kleider von Bändern zusammengehalten wurden, kann das Gedicht auch bedeuten «gewiss wirst du bald wieder entkleidet sein».

das Haus zu verlassen, aus Angst vor den Dämonen der Pest, die in den schwülen Dämpfen der Hauptstadt lauerten. Als ich zu dieser gefährlichen Jahreszeit abreiste, war Katako untröstlich. Sie schien überzeugt davon, mich niemals wieder zu sehen. Ich versuchte, sie zu beruhigen, aber sie klammerte sich nur noch fester an mich. Ohne Zweifel hatte sie das Gerede gehört, die wilden Pocken seien ein Zeichen für den Verfall des Zeitalters der buddhistischen Gesetze. Viele Menschen glaubten tatsächlich, die Welt würde in Feuersbrünsten und Chaos untergehen. Vielleicht hatte Katako jemandem gelauscht, der Genshins bildliche Beschreibungen der Hölle gelesen hatte – das wäre eine Erklärung für ihre übertriebene Angst bei meiner Abreise. Ich zitterte bei dem Gedanken, welch grauenvolle Bilder in der Vorstellung eines phantasievollen sechsjährigen Kindes aufsteigen können.

Dieser Priester Genshin war mit seinen Predigten, wie die Welt vor dem Untergang zu bewahren sei, allgegenwärtig. Er beharrte darauf, dass alles verdorben sei und wir unmöglich durch unsere eigenen Anstrengungen zu retten wären. Auch aus verdorbenen Früchten kröchen nur Maden und Fliegen, wetterte er! Unsere einzige Hoffnung sei es, für die Wiedergeburt in Amida Buddhas Reinem Land zu beten. Von dort und nur von dort könnten die Seelen die Erleuchtung erreichen. Meine Cousine und ihre Familie lauschten den Lehren des alten Priesters nun ernsthaft. Vermutlich hatte Katako seine Predigten bei ihnen aufgeschnappt. Später fand ich heraus, dass sogar Kerriarose zu den Anhängern Genshins gestoßen war.

Als ich wieder im Palast war, hatte ich kein angenehmes Leben. Es war unglaublich, welche Gerüchte einige Damen über mich verbreiteten. Ich gab mir Mühe, mich in keiner Weise vorzudrängen, und doch beklagten sich einige Damen, ich solle umsichtiger sein und mir nicht so viel einbilden. Waren sie etwa der Meinung, es wäre angenehm, von Michinaga zu den seltsamsten Stunden herbeizitiert zu werden? Glaubten sie etwa, ich hätte die Wahl? Mein Mann hatte Recht gehabt mit der Einschätzung, ich würde mich im Palast nicht wohl fühlen. Ich war wohl nicht besonders diplomatisch, und doch war es äußerst ärgerlich, für Dinge bestraft zu werden, die ich mir nicht hatte zuschulden kommen lassen.

Warinashi ya hito koso hito to iwazarame mizukara mi wo ya omoisutsubeki
Es ist unglaublich! In ihrer Mitte dulden sie mich nicht, soll ich aufgeben, mich davonschleichen, erwarten sie das?

Es gab niemanden, dem ich mein tiefes Unbehagen und das Gefühl, ausgeschlossen zu sein, mitteilen konnte. Mein Vater hätte das nicht verstanden, und Saishō und einige andere Freundinnen konnten mir nur raten, die bösen Worte an mir abperlen zu lassen.

«Sie sind nur eifersüchtig», sagte Saishō über die Frauen, die jedes Mal schimpften, wenn ich in Michinagas Gemächer gerufen wurde. «Genieß es.»

Für sie bewies der Neid der anderen die eigene Überlegenheit.

Es war falsch von mir, Kerriarose weiterhin zu schreiben und sie von ihrem religiösen Leben abzuhalten, aber ich hätte den Verstand verloren, hätte ich alle Verbindungen zur Welt außerhalb des Palastes unterbrochen. Ich hätte am Ende noch gedacht, nur dieses Leben zählte, denn immerhin war ich von Menschen umgeben, die genau das glaubten.

Eines Nachmittags, als ich gerade meinen düsteren Gedanken nachhing, erschreckte mich Saishō mit der Frage, ob mir das Palastleben bei meinen Genji-Geschichten geholfen habe. Das ließ mich zusammenzucken. Als ich zum ersten Mal von meinem Ruf an den Hof erfuhr, dachte ich in erster Linie an mein Schreiben. Und wie vermutet, half es mir, gewisse Einzelheiten des Hoflebens auf der Grundlage eigener Erfahrungen zu beschreiben. Aber alles in allem war ich enttäuscht, wie verkommen das Leben in der kaiserlichen Abgeschiedenheit sein konnte. Bisher hatte ich Genjis Welt verklärt. Außerdem zupfte mich Michinaga ständig am Ärmel und verlangte nach mehr Geschichten, die in den Gemächern der Kaiserin vorgelesen werden könnten. Er hoffte, der Kaiser würde dann mehr Zeit dort verbringen. Langsam bekam ich den Eindruck, Michinaga setzte Genji als Köder ein. All das hielt mich davon ab, in meinen Geschichten zu versinken.

Aber gerade als ich das Gefühl hatte, das erbärmliche Leben im Palast kaum mehr aushalten zu können, erreichte mich ein wunderbares Zeichen der Zuneigung. Ich erkannte, dass ich in kurzer Zeit auch Freundschaften geschlossen hatte und nur eine kleine Gruppe scharfzüngiger Hexen meinte, jeden Neuankömmling durch ihre Klatschmühle drehen zu müssen. Ich hatte mich in mein Zimmer zurückgezogen, als mir die Dame Koshōshō zum Fest des Fünften des fünften Monats eine Duftkugel mit diesem Gedicht schickte:

Shinobitsuru ne zo arawaruru ayamegusa iwanu ni kuchite yaminubekereba
Jene fürchten, erstickt zu werden, wir aber graben nach dem Kalmus, der im Teich verborgen ist. Jene fürchten, erstickt zu werden, unsere Stimme aber soll ertönen und sich für dich erheben.

Ihr Mitgefühl bewegte mich, und ich beschloss, mich von einigen ungerechten Kränkungen nicht einschüchtern zu lassen. Ich schickte ihr dieses Gedicht als Antwort:

Kyō wa kaku hikikeru mono wo ayamegusa waga migakure ni nurewataritsuru
Aus dem Verborgenen, feucht von Dankestränen, sind die Wurzel und ich von dir aus dem Schlamm ans Licht geholt worden.

Die Kaiserin lobte mich für meine Geschichten. Ich verstand nun, dass mir einige Damen aus Eifersucht auf das Wohlwollen der Kaiserin feindlich gesinnt waren. Mit ihrem Vater hatte es nichts zu tun. An einem regnerischen Tag im sechsten Monat kam Michinaga in Shōshis Gemächer und bemerkte, dass Ihre Majestät die Genji-Geschichten bei sich hatte. Nach den üblichen Kommentaren nahm er ein Blatt Papier mit einem Pflaumenmuster und schrieb die folgenden Worte:

Sukimono to na ni shi tatereba miru hito no orade suguru wa araji to zo omou
Als saure Frucht ist sie bekannt, doch an der roten, prallen Pflaume geht keiner vorbei, der sie im Gras glänzen sieht.

Er ist durchaus in der Lage, einen gelungenen Vers zu komponieren, dachte ich mir. Ich lachte mit allen anderen über sein Gedicht, erstarrte jedoch vor Schreck, als er es mir überreichte. Die anderen Damen kicherten, und ich spürte, wie mir das Blut ins Gesicht schoss. Ich musste jedoch eine Antwort verfassen, sonst setzte ich mich dem Spott aus. Glücklicherweise war ich selten um Worte verlegen. Ich nahm den Pinsel und schrieb:

*Hito ni mada orareru mono wo tare ka kono sukimono zo to
wa kuchinarashikemu*

Wie will denn ahnen, wie sauer die Pflaume ist, wer sie niemals
an seinen Lippen gespürt.

Nervös gab ich Saishō meinen Vers, um ihn vorzutragen.
Sie las meine Worte vor, und als sie vor der letzten Zeile kurz
innehielt, hörte ich das Rauschen des Regens. Wie still alle
geworden waren. Als sie zu Ende gelesen hatte, erfüllte Gelächter den Raum. Sogar die Kaiserin hob ihren Ärmel vor
den Mund und sagte:

«Da hat sie dich aber erwischt, Vater.»

Auch Michinaga lächelte. Offensichtlich genoss er solche
Scherze.

Saishō strahlte mich an, als wollte sie mir sagen: Siehst du,
so schlimm ist es gar nicht, wenn du dich ein bisschen gehen
lässt. Und dieses Mal nahm ich auch nicht sofort an, das Lachen könnte mir gelten. Es dämmerte mir, dass ich vielleicht
doch einen Platz in dieser Welt finden könnte.

Die Verfasserin des Kopfkissenbuchs

Sei Shōnagon

Ungefähr dreißig Damen waren normalerweise in den Privatgemächern des Ichijō-Palastes für die Kaiserin zuständig. Die Räume waren überfüllt, von «privat» konnte eigentlich keine Rede sein. Oft geschah es, dass mehrere Frauen gleichzeitig die unreine Zeit des Monats hatten. Dann nahmen sie alle zur selben Zeit frei, und jene, die zurückblieben, mussten sich abrackern und doppelt so viel Arbeit erledigen. Und wenn ein günstiger Tag zum Haarewaschen kam, wollten es alle gleichzeitig tun. Bei zwei oder drei Frauen in einem Haushalt ist das kein großer Aufwand, aber mit dreißig Frauen war die reine Masse schmutzigen schwarzen Haars überwältigend. Leider muss ich sagen, dass unsere Dienerinnen ihr Haar nie an günstigen Tagen waschen konnten, weil sie uns helfen mussten.

Ich hasste es, diese Tortur im Winter auf mich zu nehmen. Das Haar wollte einfach nicht trocknen, und ich fror den Rest des Tages, weil mir eine kalte, feuchte Masse am Rücken klebte. Im Sommer jedoch war es angenehm, vor allem am siebten Tag des siebten Monats. An jenem Tag beteten die Kinder für einen wolkenlosen Himmel, damit die Elstern zum Tanabata ihre Brücke in den Himmel bauen konnten. Wir beteten, es möge nicht regnen, damit unser Haar trocknen könnte.

Am ersten Tanabata, das ich im Palast verbrachte, stand ich mit den anderen Frauen früh auf, wir wollten die Sache mit Hilfe unserer Dienerinnen hinter uns bringen. Auch die Kaiserin ließ sich in ihren Gemächern das Haar waschen, es halfen ihr nur einige wenige Damen, die ihr sehr vertraut waren. Die übrigen Damen streckten sich in der Hitze aus, wir achteten nicht auf unsere Kleidung und kämmten unser Haar, bis es trocken war. Der Sommer war vorüber, aber noch war es so heiß, dass wir nur unsere einfachen weißen Kleider über den Hosen trugen. Mir hat dieser Stil nie besonders gefallen. Nabel und Brustwarzen schimmern durch den Stoff, und es gibt nur wenige Frauen, die einen schönen Nabel haben.

Eine Gruppe Frauen hatte sich in einer Ecke der Veranda beim östlichen Flügel versammelt. Ich ging hinüber, denn ich wollte wissen, was ihre Aufmerksamkeit erregte. Im Garten stand eine Frau, die ich noch niemals zuvor gesehen hatte. Sie war klein und dünn und hatte eher harte Gesichtszüge. Die Farbe ihres Kleides war verblasst, und ihr langes Haar, das leicht gewellt und halb ergraut war, trug sie zusammengebunden. Sie hielt sich sehr aufrecht, wie kleine Menschen das manchmal tun, und unterhielt sich angeregt. Verschiedene Damen schienen sie zu kennen. Die Dame Koshōshō tauchte hinter mir auf, und ich fragte sie, wer das sei.

«Das ist Sei Shōnagon», half sie meiner Erinnerung auf die Sprünge. «Weißt du, jene Dame, die der anderen Kaiserin gedient und vor einigen Jahren das *Kopfkissenbuch* verfasst hat. Du hast es bestimmt gesehen, es war damals ein großes Gesprächsthema am Hof.»

«Wirklich!», flüsterte ich zurück. «Für wen arbeitet sie jetzt?»

«Für niemanden», antwortete Koshōshō. «Nach dem Tod ihrer zweiten Herrin schien es für sie keinen Platz mehr zu geben. Sie hatte zu Kaiserin Teishi und Korechika eine so enge Verbindung, dass alle sie mieden, die in Michinagas Gnaden zu stehen wünschten. Es ist eine Schande. Sie lebt alleine, und man erzählt sich, sie sei ziemlich verstört.»

Ich blickte die kleine, lebhafte Frau an, die die ganze Gruppe in Bann zog, während sie sprach. Ich versuchte mir vorzustellen, wie es sich wohl anfühlte, so in Ungnade zu fallen wie sie. Hätte ich den Mut und würde an den Hof kommen, um meine Rivalinnen zu besuchen? Ich glaubte kaum. Ich wäre vermutlich schon lange leise in einem Kloster verschwunden.

Ich erinnerte mich daran, Teile von Shōnagons *Kopfkissenbuch* in Echizen gelesen zu haben. Ausgehungert nach allem Zivilisierten, hatte ich gierig alles in mir aufgesogen, das Erinnerungen an die Gesellschaft in Miyako wachrief. Sei Shōnagon hatte ein besonderes Talent, Palastszenen vor dem geistigen Auge ihrer Leser zum Leben zu erwecken, alles schien würdevoll und unglaublich spannend. Doch nach einer gewissen Zeit fand ich sie prätentiös. Umsonst suchte ich nach Hinweisen auf die Qualen, die Kaiserin Teishi in ihrer schwierigen Position hatte durchleiden müssen, Shōnagon schrieb nur von den bezaubernden Dingen. Auch ihr Hang zu Klatschgeschichten gefiel mir nicht, außerdem versuchte sie ständig unter Beweis zu stellen, wie klug sie war. Die beleidigenden Dinge, die sie über meinen Mann geschrieben hatte, konnten mir allerdings nichts mehr anhaben.

Aber wie sie jetzt so gelassen dastand, obwohl sie jegliche Stellung verloren hatte, rang mir doch eine seltsame Bewunderung für sie ab. Sie hatte den Hof vor fünf Jahren verlassen, und ihre Kleider stammten eindeutig noch aus dieser Zeit, sie waren etwas schmutzig und verschlissen. Sie verströmte einen leicht ungepflegten Geruch, aber daraus schien sie sich nichts zu machen. Koshōshō und ich traten zu der Gruppe Damen auf der Veranda.

Sei Shōnagon blickte sofort in unsere Richtung und fragte: «Wer ist das? Ich bin gar nicht mehr auf dem Laufenden, ich kenne niemanden mehr.»

Die Dame Dainagon antwortete: «Dies ist Tametokis Tochter. Sie ist zu Beginn des Jahres zu uns gestoßen.»

Shōnagon lachte meckernd. «Ah, die Frau des einstigen Gouverneurs Nobutaka? Autorin der *Genji-Geschichten*? Ich bin hocherfreut, Ihre Bekanntschaft zu machen. Wie nennt man Sie denn in den Gemächern der Damen? Lassen Sie mich raten – vielleicht ‹Fujitsubo›? Die verbotene Dame Prinz Genjis?»

Ihre unverblümte Art verwirrte mich. Ich hatte noch nie jemanden getroffen, der so direkt war.

‹Man nennt sie Murasaki», griff Miya no Ben ein.

«Natürlich. Murasaki!», rief Sei Shōnagon aus und nickte nachdenklich. «Natürlich! An Murasakis Stelle wären wir alle gern. Was für ein Glück Sie haben. Nun, Murasaki, ich hoffe, wir können uns einmal miteinander unterhalten. Ich bewundere Ihre Geschichten. Wirklich. Sie sind sehr gescheit – viel gescheiter als ich es war. Ich werde noch einige Tage hier sein, bevor ich zu einer Pilgerreise aufbreche. Sie können mich bis dahin in Korechikas Haus treffen.»

Also kannte Sei Shōnagon die Genji-Geschichten. Das hätte mich eigentlich nicht überraschen sollen. Ich weiß, dass alles, was man schreibt, wie Entengrütze von der Strömung mitgerissen wird. Man hat keine Ahnung, wo es an Land gespült wird. Alle Frauen um mich betrachteten Shōnagon mit einer Mischung aus Faszination und Mitleid, denn würde sich das Schicksal gegen uns wenden, könnte es uns allen so ergehen.

Und gleichzeitig bedeutete der Verlust der Stellung auch eine gewisse Freiheit. Sie konnte bei Korechika wohnen, da sie nichts mehr zu verlieren hatte. Was spielte es schon für eine Rolle, was Michinaga dachte? Ich spürte plötzlich ein Verlangen, sie auszufragen. Es hatte mich immer interessiert, ob sie während ihres Dienstes am Hof wohl zum Schreiben Zeit gefunden hatte, oder ob sie ihr Werk außerhalb des Palastes geschaffen hatte. Außerdem war das etwas, was mich seit der Lektüre des *Kopfkissenbuches* beschäftigte.

Ich hatte nicht den Mut, in Korechikas Haus zu gehen, aber ich dachte mir eine andere Möglichkeit aus, wie ich sie treffen könnte, bevor sie zu der Pilgerreise aufbrach. Ich hatte vor, den Palast zu den alljährlichen Zeremonien in Gedenken an meine Mutter zu verlassen. Um Shōnagon treffen zu können, reiste ich einfach einen Tag früher ab und ließ ihr eine Nachricht zukommen, wenn sie Zeit hätte, könnte sie mich in unserem Familientempel finden. Ich bat meine Damen darum, nach ihr Ausschau zu halten, während ich betete. Sie kam ohne Begleitung am späten Nachmittag an. Als ich in den kleinen Raum zurückkehrte, den der Hauptpriester für mich reserviert hatte, fand ich sie dort, wie sie sich in der matten Hitze des Tages Luft zufächerte.

«Ah, der Klang der Tempelglocken und Muschelschalen ist so beruhigend», sagte sie. «Wenn man diese Klänge hört, spürt man, dass man sich wirklich zurückgezogen hat.»

Es gibt Menschen, mit denen man nie über banale Höflichkeitsfloskeln hinauskommt, und andere, bei denen man sich ohne viele Worte sofort verstanden fühlt. Und dazu muss man sich nicht einmal ähnlich sein. Wir waren in vieler Hinsicht wie Öl und Wasser, und trotzdem spürte ich eine tiefe Verbindung zu Sei Shōnagon.

Es ist bekannt, dass Frauen im Alter von sechsunddreißig

Jahren verletzlich sind. Sie sind empfänglich für böse Einflüsse und müssen besondere Vorkehrungen treffen, um ihr körperliches und seelisches Gleichgewicht zu bewahren. Ich erfuhr, dass Shōnagon sich vor genau vier Jahren, als ihre Herrin Genshi gestorben war, in diesem schwierigen Alter befunden hatte. Shōnagons Zukunft war plötzlich ungewiss gewesen. Wenn sie jünger gewesen wäre (oder gar älter), hätte sie ihre Position behalten können, aber so habe sie sich einfach gehen lassen, wie sie sagte. Es kostete sie damals zu große Anstrengung, um eine neue Stellung zu ringen, und sie war sehr überrascht, weil ihre Energie und Lebensfreude dennoch zurückkehrten.

Vermisste sie das Leben am Hof? Ja, aber sie hatte zumindest ihre Erinnerungen, in die sie sich vertiefen konnte. Kaum jemand kannte das kapriziöse Hofleben, die Sorgen wie die Freuden der Abgeschiedenheit des Palastes so gut wie sie.

«Es wäre sowieso niemals mehr so wie einst», verkündete sie.

Als Antwort auf meine unangenehme Frage, warum in ihren Schriften nichts über Kaiserin Teishis Qualen zu finden sei, seufzte sie und blickte auf die Berge hinaus.

«Ich hatte eigentlich gar nicht vor, meine Notizen zu einem größeren Werk zusammenzustellen», sagte sie schließlich. «Wie Sie gewiss bemerkt haben, sind es einfach Beobachtungen über alltägliche Dinge. Aber dann fiel mir eines Tages ein Stapel Papier in die Hände, und ich konnte einfach nicht widerstehen. Korechika hatte der Kaiserin einen Stapel Hefte gebracht, und weil sie für offizielle Dinge nicht benötigt wurden, gab sie sie mir. ‹Nutzen Sie dieses Papier, um Ihre Notizen in ein Kopfkissenbuch zusammenzustellen›, sagte die Kaiserin zu mir. Als ich erst einmal zu schreiben begonnen hatte, konnte ich dann nicht mehr aufhören. Ich weiß nicht, wie es Ihnen mit Ihren Genji-Abenteuern geht», fragte Shōnagon. «Aber ich könnte mir vorstellen, dass die Geschichten auch von Ihnen Besitz ergreifen und Sie sie einfach zu Papier bringen müssen.»

Ich lächelte. Sie hatte dieses Gefühl sehr treffend beschrieben.

«Und dann», fuhr Shōnagon fort, «verschlechterte sich das Karma meiner Kaiserin. Wenige Tage vor ihrem Tode rief mich Teishi zu sich, sie war schwanger und fühlte sich höchst unwohl. Nur die Beschreibungen unserer Poesieausflüge, die Spiele, die Listen von Dingen, die uns gefielen, könnten sie noch trösten, sagte sie. Die Zeit der Regentschaft ihres Vaters sei so schön gewesen, sagte sie wehmütig. So beschloss ich, mein Kopfkissenbuch solle ein Tribut an die Welt von Kaiserin Teishi sein. Es sollte nicht von den Schwierigkeiten verdunkelt werden, die ihr – mit Verlaub – schrecklicher Michinaga sie durchleiden ließ. Ich ordnete die Geschichten bewusst nicht, ließ sie als Sammlung zufälliger Betrachtungen stehen. Hätte ich versucht, das Ganze chronologisch zu ordnen, wären die Lücken zu offensichtlich gewesen. Können Sie sich vorstellen, dass man früher kritisiert hat, meine Beschreibungen von Michinaga seien viel zu wohlwollend?»

«Sie haben mit Ihrem Genji einen anderen Weg eingeschlagen», fuhr sie fort. «Wissen Sie, ich kann verstehen, warum Michinaga Sie im Gefolge seiner Tochter haben wollte. Ich vermute, er möchte Sie im Auge behalten können. Als ich Ihre Geschichten über Genjis Exil gelesen habe, musste ich an Korechika, den Bruder meiner lieben Herrin, denken. Die Vorstellung, wie er sich an diesen wilden Stränden nach seinen Lieben in der Hauptstadt sehnte, hat mich zu Tränen gerührt.»

Shōnagon nahm sich eine Schale mit Reis und Bohnen in Sirup.

«Bitte entschuldigen Sie», sagte sie. «Essen ist ein Luxus, den ich früher immer für selbstverständlich genommen habe.»

Sie hatte den ganzen Tag noch nichts gegessen.

«Wenn es nichts zu essen gibt, so denke ich auch nicht daran. Aber wenn etwas auf dem Tisch steht, bekomme ich plötzlich großen Hunger. Und wenn ich mich so mit Ihnen unterhalte», sagte sie zwischen großen Bissen, «so fühlt sich das an wie in alten Zeiten. Heute sehe ich vieles ganz anders. Ist es nicht seltsam – im Rückblick sind die vielen Stunden, die wir Palastdamen in unseren Räumen mit Reden, Essen und Klagen über die Langeweile verbracht haben, die Zeit, nach der ich mich am meisten sehne.» Sie blickte mich an und lachte. «Die verschiedenen Männer, mit denen wir flirten konnten, waren natürlich das Beste. Allerdings habe ich nie jemanden wie Ihren Prinzen Genji getroffen – wirklich schade!»

«Nicht einmal Korechika?», fragte ich. Seit ich ihr *Kopfkissenbuch* gelesen hatte, ging mir die Frage nicht aus dem Kopf, ob die beiden einander nahe gekommen waren.

Shōnagon lächelte. «Er war sehr lieb, ja. So gut aussehend und gescheit. Von allen Männern, die ich getroffen habe, kam er Genji wohl am nächsten. Aber Genjis Einfühlungsvermögen, vor allem für Frauen, fehlte ihm.»

Sie leckte den letzten Tropfen Sirup von ihrem Stäbchen und legte sie ordentlich auf die Schale.

«Männer können abscheulich sein, wie Sie wohl wissen.»

Während ich Shōnagon zuhörte, fiel mir auf, dass sie genauso spontan sprach, wie sie schrieb. Mit sachlicher Stimme erzählte sie weiter:

«Ist ein Mann nicht sensibel, so können dumme Kleinigkeiten ein schönes Treffen zerstören», sagte sie. «Wenn ein Mann zum Beispiel in der Morgendämmerung sofort aufspringt und anfängt, nach seinem Fächer und seinen Unterlagen zu suchen. Es scheint ihn in erster Linie zu interessieren, ob die Bänder seiner Kappe ordentlich gebunden sind, und man selbst liegt da und fühlt sich vollkommen vergessen und verstoßen. Ist das nicht fürchterlich? Ich bin sicher, Genji würde eine Dame niemals auf diese Art verlassen. Genji weiß, dass eine Dame es schätzt, wenn der Mann am Morgen nur widerwillig geht. Es ist wunderbar, wie er die Zeit verstreichen lässt, bis es schon fast hell ist, und die Dame sich sogar gezwungen sieht, ihn hinauszukomplimentieren, um ihren Ruf nicht zu gefährden.»

Ich lächelte darüber, wie freizügig Shōnagon über die Dinge sprechen konnte. Durch ihre Art zu erzählen, bekamen die unbedeutendsten Dinge große Bedeutung. Ich konnte sie mir bei Hof gut vorstellen. Für sie wurde alles zu einer Bühne, auf der sie eine Rolle übernahm. In ihren Erzählungen verwandelten sich gewöhnliche Ereignisse zu Dramen, in denen sie eine Figur spielte. Selbst als Verstoßene war Shōnagon noch wie ein Schmetterling, der von einem Thema zum nächsten flatterte, während ich mir vorkam wie eine Raupe, die, im Schatten versteckt, ihre Erfahrungen langsam verdaut, um sie geruhsam in etwas anderes zu verwandeln. Plötzlich brach sie ab.

«Ich merke, dass sie mich verachten», sagte sie ruhig. Sie hatte mein Lächeln falsch verstanden. Ich erschrak.

«Das stimmt nicht», versicherte ich ihr. «Aber Ihre Freiheit ist für jemanden wie mich geradezu schwindelerregend.»

«Das stimmt, ich habe keine Bindungen mehr», stellte sie fest und legte ihre Stäbchen sorgfältig vor die leere kleine

Schale. «Ich verstehe Ihre Situation vollkommen, und vielleicht werden Sie die meine eines Tages auch verstehen. Es gab eine Zeit, in der mir die Regeln der Hofgesellschaft alles bedeuteten, und ich hätte jeden verachtet, der sie aus irgendeinem Grund übertreten hätte. Nun werde ich selbst für meinen Stolz in jenen Tagen mit ausreichend Verachtung gestraft.»

«Hören Sie», fuhr sie fort und berührte mich mit ihren dünnen Fingern am Ärmel. «Einst kam eine alte Nonne in die Kapelle, wo meine Herrin ihre Huldigungen vollzog. Wie ein Hund schlich sie herum und wartete darauf, dass sie von dem Reis und den Früchten, die ausgelegt waren, stibitzen konnte. Wie wir Damen uns über sie lustig machten! Nicht eine von uns dachte auch nur einen Moment daran, wie bemitleidenswert sie in ihrem Hunger war. Damals wäre es mir gar nicht in den Sinn gekommen, dass ich einmal in einer ähnlichen Situation sein könnte.»

Ihre Worte stimmten mich nachdenklich. Dies konnte fast nicht die Frau sein, die das muntere, schelmische *Kopfkissenbuch* geschrieben hatte. Nachdem sie fort war, fiel mir ein, dass ich sie gar nicht gefragt hatte, ob sie noch schrieb.

Der Goldbaldrian steht in Blüte

Ominaeshi Sakari

Der Herbst war schon beinahe vorüber, als die Kaiserin plötzlich beschloss, ihre Mutter zu besuchen, um die herbstliche Pracht der Blätter zu bewundern, für die das Tsuchimikado-Haus berühmt war. Sie wählte eine Gruppe Damen aus, die sie begleiten sollten, ich war auch dabei. So bekäme ich zumindest die Möglichkeit, jenen Ort zu sehen, von dem mein Vater so häufig gesprochen hatte. Einige Damen fühlten sich übergangen, weil sie nicht zur Gefolgschaft gehörten. Sie waren neidisch und machten sicher schnippische Bemerkungen über mich. Die Kaiserin genoss meine Gesellschaft, was rasende Eifersucht auslöste. Früher wäre ich am Boden zerstört gewesen über ihre ungerechten, bösen Worte, aber inzwischen hatte ich mich damit abgefunden, dass ich niemals allen gefallen konnte. Einige Menschen würden sich immer übergangen fühlen. Dass sie ihren Groll ausgerechnet gegen mich richteten, war allein der Tatsache zuzuschreiben, dass ich noch neu war.

Als es kälter wurde, leuchteten die Herbstfarben noch kräftiger. Begeistert blickte ich in den Garten. Er war so wunderschön, wie Vater ihn beschrieben hatte. Michinaga benahm sich hier zurückhaltender als im Palast. Vermutlich weil dies das Haus seiner Frau war, verzichtete er darauf, Shōshis Damen mit seiner üblichen Hingabe zu bedenken.

Seit kurzer Zeit begeisterte sich die Kaiserin dafür, Räuchermischungen zusammenzustellen. Natürlich wusste sie selbst schon viel über das Düftemischen, aber jemand musste ihr von meinem Interesse an Duftmischungen erzählt haben. Unser gemeinsamer Vorfahr Fuyutsugu hatte Prinz Kaya dabei geholfen, die sechs klassischen Räuchermischungen zu entwickeln, und Shōshi glaubte, ich hätte vielleicht geheimes Wissen über diese alten Mischungen. Es hatte keinen Sinn, Bescheidenheit vorzutäuschen. Ich hatte von meinem Urgroßvater und meinem Vater tatsächlich verschiedene Rezepte für alle sechs Räuchermischungen geerbt und freute mich darauf, sie zum Wohlgefallen Ihrer Majestät zusammenzustellen. Sie stellte mir Assistentinnen sowie sämtliche nötigen Zutaten zu Verfügung. Ich war froh, Hilfe zu haben, denn vor allem für meine Variante des *kurobō*-Duftes, musste die Paste dreitausend Mal mit dem Stößel bearbeitet werden.

In jenem Winter beschloss die Kaiserin auf Drängen ihrer Mutter, einen Wettbewerb für Räuchermischungen abzuhalten. Rinshi war sehr geschickt im Mischen und wollte ihre eigenen Düfte zum Wettbewerb beisteuern. Ich vermutete, dass sie sogar geheime Rezepte aus der Zeit des Kaisers Ninmyō besaß, denn ich hatte gehört, dass ihre Rezepturen über Generationen von Frauen weitergegeben worden waren – die Rezepte durften nicht in Männerhände fallen. Ich war begierig, von diesen Duftmischungen zu erfahren*, und fühlte mich gleichzeitig herausgefordert, meine eigenen Mischungen zum Besten zu geben.

Rinshi misstraute allen Frauen, die ihr Mann auf irgend-

---

* Sowohl im Chinesischen wie im Japanischen wird das Verb «erfahren» (Japan. kiku) gebraucht, um Geruchseindrücke zu schildern, die durch den Duft der Mischungen entstehen.

eine Art bevorzugte. Es war ihr nicht entgangen, dass Michinaga mich häufiger zu sich rief, um über Genji zu sprechen. Ich wollte es eigentlich vermeiden, mit ihr in irgendeine Art von Konkurrenz zu treten, aber da die Kaiserin diesen Wettbewerb persönlich gewünscht hatte, musste ich mein Bestes geben.

Die nächsten zehn Tage waren wir im Tsuchimikado damit beschäftigt, alles vorzubereiten. Nachdem die Mischungen richtig zusammengestellt waren, wurden sie in Keramikgefäße gefüllt und mit Ölpapier versiegelt. Wir vergruben die Gefäße so tief in der Erde wie Blumenzwiebeln. Am besten war es, sie in der Nähe von fließendem Wasser einzugraben, was bei den vielen Bächen im Tsuchimikado-Garten nicht schwer war. Bis zum Beginn des elften Monats konnten die Mischungen reifen, dann wären sie gerade rechtzeitig zum Wettbewerb fertig. Ich entschied mich für drei der sechs Düfte Fuyutsugus: ein *baika* (Pflaumenblüten) für den Frühling, ein *jijū* (Kammerherr) für den Herbst, ein *kurobō* (Schwärze) für Winter:

Nach folgendem Rezept stellte ich die Pflaumenblüten-Mischung her:

Zutaten

Aloeholz * *408 Gramm*	*Sandelholz 30 Gramm*
Muschelschalen 168 Gramm	*Muskatnuss 12 Gramm*
Nelken 120 Gramm	*Bernstein 12 Gramm*
Narde 12 Gramm	

* In moderne Maßeinheiten umgerechnet. Aloeholz (oder Paradiesholz) ist ein hartes tropisches Holz, das eine so hohe spezifische Dichte aufweist, dass es im Wasser sinkt. Aus diesem Grund wird es im Japanischen *jinkō*, «sinkender Duft», genannt.

Man mische Aloeholz und Nelken und zerstampfe sie in einem eisernen Mörser. Dann füge man die Muschelschalen und das Sandelholz bei und vermenge alles. Sodann Bernstein und Narde hinzugeben und kräftig durchrühren. Schließlich gibt man noch das Muskat zu. Das Pulver mit dem Fruchtfleisch von zwanzig reifen Pflaumen und genügend Honig vermengen, bis die Paste eine gute Konsistenz hat, dann fünfhundert Mal stampfen. Wenn alles gut vermischt ist, aus der Masse drosseleiergroße Kugeln formen und diese in alte Keramikgefäße legen (sie sollten nicht neu sein). Das Gefäß für einen guten Monat in der Erde vergraben. Die Duftmischung dann sofort verbrauchen. Die Essenzen verflüchtigen sich, sobald sie mit Luft in Berührung kommen.

Und so lautete mein Rezept für die *kurobō*-Mischung:

Zutaten

Aloeholz 204 Gramm	*Frankincense 48 Gramm*
Nelken 96 Gramm	*Sandelholz 12 Gramm*
Muschelschalen 96 Gramm	*Muskatnuss 12 Gramm*
Bernstein 12 Gramm	

Alle Zutaten mit Ausnahme der Muschelschalen in einem Mörser vermischen und Honig hinzufügen. Das Ganze dreitausend Mal stampfen. Die Muschelschalen anwärmen und der Mischung beifügen. Honig unterziehen. Die Mischung sollte eine gelbschwarze Farbe annehmen und nicht zu dunkel werden. Große Kugeln formen und in Keramikgefäßen vergraben. Diese Mischung braucht vielleicht etwas länger, um zu reifen, das hängt vom Wetter ab.

Mir war unwohl dabei, diese Mischungen im Tsuchimikado-Haus zu lassen, als wir in den Palast zurückkehrten. Aber wie hätte ich der Kaiserin das erklären sollen? Nicht dass ich ihrer Mutter nicht vertraute, aber für eine der übereifrigen Dienerinnen von Rinshi wäre es ein Kinderspiel gewesen, sich an unseren Gefäßen zu schaffen zu machen. Ich beschloss, von jedem Duft eine Probe nach Hause schicken zu lassen, und bat Vater, sie für alle Fälle in meinem Garten zu vergraben.

Im Tsuchimikado-Haus lag mein Zimmer am obersten Ende des Gangs. Von hier aus hatte ich einen wunderbaren Blick auf den Garten, wenn die Jalousien aufgerollt waren. Eines Morgens stand ich früh auf, öffnete die Klappfenster und sah leichten Herbstnebel über den Garten kriechen, der Tau benetzte die Gräser. Ich genoss diese ruhige Stimmung, als ich plötzlich eine vertraute Stimme hörte, die den Dienern befahl, den Bach von Zweigen zu reinigen, die das Wasser stauten. Plötzlich trat Michinaga hinter der Brücke hervor. Er steuerte auf ein großes Beet Goldbaldrian am südlichen Rand zu. Ich sah, wie er seine Hand ausstreckte, eine einzige Blume pflückte, sich dann umdrehte und zum Gebäude zurück ging. Ich hoffte, unbemerkt geblieben zu sein, aber ich hatte kein Glück – er warf die zart duftende, gelbgrüne Blüte über die Stellwand direkt in mein Zimmer.

«Geben Sie sie nicht ohne ein Gedicht zurück!», sagte er.

Während Michinaga sich schon zu dieser frühen Stunde perfekt angekleidet hatte, war ich aufgestanden, um mir den Garten anzuschauen, ohne mich um meine Toilette zu kümmern. Es war mir sehr peinlich, so unordentlich erwischt zu werden, sodass ich mich schnell aus seinem Blickfeld zurückzog und nach meinem Papier und dem Tintenstein griff. Spätestens gegen Mittag würde das Gerede losgehen.

Aber nun musste mir zuerst einmal eine passende Antwort einfallen. Michinaga hatte mir eine einfache, schlichte Goldbaldrianblüte hineingeworfen, nichts, womit man prahlen konnte – aber das konnte man ja mit mir auch nicht. Dieser Gedanke brachte mich auf eine Idee und ich schrieb:

Ominaeshi   sakari no iro wo   miru kara ni   tsuyu no wakikeru   mi koso shirarure
Seh ich die Farbe des blühenden Goldbaldrian, so spüre ich, dass auch der Tau seine Günstlinge hat.

«Ziemlich scharfsinnig dafür, dass es noch so früh ist», bemerkte er, nachdem ich ihm das Gedicht über den Vorhangständer gereicht hatte.

Ich erkannte an seiner Stimme, dass er lächelte, als er mich um den Pinsel bat. Es war gerade noch genug Tinte daran, sodass er seine Antwort auf dasselbe Papier schreiben konnte. Er dichtete mit einer Schnelligkeit, die mich überraschte.

Shiratsuyu wa   wakite mo okaji   ominaeshi   kokoro kara ni ya   iro no somuramu
Nicht der glitzernde Tau ist wählerisch – es ist der Goldbaldrian, der jene Farbe wählt, nach der sein Herz begehrt. *

---

* In diesem Austausch ist Murasaki der Goldbaldrian, Michinaga der Tau. Das Wort *iro* (Farbe) kann auch sexuellen Reiz bedeuten – gerade in einem Gedicht, das zwischen Frau und Mann ausgetauscht wird. Murasaki meint, der Tau habe seine Vorlieben, weil er sich auf dem eher schlichten Goldbaldrian niederlässt. Michinaga antwortet spöttisch, dass es diesem Goldbaldrian frei stehe, mit welcher Farbe er sich färben möchte, bzw. zu lieben, wen er möchte.

Die letzte Zeile, nach der sein Herz begehrt, war charmant blass, da die Tinte beinahe zu Ende war. Michinaga erwartete keine Reaktion, und nachdem er gegangen war, saß ich noch lange wie in einem Traum da, das Stück Papier in meiner Hand. Dieser kleine Austausch war wirklich nicht schlecht. Ich fragte mich, ob Michinaga versuchte, Genji zu imitieren.

Die Kaiserin kehrte am Ersten des zehnten Monats, dem Beginn des Winters, in den Palast zurück. Da ich gerade unrein war, bat ich um einige freie Tage und ging nach Hause. Dieses Mal war meine Tochter nicht mehr so verzweifelt wie bei den früheren Malen. Sie hatte sich daran gewöhnt, dass ich zwar häufig fortgehen musste, aber nicht allzu lange fort blieb und immer wieder zurückkehrte. Vater hatte meine Gefäße mit den Räuchermischungen, wie ich ihn gebeten hatte, sorgfältig im Garten versteckt. Er freute sich bereits auf den nahenden Wettbewerb. Viele Menschen hatten davon gehört, und es würden vermutlich zahlreiche Zuschauer kommen. Ich setzte meine Hoffnungen auf meine *kurobō*-Mischung.

Ich nahm meine Pflichten im Palast wieder auf und half bei den Vorbereitungen. Der elfte Monat war hervorragend geeignet, um einen Räuchermischungen-Wettbewerb abzuhalten. Die kühle Luft bewegte sich kaum, und die Duftschwaden hingen lange in der Luft, als hätten sie sich in klebrigem Sirup verfangen. Unter diesen Umständen ließ sich auch die Nase nicht so leicht ablenken.

Meine Mischungen wurden zu meiner Erleichterung gut bewertet. Auch wenn Rinshi an meine Gefäße gegangen wäre, hätte ich nichts tun können. Ich hätte sie unmöglich mit den Ersatzkugeln von zu Hause austauschen können, ohne einen schlechten Eindruck zu machen. Ich erfuhr später, dass Michinaga einen seiner persönlichen Diener dazu bestellt hatte, auf meine Gefäße aufzupassen, damit nichts Unrechtes geschah. Dies war äußerst zuvorkommend von ihm, und ich nahm an, dass Rinshi, wenn sie von diesem besonderen Schutz erfahren hätte, vermutlich ziemlich wütend gewesen wäre.

Welches Karma brachte mich in meinem Alter in eine solche Situation?

Der Wettbewerb war jedenfalls ein großer Erfolg. Mein Pflaumenduft wurde als modern, hell und leicht herb kommentiert. Das freute mich besonders, da ich ein leicht verändertes Rezept ausprobiert hatte, in der Hoffnung, es wäre etwas weniger süß als die üblichen Mischungen. Meine Freundin Kerriarose hatte mich vermutlich mit ihren seltsamen Mischungen beeinflusst. Auch mein Kammerherr-Duft erhielt höchste Noten: «Intim, ohne aufdringlich zu wirken», lautete das Urteil der Juroren. Und dann gewann mein *kurobō* die höchste Auszeichnung, was ich kaum zu hoffen gewagt hatte. «Ruhig und elegant, einfach unvergleichlich», so die Bewertung.

Auch Rinshis geheimes *kurobō*-Rezept war außergewöhnlich, fand ich. Obwohl ich auf meinen *kurobō*-Duft sehr stolz war, hätte es mir ehrlich nichts ausgemacht, gegen ihre Mischung zu verlieren. Vielleicht wäre es sogar besser gewesen, wenn ich verloren hätte. Der Glanz meines Sieges war nur von kurzer Dauer, während die Feindseligkeit, die er heraufbeschwörte, wie Rauchschwaden hängen blieb.

Einige der Damen schlugen mir vor, ich solle einen Duftmischungs-Wettbewerb in eine Genji-Geschichte einflechten – Figuren könnten mit Mischungen antreten, die ihrem Charakter entsprächen. Es war eine interessante Idee. Ich hatte nach Inspirationen gesucht, um weiterzuschreiben. Michinaga erkundigte sich ständig, was ich in letzter Zeit geschrieben hätte. Ihm war klar, dass Ichijō Shōshis Gemächer besuchen würde, wenn eine neue Episode von Genji vorläge.

Dem Kaiser hatte Genjis Intermezzo mit der Akashi-Dame während seines selbst auferlegten Exils in Suma gefallen, also ließ ich Genji diese Dame zusammen mit dem kleinen Mädchen, das sie geboren hatte, in die Hauptstadt mitnehmen. Murasaki verzehrte sich vor Eifersucht und Sorge, weil Genji sich Tag für Tag davonschlich, um für die Dame ein altes Haus herzurichten, und nachts lag sie wach, wenn Genji nicht nach Hause kam.

Michinaga gefielen meine Geschichten. Trotzdem empfand ich es als schwierig, in den Frauengemächern des Palasts zu schreiben. Ich wurde ständig unterbrochen und verlor immer wieder den Faden. Zu Hause war es allerdings auch nicht einfacher, dort wurde ich ständig von meinem Kind abgelenkt. Ich konnte sie doch nicht zurückweisen, wenn ich so häufig fort war. Wenn ich also Zeit zum Schreiben haben wollte, vor allem um eine neue Geschichte anzufangen, musste ich mich für eine Weile an einen abgeschiedenen Ort zurückziehen. Michinaga verstand einfach nicht, wie wichtig die Einsamkeit für mich war.

Der letzte Monat des Jahres näherte sich, und Michinaga hatte mich noch vor dem Räuchermischungen-Wettbewerb das letzte Mal zu einer Privataudienz gerufen. Ich begann mich zu fragen, ob ich sein Missfallen erregt hatte. Vielleicht vernachlässigte er mich auch auf Rinshis Geheiß. Die Auszeichnungen für meine Duftmischungen brachten mir bei Hofe eine gewisse Aufmerksamkeit ein. Man begegnete mir mit einer Achtung, die ich früher vermisst hatte. Doch ich fühlte mich nicht wohl mit einer solch bevorzugten Behandlung, denn noch immer zog ich die Rolle der Beobachtenden jener der Beobachteten vor.

Es war nicht klug gewesen, mich mit meinen Düften so in den Vordergrund zu stellen. Doch was hätte ich tun sollen? Dieses Wissen war mir über Generationen weitergegeben worden, und ich musste all mein Können auf die richtigen Mischungen verwenden. Manchmal hatte ich das Gefühl, mein Karma befände sich im Krieg mit mir. Warum tat ich Dinge, die mir Ruhm einbrachten, während ich gleichzeitig innerlich vor der Aufmerksamkeit zurückschreckte, die dadurch entstand? Hatte ich vielleicht doch das Verlangen danach?

Ich schrieb noch immer am liebsten, wenn ich alleine war und vollkommen in Genjis Welt versinken konnte. Wenn ich dann wieder auftauchte, fiel es mir schwer, mich den Realitäten und Anforderungen des Alltags anzupassen. Genji musste nun so viele Erwartungen erfüllen. Und was war mit mir? Ich musste mir eingestehen, dass ich nach diesem früh-morgendlichen Zusammentreffen mit Michinaga in dem Garten in Tsuchimikado mehr erwartet hatte. Die Angelegenheit hatte mich aufgewühlt, aber schließlich musste ich einsehen, dass ich für ihn nur eine morgendliche Zerstreuung gewesen war. Mit seinem Versuch, sich wie mein Leuchtender Prinz zu verhalten, hatte er mich für sich eingenommen. Ich war seit einem Jahr am Hof. Die Zeit für eine Veränderung war gekommen.

Gras unter der Schneedecke

Yuki no Shita Kusa

Das neue Jahr begann, und ich spürte das Verlangen zu schreiben. Dass ich wieder bereit war, merkte ich immer daran, dass ich leicht reizbar wurde. An den Neujahrsfeierlichkeiten nahm ich der Form halber teil, dann zog ich mich in das Landhaus meiner verstorbenen Tante in den Bergen zurück. Zu dieser Jahreszeit war es dort oben wild und verlassen, was meiner Stimmung sehr entgegen kam. Ich fühlte eine seltsame innere Ruhe, wenn ich mich von der Gesellschaft entfernte. Am Zehnten des Monats klopfte ein Bote des Hofes an meine Tür und schreckte mich aus meiner Einsamkeit. Gab es denn keinen Ort, an dem ich ungestört war? Ich gab vor, in rituelle Zeremonien vertieft zu sein, und ließ eine meiner Dienerinnen die Botschaft entgegennehmen. Sie kam mit einem Brief in mein Zimmer zurück und meinte, der Bote bestehe darauf, eine Antwort mitzunehmen.

«Er ist halb erfroren und völlig verdreckt», sagte das Mädchen.

In Miyako hätte ich ihn trotzdem weggeschickt, aber da wir so weit von der Stadt entfernt waren, tat er mir Leid, und ich wies die Dienerin an, sie solle ihn mit Essen und heißem Wasser versorgen.

Sobald sie hinausgegangen war, öffnete ich den Umschlag aus dickem chinesischem Papier, der nach teurem Moschus duftete. Einzig die Bitte um ein Frühlingsgedicht fand ich darin. Das Ganze war nicht unterschrieben. Meine Herrin, die Kaiserin, hätte eine solche Bitte nicht geschickt, also vermutete ich, dass der Brief von Michinaga kam.

Monatelang hatte er mich nicht beachtet. War das nun seine Art, sich nach meinem Befinden zu erkundigen? Er wollte ein Gedicht über den Frühling? Ich schickte ihm die folgenden Worte:

Miyoshino wa   haru no keshiki ni   kasumedomo
musubohoretaru   yuki no shita   kusa
Selbst den Yoshino, berühmt für seinen verschneiten Gipfel, umspielen nun die zarten Frühlingsnebel, nur hier überzieht der triste Schnee noch immer das verfilzte Gras.

Ich schrieb das Gedicht mit wässriger Tinte auf ein blasses, erdfarbenes Papier, wodurch es sehr düster wirkte. In diesem Moment war es mir egal, vielleicht niemals in den Palast zurückgehen zu können. Ich freute mich darauf, in einigen Tagen in mein Haus an der Rokujo-Straße zurückzukehren.

Doch nachdem der Bote gegangen war, kam mir Tantes Haus sogar noch einsamer vor. Ich wusste, dass meine Diener unglücklich waren, zu dieser Jahreszeit hierher geschleppt worden zu sein. Sie waren unglücklich, dass sie die Neujahrsfeierlichkeiten in Miyako verpassten. Ich versuchte an meinen Schreibtisch zurückzukehren, aber der Duft von Michinagas Brief hing im Raum und hinderte mich daran, mich zu konzentrieren.

Zwei Tage später gab ich mich geschlagen und kehrte in Vaters Haus zurück. Hier hielt ich mich auch auf, als am Dreizehnten die neue Besetzung der Ämter verkündet wurde.

Überrascht vernahmen wir, dass mein Bruder Nobunori von einem niederen Schreiberposten in das Amt des Sechsten Sekretärs im Kriegsministerium befördert wurde. Ich hatte erwartet, dass er noch lange als Schreiber darben müsste. Dann fiel mir ein, dass die Beförderung meines Bruders ein Geschenk von Michinaga war. Ich errötete und war sicher, dass es auch anderen auffallen würde. Sogar Vater hob skeptisch die Augenbrauen, als die Beförderungen verkündigt wurden. Der Einzige, der davon ausging, aufgrund seiner Leistungen befördert zu werden, war vermutlich mein Bruder.

Für viele Menschen ist eine Beförderung ein wertvolleres Geschenk als ein Gedicht.

Ich war trotzdem noch nicht bereit, wieder meinen Dienst am Hof anzutreten. Solange ich dem Palast fern blieb, konnte ich mich konzentrieren. Es gibt kaum etwas Schrecklicheres, als mitten in einer Geschichte durch irgendwelche alltäglichen Dinge abgelenkt zu werden. Ich versuchte verschiedene Geschichten abzuschließen, in denen eine neue Figur in Genjis Leben trat. Meine Gefühle für Genji hatten sich nun, da ich unter Michinagas Schatten schrieb, langsam verändert. Ich täuschte mich vielleicht selbst mit dem Glauben, Michinaga wäre Genji ähnlicher geworden, in Wirklichkeit hatte sich jedoch Genji Michinaga angenähert.

Der Leuchtende Prinz hatte all seine Damen an einem Ort versammelt, wo jeder ein eigener Pavillon mit Garten zur Verfügung stand. Voll zärtlicher Erinnerungen an Nobutakas Liebe zu seinem Garten hatte ich diese ideale Villa auf dem Papier entworfen. Genji war der Schmetterling, der von einer Blüte zur nächsten tanzte. Gerade als Genjis Haus in Rokujō fertig war, meinte Saishō, Genji erinnere sie eher an eine Gartenspinne als an einen Schmetterling.

«Da sitzt er nun in der Mitte seines Netzes», führte sie aus, «und hat in jeder Ecke eine Dame eingesponnen.»

Ich lachte verlegen. Ich musste zugeben, dass Genji mittlerweile fast abstoßend wirkte. Irgendetwas musste ich tun, um an seinem gemütlichen Netz zu rütteln.

Genji sonnte sich in der Tugend, sich um sämtliche Damen zu kümmern, denen er je nahe gekommen war – besonders stolz war er, dass er auch so seltsame Damen wie die muffige Prinzessin mit der roten Nase aufgenommen hatte. Er lobte sich selbst dafür, sich um eine solche Kreatur zu kümmern, derer sich jeder andere schon längst entledigt hätte. Aufgrund meiner Besessenheit war Genji zu einer Karikatur seiner selbst verkommen. Seine Geliebten bevölkerten die Flügel und Pavillons zweier Häuser wie eine zusammengewürfelte Sammlung seltener und seltsamer Objekte.

Also erfand ich ein hübsches Mädchen namens Ruri. Sie war die Tochter Yūgaos, jener Dame mit dem Abendgesicht, die Genji in seiner Jugend so heftig, wenn auch kurz geliebt hatte. Wie gut, dass ich Kerriaroses Vorschlag gefolgt war und in Yūgaos Geschichte einen Hinweis auf ein Kind eingeflochten hatte. Nun könnte ich diesen Faden wieder aufnehmen. Auf gewisse Weise wurde auch diese Ruri zu einer versteckten Dame. Ich siedelte sie in einer südlichen Provinz an, wo sie bei der Familie ihrer Amme gelebt hatte. Mit der Hilfe dieser ihr treu ergebenen Amme floh sie nach Miyako zurück, um der Heirat mit einem barschen Provinzherrn zu entgehen.

Ich wusste inzwischen genau, was die Damen im Palast gerne lasen, und fügte diese Episode ein, um ihnen zu gefallen. Sosehr sie sich nach einem Mann mit der Zartheit und Sensibilität Genjis sehnten, konnten sie sich auch für einen kräftigen und energischen Mann begeistern, der seinen Willen durchsetzte. Umso besser, wenn die Heldin ihm schließlich entkam.

Durch die Kraft der Karmas ließ ich zwei Dienerinnen aufeinander treffen, die Amme der Tochter begegnet der alten Dienerin der Mutter, und durch diese beiden Frauen landet Ruri ins Genjis Netz. Ich freute mich darüber, wie sich mit dieser Geschichte ein Kreis schloss, den ich vor mehreren Jahren begonnen hatte. So mussten sich meine Leser darüber Gedanken machen,wie Genji sich verändert hatte.

Genji stellte Ruri in der Gesellschaft als seine lange verloren geglaubte Tochter vor, obwohl er genau wusste, dass er nicht ihr Vater war. Während er plante, die väterliche Rolle des Heiratsvermittlers zu übernehmen und sie verschiedenen Verehrern vorzustellen, wurden seine eigenen Gefühle geweckt. Lange Zeit zuvor war Genji als junger Mann in heftiger Leidenschaft für Yūgao entbrannt, und nun versuchte er als weltmännischer, lüsterner Minister in den besten Jahren, Ruri zu verführen.

Während ich an Ruris Geschichte arbeitete, flammte mein Interesse für mein Werk wieder auf. Ich benannte Ruri nach meiner vor langer Zeit verstorbenen Freundin, weil jene Szene, die sie mir einst geschildert hatte, in meine Geschichte einging. Genji plante die Schönheit seines neuen Schützlings vor ihren möglichen Verehrern zu inszenieren, indem er einen Schwarm Leuchtkäfer in ihrem Zimmer frei ließ – so wie es meine Cousine einst mit ihrer Schwester getan hatte. Das wussten meine Leserinnen nicht, und sie überzeugten mich später, dieser Figur einen poetischeren Namen zu geben, ich entschied mich für «Tamakazura», ein Name, der das Bild von zauberhaft schönem, edlem schwarzem Haar wachruft.

Beim Schreiben genoss ich es erstaunlicherweise, Genjis Liebesabsichten zu durchkreuzen.

Zu Hause strich ich in der kühlen Morgenluft das Bett glatt, das Kataka während der Nacht zerwühlt hatte. Ich deckte sie bis zu den Schultern zu und lag einige Minuten ganz nah bei ihr, nahm ihre Wärme in mir auf, bevor ich aufstand. Das Kind schien eine innere Wärme auszustrahlen. Wenn ich mit Saishō in unserem kleinen Raum im Palast ein Bett teilte, vergruben wir uns zitternd unter einem Berg Roben, wie ein Maulwurfspärchen, das sich in den Untergrund verzieht. Ich war so gerne mit meiner Tochter zusammen, und doch begann ich, meine Freundinnen im Palast zu vermissen. Ich hatte mich an dieses besondere Gefühl gewöhnt, das durch die Nähe zu Ihrer Majestät entstand. Obwohl ich ein sehr schwieriges Verhältnis zu ihrer Mutter hatte und mit ihrem Vater eine sehr verwickelte Beziehung unterhielt, behandelte mich die Kaiserin immer höflich und freundlich. Vater spürte mein schlechtes Gewissen, weil ich meine Pflichten vernachlässigte, und tat sein Bestes, um diese Regung noch zu verstärken. Schließlich gab ich seinem Drängen nach und kehrte in den Palast zurück.

Ich brachte der Kaiserin einen rot blühenden Pflaumenzweig aus meinem Garten zusammen mit diesem Gedicht als Geschenk*:

Mumoregi no   shita ni yatsururu   mume no hana   ka wo dani chirase   kumo no ue made
Sogar unter dem dunklen Sumpfholz gelang es euch Pflaumenblüten, eure Knospen strahlend zu entfalten, nun verströmt euren Duft auch hier über den Wolken.

* Murasaki weist auf den Kontrast hin zwischen ihrem eigenen bescheidenen Haushalt (unter dem Sumpfholz – eine Metapher dafür, in Dunkelheit zu leben) und der Kaiserin, die über den Wolken lebt, ein konventionelles Bild für den Palast. Die Pflaumenblüten überwinden diese Kluft mit ihrem Duft.

Ich war seit zwei Tagen wieder im Palast, als ich zu Michinaga gerufen wurde. Wir hatten seit meinem griesgrämigen Gedicht über das verfilzte Gras unter dem Schnee nichts mehr voneinander gehört, und ich wusste nicht, was mich erwartete.

Es war schon recht spät, als ich mich auf den Weg durch die dunklen Gänge zu den Kammern machte, wo ich ihn treffen sollte. Ich hatte viel Zeit damit verbracht, meine Augenbrauen zu zupfen und mein Gesicht zu pudern und trug eine neue Kollektion gefütterter Roben. Sie waren in Rosa-, Grün- und Weißtönen gehalten und wurden «Jenseits des Schnees» genannt – ich hatte sie von Ihrer Majestät zum neuen Jahr bekommen. Darüber hatte ich meine steife gefältelte Schleppe mit dem silbernen Muster aus Weinreben gebunden. Außerdem trug ich meine förmliche chinesische Jacke.

Als ich mich Michinagas Gemächern näherte, konnte ich leise Männerstimmen hören, also verlangsamte ich meine Schritte und wartete eine Stunde, bis die Männer gegangen waren. Endlich näherte ich mich und wurde von einem Diener vorgelassen, der einen Vorhangständer zur Seite schob, um mich hereinzulassen. Ich saß neben dem verhüllten Podium und konnte hören, wie Michinaga auf und ab ging, schnell ordnete ich die geschichteten Säume meiner Röcke hinter dem Wandschirm: zuerst das Grün meiner untersten Robe, die am weitesten auslag, dann die drei Rosatöne, die so kunstvoll gefärbt waren, dass sie im Schein der Lampe wie Blumenblätter schimmerten, und dann die beiden obersten Schichten in Weiß, die alles so leicht wie eine Schneedecke umhüllten. Plötzlich teilten sich die Vorhänge, und Michinaga kam etwas unsicher heraus, er summte vor sich hin. Er schien überrascht, mich dort sitzen zu sehen. Vielleicht hatte er vergessen, dass er mich hatte rufen lassen.

«Warum so förmlich?», bemerkte er, mit Blick auf mein Kleid und meine Haltung.

Ich verbeugte mich tief und überbrachte zeremonielle Grüße zum neuen Jahr. Der zweite Monat war zwar bereits angebrochen, doch wir hatten uns seit Beginn des Jahres noch nicht gesehen.

«Ja, ja, wieder ein Jahr.» Er nahm meine Verbeugung zur Kenntnis. «Wenn es einfach ein gewöhnliches neues Jahr wäre.»

Er seufzte. Verwirrt richtete ich mich wieder auf.

«Der Tod», sagte er voller Schmerzen.

«Entschuldigung?»

«Zweiundvierzig», wiederholte er. «Dies ist der Beginn meines zweiundvierzigsten Lebensjahrs. * Ich habe das Gefühl, mein Ziel liegt in Reichweite, wenn ich nur dieses gefährliche Jahr überstehe. Ich habe von einem kaiserlichen Enkel geträumt und glaube, er wird schon bald geboren werden. Ich muss überleben, um diese zarte Pflanze zu nähren.»

Mir fiel auf, dass sein Haar sich lichtete, und im flackernden Licht der Öllampe wirkte die Haut unter seinen Augen beinahe violett. Dies war nicht der strahlend selbstbewusste Michinaga, den ich kannte. Aber dann hellte seine Stimmung wieder auf, und er sagte eher beiläufig:

«Ich habe übrigens seit Neujahr keinen Damenbesuch mehr gehabt.»

Ich fragte mich, ob dies eine Erklärung sein sollte, warum er auch mich nicht hatte rufen lassen.

Michinaga erzählte mir, er habe die Vorbereitungen für

---

* Das Wort Zweiundvierzig (shini) klingt wie das Wort für Tod, aus diesem Grund glaubte man, dieses Lebensjahr sei von bösen Omen bestimmt und gefährlich.

eine Pilgerfahrt zum heiligen Gipfel des Kimbusen zu Ehren von Zaō Gongen begonnen.

Das erklärte sein Verhalten. Um sich dieser mächtigen Gottheit zu nähern, musste man einen Zustand der Reinheit erreichen. Hundert Tage lang würde er kein Fleisch essen, keine Frauen berühren (was schwierig war für ihn), keinen Sake trinken (noch schwieriger) und jeder Art der Verunreinigung entsagen. Falls der Gott zufrieden wäre, würde er ihn vor Krankheiten und Katastrophen beschützen und ihm ein langes Leben und blühende Nachkommen versprechen.

«Sehen Sie hier», sagte Michinaga und schob den Vorhang vor dem Podium zurück.

Ich konnte in einen spartanisch möblierten Raum sehen, mit einem niederen Schreibtisch und einem Bücherregal. Michinaga zeigte auf einen Stapel Papiere.

«Mantras», sagte er. «Die habe ich alle in den letzten fünf Tagen abgeschrieben.»

Es war ein beeindruckender Stapel – typisch für Michinaga. Was er sich in den Kopf gesetzt hatte, verfolgte er mit eiserner Konzentration. Ich dachte sofort, dass sich Zaō Gongen auf einiges gefasst machen konnte, er hatte bestimmt noch niemals einen Gläubigen wie Michinaga getroffen.

Der Regent bat mich einzutreten, und da ich wusste, dass er seine Reinheit nicht beschmutzen durfte, folgte ich ihm in der Annahme, er wolle mir seine Kalligraphie zeigen. Dann fiel mein Blick auf ein Tablett mit Trinkbechern, das in der Ecke stand. Michinaga bemerkte meine Überraschung und lächelte.

«Meine Freunde haben mich heute Abend davon überzeugt, dass es besser wäre, meine Reinheitsanstrengungen im Moment aufzugeben und die rituelle Absonderung im fünften Monat wieder aufzunehmen. So werde ich genau dann zu meiner Pilgerreise aufbrechen, wenn die Laubfärbung am Heiligen Berg in voller Pracht steht.»

«Oh», antwortete ich ziemlich nervös. «Also müssen sie sich bis dahin nicht beim Trinken und in anderen Dingen zurückhalten?»

«Ich fürchte nicht», sagte er heiter. «Und so bin ich neugierig darauf, was ‹unter dem Schnee› liegt.»

«Wegen des Gedichts …», begann ich.

«Nein, nicht das Gedicht», unterbrach er mich und zupfte an meinen Ärmeln.

Und da verstand ich, dass er auf die Farbe meiner Kleider angespielt hatte. Michinaga mochte nicht Genji sein, aber ich musste doch zugeben, dass er geschickt war. Rinshi wusste vermutlich noch nicht, dass er seine Pläne geändert hatte, und war noch immer im Glauben, ihr Mann lebe enthaltsam. Das erklärte vielleicht seine Ausgelassenheit – neben der Tatsache, dass er seit Anfang des Jahres nicht mehr mit einer Frau zusammen gewesen war.

Kirschblüten sammeln

Sakuragari

1

Ich hatte mich inzwischen besser an den Rhythmus des Palastlebens gewöhnt. Selbst der Dienst bei der Kaiserin verlor mit der Routine seinen einschüchternden Glanz. Je besser ich die anderen Palastdamen kennen lernte, umso mehr verstand ich, dass sie wie alle Menschen ihre guten und schlechten Seiten hatten. Diese Welt schien nur von außen so makellos. Und trotzdem gibt es Momente, die in meiner Erinnerung als besonders glanzvoll herausstechen.

Eines sonnigen Tages im dritten Monat spazierte ich gerade mit einer jungen Frau namens Kodayū durch den Garten, als wir vor dem Palast aufgeregte Stimmen hörten. Wir schauten nach, was los war, und erfuhren, dass ein Bote aus der alten Hauptstadt Nara einen prächtigen Zweig mit gefüllten Kirschblüten gebracht hatte. Michinaga beobachtete die farbenprächtige Szene sichtlich zufrieden. Als er uns sah, winkte er uns heran:

«Eine von Ihnen sollte diese Kirschblüten Ihrer Majestät bringen», befahl er uns.

Ich überließ Kodayū diese Ehre. Sie komponierte das folgende Gedicht, das sie mit den Blüten schickte:

Inishie no   Nara no miyako no   yaezakura   Kyō kokonoe ni nioinuru kana

Die doppelblütigen Kirschen des alten Nara beweisen ihre Blütenpracht heute im kaiserlichen Palast.

Da wir in offizieller Mission unterwegs waren, nahmen wir den entsprechenden Weg und wurden in Kaiserin Shōshis Residenz angekündigt. Sie war hoch erfreut über die Kirschblüten und bat mich, eine Antwort zu verfassen, was ich tat.

Kokonoe ni   niou wo mireba   sakuragari   kasanete kitaru
haru no sakari ka
Dem Duft der prallen Kirschen folgen wir hinein in den Palast. Sie künden eine frohe Botschaft, das Frühjahr strahlt in vollster Pracht.

Die Kaiserin war zwanzig Jahre alt, und ihre Schönheit strahlte so vollkommen wie die üppigen tiefrosaroten Kirschblüten. In diesem vollkommenen Bild fehlte nur ein Detail – warum wurde Shōshi nicht schwanger?

Es kam immer häufiger vor, dass Ihre Majestät mich bat, ein Gedicht zu schreiben, wenn die Situation es verlangte. Sie waren nicht alle von herausragender Qualität, manchmal war es jedoch wichtiger, schnell zu sein. Am Tag des Kamo-Festivals versammelten wir uns beispielsweise alle um Yorimune, den jüngeren Bruder der Kaiserin, den man als kaiserlichen Boten für das Fest ausgewählt hatte. Ihre Majestät beschloss, dass wir ihm einen Kranz aus Bergkirschen überreichen sollten, und bat mich wie üblich das Gedicht dazu zu verfassen. Ich hatte keinen außergewöhnlichen Einfall, aber ich schrieb meine Worte direkt auf die Blätter des Kranzes:

Kamiyo ni wa   ari mo ya shikemu   yamazakura   kyō no
kazashi ni   oreru tameshi wa

War es so schon zu Zeiten der Götter? Geschmückt mit
üppigen Bergkirschen machte sich der Bote auf seinen Weg.

Die Wirkung war originell, und es schien niemanden zu
stören, dass das Gedicht eher schlicht war.

Michinaga begann im fünften Monat enthaltsam zu leben.
Eine ernste Stimmung legte sich über den Palast, niemand
getraute sich, fröhlich und ausgelassen zu sein, während der
Regent sich jeglicher Freuden enthielt. Die Monsunregen
dämpften die Stimmung noch zusätzlich. Dainagon, Hofdame im Amt für kaiserliche Bekleidung, fiel in eine tiefe
Niedergeschlagenheit. Ich war zu jener Zeit nicht eine ihrer
engsten Vertrauten, aber es war offensichtlich, dass ihre Qualen nicht nur durch die übliche Melancholie während des Regens erklärt werden konnten. Sie war zerstreut und machte
Fehler, wenn sie Seidenballen anforderte. Es kam vor, dass sie
eine Gruppe Damen anleitete, die Säume stärkten, und plötzlich in Tränen ausbrach und aus dem Zimmer rannte. Die
Klatschgeschichten flatterten durch die Palastgänge wie die
Motten aus einem alten Wandschrank. Dainagon war eine
von Michinagas Lieblingsfrauen gewesen, aber er schien sie
lange Zeit nicht mehr zu sich gerufen haben. Es war immer
eine pikante Situation gewesen, da Rinshi ihre Tante war.
Manch einer vermutete, dass diese Tatsache sie vor Rinshis
Zorn schützte, aber andere meinten, sie bekäme ihn im Gegenteil viel heftiger zu spüren. Ich vermutete, dass diese ständige Belastung schließlich zu viel geworden war.
Eines Morgens lag die Dame Dainagon in ihrem Zimmer
und war nicht dazu in der Lage aufzustehen. Als die Kaiserin
davon erfuhr, machte sie sich große Sorgen und rief Ärzte
und Priester. Sie unterhielten sich flüsternd miteinander,

diagnostizierten dann einen bösen Geist und verschrieben ihr einen Exorzismus. Ich schloss mich der Gruppe Frauen an, die daran teilnehmen sollten.

Die Dame Dainagon war mittlerweile aus dem Palast nach Hause zurückgekehrt, also machten wir uns in zwei Wagen zum Anwesen ihrer Familie auf, wo die Behandlung stattfinden sollte. Der Kalender versprach keinen günstigen Reisetag, und tatsächlich war das Wetter regnerisch und unangenehm. Mit vier Damen in einem Wagen war die Feuchtigkeit beinahe unerträglich – vor allem als die Sonne durch die Wolken brach und die Pfützen auf der Straße in Dampf verwandelte.

Als wir bei der Dame Dainagon ankamen, hatte es aufgehört zu regnen. Von den wehenden Blättern der Weide am Kanal beim Tor spritzten Regentropfen herab. Spatzen hüpften schwatzend von Zweig zu Zweig und ließen die glitzernden Tropfen herabrieseln. Mir blieb kaum Zeit, den Garten näher anzuschauen, da wir direkt in die Haupthalle geleitet wurden. Dort lag die Patientin auf einem Podium, umgeben von Stellwänden, umhüllt vom Duft gerösteter Mohnsamen. Der Exorzist, ein älterer Mönch, der in diesen Dingen erfahren war, sowie sein Assistent hatten ihre Plätze bereits eingenommen. Sobald wir alle saßen, begann er leise zu singen. Das Medium, das den Geist aufnehmen und ihm eine Stimme verleihen würde, war eine dünne, junge Frau mit breitem Mund. Mit den Fingern umklammerte sie die Knie ihrer rostroten Hosen, die Augen hielt sie geschlossen. Sie wippte leicht hin und her, schien die Worte des Gesanges in sich aufzunehmen. Wir mussten nicht lange warten, bis der Geist erschien.

Als Reaktion auf die tiefen Töne vom Mantra des Priesters begann sich die Dame Dainagon zu winden und zu stöhnen, was überhaupt nicht ihrer sanften und würdigen Art entsprach. Plötzlich setzte sie sich auf und wollte nach der Luft greifen. Ihre Augen starrten ins Leere, und sie murmelte mit rauer Stimme unverständliche Worte. Der Priester sang noch lauter, rieb seine Perlen energisch in ihre Richtung, der Schweiß stand ihm auf der Stirn, und auch auf den Kragen seiner Roben begann sich ein dunkler, feuchter Rand abzuzeichnen. Das Medium wiegte sich weiterhin, aber der böse Geist klammerte sich hartnäckig an die Dame Dainagon. Sie setzten ihre Anstrengungen scheinbar endlos fort, während wir voller Mitgefühl für unsere Freundin die Hände rangen. Kodayū flüsterte, sie hoffe, der Geist werde schon bald auf das Medium übergehen.

In diesem Moment stieß das Medium einen markerschütternden, schrillen Schrei aus, der uns alle aufspringen ließ. Mir zog sich der Magen zusammen, so gespenstisch klang ihr Gebrüll. Aber die Dame Dainagon schien sich zu beruhigen, kaum dass das Medium anfing, mit den Armen um sich zu schlagen und herumzukreischen. Angesichts dieses Erfolgs verstärkte der Priester seine Anstrengungen noch, um den Geist aus der Dame Dainagon herauszuziehen und in das Mädchen zu überführen. Nun erhob sich das Mädchen vom Boden, und während es seinen Kopf von einer auf die andere Seite warf, begann es durch den Raum zu laufen und stieß noch immer unmenschliches Geschrei aus.

Der Priester wollte den Geist zwingen, sich zu erkennen zu geben. Als Antwort auf diese Forderung zog das Medium die Augenbrauen mit den Fingern nach oben, und ihr breiter Mund verzerrte sich zu einer Grimasse. Der Widerstand des Geistes war grausam, und wir waren kaum noch in der Lage zuzusehen. Das Mädchen flitzte umher und schrie, stellte sich schließlich vor den Priester und ließ langsam eine Seite ihrer Robe über die Schulter fallen. So stand sie da, die Haare wild zerzaust, den Oberkörper halb entblößt, und zitterte. Dann sprach der Geist mit leiser, atemloser Stimme. Wir strengten uns an, ihre Worte zu verstehen. Ich glaubte, «Dame des Schlafgemachs» gehört zu haben, was jede Dame hätte sein können, lebendig oder tot. Andere verstanden andere Namen, aber wir konnten uns darauf einigen, dass der Geist eine Dame von gewissem Rang sein musste. Was ihm Kummer bereitete, wollte der Exorzist wissen. Das Medium ließ langsam den Kopf von vorne nach hinten fallen und murmelte etwas, das für mich wie «brennendes Herz» klang. Der Priester veränderte nun den Tonfall und ermahnte den Geist, er solle seinen unheilvollen Griff auf die Welt der Lebenden nun wieder lösen und bei Buddha seinen Frieden suchen. Inzwischen hatte die Dame Dainagon das Bewusstsein verloren, und das dünne Mädchen war wieder zu Boden gestürzt, ihre zerbrechlichen Glieder zuckten nur noch leise. Endlich lockerte der Geist seinen Griff.

Auf dem Rückweg in den Palast musste ich ständig an das atemlose Schluchzen dieses unglücklichen Geistes zurückdenken. Es war schrecklich mitanzusehen, wie er sich beharrlich an die Dinge dieser Welt geklammert hatte. Ich betete natürlich dafür, dass Dainagon sich erholen würde, aber auch dafür, dass dieser arme Geist, wer auch immer es war, seinen Frieden fände. Wie schrecklich war es, von einem Groll besessen zu sein, der die Seele mit seinen klebrigen, grauen Fäden auch noch im Grab in unendlichem Unglück umspannte. Wie weise von Kerriarose, dem allem entsagt zu haben!

Der Priester war mit der Arbeit des Nachmittags zufrieden. Es stehe gut um Dainagon. Sie würde sich vollständig erholen, prognostizierte er. Nach den Gründen, warum ein Geist jemanden in seine Klauen nahm, fragte er nie. Auch die anderen Damen sprachen nicht davon. Es war uns wohl allen klar.

Während des sechsten Monats intensivierte Michinaga sein Reinigungsritual noch zusätzlich. In der ersten Hälfte des Monats unterstützte er eine vollständige Aufführung der dreißig Kapitel der Lotos-Sutra-Trilogie. Ich nahm an, ihn erst nach seiner Pilgerreise im Herbst wiederzusehen, aber er rief mich manchmal zu sich, allerdings waren wir niemals alleine. Jedes Mal fragte er mich, ob ich neue Geschichten geschrieben hätte, und wenn ich sie ihm zum Lesen gab, musste ich nie lange auf seinen Kommentar warten. Um ehrlich zu sein, fühlte ich mich langsam unwohl dabei. Ich wurde das Gefühl nicht los, dass er sich nur für Genji interessierte – und dafür, wie er Genji für seine Ziele einsetzen konnte. Das hätte mir wohl schmeicheln sollen, aber – darf ich das überhaupt zugeben? – es entmutigte mich auch. Zwar sank ich niemals so tief, dass ein umherziehender Geist von meinem Körper und meiner Seele Besitz nehmen konnte, aber ich war nicht unverwundbar.

Wenn eine Frau sich von den Schmeicheleien eines Mannes einnehmen lässt und mit ihm nur ein einziges Mal intim wird, macht sie sich viel verletzlicher. Ich konnte nicht vergessen, dass Michinaga mir mehrere Male gesagt hatte, ich sei anders als die anderen. Ich wusste, dass er sich nicht mit allen so unterhalten konnte wie mit mir. Er war gewiss nicht Genji, aber ich hatte zumindest geglaubt, ihm auf besondere Weise etwas zu bedeuten.

Doch ich fragte mich, ob ein Mann wie Michinaga eine Frau jemals wirklich verstehen konnte. Er war so direkt und gewöhnt, immer seinen Willen zu bekommen, wie sollte er sich da in jene hineinversetzen, die von seiner Gunst abhingen? Seine Frau war zu ihrem Glück ähnlich direkt. Rinshi hatte keine Gewissensbisse, ihre Eifersucht offen zuzugeben. In ihr hausten keine geheimen Teufel – die sprangen mit scharfen Worten bewaffnet beim ersten Verdacht aus ihr heraus. Ich konnte mir nicht vorstellen, dass ein böser Geist Rinshi in Besitz nehmen würde, da sie keine geheimen Nischen hatte, in denen er sich festsetzen könnte. Bei den meisten von uns war das anders. Es kam sehr häufig vor, dass die Gefühle einer Frau seltsam verdrehte Pfade einschlagen mussten. Ich hatte kein Recht, Michinagas Gunst zu verlangen, und ich scheute mich davor, mir selbst einzugestehen, wie stark mein Leben von unseren Treffen abhing. Ich lebte für diese Momente und fürchtete sie gleichzeitig.

Wie Genji war Michinaga mit sich selbst beschäftigt und bemerkte diese Dinge nicht einmal. Wenn Genjis Frauen von bösen Geistern besessen waren und ihren Zorn zum Ausdruck brachten, so glaubte Genji, sie hätten sich den schlimmsten Fehler einer Frau zu Schulden kommen lassen – die Eifersucht. Michinaga und Genji nahmen beide an, Gegenstand weiblichen Neides zu sein. Keiner der beiden verschwendete auch nur einen Gedanken daran, dass die Frauen nur zwei Möglichkeiten hatten, den von Männern verursachten Schwierigkeiten zu entkommen: zu sterben oder Nonne zu werden. Aber meine Leserinnen verstanden. Wenn aus meinen Figuren die Stimmen der Dämonen oder der wandernden Geister sprachen, so wusste jede Frau, die am Hof gelebt hatte, dass diese Dämonen zum Ausdruck brachten, was die Damen selbst nicht auszusprechen wagten.

Nicht nur ich wurde von seltsamen und widersprüchlichen Sehnsüchten geplagt. Im siebten Monat saß ich mit der Dame Koshōshō spät abends in ihrem Zimmer, nachdem wir uns die

Haare gewaschen hatten. Die Türen zum Garten standen offen, und von jenseits der Mauern konnten wir das Lärmen der jungen Leute auf ihrem Weg zum Ufer und wieder zurück hören, sie feierten Tanabata. Das Mondlicht warf zuckende Schatten über die Büschel des Pampasgrases, und aus der Ferne ertönte der schrille Schrei eines Moorhuhns. Da das Moorhuhn nachts aktiv ist, denkt man manchmal im Halbschlaf, es habe jemand an der Tür geklopft. Koshōshō war jahrelang eine der bevorzugten Frauen von Michinaga gewesen. Sie war als Jungfrau im Alter von siebzehn Jahren in den Palastdienst eingetreten. Kein anderer Mann hatte es gewagt, sich ihr zu nähern, seit Michinaga erstmals Anspruch auf sie erhoben hatte. Natürlich bedeutete das, dass sie die meiste Zeit alleine schlief.

«Hast du das Moorhuhn gehört?», fragte sie.

Ich hörte auf, mein Haar zu kämmen, und lauschte.

«Tap. Tap. Tap.»

Das Geräusch war nahe. Vielleicht war das Moorhuhn von den Feiernden am Flussufer aufgeschreckt worden.

Koshōshō nahm den Pinsel zur Hand und schrieb:

Ama no to no tsuki no kayoiji sasanedomo ikanaru kata ni tataku kuina zo

Das Tor zum Himmel steht dem Mond auf seiner Reise immer offen, doch aus welcher Richtung dringt das Schlagen des Moorhuhns?

Es war unwahrscheinlich, dass sie in jener Nacht das diskrete Klopfen eines Liebhabers an ihrer Tür hören würde, und auch vor meiner Tür würde sich kaum ein liebeshungriger Höfling einfinden. Das Mondlicht war so bezaubernd schön, dass ich an Genji denken musste. Wie wunderbar Koshōshō aussah, wenn ich sie mit Genjis Augen betrachtete.

Ihr Haar war noch immer etwas feucht, duftete noch immer leicht nach dem zarten Aloeholz-Kamm, mit dem sie es heute Nachmittag geglättet hatte. Wie ein Vorhang umrandete es das blasse Profil ihres Gesichts, während das Mondlicht auf seinen glitzernden Flächen schimmerte. Ich setzte mich neben sie, und unsere Hände berührten sich, als sie mir den Pinsel gab. Koshōshō rieb für mich den Tintenstein, und als die Lache der Tinte so schwarz war, dass sie das Mondlicht schluckte, schrieb ich:

Maki no to mo   sasade yasurau   tsukikage ni   nani wo akazu to   tataku kuina zo
Die hölzerne Tür – soll auch ich sie öffnen? Das Mondlicht lässt mich zaudern, während das Moorhuhn weiter schlägt.

Ich entdeckte, dass die Einsamkeit viel leichter zu ertragen war, wenn man sie teilte.

Das Moorhuhn

Tataku Kuina

Wie ein schwerer Vorhang legte sich im achten Monat die Stille über uns, als Michinaga schließlich zu seiner Pilgerreise aufbrach. So viele wichtige Persönlichkeiten begleiteten ihn, dass der Palast verlassen schien. Ich war erleichtert, dass mir die Qual, auf ihn zu warten, die schmerzliche Unsicherheit, ob er mich sehen wollte oder nicht, erspart blieb. Es fiel mir viel leichter zu schreiben, wenn Michinaga fort war. Ich musste nicht befürchten, dass er seine Nase in unfertige Entwürfe steckte, um den Fortlauf der Geschichte zu kommentieren. In der Stille seiner Abwesenheit wurde es mir sehr deutlich: Ich konnte Michinaga nicht mittels meiner Genji-Geschichten gewinnen, aber ebenso wenig konnte ich mich ihm entziehen. Genji hatte sein eigenes Karma. Es ließ sich nicht abstreiten, dass Michinaga Genjis Charakter langsam beeinflusst hatte, und zwar nicht durch seine Vorschläge. Genji hatte sich von selbst verändert. Er war etwas überheblich geworden, wie das eben ist bei Menschen, die ihre Macht ausbauen.

In diesem Herbst richtete ich meine Aufmerksamkeit auf andere Figuren. Ich war so tief in meine Geschichten versunken, dass ich mich kaum auf meine Pflichten im Palast konzentrieren konnte. Die Kaiserin war nachsichtig mit mir, und als Michinaga zurückkehrte, erlaubte sie mir, für den Rest des

Jahres nach Hause zu gehen. Ich konnte mich damit entschuldigen, dass ich die Einsamkeit zum Schreiben brauchte, doch in Wahrheit machte mich auch die Aussicht auf ein Wiedersehen mit Michinaga nervös.

Ich arbeitete den ganzen Winter an Genji. In dieser Zeit störte es mich, dass ich mit der Figur Murasakis gleichgesetzt wurde, nur weil ich ihren Spitznamen übernommen hatte. Langsam wünschte ich mir innigst, sie möge sich von den Sorgen der Welt befreien und sich der Tonsur unterziehen. Michinaga gefiel diese Idee nicht, also schrieb ich, Murasaki sehne sich danach, die Gelübde abzulegen, aber Genji erlaube das nicht.

Wenn ich keine Lust mehr hatte, über Genji und Murasaki zu schreiben, verfasste ich Briefe an meinen Vater. Er interessierte sich immer für die Menschen, mit denen ich arbeitete, also begann ich ihm die verschiedenen Damen zu beschreiben, die ich im Palast kennen gelernt hatte. Ich war ziemlich erschrocken, als ich auf ein Bündel Briefe stieß, das er in ein Buch mit chinesischen Gedichten gesteckt hatte. War ich mir damals eigentlich bewusst, wie sehr ich mich mit meinen eitlen Beschreibungen den Palastdamen angenähert hatte?

Ich schrieb zum Beispiel:

Du würdest einige der Damen, die bei der Kaiserin Dienst tun, recht attraktiv finden, aus anderen würdest du dir gar nichts machen.

Die Dame Dainagon würde dir gefallen, da bin ich sicher. Sie ist recht klein, blass und hübsch. Beinahe ein bisschen rundlich ist sie, könnte man sagen, aber immer tadellos gekleidet. Ihr sauber gepflegtes Haar ist ungefähr einen Finger länger als sie. Sie hat eine schwierige Zeit durchgemacht, scheint sich aber erholt zu haben. Sie ist rücksichtsvoll, und ihre Gesichtszüge verraten eine feine Intelligenz. Ich finde, in ihrer Eleganz ist sie unübertroffen. Selbst als sie krank war, benahm sie sich charmant und elegant. Ich mag sie sehr gerne.

Auch die Dame Senji ist eher klein und dabei recht dünn. Ihr Haar reicht eine Handspannweite über die Säume ihrer Roben hinaus, und jede einzelne Strähne ist immer genau an ihrem Platz. Sie ist so außerordentlich elegant, dass sie mich beschämt. Sobald sie den Raum betritt, sind alle sofort auf der Hut. Sie verkörpert das Idealbild einer edlen Dame. Ich wage zu behaupten, dass sie dir nicht gefallen würde.

Du kennst meine liebe Freundin Saishō, also halte ich dich nicht damit auf, von ihr zu erzählen, aber es gibt noch eine andere Dame, die ebenfalls Saishō genannt wird. Sie ist die Tochter von Kitano aus dem dritten Rang. Diese Dame ist von rundlicher Gestalt und scheint sehr scharfsinnig zu sein. Wenn man sie nicht kennt, wirkt sie etwas extravagant, aber mit der Zeit bekommt man ein vorteilhafteres Bild. Wenn sie sich mit einem unterhält, hat sie immer einen schelmischen Zug um den Mund, und sie ist liebenswürdig und freundlich – obwohl ich niemals behaupten würde, dass sie perfekt ist.

Die Dame Koshōshō ist ein sehr lieber Mensch, aber ich sorge mich um sie, weil sie so naiv ist. Mit ihrer schlanken Figur und ihrer charmanten Art wirkt sie so elegant und grazil, erinnert an eine Trauerweide im Frühling – aber sie ist sehr verletzlich, nimmt sich Klatschgeschichten sehr zu Herzen und lässt sich durch die leiseste Kritik aus der Bahn werfen. Ich habe das Gefühl, sie beschützen zu müssen.

Miya no Naishi ist auch sehr attraktiv. Sie hat einen ziemlich langen Oberkörper, weshalb sie beim Sitzen sehr imposant und stilvoll wirkt. Ihre Schönheit wird nicht durch ein herausstechendes Merkmal bestimmt, sondern sie hat einfach etwas Frisches an sich, das anziehend wirkt. Ihr Haar ist so tiefschwarz wie die Samen der Leopardenblume, wodurch ihr bleicher Teint sich noch deutlicher abhebt. Ihre ganze Erscheinung – ihre Kopfform, ihr Haar, ihre Stirn – lässt sie offen und ehrlich wirken. Ihre Art ist niemals gekünstelt, auch wenn sie manchmal etwas zu viel redet, und es würde mir hier viel besser gefallen, wenn es noch andere Damen gäbe wie sie.

Ihre jüngere Schwester ist ganz anders als sie. Sie ist etwas füllig, ihre Gesichtszüge sind zart, und ihr Haar glänzt wie das nasse Federkleid einer Krähe, aber es kann nicht allzu lang sein, denn bei Hof trägt sie Muster und Verlängerungen. Ihre Augen sind jedoch hübsch, ihre Stirn ist wohlgeformt, und sie hat ein charmantes Lachen.

Unter den jüngeren Frauen sind Kodayū und Genshikibu die Beliebtesten. Kodayū ist zierlich und sehr elegant. Ihr Haar ist ihr ganzer Stolz. Früher war es sogar noch kräftiger als jetzt, mehr als zwei Handspannweiten länger als sie. Traurigerweise hat es sich in der letzten Zeit ausgedünnt. Ihre Gesichtszüge verraten einen starken Charakter, und sie ist erfrischend natürlich und nicht eingebildet. Sie hat ein poetisches Talent. Genshikibu ist größer und schlanker. Sie hat die ideale Größe, um in öffentlichen Prozessionen einen guten Eindruck zu machen, denn sie kann zahllose Schichten Kleider tragen, ohne dass es lächerlich wirkt. Ihr Gesicht ist zart geschnitten, und sie ist so wohlerzogen, wie man es sich von einem Mädchen aus guter Familie erhoffen würde. Kohyōe no Jō gilt als attraktiv, aber ich finde, sie ist eine durchschnittliche Schönheit.

Man kann sicher sein, dass diese am Hof dienenden Damen sich alle schon einmal mit älteren Höflingen eingelassen haben, allerdings mit der größten Diskretion. Sogar in ihren Gemächern geben sie sich zurückhaltend, und so halten sie ihre Affären geheim. Das ist hier eine ziemliche Leistung, kann ich dir versichern.

Ich habe dir nun vor allem beschrieben, wie die Damen aussehen, was hingegen ihren Charakter angeht – ach, das ist ein anderes Thema. Die Menschen sind vielschichtig. Jeder hat seine Besonderheiten. Niemand ist ausschließlich schlecht, aber es gibt auch keine, die immer attraktiv, zurückhaltend, intelligent, geschmackvoll und vertrauenswürdig ist. Es ist schwer zu sagen, wen man loben soll.

Ich fürchte, wenn ich noch weiterhin über die Menschen berichte, mit denen ich meine Tage verbringe, wirst du mich für eine schreckliche Klatschtante halten. Von nun an werde ich mich zurückhalten, die Schwächen anderer aufzuzählen. Lieber möchte ich dir von meinen fiktiven Figuren als von meinen Gefährtinnen erzählen.

Auf diese Art plauderte ich weiter über meine Kolleginnen und hatte zweifellos das Gefühl, neutral und objektiv zu sein.

Als ich im neuen Jahr in den Palast zurückkehrte, wurde gemunkelt, dass die Kaiserin schwanger sei. Ich bemerkte, dass sie viel schlief und sich morgens nicht wohl fühlte. Es schien, als habe Michinagas Pilgerreise zu dem Heiligen Gipfel die gewünschte Wirkung gehabt. Shōshis Amme wollte es ihm natürlich sofort erzählen, aber wir hielten sie zurück und sagten, es sei besser zu warten, bis es sicher feststehe. Alle wussten, dass Michinaga viel Aufhebens um die Neuigkeit machen würde.

Im dritten Monat war die Schwangerschaft der Kaiserin offiziell. Wie erwartet kannte Michinagas Freude keine Grenzen, und er befahl, in allen wichtigen Tempeln Gebete abzuhalten. Es war unglaublich, was er mit der Kraft seines Willens erreichen konnte. Jeder, der sich seiner aufgehenden

Sonne in den Weg stellte, wurde einfach wie der morgendliche Nebel hinweggefegt. Korechika beispielsweise fristete sein Dasein im Schatten und alle, die ihn umgaben, waren von Dunkelheit umhüllt. Zu diesem Zeitpunkt war zwar der Sohn seiner verstorbenen Schwester Teishi noch immer der erste Anwärter auf die Position des Kronprinzen, aber das würde sich ändern, wenn Shōshi einen Sohn bekäme. Und gnädig, wie sich das Schicksal momentan mit Michinaga zeigte, war das vermutlich nur eine Frage der Zeit. Die arme kleine Prinzessin Bishi, bei deren Geburt die Kaiserin gestorben war, musste den Palast wegen Krankheit verlassen. Der Palast galt als heiliger Ort, deswegen mussten unreine Dinge wie Körperausscheidungen, Menstruation, Geburten, Krankheiten und Tod von dort entfernt werden. Das Mädchen war erst neun Jahre alt, ein Jahr älter als meine Katako. Wann immer ich sie im Palast sah, erinnerte sie mich so stark an meine Tochter, dass mir ganz weh ums Herz wurde. Und nun lag sie im Haus ihres Onkels im Koma.

Am vierzehnten Tag dieses Monats wurde mein Vater wegen seiner außergewöhnlichen Chinesischkenntnisse zum kaiserlichen Sekretär, fünfter Rang Unterstufe, sowie zum unteren Verwaltungsrat zur Linken erhoben. Er war begeistert über die Beförderung und freute sich darauf, aufgrund seines gehobenen Status noch mehr Einladungen zu Dichterveranstaltungen zu bekommen.

Zu Beginn des Sommers zog sich die Kaiserin für die Zeit der Schwangerschaft zu ihrer Mutter zurück. Wieder gehörte ich zu der kleinen Gruppe Damen, die sie begleiten sollte. Die spitzen Bemerkungen derer, die zurückbleiben mussten, prallten mittlerweile einfach an mir ab. Unser Umzug ins Tsuchimikado-Haus bot ein glanzvolles Schauspiel, beinahe wie von einer anderen Welt. Die Trauben von Menschen, die uns erstaunt beobachteten, mussten uns für himmlische Wesen halten, die sich nur kurzzeitig auf der Erde aufhielten. Manchmal fiel es mir schwer zu glauben, dass ich selbst ein Teil dieses Schauspiels war.

Ich wohnte dieses Mal in einem Zimmer an dem Gang, der das Hauptgebäude mit dem östlichen Flügel verband. Die Dame Saishō bekam das Zimmer neben mir. Der Bach im Garten floss auf meiner Seite direkt unter der Veranda hindurch. Wir beschlossen, die Trennwände zwischen den winzigen Zimmern zur Seite zu schieben. So entstand ein großer Raum, den wir teilten. Ich liebte das flüsternde Plätschern des Wassers, vor allem wenn ich mich schlafen legte. Das sanfte Murmeln verbannte kummervolle Gedanken.

Drei Altäre waren in verschiedenen Zimmern im ganzen Haus aufgestellt worden, um für Shōshi religiöse Zeremonien durchführen zu können. Den östlichen Flügel hatte man in die Hauptgebetsstätte verwandelt. Dort brannten die Kerzen Tag und Nacht. Michinaga war dort rund um die Uhr anzutreffen. Er richtete seine Gebete an den Heiligen Gipfel, beschwor Zaō Gongen, seine Tochter möge einen gesunden Sohn zur Welt bringen.

Michinaga war so in seine Gebete vertieft, dass er den üblichen Pomp für das Kamo-Fest in diesem Jahr vernachlässigte. Er begann vielmehr die Aufführung der dreißig Bücher des Lotos-Sutra früher als gewöhnlich. Das erste Kapitel des fünften Buches fiel genau auf den fünften Tag des fünften Monats, was wohl kaum ein Zufall war. Eine prachtvolle Prozession von Mönchen und Höflingen erschien, sie boten Geschenke dar, die an goldenen und silbernen Zweigen befestigt waren. Da der fünfte Monat, der fünfte Tag und das fünfte Kapitel zusammenfielen, hatte viele Leute ihre Zweige in der

Form des Gemeinen Kalmus arrangiert. Die Gaben sollen an die Taten des jungen Buddha erinnern, der für seinen heiligen Lehrer Asita Feuerholz und Wasser holte, aber in meiner Vorstellung verwandelte sich dieses Bild seltsamerweise immer wieder in eine Szene, in der Buddha persönlich Michinaga demütig bediente. Ich war ganz sicher, dass Michinaga diesen «Zufall» genau geplant hatte, und war ziemlich irritiert, weil die Leute nicht aufhörten, sich über die vermeintliche Fügung zu wundern. Glaubten sie, Michinaga könne nicht zählen? Wir sollten alle Gedichte verfassen, und ich notierte zuerst diese ziemlich lakonischen Worte:

Tae nari ya   kyō wa satsuki no   itsuka to te   itsutsu no maki
no   aeru minori mo
Welch ein wunderbarer Zufall – dass heute nun, am fünften Tag des fünften Monats, die fünfte Bildrolle verlesen wird.

Gegen Abend, als ich auf den See im Garten blickte, war mein Ärger jedoch verflogen. Das Wasser war klar bis auf den Grund, sogar noch klarer als bei Tageslicht, und die Flammen der Feuer und der zeremoniellen Fackeln spiegelten sich darin. Mir fiel auf, wie die Eitelkeiten des Lebens von mir abfielen, wenn ich mich auf die Worte des Lotos-Sutra konzentrierte.

Obwohl mir so vieles durch den Kopf ging, musste ich nur an Kerriarose und ihr besinnliches Leben denken, um ruhig zu werden. Seltsamerweise stiegen mir die Tränen in die Augen. Warum soll ich mich nicht an den Ereignissen des Tages freuen?, ermahnte ich mich. Ich roch den frischen Duft der Ayame-Bündel, die in unserem Zimmer hingen, und schrieb.

Kagaribi no kage mo sawaganu ikemizu ni ikuchiyo
sumamu nori no hikari zo
Beständig flackern die Feuer und lassen den glatten See im
hellen Lichte von Buddhas ewigem Gesetz erstrahlen.

Einige von uns hielten sich auf der Veranda für den abendlichen Dienst bereit. Die Dame Dainagon, die mir gegenüber
saß, schien sehr angespannt. Sie war noch immer jung und attraktiv, aber ab und zu schien sie Rückfälle in ihre Besessenheit zu durchleiden. Sie war stets außerordentlich bleich gewesen, aber in letzter Zeit war sie noch zusätzlich abgemagert
und schien sehr zerbrechlich. Sie blickte auf mein Gedicht
und seufzte tief. Dann nahm sie den Pinsel und schrieb etwas
auf ihr Papier. Sie ließ es auf dem Tisch liegen, gab vor, Kopfschmerzen zu haben, und zog sich in ihr Zimmer zurück. Ich
zögerte, dann nahm ich das Papier auf, während Kodayū mir
über die Schulter blickte. Die folgenden Worte hatte sie geschrieben:

Sumeru ike no soko made terasu kagaribi no mabayuki
made mo uki waga mi kana
Die strahlenden Fackeln, die bis auf den Grund des klaren Sees
leuchten, werfen nur grelleres Licht auf meinen Kummer.

Kodayū schüttelte den Kopf. Mit Ausnahme von ein oder
zwei boshaften Seelen, denen es Freude bereitete, beim Fall
der einstigen Günstlinge zuzuschauen, sorgten wir anderen
uns um die Dame Dainagon. Ihr Haar, das früher geglänzt
hatte und immer gepflegt gewesen war, schien nun stumpf
und dünn geworden.
Niemand wundert sich, wenn uns erbärmliche Zustände
traurig machen, aber ich konnte beinahe noch besser verste-

hen, dass der Blick auf besonders schöne Dinge manchmal dasselbe bewirkt. Mir war die Reaktion der Dame Dainagon nicht fremd, auch wenn einige der Frauen ihr Gedicht als übertrieben kritisierten.

Die Zeremonien dauerten die ganze Nacht. Bei Tagesanbruch hatten sich fast alle zurückgezogen, nur ich war noch immer hellwach. Die Wolken verfärbten sich gerade rosarot, als ich auf die Brücke hinausschlüpfte, mich gegen die Balustrade lehnte und auf den Bach blickte, der unter dem Haus hindurchfloss. Der Garten war nicht wie im Frühjahr von morgendlichem Dunst überzogen, und es krochen auch keine Nebelschleier über den Boden wie im Herbst, trotzdem leuchtete der Himmel wunderschön. Plötzlich sehnte ich mich danach, diesen Anblick zu teilen, also klopfte ich an die Klappfenster des Zimmers der Dame Koshōshō. Verschlafen antwortete sie mir und kam auf die Veranda gekrochen. Als wir beide so da saßen und auf den Garten blickten, schrieb ich:

Kage mite mo uki waga namida ochisoite kagotogamashiki taki no oto kana
Auf der Suche nach meinem Spiegelbild sehe ich nur meine Tränen tropfen, sie vermischen sich mit dem Strom, untermalt vom Rauschen des Wasserfalls.

Und sie nahm ihren Pinsel, tauchte ihn in die Tinte auf meinem Stein und schrieb:

Hitori ite namidagumikeru mizu no omo ni ukisowaruramu kage ya izure zo
Bist nur du es, die eine Flut der Tränen zurückhält? Oder treibt da noch ein anderes Spiegelbild auf dem glatten Wasser?

Wir unterhielten uns leise, bis es fast ganz hell war, und dann gingen wir in ihr Zimmer. Koshōshō war gewiss eine der elegantesten Damen der Kaiserin, sie strahlte die Würde und Eleganz einer Trauerweide aus. Aber in der Öffentlichkeit war sie so schüchtern und zurückhaltend, dass es ihr nicht gelang, die einfachste Entscheidung alleine zu treffen. Sie war schon viel länger am Hof als ich, gebärdete sich jedoch so naiv und unschuldig wie ein Neuling. Wenn irgendeine skrupellose Dame ein Gerücht über sie verbreitete, nahm sie sich das sehr zu Herzen und war am Boden zerstört. Sie war so verletzlich, dass mir die Tränen in die Augen stiegen. Ich musste immer daran denken, dass sie sich noch weniger für das Palastleben eignete als ich.

Koshōshō war länger mit Michinaga verbunden gewesen als irgendeine andere Dame und hatte natürlich während der ganzen Zeit unter Rinshis Kälte zu leiden. Immer wieder schien es, als würde sie diesen Zustand nicht mehr ertragen, und trotzdem stand sie es irgendwie durch. Es war tröstlich, nicht die Einzige zu sein, die «eine Flut der Tränen aufstaute».

Eine lange und feste Kalmusknolle von den Feierlichkeiten des Vortags lag auf dem Tisch. Sie war blassgelb mit einem Stich ins Rosafarbene, und wo die Wurzeln trieben, schien sie vor Kraft zu platzen.

«Das hat seine Exzellenz geschickt», sagte Koshōshō. Sie drehte die anzüglich geformte Knolle in ihren schlanken Händen. Dann legte sie sie wieder auf den Tisch und nahm ihren Tintenstein hervor. Sie schrieb das folgende Gedicht, wickelte die Wurzel damit ein und gab mir beides:

Nabete yo no uki ni nakaruru ayamegusa kyō made
kakaru ne zo ikaga miru

In dieser Welt, in der wir hinwegschweben, gab es jemals einen Kalmus, der ähnlich geformt war wie dieser?
(In dieser Welt, in der wir Tränen vergießen, hast du jemals einen solch traurigen Klang vernommen?)

Es berührte mich, dass sie sich mir anvertraute, und später in meinem Zimmer dauerte es ziemlich lange, bis mir eine Antwort einfiel, die ihre doppeldeutigen Bilder aufnahm. Schließlich schickte ich ihr diese Zeilen:

Narigoto to ayame wa wakade kyō mo nao tamoto ni amaru ne koso taesene
Was auch geschehen mag, der Kalmus soll sich nicht teilen, tränennass ist heute mein Ärmel – beim Anblick dieser Wurzel, beim Klang dieser Trauer.

Am Siebzehnten desselben Monats kam Kodayū in mein Zimmer geeilt und teilte mir mit, dass mein Bruder als offizieller Bote des Palastes da sei. Einen Brief des Kaisers an Shōshi hatte er bereits ihrem Kammerherrn überreicht und nun saß er mit einer Gruppe von vier oder fünf Adligen, die er von gemeinsam besuchten Hahnenkämpfen kannte, in dem ersten Erker der südlichen Galerie des Hauptgebäudes. Sie drängten ihm Sake auf und ließen die alten Zeiten aufleben. Ich war höchst beunruhigt, als ich das hörte.

Aber ich konnte nichts tun, und es kam genau so, wie ich befürchtet hatte. Bis die Damen der Kaiserin die Antwort für den Kaiser bereit hatten, war mein Bruder betrunken. Man übergab ihm den Antwortbrief und einige Geschenke, die er benommen entgegennahm. Er verbeugte sich nicht einmal, nickte nur ein einziges Mal mit dem Kopf. Nur einmal! Dann stand er mühsam auf und torkelte in den Garten hinunter. Er versuchte, sich zu verbeugen, eines der Geschenke fiel ihm herunter, er hob es wieder auf und wankte davon. Ich kann mir lebhaft vorstellen, wie sie auf dem Balkon kicherten. Wie widerlich das war!

Klatschgeschichten über seine unwürdige Vorstellung machten die Runde. Sogar die Dame Koshōshō fragte mich:

«Ist der Sechste Sekretär des Kriegsministers, der heute Nachmittag hier war, tatsächlich dein Bruder?»

Am liebsten hätte ich es geleugnet.

Im sechsten Monat waren die Aufführungen der dreißig Bücher schließlich beendet. Die ernste, religiöse Stimmung, die nun mehr als einen Monat geherrscht hatte, verflog, und alle fühlten sich leichter. Da wurde plötzlich Prinzessin Binshi schwer krank, obwohl man sie für geheilt befunden hatte. Der berühmte Priester Monkyō hatte die wunderbaren Heilungskräfte eines Buddhas aktiviert, um die kleine Prinzessin von der Schwelle des Todes zurückzuholen, aber nun kehrte ihre Krankheit zurück und forderte in wenigen Tagen das Leben des Kindes. Wir gingen nicht zu der Beerdigung, da wir ungünstige Einflüsse auf unsere Herrin befürchteten. Ich musste ständig an mein eigenes Kind, an Katako, denken.

Alle gingen nur sehr langsam ihren Pflichten nach, die feuchte Hitze lähmte uns, und die Traurigkeit dämpfte unseren Geist. Es passierte nicht viel, also saßen wir matt um die Eisblöcke herum, die aus dem Lager gebracht worden waren, und kühlten unsere Gesichter mit kleinen Brocken, die jüngere Frauen abgeschlagen hatten. Am zwölften Tag des sechsten Monats bekamen wir dann plötzlich den Befehl, sofort in den Palast zurückzukehren. Alle stürzten sich in emsige Vorbereitungen, ohne dass eine von uns den Grund kannte. Die Kaiserin sollte eigentlich ruhen, und obwohl sie sich nicht beklagte, tat sie mir Leid. Wir fragten uns, ob Michinaga den Verstand verloren hatte, obwohl wir es natürlich hätten besser wissen müssen. Michinaga tat nie etwas ohne Grund.

Schon bald verstanden wir. Michinaga ließ öffentlich verkünden, der Kaiser fühle sich ohne Shōshi einsam, und es sei richtig, dass sie zu ihrem Mann zurückkehre, solange der Fortschritt ihrer Schwangerschaft dies erlaube. Ichijō musste sich gezwungenermaßen über die Freundlichkeit seines Schwiegervaters freuen, aber ich hatte das Gefühl, er war nicht allzu glücklich. Dann erfuhren wir von dem Mädchen. Es schien, als habe sich der Kaiser zu seiner Nebenfrau, Akimitsus Tochter, hingezogen gefühlt, die er in den dritten Rang erheben wollte.

Wie hatte ich nur jemals darüber rätseln können, wer für Vaters Entsendung nach Echizen verantwortlich gewesen war! Wie naiv war meine Annahme gewesen, der Kaiser hätte auch nur den leisesten Einfluss auf Entscheidungen von Staatsangelegenheiten!

Es war schwer zu sagen, was Shōshi davon hielt, eine Marionette im politischen Kalkül ihres Vaters zu werden. Sie beugte sich seinem Willen ohne ein Wort der Klage. Ich hatte einige Zeit mit ihr alleine verbracht, denn während der schwierigen Monate ihrer Schwangerschaft hatte sie mich gebeten, sie in Chinesisch zu unterrichten. Wir planten sorgfältig, uns immer dann zu treffen, wenn die anderen Frauen nicht anwesend waren, und lasen aus den beiden Bänden von Bai Juyis *Neuen Balladen*. Weil auch mein Wissen begrenzt war, schlug ich der Kaiserin vor, sie solle einen echten Gelehrten wie meinen Vater einstellen, doch sie bestand darauf, nur mit mir studieren zu wollen.

Zu Beginn meiner Laufbahn bei Hof war ich wegen meiner chinesischen Bildung heftig verspottet worden. Eine Frau namens Saemon no Naishi hatte mich von Anfang an gehasst. Viele der bösartigen Gerüchte, die über mich im Umlauf waren, gingen nachweislich auf sie zurück. Nachdem man dem Kaiser einmal aus meinen Genji-Geschichten vorgelesen hatte, entfuhr ihm angeblich diese Bemerkung: «Diese Autorin hat gewiss die *Chronik der alten Begebenheiten* gelesen. Es klingt, als sei sie sehr gebildet!»

Saemon no Naishi hörte dies und begann unter den älteren Höflingen das Gerücht zu verbreiten, ich prahle mit meinen Chinesischkenntnissen. Sie gab mir den Spitznamen «Unsere Dame der Chronik». Wie sehr ich mich damals schämte. Nicht einmal vor den Frauen zu Hause hatte ich meine chinesische Bildung gezeigt – wie abwegig war da der Gedanke, ich würde bei Hof damit angeben! Nur durch die Unterstützung meiner lieben Freundinnen konnte ich diese schrecklichen Zeiten der Selbstzweifel und des Kummers überstehen.

Nach dieser Erfahrung vermied ich es längere Zeit, auch nur das einfachste chinesische Zeichen zu notieren, und gab sogar vor, nicht einmal die Inschriften auf den Trennwänden lesen zu können. Aber die Kaiserin nahm mich zur Seite und versicherte mir, ich solle mir nichts aus Menschen wie Saemon no Naishi machen. Als sie mich dann bat, ihr aus den gesammelten Werken von Bai Juyi vorzulesen, entschieden wir trotzdem, dies nur alleine zu tun. Wir hatten beide unsere Gründe, diese Treffen geheim zu halten. Schließlich erfuhr Michinaga vom Interesse seiner Tochter und ließ einige schöne Abschriften von verschiedenen chinesischen Texten für sie anfertigen. Ihm gefiel der Gedanke, das Kind in ihrem Schoß auf diese Art zu bilden, natürlich nahm er an, es sei ein Junge. Glücklicherweise erfuhr Saemon no Naishi nie davon, dass Ihre Majestät mich darum gebeten hatte, mit ihr zu studieren. Das hätte ich ewig zu hören bekommen.

Nie hätte ich gedacht, dass das Leben im Palast zu ständigem Ärger Anlass bot!

Im siebten Monat war die Kaiserin so dick, dass sie sich kaum mehr bewegen konnte – es war für sie Zeit, wieder ins Haus ihrer Mutter zurückzukehren. Unsere Entourage, dieses Mal weniger prachtvoll, verließ den Ichijō-Palast am Morgen des sechzehnten kurz vor Tagesanbruch, um die Hitze und den dichten Verkehr zu vermeiden, und wir kamen rechtzeitig zum Frühstück im Tsuchimikado an. Dort bezogen wir die Zimmer, in denen wir schon zuvor gewohnt hatten. Alles schien so vertraut, als wären wir niemals fort gewesen.

Michinaga war wie immer ungeduldig und betete darum, das Kind möge so schnell wie möglich geboren werden. Schließlich klärte ihn jemand auf, dass eine Schwangerschaft neun Monate dauern müsse und dass seine Bitten verheerende Folgen haben könnten. Schnell beendete er sein Flehen für eine frühe Geburt. Wäre es möglich gewesen, da bin ich mir sicher, hätte Michinaga dieses Kind am liebsten selbst ausgetragen. Er war so nervös, dass es unerträglich wurde, längere Zeit mit ihm zusammen zu sein.

Eines Nachts glaubte ich ein leises Klopfen an meiner Tür zu vernehmen. Ich hielt den Atem an, verhielt mich für den Rest der Nacht ganz still. Am nächsten Morgen überreichte mir eine Dienerin zusammen mit dem Frühstück diese Zeilen:

Yomosugara   kuina yori ke ni   naku naku zo maki no
toguchi ni   tatakiwabitsuru
Die ganze Nacht lang weinte und rief ich vor deiner Tür,
übertönte dabei sogar noch das Schlagen des Moorhuhns.

Michinaga hatte wirklich den Verstand verloren. Er hätte mir Leid getan, wäre er nur nicht so herrisch gewesen. Ich verfasste schnell die folgende Antwort und übergab sie der Dienerin.

Tada naraji   to bakari tataku   kuina yue   akete wa ika ni kuyashikaramashi
Beharrlich schlug das Moorhuhn, als sei die Sache dringend, doch hätt ich meine Tür geöffnet, wie tief hätt ich es bereut.

Kurz bevor am Elften des achten Monats der Morgen dämmerte, zog Ihre Majestät in die Halle der Würdigung im südwestlichen Teil des Hauses. Ihre Mutter begleitete sie im Wagen, ihre Damen überquerten den See mit dem Boot. Ich folgte erst später und verpasste den Großteil der Zeremonien. Saishō erzählte, zwanzig Priester hätten sich in der Halle gedrängt, jeder fühlte sich verpflichtet, eine kleine Glückwunschzeremonie für die Kaiserin abzuhalten.

«Sie fielen einander ständig ins Wort, oder aber sie brachten keinen Ton heraus, und wir mussten uns das Lachen verkneifen», vertraute sie mir an.

Die Adligen vergnügten sich damit, kleine weiße Pagoden auf die zahlreichen papierenen Lotosblüten zu zeichnen, die später in der Zeremonie verteilt würden.

Als es vorüber war, fuhren die älteren Höflinge mit den Booten auf den See hinaus, einer nach dem anderen. Tadanobu, Oberhaupt des Haushalts Ihrer Majestät, überquerte den See und kletterte auf die Veranda der Halle hinauf. Ich sah, wie er gegen das Geländer der Stufen lehnte, die zum Wasser führten. Obwohl ich nicht so gerne über Wasser reiste, hatte ich mich verführen lassen, mit einigen jüngeren Damen ein Boot zu besteigen, und so sah ich, wie Michinaga ankam und hineinging. Nach einigen Minuten beobachtete ich, dass Tadanobu die Stufen hinaufschlich, um einige Worte mit Saishō zu wechseln. Ich nahm an, er wollte die Situation ausnützen, nun da die Aufmerksamkeit Ihrer Majestät von ihrem Vater abgelenkt war. Es war recht lustig zu beobachten, wie er und Saishō, durch eine Wand getrennt, sich Mühe gaben, nicht intim zu wirken. Shōshi mochte es nicht, wenn ihre Damen zu offensichtlich flirteten, also waren wir sehr diskret, schon beinahe prüde geworden.

Der Mond ging auf, bevor es überhaupt ganz dunkel war, von Schleiern verhüllt trieb er über den herbstlichen Abendhimmel. Michinagas Söhne standen in einem Boot und sangen moderne Lieder. Im Hauptgebäude konnten wir ihre kräftigen jungen Stimmen hören, die über das Wasser getragen wurden. Der ältere Schatzmeister war mit ihnen eingestiegen, aber er saß nun steif da und wollte nicht in ihren Gesang mit einstimmen. Seine plötzliche Schüchternheit war ziemlich erheiternd, und die Frauen hinter den Trennwänden kicherten leise vor sich hin. Mir fiel eine Zeile aus Bai Juyis Ballade «Weit ist das Meer» ein, die ich laut vor mich hinmurmelte:

«*Und im Boot macht sich sein Alter bemerkbar*», zitierte ich.

Tadanobu musste gelauscht haben, denn er antwortete sofort mit der nächsten Zeile aus der Ballade. Es war mir etwas peinlich, dass man mich belauscht hatte, aber gleichzeitig war ich beeindruckt, dass er den Vers gleich erkannt hatte.

Über das Wasser wurden die Worte der Jungen zu uns getragen – «*und die Entengrütze auf dem See*», lautete der Refrain. Einer von ihnen spielte Flöte, was den zarten Schauder der abendlichen Brise noch leicht verstärkte. Sogar die unbedeutendste Sache kann zu einem bestimmten Zeitpunkt bedeutsam werden.

Die Geburt eines Prinzen

Atsuhira

Der Herbst senkt sich noch tiefer über das Land, und das Tsuchimikado erstrahlte in all seiner Pracht. Die Bäume unten am See und die Gräser entlang des Baches leuchteten am späten Nachmittag in den strahlendsten Tönen. In dem schräg einfallenden, goldenen Licht zeichnete sich jedes Blatt und jeder Halm klar ab. Ein kühler Windstoß wehte über das Land, aus den Gebäuden hörte man die Melodien der Gebete, vom Murmeln des Baches untermalt.

Ihre Majestät lag in den kaiserlichen Gemächern und lauschte träge, wie sich die eindrucksvollen Klänge mit den Gesprächen ihrer Damen vermischten. Sie lag auf der Seite, gestützt von Kissen, und obwohl sie sich nicht beklagte, war es offensichtlich, dass sie sich nicht wohl fühlte. Ich bedauerte sie. In ihrer Gegenwart jedoch bekam diese Welt ihren zauberhaften Glanz zurück, und ich fragte mich, wie anders mein Leben verlaufen wäre, wenn ich früher in den Dienst Ihrer Majestät eingetreten wäre. Vielleicht hätte ich mich im Palast dann heimischer gefühlt.

Der achte Monat war angebrochen. Meine Tagebücher verraten, dass ich damals des Nachts oft wach lag. Ich hatte geschrieben: «Die Nacht ist nicht mehr jung, und sogar der Mond ist von Wolken verhüllt, lässt die schwarzen Schatten der Bäume noch dunkler wirken. Wie so oft finde ich keinen Schlaf. In den Frauengemächern kann ich nur in diesen stillen Stunden vor dem Morgengrauen schreiben.»

An jenem Morgen wurde ich jedoch von einem Streit draußen vor meinem Fenster gestört.

«Hier, lasst uns die Klappfenster öffnen!»

«Machen Sie sich nicht lächerlich, die Diener werden so früh noch nicht auf sein.»

«Diener! Öffnen Sie!»

Dann zerriss ein dröhnender Gong aus dem östlichen Flügel die Stille, und die Beschwörungszeremonie der Fünf Großen Könige Esoterischen Wissens begann.

Ich legte meinen Pinsel zur Seite und lauschte dem anschwellenden und wieder leise werdenden Gesang. Jeder Priester ließ seine Stimme etwas lauter erklingen als sein Vorsänger. Noch war es dunkel, aber die dröhnenden Schritte von zwanzig Priestern drangen an meine Ohren. Sie überquerten die Brücke zum Hauptgebäude und trugen die geheiligten Gegenstände bei sich, die die Kaiserin bald brauchen würde. Ich öffnete meine Klappfenster in der Hoffnung, einen Blick auf den Abt und den Bischof erhaschen zu können. In prächtige Gewänder gehüllt bahnten sie sich ihren Weg durch den Garten, über die chinesischen Brücken, zwischen den Bäumen hindurch und zurück in ihre Gemächer. Man hatte auch die hintersten Eckchen des Anwesens in Gästezimmer verwandelt, und die Priester wohnten im Stall und in der Bibliothek. Ich meinte sogar, aus der Ferne das Gold auf ihren Roben glitzern zu sehen. Inzwischen versammelten sich die Dienerinnen und Diener, und das Licht des frühen Morgens verwandelte die Bäume und Blumen von Schattenwesen in strahlende Gewächse.

Man erwartete von allen Adligen, dass sie bei Hof ihre

Aufwartung machten. Sie würden bis zur Geburt bleiben und mussten in der Zwischenzeit verpflegt und unterhalten werden. Wir hatten keinen Moment Ruhe. Abends machten sie es sich auf den Veranden des östlichen Flügels bequem, wo sie musizierten, Sutras übten oder Volkslieder sangen. Der Sake floss natürlich in Strömen.

Gegen Ende des Monats war die Zeit gekommen, die Räuchermischungen zu vergraben, die wir einige Tage zuvor zusammengestellt hatten. So könnten sie bis zum Chrysanthemen-Fest reifen. Alle Damen, die eine Mischung angefertigt hatten, versammelten sich in den Gemächern Ihrer Majestät, um ihre Portionen in Empfang zu nehmen. Als ich in mein Zimmer zurückkehrte, fand ich eine schlafende Saishō vor. Sie hatte den Kopf auf ein Schreibtischchen gebettet, ihr Ärmel bedeckte das Gesicht. Sie bot einen bezaubernden Anblick – wie gemalt. Ihre Roben waren kastanienbraun und violett, mit blaugrünen und dunkelroten Rändern. Eine dunkelpurpurne glänzende Robe diente ihr als Decke. Ich konnte mich nicht beherrschen, ich griff herüber und strich den Ärmel aus ihrem schönen Gesicht zurück. Sie öffnete die Augen.

«Du siehst aus wie eine Märchenprinzessin», sagte ich.

«Hast du den Verstand verloren?», murmelte sie mürrisch und stützte ihren Kopf mit dem Arm ab. «Mich so zu erschrecken!»

Sie bemühte sich, ihrer Stimme einen wütenden Unterton zu geben, aber das leichte Erröten auf ihrem Gesicht ließ sie nur noch zauberhafter aussehen.

Am Tag des Chrysanthemen-Festes überraschte mich früh am Morgen ein Klopfen. Ich kroch aus dem Bett, und vor der Tür stand die Dame Hyōbu. Sie hielt ein Seidenbündel in der

Hand, das die ganze Nacht draußen gelegen hatte, um den Tau der Chrysanthemen aufzusaugen. Sie gab es mir, dabei huschte ein boshaftes kleines Lächeln über ihr Gesicht.

«Hier», sagte sie. «Die Dame Rinshi lässt Ihnen das mit den besten Grüßen schicken, Sie können damit die Spuren des Alters wegwischen. Sie meinte, das sollte reichen.»

Ich fürchte, ich war zu dieser frühen Stunde noch nicht allzu schlagfertig und Hyōbu war ohnehin sofort wieder verschwunden. In diesem Moment fiel mir ein, wann ich das letzte Mal eine solche Menge taugetränkter Tücher erhalten hatte – es war während meiner Schwangerschaft gewesen, damals hatte mir mein Mann einen großen Topf mit eingelegter Seide schicken lassen. Damit hatte ich dann meinen ganzen Körper abgerieben. Es war eine so liebenswürdige Geste gewesen. Nun saß ich sprachlos da, hielt den duftenden Stoff, der eine so beleidigende Botschaft in sich barg, in den Händen, bis Saishō die Roben beiseite schob, unter denen wir geschlafen hatten, und müde fragte:

«Wer war das?»

Ich schüttelte die Erinnerung ab, die der duftende Stoff hervorgerufen hatte.

«Rinshi hat mir etwas schicken lassen», antwortete ich.

«Ist es giftig?», erkundigte sich Saishō.

«Hmm. Ja, das muss man wohl sagen. Ich frage mich, ob noch andere Damen heute Morgen dieses besondere Geschenk erhalten haben, oder ob nur mir diese reizende Geste zuteil geworden ist.»

«Sie hat offenbar überall ihre Spione», sagte Saishō. Sie setzte sich auf und legte sich die Decke um die Schultern. «Ich wette, sie hat davon erfahren, dass das Moorhuhn im letzten Monat an deiner Tür geklopft hat. Was wirst du jetzt machen?»

Ich nahm meinen Tintenstein heraus und begann wütend den Tuschestab im Wasser zu reiben. Es dauerte nicht lange, bis mir etwas einfiel:

«Ich glaube, ich sollte ihr die Tücher zusammen mit diesem Gedicht zurückschicken», sagte ich und zeigte Saishō meinen Vers.

Kiku no tsuyu wakayu bakari ni sode furete hana no aruji ni chiyo wa yuzuramu
Flüchtig nur muss ich meinen Ärmel in den Tau der
Chrysanthemen tauchen, um in junger Frische zu erstrahlen.
An seine Besitzerin schick ich ihn nun zurück, vielleicht
vermag er dort Wunder zu wirken.

«Das wagst du nicht!», rief Saishō, rollte die Augen und lachte.

Ich lächelte und wusch meinen Pinsel aus. «Du hast Recht», sagte ich. «Es wäre nicht besonders klug. Vermutlich ist es am Besten, ihre gemeine Tat einfach zu ignorieren.»

Als ich Saishō das Gedicht zeigte, wusste ich, dass sie allen von Rinshis Bosheit, aber auch von meinem Gedicht erzählen würde, und das wäre meine Rache.

An jenem Abend hatte ich Dienst bei Ihrer Majestät. Räucherlampen wurden gebracht, um die Duftmischungen auszuprobieren, die wir vorbereitet hatten. An den langen Gewändern, die unter den Jalousien hervorschauten, konnte ich erkennen, dass die Dame Koshōshō und die Dame Dainagon auf ihrem üblichen Platz nahe der Veranda saßen. Es war eine wunderschöne, mondhelle Nacht, und wir unterhielten uns leise darüber, wie wunderbar der Garten aussah und wie ungewöhnlich warm es war, weshalb die Weinreben noch lange nicht ihr Herbstgewand tragen würden. Die Kaiserin schien sogar noch ruheloser als sonst, und ich hatte eine plötzliche Vorahnung.

Ich wurde zu einem Botengang gerufen, und auf dem Rückweg legte ich einen kurzen Zwischenhalt in meinem Zimmer ein. Ich wollte nur meine Augen etwas ausruhen, aber ich musste wohl eingeschlafen sein, denn ungefähr gegen Mitternacht wurde ich von großem Lärm und emsigem Treiben geweckt. Ich hörte zahlreiche Menschen an meinem Zimmer vorbeieilen, worauf ich meinen Kopf in den Gang hinausstreckte und eine vorbeihastende Dienerin anhielt.

«Es ist soweit, Ihre Majestät hat Wehen!», stieß das Mädchen atemlos hervor und huschte weiter.

Meine Vorahnung hatte mich nicht getäuscht. Ich beschloss, mich möglichst lange nicht in die Aufregung einzumischen. Als der Morgen dämmerte, es war der Zehnte des Monats, stand Michinaga mitten im Hauptgebäude und wies alle an, was sie zu tun hatten. Shōshis Brüder und andere Adlige des vierten und fünften Ranges waren damit beschäftigt, Vorhänge aufzuhängen und Matten und stapelweise Kissen, die mit Binsen gefüllt waren, hereinzutragen. Eine schneeweiße Bettstelle war neben dem üblichen Schlaflager der Kaiserin aufgebaut worden, und sie zog gerade um, als ich in der Haupthalle ankam. Alles rannte hektisch hin und her und bemühte sich dabei, die Priester nicht zu stören, die eine lange Litanei lauter Gesänge angestimmt hatten. Neben den Mönchen, die sich schon während der letzten Monate im Palast aufgehalten hatten, waren noch aus den Tempeln der Hauptstadt die berühmtesten Exorzisten herbeigerufen worden – und so strömten immer weitere Neuankömmlinge in das überfüllte Gebäude. Es war, als wären sämtliche Buddhas des Universums den dringenden Bitten in dieses Haus gefolgt.

Die Palastdamen versammelten sich in der östlichen Galerie. Die Frauen, die als Medium bestimmt waren, saßen auf der westlichen Seite der weißen Bettstelle, jeweils von mehreren Trennwänden und Vorhängen abgeschirmt. Vor jedem dieser Würfel betete mit rauer Stimme ein Exorzist. Im Süden der weißen Geburtskammer saßen Bischöfe und Erzbischöfe in geraden Reihen, sie waren heiser von den lauten Gebeten. Ihr Geschrei war so dröhnend, dass es die schrecklichsten schützenden Gottheiten erscheinen ließ. In dem schmalen Raum zwischen den Schiebewänden auf der Nordseite der Bettstelle drängten sich noch zusätzlich mindestens vierzig Menschen. Der Lärm war ohrenbetäubend. Ich schlüpfte für eine Weile in mein Zimmer zurück.

Kurz darauf klopfte jemand laut gegen die Säule. Ich öffnete das Klappfenster, und vor mir stand völlig außer Atem Michinagas persönlicher Diener.

«Seine Exzellenz möchte wissen, warum sie nicht anwesend sind», sagte er brüsk. «Ich habe den Auftrag, sie sofort zu holen.»

Er brachte mich in Verlegenheit. Ich hätte es niemals für möglich gehalten, dass meine Abwesenheit in der Hektik überhaupt bemerkt würde.

«Ich mache mich nur kurz frisch», sagte ich zur Entschuldigung. «Ich bin in wenigen Minuten zurück.»

Bevor ich das Fenster wieder schließen konnte, legte der Diener seine Hand in den Rahmen und sagte, er würde auf mich warten. Da wurde mir klar, dass ich mich tatsächlich beeilen musste. Ich musste mein Gesicht gar nicht pudern, klapperte aber etwas mit meiner Schminkschatulle, atmete tief durch und trat in den Gang hinaus. Zu meiner Überraschung gingen wir schnell an der Haupthalle vorbei und steuerten direkt auf den westlichen Flügel zu. Abseits des anschwellenden Lärms und der vielen Menschen, die Shōshi umgaben, saß dort Michinaga vor einem kleinen, privaten Schrein. Er war ins Gebet vertieft und wirkte recht hager und ernst. Offensichtlich hatte er nicht geschlafen.

Michinaga drehte sich um, als der Diener mich leise ankündigte und sich dann diskret zurückzog. Der Regent durchbohrte mich mit seinem Blick.

«Ich brauche Sie», sagte Michinaga langsam.

Ich wartete.

«Ich brauche Sie, um die Geschehnisse aufzuschreiben», fuhr er fort. «Dies wird der ehrenvollste Moment in meinem Leben werden, und ich möchte eine vollständige Beschreibung davon. Natürlich werden auch noch andere Notizen machen», fuhr er fort, «aber mir ist es besonders wichtig, dass Sie alles aufschreiben, was Sie beobachten – das Gute, das Schlechte, was auch immer passiert, notieren Sie es. Ich verlasse mich auf Sie.»

Ich nickte beschämt.

«Das ist alles», sagte er und wendete sich wieder dem Schrein zu.

Obwohl er mich nicht mehr ansah, verbeugte ich mich und schlich aus dem Zimmer. Hätte ich noch irgendwelche Illusionen über Michinagas Gefühle für mich gehabt, so wären sie spätestens durch diesen kleinen Wortwechsel ausgeräumt worden. Ich war für ihn nichts als eine Schreiberin, seine Stimme für die Nachwelt. Ich hatte eingewilligt, diese Chronik für ihn zu erstellen, aber nun begann ich mir ganz nüchtern meine Gedanken zu machen, was das wirklich bedeutete.

Im Hauptgebäude waren inzwischen sogar noch mehr Menschen eingetroffen. Es war noch früh am Morgen, und einige von ihnen waren offensichtlich sofort herbeigeeilt, nachdem sie die Nachricht vom Zustand der Kaiserin erhalten hatten. Eigentlich gab es gar keinen Platz für sie. Ich schlängelte mich durch die Menge bis zur nördlichen Galerie hindurch, wo die Damen so eng zusammengedrückt standen, dass viele von ihnen die Säume ihrer Schleppen und Teile ihrer Ärmel verloren hatten. Es war ein fürchterliches Gedränge, aber mir blieb nichts anderes übrig, als mich ihnen anzuschließen.

Kaiserin Shōshi hatte den ganzen Tag lang schmerzvolle Wehen, aber die Geburt ging nicht voran. Ein böser Geist nach dem anderen wurde in die Medien gelenkt, ein Exorzist nach dem anderen überbot seine Kollegen in lautem Geschrei. Einmal kreischten sie alle im Chor ihre Beschwörungen. Es klang einfach grauenhaft. Am späten Nachmittag traf ein Wagen voll älterer Damen, die bereits Erfahrungen als Hebamme hatten, aus dem Palast ein. Sie verschwanden hinter den Vorhängen der weißen Bettstelle, kamen aber bald wieder hervor, weil auch sie nichts ausrichten konnten. Wir sahen, wie sie sich auf die Unterlippen bissen und gegen die Tränen kämpften. Im hinteren Teil der Galerie wurden einige Damen ohnmächtig und mussten hinausgetragen werden. Andere stöhnten und wiegten sich und waren in der spannungsgeladenen Atmosphäre in Trance verfallen.

Der Lärm und das Durcheinander hielten die ganze Nacht an. Alle waren müde, aber niemand wagte es fortzugehen. Immer wieder warf jemand eine Hand voll Reis in die Luft, um böse Geister abzulenken, und die Körner fielen uns in die Ausschnitte unserer Kleider. Jene Damen, die schon lange im Dienst Ihrer Majestät standen, waren verzweifelt, und obwohl ich noch nicht so lange im Palast war, spürte ich, dass ich Zeugin eines historischen Moments wurde.

Der Morgen dämmerte. Der Elfte des Monats war angebrochen. Michinaga erfasste panische Angst, weil seine Tochter derart lange Wehen durchleiden musste. Da die Exorzisten noch immer zahlreiche böse Geister aufstöberten, schlug jemand vor, man solle die Kaiserin an einen anderen Ort bringen, und wenn es nur innerhalb des Gebäudes war. Michinaga stimmte dem Vorschlag zu. Im Morgengrauen entfernte man auf der Nordseite einige Trennwände, und Shōshi wurde in den hinteren Teil der Galerie gebracht. Dort war es nicht möglich, Stellwände aufzustellen, also wurde sie durch mehrere Lagen von Vorhängen abgeschirmt. Die älteren Damen wichen nicht von ihrer Seite, aber Michinaga sorgte sich nun, die vielen Menschen könnten Ihre Majestät stören. Also befahl er den jüngeren Damen, sie sollten sich in die südlichen und östlichen Gänge verteilen. Die Dame Saishō gehörte zu dem auserwählten Kreis, der innerhalb der Vorhänge blieb, zusammen mit der Mutter der Kaiserin und ihrem Bruder, dem Bischof des Ninnaji-Tempels.

Ich stand zusammen mit den Damen gleich unterhalb der beiden Plattformen. Eine Gruppe Frauen, einschließlich der Ammen von Michinagas anderen Töchtern, bahnte sich den Weg durch die Vorhänge, die den Raum hinter uns abtrennten. Im schmalen Gang hinter uns war also kaum mehr ein Durchkommen. Zu allem Unheil schielten auch noch die Männer über die Vorhänge, wann immer ihnen danach war. Es überraschte mich nicht, dass sich Michinagas Söhne so benahmen, aber sogar der ansonsten so höfliche Tadanobu, Oberhaupt des Haushaltes Seiner Majestät, und Tsunefusa, der Ratgeber zur Linken, hatten ihr Taktgefühl verloren und glotzten uns dreist an. Wie Vögel saßen wir in einem überfüllten Käfig gefangen und verloren schließlich jegliches Schamgefühl. Wir bemühten uns nicht mehr länger, unsere Gesichter zu verhüllen, unsere Augen waren vom Weinen verquollen, der Reis rieselte wie Schnee über unsere Köpfe, und unsere Kleider waren schrecklich zerknittert. Wir boten vermutlich einen jämmerlichen Anblick. Trotzdem schoss mir durch den Kopf, dass wir vielleicht eines Tages im Rückblick über diese Szene würden lachen müssen.

Vorerst gab es allerdings nichts zu lachen. Am späten Morgen schien es, als würde die Geburt kurz bevorstehen, und die bösen Geister heulten und schrien. Einer der heiligen Lehrer wurde von der Kraft eines Dämons, der von ihm Besitz ergriffen hatte, zu Boden geschleudert und musste durch lautes Beten eines Kollegen gerettet werden. Die Dame Saishō war für einige Damen des Priesters Eikō verantwortlich, und nachdem keine von ihnen in der Lage war, einen austretenden Geist aufzunehmen, steigerte sich die Aufregung noch.

Plötzlich sahen wir, wie eine Priesterdelegation mit den Utensilien, die für eine Tonsur nötig waren, hinter den Vorhängen verschwand, und eine Welle der Verzweiflung ergriff von der Menge Besitz. Lag Ihre Majestät im Sterben? Wir konnten kaum glauben, was geschah, und einige der Damen gerieten völlig außer sich, sie schrien und kreischten. Plötzlich erschien dann auch noch Michinaga. Mit lauter und kräftiger Stimme stimmte er das Lotos-Sutra an. Die Hysterie verebbte langsam, und während dieser kurzen Stille kam das Kind zur Welt.

Ein Prinz war geboren! Die Nachricht verbreitete sich vom Innern des Heiligtums durch die Haupthalle in die Gänge und hinaus in die Welt. Aber noch war die Nachgeburt nicht gekommen, also blieb die Atmosphäre angespannt. Alle drängten sich in den großen Raum zwischen der Haupthalle und der südlichen Galerie bis hin zu den Balustraden, und das Singen begann von neuem. Laien wie Priester warfen sich im Gebet zu Boden. Ich war auf der anderen Seite des Raums, aber ich hörte später, dass die Frauen in der östlichen Galerie

sich plötzlich neben einer Gruppe älterer Adliger wiederge-
funden hatten. Ausgerechnet die Dame Kochūjō, die immer
besonders auf ihr Aussehen achtete, prallte mit dem Ersten
Sekretär zur Linken, Yorisada, zusammen, mit dem sie einst
eine Liebesbeziehung gehabt hatte. Obwohl sie sich am Morgen sehr sorgfältig zurecht gemacht hatte, waren ihre Augen
inzwischen vom Weinen gerötet, und ihr Puder war in großen
Placken abgefallen. Sie wusste, wie furchtbar sie aussah, und
war außer sich, ausgerechnet in diesem Zustand einem ehe-
maligen Geliebten begegnet zu sein.

Mit großen Schwierigkeiten bahnte ich mir auf der Suche
nach Saishō einen Weg bis zu der Geburtskammer, und als ich
sie fand, war ich auch über ihr Aussehen schockiert. Ich
wollte mir gar nicht vorstellen, wie ich selbst wohl aussah.
Wie gut, dass wir alle so aufgeregt waren, so erinnerte sich
später niemand daran, was für einen schrecklichen Anblick
wir alle geboten hatten!

Saishō erzählte mir, die Nachgeburt sei endlich gekommen, und die Kaiserin ruhe sich nun aus. Endlich konnte sie
sich vorsichtig in die Kissen zurücklehnen, nachdem die
älteren Damen sie die ganze Zeit aufrecht gehalten hatten.
Mutter und Kind waren beide am Leben. Ich erinnere mich
daran, wie einfach meine Geburt gewesen war. Trotz meiner
qualvollen Schwangerschaft war Katakos Geburt gnädig
schnell vonstatten gegangen.

Es war gerade Mittag, als die Geburt verkündet wurde,
und doch hatten alle das Gefühl, die Morgensonne hätte sich
gerade erst über einem wolkenlosen Himmel erhoben. Schon
die Tatsache, dass Shōshi überlebt hatte, bot Anlass zu feiern,
aber dass das Kind auch noch ein Junge war, sorgte für geradezu ausgelassene Stimmung. Damen, die in der Früh noch in
einem Zustand von Trauer und herbstlicher Melancholie ver-

sunken gewesen waren, fanden nun plötzlich neue Kraft und entschuldigten sich, um auf ihr Zimmer zu gehen und sich dort frisch zu machen. Nur die älteren Frauen blieben zurück, um sich um die Mutter und das Kind zu kümmern, und so sollte es sein. Auch Saishō und ich nutzten diese Gelegenheit, um in unser Zimmer zu gehen.

Wir waren beide erschöpft, vor allem Saishō hatte eine anstrengende Nacht hinter sich, und doch konnten wir uns kaum ausruhen. Die Diener hasteten bereits durch die Frauengemächer, unter dem Arm unglaubliche Mengen Kleider. Sie brachten uns bestickte, zeremonielle Jacken mit Perlmuttapplikationen. Als Einzelstücke hätten wir sie gewiss ausnehmend bewundert, aber da alle die gleichen Kleider bekamen, achteten wir kaum auf diesen Prunk, sondern schminkten uns und durchsuchten die Zimmer nach unseren besten Fächern.

Ich war als Erste mit meinen Vorbereitungen fertig. Während ich auf Saishō wartete, öffnete ich das Fenster einen Spalt weit, um über den Garten zur südlichen Ecke des Hauptgebäudes blicken zu können. Dort warteten verschiedene hochrangige Adlige, und in diesem Moment erschien auch Michinaga, ein breites Grinsen auf dem Gesicht. Er ordnete an, die Blätter müssten aus dem Bach entfernt werden. Ich erinnerte mich daran, wann ich diesen Befehl das letzte Mal gehört hatte, damals hatte Michinaga eine Goldbaldrianblüte gepflückt und sie über den Vorhangständer in mein Zimmer geworfen. An jenem Tag machte ich mir wohl die meisten Illusionen über Michinaga.

Es war unglaublich, aber er entdeckte mich an dem offenen Fenster und kam in meine Richtung.

«Schreiben Sie auch mit?», fragte er mich unverblümt. «Es kommt noch vieles auf uns zu – die Badezeremonie, das Präsentieren des Schwerts, die Feier zum dritten, fünften, siebten und neunten Tag. Alles! Ich erwarte, dass das alles aufgeschrieben wird.»

Plötzlich spürte ich eine tiefe Erschöpfung in mir.

Gleißender Mondschein

Hikari Sashisou

In den zehn Tagen nach der Geburt des Prinzen fand eine Zeremonie nach der anderen statt. Ich war angeschlagen und fühlte mich nicht sehr wohl, trotzdem schrieb ich unablässig, bis ich vollkommen erschöpft war. Michinaga hatte mir befohlen, alles niederzuschreiben, also gab ich mein Bestes, meistens des Nachts bei Kerzenlicht. Da ich unmöglich alles beobachten konnte, war ich auf die Hilfe von Saishō, Koshōshō und anderen Freundinnen angewiesen. Saishō hatte die Ehre, für das erste Bad des Prinzen zuständig zu sein.

Seit der Geburt war das ganze Haus weiß geschmückt.

Es war ein faszinierendes Schauspiel, wie sich jene Damen, deren Rang verbotene Farben erlaubte, verhielten, während sämtliche Farben verboten waren. Rivalitäten wurden noch heftiger ausgetragen, als wollten die Frauen testen, wie viel ihrer Überlegenheit allein auf die Wahl ihrer Stoffe zurückzuführen war. Die Damen des höchsten Rangs ließen ihre chinesischen Jacken aus der gleichen bemalten Seide herstellen wie ihre Mäntel mit den verzierten Ärmelbesätzen, während vor allem die älteren Damen niederen Ranges schlichte Jacken wählten. Sie boten ein beeindruckendes Bild, doch schließlich fiel mir auf, wie ähnlich sie sich alle sahen. Jede hatte einen geschmackvollen, aber dezenten Fächer mit angemessener Aufschrift in der Hand. Gewiss hatte jede von ihnen gehofft, eine besonders originelle Aufschrift zu malen, und nun konnte man spüren, wie sie ein leiser Schreck durchfuhr, als sie bemerkten, wie ähnlich sie alle wirkten.

Gleichwohl war die Szene in ihrer Strenge von beeindruckender Schlichtheit. Die Stickereien waren aus Silber, und die Säume unserer Schleppen waren so dick mit silbernem Faden eingefasst, dass sie wie Borten wirkten. Auch in die Musterung der Fächer war Silberfolie eingelegt. Als sich alle versammelt hatten, erinnerte das Bild an einen schneebedeckten Berg im gleißenden Mondlicht – man wurde von dem Glanz beinahe geblendet, als wäre das Zimmer mit Spiegeln ausgehängt.

Die Zeremonien für den dritten Tag wurden von den Mitgliedern des Haushaltes Ihrer Majestät organisiert. Sie präsentierten Kleider und Bettzeug für den Prinzen, und all ihre Geschenke waren mit aufeinander abgestimmten weißen Tüchern in exklusiven Mustern umwickelt. Ich konnte mir kaum vorstellen, wie sie dies alles in so kurzer Zeit hatten organisieren können. Die Zeremonien zum fünften Tag überwachte Michinaga persönlich. Überall standen Fackelträger bereit, sie tauchten den Garten und die großen Räume in gleißendes Licht. Zahlreiche Besucher drängten sich im Schatten, während Michinagas persönliche Diener lächelten, sich verbeugten und hin und her hasteten, um die Glückwünsche entgegenzunehmen.

Michinaga wählte acht der jüngsten und hübschesten Damen seiner Tochter aus, die am Abend das Essen servieren sollten. Sie trugen weiße Kleider und hatten weiße Bänder im Haar, standen in einer doppelten Reihe und hielten silberne und weiße Tabletts. Wie immer gab es einige Damen, die sich beklagten, zu kurz zu kommen, und man war sich einig, dass sie sich heute ziemlich lächerlich machten.

Als die Zeremonien zu Ende gingen, verließen viele Adlige

ihre Plätze und traten auf die Brücke hinaus, um mit dem Würfelspiel zu beginnen. Auch Michinaga schloss sich ihnen an. Dies war genau das Verhalten, das meinem Vater im Palast immer Kummer bereitet hatte. Ich war sehr dankbar, dass mein Bruder an jenem Abend im Ichijō-Palast Dienst tun musste, sonst hätte ich mich gewiss wieder für ihn schämen müssen. Beim Trinken wurde auch fleißig gedichtet, und die Damen neben mir wurden nervös, denn falls der Becher bei uns vorüberkäme, müssten auch wir mit einem Vers antworten. Wir sprachen darüber, wie vorsichtig man in Kintōs Anwesenheit sein musste, nicht nur in der Wahl der Worte, sondern auch im Vortrag der Verse. Einige Damen bereiteten für alle Fälle einen Vers vor. Ich ließ mich vom Vollmond und den vollen Sakebechern inspirieren und verfasste die folgenden Zeilen:

Mezurashiki hikari sashisou sakazuki wa mochinagara
koso chiyo wo megurame
Trunken vom himmlischen Glanz des Vollmonds, reichen wir den Sakebecher herum und wünschen Glück für alle Zeit.

Doch es wurde spät, und die Leute gingen oder schliefen ein, niemand fragte uns nach unseren Gedichten. Ich glaube, mein Vers hätte ganz gut abschnitten.

Als der Mond aufging, strahlte die Nacht sogar noch heller, und eine Vielzahl von Bediensteten trat aus dem Schatten heraus. Da waren Diener, Barbiere, Dienstmädchen und Putzfrauen, viele von ihnen hatte ich noch niemals zuvor gesehen. Ein seltsames Paar fiel mir auf, es waren vermutlich die Frauen, die für die Schlüssel verantwortlich waren. Sie erhoben sich steif, auch sie waren in förmliche Kleider gehüllt, und in ihren Haaren steckte ein ganzer Wald von Kämmen.

Plötzlich erinnerte ich mich daran, wie in Echizen all die seltsamen Kreaturen aus ihren Löchern gekrochen waren, sobald sich die Nacht herabsenkte. Die Veranda zwischen dem Eingang zum hinteren Gang und der Brücke war so überfüllt, dass niemand mehr hindurchkam.

Ich hatte die besondere Ehre, jene Nacht bei der Kaiserin verbringen zu dürfen. Erleichtert stellte ich fest, dass sie sich von ihren Qualen erholt hatte. Sie strahlte jene unvergleichliche Schönheit einer jungen Mutter aus, und wir mussten sie einfach zeigen. Ein Priester hatte Nachtdienst, also schob ich spontan die Trennwand beiseite, um ihn einen Blick auf die Kaiserin erhaschen zu lassen.

«Hier, Mönch», sagte ich. «Ich bin sicher, Sie haben noch niemals zuvor einen so wunderbaren Anblick genossen.»

Er blickte völlig verblüfft in unsere Richtung, hob die Hände in unsere Richtung und rief:

«Oh, ihr seid zu gütig, zu gütig!»

Mir gefiel der Gedanke, dass das Bild unserer Kaiserin mit ihrem glänzenden Haar, das sich in einem dicken, schwarzen Strom über ihre weißen und silbernen Gewänder ergoss, ewig in der Erinnerung dieses Mannes leben würde.

Am nächsten Tag, zwischen den Feiern zum fünften und siebten Tag, konnten wir kurz etwas Luft holen. Die meisten von uns schliefen lange und verbrachten den Nachmittag in den Zimmern. Wir mussten neue Gewänder nähen, es war nicht leicht, wenn so viele offizielle Zeremonien so kurz aufeinander folgten. Es wäre unangebracht gewesen, immer dieselben Kleider zu tragen, aber für die entsprechenden Vorbereitungen war wenig Zeit. Gegen Abend konnten wir uns trotzdem noch etwas ausruhen. Das Wetter war wunderbar, und ich saß mit ein paar Freundinnen draußen im Gang bei der Brücke, als Michinagas zweiter Sohn Norimichi mit einigen Offizieren vorbeikam. Er versuchte, die jüngeren Damen auf ein Boot auf den See hinauszulocken, und tatsächlich gelang es ihm, ungefähr die Hälfte der Gruppe zu überreden. Die schüchternen Damen entzogen sich jedoch und blieben zurück, aber sie blickten sehnsuchtsvoll auf den See, und es war klar, dass sie ihre Zurückhaltung bereuten. Von der Brücke aus beobachtete ich die schemenhaften Gestalten, die sich im blassen Mondlicht im Garten bewegten. Wiederum fiel mir auf, wie deutlich sich das schwarze Haar der Damen auf ihren weißen Kleidern abzeichnete. Es war zauberhaft schön, viel beeindruckender, als wenn sie ihre normalen Kleider getragen hätten.

Am frühen Abend hatte es eine partielle Mondfinsternis gegeben. Eine der jüngeren Damen hatte es zuerst bemerkt und beunruhigt in den Himmel gezeigt. Es war kein gutes Omen, dass der Himmel ausgerechnet an jenem Abend so klar sein musste! Es wäre besser gewesen, wenn sich einige Wolken vor das kleine Abenteuer des Mondes geschoben hätten. Auch in Echizen hatte eines Nachts ein Schatten den Mond angeknabbert, und Meister Jyo erzählte uns, in seinem Land könne man diese Dinge voraussagen. Vater drängte ihn, das zu erklären, und Meister Jyo führte aus, was mir auch sein Sohn Ming-gwok erzählt hatte. Er selbst sei nicht dazu in der Lage, diese Berechnungen anzustellen, der chinesische Kaiser habe jedoch ein Büro, das sich den Bewegungen am Himmel widmete. Vater fand die Vorstellung wunderbar, Sonnen- und Mondfinsternisse voraussagen zu können.

Die anderen Damen zermarterten sich den Kopf über dieses unheimliche Zeichen, als die Dame Saishō darauf hinwies, alles sei vorüber und der Mond erstrahle nun wieder in voller Helligkeit. Sie bat mich, ein Gedicht hierzu zu verfassen, und ich komponierte die folgenden Worte:

Kumori naku   chitose ni sumeru   mizu no omo ni   yadoreru
tsuki no kage mo nodokeshi

Wolkenlos klar schwebt der Mond in die Unendlichkeit,
während sein Spiegelbild friedvoll auf dem Wasser ruht.

«Seht ihr», sagte sie, «Michinagas Karma ist so stark, dass
jeder unheilverheißende Schatten sich verflüchtigt. Denkt
doch nur an die Geburt des Prinzen. Alle hatten wir ein tra-
gisches Ende gefürchtet, als Michinaga während der Geburt
des Kindes das Lotos-Sutra anstimmte.»

Ein Page erschien und meldete uns die Ankunft einiger
Damen aus dem Palast, sie seien beim nördlichen Wachhaus
vorgefahren. Hastig kehrten wir auf unsere Plätze zurück
und vergaßen dabei den Mond. Dann fiel uns ein, dass die anderen Damen noch auf dem See draußen waren. Sie umrundeten gerade die Kiefern auf der Insel und bewegten sich
langsam wieder auf das Ufer zu. Mit aufgeregten Gesten versuchten wir, sie herbeizuwinken. Als sie endlich zurückkehrten, machten sie uns Vorwürfe, sie nicht rechtzeitig benach-
richtigt zu haben.

«Wir haben doch unser Möglichstes getan», wehrten wir
uns, «aber ihr habt anscheinend nicht gesehen, dass wir euch
von der Brücke aus gewinkt haben.»

«Wir haben gedacht, ihr winkt uns nur so zum Spaß», er-
widerten sie verärgert und eilten davon, um sich umzuziehen.

Es war seltsam, dass sich unsere Gruppe in der Gegenwart
der Palastdamen noch immer unwohl fühlte.* Man hätte
meinen können, dass wir nun, da Ihre Majestät einen Sohn
geboren hatte, etwas mehr Selbstvertrauen an den Tag legen

---

* Die Damen, die in Shōshis Dienst standen, waren keine offiziellen Palastdamen. Sie wurden mit privaten Mitteln der Fujiwara-Familie ausgehalten.

würden. Während wir davoneilten, um uns zurechtzumachen, tauchte zu unserem Glück Michinaga auf und setzte sich zu den Palastdamen. Ich hatte ihn seit Monaten nicht mehr so entspannt gesehen. Er war charmant, machte Komplimente und verteilte an die Damen Geschenke, die ihrem Rang entsprachen. So hatten wir Zeit, uns etwas zu sammeln, bevor wir uns der Gruppe anschlossen und sie in dem Haus willkommen hießen. Die Zeremonien des nächsten Tages wurden vom Palast ausgerichtet, und diese Damen waren für die Vorbereitungen gekommen. Sie wollten in erster Linie wissen, wo sich alles befand, wer ihnen assistieren würde und wo sie an jenem Abend schlafen sollten. Sie hatten genauso wenig Interesse an irgendwelchen Plaudereien wie wir, und nachdem wir ihre Fragen beantwortet und ihnen ihre Gemächer gezeigt hatten, zogen auch wir uns zurück.

Bei Anbruch des siebten Tages fühlten wir uns alle recht erschöpft. Ein kaiserlicher Bote präsentierte Ihrer Majestät in einer Truhe aus Weidenholz eine Rolle, auf der alle Geschenke aus dem Palast aufgelistet waren. Ich saß gerade außerhalb der Vorhänge, aber Koshōshō war drinnen und erzählte mir später, die Kaiserin habe sich die Rolle nicht einmal angesehen, sondern sie gleich ihren Dienerinnen weitergegeben. Zum Dank wurden Geschenke aus den Vorhängen herausgereicht. Als ich später auf der Suche nach Saishō war, warf ich einen Blick durch die Vorhänge auf die Kaiserin. Sie war auf Kissen gebettet und schien unruhig zu sein. Ich erschrak, wie blass und zerbrechlich sie aussah. Eine kleine Öllampe hing innerhalb der Vorhänge, und ihr Gesicht sah in dem hellen Licht weich, fast gläsern aus. Sie sah trotz ihrer Erschöpfung so jung und wunderschön aus – vor allem ihre fülligen schwarzen Haare, die sie auf dem Rücken zusammengebunden hatte, ließen sie anmutig wirken – sie sah kaum aus wie eine «Landesmutter». Als sie mich sah, lächelte sie matt.

«Wann können wir unsere Chinesischstudien wieder aufnehmen?», murmelte sie.

Plötzlich tat sie mir Leid. Wann immer mir die endlos langen offiziellen Zeremonien zu viel wurden, dachte ich an die junge Kaiserin und wie mühselig es für sie war, dies alles in ihrem geschwächten Zustand über sich ergehen zu lassen. Ich bemühte mich, einige aufmunternde Worte zu sprechen, und schlüpfte wieder aus den Vorhängen hinaus. Die Feste an jenem Abend schienen noch lauter als in der Nacht zuvor, wenn das überhaupt noch möglich war. Ich täuschte Kopfschmerzen vor, und so konnte ich mich früh zurückziehen. Die arme Dame Koma hatte dieses Glück nicht, wie ich später hörte.

Am achten Tag entledigten wir uns der weißen Roben und trugen ab sofort wieder farbige Gewänder. Die schneeweiße Bettstelle wurde entfernt, und neue Vorhänge mit einer leichten Fasermusterung wurden aufgehängt. Es war zwar für das Auge eine außerordentliche Wohltat, wieder Farben zu sehen, trotzdem strahlte auch das kalte Weiß eine ganz besondere Schönheit aus – es ließ die Kontraste stärker hervortreten und erinnerte mich immer an jene Zeichnungen, in denen das lange schwarze Haar beinahe aus dem Papier zu wachsen scheint.

Die Zeremonien zum neunten Tag wurden schließlich vom Haushalt des Kronprinzen unterstützt, und die Dienerinnen trugen dunkelpurpurne Kleider unter durchsichtigen Jacken aus hauchdünner Seide. Sie waren unbeschreiblich elegant, und unsere Augen labten sich an den strahlenden Farben.

Dies war die letzte der offiziellen Geburtszeremonien, also etwas ganz Besonderes. Ich hätte die Feierlichkeiten allerdings mehr genießen können, wenn ich nicht alles genau hätte beobachten und mir ständig für Michinaga hätte Notizen machen müssen.

Wasservögel

Mizutori

Mitten in der Nacht klopfte Koshōshō an meine Tür. Wie so oft lag ich wach, ich hatte das Rascheln ihrer seidenen Röcke auf dem Gang vernommen und dann die Stille, als sie vor meiner Tür stehen blieb. Ich bat sie herein. Saishō war nach Hause gegangen, und ich war allein. Zwei Tage zuvor war Vollmond gewesen, nun hing die fahle Scheibe über den westlichen Hügelzügen und warf silberne Schatten auf den Garten. Koshōshō legte sich neben mich und gähnte.

«Es war geschickt von dir, dich früh zurückzuziehen», sagte sie. «Der Abend hat einen seltsamen Verlauf genommen. Du kennst doch Koma, die Dame, die neu in den Dienst eingetreten ist?»

Koma war sehr hübsch. Und sie war jung und unerfahren. Irgendwie war sie in ein Spiel einiger betrunkener Adliger geraten. Es war ihr nicht gelungen, sich elegant zurückzuziehen, und die Situation war außer Kontrolle geraten.

«Sie spielten ihre üblichen dummen Spielchen», sagte Koshōshō. Sie redeten über die Amme Shō, und dann sagte der alte Toshikata, er brauche auch eine Amme. Er warf Koma ständig anzügliche Blicke zu und versuchte sie zu überreden, ihm ihre Brust zu geben. «Nur ein bisschen versuchen!», jammerte er. Michinaga versuchte, ihr den Kopf auf den Schoß zu legen.

Die Unschuld scheint so unwiderstehlich. Mir tat das arme Mädchen Leid. Auch sie musste nun lernen, den undurchsichtigen Mantel der gewandten Sprödheit überzuziehen.

«Eigentlich hätte sie sich ihnen mehrere Male entziehen können», sagte Koshōshō und winkte verärgert mit der Hand. «Aber sie war völlig durcheinander. Schließlich zog Michinaga eine seiner Roben aus und bot sie ihr als Geschenk an.»

«Und sie hat es angenommen?», fragte ich.

«Sie war verlegen und versuchte, das Geschenk zurückzuweisen. Ich bin nicht einmal sicher, ob sie verstand, was es bedeutete. Michinaga bedrängte sie allerdings immer weiter.»

«Ein ausgezeichneter Vorwand, um sie später in ihrem Zimmer zu besuchen», fügte ich an.

«Am Schluss musste sie die Robe annehmen», erwiderte Koshōshō.

«Ja, am Schluss müssen wir es wohl immer auf uns nehmen», seufzte ich.

Endlich waren die Zeremonien vorüber. Ich war sehr erleichtert, nicht mehr ständig im Dienst zu stehen und mich für meine Notizen an sämtliche Einzelheiten erinnern zu müssen. Eines stillen Abends, draußen war es feucht und ich plauderte gerade mit Saishō, erschien Michinagas ältester Sohn Yorimichi. Er war ungefähr sechzehn Jahre alt, aber recht reif für sein Alter. Als er uns sah, schob er die Vorhänge etwas zur Seite und setzte sich direkt in den Türrahmen. Er hatte bereits gelernt, dass sich Männer jederzeit in die Gespräche der Frauen einmischen dürfen. Dann sprach er über die Liebe – im ernsten Ton der jungen Menschen, die dieses überwältigende Gefühl gerade erst entdeckt haben.

«Frauen!», beklagte er sich. «Wie schwer sie doch zu durchschauen sind!»

Saishō fand ihn bezaubernd, mich beunruhigte seine Anwesenheit eher. Es kam mir vor, als wollte er den Helden in einer Liebesgeschichte spielen. Er ging schon bald wieder, murmelte irgendetwas über den vielen Goldbaldrian auf der Wiese.

«Findest du nicht, dass er sich eben genau wie Genji verhalten hat?», fragte Saishō, nachdem er gegangen war. Sie zitierte das Gedicht, auf das Yorimichi angespielt hatte:

> *Ominaeshi oukaru nobe ni yadoriseba ayanaku ada no na wo ya tachinamu*
> Ich sollte nicht länger zaudern, nicht bei dem Goldbaldrian verweilen, sonst wird mein Ruf gewiss Schaden nehmen.

«Genau das ist», antwortete ich. «Er versucht viel zu offensichtlich, den Helden in einer Liebesgeschichte zu mimen.»

Verglichen mit anderen jungen Männern war er allerdings nicht unsympathisch. Sein Vater hatte ihm beigebracht, dass die Karriere eines Mannes nicht unwesentlich von der Familie seiner Frau abhängt, und den Jungen ermutigt, Prinz Tomohiras Tochter den Hof zu machen. Michinaga schien zu glauben, ich könnte aufgrund einer entfernten Verwandtschaft auf den Prinzen Einfluss ausüben, und er hatte immer wieder auffällige Anspielungen gemacht, ich solle mich doch für Yorimichi verwenden. Der Prinz bewunderte Genji und war in der Vergangenheit sehr freundlich zu mir gewesen, also befand ich mich in einer schwierigen Situation. Ich wusste, dass er schon lange hoffte, seine Tochter als kaiserliche Braut an den Hof zu schicken, weshalb Yorimichi eigentlich nicht infrage kam. Und doch, wenn sich Michinaga etwas in den Kopf gesetzt hatte, war das Resultat unausweichlich. Als mich Prinz Tomohira um Rat fragte, musste ich ihn aufklären, wie zwecklos es war, sich Michinaga zu widersetzen, und dass es das Beste wäre, Yorimichi seine Tochter mit gutem Willen anzubieten.

Die neue Jahreszeit begann.* Wir gaben den Dienerinnen unsere groben, ungefütterten Seidenkleider, und sie brachten uns die gefütterten und eingefassten Roben aus den mottensicheren Truhen. Shōshi hatte sich fast völlig von der Geburt erholt, in den Palast konnte sie allerdings erst zurückkehren, wenn sämtliche unreinen Spuren getilgt waren. Der Kaiser wartete schon ungeduldig darauf, seinen neu geborenen Sohn zu sehen, also überraschte Michinaga alle damit, dass er den Kaiser einlud, die Kaiserin im Tsuchimikado zu besuchen.

Wir wechselten uns in Tages- und Nachtschichten ab, um uns um die Kaiserin zu kümmern, die noch immer das verhüllte Schlaflager bewohnte, in das sie sich zur Geburt verkrochen hatte. An jenem Tag, an dem wir die Roben wechselten, kam sie zum ersten Mal heraus. Der kleine Prinz war natürlich meistens bei seiner Amme, die es nicht leicht hatte, weil Michinaga ständig alles über den kleinen Thronfolger wissen wollte. Er kam jeden Morgen und jeden Abend, um nach dem Baby zu sehen. Ob die Amme schlief oder völlig erschöpft war, spielte keine Rolle, Michinaga marschierte geradewegs ins Zimmer und öffnete die Vorhänge. Die arme Frau wurde oft sogar aus dem Schlaf geweckt, weil Michinaga an ihren Brüsten herumhantierte, weil er mit dem Baby schmusen wollte. Sie tat mir Leid. Das Kind war wirklich noch zu klein, um so behandelt zu werden.

* Laut offiziellem Kalender waren die wichtigsten Einschnitte zwischen den Jahreszeiten der zehnte Tag des zehnten Monats, wenn die gefütterten Winterroben hervorgeholt wurden, und der Anfang des vierten Monats, wenn alle zu den ungefütterten Sommerkleidern wechselten.

Michinaga war hingerissen von seinem kaiserlichen Thronfolger. Er kannte keine größere Freude, als das Baby wie einen wertvollen Schatz in den Armen zu halten. Es störte ihn nicht einmal, wenn der kleine Prinz plötzlich seine Roben nass machte.

«Schaut nur!», kicherte er und hielt das Baby stolz in die Höhe. «Der kleine Kerl hat mich gesegnet! Könnte es einen besseren Beweis dafür geben, dass meine Gebete erhört wurden?»

Die Amme nahm ihm das Baby mit verwirrtem Gesichtsausdruck wieder ab, während Michinaga seinen Mantel auszog und ihn zum Trocknen aufhängte.

Es blieben nur noch vier Tage bis zum Besuch des Kaisers, und wir hatten unglaublich viel Arbeit. Alles, was nur ein bisschen abgenutzt war, musste in Ordnung gebracht, erneuert oder ersetzt werden. Die Veranden wurden mit Pfirsichsteinen poliert. Auch der Garten wurde neu gestaltet. Ganze Wagenladungen von Chrysanthemen wurden gepflanzt – weiße Blumen, die sich an den Rändern violett verfärbten oder auf der Unterseite gelb oder rot leuchteten, außerdem knallgelbe Blüten in voller Pracht und in allen möglichen Formen und Größen. Elegant gruppiert strahlten sie in dem wirbelnden Morgennebel, und mir war, als blickte ich in einen verzauberten daoistischen Garten, der die Kraft hätte, das Alter zu bezwingen.

Ach, wenn es so gewesen wäre! An diese Tage erinnere ich mich wie an einen verschwommenen Traum. Ich wünschte mir, die Chrysanthemen würden mir ihren Tau borgen, um mir so etwas von ihrer Frische zu schenken. Während überall ausgelassen und fröhlich gefeiert wurde, versank ich seltsamerweise immer tiefer in Traurigkeit. Ich hatte mehr erreicht, als ich mir je hätte träumen lassen. Ich war nicht nur im Dienste bei Hof angenommen worden, sondern die Kaiserin zeigte auch mit vielen kleinen Freundlichkeiten, dass sie meine Gesellschaft genoss. Die Menschen rissen sich um meine Genji-Geschichten, und ich hatte einen niemals versiegenden Nachschub an Papier.

Warum konnte ich die Dinge nicht einfach hinnehmen, fragte ich mich. Wie sehr ich Menschen mit einfachen Sehnsüchten beneidete oder Menschen, die das Leben einfach akzeptieren konnten, wie es war. Es gab keinen Grund, warum ich mich nicht an den wunderbaren Dingen freuen sollte, die ich sehen und hören durfte – und doch fühlte ich nur Müdigkeit in mir.

Und meine Verzweiflung wuchs noch, weil ich mich so gehen ließ. Was, wenn ich plötzlich begänne, auch an meinem Leuchtenden Prinzen zu zweifeln? Meine Leser waren glücklich. Ich wünschte, ich könnte mir viel Zeit nehmen, um über Genji nachzudenken, aber ich musste mich an den Palastzeremonien beteiligen und für Michinaga Notizen machen. Wie lächerlich es war, zu leiden, nur weil ich nicht stundenlang in meiner Phantasiewelt schwelgen konnte! War mein reales Leben nicht interessant genug? Nun ist doch gewiss die Zeit gekommen, den Kummer hinter sich zu lassen, ermahnte ich mich streng. Was bringt es, so in Traurigkeit zu versinken? Wenn man sich zu tief in den Kummer hineinsteigert, entsteht nur immer neuer Kummer.

Ich hob den Kopf und blickte in die Morgendämmerung hinaus. Da sah ich eine Familie Wasservögel, die auf dem See spielte, als gäbe es in dieser Welt keine Sorgen. Dann fiel mir ein, dass es vielleicht nur so aussah, als würden sie das Leben genießen, während sie in Wirklichkeit oft leiden mussten.

Mizutori wo   mizu no ue to ya   yoso ni mimu   ware mo
ukitaru   yo wo sugushitsutsu
Wie kann ich jene Vögel, die anmutig übers Wasser gleiten, mit
Gleichmut betrachten? Teile ich doch ihr Schicksal und treibe
haltlos durch die ungewisse Welt.

Ich erhielt eine Nachricht von Koshōshō, die einige Tage
Urlaub hatte, und während ich meine Antwort verfasste, ver-
dunkelten plötzlich schwarze Wolken den Himmel, und es
begann zu regnen. Ich konnte die Klagen des Boten bereits
hören, und weil er in Eile war, kritzelte ich schnell einen letzten Satz – *und auch der Himmel scheint in Aufruhr.* Ich kann
mich nicht erinnern, ob ich ein Gedicht beifügte, aber es muss
wohl so gewesen sein, denn am Abend erschien derselbe Bote
mit Koshōshōs Antwort, die sie auf dunkelviolettem Papier
mit Wolkenmuster geschrieben hatte:

Kumo ma naku   nagamuru sora mo   kakikurashi   ika ni
shinoburu   shigure naruramu
Ich blicke in den dunklen Himmel, endlos scheint der Zug der
Wolken, Schleier umwölken auch mein Herz, düster rinnt aus
ihnen die Sehnsucht.

Wir standen uns sehr nahe, und sie fehlte mir. Ich konnte
mich nicht mehr an den genauen Wortlaut meines Gedichtes
erinnern, also nahm ich in meiner Antwort ihre Bilder auf:

Kotowari no   shigure no sora wa   kumo ma aredo   nagamuru
sode zo   kawaku ma mo naki
Der Regen fällt unablässig, selten sehe ich die Sonne hinter den
dunklen Wolken, allein meine tränennassen Ärmel können
nicht trocknen.

Ich schickte mein Gedicht ab und freute mich bereits darauf, sie bald wiedersehen zu können, denn der kaiserliche Besuch war für den nächsten Tag geplant, und alle, die beurlaubt waren, sollten bis dann zurückkehren. Vater war enttäuscht, dass man ihn nicht eingeladen hatte. Aber er wusste auch, dass ein Mann seines Ranges bei der großen Anzahl erwarteter Gäste kaum mit einer Einladung rechnen konnte – auch wenn eine seiner Töchter am Hof Dienst tat. Es war eine seltsame Situation – früher hatte er für mich das Palastleben beobachtet, und nun hatten sich unsere Rollen verkehrt.

Koshōshō kam am Tag des kaiserlichen Besuches in den kalten Stunden vor Morgengrauen zurück, also kleideten wir uns gemeinsam an und frisierten uns. Mit einem Kamm und meiner Hand glättete ich ihr langes schwarzes Haar, das zerzaust war, weil sie es unter ihr Reisekostüm gesteckt hatte. Sie hatte vollkommen glattes Haar, ohne den Ansatz einer Welle. Ich hatte in meinen Haaren schon hier und da eine farblose Strähne entdeckt. Die bleichen Strähnen fielen auf, sie waren irgendwie dicker als die übrigen schwarzen Haare. Ich hatte mir angewöhnt, sie auszureißen und um ein Stäbchen zu wickeln, das ich in meiner Schminkschatulle aufbewahrte. Koshōshō ermahnte mich, dies sei eine düstere Angewohnheit.

Zehntausend Jahre, tausend Herbste

Mannen Senjū

Man hatte die kaiserliche Prozession für den Morgen angekündigt, und so waren alle Damen bereits vor Morgengrauen aufgestanden, um sich zurechtzumachen. Da solche Ereignisse nie pünktlich begannen, glaubten Koshōshō und ich, noch viel Zeit zu haben. Wir beeilten uns nicht und wollten noch unsere alltäglichen Fächer gegen außergewöhnlichere Stücke eintauschen. Während wir auf die neuen Fächer warteten, hörten wir plötzlich den Klang der Trommeln. Uns blieb keine andere Wahl, als uns so, wie wir waren, auf den Weg ins Hauptgebäude zu machen. Wir waren nicht als Einzige überrascht worden, gleichzeitig mit uns traf eine Gruppe Damen aus dem östlichen Flügel ein. Im westlichen Gebäude saßen Kenshi, die jüngere Schwester der Kaiserin, und ihr Gefolge bereits mit ernsten Mienen auf ihren Plätzen. Sie mussten sich sehr umsichtig verhalten, da der westliche Flügel von einer Gruppe hochrangiger Adliger besetzt wurde.

Die Morgensonne glitzerte auf den Spezialbooten, die man für das Orchester hatte bauen lassen. Der Bug des Bootes, auf dem die chinesische Musik spielte, war wie ein Drachenkopf geformt – der Drache galt als der Herr der Wellen –, und das Boot für die koreanische Musik hatte den Kopf des Geki-Vogels, der als der Herr des Windes verehrt wurde. Beide Figuren waren aus Holz geschnitzt und vergoldet. Wie sie so majestätisch über das Wasser glitten, wirkten die Fabelwesen beinahe lebendig. Die Trommelklänge, die bis zu uns gedrungen waren, stammten von der Wassermusik, die den Kaiser bei seiner Ankunft begrüßen sollte. Man trug seinen Baldachin durch das südliche Tor, und als die Träger die Stufen erreichten, hoben sie das schwere Gefährt auf ihre Schultern. Sie knieten nieder und stabilisierten die Sänfte auf ihren Rücken, sodass der Kaiser direkt auf die Veranda treten konnte. Eigentlich dürften sich Menschen niederen Ranges niemals auf den südlichen Stufen aufhalten. Im Grunde unterschieden wir uns nicht von den Trägern. Jede von uns, selbst jene, die freien Umgang mit der kaiserlichen Familie pflegten, war genauso durch ihren Rang gebunden wie diese bemitleidenswerten Diener.

«Wie mühselig das Leben doch ist», murmelte ich, und Koshōshō zupfte mich am Ärmel.

«Schhh, lausche der Musik», flüsterte sie.

Wunderbare Klänge wurden von den beiden Booten übers Wasser getragen. Ich spürte die Trommelschläge in meiner Brust vibrieren, und die hohen Töne der Flöten hingen wie goldene Schleier in der Luft.

Würdig und elegant stieg Kaiser Ichijō aus seinem Gefährt und schritt zu dem Thron, den man am östlichen Ende der Galerie für ihn aufgestellt hatte. Die Jalousien, durch welche die diensttuenden Damen auf unserer Seite abgeschirmt wurden, erhoben sich, und die Damen, die das kaiserliche Schwert und den Juwel trugen, traten hervor. Diese Insignien der Macht begleiteten den Kaiser, wohin er auch ging. Meine alte Widersacherin Saemon no Naishi, die mich einst «Unsere Dame der Chronik» genannt hatte, trug das heilige Schwert auf einem Kissen, und Ben no Naishi trug die heilige Halskette in einer Schatulle. Die Roben und Schärpen schlängelten sich um ihre Körper, als wären sie himmlische Tänzerinnen oder Figuren auf einem chinesischen Gemälde. Ben no Naishi schien verlegen und nervös. Ich fragte mich, warum. Saemon no Naishi hatte das hübschere Gesicht, zumindest was man oberhalb des Fächers sehen konnte, doch von der Erscheinung her war Ben no Naishi gewiss die Elegantere der beiden. Sie trug ein doppelschichtiges Gewand in Lavendel und Purpurrot und eine blaugrüne Schleppe, die zum Saum hin immer dunkler wurde. Ihre Schärpe war grün mit violettem Karomuster. Mein Blick für diese Einzelheiten war geschärft, da ich gezwungen war, für Michinaga alles aufzuzeichnen.

Ich sah mich auf der anderen Seite der Jalousien um, wo sorgfältig in ihre teuersten Gewänder gekleidet die Damen standen. Man erkennt mit einem Blick, ob sich eine Dame Mühe mit ihrem Aussehen gegeben hat, und an diesem besonderen Tag hatten alle ihr Bestes gegeben, um sich glanzvoll zu präsentieren. Jene Ränge, die verbotene Stoffe tragen durften, hatten die üblichen teegrünen oder purpurnen chinesischen Jacken und seidene Schleppen mit Verzierungen angezogen. Darunter trugen die meisten Damen kastanienbraune, glänzende Seidenumhänge mit purpurner Einfassung – nur Mumas Umhang war lavendelfarben eingefasst, um herauszustechen. Unter den Umhängen blitzten in den Farbtönen Safrangelb, Rötlichgelb, Violett mit Dunkelrot und Gelb mit Grün die geschichteten Kleider und erinnerten an das prachtvolle Blättergewand des Herbstes.

Wie die anderen älteren Damen, denen die Stoffe der hohen Ränge verboten waren, hatte ich eine dunkelrote chinesische Jacke an. Sie war ohne Muster gewebt und hatte fünf falsche Ärmelbesätze aus Damast. Meine Roben waren aus reiner Seide, weiß gefärbt und kastanienbraun eingefasst. Die jüngeren Damen trugen Ärmelbesätze in den unterschiedlichsten Farben. Mir fielen einige äußerst interessante Kombinationen auf, beispielsweise ein weißer Besatz, unter dem eine Schicht Kastanienbraun und Chartreusegrün hervorblitzten, oder Weiß mit nur einer blassgrünen Umrandung und dann ein helles Rosarot, das sich langsam verdunkelte, dazwischen eine weiße Schicht. Ich bemerkte auch einige verzierte Fächer, die sehr anmutig wirkten.

Das Ganze sah aus wie eine Szene auf einer Bilderrolle. Unterschiede waren nur noch an den Köpfen feststellbar – bei vielen älteren Damen wurde das Haar langsam dünner, während die Jüngeren noch immer glänzende Mähnen trugen. Allerdings gab es auch unter den Jüngeren einige Ausnahmen – so traurig das für die Mädchen mit lichtem Haar war. Rinshi stach aus allen heraus. Sie war ungefähr vierzig Jahre alt und hatte noch immer ebenso schwarzes, glänzendes Haar wie ihre Töchter. Ob einen Boshaftigkeit vielleicht jung hält, musste ich mich fragen.

Aber es gab deutlichere Zeichen für die Eleganz einer Dame als das Haar. Ein Blick auf jenen Teil des Gesichts, der oberhalb des Fächers sichtbar war, schien mir ausreichend, um die Schönheit einer Dame festzustellen. Ich fürchte, von den Damen der Kaiserin waren nur wenige wirklich außergewöhnlich.

Fünf Palastdamen waren Kaiserin Shōshi zugeteilt. Sie traten nun unter den angehobenen Jalousien in unserer Ecke hervor, um das kaiserliche Mahl zu servieren. Für diese Aufgabe trugen sie ihr Haar im Nacken geknotet, und auch sie wirkten wie Engel, obwohl sie normalerweise nicht gerade an himmlische Wesen erinnerten. Sakyō trug eine teegrüne chinesische Jacke aus gewobener Seide, dazu weiße mit blassem Blaugrün gefütterte Roben, und Chikuzen hatte die gleiche

Jacke über weißen Roben, die dunkelrot gefüttert waren. Beide trugen sie eine silbrig gemusterte Schleppe. Tachibana no Sammi servierte das Essen, aber ich konnte sie nicht richtig sehen, da mir eine Säule den Blick versperrte. Auch ihr Haar war hoch gesteckt, und ich glaube, sie trug eine grüne Jacke über gelben, blaugrün gefütterten Roben.

Ist es nicht lächerlich, wie sich unsere Erinnerung bei so großen Momenten an banale Nebensächlichkeiten heftet?

Der Moment war gekommen, dem Kaiser den kleinen Prinzen zu präsentieren, und Michinaga persönlich legte das Kind in Ichijōs Arme. In diesem Moment weinte das kleine Kind kurz auf, und dieser Laut hallte durch den großen Raum, über den sich völlige Stille gelegt hatte. Dann trat Saishō hervor, sie trug das kaiserliche Schwert.* Alle Blicke waren auf sie gerichtet. Dies war der Augenblick, auf den alle gewartet hatten – und doch war er so schnell wieder vorüber. Die Amme eilte herbei, um das Kind zurück in Rinshis Gemächer im westlichen Teil des Gebäudes zu bringen. Saishō schloss sich uns wieder an. Sie setzte sich, die Aufregung stand ihr noch immer ins Gesicht geschrieben, wodurch die Zartheit ihrer Gesichtszüge noch deutlicher hervortrat.

«Es war alles so förmlich. Ich war unglaublich angespannt», vertraute sie uns an.

Ich hätte es nicht gewagt, vor all diesen wichtigen Leuten aufzutreten, aber vermutlich konnte man sich mit etwas Übung an alles gewöhnen. Saishō hatte schon recht viel Erfahrung.

Da wir seit dem vergangenen Sommer in Rinshis Haus wohnten, hatte ich den Kaiser mehrere Monate nicht gesehen. Ich wusste, wie wichtig ihm seine Kinder waren, und als ich

---

* Mit dieser Geste nahm der Kaiser das Kind an.

sah, wie er den kleinen Prinzen im Arm hielt, tat er mir plötzlich Leid. Zu Teishis Zeiten hatte er beinahe ein Jahr warten müssen, bis er einen Blick auf seinen erstgeborenen Sohn, Prinz Atsuyasu, werfen konnte. Die offiziellen Regeln, an die sich das kaiserliche Gefolge halten muss, sind sehr streng, und die persönlichen Wünsche des Kaisers müssen hinten anstehen. Vermutlich hatte er gemischte Gefühle, als der neu geborene Junge in seinen Armen lag, denn die Hoffnung, dass sein geliebter Atsuyasu einst Kronprinz werden würde, schwanden nun wie das Wasser, das sich bei Ebbe aufs Meer zurückzieht.

Ich wünschte, mein Vater hätte die Musik und die Tänze miterleben können, die an jenem Nachmittag aufgeführt wurden. Ich verpasste die Konzerte mit koreanischer Musik und konnte nur dem chinesischen Orchester lauschen. Während des bekannten Hofmusikstücks «Zehntausend Jahre» begann das Kind zu weinen, und der Minister zur Rechten rief: «Hört nur, wie perfekt er mitsingen kann!» Daraufhin begannen Kintō und einige seiner Gefährten, das chinesische Gedicht «Zehntausend Jahre, tausend Herbste» zu rezitieren. Vater hätte sie alle in den Schatten gestellt!

Nun war der Höhepunkt gekommen. Selbst Michinaga war zu Tränen gerührt, er rief:

«Nach dem heutigen Ereignis kann ich mir nicht mehr vorstellen, wie mich frühere Besuche des Kaisers beeindruckt haben. Dieser übertrifft sie gewiss alle!»

Wenigstens war ihm sein großes Glück bewusst.

Nun hob das schwimmende Orchester zum großen Finale «Gemeinsame Freude» an. Die Boote umrundeten die Insel und entfernten sich dann. Der Klang der Flöten und Trommeln vermischte sich mit dem Wind in den Wipfeln der Kiefern und verlor sich in der Ferne. Die Musik schien beinahe nicht mehr von dieser Welt. Der Bach floss klar und still bis zum See, wo die Brise kleine Wellen entstehen ließ. Inzwischen war es etwas kühl geworden. Ihre Majestät trug nur zwei Unterjacken, und Sakyō, eine der Palastdamen, die offensichtlich selbst etwas fror, hatte großes Mitgefühl mit ihm. Wir saßen etwas abseits und beobachteten ihr beflissenes Gackern, dabei mussten wir uns das Lachen verkneifen.

Sakyōs Gefährtin Chikuzen, die bei uns saß, erinnerte sich an Besuche der Kaiserwitwe Senshi.

«Ach, das waren noch Zeiten!», seufzte sie im Gedenken an viele Menschen, die schon lange gestorben waren. Am heutigen Tag schien es jedoch unpassend, von Toten zu sprechen. Die Damen tauschten vielsagende Blicke und gingen auf die andere Seite der zeltartigen Plattform, um nicht auf Chikuzens rührselige Erinnerungen eingehen zu müssen. Sie machte den Eindruck, als würde sie gleich anfangen zu weinen.

Am Abend ging Michinaga in den Westflügel hinüber, um die Beförderungen zu verkünden. Der Kaiser schloss sich ihm an, schaute die Kandidatenliste durch und befand einen nach dem anderen für gut. Damit endeten die offiziellen Zeremonien des Tages, und Ichijō konnte endlich Shōshis verhülltes Schlaflager betreten und seine Frau besuchen. Sie waren nicht einmal eine Stunde beisammen, als die Sänfte schon wieder zur Abfahrt bereitstand und der Kaiser sich verabschieden musste. Als er fort war, stießen alle einen tiefen Seufzer aus und betranken sich kräftig. Auch ich blieb ziemlich lange auf und unterhielt mich mit Saishō.

Am Tag nach dem Besuch des Kaisers schlief ich lange und verpasste den Boten, der vom Palast eingetroffen war. Er kam sehr früh, noch bevor sich die morgendlichen Nebelschwaden verzogen hatten. Als Saishō und ich aufstanden, waren die Vorbereitungen für den zeremoniellen Haarschnitt des kleinen Prinzen bereits in vollem Gange. Man hatte die Prozedur verschoben, bis ihn sein Vater das erste Mal hatte sehen können. Wir mussten keine besonderen Aufgaben übernehmen, weshalb wir den Tag in unserem Zimmer verbrachten und uns ausruhten. Saishō wartete darauf, dass die neuen Amtseinsetzungen für den Haushalt des kleinen Prinzen verkündet würden, denn sie hatte eine kleine Schwester und hoffte, sie könnte in den Dienst des Prinzen treten. Leider wurde sie enttäuscht.

Da so viele Würdenträger zu Besuch gekommen waren, hatte man die Einrichtung der Gemächer Ihrer Majestät eher karg gehalten. Nun, da langsam wieder Normalität einkehrte, brachten die Diener die hübschen lackierten Truhen und die Vorhangstangen zurück, und die Räume erstrahlten wieder in dem gewohnten Luxus. Sobald es morgens hell wurde, kam Rinshi, um sich um das Baby zu kümmern – wie jede begeisterte Großmutter verhätschelte sie ihren Enkel. Den Damen der Kaiserin gegenüber benahm sie sich anständig, mich eingeschlossen.

Eines Abends, als der Mond besonders hell am Himmel leuchtete, hörte ich jemanden draußen am Ende des Ganges. Es war Sanenari, stellvertretendes Oberhaupt des Haushaltes Ihrer Majestät. Ich nahm an, dass er nach einer Dame suchte, der er seinen Dank an die Kaiserin für seine kürzliche Beförderung auftragen konnte. Anscheinend war der Boden im Bereich der seitlichen Tür vom Badewasser des Babys nass, und als er dort niemanden finden konnte, kam er in unseren Gang. Sanenari hatte mir ab und zu Gedichte geschickt, auf die ich geantwortet hatte. Er war sehr nett für einen Palastbeamten, aber ich war nicht in der Stimmung, mich näher mit ihm einzulassen.

«Ist da jemand?», hörte ich ihn rufen.

Dann kam er auf Höhe des mittleren Zimmers, in dem ich saß, und streckte seinen Kopf zu dem Klappfenster hinein, das ich zu schließen vergessen hatte.

«Ist da jemand?», rief er noch einmal, aber ich gab keine Antwort.

In diesem Moment stieß sein Vorgesetzter Tadanobu zu ihm. Es wäre zu unhöflich gewesen, weiter zu schweigen, also gab ich eine unverbindliche Antwort. Die beiden freuten sich, dass überhaupt eine Reaktion kam.

«Sie beachten mich nicht, antworten aber, wenn der Meister des Haushaltes persönlich ruft», sagte Sanenari bedauernd. «Das ist zwar verständlich, aber wirklich schade. Warum müssen wir uns an Formalitäten halten?»

Und dann stimmte er ein Volkslied an: *Heut ist so ein besonderer Tag, besonderer Tag, nichts, was je geschehen ist, kann mit heut verglichen sein …*

Es war mitten in der Nacht, und der Mond tauchte den Garten in gleißendes Licht. Obwohl ich annahm, dass sie getrunken hatten, fand ich Sanenaris Stimme erstaunlich wohlklingend.

«Öffnen Sie doch das Klappfenster!», beharrten die beiden, und beinahe hätte ich ihnen nachgegeben. Vielleicht zu einer anderen Zeit oder an einem anderen Ort … aber am nächsten Morgen würde ich mich schämen. Wäre ich jünger gewesen, hätte man ein solch gewagtes Verhalten vielleicht mit Naivität entschuldigen können, aber ich wollte mich keinen Klatschgeschichten aussetzen. Also schlug ich ihr Angebot aus. Ich erwartete eigentlich, dass sie mich noch etwas länger bitten würden, aber sie gaben auf und verschwanden. Um Sanenaris Reaktion zu testen, schickte ich ihm am nächsten Morgen dieses Gedicht:

*Irukata wa   sayaka narikeru   tsukikage wo   uwa no sora ni
mo   machishi yoi kana*
Kein Zweifel, der helle Mond hat seine Bahn verändert, leer
gefegt war der Himmel, unter dem ich heute Nacht wartete.

Die Antwort kam prompt.

*Sashiteyuku   yama no ha mo mina   kakikumori   kokoro mo
sora ni   kieshi tsukikage*
Als sich der Mond dem Berg näherte, umhüllten Wolken den
Gipfel, und das Verlangen des Mondes verschwand.

Wie froh war ich, ihn nicht ermutigt zu haben! Wie viele
Damen geben sich in einem Moment der Schwäche hin, nur
um dann zu erfahren, dass das hell strahlende Mondlicht von
der ersten Wolke ausgelöscht wird.

Unsere kleine Murasaki

Waga Murasaki

Nachdem ich unzählige Einzelheiten mit verschiedenen Freundinnen abgestimmt hatte, gelang es mir endlich, eine ordentliche Abschrift meines Berichts von der Geburt zu erstellen. Ich ließ ihn Michinaga bringen. Er war äußerst großzügig gestimmt und schien recht erfreut. Er schenkte mir einen Satz teurer Schreibpinsel und wertvolles Papier. Dann erwähnte er noch, wenn die Zeremonie zum fünfzigsten Tag nach der Geburt auch vorüber sei, könne ich ja wieder an meine Genji-Geschichten gehen.

Ich hatte angenommen, meine Pflichten würden mit dem Besuch des Kaisers enden, und war ziemlich überrascht.

«Wünschen Ihre Exzellenz, dass ich auch über den Fünfzigsten Tag einen Bericht verfasse?», fragte ich ihn.

Michinaga lächelte höchst schmeichlerisch. «Falls das nicht zu viel verlangt ist», antwortete er, und nach einer Pause fügte er noch hinzu:

«Und wissen Sie, danach könnten Sie vielleicht Ihre Eindrücke über die Gosechi-Tänze, die gegen Ende des Jahres wieder im Palast stattfinden werden, festhalten. Es ist doch gut, von diesen Dingen Aufzeichnungen zu haben.»

Ich protestierte schwach, es gäbe für diese Aufgaben doch einen kaiserlichen Schreiber, meine impressionistischen Skizzen könnten kaum etwas dazu beitragen, was er der Nachwelt hinterlassen wollte. Ich machte auch einige schmeichelnde Bemerkungen über Akazome Emon, eine von Rinshis Damen, die zu dieser Zeit ebenfalls einen guten Ruf als Autorin besaß. Aber Michinaga lächelte nur und winkte ab.

«Ja, ich habe viele Leute, die Zeitpunkt, Datum und Anwesende auflisten können, aber es gelingt ihnen nicht, die Stimmung einzufangen», sagte er. «Wenn ich alt bin, möchte ich diese Momente genießen können. Die Nachwelt möchte bestimmt wissen, wie es zu Michinagas Zeiten war. Genji ist ja schön und gut, aber glauben Sie nicht, dass sich die Menschen eher für den echten Michinaga interessieren werden?»

Seine Worte erschreckten mich, und ich stellte mir die Überraschung der Nachwelt vor, wenn sie von den betrunkenen Gelagen und den lüsternen Händen seiner hoch geistigen Minister erfahren würden, die ihre Tugenden mit chinesischen Versen laut besangen. Oder wenn sie über das Geschimpfe der verlassenen und von Dämonen besessenen Damen oder den nicht endenden Strom bösartiger Klatschgeschichten lesen würden.

Ich verzog das Gesicht, denn Michinaga unterbrach ungeduldig meine bitteren Gedanken.

«Nun, was meinen Sie?», fragte er scharf. «Es ist doch wohl nicht zu viel verlangt, eine Autorin darum zu bitten, zu schreiben.»

«Nein, Eure Exzellenz», gab ich zur Antwort. «Es ist nicht zu viel verlangt.»

Ich dankte ihm für das Papier und die Pinsel und kroch ziemlich niedergeschlagen in mein Zimmer zurück.

Die Feierlichkeiten zum Fünfzigsten Tag fanden am Ersten des elften Monats statt. Ich saß direkt hinter der Kaiserin, hatte von dort aber, wie sich herausstellte, keine gute Sicht.

Saishō gehörte jedoch zu jenen Damen, die das Essen servierten, also half sie mir noch einmal dabei, all die Einzelheiten beizufügen, die ich verpasst hatte. Die Dame Dainagon bediente den kleinen Prinzen, und sie konnte mir später von dem winzigen Teller erzählen und den kostbaren kleinen Schalen, die wie Puppenspielzeug wirkten. Das Geschirr war als Strandszene dekoriert, und die Stäbchen ruhten auf den ausgestreckten Flügeln zweier kauernder Kraniche.

Der Amme Shō wurde an jenem Abend gestattet, die verbotenen Stoffe zu tragen. Sie sah so jung aus, als sie den kleinen Prinzen hinter die Vorhänge trug. Hier nahm ihn Rinshi in Empfang, und mit dem Baby in den Armen kam sie dann auf den Knien aus der Kammer. Ich fand es bemerkenswert, dass Rinshi so förmlich gekleidet war. Sie trug eine gemusterte Schleppe und eine rote Jacke. Ihr Kleid machte sie nicht zur stolzen Großmutter eines prachtvollen Prinzen, sondern zur ergebenen Trägerin eines zukünftigen Kaisers. Es war nicht jedem Kaiserssohn bestimmt, einmal den Thron zu besteigen, aber bei diesem Kind gab es keine Zweifel. Man konnte die Aura des wunderbaren Karmas dieses Jungen beinahe sehen, während er in Rinshis Armen leuchtete.

Die Kaiserin trug weniger förmliche Kleider als ihre Mutter, aber sie hatte in der Wahl ihrer Kleider wie üblich guten Geschmack bewiesen. Sie trug ein fünfschichtiges kastanienbraunes Gewand mit himmelblauer Umrandung, darüber einen weniger förmlichen kastanienbraunen Mantel, der mit Purpur eingefasst war.

Kurz nachdem Michinaga dem Prinzen die fünfzig winzigen Reiskuchen präsentiert hatte, gingen die Adligen und Minister von der Galerie auf die Brücke hinaus, um sich zu betrinken. Die Diener hatten eigentlich die Aufgabe, aus den feinen Holztruhen voll süßer Köstlichkeiten Geschenke zu verteilen, also folgten sie den Zechbrüdern nach draußen und stellten die Truhen nervös auf die Balustrade. Es war Winter, die Sonne war früh untergegangen, und die Fackeln, die im Garten flackerten, spendeten zu wenig Licht, um den Inhalt der Truhen zu erleuchten. Die ausgelassenen Adligen riefen nach Lampenträgern, damit sie ihre Geschenke untersuchen konnten. Ich wagte nicht, es auszusprechen, aber ich fand ihr Verhalten sehr ungehörig. Schließlich gelang es Michinaga, seine verstreuten Gäste einzusammeln, und er ließ alle, nach Rängen geordnet, Platz nehmen. Der Weinbecher machte die Runde, und jeder Gast musste der Kaiserin seine Glückwünsche überbringen.

Wir Frauen saßen mit Blick auf die Veranda in der Galerie. Die Jalousien waren aufgerollt, und lediglich einige sich überlappende Vorhangständer trennten uns von den Reihen der Adligen. Plötzlich bemerkten wir, wie sich die Vorhänge bei Koshōshōs Platz bewegten, einige Finger kamen zum Vorschein, und dann wurde der Vorhang geteilt. Es war Akimitsu, der Minister zur Rechten.

«Er ist doch viel zu alt, um sich derart zum Narren zu machen», murmelte die Dame Dainagon, aber der betrunkene Minister kümmerte sich nicht um unsere Empörung. Stattdessen nahm er unsere Fächer und flüsterte einigen Damen schmutzige Witze ins Ohr.

Einige Säulen weiter östlich begann der Kommandant der kaiserlichen Leibgarde zur Rechten, Sanesuke, an den Säumen und Ärmeln unserer Roben herumzufingern. Da er ansonsten ein solch ernsthafter Mensch war, nahmen wir an, dass auch er zu viel getrunken hatte. Einige Frauen glaubten, er würde sie nicht erkennen, machten sich über ihn lustig und taten sogar so, als flirteten sie mit ihm. Man kann sich vorstellen, wie bekümmert sie waren, als sich herausstellte, dass er überhaupt nicht betrunken war. Er wollte vielmehr, ganz seiner Art entsprechend, unsere extravaganten Kleider kontrollieren, um die Verschwendungssucht der Kaiserin zu kritisieren.

Es war seltsam, dass ein Mensch gleichzeitig so beflissen und so schüchtern sein konnte. Er hatte panische Angst davor, vor vielen Leuten zu sprechen, also warteten wir gespannt auf seine Reaktion, wenn der Becher ihn erreichte. Andere waren sturzbetrunken und konnten trotzdem ein kleines Volkslied in einen bewegenden und angenehmen Spruch verwandeln. Wir lauschten den Glückwünschen, die die Leute überbrachten, und kommentierten den Weg, den der Sakebecher nahm. In diesem Moment streckte Vaters alter Freund Kintō seinen Kopf zwischen den Vorhängen hindurch.

«Entschuldigen Sie bitte», sagte er. «Ist unsere kleine Murasaki zufällig hier?»

«Ich habe Genji nirgendwo gesehen», antwortete ich schroff. «Also ist es unwahrscheinlich, dass Murasaki hier ist.»

Er schien verblüfft und zog sich zurück, während die Damen das Lachen unterdrückten.

Der offizielle Teil der Feier war noch nicht einmal vorüber, und es zeichnete sich ab, dass das Ganze in einem schlimmen Trinkgelage enden würde. Als Michinaga Sanenari aufrief, den Sakebecher zu übernehmen, stand der auf und ging nicht an den aufgereihten Adligen entlang, wo auch sein Vater saß, sondern nahm den langen Weg durch den Garten und über die Treppen. Diese besondere Respektsbekundung ließ Sanenaris Vater, der schon ziemlich betrunken war, vor Rührung in Tränen ausbrechen. Ich hatte im Palast selten einen Mann getroffen, der so ehrlich war wie Sanenari. Trotz unseres kleinen Austausches über die Leidenschaft des Mondes, hätte ich ohne ihn ein noch viel zynischeres Bild von den Männern im Palast gehabt. Drüben in der Ecke zog der Stellvertretende Mittlere Rat an den Roben der Dame Hyōbu und trällerte grauenvolle Lieder. Michinaga stachelte ihn mit ermutigenden Bemerkungen noch an.

Ich blickte zu Saishō hinüber, die meinen Blick erwiderte. Sobald sich eine Gelegenheit bot, würden wir versuchen, uns zurückzuziehen. Als wir uns gerade auf den Weg machen wollten, nahmen zwei von Michinagas Söhnen und einige weitere Herren geräuschvoll die östliche Galerie in Besitz, wodurch sich alle Aufmerksamkeit dorthin richtete, wo wir gerade standen. Saishō und ich versteckten uns schnell hinter einigen Vorhangständern, aber Michinaga hatte uns bereits entdeckt, eilte herüber und zog den Vorhang zurück. Er hatte uns erwischt.

«Ein Gedicht für den Prinzen!», rief er. «Dann lasse ich Sie gehen.»

Mir war ein Vers durch den Kopf gegangen, als wir in der Galerie lauschten, wie der Becher herumgegeben wurde, und obwohl ich sehr beschämt war, konnte ich mich glücklicherweise noch daran erinnern. Obwohl sich Saishō immer so kaltblütig gezeigt hatte, war sie durch unsere Situation schrecklich eingeschüchtert und versteckte ihr Gesicht im Ärmel. Ich rezitierte:

Ika ni ikaga kazoeyarubeki yachitose no amari hisashiki kimi ga miyo oba
Erst fünfzig Tage ist er alt, wie endlos sind da die Jahre, die unser junger Herr noch regieren wird.

«Sehr gut!», rief Michinaga. Er wiederholte mein Gedicht zweimal mit lauter Stimme. Dann sang er folgende Worte:

Ashitazu no yowai shi araba kimi go yo to chitose no kazu mo kazoetoriten
Wäre uns ein solch langes Leben bestimmt wie dem Kranich, der das Schilf durchstreift, dann vermöchten wir vielleicht die tausend Jahre dieses Prinzen zu zählen.

Alle waren beeindruckt, dass ein Mann in seinem Zustand eine solche Antwort hervorbrachte. Michinaga schien selbst beeindruckt.

«Hat die Kaiserin das gehört?», fragte er voller Stolz. «Einer meiner besseren Verse, wenn ich das sagen darf. Ich hoffe, jemand hat ihn aufgeschrieben.»

Er zog wieder ab, und Saishō und ich seufzten erleichtert auf. Michinaga wankte unsicher in Richtung der Haupthalle zurück. Ich beobachtete, wie er sich torkelnd seinen Weg bahnte, und nahm an, dass er das Gedicht bereits vorbereitet hatte. Natürlich wollte er in der Öffentlichkeit eine gute Figur machen, aber ich fragte mich, was aus seinem einst so leidenschaftlichen Interesse für die Qualität der Dichtkunst geworden war. Vermutlich hatte er nun andere Vorstellungen, wie er seine Unsterblichkeit sichern konnte. Im Moment schien er zufrieden.

Saishō und ich beobachteten das Schauspiel, wie er sich selbst lobte, noch einige Minuten.

«Ich denke, ich gebe einen sehr guten Vater für eine Kaiserin ab!», verkündete er laut in die Menge. «Und sie ist auch nicht zu verachten, als Tochter eines Mannes wie mir. Mutter muss glücklich sein, dass sie einen so hervorragenden Mann wie mich hat!»

Kaiserin Shōshi lauschte den Worten ihres Vaters nachsichtig. Rinshi zeigte allerdings weniger Verständnis. Sie wollte den Raum verlassen, sie konnte es nicht länger ertragen, wie er sich aufplusterte.

«Ah, Mutter wird mit mir schimpfen, wenn ich sie nicht begleite!», rief Michinaga, als er sah, wie seine Frau ihre Dienerinnen um sich sammelte.

Er eilte direkt an der Kammer der Kaiserin vorüber und murmelte dabei zu Shōshi:

«Schrecklich ungehörig von mir, meine Liebe, aber schließlich hast du all das sowieso deinem armen Vater zu verdanken …»

Alle lachten, und Saishō und ich schlüpften unbemerkt hinaus.

Traurig treibe ich

Ukine Seshi

Kaiserin Shōshi beschloss, von meinen Geschichten auf schönem Papier eine vollständige Abschrift anfertigen zu lassen. Sie wollte die Papiere dann zu Büchern gebunden als Geschenk für den Kaiser in den Palast schicken. Sie versammelte all ihre Damen, die ihr bei den Vorbereitungen helfen sollten. Wir trafen uns früh morgens in ihren Gemächern, um Papier in den verschiedensten Farben auszusuchen und Briefe an Kalligraphen zu schreiben, die wir um ihre Dienste baten. Jedem Brief legten wir einen Teil des Originals bei, zusammen mit ausreichend Papier für die Abschrift. Als die Abschriften dann eintrafen, waren wir Tag und Nacht damit beschäftigt, die Papiere zu sortieren und zu binden. Michinaga kam an einem dieser Tage zufällig an den Gemächern seiner Tochter vorbei und war verblüfft über den Anblick, der sich ihm bot: Wir hatten die Ärmel zurückgeschlagen, unsere Finger waren klebrig vom Leim, Papier lag verstreut und in jeder Ecke gestapelt, und alle unterhielten sich miteinander.

«Was ist denn das?», fragte er Shōshi mürrisch. «Was in aller Welt tut ihr bei diesem kalten Wetter? Du sollst dich doch erholen!»

Er war allerdings nicht so ärgerlich, wie er vorgab, denn später brachte er wunderbares chinesisches Papier, Pinsel und einen eleganten Tintenstein als Beitrag zu dem Projekt vorbei. An einem Spätnachmittag, als die meisten Damen ihre Arbeit für den Tag abgeschlossen hatten, nahm mich Shōshi zur Seite:

«Ich möchte Ihnen danken», sagte sie leise. «Ich weiß nicht, wer dieses Geschenk mehr verdienen würde als Sie.»

Sie wollte mir den Tintenstein schenken.

«In der Zeit des Wochenbetts waren ihre Geschichten meine einzige Freude. Ohne Zweifel hätte ich vor Langeweile den Verstand verloren, hätte ich mich nicht mit den Genji-Geschichten ablenken können.»

Ich nahm ihr Geschenk dankbar an, obwohl ich für meine Genji-Geschichten lieber jenen alten violetten Tintenstein benutzte, den mir Ming-gwok vor langer Zeit geschenkt hatte. Einige Damen fanden heraus, dass Ihre Majestät mir den Stein geschenkt hatte, und sie begannen sich lauthals zu beklagen, ich hätte die Kaiserin hinter ihrem Rücken zu diesem Geschenk überredet. Als Shōshi von diesen Anschuldigungen erfuhr, schenkte sie mir noch wertvolleres, farbiges Papier und Pinsel. Dieses Mal überreichte sie mir die Sachen so, dass alle es sehen konnten. Die Damen waren sprachlos, doch ich kann mir vorstellen, wie sie später über mich herzogen.

Ich kehrte in mein Zimmer zurück und traf dort auf Saishō, die auf mich gewartet hatte. Sie schien betrübt.

«Ich bin vorher zurückgekommen, weil ich einen kleinen Riss in meinem Saum nähen wollte, und da sah ich, wie Michinaga aus unserem Zimmer schlüpfte und in Richtung der Halle hinuntereilte. Ich bin einen Schritt zurückgetreten, als ich ihn sah, also hat er mich vermutlich nicht bemerkt. Was mag er gesucht haben?»

Plötzlich durchfuhr mich ein schrecklicher Gedanke, und als ich meine Sachen durchsuchte, fehlte tatsächlich meine eigene Abschrift der Genji-Geschichten. Während ich im

Dienst in den kaiserlichen Gemächern gewesen war, hatte sich Michinaga in mein Zimmer geschlichen und einen frühen Entwurf meiner Geschichte an sich genommen. Diesen Entwurf hatte ich von zu Hause mitgebracht, um ihn hier sicher zu lagern! Es war unglaublich.

Am nächsten Tag stellte ich Nachforschungen an, und es dauerte nicht lange, bis ich herausfand, dass Michinaga das Ganze seiner zweiten Tochter Kenshi gegeben hatte. Da meine einzige vollständige Abschrift zerstückelt unterwegs war, um zu Kalligraphen geschickt zu werden, hatte ich kein vollständiges Exemplar mehr in meinem Besitz. Ich wollte mir gar nicht ausmalen, wie dieser ungeschliffene Entwurf, der abhanden gekommen war, meinem Ruf schaden würde. Ich war entmutigt und beschloss, einige Tage im Haus meines Vaters zu verbringen.

Mit jedem Tag, den ich dort verbrachte, zogen größere Schwärme Wasservögel durch Miyako. Es war mir bereits beim kaiserlichen Pavillon aufgefallen, dass es außergewöhnlich viele Vögel waren, aber ich hatte angenommen, der Grund wäre der einladende Teich im kaiserlichen Garten.

In meinem Tagebuch lese ich, dass ich mich damals auf den Schnee freute. Ich stellte mir vor, wie wunderbar der Palastgarten unter einer solch reinen, weißen Decke aussähe. Doch damals war ich nicht einmal glücklich, wenn meine Wünsche in Erfüllung gingen. Soweit ich mich erinnere, schneite es tatsächlich, während ich in Vaters Haus war, aber es bedrückte mich nur. Der prachtvolle Schnee war auf diesem tristen, ungepflegten Garten verschwendet. Die hundert Stängel Bambus, die Vater einst so ehrgeizig gepflanzt hatte, waren verdorrt, denn er hatte das Interesse an der Gartenarbeit verloren.

Ich versuchte, Teile meiner Geschichten wieder zu lesen, aber alles schien mir flach und leer. Ich konnte mir nicht vorstellen, dass irgendjemand meine Worte gerne las. Immer tiefer versank ich in Selbstzweifeln und Niedergeschlagenheit. Die Damen, mit denen ich mich sonst unterhielt, hielten mich bestimmt für eitel und oberflächlich. Dann schämte ich mich für diese Meinung über meine Freundinnen und konnte ihnen überhaupt nicht mehr schreiben. Aber an wen konnte ich mich sonst noch wenden? Die Freundinnen, die mir früher viel bedeutet hatten, würden mich vermutlich von vornherein als eingebildete Palastdame abtun. Ich bedauerte es, Kerriarose in ihre Klause so alltägliche Dinge geschrieben zu haben. Vielleicht war es zu viel verlangt, dass sie zwischen den Zeilen meine wahren Gefühle erahnen sollte, aber trotzdem war ich enttäuscht. Ich brach nicht bewusst mit ihr oder mit den anderen. Aber mit einigen schlief die Korrespondenz mit der Zeit einfach ein. Andere wussten schlicht nicht mehr, wo sie mich erreichen sollten. Nachdem ich mein Zuhause verlassen hatte, um der Kaiserin zu dienen, schien sich alles gegen mich verschworen, was mein Gefühl, in eine vollkommen andere Welt eingetreten zu sein, noch verstärkte.

Aber wenn ich nach Hause kam, wurde alles nur noch schlimmer. Die einzigen Menschen, die ich dann ein wenig vermisste, waren einige Damen bei Hof, die ich mochte und denen ich Geheimnisse anvertrauen konnte. Und diese Erkenntnis stimmte mich noch trauriger. Besonders die Dame Dainagon fehlte mir. Mit ihr unterhielt ich mich oft mit leiser Stimme, wenn wir während des Nachtdienstes bei der Kaiserin wach lagen. Bedeutete das, dass ich im Palastleben verloren hatte? Was für ein niederschmetternder Gedanke.

Ich musste an die Wasservögel denken und hatte außerdem

die Gedichte über Paare von Madarinenten im Kopf. Also verfasste ich die folgenden Zeilen für Dainagon:

Ukine seshi mizu no ue nomi koishikute kamo no uwage ni sae zo otoranu
Wie ein Entenpaar trieben wir ruhelos über das Wasser, die Erinnerung, voller Einsicht, sticht schärfer als der Frost im Vogelgefieder.

Noch am selben Tag erhielt ich ihre Antwort:

Uchiharau tomo naki koro no nezame ni wa tsugaishi oshi zo yowa ni koishiki
Einsam schreckt die Ente aus dem Schlaf, kein Freund an ihrer Seite, der ihr zärtlich die Federn pickt, so sehnt sie sich nach jenen Nächten, als sie zu zweit auf dem Teiche trieben.

Dainagons Vers war überaus elegant, und ich staunte wieder einmal, was für eine besondere Frau sie war. So lange war sie krank gewesen, aber nun hatte sie bereits längere Zeit nicht mehr unter größeren Angriffen von Geistern gelitten, und es schien, als habe sie das Schlimmste überwunden. Vermutlich hatte sie ihr Schicksal angenommen. Das sollte ich wohl auch tun, ermahnte ich mich.

Auch andere schrieben mir, teilten mir mit, wie Leid es Ihrer Majestät tue, dass ich nicht mit ihr den hübschen Schneefall beobachten könne. Ich vermutete, dass man mich sanft darauf hinweisen wollte, endlich zurückzukehren, aber ich blieb.

Dann erreichte mich die folgende Notiz von Rinshi: «Vermutlich haben Sie es nicht so gemeint, als Sie sagten, Sie wären nur für kurze Zeit fort. Ich nehme an, dass Sie Ihre Abwesenheit bewusst ausdehnen, weil ich versucht habe, sie aufzuhalten.»

Ich versuchte, mich an mein letztes kurzes Zusammentreffen mit Rinshi zu erinnern, als ich auf der Suche nach meinem gestohlenen Manuskript gewesen war. Ich hatte meinen Plan, nach Hause zurückzukehren, erwähnt, aber ich bin sicher, dass sie mich nicht aufzuhalten versuchte. Doch aus ihrem Brief ging klar hervor, dass sie Shōshi diese Version der Ereignisse erzählt hatte, und nun versuchte sie es so zu drehen, als würde ich dem Hof aus Trotz fernbleiben. Meine Zuneigung zur Kaiserin ließ mir keine andere Wahl, als zurückzukehren.

Wie kalt es war! Nach zwei Tagen im Tsuchimikado erhielten wir den Befehl, uns für die Rückkehr in den Palast bereitzuhalten, wo wir bis auf die Knochen durchgefroren mitten in der Nacht ankommen sollten. Zuerst hieß es, wir müssten am frühen Abend zur Abreise bereit sein, also versammelten wir uns in unseren steifen, förmlichen Reisekostümen und mit aufwendig arrangierten Frisuren und warteten auf die Wagen. Wir waren ungefähr dreißig Damen in der südlichen Galerie, ein Dutzend mehr Palastdamen warteten im östlichen Flügel. Die Halle war nur sehr schwach erleuchtet, man konnte kaum ein Gesicht erkennen, aber aus allen Ecken drang Geflüster und Gemurmel. Es wurde gestritten, wer mit wem reisen wollte. Während die Stunden verstrichen, nahmen die Klagen zu. Endlich fuhren die Wagen vor, Michinaga erschien und verkündete unwirsch, dass die festgelegten Regeln der Sitzordnung befolgt werden müssten.

«Und zwar ohne Ausnahme!», bellte er, um eventuellen Protest im Keim zu ersticken. Die Dame Senshi reiste in der Sänfte der Kaiserin an der Spitze der Prozession. Rinshi und die Amme trugen den kleinen Prinzen in der mit Brokat bedeckten Sänfte, die gleich darauf folgte. Dainagon und Saishō stiegen in die nächste Sänfte, die mit Gold verziert war. Koshōshō und Ben no Naishi teilten eine Sänfte, und dann folgten Muma und ich. Aus irgendeinem Grund hatte sie etwas gegen mich. Vielleicht war sie auch einfach schlechter Stimmung, aber musste man sich deshalb so hochnäsig benehmen? Sie sprach auf dem ganzen Weg kaum ein Wort mit mir, was ich sehr kindisch fand.

Als wir im Palast ankamen, schien der Mond so hell, dass es nicht möglich war, unbemerkt in unsere Zimmer zu schleichen. Ich ließ Muma vorausgehen, und als ich sah, wie sie ihre Röcke als Schutz gegen die Kälte eng an ihren Körper presste und in den unheimlichen Schatten über den Gang stolperte, wurde mir klar, welch einen bemitleidenswerten Anblick wir bieten mussten. Es war schwierig, die Würde zu bewahren, wenn man am ganzen Körper vor Kälte zitterte. Ich hatte das drittletzte Zimmer in der äußeren Galerie. Dort angekommen, zog ich als erstes meinen steifen, förmlichen Mantel aus, der die Kälte von draußen gespeichert zu haben schien, und schlüpfte in einige dicke gefütterte Kleider. Als ich mich gerade zur Ruhe gelegt hatte, kam Koshōshō herein, um sich mit mir über diese unangenehme Erfahrung auszulassen. Ich erzählte ihr von Mumas abweisendem Benehmen, und sie meinte, ich solle es mir nicht zu Herzen nehmen, Muma sei eifersüchtig, weil die Kaiserin in meiner Abwesenheit so oft von mir gesprochen habe.

Wiederum spürte ich, wie widersprüchlich das Leben am Hofe war. Für jeden unangenehmen Menschen wie Muma gab es eine verständnisvolle Seele wie Koshōshō. Durch das Wiedersehen mit ihr war ich zum ersten Mal seit Tagen wieder glücklich. Sie war da, und ausgerechnet sie tröstete mich, obwohl sie von uns allen am meisten Grund hatte, über ihre

Last im Leben verbittert zu sein. Ich stand auf und legte noch mehr Kohle in das Kohlebecken, als wir draußen im Gang Schritte hörten. Es war schon spät, und ich hatte gehofft, diesen Abend in Ruhe verbringen zu können, aber offenbar hatte man bereits auf unsere Rückkehr gewartet. Wir waren nicht in der Stimmung, männliche Besucher zu empfangen, doch draußen stand Sanenari mit zwei Gefährten. Sie zitterten, hatten die Hände in die Ärmel gesteckt und riefen uns vom Gang. Wir machten keine Anstalten, sie einzuladen, und sie beharrten nicht lange darauf. Es war zu kalt.

«Wir kommen morgen früh wieder», riefen sie mit klappernden Zähnen. «Es ist bitterkalt heute Nacht!»

Sie verschwanden durch den Hintereingang. Ich musste an ihre Frauen denken, die zu Hause auf sie warteten. Ich bedauerte nichts, aber Koshōshō tat mir Leid, denn sie war eine attraktive Frau – ohne die Aussicht auf einen Ehemann, eine Familie und ein eigenes Heim. Hätte sich ihr Vater in seiner Karriere nur nicht so früh zurückgezogen, so hätte sie eine wunderbare Partie machen können. Nun würde sie zweifellos den Rest ihres Lebens in der Gefolgschaft der Kaiserin verbringen und sich irgendwann in ein Kloster zurückziehen. Wir lagen zusammen unter einer gefütterten Decke und blickten in das schwache Glimmen der Kohle, die langsam verlosch, bevor wir selbst einschliefen.

Die Gosechi-Tänze

Gosechi no Mai

Michinagas andere Söhne* lungerten ständig in den Frauengemächern des Palastes herum. In Rinshis Haus hatten sie Abstand gewahrt, hier waren sie alles andere als schüchtern. Es störte mich, dass sie ständig zugegen waren, also machte ich mich rar, gab vor zu schreiben. Die bevorstehenden Gosechi-Tänze machten den Jungen kaum Eindruck, sie hingen wie Kletten an den jüngeren Damen und waren ständig dabei, zu schwatzen und zu scherzen.

Ich schlug vor, dass ich die vier Tänzerinnen mit ihrem Gefolge beobachten würde, wenn sie den Palast betraten. So könnte ich die Szene beschreiben, wie es von mir verlangt wurde. Allerdings plante ich, gleich nach den Tänzen nach Hause zurückzukehren. Ich hoffte, nicht auch noch über die Zeremonien zum hundertsten Tag des Prinzen schreiben zu müssen. Es gab verschiedene Damen, die dazu genauso in der Lage waren wie ich, und ich hatte es langsam satt, immer Notizen zu machen.

Am Abend des Zwanzigsten trafen die Mädchen im Palast ein. Im Glanz zahlreicher Fackeln schritten sie zur Haupthalle. Ich bedauerte sie, weil sie an den älteren Höflingen vor-

---

* Die drei Jungen stammten von Michinagas zweiter Frau, Meishi. Sie waren sechzehn, fünfzehn und vierzehn Jahre alt.

beilaufen mussten. Sie waren sichtlich nervös, was man ihnen kaum vorwerfen konnte, denn es war klar, dass der Kaiser persönlich zuschaute, genauso wie Michinaga. Eine Gruppe Mädchen trug prachtvolle Brokatjacken, die im Licht der Fackeln glitzerten, aber darunter waren so viele Schichten Roben, dass sie sich kaum bewegen konnten. Auch Sanenaris Tochter gehörte dieses Jahr zu den Tänzerinnen. Die Kaiserin hatte ihr Kostüme und Schmuck zur Verfügung gestellt. Ihre Gruppe kam als Letzte und war in meinem Auge die eindrucksvollste.

Am nächsten Morgen füllte sich der Palast mit älteren Adligen, die dem Kaiser die Ehre erweisen wollten, und die jüngeren Hofdamen waren außer sich vor Aufregung. Sie waren gewiss glücklich, nach so vielen Monaten der Abwesenheit wieder im Mittelpunkt des Geschehens zu stehen. Sie huschten den ganzen Tag aufgeregt umher und kommentierten die Tänzerinnen und ihre Kleider. Alle drängten sich in die Haupthalle, wo an diesem Abend die besonderen Aufführungen für den Kaiser stattfanden. Dass Shōshi mit dem kleinen Prinzen daran teilnahm, verlieh der Veranstaltung zusätzlichen Glanz, es wurde viel Reis geworfen*, und Freudenschreie waren zu hören.

Nach einer Weile bekam ich von dem Lärm Kopfschmerzen. Also ging ich in mein Zimmer zurück, um mich etwas auszuruhen. Ich hatte vor, später zurückzukehren, wenn ich mich besser fühlte. Als ich die Kohlen im Kohlebecken anzündete, gesellten sich zwei junge Frauen zu mir, Kohyōe und Kohyōbu, die sich auch ein wenig zurückziehen wollten.

---

* In den Zeiten, als der Prinz geboren wurde, war das Werfen von Reis ein Ritual, mit dem man die bösen Geister von dem Baby fern halten wollte.

«Es ist so überfüllt dort drüben, man kann kaum etwas sehen!», beklagten sie sich.

Wir unterhielten uns leise, als plötzlich Michinaga seinen Kopf ins Zimmer streckte.

«Warum sitzen Sie hier einfach so herum?», fragte er vorwurfsvoll. Michinaga blickte mich an. «Vor allem Sie!», sagte er spitz. «Kommen Sie!»

Obwohl ich mich eigentlich nicht wohl fühlte, kehrte ich wieder zu den Tänzen zurück, weil er darauf bestand.

Die Tänzerinnen wirkten alle sehr angespannt, und in der Tat verlor eine von ihnen plötzlich das Bewusstsein und musste hinausgetragen werden. Alles schien mir wie in einem Traum. Vielleicht war ich einfach müde. Als es vorüber war, hörte ich, wie sich einige junge Adlige darüber ausließen, wie einladend die Gemächer der Tänzerinnen seien. Sie brüsteten sich damit, die Frauen an ihrer Art zu sitzen und sich zu frisieren auseinander halten zu können. Es kam mir sehr ungehörig vor – als würden sie Kalmuswurzeln oder etwas Ähnliches vergleichen.

Am dritten Tag tanzten die nervösen jungen Frauen für den Kaiser. Ich freute mich auf das Spektakel, aber auch ich war angespannt. Sie waren kaum älter als meine Katako. Als sie schließlich vortraten, überwältigte mich das Mitgefühl, obwohl ich keines der Mädchen näher kannte. Jedes Mädchen hatte einen Gönner, der sie von Kopf bis Fuß eingekleidet hatte, in der festen Überzeugung, das hübscheste und anmutigste Mädchen unter seinen Fittichen zu haben. Ich konnte aber beim besten Willen nicht entscheiden, welche am besten aussah. Um sich ein Urteil zu bilden, hätte ich jemanden fragen müssen, der sich in Sachen Mode bei Hof besser auskannte.

Wie einschüchternd dies alles für die Mädchen sein musste.

Vielleicht waren sie von hohem Rang und intelligent genug, um mit der Situation umgehen zu können, aber ich sah es dennoch als Schande an, sie in so zartem Alter derartigen Rivalitäten auszusetzen. Altmodisch wie ich war, konnte ich mir nicht vorstellen, Katako diesen Prozeduren auszusetzen.

Ich beobachtete die Höflinge, die die Fächer der Mädchen einsammelten, dabei nahm sich ein Mädchen die Freiheit heraus, den ihren zu werfen. Sie war groß und schlank, hatte wunderbares Haar, aber die Zuschauer zuckten angesichts dieser mutigen Geste trotzdem zusammen. Man musste diese Entgleisung wohl ihrer Unerfahrenheit zuschreiben. Könnte ich mit Sicherheit sagen, dass sich meine Tochter in einer solchen Situation nicht auch so ungeschickt verhalten hätte? Hätte ich mir selbst je träumen lassen, dereinst so aufmüpfig zu sein, wie ich es inzwischen manchmal war?

Ich überlegte, was die Zukunft mir wohl bringen würde. Was, wenn ich mich nicht mehr um die weibliche Bescheidenheit kümmern und mich frei zur Schau stellen würde, so wie Sei Shōnagon das tat – egal was die anderen dachten? Diese Phantasie nahm meine Gedanken vollständig gefangen, sodass ich ganz vergaß, die Zeremonien zu verfolgen. Ich schüttelte mich, beunruhigt von dem Gedanken, was für ein unzuverlässiger Berater der eigene Verstand sein kann.

In den Tagen nach den Tänzen verlief das Leben am Hof recht ruhig. Vor allem die jungen Männer schienen sich zu langweilen. Dann rückte das Fest am Kamo-Schrein näher, für das man Michinagas zweiten Sohn Norimichi als kaiserlichen Boten bestimmt hatte. Weil der Tag des Festes zufällig auf ein Tabu* für den Palast fiel, trafen Michinaga und die

---

* An diesen Tagen der Tabus, die von Wahrsagern festgelegt wurden, durfte niemand das Palastgrundstück verlassen oder betreten.

jungen Männer bereits am Abend zuvor ein. Die ganze Nacht über herrschte in den Frauengemächern ein wildes Kommen und Gehen.

Am nächsten Morgen erhielt Norimichi ein förmliches Geschenk. Ich sah eine silberne Schatulle, in der ein Spiegel, ein Kamm aus Aloeholz und eine silberne Haarnadel lagen, mit dem er seine seitlichen Locken drehen konnte. Das Geschenk war auf dem Deckel eines Kistchens arrangiert, das mir bekannt vorkam. Voller Kummer wurde mir klar, dass das Geschenk von Sanenari kam, der einen Streich falsch verstanden hatte, den wir einer Dame im Gefolge seiner Tochter während der Tänze gespielt hatten. Als er von unserem Scherz erfuhr, war er ziemlich verärgert. Er hatte natürlich vollkommen Recht, uns zu ermahnen – wir hatten uns von unserer schlechtesten Seite gezeigt. Der Streich war zwar nicht meine Idee gewesen, trotzdem tat mir die Frau keinen Moment Leid – weshalb ich genauso mitschuldig war. Ein übler Nachgeschmack blieb zurück, und ich ging von Sanenari entfremdet nach Hause und war sehr niedergeschlagen. Ich hätte gleich nach den Tänzen abreisen sollen, wie ursprünglich geplant.

Rückblickend ist mir der Vorfall unangenehm. Ich werde mich bemühen, nichts zu beschönigen und die Ereignisse genauso aufzuschreiben, wie sie passiert sind. Sollte ich jemals an einen Punkt gelangen, an dem ich mich heilig fühle, müsste ich diesen Bericht wieder lesen.

Eine Dame namens Sakyō hatte einst im Palast im Gefolge von Gishi, der Nebenfrau des Kaisers, gedient. Sie war vor einiger Zeit aus dem Hofdienst ausgeschieden, an den Grund konnte sich niemand so recht erinnern, und nach Hause zurückgekehrt. Aus Anlass der Gosechi-Tänze war sie im Gefolge von Sanenaris Tochter wieder in den Palast gekommen, wo sie eine von Shōshis Damen erkannte. Ich muss gestehen, dass ich Sakyō nicht mochte, weil sie einst eine Affäre mit meinem Mann hatte. Vielleicht war ich darum auch geneigt, mich den anderen Damen anzuschließen, die solche Streiche manchmal aus purer Bosheit machen. Auch einige junge Adlige machten mit.

«Stellt euch vor, eine Dame, die einst so erhaben getan hat und nun in den Palast zurückgekrochen kommt!»

«Sie glaubt wohl, niemand hat sie bemerkt.»

«Nun, das sollten wir klar stellen, findet ihr nicht?»

Emsiges Treiben begann in Shōshis Gemächern. Eine Dame durchsuchte die außerordentlich große Fächersammlung der Kaiserin und suchte ein Exemplar aus, auf dem der Berg der Langlebigkeit abgebildet war. Alle waren sich einig, dass dieser Fächer genau unseren Zweck erfüllte. Sie legten den geöffneten Fächer auf den Deckel einer Truhe, arrangierten die geflochtenen Anhänger darum und fügten einen gebogenen Kamm mit Tabupapieren bei, den ein junges Mädchen vielleicht tragen würde, an den Enden zusammengebunden.

«He, ist der Kamm nicht vielleicht noch ein bisschen zu gerade?»

Einer der jungen Adligen bog ihn noch etwas mehr, sodass er der neuesten, frechen Mode entsprach. Eine sehr junge Tänzerin würde so etwas tragen – dies nur für den Fall, dass Sakyō die Anspielung nicht bereits aufgrund des Fächers verstand. Sie fügten noch eine in weißes Papier gewickelte Räuchermischung bei, und Kodayū stellte zudem ein Gedicht zur Verfügung, das das Geschenk begleiten sollte.

Ōkarishi toyo no miyabito sashiwakite shiruki hikage wo aware to zo mishi

Unter den Höflingen bei der Zeremonie stachen deine geflochtenen Anhänger heraus, bewegten uns besonders.

Unser kleiner Streich begann uns immer besser zu gefallen, und schließlich suchten wir eine Botin, die das Geschenk unerkannt überbringen könnte. Wir sagten dem Mädchen, das Geschenk stamme von einer Dame, die im Moment im Dienst der Nebenfrau stehe, damit Sakyō annahm, es käme von ihrer früheren Herrin. Die Kaiserin kannte unsere boshaften Absichten nicht, und als sie sah, was wir zusammengestellt hatten, bemerkte sie:

«Sie sollten das Geschenk noch aufwändiger gestalten – zum Beispiel noch mehr Fächer beilegen.»

Wir ließen uns nicht beeindrucken.

«Nein», antworteten wir. «Es darf nicht zu elegant sein. Falls dieses Geschenk von Eurer Majestät käme, müssten wir es nicht so geheim halten. Dies ist unsere Privatsache – bitte tut so, als hättet Ihr nichts gesehen.»

Wir warteten gespannt, bis die Botin zurückkam, und hatten schon Angst, unser Streich wäre aufgeflogen. Das Mädchen kam bald wieder zurück und verkniff sich ein Lächeln.

«Sie fragten mich, woher ich käme, also sagte ich, von der Nebenfrau, und das haben sie einfach so hingenommen.»

Einige der Damen lächelten zufrieden.

Sanenari war Gishis jüngerer Bruder. Aus diesem Grund hatte sich ihre ehemalige Palastdame für die Tänze dem Gefolge seiner Tochter angeschlossen. Als Sakyō später klar wurde, dass das Geschenk aus Shōshis Gemächern gekommen war, war sie sehr beschämt, weil man sie in ihrem gefallenen Zustand entdeckt hatte. Wer nie in den Frauengemächern im Palast gelebt hat, findet so etwas vielleicht nicht so schlimm. Aber dieser Ort hatte seine Schattenseiten. Manchmal fühlte ich mich an eines dieser riesengroßen Spinnennetze erinnert, die ich auf der Rückreise von Echizen gesehen hatte. Ich versuchte, mich keinem besonderen Grüppchen anzuschließen, aber unversehens sah man sich plötzlich in einen kleinen Rachefeldzug verwickelt, nur wegen irgendwelcher Animositäten. Sanenari war sehr ungehalten und wollte wissen, warum wir diese arme Frau nicht einfach hatten in Ruhe lassen können. Noch mehr ärgerte ihn die Tatsache, dass er angenommen hatte, das Geschenk käme von der Kaiserin. Aus diesem Grund hatte er das aufwändige Geschenk zurückgeschickt.

Ungefähr in der Mitte des zwölften Monats nahm ich einige Tage frei. Ich musste mit Vater über Nobunori sprechen. Es war mir zu Ohren gekommen, dass er sich im Palast noch einmal einen großen Fehltritt geleistet hatte. Mein Bruder hatte als einer der Sekretäre die Aufgabe, die Baumwolltücher an die Priester zu verteilen, die die frühmorgendliche Andacht leiteten. Er hatte gewiss einen Kater oder war von den Trinkgelagen des Vorabends noch immer betrunken. Nobunori und ein anderer Mann brachten die Truhe mit der Baumwolle aus dem Lager und stellten sie in der Kapelle ab, wo der Priester stand. Dann trug mein Bruder die Bündel, die für die Assistenten bestimmt waren, hinaus auf die Veranda und begann sie zu verteilen. Anstatt sie gerecht aufzuteilen, gab er einem Mann den ganzen Stapel! Die anderen begannen an den Tüchern zu zerren, und plötzlich herrschte ein großes Durcheinander. Alle, die diese Szene beobachteten, waren schockiert.

Mein Bruder mit seinen dummen Eskapaden sorgte ständig für Klatschgeschichten und schadete damit auch meinem Ruf.

Ich hatte vergessen, den Dienern aufzutragen, die Saiten meines Kotos an regnerischen Tagen zu lockern, und als ich es dann nach vielen Monaten einmal wieder aus dem Schrank holen wollte, waren die Saiten verzogen und konnten nicht mehr gestimmt werden. Ich musste das Instrument neu besaiten lassen, bevor ich wieder darauf spielen konnte. In meiner Jugend hatte mir die Musik viel bedeutet. Ich brachte es zwar nie zur Meisterin, aber sowohl das dreizehnsaitige als auch das siebensaitige Koto hielt ich immer gestimmt und bereit. Wenn die Hektik des Tages sich legte, nahm ich in der Abenddämmerung manchmal eines der Instrumente hervor und stellte mir vor, ich würde für Genji spielen – bis ich plötzlich unsicher wurde, es könnte mich jemand hören. Wie dumm von mir und wie traurig! Aber nun boten die Instrumente einen geradezu erbärmlichen Anblick, wie sie gegen die Truhe lehnten und Staub und Ruß ansammelten.

Die Truhe war voll alter Gedichte und Geschichten, nun wohnten zahlreiche Silberfische darin. Es war widerlich, wie sie umherwimmelten, wenn man den Deckel hob, ich wollte gar nicht mehr hineinschauen. Im Bücherregal daneben standen viele chinesische Bücher, die ich über die Jahre gesammelt hatte. Wenn ich allein war, nahm ich ein oder zwei Bücher herunter, um sie mir anzuschauen. Kurz darauf würde ich meine Dienerinnen bemerken, die hinter meinem Rücken flüsterten.

«Was ist das für eine Dame, die chinesische Bücher liest?», murmelten sie.

«Deshalb ist sie immer so unglücklich.»

«Früher haben richtige Damen nicht einmal Sutras gelesen.»

«Und schon gar nicht Chinesisch!»

Gerne hätte ich mich zu ihnen umgedreht und gesagt: «Ja,

das erzählt man sich, aber ich habe noch niemals gehört, dass jemand länger gelebt hat, nur weil er sich an diese Verbote hielt!»

Aber was hätte das gebracht? Es wäre für sie nur ein weiterer Beweis gewesen, dass mit mir etwas nicht stimmte, also zügelte ich meine Zunge. Außerdem hatten sie ja durchaus Recht. Ich war mir bewusst, dass ich selbst für mein Unglück verantwortlich war.

Die Menschen sind verschieden. Manche werden fröhlich, offenherzig und ehrlich geboren. Andere haben ein düsteres Gemüt, lassen sich von nichts zerstreuen, schreiben Sutras auf die Rückseite alter Briefe, tun Buße und klappern ständig mit ihren Sutraperlen – einfach bedrückend. Ich wünschte mir sehnlichst, offenherziger zu sein. Ich musste mich jeden Tag bewusst dagegen wehren, nicht auch so erschreckend missgelaunt und verkrustet zu werden.

Es war mir schmerzlich bewusst, dass ich selbst zu Hause ständig beobachtet wurde, deshalb zögerte ich sogar, Dinge zu tun, die ich mir in meiner Position durchaus hätte leisten können. Und das in meinem eigenen Haus! Bei Hof musste ich mich noch viel stärker zurückhalten. Es geschah oft, dass ich mich gerne geäußert hätte, es aber für besser hielt zu schweigen.

Was brachte es, Menschen Dinge zu erklären, die sie sowieso niemals begreifen würden? In einer Gemeinschaft von selbstsüchtigen Frauen brachte Offenheit nur Schwierigkeiten mit sich. Diese Frauen waren immer auf der Suche nach Gründen, um zu klagen und zu jammern. Selten traf man auf einen wirklich verständnisvollen Menschen, und so hatte ich mir angewöhnt, meine Gedanken für mich zu behalten. Wäre ich nicht einst jemandem begegnet, der völlig anders war, ich hätte geglaubt, alle Menschen seien eigennützig. Die meisten

Menschen sind engstirnig und haben immer den eigenen Vorteil im Blick.

Ironischerweise hielten mich viele für schüchtern. Wenn ich gezwungen war, mit anderen zusammenzusitzen, schwieg ich meistens, während die anderen klatschten und Dinge kritisierten – aber ich schwieg nicht, weil ich schüchtern war, sondern weil ich dem allem nichts abgewinnen konnte. So war es wohl kaum überraschend, dass man mich für zurückhaltend und langweilig hielt. Bei meinem Eintritt in den Palastdienst hatte es mich beunruhigt, dass die Menschen sich vielleicht schon eine Meinung über mich gebildet hatten. Und meine Befürchtungen bewahrheiteten sich auch. Später fand ich heraus, dass ich den Ruf hatte, anmaßend und unnahbar zu sein. Sie flüsterten einander zu, ich sei kratzbürstig, eingebildet, hochnäsig, verächtlich, mürrisch, spöttisch und wolle immer nur Verse verfassen. Nach einer Weile hörte ich sie dann jedoch verwundert sagen:

«Wenn man dann tatsächlich mit ihr zu tun hat, ist sie seltsam sanftmütig, überhaupt nicht wie man erwarten würde!»

Das sollte eigentlich ein Kompliment sein! Doch was hatte es für einen Sinn, sich den Kopf über die Urteile anderer Leute zu zerbrechen? Ich konnte mich sowieso nicht ändern. Allerdings wünschte ich mir, nicht immer so distanziert zu sein. Manchmal fürchtete ich, ausgerechnet jene zurückzuweisen, für die ich tiefen Respekt empfand. Sehr tröstend war die Bemerkung Ihrer Majestät, dereinst sei ich ihr nicht sonderlich sympathisch gewesen, aber nun sei ich ihr näher als alle anderen.

Während ich mir meine Fehler durch den Kopf gehen ließ, überlegte ich, wie ich meine Tochter vor diesen Fehlern bewahren könnte. Sie war gescheit und attraktiv, und ihre Chancen standen gut, später bei Hof eine wunderbare Position zu bekleiden. Um in dieser Welt zu gedeihen, musste man angenehm, freundlich und selbstbeherrscht sein und sich auch in einer hohen Position unauffällig benehmen, so wie die Dame Saishō. Eine solche Persönlichkeit war für eine Frau der Schlüssel zum Erfolg. Die meisten Menschen sind bereit, einer Frau, die immer gute Absichten hat und niemals versucht, andere in Verlegenheit zu bringen, alles zu vergeben – egal wie viele Affären sie hat. Jene Frauen hingegen, die sich auf ihre Nachkommen zu viel einbilden und sich anmaßend benehmen, ziehen die Aufmerksamkeit auf sich. Sie können sich noch so bemühen, die Leute werden überall Fehler finden und sie wegen jeder Kleinigkeit kritisieren – sogar wie sie sich hinsetzen oder wann sie frei nehmen, kann Anlass zur Kritik bieten. Und Frauen, die widersprüchliche Aussagen machen oder über ihre Gefährtinnen herziehen, setzen sich selbst genau jener Kritik aus. All das musste ich auf schmerzliche Art lernen.

Mit der Zeit entdeckte ich die Eigenheiten der Menschen. Nicht alle, die böse Absichten hatten, verhielten sich gleich. Es gab diejenigen, die ihre Feindseligkeit offen zur Schau stellten und schreckliche Gerüchte verbreiten, mit dem Ziel, sich selbst in besseres Licht zu stellen. Sie waren leicht zu erkennen, und man wusste, wie man mit ihnen umgehen musste. Andere versteckten ihre wahren Gefühle jedoch und erschienen auf der Oberfläche recht freundlich. Das fand ich leider erst nach langer Zeit heraus, und es war eine schmerzliche Erfahrung für mich.

Als Katako ungefähr neun Jahre alt war, wurde es Zeit, langsam ihr Benehmen zu schulen. So hätte sie, wenn die Zeit für den Hof käme, ein tadelloses Verhalten.

«Wenn du dich aus Klatschgeschichten heraushältst», sagte ich zu ihr, «werden die Menschen im Zweifelsfall zu deinen

Gunsten entscheiden und dir guten Willen zeigen, zumindest oberflächlich – aber das ist oftmals ausreichend.»

Es genügt nicht, zu wissen, dass alle Handlungen Folgen nach sich ziehen. Besser ist es, aus gutem Willen zu handeln und darauf zu vertrauen, dass das Karma die Dinge schließlich schon richten wird. Manche Menschen sind so gutherzig, dass sie sogar jene lieben können, die ihnen mit Hass begegnen. Mir schien das immer unmöglich, und ich werde ziemlich ungehalten bei so viel Güte. Wenn jemand die drei Kostbarkeiten beleidigt, sagt sogar Buddha, der Barmherzige, das könne nicht ungestraft bleiben.

Der Mensch wird erlittenes Unrecht immer auf irgendeine Art zurückgeben. Wer andere verletzt, verdient es, zurechtgewiesen zu werden. Und auch wer gedankenlos handelt und damit anderen Unglück bringt, soll bestraft werden. Dummheit und Sorglosigkeit sind unverzeihbar. Und doch wusste ich nicht, was ich Katako raten sollte, wenn sie trotz bester Absichten missverstanden und geschmäht würde. Als ich in ihr unschuldiges, vertrauensseliges Gesicht blickte, konnte ich nur hoffen, dass sich in ihr nicht diese dunklen Abgründe auftäten, an deren Wänden die Sorgen wucherten.

Das Jahresende

Toshi Kurete

Ich lese in meinem Tagebuch, dass ich am Neunundzwanzigsten des zwölften Monats in den Palast zurückkehrte – dem zweitletzten Tag dieses ereignisreichen Jahres. Nun waren es genau drei Jahre, seit ich in den Dienst Ihrer Majestät eingetreten war. Wie anders ich mich damals gefühlt hatte! Die kaiserliche Familie und ihre Umgebung hatten mich vor Ehrfurcht erstarren lassen, und vor Angst war ich wie gelähmt gewesen. Ich konnte es kaum glauben, dass mich das Palastleben in diesen Jahren so abgestumpft hatte.

Ich verbrachte den ganzen Tag mit meiner Tochter und ging erst fort, als sie schlafen gegangen war. Als ich im Palast ankam, hatte sich Ihre Majestät bereits zurückgezogen, und es war sowieso zu spät, um ihr noch die Aufwartung zu machen, also räumte ich meine Sachen weg und legte mich in meinem Zimmer zur Ruhe.

Ich war müde, konnte aber nicht schlafen. Auf welche Seite ich mich auch drehte, ich konnte das Gerede der Damen in den anderen Räumen hören.

«Wie anders war es zu Hause, da schlafen sie jetzt alle friedlich!»

«Ja, im Palast hört man die ganze Nacht Schritte, und man kommt nicht zur Ruhe.»

Auch sie waren gerade erst in den Palast zurückgekehrt.

Die erste Nacht war die schwierigste. Ich vermisste die ruhige Wärme von Katakos schlafendem Körper und ihren ruhigen Atem. Kein Geliebter, ob Mann oder Frau, kann einem jene tröstende Ruhe geben, wie ein schlafendes Kind. Mir war schmerzlich bewusst, dass sich mein siebenunddreißigstes Jahr näherte. Während ich mich grübelnd auf meinem Lager hin und her warf, kam mir ein Gedicht in den Sinn, also griff ich nach meinem Tagebuch und kritzelte es in dem fahlen Licht des Kohlebeckens nieder.

Toshi kurete   waga yo fukete yuku   kaze no oto ni   kokoro no naka no   susamajiki kana
Das Jahr geht zu Ende, und auch mein Leben wird verlöschen. Grimmig heult der Wind und lässt mein Herz gefrieren.

Die *tsuina*-Zeremonie gegen böse Geister war früh vorüber. Ich dachte nicht weiter über den jungen Mann nach, der dieses Jahr mit der Aufgabe betraut gewesen war. Er war zu schmächtig, um einen besonders ehrfurchtgebietenden Dämonenjäger abzugeben. Ich kehrte in mein Zimmer zurück, um mich auszuruhen, und hatte gerade meine Zähne geschwärzt und leichte Farbe aufgetragen, als Ben no Naishi erschien. Ihre Lippen glichen prallen Blütenknospen, und ihre Augenlider hatte sie meist charmant gesenkt. Sie war sehr gutherzig, und ihre Gesichtszüge waren zart. Wir unterhielten uns eine Weile, und sie fühlte sich offenbar so wohl, dass sie einnickte. Ich nahm mein Tagebuch hervor und begann zu schreiben. Ich konnte Takumi, das Mädchen, hören, sie saß draußen auf dem Gang und versuchte Ateki beizubringen, wie sie die Säume eines Kleids stecken sollte, das sie gerade genäht hatte.

Plötzlich wurde ich von einem lauten Krachen aufgeschreckt, gleich darauf drangen Schreie aus den Gemächern Ihrer Majestät. Ich ließ den Pinsel fallen und versuchte Ben no Naishi aufzuwecken, aber sie war sehr schläfrig. Die Schreie und Klagen waren noch lauter geworden. Feuer!, dachte ich panisch, obwohl es nicht nach Rauch roch.

Takumi schob die Tür auf und streckte ihren Kopf ins Zimmer, die Angst stand ihr ins Gesicht geschrieben.

«Was kann das sein?», stammelte sie.

«Ich weiß es nicht», antwortete ich, «aber Ihre Majestät schläft heute Abend in ihren Gemächern, also müssen wir nachschauen gehen, ob alles in Ordnung ist.»

Endlich gelang es mir, Ben no Naishi wach zu rütteln, und wir bahnten uns zu dritt einen Weg in die Gemächer der Kaiserin. Wir zitterten vor Furcht. Der Lärm des Handgemenges und die Schreie waren verklungen, aber wir konnten noch immer Schluchzen hören. Wir folgten den gedämpften Geräuschen und erreichten schließlich einen kleinen Raum, in dem sich die Damen Yugei und Kohyōbu aneinander klammerten und vor Angst schluchzten. Sie waren nackt!

Verwirrt klatschten wir in die Hände, um Hilfe zu holen, aber die Diener und Wachen waren alle nach Ende der Zeremonie zu Bett gegangen. Niemand war zu sehen. Takumi fand schließlich in der Küche ein Dienstmädchen.

«Schnell!», schrie ich sie an und vergaß in der Aufregung meinen Rang. «Holt den Sekretär des Kriegsministeriums! Er muss im Hauptgebäude sein!»

Das wäre eine einmalige Chance für meinen Bruder, um sich als Retter in der Not wieder Achtung zu verschaffen. Während wir auf Hilfe warteten, begriffen wir, dass man diese beiden Frauen im Herzen der kaiserlichen Gemächer angegriffen hatte. Ben no Naishi und ich zogen unsere Umhänge aus, damit sich die beiden Damen bedecken konnten, bis Hilfe kam. In der Zwischenzeit lauschten wir ihrem schrecklichen Bericht, wie sie gepackt und ausgezogen worden seien, von Angreifern, die sie in den dunklen Gängen nicht einmal hatten erkennen können.

«Es war ein Teufel!», schuchzte Yugei. «Ich konnte seinen faulen Atem riechen!»

«Sie hatten scharfe Krallen und Hörner», fügte Kohyōbu an. «Es war schrecklich!»

Sie waren überzeugt, Opfer eines Dämons geworden zu sein, der in der abendlichen Zeremonie nicht hatte ausgetrieben werden können.

Takumi kam herbeigeeilt und verkündete, dass Nobunori früher am Abend mit den anderen fortgegangen sei. Ich biss mir vor Enttäuschung auf die Lippen. Wenn man sich nur einmal auf ihn verlassen könnte! Einige Minuten später kam sein Rivale Sukenari, der Sekretär des Zeremonienministeriums, und übernahm ruhig das Kommando. Er ging in dem Raum umher, zündete die Öllampen an und sandte einen Boten zum kaiserlichen Lagerhaus, um Roben für die beiden Damen bringen zu lassen. Inzwischen hatte sich eine kleine Menschenmenge versammelt, und eine Gesandtschaft vom Kaiser traf ein, um sich zu erkundigen, was geschehen sei. Einige Frauen saßen einfach nur so da und starrten einander schockiert an.

«Wie schrecklich!», bedauerten sie die beiden Opfer.

«Wenigstens haben sie nicht die offiziellen Kleider für die Neujahrszeremonien mitgenommen», sagte jemand.

Da hatten sie Recht, und die Damen schienen ebenfalls ein wenig erleichtert, einem noch schlimmeren Schicksal entgangen zu sein. Sie fassten sich langsam wieder, mir blieb jedoch dieses Bild der beiden nackten, zitternden Frauen im Gedächtnis haften. Diesen Anblick würde ich nicht mehr vergessen. Ihre blassen, entblößten, völlig schutzlosen Körper erinnerten mich an neugeborene Mäuse. Es war eine schockierende Szene, rückblickend allerdings auch fast etwas komisch – wobei ich das natürlich niemals laut sagen würde.

Irgendwie gelang es der Kaiserin, die ganze Aufregung zu verschlafen, und sie war überrascht, am nächsten Tag von den Ereignissen zu hören.

Das neue Jahr hatte gewiss mit einem schlechten Omen begonnen. Obwohl Neujahr war, konnten die Menschen von nichts anderem als diesem Zwischenfall sprechen. Einige meinten, sie hätten die Anwesenheit der Dämonen im Palast gespürt, und sprachen vom Versagen der Dämonenaustreiber. Andere fragten sich, ob es nicht doch eher menschliche Angreifer gewesen seien. Man konnte kaum sagen, was schlimmer wäre. Es war eine schreckliche Vorstellung, dass Dämonen in den Palastgängen lauerten, aber die Vorstellung, dass ein Mensch die Damen Ihrer Majestät angriff und ausraubte, war noch unglaublicher.

Am dritten Tag des neuen Jahres kam ich abends aus dem Palast nach Hause und war verwirrt, dass sich in meinen Räumen schon in dieser kurzen Zeitspanne Staub angesammelt hatte. Alles schien schäbig und heruntergekommen. Obwohl es Neujahr war und man eigentlich nur optimistische Gedichte verfassen sollte, konnte ich mich nicht zurückhalten:

Aratamete   kyō shimo mono wo   kanashiki wa   mi no usa ya   mata   sama kawarinuru
Von neuem bohrt die Traurigkeit mir ihren Stachel tief ins Herz. Mein Kummer kennt viele Gestalten, zeigt jeden Tag ein neues Gesicht.

Es kostete mich große Anstrengungen, meine immer tiefere Niedergeschlagenheit vor meiner Tochter zu verstecken. Ich brachte ihr Fächer, Kämme und Bilderbücher aus dem Palast mit. Sie war zutiefst fasziniert von allem, was mit dem kaiserlichen Hof zu tun hatte, also erzählte ich ihr von den aufwändigen Zeremonien für die kaiserlichen Kinder und von den seltsamen kulinarischen Vorlieben Kaiser Ichijōs. Der Kaiser liebte Käse und schickte immer wieder etwas davon in Shōshis Gemächer. Die meisten von uns machten sich nichts daraus, und wir verfütterten ihn den Palasthunden, die dann unangenehme Dämpfe von sich gaben. Einmal brachte ich Katako etwas Käse nach Hause. Sie versuchte davon, und im Wissen, dass es des Kaisers Lieblingsspeise war, verkündete sie, er sei köstlich.

Ich brachte ihr Stoffreste aus dem Palast mit, damit sie daraus Kleider für ihre Puppen nähen konnte. Jahre später fand ich in einer Kiste mit alten Puppen einen Brief, den ich ihr zusammen mit dem Stoff zu Neujahr geschenkt hatte:

Meine liebe Tochter,
es tut mir sehr Leid, dass ich fortgehen musste, bevor du am Neujahrstag aufgestanden bist. Wenn du etwas älter bist, werde ich dich wie versprochen in den Palast mitnehmen. Weil du dich so für Mode interessierst, habe ich einige Stoffreste für dich gesammelt. Sie stammen von den Kleidern, die die Dame Dainagon in den ersten drei Tagen des neuen Jahres getragen hat, um Ihrer Majestät gewürzten Wein und gesundes Essen zu servieren.

Am ersten Tag trug sie ein doppelschichtiges Kleid aus purpurnem und violettem Stoff. Die chinesische Jacke war rot, die Schleppe aus steifer Seide mit einem silbernen Muster. Am nächsten Tag trug sie eine grüne Jacke, und ihr

Kleid war aus purpurnem und violettem Damast über einem dunkelroten, glänzenden Seidenkleid. Die Schleppe schimmerte in den unterschiedlichsten changierenden Farben. Am nächsten Tag bestand ihre Kleidung aus einer förmlichen Jacke in kastanienbrauner gemusterter Seide, einem Kleid aus weißem chinesischem Damast mit violetter Einfassung, das sie über einem leuchtend roten mit Rosa eingefassten Kleid trug.

Du kannst für deine Puppen aus diesen Stoffresten Kleider machen. Denk daran, wenn das Kleid dunkel ist, sollte darunter ein hellerer Ton hervorschauen, und wenn das Kleid hell ist, sollte die Umrandung dunkler sein. Die geschichteten Roben, die darunter getragen werden, kannst du halten, wie du möchtest. Die Dame Dainagon trug die folgende Kombination: Blassgrün, Weiß mit kastanienbrauner Einfassung, Dunkelgelb, Scharlachrot mit violetter Einfassung und Lavendel mit Weiß. Wenn man solch alltägliche Farben miteinander kombiniert, entsteht ein recht interessanter Effekt. Schau es dir einmal genau an. Deine Tante kann dir helfen.

An der Prozession zum dritten Tag trug die Dame Saishō wieder das kaiserliche Schwert. Sie schritt zwischen dem Kaiser und Seiner Exzellenz Michinaga, der den kleinen Prinzen in seinen Armen hielt. Sie war äußerst extravagant gekleidet. Ich habe noch nie etwas Vergleichbares gesehen. Es schienen ungefähr dreißig Schichten zu sein, aber dieser Eindruck entstand vor allem durch aufgenähte Ärmelbesätze – sonst hätte sie in den Kleidern wie ein wandelnder Berg gewirkt. Ihr Hauptkleid war aus dicker, gemusterter, purpurner Seide mit fünf Ärmelbesätzen. Darüber trug sie einen lavendelfarbenen Mantel mit einem zarten Muster aus Eichenblättern. Die förmliche Jacke war dunkelrot, in Quadraten abgesteppt, um chinesisch zu wirken. Sogar ihre seidene Schleppe hatte drei Schichten. Darunter trug sie eine eingefasste purpurne Robe mit sieben zusätzlichen Ärmelbesätzen, die an das Unterkleid genäht waren. Darunter hatte sie vier weitere Roben in Rottönen an, abwechselnd mit drei oder fünf Lagen falscher Ärmelbesätze. Ihr Haar war hochgesteckt, so konnte man sehen, wie schön ihre Kragen fielen. Es sah wunderbar aus, denn sie hatte genau die richtige Größe, um diesen Stil zu tragen, mit einer üppigen Figur, zarten Gesichtszügen und einer hübschen Gesichtsfarbe. Prachtvoll sah sie aus und benahm sich wie immer vollkommen.

Das soll natürlich nicht bedeuten, dass du dieses Kleid für deine Puppe nähen musst.

Wenn ich mir überlegte, wem Katako nacheifern könnte, fiel mir als erstes die Dame Saishō ein. Sie drängte sich niemals vor, trotzdem gelang es ihr immer wieder, gute Posten zu bekommen und keine Eifersucht zu erwecken. Sie redete selten schlecht über andere, aber sie erging sich auch nicht in Schmeicheleien. Ihr Benehmen war einfach tadellos. Ihr einziger Makel, wenn man das überhaupt so nennen konnte, war die Tatsache, dass sie selten ein Gedicht verfasste. Sie kannte die Grenzen ihres Talents als Dichterin und versuchte nicht, ihre Gefährtinnen mit unnötigen Kompositionen zu belästigen. Ihr Lohn waren treue Freundinnen und Liebhaber. Tadanobu hielt unglaublich viel von ihr.

Im Nachsinnen darüber, wie man bei Hof Erfolg haben konnte, kam ich zu dem Schluss, dass literarische Ambitionen eher ein schlechtes Ende verheißen. Man musste sich nur Sei Shōnagon ansehen.

Die Spinne

Sasagani

Gegen Ende des Frühjahrs, als der Wind die Kirschblüten zu verstreuen begann, fühlte sich die Kaiserin eines Morgens nicht wohl. Zuerst vermuteten wir, sie hätte eine verdorbene Auster gegessen, doch ihr Zustand hielt über eine Woche an, sodass wir uns alle dasselbe fragten – war die Kaiserin womöglich nicht krank, sondern wieder schwanger? Tatsächlich war es so. Shōshi hatte zehn Jahre auf ein Kind gewartet, und dass nun zwei Schwangerschaften so dicht aufeinander folgten, versetzte alle in Erstaunen. Michinagas Gebete waren erschreckend wirkungsvoll, und so würde es bestimmt auch dieses Mal wieder ein Junge werden. Ichijōs andere Frauen waren beschämt. Warum wurden sie nicht schwanger? Einige von ihnen waren schon jahrelang mit dem Kaiser zusammen, und ihre Väter knirschten mit den Zähnen.

Michinaga war außer sich vor Freude, als er vom Zustand seiner Tochter erfuhr. Nun konnte man sich an die Vorgabe des ersten Kindes halten – die Gebete und Riten wurden in derselben Ordnung und Reihenfolge abgehalten wie im Vorjahr. Alles verlief nach Plan, bis eine von Shōshis Damen in den Gemächern der Kaiserin einen Papierfetzen mit einer mysteriösen Schrift fand – offenbar ein Fluch gegen die kaiserliche Mutter und ihr Kind. Wir hatten seit Beginn des Jahres unangenehme Gerüchte gehört, wonach Leute aus Korechikas Lager böse Geister aussandten, und nun hatten wir einen Beweis. Michinaga kochte vor Wut und bat Korechikas Assistenten um einen genauen Bericht.

Einige Tage später war der Mann tot. An Kummer gestorben, wie man sich erzählte. Mir war neu, dass Reue tödlich sein konnte. Korechika selbst ging in Klausur, und von seinen Dienern erfuhren wir, dass er unter einer seltsamen Krankheit litt. Obwohl er große Mengen Nahrung zu sich nahm, war er recht dünn geworden und hatte ständig Durst. Ich dachte daran, wie sehr ich ihn bewundert hatte, sein Bild war prägend für meinen Genji. Es war sehr traurig. Ich hatte längere Zeit keine Genji-Geschichten geschrieben.

Im Frühsommer kehrten wir in Rinshis Haus zurück. Kenshi, die jüngere Schwester der Kaiserin, war völlig vernarrt in den kleinen Prinzen und spielte den ganzen Tag in ihrem Zimmer mit ihm. Die Ammen mussten ihn nur ab und zu wickeln. Das war ihnen ganz recht – sie plauderten lieber miteinander, als sich mit einem quengelnden Baby abzugeben, auch wenn es ein Prinz war. Für mich war es eine schwere Zeit. Ich stand unter Druck, neue Genji-Abenteuer zu schreiben, aber aus irgendeinem Grund fiel mir das schwer. Genjis Welt hatte ihren Glanz verloren.

Mein kritisches Jahr war zur Hälfte vorbei, und ich konnte mich ein wenig damit trösten, dass ich eine Katastrophe bisher hatte verhindern können. Ich schrieb mein Überleben der gnädigen Kraft des Amida Buddha und meinen zahllosen Kopien des Lotos-Sutra zu. Es gab Zeiten, in denen ich mich so stark zur Religion hingezogen fühlte, dass ich mir ausmalte, diese Welt hinter mir zu lassen. Dann dachte ich an meine Tochter. Wäre ich je dazu in der Lage, den gleichen Schritt wie Kerriarose zu tun?

Im siebten Monat kehrten wir in den Palast zurück, und die Zeit für das alljährliche Sumai-Turnier kam. Eigentlich wollte der Kaiser den Ringkämpfen zuschauen, aber das Wetter drohte sich zu verschlechtern. Bei den Vorbereitungen schauten die Diener immer wieder furchtsam in den Himmel. Sie waren überzeugt, die Spiele müssten abgesagt werden. Mein einstiger Freund Sanenari war ein so begeisterter Anhänger des Sumai, dass er barsch verkündete, das Wetter werde sich schon halten – als könnte er mit seiner Zuversicht den Zug der Wolken beeinflussen. Ich hatte meine Zweifel.

Tatsächlich regnete es bereits früh am Morgen, und so mussten die Kämpfe tatsächlich verschoben werden. Es war wirklich traurig. Enttäuscht kam Sanenari in den Frauengemächern vorbei, und ich gab ihm diesen Vers:

Tazuki naki tabi no sora naru sumai wo ba ame mo yo ni
tou hi to mo araji na
Das Sumai-Turnier ist vergänglich wie mein Quartier. Wer wollte es auch an einem solch regnerischen Abend besuchen?

Es goss in Strömen, der Regen trommelte laut auf die Vordächer. Er saß eine Zeit lang außerhalb meiner Jalousien und wartete auf eine Aufhellung. Wir waren alleine und unterhielten uns über belanglose Dinge. In den vergangenen Jahren hatten wir manchmal bis tief in die Nacht miteinander durch die Jalousien geflüstert. Saishō neckte mich sogar, einen geheimen Liebhaber zu haben. Tatsächlich war Sanenari bis zu unserem Missverständnis wegen Sakyō während der Gosechi-Tänze für mich immer mehr als ein Liebhaber gewesen – er war ein Freund, vermutlich der einzige Mann in meiner ganzen Zeit bei Hof, auf den diese Bezeichnung zutraf. Er erinnerte mich daran, wie wir einander geschrieben hatten.

Kurz bevor er aufbrach, bat er mich, ihm meinen Tintenstein und etwas Papier zu geben, und er schrieb mir diese Antwort auf mein früheres Gedicht:

Idomu hito amata kikoyuru momoshiki no sumai ushi to wa omoishiru ya wa
Zahlreich sind die Anwärter für die Sumai-Kämpfe, und doch scheint es zwecklos, oder irre ich mich?

Ich las es schnell, bewunderte Sanenaris schöne Schrift mehr als seine Worte. Als ich das Gedicht später noch einmal anschaute, fiel mir auf, dass man es auch anders verstehen konnte:

Zahlreich sind die Höflinge, die in Machtkämpfe verwickelt sind. Man kann sich kaum vorstellen, wie mühselig das Leben bei Hof ist.

Er war ein empfindsamer Mann. Ich konnte mir leicht vorstellen, mit was für Schwierigkeiten er zu kämpfen hatte. Je sensibler man ist, desto schwieriger ist das Leben bei Hof.

Als der Herbst kam, wurde mir klar, dass meine Figur Murasaki an einem toten Punkt angelangt war. Ich hatte eine vollkommene Frau geschaffen, und es gab für sie nichts mehr außer dem Tod. Es störte mich, dass mich die Menschen Murasaki nannten. Ich wollte aus ihrem Schatten heraustreten. Ich brauchte lange, bis ich merkte, dass ich sie opfern musste, um selbst weitergehen zu können. Und noch länger dauerte es, bis ich einsah, dass das Problem nicht bei Murasaki lag, sondern bei Genji.

Murasaki war in jeder Hinsicht ideal – schön, bescheiden, nachdenklich, empfindsam. Sie hatte niemals Ausbrüche von

Trotz oder Jähzorn und zeigte Genji niemals die kalte Schulter, auch wenn er sich mit anderen Frauen vergnügte. Auch Genji hielt sie für vollkommen – mit ihr hoffte er, im Paradies eine Lotosblüte zu teilen.

«Warum wurde er ihr überhaupt untreu?», fragte er sich selbst.

Aber es gab so viele Anlässe dazu, und Murasaki würde ihm immer verzeihen.

Murasaki hatte alles getan, um in Genjis Augen vollkommen zu sein, aber nun begann sie daran zu zweifeln, ob Vollkommenheit alleine ausreichte. Bei jedem Abenteuer fürchtete sie, dies könnte der Vorgeschmack auf jenen Tag sein, an dem Genji sie endgültig verlassen würde. Er hatte die Bitte des Kaisers, die dritte Prinzessin zu heiraten, zwar kaum ausschlagen können, aber musste er ihre fröhlichen Briefe überall herumliegen lassen? Es war zu spät für Murasaki, nun plötzlich Genji für seine Affären und eine erneute Heirat Vorwürfe zu machen. Sie hatte das Gefühl, ihre Stimme gänzlich verloren zu haben.

Murasaki hatte ihr Leben seit jenem Moment, da Genji sie als Kind aufgenommen hatte, darauf ausgerichtet, ihm zu gefallen. Und sie war eine sehr gelehrige Schülerin gewesen. Genji hegte sie wie eine seltene Blume, er ermutigte sie in ihrer aufblühenden Weiblichkeit, erstickte unwürdige Gefühle wie Eifersucht im Keim. Doch was als kurzer Schatten über jener Liebe, die sie für Genji verspürte, begonnen hatte, wurde nun zu einem ständigen dunklen Riss in ihrem Herzen, und schließlich vertiefte sich dieser Riss so weit, dass ein wandernder Geist die Öffnung erkannte und sich dort festsetzte.

Murasaki stand kurz vor dem Tod, aber meine Leserinnen protestierten heftigst, sodass ich sie zu neuem Leben erwecken musste. Das Ende des neunten Monats näherte sich, und ich hatte begonnen, zu Hause zu arbeiten. Es betrübte Koshōshō sehr, dass ich vor hatte, Murasaki sterben zu lassen, und sie schickte mir eine besorgte Nachricht, ob alles in Ordnung sei. Um ihre Ängste zu beschwichtigen, ließ ich Murasaki nur langsam schwächer werden und sich vor allem nach Gebeten und Meditation sehnen. Ich hatte zwar viel zu tun, aber ich schickte ihr dieses Gedicht:

Hanasusuki   hawake no tsuyu ya   nani ni kaku   kareyuku nobe ni   kietomaruramu
Beharrlich schmiegt sich der Tau an die Federn des Pampasgrases. Warum verlässt er die verdorrte Ebene nicht?

Ich hoffte, wenigstens sie würde verstehen, wie wichtig es war, dass ich dem Palast einige Zeit fernblieb.

Auch Sanenari schrieb mir nach unserem Treffen an dem regnerischen Tag mehrmals. Er deutete an, dass er gerne wieder eine Art von Beziehung aufnehmen würde. Ich mochte ihn noch immer gerne, aber ich zögerte. Schließlich hielt ich es für das Beste, ihm nicht zu antworten. Ich war zu sehr in die Schwierigkeiten meiner Romanfiguren verstrickt, als dass ich noch Zeit für echte Menschen aufbringen konnte. Er schickte mir dieses unpassende Gedicht:

Ori ori ni   kaku to wa miete   sasagani no   ikani omoeba tayuru naruramu
Immer wieder spann sie ihr Netz, warum durchtrennt die Spinne jetzt den Faden?

Bei jedem anderen als Sanenari hätte ich diese Bilder als Beleidigung empfunden. Aber nun nahm ich sein Motiv auf und vertraute auf sein Verständnis, dass ich nicht noch mehr

Fäden knüpfen wollte, die dazu verdammt wären, aufgelöst zu werden. Die Menschen glauben, dass geschäftigte Spinnen die Ankunft eines Liebhabers ankündigten – es war der letzte Tag des Herbstes, und ich dichtete die folgende Antwort:

Shimogare no asaji ni magau sasagani no ikanaru ori ni
kaku to miyuramu
Die Spinne brütet, hat sich im öden, frostgebeugten Ried
verfangen, wann sie wieder knüpfen wird, weiß sie nicht.

Ich wollte den Kontakt zu ihm nicht völlig abbrechen, wäre aber nicht verwundert gewesen, wenn er meine Worte so aufgefasst hätte.

Ich war seit zwei Tagen wieder im Tsuchimikado-Haus bei der Kaiserin, der Winter hatte gerade begonnen, als im Morgengrauen ein keuchender und völlig verrußter Bote hereinstürzte. Er überbrachte uns die schreckliche Nachricht, dass der Ichijō-Palast während der Nacht bis auf die Grundmauern niedergebrannt sei. Wir waren dankbar, dass wir aufgrund der Schwangerschaft der Kaiserin nicht dort gewesen waren. Auch dem Kaiser war nichts geschehen, doch er war verwirrt. Schon wieder ein Feuer. Er zog zusammen mit dem Kronprinzen in das Biwa-Haus. Trotz des Schocks gelang es mir, die Geschichte über Murasakis Tod abzuschließen.

Zum ersten Mal seit langer Zeit hatte ich das Gefühl, etwas Wertvolles geschrieben zu haben. Ich sehnte mich sehr danach, die Geschichte Kerriarose zu zeigen, obwohl wir einander aufgrund ihres religiösen Lebens lange nicht mehr geschrieben hatten. Ich verbrachte die ganze Nacht damit, die Geschichte abzuschreiben, und am Morgen rief ich einen Boten, der ihr das Bündel an ihren Rückzugsort in den östlichen Hügeln bringen sollte.

Zu meiner Verwunderung antwortete sie mir einige Tage später. Ich habe ihren Brief noch immer.

Meine liebe jüngere Schwester,
ich habe deine Geschichte mit großem Interesse gelesen. Vielleicht bist du überrascht zu hören, dass ich Genjis Abenteuern sogar hier oben in meiner Hütte in den Bergen habe folgen können. Manchmal dauert es eine Weile, bis die Geschichten zu mir finden, aber wie du weißt, führen niedergeschriebene Worte ein Eigenleben und gehen eigene Wege.

Ich habe erkannt, dass du mit deinen Geschichten an einem Wendepunkt angelangt bist. Mir tut es zwar Leid, dass Murasaki sterben muss, aber ich stimme dir zu, dass dies ein nötiger Schritt war. Sie war übrigens auch als Tote wunderschön. Was nicht immer so ist.

Ob du wohl auch überlegt hast, Genji sterben zu lassen? Falls nicht, wie wird er seine Tage ohne Murasaki verbringen? Lass ihn nicht zu lange Trübsal blasen. Ich kann mir Genji schwer als alten Mann vorstellen.

Sprachlos las ich diesen Brief meiner alten Freundin. Sie schrieb, als läge unser letzter Briefwechsel nicht Jahre, sondern nur wenige Tage zurück. Es berührte mich sehr, dass sie Genjis Entwicklung die ganze Zeit verfolgt hatte, und es bewegte mich, dass Kerriarose als einzige begriff, warum Murasakis Tod nötig war, während sich alle anderen nur darüber beklagten. Zum ersten Mal begann ich es in Erwägung zu ziehen, auch Genji hinter mir zu lassen. Plötzlich packte mich das Schreiben wieder.

Am siebenundzwanzigsten Tag des elften Monats gebar die Kaiserin wieder einen Jungen. Dieses Mal war es eine leichte Geburt. Ich ging Michinaga während der ganzen Zeit aus dem Weg, denn ich fürchtete, er könnte wieder fordern, dass ich mir Notizen machte. Aber er war damit beschäftigt, sich über die bevorstehende Hochzeit seiner zweiten Tochter Kenshi mit dem Kronprinzen Gedanken zu machen.

Ungefähr zur gleichen Zeit lud Michinaga Izumi Shikibu ein, sich dem Gefolge Ihrer Majestät anzuschließen. Er bewunderte ihre Gedichte schon lange, und ihr skandalöser Ruf stieß ihn nicht ab, im Gegenteil, er faszinierte ihn. Kaiserin Shōshi mochte es allerdings nicht, wenn sich ihre Damen kokett benahmen, also mussten sich alle, die in ihrer Gunst stehen wollten, Mühe geben, nicht zu flatterhaft zu sein, das bedeutete nicht, dass wir keine Flirts hatten, sie mussten einfach diskret ablaufen. Es überraschte mich, dass Michinaga sie hatte überzeugen können, Izumi aufzunehmen, aber ich freute mich über ihr Kommen. Sie würde unseren Kreis bestimmt bereichern.

Die kleinen Kiefern auf dem Feld

Nobe ni Komatsu

Mit dem neuen Jahr kehrte meine Zuversicht zurück. Man erwartete von den älteren Hofdamen der Kaiserin, dass sie die beiden jungen Prinzen an den vorübergehenden Hof im Biwa-Haus begleiteten. Ihre Majestät sollte auch dorthin kommen, aber sie fühlte sich nicht wohl. Ich wäre gerne bei ihr geblieben, war aber gezwungen, mich den anderen anzuschließen.

In diesem Jahr war Saishō damit beauftragt, das kaiserliche Mahl zu servieren. Sie hatte wie üblich äußerst elegante Kleider gewählt und war mit ihrem hochgesteckten Haar* sehr attraktiv. Die beiden Mädchen Takumi und Hyōgo assistierten ihr, aber sie wirkten neben ihr so schlicht, dass sie mir beinahe Leid taten. Die Dame Fuya, auserkoren, den kräuterreichen Neujahrswein zu servieren, erregte allgemeines Missfallen, indem sie sich äußerst anmaßend benahm. Wenn man ein solch offizielles Amt übernimmt, sollte man sich wenigstens zurückhaltend zeigen.

Das Bankett der Kaiserin war für den nächsten Tag angesetzt, musste aber wegen ihrer Krankheit abgesagt werden. Leider wurde dies nicht rechtzeitig angekündigt, weshalb alle

---

* Normalerweise trugen die Damen in der Heian-Zeit ihr Haar offen und steckten es nur für besondere Zeremonien hoch.

Gäste trotzdem erschienen und irgendwie untergebracht werden mussten. Wir öffneten die östliche Galerie. Michinaga war wie üblich sehr leutselig und hieß alle mit dem einjährigen Prinzen Atsuhira im Arm willkommen. Er tat, als beuge das Kind ebenfalls den Kopf, um die Gäste zu begrüßen.

Irgendwann sagte er zu Rinshi: «Soll ich den Kleinen nehmen?», und machte Anstalten, Atsuhira auf den Boden zu setzen und seinen kleinen Bruder auf den Arm zu nehmen.

Der Einjährige wurde eifersüchtig und begann aus Protest zu weinen, also musste Michinaga das Baby zurücklegen und sich wieder um den größeren Jungen kümmern. Die Gäste amüsierte es, dass sich kaiserliche Babys wie alle anderen Kinder benahmen.

Nach einer Weile gab Michinaga das kleine Kind den Frauen zurück und die Adligen machten sich auf, um dem Kaiser in der Halle der älteren Höflinge die Ehre zu erweisen. Es wurde Musik gespielt und Wein kredenzt, und Michinaga schien sich wie immer bei solchen Gelegenheiten zu betrinken. Ich ahnte bereits, dass es Schwierigkeiten geben würde, und machte mich deshalb möglichst unsichtbar, aber es nützte nichts. Michinaga entdeckte mich und rief mit ärgerlicher Stimme:

«Meine Dame! Warum hat Ihr Vater sich einfach so davongeschlichen? Ich habe ihn gebeten, an dem Konzert teilzunehmen. Warum ziert er sich so?»

Ich hatte keine Ahnung, wovon er sprach und versuchte zu begreifen, was los war, aber er ließ nicht locker.

«Schreiben Sie mir ein Gedicht, um die Verfehlung ihres Vaters wieder gut zu machen!», sagte er. «Es ist der erste Tag der Ratte, das sollte Ihnen doch Inspirationen bieten. Na los, lassen Sie hören!»

Ich war so überrascht, dass mir nichts einfiel. Ich fingerte an meinem Fächer herum, hoffte, dass Michinaga abgelenkt würde – und musste nicht allzu lange warten. Er war anscheinend doch nicht so betrunken. Es war bemerkenswert, dass er sogar in einer solchen Situation noch attraktiv wirkte, wie er dort im Licht der Fackeln stand.

Er ging hinüber, um einen Blick auf die Kinder zu werfen, die inzwischen fest schliefen. Er blickte sie begeistert an und sagte:

«Schade, dass die Kaiserin so lange kinderlos blieb. Doch wohin ich mich nun wende, habe ich Anlass zur Freude.»

Michinaga blickte mich an und zitierte eine Zeile aus einer alten kaiserlichen Gedichtsammlung:

«Fänden wir auf dem Feld keine kleinen Kiefern …», murmelte er.

Ich war beeindruckt. Es war besser als jeder neue Vers, der mir hätte einfallen können.

Am nächsten Tag war ich zufällig am späten Nachmittag mit Izumi Shikibu im Zimmer der Dame Nakatsukasa. Wie so oft im Frühling zogen plötzlich Wolken über den Himmel, doch von ihrem Zimmer aus konnte ich einen kleinen Teil des Himmels über dem Dach des gegenüberliegenden Ganges erspähen – die Dachvorsprünge waren so eng aneinander gebaut, dass man eigentlich nicht viel vom Himmel sah. Ich erwähnte Michinagas prompten Bezug auf die kleinen Kiefern. Zu meiner Überraschung murmelte Izumi:

«Was hat er bloß damit gemeint?»

Die Dame Nakatsukasa zitierte:

Ne no hi suru   nobe ni komatsu no   nakariseba   chiyo no tameshi ni   nani wo hikamashi
Fänden wir auf dem Feld keine kleinen Kiefern für unsere

Zeremonie am Tag der Ratte, woraus könnten wir dann das Schicksal unserer Nachfahren lesen?

Sie kannte sich in den Klassikern sehr gut aus. Ich hätte den Vers vermutlich nicht fehlerfrei zitieren können, aber ich erschrak über Izumis Unkenntnis. Sie war sehr geschickt darin, spontan Verse zu jeder erdenklichen Situation zu komponieren, aber je besser ich sie kennen lernte, umso weniger hielt ich sie für eine außergewöhnliche Künstlerin.

Ich ging einige Tage nach Hause, um Neujahr mit meiner Tochter zu feiern und um ihr beizubringen, wie man den Siebenkräuterbrei zubereitete. Sie war ein nachdenkliches und begabtes Kind, und ich hoffte, dass sie sich am Hof besser eingewöhnen würde als ihre Mutter. Auch ich war nun, da mein unglückliches Jahr vorüber war, wieder etwas zuversichtlicher. Ich hatte es dem gnädigen Kannon zu verdanken, dass nichts Schlimmes passiert war. Vielleicht hatte ich das Jahr auch unbeschadet überstanden, weil ich meine Figur Murasaki geopfert hatte.

Zur Feier des fünfzigsten Tages des Prinzen sollte ich ins Biwa-Haus zurückkehren, wo ich kurz vor Morgengrauen eintraf. Die arme Koshōshō kam erst viel später an, als der Tag bereits mehrere Stunden alt war. Es war ihr sehr peinlich, unangenehm aufzufallen. Wir hatten aus unseren beiden winzigen aneinander grenzenden Zimmern einen großen Raum gemacht, und das blieb auch so, wenn eine von uns fort war. Wenn wir beide am Hof waren, so trennte uns nur ein Vorhangständer. Michinaga belustigte das.

«Und was ist, wenn eine von euch fort ist? Kann es nicht vorkommen, dass sich die eine mit einem Mann einlässt, der eigentlich kam, um die andere zu besuchen?»

Es war eine unverschämte Äußerung, aber aus seinem Mund keine Überraschung. Männer scheinen anzunehmen, dass man Frauen einfach auswechseln kann.

Wir verbrachten den Morgen damit, uns anzukleiden, und gingen gegen Mittag zu Ihrer Majestät. Koshōshō trug eine rote chinesische Jacke über weißen und lavendelfarbenen Roben aus gemusterter Seide und der üblichen gemusterten Schleppe. Meine Jacke war weiß mit chartreusegrünen Einfassungen, und meine Roben waren purpur mit violetter und blassgrün mit dunkelgrüner Einfassung. Dazu trug ich eine sehr moderne gemusterte Schleppe. Alles in allem war meine Kleidung so jugendlich und modern, dass ich mich nicht ganz wohl fühlte.

Siebzehn Palastdamen taten bei Ihrer Majestät Dienst. Natürlich trugen alle ihre vornehmsten Kleider, nur zwei Damen legten in ihren Farbkombinationen einen Mangel an Geschmack an den Tag. Leider mussten sie an allen Adligen vorbeilaufen, als sie das Essen hereinbrachten, sie wurden angestarrt und man tuschelte. Saishō zeigte sich später überraschend kritisch über diesen Vorfall, ich jedoch fand, es war kein so schlimmes Vergehen. Ihr Fehler hatte darin bestanden, dass sie nur winterliche Rottöne trugen ohne einen Hauch Pastell oder Grün. Da sie gewusst hatten, welch wichtiges Amt auf sie wartete, hätten sie sich beraten lassen sollen.

Nach der Zeremonie, bei der die Reiskuchen die Lippen des Babys berührten, wurden alle Tabletts weggeräumt, und ich setzte mich mit der Dame Dainagon und der Dame Koshōshō in den schmalen Raum zwischen der mit Vorhängen verhüllten Plattform der Kaiserin und der östlichen Galerie. Von dort schauten wir uns den Rest des Unterhaltungsprogramms an. Die hohen Minister saßen auf der südlichen Veranda, die älteren Höflinge im Gang und die niederen Adligen standen im Garten herum. Oben in der Galerie musizierten und sangen die Minister, Kintō selbst hielt den Rhythmus mit hölzernen Klappern. Im Garten spielten junge Männer auf Flöten eine Begleitung. Ich schloss die Augen und vertiefte mich in die Musik, nahm die Wärme und den Duft aus den Roben meiner Freundinnen wahr, während wir uns in der kalten Luft aneinander kuschelten. Für kurze Zeit war Genji völlig vergessen.

Akimitsu, der Minister zur Rechten, machte sich wieder zum Narren. Er hatte sich bereits während der entsprechenden Zeremonie für den ersten Prinzen im Jahr zuvor einen Weg durch die Frauengemächer gebahnt und schmutzige Witze erzählt. Betrunken versuchte er nun, eine Schale mit Essen, die zwischen Zierkranichen auf dem Tisch des Kaisers stand, an sich zu nehmen, dabei stolperte er und warf das ganze Tablett um. Er hätte die Kraniche nicht berühren dürfen. Michinaga war ziemlich ärgerlich. Das wohltuende Gemisch aus Klängen, Düften und Wärme, das ich kurze Zeit genossen hatte, wurde von ärgerlichem Schimpfen zerrissen.

Am späten Abend beobachtete ich, wie Michinaga dem Kaiser eine Schatulle überreichte, in der die berühmte Hafutatsu-Flöte lag. Neben mir flüsterte jemand, er habe sie selbst erst vor einigen Tagen von Exkaiser Kazan bekommen. Es war eine große Geste, und ich glaube, Ichijō war wirklich überrascht. Für einen geschickten Flötisten gibt es kein schöneres Geschenk als dieses berühmte Instrument.

Die jungfräuliche Priesterin

Sai-in

1 In jenem Frühjahr brachte mir eines unserer Hausmädchen einen Brief von einer gewissen Dame Chūjō, die im Haushalt der jungfräulichen Priesterin des Kamo-Schreins diente. Das Mädchen hatte gehört, wie Nobunori über seine hochtrabende Korrespondenz mit jemandem prahlte. Dann hatte sie ihn beobachtet, wie er einen Brief wegsteckte, und ihn heimlich ausgeliehen, weil sie wusste, dass mich das interessieren würde. Bereits vor langer Zeit hatte ich geglaubt, jede Frau, die sich mit meinem Bruder einließe, verachten zu müssen – trotzdem war ich neugierig. Ich öffnete den Brief und erkannte sofort, dass jene Worte, die Nobu für höchste Eleganz hielt, nichts anders als unglaublich affektiert waren. Man bekam den Eindruck, als hielte sich diese Frau für das empfindsamste Wesen, das jemals existiert hat. Folgender Satz ärgerte mich besonders: «Wenn es darum geht, sich ein Urteil über Poesie zu bilden, kann es niemand mit unserer Priesterin aufnehmen. Sie ist die Einzige, die vielversprechende Talente erkennen kann.»

Wie eingebildet sie war! Ich würde die jungfräuliche Priesterin niemals kritisieren, aber falls die Gemeinschaft der Priesterin tatsächlich so maßgeblich für die Dichtung war, warum schrieben sie dann so wenig Gedichte? Sie hatten den Ruf, elegant und kultiviert zu sein, aber waren sie wirklich so viel besser als die Damen, die mich umgaben? Die Eitelkeit dieser Worte gärte den ganzen Nachmittag in mir. Ich wünschte, ich hätte Saishō den Brief zeigen können, aber das Mädchen musste ihn wieder zurückbringen, bevor man ihn vermisste. Und natürlich stand meine Freundin über solchen Kleinigkeiten. Ich fragte mich, was Kerriarose davon gehalten hätte, dass ich mich so aufregte.

Im fünften Monat bekam ich die Gelegenheit, selbst das Haus der jungfräulichen Priesterin zu besuchen. Ich war seit längerer Zeit nicht mehr dort gewesen, und nachdem ich den Brief an meinen Bruder gesehen hatte, war ich besonders neugierig, meine Eindrücke aufzufrischen.

Das Haus war tatsächlich außergewöhnlich schön. Man konnte wunderbar sehen, wie abends die Sonne hinter glühenden Wolken versank und nachts der Mond seine Bahn über den Himmel zog. Außerdem hörte man unter den blühenden Bäumen den Ruf des *hototogisu*. Die jungfräuliche Priesterin war gewiss eine Frau von großer Empfindsamkeit, aber ihre Damen waren bei aller Höflichkeit sehr verschlossen. Der Ort wirkte rätselhaft und fast abweisend, ganz anders als der Palast, wo immer Bewegung herrschte und Menschen ein- und ausgingen. Im Gegensatz dazu hatten diese Damen wenig Ablenkungen und waren niemals so in Eile wie wir, wann immer sich unsere Herrin darauf vorbereitete, den Kaiser zu besuchen, oder wenn Michinaga beschloss vorbeizukommen.

Die Stille im Hause der Priesterin schien ideal zum Dichten zu sein. Eigentlich müssten die Damen hier außergewöhnliche Gedichte hervorbringen. Ich dachte an die steifen, gesetzten Adligen, die uns im Palast besuchten. Hier wären sie gewiss inspiriert, originelle Gedichte über den Mond oder die Blumen zu verfassen.

Ich stellte mir vor, dass sogar ein altes Fossil wie ich die Eleganz dieses Ortes in sich aufnehmen würde, wenn es hier lebte. Ich träumte davon, dass niemand mehr schlecht über mich redete – selbst wenn ich mit einem Mann Gedichte austauschte. Gewiss würden unsere jungen Damen im Vergleich mit den Frauen hier sehr gut abschneiden, würde man ihnen nur ermöglichen, in solch großzügiger Umgebung zu leben. Gewisse Eigenschaften sind angeboren, doch ich war überzeugt, dass auch die Umgebung einen wichtigen Einfluss auf den Charakter ausübte. Seit ich jenen an meinen Bruder gerichteten Brief der Dame Chūjo gelesen hatte, neigte ich dazu, ständig den kaiserlichen Haushalt verteidigen zu wollen. Und nun, da sich Izumi Shikibu uns angeschlossen hatte, wurde es sogar noch schlimmer. Sie hatte ein außergewöhnliches Talent, spontan Verse zu komponieren und alltäglichen Gefühlen einen besonderen Klang zu verleihen. Weil sie so gescheit war, wirkten wir anderen sterbenslangweilig. Woran lag das? Warum gaben wir kein besseres Bild ab?

Vielleicht hatte es damit zu tun, dass keine der Geliebten des Regenten eine vergleichbare Stellung hatte. Mit Ausnahme der jungfräulichen Priesterin gab es nirgendwo eine Frau, die uns wirklich herausfordern könnte, und da es keine Rivalinnen gab, die uns angespornt hätten, waren wir zu selbstherrlichen Wesen verkommen. Es war eine Schande, mit ansehen zu müssen, wie selbstzufrieden und eitel die höherrangigen Frauen waren. Und diese Selbstgefälligkeit trug nicht gerade dazu bei, den Ruf Ihrer Majestät zu verbessern.

Shōshi selbst schien mir gereift zu sein, vermutlich war ihr bewusst geworden, dass sie sich in der Vergangenheit etwas zu zurückhaltend verhalten hatte. Als sie erfuhr, dass sich die älteren Höflinge in ihrem Haushalt langweilten, bemühte sie sich um Veränderungen. Sie hatte sich immer so darum gesorgt, jemand könnte die Etikette verletzen, dass viele Damen aus Furcht, sie zu enttäuschen, unglaublich schüchtern geworden waren. Nun, da sie um etwas mehr Offenheit bat, war es schwer, das wieder zu ändern.

«Es gibt nur wenige Frauen, mit denen ein faszinierendes Gespräch möglich ist oder die schnell eine Antwort auf ein interessantes Gedicht verfassen können.»

So lauteten die Gerüchte, die offenbar die Männer verbreiteten. Ich hatte zwar niemals gehört, dass sie es so deutlich aussprachen, aber ich kannte ihre Gedanken.

Ich bedauerte es, dass wir den Ruf von Teichhühnern hatten, aber ich schluckte meine Klagen entweder herunter oder machte meinem Herzen in Briefen an meinen Vater oder an Kerriarose Luft. Ich vertraute den beiden zwar blind, fürchtete aber trotzdem, meine Worte könnten sich verbreiten, wenn ich sie erst einmal niedergeschrieben hatte, weshalb ich sie bat, mir diese Briefe sofort zurückzugeben.

Lieber Vater,
vielleicht hast du den Eindruck, ich kritisiere gewisse Frauen zu Unrecht. Das ist nicht meine Absicht. Alle haben ihre Stärken und Schwächen. Wo die eine hervorsticht, kann die andere eben nicht glänzen. Ich hoffe nicht, dass der Eindruck entsteht, die älteren Frauen benähmen sich leichtfertig, während sich die Jüngeren bemühen, ernsthaft zu wirken. Vermutlich wünschte ich mir einfach, alle wären etwas flexibler.

Beispielsweise bin ich der Meinung, dass man in einem kurzen Austausch von Versen nicht verletzend werden sollte. Ich weiß, dass auch ich mich früher nicht an diese Vorgabe gehalten habe, aber seit ich im Palast bin, ist es nie mehr vorgekommen. Es ist doch nicht so schwierig, sich etwas Passendes auszudenken, man muss ja nicht immer mit den Versen brillieren. Trotzdem scheinen manche Frauen es vorzuziehen, einer Person still den Rücken zuzukehren, als einen Fehler zu riskieren. Andererseits gibt es immer ein oder zwei, die ihre Nasen in die Angelegenheiten anderer stecken müssen. Man kann nicht auf jede Situation gleich reagieren. Das haben die Frauen hier einfach noch nicht verstanden.

Ich gebe dir ein Beispiel. Wann immer Tadanobu mit einer Nachricht eintrifft, sollte sich eigentlich eine der älteren Damen darum kümmern und ihn begrüßen, aber das geschieht nicht. Stattdessen benehmen sie sich wie Kinder – sind schüchtern und verstecken sich hintereinander. Manchmal geht keine von ihnen hinaus, oder wenn sie es tut, spricht sie kein Wort. Sind sie dumm? Nein. Sind sie hässlich? Keineswegs. Sie sind einfach so unsicher und fürchten ständig, etwas Dummes zu sagen, dass sie es vorziehen zu schweigen. Ich kann mir nicht vorstellen, dass die Frauen in anderen Haushalten sich auch so benehmen!

Man sollte doch meinen, dass Frauen von Rang, die in den kaiserlichen Dienst bei Hof eintreten, begreifen, was von ihnen verlangt wird, und sich entsprechend verhalten. Aber stattdessen hat mich ihr Zaudern so ungehalten gemacht, dass ich selbst oder eine niederrangige Dame hinausgehen musste, um den Oberen Rat zu begrüßen. Was ihm verständlicherweise gar nicht gepasst hat. Die Adligen, die Ihrer Majestät eine Nachricht zukommen lassen wollen, haben alle ein geheimes Einvernehmen mit einer ganz bestimmten Dame. Falls diese Dame nicht anwesend ist, wenn sie vorbeikommen, so ziehen sie enttäuscht wieder ab. So ist es nicht überraschend, dass sie sich beklagen, dieser Ort sei dem Tod geweiht.

All dies wissen die Frauen im Haushalt der jungfräulichen Priesterin vermutlich und sehen aus diesem Grund auf uns herab. Es verbittert mich jedoch, wenn sie verkünden, sie seien die Einzigen mit einer gewissen Eleganz, und alle anderen verstünden nichts von Anmut und Grazie.

Nun habe ich mehr geschrieben, als ich eigentlich vorhatte. Es passiert leicht, dass man andere kritisiert, und hat man erst einmal begonnen, so ist es nicht leicht, wieder aufzuhören. Viel schwieriger ist es, mit sich selbst ins Gericht zu gehen. Könnte ein anderer Mensch meine Worte lesen, er würde von mir genauso schlecht denken wie ich von der Dame Chūjo, weil ich die anderen anschwärze. Ich fürchte, mein wahres Wesen kommt zum Vorschein. Aber für dich ist das nichts Neues. Bitte gib mir diesen Brief zurück, sobald du ihn gelesen hast. Es gibt vielleicht Passagen, die du nicht verstehst, oder Stellen, wo ich vielleicht ein oder zwei Wörter ausgelassen habe, aber versuche, ihn einfach durchzulesen.

Vater sorgte sich um mich. Er schickte meinen Brief mit einer Warnung zurück, man dürfe seine Meinung beim Schreiben nicht so offen und frei kund tun. Natürlich wusste ich das, aber inzwischen hatte ich bereits ähnliche Dinge an Kerriarose geschrieben.

Meine liebe ältere Schwester,
trotz all meiner Klagen mache ich mir noch immer Gedanken darüber, was die Leute denken. Das bedeutet wohl, dass meine Bindung zu dieser Welt immer noch stark ist – und wenn nur wegen meiner Tochter. Wie könnte es auch anders sein? Manchmal wünsche ich mir, deinem Beispiel zu folgen und allem zu entsagen. Aber das ist nicht mög-

lich. Wenn mir in meinem Leben auch nichts anderes gelingt, so möchte ich Kata2ko wenigstens auf eine erfolgreiche Karriere bei Hof vorbereiten.

Ich hatte vor, dir all meine Gedanken zu offenbaren, die guten wie die bösen, die öffentlichen Angelegenheiten wie die privaten Sorgen und Dinge, über die ich eigentlich nicht schreiben wollte. Vielleicht war das ein Fehler. Egal wie sehr ich mich über jemanden ärgere, es ist vielleicht keine gute Idee, das alles in einem Brief festzuhalten. Du quälst dich gewiss nicht mit solchen Dingen! Ist es nicht schrecklich, wie mürrisch ich geworden bin? Du musst mir schreiben. Deine Gedanken sind wertvoller als mein nutzloses Gestammel.

Ich würde dir gerne noch so vieles sagen, aber meine Kräfte sind in letzter Zeit begrenzt. Stell dir vor, mein Brief würde in falsche Hände geraten, und fremde Augen könnten nur einen kurzen Blick darauf werfen, es wäre nicht auszudenken.

Vor einigen Tagen habe ich eine Menge alter Briefe und Papier zerrissen und verbrannt. Im letzten Frühling habe ich einen Stapel Genji-Entwürfe dazu verbraucht, um Puppenhäuser zu basteln. Seither hatte ich eigentlich keine nennenswerte Korrespondenz. Ich hatte das Gefühl, für mein Geschwafel kein neues Papier benützen zu dürfen, deshalb fürchte ich, mein Brief wird sehr schäbig wirken. Bitte verzeih mir, ich habe meine Gründe und möchte nicht unhöflich sein. Aber du wirst meinen Brief zurückschicken, darauf vertraue ich.

Wie immer ermutigte mich Kerriarose, mit diesen flüchtigen und doch belastenden Verwicklungen zu brechen. Ich fühlte mich wie eine Pflaume, die noch nicht ganz reif war, um vom

Baum zu fallen, aber der Tag würde kommen, an dem ich mich gehen lassen könnte.

Jener Herbst war von Melancholie durchweht. Ich war wohl in der Vergangenheit mit einigen Frauen zu kritisch gewesen. Da saß ich nun, hatte zwar überlebt, konnte aber nichts vorweisen, was meine Qualen rechtfertigte und auf das ich in der Zukunft vertrauen könnte. Ich versuchte jene Verzweiflung wegzuschieben, die an den Herbstabenden lauert, wenn die Wehmut von einem Besitz nimmt. Ich gestattete mir sogar, draußen auf der Veranda zu sitzen und mir Gedanken über die Vergangenheit zu machen.

Ist dies derselbe Mond, der einst meine Schönheit bewunderte?, fragte ich mich in Gedanken an ein chinesisches Gedicht. Und dann merkte ich plötzlich, dass ich doch in Traurigkeit versank. Ich fühlte mich nicht wohl und machte mir Sorgen.

Sanenari hatte mich seit langem nicht mehr besucht und mir auch nicht geschrieben, obwohl ich unsere Korrespondenz immer genossen hatte. Nach meiner letzten Antwort konnte ich ihm allerdings keinen Vorwurf machen. Und doch war ich der Meinung, dass unsere Freundschaft solche Pausen eigentlich überstehen sollte. Nun erfuhr ich, dass er Izumi Shikibu den Hof machte. Ausgerechnet ihr! Intelligenz musste ich ihr allerdings zubilligen. Sie war nie um einen Vers verlegen und überraschte immer wieder mit Neuem. Allerdings ließen ihre Kenntnisse der Klassiker sehr zu wünschen übrig, und auch das Werk anderer Schriftsteller konnte sie nicht besonders gut einschätzen. Sie hatte nicht das Format der besten Dichter, aber sie hatte wohl andere Fähigkeiten.

Im Herbst strahlt der Mond so hell am Himmel, dass mir

trotz meines Zustandes ein Gedicht einfiel. Ich war sehr versucht, es ihm zu schicken.

Ōkata no aki no aware wo omoiyare tsuki ni kokoro wa akugarenu tomo
Denk an mich in der entschwindenden Traurigkeit des Herbstes, auch wenn sich dein Herz vom Glanz des Mondes blenden lässt.

Ich dachte noch einmal darüber nach und schickte meinen Vers dann doch nicht ab. Hätte er geantwortet, so wäre ich wieder gezwungen gewesen, mit ihm zu korrespondieren. Dann hätte ich ständig überlegen müssen, ob er Izumis Gedichte faszinierender fand. Und hätte er nicht geantwortet, wüsste ich, dass er sie mir vorzog.

Seit einem Jahr waren die Handwerker nun eifrig damit beschäftigt gewesen, den Ichijō-Palast, der im Winter zuvor niedergebrannt war, wieder aufzubauen. Die Reparaturarbeiten waren nun abgeschlossen, und der Kaiser war zurückgekehrt. Das Gosechi-Fest stand vor der Tür, aber ich blieb trotzdem zu Hause. Ich hatte mich erneut in einen Versuch vertieft, Genjis Todesszene zu schreiben, und wenn ich anlässlich der Tänze in den Palast ging, würde ich wieder den Faden verlieren. Außerdem fürchtete ich mich auch vor den Gerüchten, weil ich ihn sterben ließ.

Ich hatte die Enttäuschung meiner Leser schon nach Murasakis Tod ausreichend zu spüren bekommen. Würde mich die Kaiserin persönlich darum bitten, Genji zu verschonen, wäre ich tatsächlich in einer schwierigen Lage. Als Grund für meine Abwesenheit schützte ich unheimliche Träume vor, nach denen ich nun einem Tabu zu gehorchen hätte. Was nicht gelogen war. Ich hatte davon geträumt, mein Haar würde abgeschnitten, und meine Stirn wäre so kahl wie die einer Nonne. Außerdem glitt eine Viper durch meine Eingeweide und knabberte an meiner Leber. Als Gegenmittel schien ich in meinem Traum zu glauben, ein Priester müsse mir Wasser über das rechte Knie gießen. Obwohl die Bedeutung eines solchen Traumes nicht eindeutig ist, hatte ich ein ungutes Gefühl.

Saishō schickte mir eine Nachricht nach Hause. Sie schrieb, dass sie mich sehr vermisse und wie sie bedauere, dass ich nicht zu den Tänzen käme. Wenn ich ehrlich bin, so gern ich Saishō mochte, ihre Zuneigung hatte an Reiz verloren. Mit den Jahren hatte sie zugenommen, vermutlich weil sie zu seltsamen Zeiten aß. Ich ertappte sie oft, wie sie sich mit schlechtem Gewissen Krümel von den Ärmeln schüttelte. Genauso wie sie sich nach Essen sehnte, hatte sie ein großes Verlangen nach Liebe, und ich war oft zu abgelenkt, um sie zu befriedigen.

Als Antwort auf ihre Botschaft schrieb ich:

Mezurashi to kimi shi omowaba kite miemu sureru koromo no hodo suginu tomo
Wenn du die Tänze so liebst, werde ich versuchen zu kommen, obwohl es etwas spät ist für jene blau gefärbten Roben.

Sie antwortete sofort:

Saraba kimi yamai no koromo suginu tomo koishiki hodo ni kite mo mienamu
Die Zeit der blauen Roben geht zu Ende, doch ich bitte dich, komm und trage sie dennoch, um meiner Liebe willen.

Der erste Schnee fiel leise aus einem grauen Himmel. Noch am selben Abend erhielt ich einen weiteren Brief von Saishō mit diesem Gedicht:

Koiwabite   arifuru hodo no   hatsuyuki wa   kienuru ka to zo utagawarekeru
Mit jedem Tag, der verstreicht, glüht meine Sehnsucht heftiger, nun fällt der erste Schnee, doch zischend zerläuft er, sobald er auf mein Verlangen trifft.

Ich antwortete ihr nicht sofort. Als ich am nächsten Tag in den tiefhängenden Himmel hinausschaute und beobachtete, wie die Flocken in meinen Garten zwischen dem vertrockneten Schilf umherwirbelten, schrieb ich die folgenden Worte:

Fureba kaku   usa nomi masaru   yo wo shirade   aretaru niwa ni   tsumoru hatsuyuki
Langsam rieselt er herab, kümmert sich nicht um diese Welt voller Traurigkeit, der erste Schnee mit seiner weißen Pracht in einem schäbigen Garten.

Arme Saishō. Hätte ich nur die Kraft gehabt, sie zu trösten, aber ich hatte mich völlig in mich zurückgezogen. Warum war es nur so schwierig, mir Genjis Tod vorzustellen? Ich hatte drei verschiedene Möglichkeiten entworfen.

Uji

Uji

Die Ämter für das neue Jahr wurden verkündet, und zu meiner großen Bestürzung wurde Vater das Gouverneursamt der Echigo-Provinz verliehen. Nun wurde mir klar, was Michinaga mit ihm vorgehabt hatte – und Vater hatte kein Wort darüber verloren! Ich war erstaunt, dass ein Mann in seinem siebenundsechzigsten Lebensjahr überhaupt für einen so weit entfernt gelegenen Posten infrage kam – Echigo lag noch zwei Tagesreisen hinter Echizen. Aufgrund des fortgeschrittenen Alters meines Vaters sollte Nobunori ihn begleiten. Er würde wohl kaum eine große Unterstützung sein, aber in Echigo konnte er mich zumindest nicht in unangenehme Situationen bringen. Im Palast gratulierte man mir für diesen ehrenvollen Schritt in Vaters Karriere, und ich nahm die Glückwünsche lächelnd entgegen, ohne meine Anspannung zu zeigen. Vater war zwar ein rüstiger alter Mann, aber Echigo war ein hartes Amt.

In dieser Zeit klärte ich ein Missverständnis mit Ihrer Majestät auf. Sie erzählte mir endlich von ihrer Angst, nach Genjis Tod würde es keine Geschichten mehr über ihn geben. Ich war erleichtert über ihre Offenheit und versicherte ihr, auf jeden Fall weiterzuschreiben. Ich erklärte ihr sogar, dass ich nach Genjis Tod wieder viel unbeschwerter würde schreiben können.

Ich hatte mich nun seit langer Zeit nur noch von Tag zu Tag geschleppt und deprimiert wahrgenommen, wie die Zeit an mir vorüberzog. Nur indem ich die Blumen, die Singvögel, den Himmel, den Mond, den Frost und den Schnee mit trübem Blick betrachtete, bemerkte ich überhaupt, dass eine Jahreszeit die andere ablöste – aber im Grunde bedeutete mir all das gar nichts. Was sollte es auch bedeuten? Manchmal war der Gedanke, so weiter zu leben, einfach unerträglich. Ich versuchte mich etwas aufzuheitern, indem ich eine Pilgerreise nach Uji plante, um dort für meine Cousine Ruri zu beten, die sich vor vielen Jahren in diesen wilden und düsteren Fluss geworfen hatte. Die Reise durch die sumpfigen Ebenen südöstlich von Miyako brachte mich zum Nachdenken. Während ich für Ruri betete, stieg das Bild der geisterhaften Dame von der Uji-Brücke in mir auf, und plötzlich war die Inspiration wieder da.

Während ich mich von dem Leuchtenden Prinzen zu lösen versuchte, war ich beinahe dem Wahnsinn verfallen, und Kerriarose hatte eine Lösung vorgeschlagen, die in ihrer Einfachheit brillant war. Ich ließ ihn einfach los. Sollten sich die Leser vorstellen, was sie wollten. Ich ließ ihn voller Vorahnungen, aber noch immer als den Leuchtenden Prinzen zurück. Genji würde nicht altern. Er war gestorben, das war alles.

Ich hatte erwartet, zumindest etwas traurig zu sein, denn schließlich war es, als ob ein alter Freund der Familie gestorben wäre – aber seltsamerweise verspürte ich nur Erleichterung. Ich war frei. Voller Inspirationen verbrachte ich den Sommer mit Schreiben und unternahm mehrere Ausflüge in die sumpfigen Ebenen. Von der Brücke aus blickte ich auf die wilden Fluten des Uji. Die Wellen warfen kleine Flöße hin und her, die sich schwer mit Unterholz beladen ihren Weg über die Untiefen bahnten. Jeder Bootsmann überließ seine traurige, kleine Existenz der unsicheren Gnade des Wassers. Ich wohnte in einem ländlichen Anwesen, lauschte dem endlosen Gurgeln und murmelnden Klagen des Wassers und beobachtete diese seltsamen kleinen Boote. Obwohl ich mich zu den privilegierten Menschen zählen konnte, die in teuren Palästen in der Hauptstadt lebten, hatte ich das Gefühl, mich im Grunde gar nicht so sehr von jenen zu unterscheiden, die sich mit ihren Booten ohne festen Boden unter den Füßen von einem Strudel zum nächsten kämpften. Wie leicht konnte man den Anlegeplatz aus den Augen verlieren!

Ich begann, mich im einsamen Uji mehr zu Hause zu fühlen als im Palast und wäre noch geblieben – in meine Geschichten vertieft –, hätte ich nicht die Nachricht erhalten, dass der Kaiser krank sei und die Kaiserin sich große Sorgen mache. Sie bat mich zurückzukehren.

Ich fand sie in Tränen aufgelöst vor. Ganze Scharen böser Geister schienen den Kaiser zu bedrängen, und er war sicher, alles würde noch schlimmer werden. Ichijō wollte abdanken, aber Michinaga verweigerte ihm diesen Wunsch.

«Ich muss abdanken, so lange mein Geist noch nicht umnebelt ist», beschwor der Kaiser Shōshi. Von ihr erhoffte er sich Unterstützung. Aber die Kaiserin blieb tatenlos. Sie weinte nur noch.

Die drückende Hitze in diesem Sommer hätte dem kräftigsten Mann zugesetzt, und der zarte Kaiser litt schrecklich. Im sechsten Monat rief er Michinaga schließlich zu sich und bestand darauf, dass man ihm die Tonsur gab. Dieses Mal wurde sein Wunsch gewährt. Shōshi war untröstlich. Alle schlichen niedergeschlagen durch die Gänge, keine der Damen wagte es, den Palast zu verlassen.

Am Zweiundzwanzigsten des sechsten Monats starb Kaiser Ichijō, und die ganze Welt versank in Trauer. Ichijō war im

Alter von vier Jahren zum Kronprinzen ernannt worden, hatte mit sieben Jahren den Thron bestiegen und fünfundzwanzig Jahre lang regiert – länger als jeder andere Kaiser. Wie sollte man diese Trauer in Worte fassen? Wir konnten einfach nicht glauben, dass er von uns gegangen war, selbst als die zahlreichen Gebetsaltare enthüllt wurden, die Priester mit ihren Utensilien verschwanden und nur die dunkle, stille Wahrheit seines Todes zurückblieb. Shōshi wachte noch eine Weile bei seiner Leiche, aber schließlich brachten wir sie zurück in die Gemächer. Willenlos ließ sie es geschehen. Alle Damen blieben in ihrer Nähe, obwohl wir nicht viel tun konnten, um sie zu trösten. Sogar die Dichtkunst muss warten, bis der raue Schmerz sich etwas gelegt hat.

Nach der Bestattung zog die Kaiserin ins Biwa-Haus. Kronprinz Okisada wurde zum Kaiser ernannt und zog von aufwändigen Zeremonien begleitet in die kaiserlichen Gemächer – die nach vielen Jahren endlich wieder bewohnbar waren. Für mich war es zu spät und ich bedauerte, dass ich nie die Möglichkeit gehabt hatte, im richtigen Palast zu leben. Shōshi sagte, sie sei froh, nie dort residiert zu haben. Die Atmosphäre sei einschüchternd und sie fürchtete sich vor dem großen, leeren Gebäude. Man sagte, es spuke dort. Ihre Schwester Kenshi wurde Kaiserin.

Wie erwartet, wurde Shōshis Sohn zum Kronprinzen ernannt, wobei Ichijōs erstgeborener Sohn von Teishi übergangen wurde. Der kleine Atsuhira musste das Haus seiner Mutter verlassen, obwohl er erst drei Jahre alt war, um im Palast zu leben. Nach dem Tod des Kaisers war es für meine Herrin besonders traurig, die Gesellschaft ihres Kindes zu verlieren. Wenigstens hatte sie noch den kleinen Bruder des Jungen bei sich.

Nach dem Tod des Kaisers traten die Damen eine nach

der anderen aus Shōshis Diensten aus. Einige weigerten sich schlicht, sie ins Biwa-Haus zu begleiten. Ich empfand ihre Untreue als Verrat und fühlte mich verpflichtet, noch zu bleiben, verzichtete sogar auf meinen üblichen Urlaub. Ich arbeitete im Biwa-Haus an meinen Geschichten weiter, die in Uji spielten, und hoffte den Kummer der Kaiserin damit etwas lindern zu können. Aber das Biwa-Haus war voller Erinnerungen, und sie musste ständig an den verstorbenen Kaiser denken. Ich habe in meiner Truhe mit den Papieren die Abschrift eines Gedichts gefunden, das ich in dieser Zeit für Shōshi geschrieben hatte.

Arishi yo wa yume ni minashite namida sae tomaranu yado zo kanashikarikeru
Wie es früher war – nur ein Traum. Wie viel Trauer wohnt in einem Haus, in dem der Strom der Tränen nie versiegt.

Das Gedicht erhielt viel Lob, aber es trug nicht dazu bei, ihre Majestät aufzuheitern. Trotzdem fühlte ich mich sehr geschmeichelt, dass sie es in ihre persönliche Sammlung aufnahm.

In jenem Herbst starb mein Bruder Nobunori in Echigo. Vater berichtete mir, er habe ein unvollendetes Gedicht an die Dame Chūjo in seinen Händen gehalten. Ich musste das Biwa-Haus verlassen, um an den Trauerriten teilzunehmen. Katako war mit elf Jahren alt genug, um Grau zu tragen. Der Anblick ihrer feierlichen, kleinen Gestalt in Trauergewändern machte mir mit einem Schlag klar, dass sie langsam erwachsen wurde. Sie war zwar noch nicht groß genug, um die Hosen der Weiblichkeit zu tragen, aber geistig war sie schon reif genug für den Beginn einer Karriere bei Hof. Unter meiner Anleitung übte sie sich, seit sie mit dem Pinsel umgehen konnte, in der Dichtkunst. Ich ermutigte sie, ihr Können bei jeder Gelegenheit zu erproben, auch wenn sie die Früchte ihrer Arbeit niemandem zeigte.

«Durch dichterisches Talent steht man im Mittelpunkt», sagte ich zu ihr, «aber es macht nicht glücklich. Vermeide die Fehler deiner Mutter und versuche, im Gesellschaftsleben erfolgreicher zu sein.»

Katako schien mir aufmerksam zuzuhören. Ich fürchtete, dass viele Dinge für sie damals noch unverständlich waren, aber bei Hof würde sie sich hoffentlich eines Tages an meine Worte erinnern.

Im folgenden Jahr wurde Shōshi im Alter von dreiundzwanzig Jahren zur Kaiserswitwe erklärt. Sie gewöhnte sich nur schwer an ihren neuen Titel, und als die Zeit für die offiziellen Amtseinsetzungen gekommen war, schluchzte sie bitterlich, weil sie sich an das vertraute Treiben im vergangenen Jahr erinnerte, als Ichijō noch am Leben war. Es war nun still geworden im Biwa-Haus, da sich alle um die neue Kaiserin Kenshi im Palast versammelten. Vielleicht würde es Shōshi trösten, wenn sie sich vorstellte, wir ihr Mann Amida Buddhas Paradies durchstreifte. Also schrieb ich die folgenden Zeilen für sie:

Kumo no ue wo kumo no yoso nite omoiyaru tsuki wa kawarazu ama no shita ni
Erinnerungen an das Leben über den Wolken bedrängen das düstere Dasein Ihrer Majestät, doch der Mond strahlt in unverändertem Glanz auf alles unter dem Himmel.

Sie dankte mir und nahm das Gedicht in ihre Sammlung auf.

«Ich schätze Ihr Gedicht», sagte sie leise, «aber was mich wirklich aufheitern würde, wären Geschichten über Genji.»

Ich zog eine der Abschriften hervor, die wir vor Jahren zusammengestellt hatten, und fragte sie, welche Geschichte sie gerne hören würde. Sie entschied sich oft für Tamakazura, die exotische verlorene Tochter, aber dieses Mal wollte sie über Murasakis Tod hören.

Am Ende der Geschichte schluchzte sie wieder.

«Eure Majestät», bat ich, «vielleicht kann ich Ihnen etwas Neues vorlesen?»

Ich hatte an einer Zusammenstellung der Geschichten gearbeitet, die nach Genjis Tod spielten, und war bereit, sie ihr als Überraschung zu präsentieren. Zuvor hatte ich die Texte einigen Freundinnen gezeigt, die mir versicherten, die Geschichten hätten sie so bewegt, dass sie nicht hätten schlafen können. Daraufhin glaubte ich an den Erfolg der Uji-Geschichten und hoffte nun vor allem, sie könnten die Kaiserin vielleicht ablenken.

Genjis Nachkommen übernahmen das Geschehen. Als ich noch einmal über den Leuchtenden Prinzen nachdachte, wurde mir klar, dass er seine Empfindsamkeit für die Schönheit und die Tragik des Lebens trotz seiner Rastlosigkeit niemals verloren hatte. Es wäre nicht einmal übertrieben zu sagen, dass er mit dem Verlust Murasakis nicht fertig wurde, weil er so empfindsam war. Nun, da er nicht mehr lebte, erkannte ich, dass Genjis mangelnder Zynismus für eine gewisse Reinheit sprach. Und gleichzeitig war mir klar, dass ich kein realistisches Porträt eines beliebigen Mannes geschaffen hatte.

Genji glich der Sonne. Die Menschen nannten ihn Hikaru, den Leuchtenden. Als er verglühte, verlosch auch das Licht. Niemand sollte seinen Glanz erben, nur seine Empfindsamkeit ging auf seine Nachkommen über. Kaoru, der Sohn der kindlichen Braut Genjis, der dritten Prinzessin, war eigentlich gar nicht Genjis Sohn. Das Mädchen wurde praktisch vor Genjis Augen vergewaltigt, und Kaoru war das Resultat dieser schändlichen Tat. Diese Lebenslüge ließ den jungen Mann sehr zurückhaltend sein, ja sie lähmte ihn beinahe. Genjis Enkel, Prinz Niou, war im Gegenteil dazu haltlos, verwöhnt und von zügellosen Gefühlen getrieben. Beide versuchten in Genjis Fußstapfen zu treten, indem sie verschiedene Liebesgeschichten eingingen, aber sie verstrickten sich in Eifersucht, Hass und Misstrauen.

«Dieser Kaoru ist selber schuld!», rief Shōshi, nachdem sie meiner Geschichte gelauscht hatte. «Warum lässt er sich nur mit Frauen ein, die ihm Unglück bringen? Es ist ärgerlich, seinen sinnlosen Abenteuern zuzuhören. Würde er nicht so zaudern, dann könnte er eine glückliche Beziehung aufbauen.»

Die Kaiserin hielt Kaoru für eine sehr unbefriedigende Figur, was mich entmutigte, denn ich fand, dass er mir ähnlich war. Zumindest unbewusst hatte er begriffen, dass auch erfüllte Wünsche unzufrieden machen können.

«Und außerdem», fuhr sie fort, «lässt Prinz Niou sich mit so vielen Frauen ein und ist trotzdem niemals befriedigt. Wirklich ein rastloser Geist – eigentlich sind sie beide rastlose Geister. Kaoru erinnert mich an eine dieser Figuren, deren Bauch sich vor Hunger aufbläht, während ihr Mund nur die Größe eines Reiskorns hat.»

Die Kaiserin hatte sich eine Bilderrolle mit Höllenbildern von Genshi angeschaut, dort sah man Kreaturen auf verschiedenen Stufen der Degeneration, und so übertrieb sie vielleicht etwas. Trotzdem hatte sie nicht Unrecht. Die Menschen scheinen recht geschickt darin, sich selbst verschiedene

Stufen der Hölle zu schaffen, und darüber musste einfach geschrieben werden. Inzwischen fand ich diese beiden gut aussehenden, aber fehlerhaften Helden interessanter als den Leuchtenden Genji. Sie sollten sich in dieselbe Frau verlieben. Zwischen den beiden gefangen, erginge es dieser Dame wie einem Kahn – von ihren widersprüchlichen Leidenschaften und den Wünschen ihrer Liebhaber würde sie hin- und hergeworfen.

Mit Ukifune hatte ich eine Heldin geschaffen, in die ich mich wirklich einfühlen könnte. Doch je länger ich Shōshi vorlas, umso mehr schwand ihre Begeisterung. Ich bat sie, mit ihrem Urteil noch zu warten, bis sie mehr gehört hätte, denn ich war sicher, sie würde Ukifune schätzen. Aber schließlich bemerkte die Kaiserin, sie empfinde die düsteren Szenen in Uji als störend. Kaoru enttäuschte sie, und Niou hielt sie für unverantwortlich. Der Leuchtende Genji und seine Abenteuer seien ihr viel lieber. Ob ich Genji nicht irgendwie zurückbringen könnte?

«Vielleicht könnte er wieder geboren werden?», schlug sie mir hoffnungsvoll vor.

Sie hätte Genjis Nachkommen und ihre unappetitlichen Abenteuer lieber wieder verschwinden lassen. Als meine Heldin ihrem Leben verzweifelt ein Ende setzen wollte, war die Kaiserin schockiert.

«Ihr Verhalten ist unvernünftig», warf Shōshi mir vor. «Sie soll sich für einen der beiden Männer entscheiden und dann lassen Sie es gut sein.» Die Kaiserin meinte, Ukifune sollte Kaoru wählen, um ihn von seiner Melancholie zu erlösen. «Prinz Niou interessiert mich nicht», sagte sie. «Aber ich würde es gerne sehen, wenn Sie Kaoru glücklich machen. Gewiss könnten Sie die unschlüssige Dame irgendwie mit ihm in Einklang bringen.»

«Ich hatte mir eher vorgestellt, dass sie sich von beiden abwendet und in ein Kloster flieht», wagte ich zu erwidern.

«Nun», antwortete Shōshi zweifelnd, «Sie können sie diese Möglichkeit ja ausprobieren lassen, aber sie soll bitte nicht dort bleiben. Das ist zu bedrückend.»

Und so quälte ich mich weiterhin. Scheinbar verursachte mir sogar jene Sache Schmerzen, der ich am liebsten nachgehen wollte. Meine Stimmung war düster, alles schien mir sinnlos. Und doch trieb mich irgendetwas weiterzuschreiben, egal was die Kaiserin oder die anderen Damen sagten.

Ich hatte mich damit verausgabt, dem Wesen der schwierigen Beziehungen zwischen Frauen und Männern auf den Grund zu gehen. Durch Genjis Tod fühlte ich mich befreit, und es gab so vieles, das ich erkunden wollte. Ich schrieb von morgens bis abends und ließ mich durch nichts ablenken. Früher hatte ich immer peinlich darauf geachtet, mit meinen Phantasien über Genji nicht abzuheben. Er sollte wunderbar, aber gleichzeitig glaubwürdig sein, und der Reaktion meiner Leser nach zu urteilen, war mir das auch gelungen. Zwanzig Jahre lang hatte ich Genji staunend beobachtet, bis es schließlich schien, als wäre auch ich ein Instrument seiner leuchtenden Persönlichkeit. Erzählte ich Genjis Geschichten? Oder benutzte Genji vielmehr mich?

Im Rückblick bin ich erstaunt, dass ich mich so verwirren ließ. Ich versuchte mich an die Freundinnen zu erinnern, mit denen ich meine innersten Gedanken wie auch mein unbedeutendes Geschreibe besprechen konnte. Wäre ich als Witwe zu Hause geblieben, hätte nicht alles noch düsterer ausgesehen? Am Hof lernte ich wenigstens einige der mächtigen Adligen kennen. Aber vielleicht täuschte ich mich mit dieser verzwickten Gechichte auch nur selbst, fand Trost in närrischen Worten. Ich war mir schmerzlich bewusst, wie unbedeutend ich war. Froh war ich allein über die Tatsache, dass es mir gelungen war, mich nicht in Skandale und Affären verwickeln zu lassen. Als Witwe wäre es schwieriger gewesen, dies zu vermeiden. Schließlich kam ich zu dem Schluss, dass die Geschichten ihre eigene Wahrheit schaffen.

Das glaubte ich jedenfalls. Als mir die Kaiserin jedoch sanft, aber unmissverständlich zu verstehen gab, dass ihr der Verlauf meiner Uji-Geschichten nicht gefalle, war ich verzweifelt. Ich versuchte mir auszudenken, wie Ukifune sich auf überzeugende Art und Weise von beiden Männern abwenden könnte. Sie wurde benutzt – Objekt der Begierde oder als Ersatz für einen anderen Menschen –, dieses Gefühl sollte der Kaiserin doch eigentlich vertraut sein. Erst als sie alleine war und sich ruhig dem Studium der Schriften hingeben konnte, konnte Ukifune ihr Leben in Ordnung bringen.

«Aber sie kann nicht Nonne bleiben», strich Shōshi heraus. «Wer möchte dann noch von ihr lesen?»

Da hatte sie nicht Unrecht. Aber obwohl sie mich darum bat, brachte ich es nicht über mich, Genji zurückzuholen. Man kann sich meine Bestürzung vorstellen, als ich herausfand, dass Shōshi hinter meinem Rücken eine andere Hofdame, Akazome Emon, damit beauftragt hatte, Geschichten über Genji zu schreiben. Die Kaiserin war sehr von der Figur Tamakazuras eingenommen und neugierig, was mit ihr geschehen würde, nachdem sie Genjis Klauen durch ihre plötzliche Heirat entkommen war.

Man muss Akazome Emon zugute halten, dass sie zögerte, über Genji zu schreiben, aber sie schien nichts daran zu finden, von Tamakazura und ihren Kindern zu erzählen. Ich durfte mir nichts anmerken lassen, aber ich war am Boden zerstört. Ich hörte gänzlich auf zu schreiben, ließ Ukifune im

Kloster. Es war unklar, was mit ihr geschehen würde. Ich hatte das Gefühl, sie verlassen zu haben. Da mir das Leben unsagbar bitter erschien, muss ich das folgende Gedicht ungefähr zu dieser Zeit geschrieben haben:

Izuku to mo mi wo yaru kata no shirareneba ushi to mitsutsu mo nagarauru kana
Welchen Weg nur soll ich wählen? Wohin soll ich nur gehen? Ich finde keine Antworten und lebe müde weiter.

Es gab niemanden, dem ich es hätte schicken können.

Um ganz offen zu sein: Ich war an einem Punkt angelangt, an dem mir die Meinung anderer egal war. Meine Versuche, die menschlichen Verstrickungen zu schildern, waren missverstanden worden und kläglich gescheitert. Ich dachte an meine literarischen Vorfahren und an ihren Kampf, Sprache und Gefühle in der Dichtkunst miteinander in Einklang zu bringen. Bei ihnen schimmerte die Wahrheit zwischen den Schriftzeichen hindurch. Sosehr ich mich auch anstrengte, dieser Klarheit nachzueifern, bei mir schienen sich die Worte im Pinsel zu verdrehen. Je mehr ich mich bemühte, sie sorgfältig auszuwählen, umso weniger entsprachen sie meinen wahren Gefühlen. Vor langer Zeit kämpfte auch der chinesische Dichter Du Mu mit diesem Problem und kam zu dem Schluss:

«In dieser unsicheren Welt scheinen außer den Versen alle Worte gezwungen.»

Mir fehlten Kraft und der Wille, die Worte zu etwas zu zwingen. Wie ein durch Sturm vom Anker gerissenes Boot hatte ich meinen Halt in dieser unsicheren Welt verloren.

Alles, was mir blieb, war mein Vertrauen in Amida Buddha. Ich hätte mich niemals wie Ruri in den Uji werfen können. Stattdessen vertiefte ich mich in die Lektüre der heiligen Sutras. Kerriarose fragte, warum ich mich nicht in die Berge zurückziehe, da ich nicht mehr schrieb und zugab, meine Bindung an die Prüfungen und stumpfsinnigen Plackereien des Lebens verloren zu haben. Ich zögerte. Wenn ich mich zu einem religiösen Leben verpflichtete und der Welt den Rücken zukehrte, würde ich vielleicht weiterhin unter Momenten der Unsicherheit leiden. Und damit würde ich mich der Möglichkeit berauben, die Wolken des Ruhmes zu erklimmen, wenn mich Amida Buddha einst zu sich rief. Erst wenn Katako ihren Platz gefunden hatte, wäre ich wirklich frei von weltlichen Verpflichtungen. Ich hoffte, dieser Zeitpunkt würde schon bald kommen, denn ich fürchtete, mein Augenlicht könnte mit dem Alter nachlassen. Und dann wäre ich vielleicht nicht mehr in der Lage, die Sutras zu lesen.

Kerriarose drängte mich, ihr zu folgen, aber ich vertröstete sie immer wieder. Für sie musste es aussehen, als zweifelte ich in meinem Glauben, wobei doch das Gegenteil der Fall war. Vielleicht konnte sie die Bedenken eines Menschen, der so viel gut zu machen hatte wie ich, nicht ganz verstehen – eines Menschen, der es vielleicht nicht einmal wert war, errettet zu werden, egal was Genshi predigte. So viele Dinge erinnerten mich an meine Sünden, dass ich regelrecht verzweifelte.

Irgendwann gegen Ende der Regenzeit wurde der kleine Kronprinz krank und kam zu seiner Mutter ins Biwa-Haus. Ich erinnere mich, dass er sich schnell erholte, herumrannte und ziemlich gesund aussah – aber Shōshi sehnte sich so sehr danach, eine Weile mit ihm zusammen zu sein, dass sie vorgab, er sei noch immer krank. Ich musste dem Boten aus dem

Palast den Stand der Dinge berichten. Die Krankheit des Kronprinzen scheine zwar nicht ernster Natur, sagte ich, aber er sei noch nicht dazu in der Lage, in den Palastdienst zurückzukehren, da er noch immer unter Fieber leide. Es war eine Lüge, die jede Mutter verstanden hätte.

Zu dieser Zeit litt so mancher unter dem Wetter, sogar Michinaga. Meine liebe Freundin Koshōshō beklagte sich über Kopfschmerzen und Beklemmungen. Aber sie war schon immer zart und anfällig gewesen, also machte ich mir keine zu großen Sorgen um sie. Aber dieses Mal wurde es plötzlich Ernst. Bevor irgendjemand erkannte, wie ernst ihr Zustand war, starb sie.

Diese grausame Erinnerung an die Unvorhersehbarkeit des Lebens bestärkte mich in meinem Beschluss, mich aus dem öffentlichen Leben zurückzuziehen.

In jenem Herbst begann ich, mich für kurze Zeitabschnitte in ein kleines Haus zurückzuziehen, das ich meine Nachsommer-Klause nannte. Es lag in den Hügeln in der Nähe des Kiyomizu-Tempels. Katako lebte noch immer zu Hause, verbrachte fleißig Stunde um Stunde mit ihren Studien. Ich hatte ihr versprochen, sie mit in das Biwa-Haus zu nehmen, wo sie in den Dienst der Kaiserswitwe eintreten könne, falls sie hart arbeite. Dieses Ziel hatte das Kind fest im Blick, während es sich in Kalligraphie übte, Rezepte für Räucherwerk erprobte, lernte, wie man die Farben mischt, und täglich einen Abschnitt aus dem klassischen Gedichtkanon auswendig lernte. Sie konnte damals nicht ahnen, dass sie mit ihrer harten Arbeit für den Eintritt in den Palastdienst meine Bindungen zu dieser Welt immer mehr löste. Ich fühlte mich etwas schuldig wegen dieser Täuschung, fand aber, auch für sie wäre es am Ende besser so.

Zu Beginn des neuen Jahres verbrachte ich immer mehr Zeit in meiner Nachsommer-Klause. Die Einfachheit dieses kleinen Hauses gefiel mir sehr. Ich sehnte mich nicht mehr danach, in meinen chinesischen Büchern zu blättern oder mein dreizehnsaitiges Koto zu spielen. Diese Dinge ließ ich zurück. Ohne meinen Tintenstein, einige Pinsel und Papier konnte ich natürlich nicht auskommen.

Kerriarose schenkte mir eine Art Koto mit nur einer Saite, ein ziemlich komisches Instrument. Wie sollte man mit nur einer Saite Musik machen! Plötzlich fiel mir eine Dame namens Koma ein, die im Dienst Ihrer Majestät gestanden hatte. Sie war ein vielversprechendes Talent gewesen, doch nach einem unglücklichen Vorfall zu Beginn ihrer Karriere zog sie sich zurück und verbrachte den größten Teil ihrer Zeit zu Hause. Sie klagte immer über ihr unglückliches Schicksal, und mit der Zeit gingen ihr alle aus dem Weg. Sie war wie ein Koto, «das nur eine Stimmung kennt», wie das Sprichwort sagt. Doch nun erhielt ich ein Koto, das gar keine Bünde hatte.

Dann spielte Kerriarose mir auf dem Instrument vor. Ich staunte, welch nuancenreiche Klänge sie dieser einzigen Saite entlocken konnte. Yukihira habe dieses Instrument entworfen, als man ihn nach Suma verbannt hatte, erzählte sie. An einsamen Stränden habe er eine Saite von seinem Bogen genommen und sie an einem Stück Treibholz befestigt, die einzelnen Töne habe er mit Steinen und Muschelscherben im Holz markiert. Auch bei meinem Instrument waren in den wellenförmigen Holzfasern des leichten Paulownienhalses Korallensplitter eingelegt. Es war ein erstaunlich schlichtes Objekt, ein perfektes Sinnbild für mein neues einfaches Leben. Die vielen Verwicklungen des Lebens hatte ich auf das Wesentliche reduziert.

Die Hofdamen gewöhnten sich daran, dass ich immer länger fort war. Trotzdem hielten die meisten mein Verhalten für seltsam.

Am zwanzigsten Tag des ersten Monats besuchte mich Kodayū. Zusammen zündeten wir im Kiyomizu-Tempel Lichter an und dachten dabei an Shōshi, die krank war. Bevor wir den Tempel verließen, pflückte sie ein duftendes Magnolienblatt vom Altar und schrieb auf die Rückseite:

Kokorozashi kimi ni kakaguru tomoshibi no onaji hikari ni au ga ureshisa
Zutiefst bewegt mich unser Treffen und wie wir gemeinsam die Lichter für die Kaiserin entzünden.

Im Gegensatz zu vielen anderen hatte Kodayū Verständnis für meine immer längeren Zeiten der Abwesenheit. Sie blieb über Nacht, und als wir am Morgen zusammen draußen standen und zuschauten, wie sich der Schnee auf den Kiefern häufte, schrieb sie:

Okuyama no matsuba ni kōru yuki yori mo waga mi yo ni furu hodo zo kanashiki
Zart umhüllt ein Hauch von Schnee die Tannennadeln tief in den Bergen, vergänglicher noch ist mein eigenes Leben.

Wir hatten uns in mit Schappseide gefütterte Kleiderschichten eingehüllt, aber unsere Nasen waren vor Kälte rot, und Kodayū schniefte. Wir kannten einander schon lange. Auch Kodayū war von den Intrigen des Palastlebens enttäuscht.

Je länger ich zurückgezogen lebte, desto selbstverständlicher erschien es mir. Kerriarose lebte in der Nähe, und wir gingen oft zusammen in den Kiyomizu-Tempel, um zu beten. Als der Frühling im zweiten Monat die östlichen Hügel in gleißendes Sonnenlicht tauchte, wusste ich, hier war nun meine Heimat. Die Zeit war gekommen, nach Hause zurückzukehren, meine Papiere zu ordnen und die Dinge zu sortieren. Um mich von meinem alten Leben zu lösen, schaute ich jedes Blatt Papier noch einmal an. Am schwierigsten waren die Briefe. Ich stieß zum Beispiel auf einen sehr ehrlichen Brief, den die Dame Koshōshō mir einst geschrieben hatte. Ich brachte es nicht übers Herz, ihn einfach fortzuwerfen, also schickte ich ihn an die Dame Kaga, die ihr auch nahe gestanden hatte, und schrieb diese Worte als Begleitung:

Kurenu ma no   mi wo ba omowade   hito no yo no   aware wo shiru zo   katsu wa kanashiki
Mein eigenes Leben ist so flüchtig, ich denke kaum darüber nach, doch vom Dahinscheiden eines anderen zu hören, ist von stechender Traurigkeit.

Es war ernüchternd, dass ein zerbrechliches Stück Papier alles war, was von dieser so lieben Person zurückblieb, und so fügte ich an:

Tare ka yo ni   nagaraete mimu   kakitomeshi   ato wa kiesenu katami naredomo
Still fließt das Leben, nimmt gemächlich seinen Lauf, wer wird es lesen, dieses Andenken an sie, die niemals vergessen sei.

Ich ermahnte mich, dass es eine Ewigkeit dauern würde, sämtliche Briefe durchzusehen. Aber ich brachte es auch nicht fertig, sie zu verbrennen. Schließlich legte ich die Briefe alle in eine große Truhe.

So zart das Papier ist, es scheint alles zu sein, was am Ende von uns übrig bleibt.

Kurz bevor ich mit Katako ins Biwa-Haus ging, um sie der Kaiserswitwe vorzustellen, kam diese Antwort von der Dame Kaga:

> *Naki hito wo   shinoburu koto mo   itsu made zo   kyō no aware*
> *wa   asu no waga mi wo*
> Wie lange sollen wir trauern um jene, die unsere Welt verließen? Ein ähnliches Schicksal wird auch uns schon bald ereilen.

Katako zuliebe schüttelte ich diese düsteren Vorahnungen ab, denn sie platzte beinahe vor Aufregung, endlich ihren Dienst bei Hof antreten zu können. Ich vertraute darauf, dass sie sich in ihrem zarten Alter viel leichter den Launen des Palastlebens hingeben könnte als ihre Mutter. Ich war zu alt und bereits geformt und vor allem unvorbereitet. Zudem hatte ich viele unrealistische Erwartungen gehabt, was bei meiner Tochter zweifellos anders war.

Katakos Garderobe nähten wir aus Stoffen, die vom Haupthaus meines verstorbenen Mannes beigesteuert wurden. Keine der anderen Töchter von Nobutaka hatte besondere Begabung für den kaiserlichen Dienst gezeigt, aber der Rest der Familie unterstützte Katako begeistert.

«Weißt du noch, als damals meine Kleider genäht wurden, da wolltest du deine Mama begleiten, um die Kaiserin zu besuchen?», fragte ich sie. «Damals sagte ich, deine Zeit werde kommen, und nun sitzen wir da und nähen deine Kleider.»

Sie nickte glücklich, fuhr mit der Zunge über ihre geschwärzten Zähne. Sie sah aus wie eine Puppe, und ich konnte mir vorstellen, wie erfreut Shōshi wäre.

Als ich Katako zum Dienst bei der Kaiserswitwe brachte, war es, als hätte sie schon immer in diese Welt gehört. Sie freundete sich gleich mit den jüngeren Mädchen an und wurde von den älteren Damen wohlwollend aufgenommen. Mein Geist hellte sich auf, und mit meiner Tochter glaubte ich meine Pflicht bei Shōshi mehr als erfüllt zu haben.

Nun war ich so weit, Kerriarose um Hilfe zu bitten, die sieben Kräuter und Aromastoffe zu sammeln, die ich für die Goma-Zeremonie brauchte. Ginseng, Kreuzblumen und Spargel hatte ich, Tannenwurzelpilz und Zitterpappel konnte ich besorgen, aber um Süßholzwurzel und Solomonsiegel zu bekommen, musste man Bauern kennen, die tief in den Bergen lebten.

Als ich alles beisammen hatte, traf ich Kerriarose im Tempel. Sie brachte die Schere mit. Mein Haar war noch immer kräftig, und die abgeschnittenen Strähnen flogen umher, als staunten sie über ihre plötzliche Freiheit. Wir häuften die Aromastoffe in Schalen, die vor einem erschreckend echt wirkenden Bild des wilden Fudō standen, und zündeten mit Sumachholz beim Altar ein kleines Feuer an. Als die Flammen in die Höhe loderten, warfen wir die stechenden Kräuter hinein, wodurch knisternde Stichflammen und Rauchwolken entstanden. Auch Briefe, Gedichte und alte Manuskripte warfen wir hinein. Rauchwolken umspielten Fudōs zornige Erscheinung, während das Feuer die Leidenschaften und Illusionen meines unbedeutenden Lebens verzehrte. Ich hatte einen Priester hergebeten, um den angemessenen Spruch zu singen, und auf den Schwingen seiner kräftigen Stimme wurden meine Sünden hinweggetragen.

Seltsamerweise fiel mir die dünne Rauchschwade bei Mutters Beerdigung ein – jener Rauch über der Ebene, der mich zu dem Gedanken verführt hatte, ich könnte die Wirklichkeit mit meinen Worten formen.

Ich kam aus dem Tempel, und mir war leicht und schwindelig. Auf dem Rückweg in die Nachsommer-Klause hüpfte mir das kurze Haar um die Schultern, es war ein seltsames und beinahe lustiges Gefühl. Die Bergkirschen streckten ihre Zweige mit den blassen Blüten in die milde abendliche Frühlingsluft hinaus, und ich saß für den Rest des Abends meditierend vor meiner Hütte. Vielleicht hätte ich an jenem Tag auf die Wolken steigen sollen. Meine Seele war rein, und ich bereute nichts. Wäre mir Amida Buddha in diesem Moment erschienen, ich wäre gewiss direkt ins Paradies aufgestiegen.

Aber das Leben endet selten in diesen überragenden Momenten. Ich begann mich an meinen Alltag in der Klause zu gewöhnen. Mein Leben glich nun eher dem langsamen Schleichen der gestreiften Baumschnecke, die ihre zarten Fühler ausstreckt, und nicht mehr den unablässig zirpenden Zikaden, denen wir im Palast so ähnlich gewesen waren. Ich nahm meinen Pinsel wieder auf und ging in das Kloster, wo ich Ukifune zurückgelassen hatte. Ohne Druck und Ablenkungen konnte ich mir nun ausmalen, wie die Geschichte enden sollte. Ich schloss sie ab, verspürte aber kein Verlangen, sie außer Kerriarose jemandem zu zeigen.

Ich löste diesen letzten Faden, und nun hätte ich eigentlich inneren Frieden spüren sollen, aber irgendetwas störte noch immer die Ruhe, nach der ich mich so sehnte. Mir fiel die Geschichte jenes alten Mannes ein, der eines Tages ein Loch graben muss, in das er hineinspricht, «weil man sich aufgebläht fühlt, wenn man Dinge in sich behält, die eigentlich ausgesprochen werden sollten».

Also kramte ich meinen Pinsel und mein übriges Papier hervor und entlockte mir, was noch übrig war. Ich hatte immer angenommen, die Wahrheit sei das Ziel meines Schreibens, aus diesem Grund hatte ich es auch immer vermieden, irgendwelche Zaubertricks einzubauen. Doch nun merkte ich, dass ich mich getäuscht hatte. Die Wahrheit war weder das Ziel noch das Thema meiner Geschichten, Genji schuf sich seine eigene Wahrheit.

Nach all dem habe ich erstaunlicherweise immer noch Papier übrig – aber ich habe wohl genug geschrieben.

Katako

Während deine Großmutter ihre weltlichen Angelegenheiten ordnete, bereitete sie mich sorgfältigst auf meinen Dienst bei Hof vor. Ich sollte wohl eher sagen, dass ich zu jener Zeit die einzige weltliche Angelegenheit war, die sie noch interessierte, und sie brachte mein Leben genauso wie ihre Gedichte in Ordnung. Sie stellte eine Sammlung ihrer Gedichte zusammen, der öffentlichen und der privaten – viele stammten aus ihrem Tagebuch –, löste sie aus ihrem leidenschaftlichen Zusammenhang und fügte nüchterne Fußnoten an. Diese Sammlung schickte sie an ihren Vater in Echigo.

Jahre später, als ich mit Sadayori zusammen war, stieß ich zufällig auf einen jener Briefe, die sie Tametoki zu schreiben pflegte, während er auf Dienstreise in den Provinzen war, und mir stiegen die Tränen in die Augen. Obwohl sie sich in ihrem Tagebuch immer ermahnte, war sie in Wahrheit eine sehr treue Tochter. Jener Brief endete mit einem Gedicht und dem Wunsch, mein Großvater möge weiterhin gesund bleiben:

*Yuki tsumoru   toshi ni soete mo   tanomu kana   kimi wo
Shirane no   matsu ni soetsutsu*
Der Schnee türmt sich auf wie die Jahre, und darum bete ich heute: Mögest du so lange leben wie die Bergkiefern auf dem Shirane.

Diese Worte erwiesen sich als kraftvoller Talisman. Meinem Großvater war sein langes Leben schließlich beinahe unangenehm – er überlebte seine drei ersten Kinder.

Als meine Mutter im Frühjahr nach meinem Antritt bei Hof endgültig in ihre Nachsommer-Klause zog, meinte mein Großvater, nach Miyako zurückkehren zu müssen, um auf mich aufzupassen. Er gab mir ihre Gedichtsammlung zur Aufbewahrung, aber ich muss gestehen, dass ich sie damals nicht genau anschaute. Ich war so beschäftigt mit meinem Leben am Hof und verbrachte außerdem sehr viel Zeit mit Sadayori, der mir so viel über die Liebe und die Regeln des Palastlebens beibrachte. Ich hatte nur ein Ziel im Kopf, in meiner Karriere bei Hof erfolgreich zu sein, so wie es mir meine Mutter immer eingeschärft hatte.

Während meines ersten Jahres im Dienste von Shōshi kehrte ich kaum nach Hause zurück. Natürlich besuchte ich meinen Großvater hin und wieder, aber da meine Mutter in ihrer Nachsommer-Klause war, hatte ich wenig Grund zu bleiben. Ich reiste zweimal zu ihr in die Berge, aber es war eine lange Fahrt, und es gab immer Pflichten, die eine schnelle Rückkehr an den Hof verlangten. Sie forderte nie, dass ich blieb.

Ich war etwas überrascht, dass sie kein Wort über Michinagas fünfzigsten Geburtstag verlor, der gegen Ende des folgenden Jahres gefeiert wurde, noch schrieb sie etwas über das schreckliche Feuer, das über fünfhundert prächtige Häuser in der Hauptstadt zerstörte, einschließlich des Tsuchimikado-Hauses und ihres eigenen an der Rokujō-Straße. Nach diesem grauenvollen Großbrand zog sich Tametoki alt und müde in den Tempel Miidera zurück, aber nicht einmal das erwähnte meine Mutter.

Sie hatte sich zusammen mit ihrer alten Freundin Kerriarose einer Gruppe einst weltlicher Menschen angeschlossen, die von der Welt enttäuscht waren und ihre eleganten Häuser und hohen Positionen in der Hauptstadt verlassen hatten, um in einfachen Behausungen in der Nähe von Tempelanlagen zu leben – bei, aber nicht in den Tempeln. Ihre Ernüchterung bezog sich auch auf die buddhistischen Priester und Mönche, sie wollten auch nicht in religiöse Hierarchien eingebunden sein. Sie vertrauten auf Genshin, der für alle Seelen betete, sogar Frauen sollten direkt von Amida Buddha gerettet werden. Ihre Tage verbrachten sie mit Meditieren. Murasaki hatte immer daran geglaubt, dass das Nachdenken über die Vergänglichkeit der Welt ein Pfad zur Erleuchtung sein könne – das schreibt sie auch in ihren Genji-Geschichten, den Tagebüchern und all ihren Gedichten.

Außer ihrem langen Bericht über ihr Leben als Schriftstellerin fand ich das Fragment einer Geschichte, die an ihre Uji-Kapitel anzuschließen schien. Ich zögerte, sie der Kaiserswitwe zu geben, da ihr die späten Geschichten meiner Mutter nicht mehr gefallen hatten. Ich vertraue dir diese Geschichte an, du kannst sie zu einem günstigen Zeitpunkt öffentlich machen.

Als Murasaki im dritten Jahr des Kannin starb – es war das Jahr, in dem Michinaga Mönch wurde –, erzählte man mir, sie sei so dünn und leicht gewesen, dass sie sich vermutlich zu Tode gehungert hatte. Ich will nicht behaupten, dass ich meine Mutter gegen Ende ihres Lebens verstanden habe. Ich bemühte mich, den Zielen zu folgen, die sie für mich gesetzt hatte, obwohl sie selbst sich ihnen verweigert hatte. Die folgenden Worte verstand ich als ihr Abschiedsgedicht:

Yo no naka wo   nani nagekamashi   yamazakura   hana miru hodo no   kokoro nariseba

Warum leiden wir so an dieser Welt? Kurz ist das Leben, flüchtig wie die Blüte der Bergkirschen.

Mit den Jahren veränderte ich meine Meinung über dieses Gedicht. Zuerst nahm ich an, es sei wieder eine dieser Klagen in der pessimistischen Stimmung, die sie oft überkam. Dann fiel mir eines Tages auf, dass es eigentlich fröhlich war, und mein ganzes Verständnis von ihr änderte sich. Am Schluss hatte sie nicht mehr Sorgen als eine Kirschblüte, wenn sie vom Baum fällt.

Epilog

Das verlorene letzte Kapitel von Murasakis
Geschichte vom Prinzen Genji

Blitz

Inazuma

Aus der Ferne drangen männliche Stimmen an Ukifunes Ohr. Zwischendurch verebbte ihr Gespräch wieder – wie wenn die Vögel im Unterholz miteinander schwatzten. Sie blickte von ihrem buddhistischen Text auf, legte die Gebetsperlen um ihr Handgelenk und lauschte. In der Stille, die nur vom lauten Zirpen der Zikaden durchbrochen wurde, konnte sie einen Konvoi hören. Es waren Stimmen von Kaorus Männern, und Ukifune floh auf ihr Zimmer tief im Innern des baufälligen Klosters.

Seit sie vor einem halben Jahr den Bischof überzeugt hatte, ihre Haare abzuschneiden und ihr die Gelübde abzunehmen, hatte Ukifune das Gefühl, endlich an einem festen Ufer Halt gefunden zu haben. Die Schrecken und aussichtslosen Verstrickungen ihres früheren Lebens hatte sie hinter sich gelassen. Das Nonnenkloster in Ono war ihr sicherer Hafen, hier konnte sie sich darauf konzentrieren, die heiligen Schriften zu lesen, die der Bischof ihr gegeben hatte. Es überwältigte sie, das Lotos-Sutra zu lesen. Natürlich hatte sie seinen Klängen bei verschiedenen Zeremonien in ihrem Leben gelauscht, immer schon war sie beeindruckt gewesen von den wohlklingenden, sich überlagernden Tönen, aber bisher hatte sie nie besonders auf die Bedeutung des heiligen Textes geachtet. Nun erfüllte sie jene Geschichte von der Tochter eines Drachen, die durch einen Blitz zur Erleuchtung gelangte, mit Neugier und Hoffnung. Diese Geschichten halfen ihr auch durch lange Passagen, in denen sie den schwierigen Text nicht verstand. Aber trotzdem schienen diese Worte das Versprechen des Friedens und der Erleuchtung in sich zu tragen. Sorgfältig bereitete sie ihre Tinte zu. Sie verbrachte Stunden damit, ihre Schreibkunst zu üben und die Sutras abzuschreiben.

Die alten Nonnen, bei denen Ukifune gestrandet war, stellten mit Erstaunen fest, wie die spröde Verstocktheit dieser jungen Frau wich, nachdem man ihr erlaubt hatte, die hellen pflaumenroten Roben gegen die schäbigen grauen Kleider dieser bescheidenen Berufung einzutauschen. Ihre Tonsur war ein Schritt, den die älteren Frauen nicht verstehen konnten und geradezu bedauerten. Doch vorher schienen die Worte der Nonnen nicht den leisesten Einfluss auf das verstörte, geistesabwesende Mädchen gehabt zu haben.

Ukifunes neugewonnene Zufriedenheit verflüchtigte sich, als sie den Klang der Männerstimmen hörte. Sie gelangte mit pochendem Herzen in ihr Zimmer und beruhigte sich erst, als sie auf ihre grauen Roben blickte.

«Ich bin jetzt Nonne», erinnerte sie sich selbst. Wie konnten sie es wagen, sie zu verfolgen oder auf irgendwelche Leidenschaften zu hoffen, obwohl sie nun so offensichtlich unter dem Aschgrau ihrer religiösen Kutte verborgen war?

Doch Ukifune hätte sich in ihrer düsteren Verkleidung nicht so sicher gefühlt, lieber Leser, hätte sie die Reaktion des Hauptmanns der Leibgarde voraussehen können, dem die Nonne einen kurzen Blick auf sie gestattete. Der Mann wusste, wie aussichtslos seine Liebe war, und darum hoffte er, seine Leidenschaft würde verlöschen, wenn er das Objekt seiner heftigen Begierde in das graue Gewand einer Nonne gehüllt sähe. Als er jedoch durch den Spalt in der Wand blickte, zu dem ihn eine der Dienerinnen geführt hatte, geschah das Gegenteil. Seine Leidenschaft wurde nicht etwa gemildert, sondern der Anblick von Ukifunes blassem, von kräftigem, kurzem Haar umspielte Gesicht ließ ihn vor leidenschaftlichem Begehren derart erzittern, dass er sich zusammenreißen musste, um nicht einfach ins Zimmer zu stürzen. Ukifune trug eine blassgraue Kutte über einer gelben Robe, wodurch ihre zarte Gestalt eleganter betont wurde als durch jedes kaiserliche Gewand. Der Hauptmann empfand es als unerträglich, dass eine solch makellose Schönheit Nonne geworden war.

Ukifune strich sich mit den feuchten Händen nervös über den schlichten Damast, als wollte sie sich versichern, dass ihr Kleid nicht plötzlich wieder einen lebendigen Farbton hatte, und sie griff sich ins Haar, um die Spitzen zu befühlen. Ja, es reichte ihr nur noch knapp bis auf die Schultern und war nicht plötzlich wieder nachgewachsen wie in ihren unheimlichen Träumen. Dieser Alptraum verfolgte sie oft: Ihre Haare reichten plötzlich wieder bis zum Boden, und die Schere, die sie voller Panik an dem langen schwarzen Strom ansetzen wollte, schien ihm nichts anhaben zu können.

«Nein», sagte sie laut. Man konnte sie nicht zwingen, zurückzugehen.

Trotzdem dachte sie mit Unbehagen an den Brief des Bischofs, den sie gestern erhalten hatte. Der Ton des Briefes war vorwurfsvoll, als hätte jemand dem hohen Geistlichen verraten, dass sie eine Verbindung zu Taishō Kaoru hatte. War es möglich, diesen endgültigen Schritt, den sie in voller Überzeugung getan hatte, rückgängig zu machen? Es war undenkbar, und doch schien der Bischof es irgendwie anzudeuten. Er bezweifelte offenbar, dass es ein Verdienst war, auch nur einen Tag als Nonne zu verbringen, fand, ein halbes Jahr Rückzug müsse genügen. Sollte sie in die Welt zurückkehren? Sie hatte sich endlose Warnungen angehört, wonach sie zu jung sei, um diesen Schritt zu unternehmen. Man hatte sie ermahnt, wenn ihr nach den Gelübden Zweifel kämen, würde das ihrem Karma größeren Schaden zufügen, als wenn sie sich niemals für ein religiöses Leben entschieden hätte. All dies hatte sie geduldig über sich ergehen lassen, und nun schlugen sie ihr vor, diese Traumbrücke wieder zu überschreiten und ihr früheres Selbst anzunehmen. Welch Schande!

Sie war enttäuscht, dass ihre Mädchen und Ammen in der Vergangenheit ihre Wünsche missachtet hatten und es zuerst Kaoru und später Prinz Niou ermöglicht hatten, Zutritt zu ihrem Haus, ihrem Zimmer und ihrem Körper zu bekommen. Diese Frauen waren närrische Intrigantinnen. Einige von ihnen nahmen vermutlich sogar an, ihr etwas Gutes zu tun – wo sie doch eigentlich ständig nur an sich selbst dachten. Sie hofften, selbst aus Uji entfliehen zu können, wenn ein gut aussehender Prinz ihre Herrin mitnehmen würde. Wenn Ukifune irgendwo in einem eleganten Palast ein neues Zuhause fände, könnten sie ihr alle zufrieden folgen. Diese Intrigen waren zwar sehr bitter für Ukifune, trotzdem konnte sie ihnen keine Vorwürfe machen. Die Einsamkeit des Ortes deprimierte und verwirrte die Mädchen, und das ständige Fauchen des nahe gelegenen Uji machte es auch nicht angenehmer. Vielleicht begannen sie langsam an die Märchen und Liebesgeschichten zu glauben, in die sie immer vertieft waren. War sie nicht selbst in dieser zerstörerischen Leidenschaft für Prinz Niou gefangen gewesen, hatte sie sich nicht seinen süßen Worten und noch süßeren Zärtlichkeiten hingegeben? Schon damals kam ihr alles vor wie ein Traum. Und erst recht, wenn sie nun daran zurückdachte – Ukifune spürte, wie ihr ein Schauder über den Rücken lief.

Den Nonnen konnte sie nicht so leicht vergeben. Wie konnten sie ihr Zuflucht gewähren und gleichzeitig so begierig darauf sein, sich als Kupplerinnen zu betätigen und sie in die schmutzige Welt zurückzuschicken, aus der sie geflohen war. Aber dass der Bischof, dieser ehrwürdige Doktor des Rechts, der ihr voller Respekt die Gelübde abgenommen hatte, sich von Kaoru hatte überreden lassen, ihren Schritt infrage zu stellen, war der schlimmste Verrat.

Ukifune hatte den Eindruck, dass all ihre frommen Versprechen nur Enttäuschung gebracht hatten. Sie erinnerte sich auch daran, wie Kaoru einst leidenschaftlich darüber gesprochen hatte, die Gelübde abzulegen. Damit wollte er sich von den gewöhnlichen menschlichen Leidenschaften absetzen, war aber in Wahrheit tiefer von ihnen durchdrungen als jeder andere. Ukifune war aufgefallen, dass es die ruhelosesten und verwirrtesten Menschen waren, die immer wieder in Klausur gingen. Sie machten einen Kult daraus, Buddhas Ruhe zu erlangen. Wirklich erleuchtete Menschen hatten es nicht nötig, endlos über das Unaussprechliche zu schwatzen.

Wenn sie sich nur an Kaorus frömmelndes Getue erinnerte, kochte Ukifune innerlich vor Wut, und dieser Abscheu gab ihr eine gewisse Stärke. Vielleicht war Kaoru sogar persönlich zu dem heiligen Bischof gegangen und hatte ihm die ganze Geschichte entlockt. Warum konnte er die Dinge nicht einfach ruhen lassen? Man hatte angenommen, sie wäre tot, ertrunken im Uji – es hatte sogar eine vorgetäuschte Bestattung gegeben, natürlich ohne Leiche, und diese Zeremonie hatte eine sehr wahre Botschaft verkündet. Denn diese Ukifune war so sicher von ihnen gegangen, als wäre sie tot.

Ukifune strich sich müde mit dem Handrücken über die Stirn und blickte auf die grünen Hügel hinaus. Sie lagen übereinander geschichtet wie die zerknitterten Bahnen eines grünen, weichen Stoffes. Es wurde dunkel, und die Männer hatten die Fackeln angezündet. Die Lichter schwankten, verschwanden und tauchten hinter den belaubten Hügeln wieder auf, als der Konvoi vorüberzog. Es sah aus, als schwärmten Leuchtkäfer umher. Erleichtert sah Ukifune, dass sie sich auf den Weg nach Miyako machten, ohne am Kloster anzuhalten.

In jener Nacht konnte sich Ukifune nicht einmal hinlegen. Sie kniete an ihrem schmalen Tisch, zwang ihre Augen über die Schrift des Sutras, bis die Buchstaben im flackernden Licht verschwommen und schließlich ganz vom Papier hüpften. Erschrocken wurde ihr klar, dass nur das schwache Licht der Lampe verloschen war. Sie war nun überzeugt, sich auf niemanden mehr verlassen zu können, der sie in ihrer Sehnsucht nach Ruhe unterstützen würde.

Im blassen Morgenlicht nahm Ukifune ihre Schreibübungen wieder auf. Da sie in der Provinz aufgewachsen war, hatte sie keine erstklassige Erziehung bekommen, aber ihre Mutter hatte zumindest dafür gesorgt, dass sie schön schreiben konnte. Sie wünschte sich nun, sie hätte mehr Gedichte auswendig gelernt, die ihr jetzt als Arbeitsmaterial dienen könnten. Manchmal war es eine Wohltat, eine Pause von dem groben Chinesisch der Sutras zu machen, um den Pinsel bei dem vertrauten, sanften Fluss der Gedichte zu erholen. Sie tauchte ihn in die Tinte, und die Worte flossen ohne Anstrengung aufs Papier:

Ware kakute ukiyo no naka ni meguru tomo tare ka wa shiramu tsuki no miyako ni
Dass ich noch am Leben bin, durch eine Welt der Trauer treibe, kann dies irgendwer im mondbeschienenen Miyako ahnen?

Ihre Befürchtungen bewiesen sich am nächsten Morgen als berechtigt. Ein Bote Kaorus erschien an der Tür des weitläufigen, alten Gebäudes, in dem die Nonnen lebten.

Die alte Äbtissin war schockiert über diese neue Erkenntnis, dass Ukifune zu einer so wichtigen Persönlichkeit wie dem Taishō Kaoru Verbindungen hatte. Natürlich hatte sie immer geahnt, dass Ukifune nicht einfach ein Mädchen vom Land war, aber dass sie mit Menschen aus den höchsten Rängen der kaiserlichen Gesellschaft verkehrte, war zu viel. Sie warf dem Mädchen unter Tränen vor, ihre Vergangenheit geheim gehalten zu haben, und bat sie inständig, Kaorus Boten zu empfangen. Ihre Bitten bestärkten Ukifune nur darin zu schweigen. Schließlich überredete die alte Nonne, die immerhin die Schwester des Bischofs war, die widerspenstige junge Frau zumindest dazu, einen Blick auf den Jungen zu werfen, der mit Briefen aus der Hauptstadt gekommen war.

Ukifune spähte durch ein verstecktes Fenster, aber sie konnte nur einen gut aussehenden jungen Pagen erkennen, der einen Kieselstein umherkickte. Er drehte sich um. Scharf zog sie die Luft ein, als fühlte sie einen plötzlichen Schmerz: Dieser Junge war ihr jüngerer Halbbruder. Kaoru hatte ihn gewiss in der Hoffnung in seine Dienste aufgenommen, etwas über ihren Aufenthaltsort zu erfahren. Es schmerzte Ukifune sogar noch mehr, den Jungen zu sehen (der ihr einst lieb gewesen war), als ihr klar wurde, dass Kaoru ihn wohl als Spion geschickt hatte. Er könnte ihm bestätigen, dass Ukifune noch am Leben war, und ihm seine Frage beantworten, ob sie sich wirklich als Nonne versteckte. Er wusste, dass der Junge sie erkennen würde.

Womit Ukifune nicht falsch lag. Taishō Kaoru war so misstrauisch, dass er tatsächlich vermutet hatte, Ukifune habe all dies und ihren Tod nur inszeniert, um ihn los zu werden. Insgeheim hoffte er, sie würde irgendwo an einem abgelegenen Ort von Prinz Niou unterstützt – oder vielleicht sogar von einem anderen Liebhaber.

«Ja, so muss es wohl sein», dachte er sich. Er war nicht so naiv, dass man ihm vormachen konnte, Ukifune hätte sich völlig von der Welt losgesagt. Er hatte die Schriften immer so ernsthaft studiert, und trotzdem war er nicht in der Lage gewesen, sich von den Sorgen der Gesellschaft zu lösen, wie sollte da ein träger Schmetterling wie Ukifune diesen Schritt zustande bringen?

Er würde sich großmütig zeigen. Taishō Kaoru träumte davon, wie verlegen Ukifune wäre, wenn er sie aus ihrem Versteck holte. Sie wäre ihm zutiefst dankbar, wenn er anbieten würde, sich trotz ihrer Fehler wieder um sie zu kümmern. Er war schließlich ein beständiger Mann. Alle kannten seinen tadellosen Ruf.

Aber wenn sie nun tatsächlich Nonne geworden war? Dieser Gedanke bereitete ihm Kummer, bis ihm klar wurde, dass dies für ihn vielleicht noch günstiger wäre. Kein anderer

Mann würde sich mehr für sie interessieren, er alleine könnte sie besuchen. Sie würden sich über religiöse Dinge unterhalten – alles natürlich mit dem entsprechenden Anstand – und Gedichte außerordentlichen Bedauerns austauschen. Er müsste sich nicht schuldig fühlen, wenn er ihre Stellwände zur Seite schieben oder sogar ihre Hand halten würde. Er wagte zu hoffen, vielleicht auf diese Art das ideale Objekt zu finden, auf das er seine so lange enttäuschten Sehnsüchte richten könnte. Sie würde nur ihm gehören, aber alles wäre anders als bei diesem lasterhaften Schwerenöter Niou und seinen Frauen. Und das Beste war, seine Leidenschaft würde niemals gestillt, und er müsste sich nicht mit der dann einsetzenden Enttäuschung auseinander setzen.

Je länger Kaoru darüber nachdachte, umso mehr gefiel ihm diese Variante. Sogar ein so skrupelloser Mensch wie Prinz Niou würde es nicht wagen, eine Liebesbeziehung mit einer Nonne einzugehen. Denn das würde die Chancen des Prinzen, als nächster Thronfolger ernannt zu werden, empfindlich schmälern. Der Kaiser beklagte sich bereits jetzt über die Flatterhaftigkeit seines Sohnes.

Auch Prinz Niou hatte im Palast das Gerücht vernommen, Ukifune sei noch am Leben. Sie war verschwunden, als ihre verwirrende Leidenschaft ihren Höhepunkt erreicht hatte. Niou war am Boden zerstört gewesen. Die Gesellschaft schätzte die Tiefe seiner Liebe zu dieser geheimnisvollen Dame von Uji ganz falsch ein, weil er sich über den Kummer ihres Verlustes hinweg half, indem er gleich ein halbes Dutzend anderer Frauen verführte.

Ukifune weigerte sich, den jungen Pagen zu empfangen, aber als der Junge Kaorus Brief überbrachte, fiel sogar der alten

Nonne die Ähnlichkeit zwischen dem hübschen Kerl und der melancholischen jungen Frau auf, die sie gesund gepflegt hatte.

«Kommen Sie doch», lockte sie Ukifune. «Der Junge ist doch offensichtlich mit Ihnen verwandt. Sehen Sie, wie enttäuscht er ist, dass Sie nicht mit ihm sprechen wollen.»

Ukifune hätte am liebsten geschrien: «Lasst mich doch alle in Ruhe!» Sie presste ihr Gesicht in den Ärmel. Schließlich hob sie den Blick und flüsterte der Nonne zu:

«Ich möchte nicht trotzig sein, aber ich habe ihm wirklich nichts zu sagen. Sie wissen, dass ich praktisch tot war, als sie mich gefunden haben, meine Seele war von einem bösen Geist besessen. Alles, was zuvor in meinem Leben geschehen ist, wurde ausgelöscht. Hin und wieder durchfährt mich ein verzerrtes Erinnerungsbild – aber es sind nur kurze Blitze, die durch meinen Kopf zucken.»

Die Äbtissin schüttelte den Kopf. Sie würde dieses verrückte, schüchterne Wesen niemals verstehen.

«Es ist wahr, ich habe diesen Jungen früher vielleicht gekannt», sagte Ukifune. «Aber es ist zu schmerzlich, mich jetzt zur Erinnerung zu zwingen. Bitte schickt ihn weg. Sagen Sie ihm, er habe sich geirrt.»

Mit einem Seufzer rief die Nonne den Jungen zu sich und erklärte ihm die Angelegenheit. Er war wie erwartet höchst enttäuscht und versuchte sie dazu zu bewegen, Ukifune doch noch zu überzeugen.

An ihren Schreibtisch zurückgekehrt, hielt Ukifune den geöffneten Brief von Kaoru in der Hand. Er verströmte jenen seltsamen, außergewöhnlichen Duft, der an allen Dingen haftete, die er berührt hatte. Dieser Duft drang viel tiefer in sie ein als die flehenden Worte seines Briefes. Erinnerungen wurden wach, die nicht mehr richtig zu ihr gehörten.

Man erzählte sich, der Leuchtende Prinz Genji sei ein Meister im Zusammenstellen von Räuchermischungen und sei berühmt für den wunderbaren Duft, der ihn immer umhüllte. Noch heute gab es im Palast alte Damen, die schworen, es sei sein Körper, der so wunderbar dufte. Ukifune wusste, dass der exotische Duft Kaorus von besonderen Duftsäckchen stammte, die er sich in die Kleidung steckte, und sie konnte auch die Geschichten von Genjis natürlichem Duft nicht ganz glauben. Aber was wusste sie schon wirklich über Genji? Er war zu einer Legende geworden, leuchtete nach seinem Tod sogar noch heller, vor allem wenn man ihn mit seinen Nachkommen verglich, die Ukifune nur zu gut kannte – Prinz Niou und Taishō Kaoru. Natürlich war auch Niou berühmt für seinen Duft. Beide hatten Ukifune einst beschuldigt, den jeweiligen Duft des anderen an sich zu haben.

Wie seltsam, dass seine Erben gerade diese besondere Eigenschaft des Leuchtenden Genji übernommen hatten. Von seinem berühmten Glanz konnte sie hingegen nichts erkennen. Man konnte sich kaum einen düstereren und missmutigeren Menschen als Kaoru vorstellen, und was Prinz Niou anging – nun er war gewiss charmant, aber falls er irgendeinen Glanz ausstrahlte, so war es nicht mehr als der Schimmer einer Kerze, die sich im Silber spiegelte. Er hatte nichts Klares oder Beständiges an sich.

Diese Gedanken löste der Duft von Kaorus Brief in Ukifune aus. Die anderen Nonnen hatten sich versammelt, um das wunderbare Papier und Kaorus elegante Kalligraphie zu bewundern. Sie belästigten Ukifune mit ihren Vermutungen, wie sie ihm wohl antworten würde. Eigentlich hatte sie ihm gar nicht antworten wollen.

Sie bemühte sich so sehr, unscheinbar zu wirken, warum

zog sie trotzdem die Aufmerksamkeit dieser Männer auf sich, wie ein großer Baum den Blitz anzieht? Und nicht nur die Männer reagierten so. Die Äbtissin, die Ukifune aufgenommen hatte, als man sie bewusstlos fand, sah in ihr einen Ersatz für ihre eigene Tochter, ein Geschenk des gnädigen Kannon, eine Antwort auf jahrelange Gebete. Natürlich war die alte Frau sehr freundlich gewesen, hatte sie geduldig gepflegt, bis ihre Gesundheit und ihre Sinne wieder hergestellt waren – und Ukifune ließ ihre Sorge und Pflege keineswegs kalt. Und doch war es wieder eine menschliche Bindung, die Ukifune weder gesucht noch gewollt hatte. Warum hatte sie die alte Nonne nicht einfach unter der Zwergkastanie liegen lassen, unter der sie gefunden wurde? Tatsächlich hatten einige der Diener, die an jenem nebelverhangenen Morgen dabei gewesen waren, gesagt, man solle sie besser liegen lassen, denn wer so daliege, sei vermutlich von einem Fuchs verhext und solle lieber nicht berührt werden.

Kurz nach ihrer Genesung hatten die anderen sie eines Abends gefragt, ob sie ein Instrument spiele, und verlegen angesichts ihrer bescheidenen Erziehung hatte Ukifune verneinen müssen. Sie entschuldigte sich und kehrte zu ihren Schreibübungen zurück. Ein weiteres Gedicht floss ihr aus der Feder:

Mi o nageshi   namida no kawa no   hayaki se o   shigarami
kakete   tare ka todomeshi
Ich stürzte mich in den reißenden Strom der Tränen, doch jemand wob ein Netz und bremste meinen Fall.

In jener stürmischen Nacht war Ukifune aus dem Haus geschlichen, mit der festen Absicht, sich vom Ufer in die wilden Fluten des Uji zu stürzen, den der Frühlingsregen noch hatte anschwellen lassen. Sie erinnerte sich noch klar daran, wie sie die Tür öffnete und auf die schmale Veranda schlüpfte, die das Gebäude umschloss. Kein Mond stand am Himmel, und ein kalter Wind wehte ihr die Haare ums Gesicht und die Arme. Sie zögerte. Sie konnte nicht sehen, was vor ihr lag, und doch konnte sie nicht umkehren. Wie lange sie dort stand und frierend um eine Entscheidung rang, wusste sie nicht mehr. Düster erinnerte sie sich an die schemenhafte Figur eines jungen Mannes, der sie in seine Arme nahm, dann verlor sie das Bewusstsein. Als nächstes öffnete sie an einem verlassenen Ort unter einer knorrigen Zwergkastanie ihre Augen. Der Morgennebel umhüllte sie feucht und klamm, sie war bis auf die Knochen durchgefroren.

Hatte sie jemand aus dem Fluss gezogen? Zuerst wusste Ukifune nicht, ob sie sich vielleicht wirklich ertränkt hatte und nun wegen ihrer schweren Sünde, sich das Leben genommen zu haben, zu einer Art Geist geworden war. Die Geräusche eines gewöhnlichen Eichhörnchens, das in sicherer Entfernung auf einer Eiche saß, machten ihr klar, dass es nicht geglückt war. Sie lebte noch. Bitter schluchzend fanden sie so die Diener des Bischofs, die vorübergehend in dem verlassenen Haus Zuflucht gefunden hatten, auf dessen Grundstück Ukifune irgendwie gestrandet war.

Sie hatte ihren Tod durch jede erdenkliche Willensanstrengung erzwingen wollen, sogar die Nahrung verweigert. Aber ihr Lebensfunke wollte nicht verglühen. Genährt wurde er von der Schwester des Bischofs, die darauf bestand, in diesem seltsamen und schönen Findelkind einen Ersatz für ihre verlorene Tochter zu sehen. Zu Ukifunes Ärger hatte sie sogar versucht, in ihr das Interesse für den Hauptmann der Leibwache zu wecken, der einst, vor dem verfrühten Tod des Mädchens, mit ihrer Tochter verbunden gewesen war.

Ukifune wusste, dass sich Kaoru nicht so einfach würde abweisen lassen. Die Sache wäre nicht erledigt, indem sie einfach seinen Brief nicht beantwortete. Außerdem war sie sicher, dass Niou, wenn Kaoru ihren Aufenthaltsort erst einmal kannte, seinen Widersacher nur beobachten würde und bald ebenfalls herausfände, wo sie sich aufhielt. Dann wäre sie wieder genau in der gleichen Zwickmühle, die sie zu ihrer verzweifelten Tat getrieben hatte. Den flehentlichen Bitten der Nonnen zum Trotz weigerte sie sich, für den Jungen auch nur ein Wort niederzuschreiben. Er kehrte mit leeren Händen in die Stadt zurück und zerbrach sich verzweifelt den Kopf darüber, was er seinem Herrn sagen sollte.

Ukifune sehnte sich immer stärker danach zu schreiben, und sie bedauerte es, nur selten die Gelegenheit dazu zu haben. Viele Menschen hatten versucht, sie für sich selbst zu beanspruchen oder sie als Ersatz für jemanden zu nehmen. Ständig musste sie sich irgendwie verausgaben. Das Schreiben schien ihr nun der einzige Weg, um sich zu verweigern.

Sie nahm ihre Schreibübungen wieder auf. Die grüne Landschaft wirkte in der schweren Luft bedrückend. Die jungen Reispflanzen standen kurz vor der Blüte. Neben der seit einiger Zeit nicht gepflegten Hecke entdeckte sie eine einzelne Prachtnelke, die dort ganz alleine blühte. Sie rieb ihren Tuschestab langsam in einem kleinen Gefäß mit Wasser, das sich tiefschwarz verfärbte. Das Grollen eines entfernten Donners zeigte an, dass ein Sommergewitter im Anzug war. Ukifune wusste, dass die anderen Nonnen aufgeregt über die Besucher aus der Stadt flüsterten, die schon bald in ihre ländlich abgeschiedene Welt kämen. Sie rieb noch länger am Tuschestab, bis die Flüssigkeit viel zu dickflüssig war. Also gab sie noch mehr Wasser hinzu.

Kakiho are sabishisa masaru tokonatsu ni tsuyu oki
sowamu aki made wa miji
Die struppige Hecke unterstreicht die Einsamkeit der
Prachtnelke, der Herbsttau wird nicht in sie eindringen, und
den Moment, da deine Augen ihrer müde sind, wird sie nicht
erleben.

Das Gedicht war ihr mühelos aus dem Pinsel geflossen, als
hätte das Schreibgerät eine geheime Verbindung zu ihren Gedanken. Wenn sie die Dinge zu lange in ihrem Kopf hin und
her wälzte, konnte sie überhaupt nichts zu Papier bringen,
aber wenn sie ihre Gedanken einfach schweifen ließ, konnte
ein zarter Riss entstehen, durch den ihre Gefühle hindurch-
schlüpften. Diese Taktik, sich nicht zu bemühen, beherrschte
sie inzwischen schon besser. Vieles wäre ihr sonst gar nicht
bewusst geworden.

Ukifune lächelte, als sie ihre Worte las. Sie konnte Kaoru
kaum ein solches Gedicht schicken, ohne dass er auf falsche
Gedanken kam. Und dann dieses abgenutzte Wortspiel mit
aki – nein, dieser Vers war nicht sehr gelungen. Ukifune hätte
das Gedicht zerknüllt, wäre das nicht Papierverschwendung.
Sie blickte auf die kleine, fedrige Blume hinaus, die erzitterte,
als der Wind auffrischte. Der Himmel hatte sich verdunkelt,
und Ukifune konnte die Nonnen hören, die durchs Haus eilten, um die Läden zu schließen. Ein schwerer Regentropfen
platschte auf die Veranda.

Vielleicht sollte ich hinausgehen und diese Blume pflücken, dachte sie plötzlich, während sie ihren Pinsel reinigte.
Natürlich war es eine sehr unvernünftige Idee, aber Ukifune
war plötzlich von dem Gedanken ergriffen, dass es zu schade
wäre, diese zarte Blüte von dem heftigen Regen in den
Schlamm hämmern zu lassen. Die winzige Blume war der

einzige Farbtupfer in dem erstickenden Grün vor ihrem Fenster. Es machte ihr nichts aus, nass zu werden.

Ein krachender Donner rollte über den Himmel und versetzte die Nonnen in nervöse Panik. Sie stellten sich große, muskulöse Sturmgötter vor, die in den Wolken lauerten und auf den Winden ritten, über ihren Köpfen rollten große Feuerbälle. Die Frauen versammelten sich in der Haupthalle, wo eine Statue von Amida Buddha im schwachen Kerzenlicht eine friedvolle Atmosphäre verbreitete. Dort spielten sie mit ihren Gebetsperlen, stimmten laute Schutz-Mantras an. Unvermittelt zerriss ein lauter Knall die Luft. Alle waren überzeugt, das Gebäude sei in zwei Hälften zerteilt worden, fielen klagend zu Boden und hielten schützend die Hände über den Kopf.

Es donnerte noch einmal, dieses Mal jedoch in größerer Entfernung und ein weiteres Mal noch weiter entfernt. Nach einer Weile schien ihm der Regen zu folgen, das wilde Prasseln verdünnte sich langsam zu einem schwachen Nieselregen. Solange sie die Angst vor dem Sturm beschäftigt hatte, war der alten Nonne nicht aufgefallen, dass Ukifune fehlte. Nun wurde ihr klar, wie sehr der Besuch ihres jüngeren Bruders sie verwirrt hatte. Es war normal, dass sich die Menschen versammelten, wenn sie sich fürchteten, aber dieses Mädchen war nicht normal. Hatte sie sich in ihrem Zimmer zurückgezogen und wagte nicht, sich zu bewegen? Die besorgte Nonne machte sich zum hinteren Teil des Gebäudes auf, um nachzuschauen, wie Ukifune den Sturm überstanden hatte.

Das Zimmer war leer. Die alte Nonne stand verwirrt da, dann durchfuhr sie eine plötzliche Kälte, und sie rief die anderen. Hat irgendjemand Ukifune gesehen?, erkundigte sie sich. Sie durchsuchten alle Zimmer des Klosters, öffneten die Klappfenster, riefen ihren Namen. Ukifunes Pinsel, Tinte und Papier lagen ordentlich auf ihrem Schreibtisch, aber von dem Mädchen selbst fehlte jede Spur. Die alte Nonne brach klagend zusammen. Ihre schlimmsten Befürchtungen hatten sich bewahrheitet – der böse Geist, der dieses Mädchen ursprünglich geraubt und ihr die Erinnerungen an ihr früheres Leben genommen hatte, war unter dem Schutz des Donners zurückgekehrt, um sie sich zu holen. Warum war sie nicht beim ersten Heulen dieses unglücklichen Windes sofort an Ukifunes Seite geeilt? Die alte Nonne machte sich Vorwürfe und war untröstlich. Hätte sie das Mädchen nur unter den Schutz der Statue Kannons mitgenommen, dann wäre dies nicht geschehen. Auch die anderen Nonnen waren verzweifelt.

Kurz bevor der Abend dämmerte, brachen die goldenen Strahlen der Sonne durch die Wolken, und der Gärtner ging hinaus, um die Sturmschäden festzustellen. Da sah er, dass die alte Eiche bei der verlassenen Hecke vom Blitz getroffen war. Der Baum war praktisch zweigeteilt worden, der Boden war mit Ästen, Blättern und Holzstückchen übersät. Er schüttelte den Kopf, dann wurde seine Aufmerksamkeit auf einen grauen Haufen neben dem gespaltenen Stamm gelenkt.

Ukifune war bewusstlos oder sogar tot.

Die Äbtissin befürchtete das Schlimmste. Erschüttert ließ sie den zarten Körper ins Haus bringen und auf einige weiche Decken betten. Immer wieder hatte sie sich ausgemalt, wie Ukifune von den mächtigen Menschen, die sie in ihrem früheren Leben geliebt hatten, wieder in die hohe Gesellschaft eingeführt würde. Sie hatte Ukifunes Weigerung, diese Verbindungen anzuerkennen, unmöglich ernst nehmen können. Die Nonne hatte ihren Starrsinn der Wirkung des bösen Geistes zugeschrieben. Nun sah sie ein, dass sie mit ihren eigenen Überredungsversuchen dem Geist leichtes Spiel verschafft hatte. Sie hatte das Mädchen überzeugen wollen, ihre früheren Bindungen wieder aufzunehmen, und das hatte dazu geführt, dass das donnernde Übel sie hatte erwischen und brechen können. Warum war sie so blind gewesen?

Ukifune lag drei Tage im Koma. Während dieser Zeit wich die Äbtissin nicht von ihrer Seite, suchte nach den leisesten Anzeichen, dass der Geist der jungen Frau noch in ihrem geschundenen Körper lebte. Die alte Frau fühlte sich zutiefst verantwortlich und schwor zu Kannon, alles zu tun, damit das Mädchen endlich nach ihren Gelübden leben könnte, sollte es ein zweites Mal von den Toten zurückkehren. Sie tröpfelte Ukifune vorsichtig aus einem zusammengedrehten Tuch Wasser in den Mund und freute sich darüber, dass die Kehle des Mädchens arbeitete und das Wasser schluckte.

Am Morgen des vierten Tages öffnete Ukifune ihre Augen. Sie hörte, wie die Äbtissin vor Freude aufschrie, und sie spürte, wie weiche, trockene Hände ihr Gesicht berührten. Sie roch den vertrauten Sandelholzgeruch, vermischt mit dem säuerlichen Atem der alten Nonne. Trotzdem taumelten ihre Sinne noch immer. Sie spürte zwar, wie sie ihre Augenlider bewegte, aber trotzdem blieb alles dunkel. Ukifune griff nach der Hand der alten Frau, und die Nonne bemerkte in ihrer Erleichterung und Freude über die Reaktion ihrer Patientin erst am Nachmittag, dass Ukifune erblindet war.

Im Laufe des Sommers erholte sich Ukifune langsam wieder. Ihre Augen verweigerten den Dienst, aber der wilde Blitzschlag, der durch ihren Körper gefahren war, hatte ihre anderen Sinne geschärft. Kurz bevor sie sich ausgestreckt hatte, um die Blume unter der Eiche zu pflücken, hatte ein seltsam schwerer Geruch in der Luft gelegen, diesen Duft konnte sie noch immer riechen. Sie wusste, dass es Prinz

Niou gelungen war, das Kloster ausfindig zu machen, denn eines Nachmittags trug der Wind eine Spur seines Parfums zu ihr. Vielleicht hatte er die Nonnen überzeugt, ihm einen kurzen Blick auf sie zu gewähren – sie wusste es nicht, auf jeden Fall sprach er nicht mir ihr und hinterließ ihr auch keine Nachricht. Und dann war der Duft verschwunden.

Niou konnte es kaum erwarten, nach dem Gespräch mit Kaoru seinem Instinkt zu folgen. Der Taishō hatte vielleicht angenommen, es sei ihm erfolgreich gelungen, jeden Hinweis auf sein Wissen über Ukifunes Aufenthaltsort zu verschleiern. Aber für einen Diener Nious war es ein Kinderspiel gewesen, Kaorus Mann über die Hügel nach Ono zu verfolgen. Dort angelangt, hatte er nur eine der jungen Dienerinnen in ein Gespräch verwickeln müssen, um die ganze Geschichte zu erfahren. Also wusste der Prinz nun, wo sie sich aufhielt. Nun musste er sich nur noch eine Entschuldigung für den Kaiser und die Kaiserin ausdenken, weshalb er sich für einen Tag vom Palast entfernen würde. Sie schienen in jenen Tagen jeden seiner Schritte zu verfolgen. Zu Beginn des Herbstes hatte Niou endlich eine einleuchtend klingende Erklärung. Er gab vor, einen Tempel in der Nähe zu besuchen, und es gelang ihm, nach Ono zu kommen.

Die Äbtissin des Klosters war ungewöhnlich hart, als er sie bat, Ukifune sehen zu dürfen. Niou war gewöhnt, von Frauen freundlich empfangen zu werden, weshalb es ihn erstaunte, so streng abgewiesen zu werden. Er tat, als wolle er abreisen, und ließ seinen Charme schließlich bei einer der jüngeren Nonnen spielen. Er konnte sie überzeugen, ihn in eine Ecke des Gartens zu bringen, von wo er einen guten Blick in Ukifunes Zimmer hatte.

Gut, dass er all dies auf sich genommen hatte, sagte sich

Niou später. Sonst hätte er sich ewig nach etwas gesehnt, das nicht mehr existierte. Die Geschichte, wie Ukifune vom Blitz getroffen und erblindet war, hatte ihn schockiert. Hätte er es nicht mit eigenen Augen gesehen, er hätte es nicht geglaubt, sondern angenommen, Kaoru hätte sich diese Geschichte ausgedacht, um ihn fern zu halten. Der Anblick der blinden Augen ließ ihn zusammenzucken. Leise schlich er davon. Es hatte keinen Sinn, ihr ein Gedicht zu schicken, sie würde es nicht lesen können. Es war besser, wenn sie nie etwas von seinem Besuch erfahren würde.

Kaoru hörte durch seine Verbindung zum Bischof natürlich sofort von Ukifunes Unfall. Man überzeugte ihn, dass es besser wäre, nicht sofort nach Ono zu eilen. Er wurde in der Tat immer wieder aufgehalten, hatte zahlreiche offizielle Pflichten zu erledigen, sodass er sich erst gegen Ende des Herbstes auf die Reise machen konnte. Er legte einen Zwischenhalt bei dem Bischof in seinem Rückzug in den Bergen ein.

«Nach allem, was geschehen ist», sagte der Bischof, «ist es vermutlich das Beste, dass sie ihre Gelübde bereits abgelegt hat.»

«Trotzdem kann es doch nichts schaden, wenn ich sie jetzt besuche?», fragte Kaoru. Er brachte es nicht fertig, sich nach den Folgen des Unfalls zu erkundigen, aber er nahm an, dass Ukifune schrecklich entstellt war. Ob er sie trotzdem noch lieben könnte?

Ukifune saß auf der Veranda, die auf den Garten hinausging, und spürte, wie ihr der kühle Herbstwind übers Gesicht strich. Es war der Tag vor der Tagundnachtgleiche, und die Nonnen waren eifrig mit den Vorbereitungen für die Zeremonien beschäftigt. Niemand hatte Zeit, um ihr vorzulesen. Sie lauschte der Glockengrille, dem Weberkäfer und dem Kirigi-

risu. In den letzten Jahren war es für sie immer ein undefinier-
bares Herbstkonzert der Insekten gewesen, aber nun nahm
sie feine Unterschiede in ihrem Zirpen und Rufen wahr. Es
fiel ihr auf, wie die Schreie der Insekten schriller wurden,
wenn die Temperatur fiel.

Ein Küchenmädchen hatte Ukifune einen Strauß Chrysanthemen gebracht, den sie von Zeit zu Zeit an ihr Gesicht hob,
um den bittersüßen Duft tief einzuatmen.

«Was haben sie für eine Farbe?», fragte sie das Mädchen.

«Sie sind weiß und gelb, andere sind weiß mit gelben Augen, rotbraun oder weiß mit violetten Unterseiten …»

Das Mädchen legte Ukifunes Hand auf jede der Blüten, die
sie beschrieb.

«Ich habe gehört, der Tau dieser Blumen soll sehr gut für
Sie sein», sagte sie schüchtern. «Vielleicht können Sie etwas
davon auf Ihre Augen reiben, meine Dame.»

Ukifune lächelte das Bauernmädchen an. «Vielleicht»,
sagte sie. «Ich danke ihnen.»

Sie hörten, wie am Tor ein Wagen und Pferde ankamen.

«Das muss der Priester sein, der das Singen der Sutras leiten wird», sagte das Mädchen. In diesem Moment wurde sie
von einer zornigen Dienerin gerufen, die auf der Suche nach
Stofffetzen war, um die Asche von den Räuchergefäßen auf
dem Altar wegzuwischen.

Ukifune legte die Chrysanthemen in ihren Schoß und
sagte dem Mädchen, es solle sich beeilen. Sie fuhr mit den
Fingern über die Blüten – einige waren prall, andere weich
und eher schlaff. Schließlich stieg ihr ein anderer Duft in die
Nase, eine aparte Mischung aus Muskat und Aloe, mit einer
Spur Gewürznelke, so vertraut, dass sie meinte zu träumen.
Der zarte Duft ließ Erinnerungen in ihr wach werden. Dann
hörte sie Stimmen – die Äbtissin, beinahe hysterisch, aber

wem gehörte die tiefe Stimme, die in so drängendem Tonfall sprach?

Kaoru. Natürlich, sein Duft.

Sie blieben vor ihrem Zimmer stehen. Die alte Nonne hatte eingesehen, dass Kaoru fest entschlossen war, Ukifune zu sehen, und sie ihn durch nichts davon abbringen würde. Es blieb ihr nur noch die Möglichkeit nachzugeben. Es war höchst ungehörig, und sie würde mit ihrem Bruder, dem Bischof, über dieses Benehmen sprechen. Auch wenn er in Miyako ein einflussreicher Mann war, so gab es doch Grenzen. Auf jeden Fall würde sie das Mädchen nicht mit ihm alleine lassen.

Gleichzeitig überlegte die Nonne, dass dieses Treffen vielleicht gar keine so schlechte Idee war – sollte Kaoru sie doch sehen und sich mit ihr unterhalten. Dann würde er endlich einsehen, dass Ukifune nicht mehr der Mensch war, in den er sich einst so hoffnungslos verliebt hatte. Dann würde er sie in Ruhe lassen, und das Mädchen könnte endlich ihren Frieden finden.

In diesen inneren Dialog vertieft, öffnete die Äbtissin die Tür. Ukifune bewegte sich nicht, hielt die Chrysanthemen in der Hand, das Gesicht gen Garten gewendet. Kaoru konnte sich nicht an dem Bild satt sehen, sie aber schaute ihn nicht an. Natürlich nicht, erinnerte er sich. Sie war blind. Er sah sie kühn an, beachtete die alte Frau überhaupt nicht, die ihm dicht an den Fersen klebte. Ja, sie hatte diesen leeren Blick der Blinden, aber ansonsten war ihre Schönheit unverändert. Kaoru war erleichtert. Leise sagte er zu ihr, sie brauche sich nicht zu fürchten. Er spüre ihre geistige Verwandtschaft nun stärker als je zuvor. Ukifune schien seinen Worten zu lauschen, obwohl sie kaum reagierte.

Worüber redet der Taishō nur, fragte sich die Äbtissin,

während sie diese seltsame Szene beobachtete. Wie sieht die Verbindung zwischen diesen Karmas aus?

Es wurde spät, und die alte Nonne musste sich dem Priester anschließen, um die Sutras zu singen. Der Geistliche war kurz nach Kaoru eingetroffen und wartete geduldig darauf, dass er den Gottesdienst beginnen konnte. Sie bat den Taishō, er möge nun gehen, und zu ihrer Überraschung folgte er ihr nach draußen.

«Nun sehen Sie, wie die Dinge liegen, mein Herr», sagte die Äbtissin. «Es hat wirklich keinen Sinn, das Mädchen zu irgendetwas überreden zu wollen. Es ist zu viel geschehen.»

«Ja», antwortete Kaoru. «Ich habe es gesehen. Aber ich liebe sie trotzdem noch, und ich bin sicher, dass Sie nichts dagegen haben, wenn ich von Zeit zu Zeit vorbeikomme.»

Sie war zu sehr in Eile, um sich zu streiten, also verbeugte sich die Äbtissin vor Kaoru und entschuldigte sich, sie müsse zu den anderen Nonnen eilen. Kaoru brach auf, fühlte sich seltsam fröhlich. Ihm gefiel diese neue Ukifune sehr. Er fühlte sich etwas schuldig, dass er sie nun anschauen konnte, ohne dabei erröten zu müssen, wie es ihm sonst mit Damen im Palast passierte. Sie konnte nicht sehen, wie er sie anschaute. Und sie war eine gute Zuhörerin. O ja, er freute sich darauf, das Kloster in Ono in der Zukunft zu besuchen. Er entspannte sich und genoss den wunderbaren Anblick der mit Ahornbäumen überwucherten Hügel auf dem Weg zurück in die Hauptstadt.

In ihrer Dunkelheit hatte Kaorus Parfum Ukifune beinahe die Luft abgeschnürt. Seit sie der grelle Blitz getroffen hatte, ließen sich ihre Sinne von starken Reizen verwirren. Der Duft des Taishō war so schreiend, dass sie sich kaum auf den sanften Fluss der Worte, den er in ihr Ohr strömen ließ, konzentrieren konnte. Unverankerte Worte, dachte sie. Wilde, treibende Worte. Kaorus Problem war, dass er die Worte mit der Realität verwechselte. Es war eine Sache, die man nicht – nun, nicht mit Worten erklären konnte. Deswegen hatte sie die meiste Zeit geschwiegen. Von ihrem undurchdringlichen schwarzen Schirm geschützt, fühlte sie sich nicht mehr gejagt, und Kaoru tat ihr beinahe Leid. Er war es, der in der Dunkelheit trieb, und nicht sie.

Draußen war es dunkel geworden. Ukifune merkte, dass sich der Abend senkte, wenn sie hörte, wie die Nachtsänger die Tagessänger ablösten. Auch die Nachtluft fühlte sich anders an. Sie griff nach der Tür zu ihrem Zimmer und zog sie auf, ließ die Herbstluft herein, damit sich alle Spuren des Duftes, der noch in der Luft hing, verflüchtigten.

Nachbemerkung

Mit sechzehn Jahren las ich zum ersten Mal Arthur Waleys klassische Übersetzung des Liebesromans, in dessen Zentrum der Leuchtende Prinz Genji steht. Ich las langsam, ließ mir den ganzen Sommer Zeit, und jedes Mal, wenn ich das Buch öffnete, reiste ich im Geiste von einer feuchten Gartenlaube in Indiana an den japanischen Kaiserhof vor tausend Jahren, in eine Welt voll poetischer Empfindsamkeit. Ich war hingerissen davon, in eine Welt entführt zu werden, die nicht im Entferntesten etwas mit meinem Leben als Teenager irgendwo im Mittleren Westen im zwanzigsten Jahrhundert zu tun hatte. Seit damals habe ich *Die Geschichte vom Prinzen Genji* unzählige Male wieder gelesen: in den vielen englischen Übersetzungen ebenso wie in modernem Japanisch.

Murasaki Shikibu faszinierte mich mit der Zeit immer mehr. Laut der Legende begann sie ihre Geschichten über den Prinzen Genji im Ishiyama-Tempel. Sie hatte sich dorthin zurückgezogen, um zu beten, als sie im hellen Schein des Vollmondes plötzlich die Inspiration überkam. Tatsächlich kann man in diesem Tempel heute einen «Genji-Raum» bewundern, in dem eine lebensgroße Murasaki-Puppe an einem Schreibtisch sitzt, und ein reizendes kleines Mädchen, das ihre Tochter Katako darstellen soll, schielt im Hintergrund hervor. Das alles ist natürlich nicht verbürgt, aber die Japaner haben das dringende Bedürfnis, ihr an einem ganz bestimmten Ort zu huldigen. Die historische Figur Murasaki Shikibu blitzt in den Fragmenten ihres überlieferten Tagebuchs auf, und in mehreren Brechungen schimmert ihr Bild auch zwischen den Zeilen ihres literarischen Werks *Die Geschichte vom Prinzen Genji* hindurch – aber solange nicht irgendwelche längst verschollenen Manuskripte nach einem Jahrtausend der Dunkelheit wieder ans Licht kommen, gibt es keine weiteren gesicherten Fakten über sie.

Niemand weiß, warum einige Teile ihres Tagebuchs die Jahrhunderte überstanden und andere nicht. Vielleicht zerstörte Murasaki selbst Teile ihres Tagebuchs und ihrer Briefe, oder vielleicht taten es ihre Nachkommen. Oder vielleicht wurden die zarten Notizbücher in einem der zahlreichen Feuer zerstört, die durch das alte Kyōto zogen – eine Stadt, die größtenteils aus Holz und Papier erbaut war. Die verlockende Aussicht, dass sie während ihres außergewöhnlichen Lebens vermutlich noch viel mehr über ihre Geschichte festgehalten hatte, spornte mich dazu an, mir ihr Leben vorzustellen.

Dank eines Stipendiums der Japan Foundation konnte ich im Herbst 1998 zwei Monate lang in Kyōto nach Spuren des Miyako des elften Jahrhunderts suchen. Ich legte Blumen und Räuchermischungen an Murasakis Grab nieder und besuchte den Tempel Rōzanji, der an der Stelle erbaut sein soll, wo sie geboren wurde. Murasakis Gedichte, die mir inzwischen so vertraut waren, fand ich dort im Hof als steinerne Inschrift. Im Innern der Tempelanlage ist ein Garten namens «Genji no tei» verborgen. Der Boden dieses Gartens ist mit weißen Kieselsteinen übersät, und aus Moosinseln wachsen

Kiefern. Nur während eines Monats sieht man dort Farben: das Murasaki-Violett der Glockenblumen, die nur im September blühen.

Mit dem Fahrrad fuhr ich entlang des Kamo-Flusses Richtung Norden. Weiße und große blaue Reiher wateten in den Untiefen des Flusses und fingen Fische, schillernde schwarze Libellen schwirrten umher. Ein einziges Mal sah ich einen blauen Juwel, einen wandernden Eisvogel, der sich im Schilf niedergelassen hatte. Ich erreichte den oberen Kamo-Schrein, der für die Menschen zu Murasakis Zeiten eine so große Bedeutung gehabt hatte und noch heute ein heiliges shintoistisches Zentrum ist. Es heißt, Murasaki habe ihre *Geschichte vom Prinzen Genji* in der Nacht des vollen Erntemondes begonnen. Genau in dieser Nacht ging ich zum unteren Kamo-Schrein, um mir eine Bugaku-Vorführung, eine Mischung aus Tanz und Musik, anzuschauen – genau jene Art von Unterhaltung, die auch Murasaki genossen hätte. Wolkenfetzen zogen schnell über das fahle Gesicht des Vollmondes.

Die Heian-kyō-Palastanlage bildete im elften Jahrhundert ein großes, offenes Rechteck im Zentrum von Kyōto; heute liegt das Zentrum etwas weiter östlich. Mit Erlaubnis des Kaiserlichen Haushaltsamtes machte ich einen Rundgang in den Nachbildungen der Gebäude aus der Heian-Zeit. Auf den Spuren meiner Heldin unternahm ich auch eine Reise nach Echizen. Am südlichen Zipfel des Biwa-Sees stieg ich in ein Ausflugsboot und nahm dann am östlichen Ufer des Sees den Zug. Mit einer kleinen Bahn reiste ich über die Shiozu-Berge, über die Hokuriku-Straße nach Tsuruga und weiter in die Stadt Takefu, wo Tametoki als Gouverneur tätig war. Wieder in Kyōto, stieß ich auf die «Murasaki-Shikibu-Gesellschaft». Diese Gesellschaft unterstützt die unterschiedlichsten Projekte zu den Genji-Geschichten. Dort hörte ich diverse Vorträge über Aspekte der Heian-Kultur und nahm an einer Diskussion mit Setouchi Jakuchō über ihre neue Genji-Übersetzung ins moderne Japanisch teil. Ich besuchte die westlichen Hügelzüge von Arashiyama sowie die östlichen Hügelzüge, wo der Kiyomizu-Tempel liegt. Und ich reiste nach Uji, in den Ishiyama-Tempel und nach Suma.

Die letzten zehn Kapitel von Murasaki Shikibus *Die Geschichte vom Prinzen Genji*, die so genannten Uji-Kapitel, werden heute von vielen als ihr bestes Werk betrachtet, obwohl sie ziemlich unvermittelt abbrechen. Natürlich haben die Menschen über die Jahrhunderte spekuliert, Murasaki könnte mehr geschrieben haben.

Die Stadt Uji, ungefähr fünfundvierzig Minuten Zugreise von Kyoto entfernt, hat an zehn Orten in der Gegend Steindenkmäler aufgestellt, die an Ereignisse aus diesen Kapiteln erinnern. Dort wurde kürzlich auch das Genji-Monogatari-Museum eröffnet, wodurch noch mehr Touristen in diese Gegend gelockt werden, die auch für ihren Tee berühmt ist.

Das japanische Wort «Monogatari» bedeutet Geschichte – wörtlich «das Erzählen von Dingen». In die *Monogatari* wurden wahre Ereignisse und Tatsachen verwoben, dennoch galten sie als Fiktion. Die epische *Geschichte vom Prinzen Genji (Genji Monogatari)* aus dem elften Jahrhundert ist die berühmteste ihrer Art.

Aus den überlieferten Fragmenten des Tagebuchs von Murasaki Shikibu habe ich einen fiktiven Lebensbericht geschaffen. Dabei bin ich ähnlich vorgegangen wie die Archäologen: Wenn man eine alte Vase rekonstruiert, töpfert man um die aufgefundenen Scherben herum ein modernes Tongefäß – in diesem Sinne könnte man meine Arbeit als literarische Archäologie bezeichnen. Wie die Vase auszusehen hat, wird von der Form der Scherben bestimmt – aus diesem Grund ist mein Buch in der Form eines poetischen Tagebuches gehalten. Diese literarische Gattung war zu Murasakis Zeiten weit verbreitet. Die Worte und Sätze des rekonstruierten Werkes sind zwar neuen Datums, aber ich habe sie mit den Emotionen, Überzeugungen und Problemen des elften Jahrhunderts durchtränkt.

Alle Gedichte stammen von Murasaki oder von Menschen, mit denen sie in poetischem Austausch stand. Einander Gedichte zu schicken, war eines der wichtigsten Verständigungsmittel zwischen Frauen und Männern in Murasakis Kreisen. Die Gedichte folgten einem vorgegebenen Versmaß, das man Waka nennt (ein Vorläufer des Haiku). Murasakis Wakas, die als Gedichtsammlung die Jahrhunderte überstanden haben, sind zumeist mit kurzen Einleitungen versehen, die Hinweise auf die Umstände geben, in denen die Verse gedichtet wurden. Auf diesen Hinweisen habe ich meine Geschichte aufgebaut.

Ich habe mir vorgestellt, dass Murasaki diese Memoiren am Ende ihres Lebens schrieb und dass ihre Tochter Katako sie nach dem Tod ihrer Mutter fand.

Anders als Murasaki, deren Jahre in Kaiserin Shōshis Dienst von zwiespältigen, oftmals schmerzlichen Beziehungen geprägt waren, machte Katako im Palast richtiggehend Karriere. Sie war für ihre Dichtung und für ihre Schönheit berühmt, und viele hochrangige Männer machten ihr den Hof. So diskret sie ihre Affären handhabe, sie brachten ihr viele Vorteile. So wurde sie zum Beispiel Amme des kaiserlichen Prinzen. Katako wurde sogar in den Dritten Rang gehoben – weder ihre Mutter noch ein anderes Mitglied der Familie hatte jemals einen so hohen Rang inne gehabt. Im Jahr 1045 ernannte man sie zur Obersten Kammerjungfer. Siebenunddreißig ihrer Gedichte wurden in kaiserliche Sammlungen aufgenommen.

Ihre einzige Tochter schrieb nie etwas.

Liza Dalby

Danksagung

«Pflaumenblüten im Schnee» ist zwar ein Roman, aber große Teile von Murasakis überliefertem Tagebuch sowie beinahe alle Wakas aus ihrer Gedichtsammlung sind darin enthalten. Richard Bowring hat eine hervorragende kommentierte englische Übersetzung und Interpretation dieses Werkes vorgelegt: *Murasaki Shikibu, Her Diary and Poetic Memoirs* (Princeton University Press, 1982). Dieses Buch gibt es zudem in einer überarbeiteten Fassung, ohne die Gedichte, unter dem Titel *The Diary of Lady Murasaki* (Penguin, 1996).

Leser, die sich mit der Heian-Literatur auskennen, werden in meinem Roman Bezüge zur *Geschichte vom Prinzen Genji* entdecken, dessen Entstehungsgeschichte ich in meine Version von Murasakis Leben eingebaut habe. Wer den Genji-Roman lesen möchte, sollte sich an die gelungene Übersetzung von Oscar Benl halten, die einzige aus dem Japanischen ins Deutsche übertragene Fassung. Des weiteren ist einiges dem *Kopfkissenbuch* von Sei Shōnagon (übersetzt von Mamoru Watanabe, Zürich, 1952) und dem *Nachsommer-Tagebuch* der so genannten «Mutter von Michitsuna» entnommen. Einen Großteil der historischen Informationen habe ich aus dem Buch *A Tale of Flowering Fortunes (Eiga Monogatari)*. Dieses beeindruckende Werk gilt als das historische Gegenstück zur *Geschichte vom Prinzen Genji*. Den Arbeiten all dieser bedeutenden Wissenschaftler gilt mein großer Respekt und Dank.

Ich habe weiterhin Fachliteratur aus dem Gebiet der Heianzeitlichen Literatur konsultiert. Danken möchte ich: Doris Bargen, Karen Brazell, Norma Field, Aileen Gatten, G. Cameron Hurst, Edward Kamens, Donald Keene, Earl Miner, Joshua Mostow, Andrew Pekarik, Esperanza Ramirez-Christensen und Haruo Shirane. In Kyōto gestattete mir Ohara Kiyoko großzügigerweise, ihre Genji-Studiengruppe auf ihre Exkursion zu den berühmten Stellen in Uji zu begleiten. Im Stile Genjis hat mir Professor Ike Kōzō von der Chūbu-Universität eine Kalmuswurzel geschickt, nachdem ich ihn gefragt hatte, wie diese Pflanze aussieht.

Dankbar bin ich auch Margaret Corrigan, Marie Dalby, Jennifer Futernik, Arthur Golden, Carolyn Grote, Kathy Kunst, Gaye Rowley, Cathleen Schwartz, John Stevenson und Nan Talese. Sie alle haben mir geholfen zu verstehen, was die Leser über Murasaki wissen möchten.

Professor H. Mack Horton, Helen McCullough, Joshua Mostow und Patricia Fister haben freundlicherweise frühe Entwürfe gelesen, mich ermutigt und mir wichtige Ratschläge gegeben. Und Professor Doris Bargen war mir während der ganzen Zeit eine anregende und kritische Freundin. Wie immer hat mich mein Mann Michael mit seiner uneingeschränkten Liebe begleitet und mich in meiner Arbeit unterstützt.

Liza Dalby
Berkeley, Kalifornien, 1999

Personenverzeichnis

Amida Buddha: Der Buddha des Reinen Landes. Dort hofften die Menschen durch ihren Glauben an Amida wieder-
geboren zu werden.

Atsuhira, Prinz (1008–1036): Herrschte als Kaiser Go-Ichijō
von 1016 bis 1036. Sohn von Ichijō und Shōshi, Enkelsohn
Michinagas.

Atsuyasu, Prinz (999–1018): Sohn von Kaiser Ichijō und seiner ersten Kaiserin Teishi. Zugunsten von Shōshis Söhnen
verhinderte Michinaga, dass Atsuyasu zum Kronprinzen
ernannt wurde.

Bishi, Prinzessin (1000–1008): Tochter von Kaiser Ichijō und
Teishi, die während der Geburt der Prinzessin starb.

Chifuru: Murasakis Freundin aus Kindertagen.

Dainagon, Dame: Nichte von Rinshi, stand im Dienste der
Kaiserin Shōshi. Es war bekannt, dass sie die Geliebte von
Michinaga war.

Fuji: Murasakis Kosename in ihrer Kindheit.

Fuyutsugu, Fujiwara (775–826): Wichtiger Minister während
der Herrschaft des Kaisers Nimmyō. Er entwickelte einen
festen Kanon des Räucherwerks. Er war der Urahne aller
bedeutenden Fujiwaras.

Genshi (891?–1002): Geliebte des Kronprinzen Okisada,
Schwester von Korechika.

Ichijō, Kaiser (980–1011): Der 66. Kaiser Japans. Seine Herrschaft umspannte beinahe das ganze Leben Murasakis.

Izumi Shikibu: Eine bekannte Dichterin und Zeitgenossin von Murasaki Shikibu.

Jyo, Meister (Jyo Shichang): Ein chinesischer Beamter, der eine Delegation nach Echizen leitete, um eine Gruppe schiffbrüchiger Matrosen im Jahr 997 nach China zurückzugeleiten.

Kaneie, Fujiwara (929–990): Ein mächtiger Mann, der den alleinigen Zugriff der Fujiwara-Familie auf die Regentschaft konsolidierte. Vater der Kaiserin Senshi und von drei Söhnen, die alle zum Regenten ernannt wurden: Michitaka, Michikane und Michinaga. Untreuer Ehemann der Autorin des *Nachsommer-Tagebuchs*.

Kanetaka, Fujiwara (985–1053): Sohn Michikanes. Schirmherr von Murasakis Tochter Katako.

Katako (999–1083?): Murasakis einziges Kind. Katako war in ihrer Karriere bei Hof und in ihrer literarischen Karriere äußerst erfolgreich.

Kazan (968–1008): Regierte als 65. Kaiser für nur zwei Jahre, bevor ihn Michikane durch eine List dazu bewegte, die Tonsur zu empfangen.

Kenshi (994–1027): Zweite Tochter von Michinaga und Rinshi, jüngere Schwester von Shōshi. Sie wurde Kaiserin, als ihr Mann nach Kaiser Ichijōs Tod im Jahre 1012 den Thron bestieg.

Kerriarose: Murasakis Freundin aus ihrer Jugendzeit, die Nonne wurde.

Kintō, Fujiwara (966–1041): Eine der maßgebenden Figuren des kulturellen Lebens am Hof zu Lebzeiten Murasakis. Bekannt als Gelehrter, Musiker, Literaturkritiker und Dichter, schrieb sowohl auf Japanisch wie auf Chinesisch.

Kodayū: Bekannte zeitgenössische Dichterin und gleichzeitig mit Murasaki als Palastdame im Dienst.

Korechika, Fujiwara (973–1010): Sohn des Regenten Michitaka, Bruder von Kaiserin Teishi.

Koshōshō (?–1013?): Hofdame im Dienste der Kaiserin Shōshi, enge Freundin Murasakis, langjährige Geliebte von Michinaga.

Michinaga, Fujiwara (966–1027): Sohn von Kaneie, übernahm die Regentschaft nach dem Tod seines Bruders Michikane. Der Mächtigste der Fujiwara-Regenten. Vater von Kaiserin Shōshi und zwei weiteren Kaiserinnen.

Michitaka, Fujiwara (953–995): Sohn von Kaneie, Vater von Kaiserin Teishi und Korechika, Regent von 990 bis 995.

Ming-gwok: Murasakis Freund und Sohn von Meister Jyo.

Murakami (926–967): Der 62. Kaiser. Seine zwanzigjährige Herrschaft galt als Epoche, in der die Künste blühten.

Murasaki (Murasaki no Ue): Figur in dem Roman *Die Geschichte vom Prinzen Genji.*

Murasaki Shikibu (973?–?): Autorin des Romans *Die Geschichte vom Prinzen Genji.*

Nobunori, Fujiwara (980?–1011): Murasakis jüngerer Bruder.

Nobutaka, Fujiwara (950?–1011): Murasakis Ehemann.

Norimichi, Fujiwara (996–1075): Michinagas und Rinshis zweiter Sohn.

Okisada (976–1017): Kronprinz. Er bestieg nach Ichijōs Tod als Kaiser Sanjō den Thron.

Rinshi, Minamoto (964–1053): Michinagas Hauptfrau und Mutter seiner sechs attraktiven und intelligenten Kinder – zwei Söhne und vier Töchter.

Ruri: Murasakis besondere Jugendfreundin.

Saemon no Naishi: Eine Hofdame.

Saishō: Eine hochrangige Dame im Dienst Kaiserin Shōshis.

Sanenari, Fujiwara (975–1044): Stellvertretendes Oberhaupt im Haushalt Ihrer Majestät. Nach verschiedenen Einträgen in ihrem Tagebuch zu schließen, scheint Murasaki von ihm recht eingenommen gewesen zu sein.

Sei Shōnagon (966?–?): Autorin einer Sammlung brillanter kurzer Essays, die als *Das Kopfkissenbuch (Makura no Sōshi)* bekannt sind. Darin hielt sie ihre beißenden Beobachtungen der Menschen und des Lebens im Palast sowie ihre Naturbeobachtungen fest.

Shōshi (988–1074): Älteste Tochter von Michinaga und Rinshi. Wurde im Alter von dreizehn Jahren mit Kaiser Ichijō verheiratet. Mutter zweier Kaiser.

Senshi (962–1001): Kaiserswitwe, Tochter von Kaneie, Schwester von Michinaga, Mutter von Kaiser Ichijō. Eine einflussreiche politische Figur, nachdem ihr Sohn im Jahre 986 den Thron bestieg.

Takaie, Fujiwara (979–996): Sohn Michitakas, Bruder von Korechika, mit dem er zusammen verbannt wurde, weil er Michinaga in die Quere kam.

Takako: Murasaki Shikibus ältere Schwester.

Tametoki, Fujiwara (945?–1020?): Murasakis Vater.

«Tante»: Autorin des *Nachsommer-Tagebuchs*, entfernt verwandt mit Murasaki.

Teishi (976?–1000): Tochter von Michitaka, Schwester von Korechika, erste Kaiserin von Ichijō.

Yorimichi, Fujiwara (992–1074): Ältester Sohn von Michinaga und Rinshi.

Liza Dalby
Geisha
(rororo 22732)
Der Erlebnisbericht einer
Amerikanerin, die sich in
Japan zur Geisha ausbilden
ließ, beschert uns einen Einblick in eine faszinierende
fremde Welt.

Janice Deaner
Als der Blues begann Roman
(rororo 13707)
«Janice Deaner ist mit ihrem
ersten Roman etwas ganz
besonderes gelungen: eine
spannende, zärtliche Ge-
schichte aus der Sicht eines
zehnjährigen Mädchens zu
erzählen.»
Münchner Merkur

Joolz Denby
Im Herzen der Dunkelheit
Roman
(rororo 22870)
Ein faszinierender Psycho-
thriller der vom furiosen
Anfang bis zum erschüttern-
den Ende niemanden loslässt.

Jane Hamilton
**Die kurze Geschichte eines
Prinzen** *Roman*
(rororo 22903)

Susan Minot
Ein neues Leben *Roman*
(rororo 22905)

Ruth Picardie
Es wird mir fehlen, das Leben
(rororo 22777)
«Ein aufrichtiges, oft komisches und ungeheuer an-
rührendes Abschiedsbuch,
geschrieben mit herzbewe-
gender Leidenschaft und
wacher Selbstwahrnehmung,
ohne einen falschen Ton."
Der Spiegel

Asta Scheib
Eine Zierde in ihrem Hause *Die
Geschichte der Ottilie von
Faber-Castell*
(rororo 22744)
Asta Scheibs Romanbiogra-
phie erzählt die Geschichte
einer ungewöhnlichen Frau,
die gegen alle gesellschaftli-
chen Zwänge schließlich die
Freiheit gewinnt, ihr eigenes
Leben zu leben.

Grit Poppe
Andere Umstände *Roman*
(rororo 22554)
«*Andere Umstände* ist ein
erstaunliches Debüt und
taugt zum Bestseller.» *Stern*

Weitere Informationen in der
Rowohlt Revue, kostenlos im
Buchhandel, oder im **Internet:**
www.rororo.de